KNAUR

INY LORENTZ

Die Saga von Vinland

HISTORISCHER ROMAN

KNAUR

Besuchen Sie uns im Internet:
www.knaur.de

Aus Verantwortung für die Umwelt hat sich die Verlagsgruppe Droemer Knaur zu einer nachhaltigen Buchproduktion verpflichtet. Der bewusste Umgang mit unseren Ressourcen, der Schutz unseres Klimas und der Natur gehören zu unseren obersten Unternehmenszielen. Gemeinsam mit unseren Partnern und Lieferanten setzen wir uns für eine klimaneutrale Buchproduktion ein, die den Erwerb von Klimazertifikaten zur Kompensation des CO_2-Ausstoßes einschließt.
Weitere Informationen finden Sie unter:
www.klimaneutralerverlag.de

FSC® www.fsc.org
MIX
Papier aus verantwortungsvollen Quellen
FSC® C083411

Originalausgabe September 2020

Ein Imprint der Verlagsgruppe
Droemer Knaur GmbH & Co. KG, München

Redaktion: Regine Weisbrod
Covergestaltung: ZERO Werbeagentur, München
Coverabbildung: Collage aus Motiven von Rekha Arcangel, O. Vaering / Bridgeman Images und shutterstock.com
Satz: Adobe InDesign im Verlag
Druck und Bindung: CPI books GmbH, Leck
ISBN 978-3-426-65388-3

2 4 5 3 1

Erster Teil

Der Rebell

1.

Aus einem beklemmenden Gefühl heraus drehte Sigrid Ulfarsdottir sich noch einmal zur Kirche um. Der Pfarrer hatte an diesem Tag sehr viel eindringlicher gepredigt als gewöhnlich und die Menschen an die Treue erinnert, die sie dem neuen König Inge und dessen Brüdern als König Haralds Söhnen schuldeten. Eigentlich wäre das nicht nötig gewesen, denn Sigrids Vater zählte zu den eifrigsten Anhängern König Haralds und hatte bereits mehrfach für ihn und zuletzt auch für seinen Sohn das Schwert ergriffen.

Hoffentlich muss Vater nicht erneut in die Schlacht ziehen, dachte Sigrid besorgt. Jarl Ulfar hatte sich von seiner letzten Verwundung noch nicht erholt, auch wenn er behauptete, wieder im Vollbesitz seiner Kräfte zu sein. Allerdings gab es außer dem Bestreben, Unruhen im Reich zu verhindern, noch einen weiteren Grund, das Schwert zu gürten, und der hieß Eyvind Erlingarson. Bis vor wenigen Wochen war dieser Mann ihr Verlobter gewesen. Anstatt an der Seite ihres Vaters zu kämpfen, hatte er sich jedoch den Feinden der Harald-Söhne angeschlossen und Jarl Ulfar damit so erzürnt, dass er die Verlobung gelöst hatte.

Sigrid wusste nicht recht, ob sie deswegen traurig sein sollte. Wohl war Jarl Eyvind ein stattlicher junger Mann, doch sie hatte ihn bei ihren wenigen Begegnungen als sehr von sich eingenommen erlebt. Ein Ehemann aber, der nur seinen eigenen Willen gelten ließ und auf den seiner Frau nicht viel gab, war nicht nach ihrem Sinn.

Noch während Sigrid diesen Gedanken nachhing, fiel ein Schatten auf sie. Sie sah auf und glaubte, ihren Augen nicht zu trauen. Vor ihr stand Eyvind, an den sie eben noch gedacht hatte. Mitten im Herrschaftsbereich ihres Vaters aufzutauchen, war eine Kühnheit sondergleichen.

Sigrid musterte den einstigen Jarl von Jervik mit zwiespältigen Gefühlen. Eyvind war einer der größten Männer, die sie je gesehen hatte, und verfügte – anders als viele hochgewachsene Krieger – über einen harmonischen Körperbau und ein ansprechendes Gesicht. Die blauen Augen blickten kühl, und unter seinem Helm lugte eine Locke seines blonden Haares hervor. Im Gegensatz zu den meisten trug er seinen Bart auch jetzt noch sorgfältig gestutzt, seine Kleidung war sauber und wies keine Löcher auf. Das war erstaunlich, denn er befand sich bereits seit Wochen auf der Flucht und hatte gewiss selten mehr als zwei Mal hintereinander im selben Bett geschlafen.

Auch wenn er ein Feind ihres Vaters geworden war, wollte Sigrid nicht, dass er vor der Kirche erschlagen wurde.

»Flieh, solange du noch kannst!«, sagte sie drängend.

Auf Eyvinds Lippen trat ein Lächeln. »Du bist mir also immer noch gut, Sigrid Ulfarsdottir, da dir an meinem Leben liegt.«

Sigrid antwortete mit einem Achselzucken. »Heute ist der Tag des Herrn, und da sollte kein Blut fließen.«

»Es soll auch keines fließen«, sagte Eyvind. »Ich will mit deinem Vater sprechen.«

»Dann wird Blut fließen!« Sigrid blickte sich um und sah erleichtert, dass drei der besten Kämpfer ihres Vaters bei diesem standen.

Unterdessen hatte Ulfar Gunnarson Eyvind entdeckt und kam mit seinen Begleitern auf die beiden zu. Bevor er das Schwert ziehen konnte, hob Eyvind gebieterisch die Hand.

»Halt! Heute ist der Tag des Herrn. An dem soll, wie Sigrid eben sagte, kein Blut vergossen werden!«

Sigrids Vater funkelte ihn zornig an. »Was willst du, Verräter?«

»Weshalb nennst du mich einen Verräter? Ich stand auf der Seite eines Mannes, dem eher das Recht zukam, König von Norwegen zu sein, als der, der auf dem Thron sitzt. Hätten wir gesiegt, säße ich heute zur Rechten des Königs!«

»Ihr habt aber nicht gewonnen«, antwortete Ulfar mit spöttischem Unterton. »Deshalb bist du als Rebell geächtet, und jeder Mann in Norwegen kann dich wie einen Hund erschlagen, wenn er dich sieht.«

Eyvind begann, leise zu lachen. »Die Klinge, die mich töten soll, ist noch nicht geschmiedet, und der, der sie führt, noch nicht geboren. Ich will dir Frieden anbieten, Ulfar Gunnarson. Du hast mir vor einigen Monaten deine Tochter als Braut angeboten. Gib sie mir, und sie wird einmal mehr sein als alle Frauen in Norwegen.«

»Dir ist wohl der Met zu Kopf gestiegen! Du bist ein Geächteter, und einem solchen gebe ich meine Tochter niemals.« Ulfar wurde so zornig, dass er seinen Leibwächtern befahl, die Schwerter zu ziehen. Diese taten es, griffen Eyvind aber nicht an. Sein Ruf als Krieger war gewaltig, und einzeln fühlte sich ihm keiner gewachsen.

»Worauf wartet ihr?«, schrie Ulfar. »Erschlagt diesen elenden Verräter!«

In seiner Wut wollte er selbst auf Eyvind losgehen. Bevor er ihn jedoch erreichte, drehte der Geächtete sich um und lief davon. Sigrid meinte ihn sogar lachen zu hören.

Als Ulfar ihm folgen wollte, spürte er bereits nach wenigen Schritten, dass ihn seine noch nicht vollständig verheilte Verletzung behinderte, und blieb mit schmerzverzerrter Miene stehen. Seine Männer rannten hinter Eyvind her, doch es war rasch zu erkennen, dass sie ihn nicht einholen würden.

Etwa zweihundert Schritt weiter blieb der Rebell für einen Augenblick stehen und rief: »Ich werde dich holen, Sigrid Ulfarsdottir, und dich zu meinem Weib machen!«

Kurz darauf war er aus dem Blickfeld entschwunden.

»Dieser stinkende Rebell wird seine Strafe erhalten, so wahr ich Ulfar Gunnarson bin und ein Schwert zu schwingen vermag!«, schrie Ulfar voller Zorn.

»Ich habe Angst«, flüsterte Sigrid. »Eyvind ist kein Mann, der leere Drohungen ausstößt.«

»Das ist er bei Gott nicht«, gab ihr Vater zu und stieß sein Schwert wieder in die Scheide. Mit einem höhnischen Blick ballte er die Faust. »Er hat gewiss irgendwo ein Versteck. Das werde ich finden und ihn dort ergreifen. Dann bringe ich ihn zu König Inge. Dessen Berater wissen, wie man mit solchem Gelichter verfährt.«

Sigrid hielt den Optimismus ihres Vaters für wenig klug. Er war mittlerweile ein alter Mann, und ihm stand ein Krieger gegenüber, den selbst der böswilligste Feind nicht feige nennen konnte.

»Du solltest vorsichtig sein, Vater!«, riet sie ihm.

Ulfar nickte. Er hatte sich beruhigt und wusste, dass es ein hartes Stück Arbeit sein würde, Eyvind zur Strecke zu bringen. »Keine Sorge, mein Mädchen! Um diesen räudigen Fuchs zu jagen, werde ich alle meine Freunde und Verbündeten zusammenholen, und zwar nicht nur aus Norwegen. Ich rufe auch den kühnen Hardo aus dem Sachsenland. Dem habe ich einst das Leben gerettet, und dafür ist er mir einen Gegendienst schuldig. Sollte er wegen seines Alters nicht selbst kommen können, so wird er einen seiner Söhne schicken.« Ulfars Gedanken wanderten zu seinem alten Freund, dann fuhr er fort: »Vor allem aber werde ich dir einen anderen Bräutigam suchen! Einen, dessen Schwertarm fest genug ist, um dich vor Eyvind zu schützen.«

Sigrid fragte sich, welchen jungen Mann aus ihrer Bekanntschaft ihr Vater dafür auswählen würde, doch ihr fiel keiner ein, dem sie es zutraute, sich gegen Eyvind durchzusetzen.

2.

Einige Wochen später saß Hardo, Herr über zwei Burgen und ein Dutzend Dörfer, in der Halle seines Stammsitzes und musterte stolz seinen ältesten Sohn. Kord war ein Abbild seiner selbst in jungen Jahren, groß und breitschultrig, mit blauen Augen, roten Haaren und einem rötlichen Bart. Ein Recke wie Kord wird bei meinem Freund Ulfar in Norwegen Ehre einlegen, dachte er in dem Augenblick, als sein jüngerer Sohn eintrat.

Andreas war von der zweiten Frau geboren worden und schlug mehr der Familie seiner Mutter nach. Lange Zeit hatte sein Bruder Kord ihn wegen seiner Gestalt als Haselgerte verspottet. Nun aber bemerkte Hardo, dass Andreas seinen Bruder um mehr als zwei Fingerbreit überragte. Die Schultern waren trotz der schmalen Hüften fast genauso breit wie die von Kord und verrieten, dass auch in ihm Kraft steckte. Sein Gesicht war jedoch schmäler, und er frönte der Unsitte, sich Wangen und Kinn bis auf einen schmalen Schnauzbart zu rasieren. Bart und Haar waren blond und die tief liegenden Augen grau. Seine Miene wirkte angespannt, als er sich vor dem Vater verbeugte und dem Bruder nur ein kurzes Nicken gönnte.

Hardo wünschte sich, seine Söhne würden besser miteinander auskommen. In gewisser Weise musste er sich jedoch die Schuld an deren gegenseitigen Abneigung geben. Er hatte den Jüngeren seinem Gefolgsmann Aldebrand zur Erziehung übergeben, kaum dass dieser der Amme entwachsen war, und deswegen hatten sich die Brüder nie aneinander gewöhnen können.

Er schob diesen Gedanken rasch beiseite. »Ich habe euch rufen lassen«, begann Hardo, nachdem er an seinem Wein genippt hatte, »um mit euch etwas Wichtiges zu besprechen. Mein Freund Ulfar Gunnarson hat mir Botschaft geschickt, dass er seine Tochter Sigrid zu verheiraten gedenkt, und mich aufgefordert, ihm einen meiner Söhne zu schicken. Auch schreibt er von einem Feind, den er bekämpfen will, und bittet mich, meinem Sohn etliche Krieger mitzugeben.«

Der Blick seines Vaters verriet Kord, dass dieser ihn schicken wollte. Norwegen lag jedoch weit jenseits des Meeres, und ihn reizte ein Kampf zugunsten eines Fremden nicht.

»Verzeih, Vater, deine Freundschaft zu Ulfar in allen Ehren, aber gerade jetzt, da unsere Nachbarn Adolf von Schauenburg und Heinrich von Badewide um die Herrschaft in Holstein kämpfen, sollten wir abwägen, welche Seite uns am meisten Gewinn bringt. Wir könnten unseren Besitz um ein Mehrfaches vergrößern, wenn wir die Situation klug nutzen. Außerdem will ich den Wagrierfürsten Bogumil dazu bewegen, mir seine Tochter zur Gemahlin zu geben. Da er nur diese eine Tochter hat, kann ich, wenn ich sie heirate, der neue Fürst seines Teilstamms werden. Gehe ich jedoch so weit fort, wird uns dies alles nicht gelingen.«

Bei diesen Worten warf Kord seinem Halbbruder einen verächtlichen Blick zu, der seinem Vater nicht verborgen blieb.

»Wenn du die Norwegerin zur Gemahlin gewinnst, wirst du in jenem Land ein sehr mächtiger Mann werden. Mächtiger jedenfalls, als wenn du dich dem Schauenburger oder dem Badewider andienst. Das soll Andreas tun, und er kann auch die Wagrierin heiraten«, antwortete Hardo verärgert.

Kord schüttelte den Kopf. »Das wird nicht gehen, Vater! Unsere Krieger sind gewohnt, dass ich sie anführe, und werden Andreas nicht in einen Kampf folgen. Er müsste sich erst bewähren, um von ihnen anerkannt zu werden.«

Ist es wirklich so schlimm?, fragte sich Hardo. Zwar hatte er das Kommando über seine Krieger vor zwei Jahren an Kord weitergegeben, doch die Männer mussten seinem zweiten Sohn genauso gehorchen, wenn er es ihnen befahl.

Kord spürte, dass sein Vater unsicher wurde, und setzte nach: »Was ist, wenn ich nach Norwegen komme und sowohl der Kampf beendet als auch Ulfars Tochter bereits einem anderen versprochen worden ist? Ich kehre dann mit leeren Händen zurück, und wir verlieren in der Zwischenzeit jeden Anspruch auf das Wagrierland.«

»Heißt das, du willst nicht nach Norwegen reisen?«, fragte sein Vater verärgert.

»Wenn ich das tue, gerät hier alles in Gefahr, was du geschaffen hast. Daher ist es besser, wenn ich hierbleibe und Andreas die Reise zu Ulfar unternimmt.« In Kords Stimme lag ein beschwörender Klang, dem sein Vater sich nicht entziehen konnte. Unsicher geworden, wandte Hardo sich an seinen jüngeren Sohn: »Du sagst gar nichts dazu?«

Andreas war bislang noch nie in eine Entscheidung seines Vaters und des Bruders mit einbezogen worden. Im Grunde waren beide Fremde für ihn, denn der Vater hatte sich nicht um ihn gekümmert, und der Bruder hatte ihm bereits als Kind zu verstehen gegeben, dass er ihm im Weg war.

»Was soll ich sagen?«, antwortete er ausweichend. »Weder kenne ich die Lage in Norwegen, noch hält Kord mich für fähig, seine Krieger zu führen.«

»Es sind immer noch meine Krieger!«, brauste der Alte auf, da er sich von keinem seiner Söhne das Heft aus der Hand nehmen lassen wollte.

»Bist du dazu fähig?«, fragte Kord Andreas spöttisch, ohne auf die Worte des Vaters einzugehen.

Andreas schüttelte den Kopf. »Die Gefolgsleute meines Ziehvaters würden mir gegen jeden Feind folgen. Deine Männer hingegen sind faul geworden und vernachlässigen ihre Waffenübungen. Mit ihnen würde ich nicht einmal gegen eine Schar Gänse ziehen, geschweige denn gegen einen Feind.«

Rot vor Wut, fuhr Kord auf, während Hardo von dem Gedanken Abschied nahm, seine Söhne zum Zusammenhalt aufzufordern. Er hatte sich in erster Linie dafür selbst die Schuld gegeben, hatte er doch stets den Älteren bevorzugt, der ihm wie eine jüngere Ausgabe seiner selbst erschienen war, und sich nicht um den Jüngeren gekümmert. Doch nun begriff er, dass mehr hinter deren gegenseitiger Abneigung stecken musste.

Unwillkürlich musterte er Kord und stellte fest, dass dieser seinen Bruder mit kaum verhohlener Feindseligkeit anstarrte. Weshalb?, fragte Hardo sich. Ging es um das Erbe? Neidete Kord dem Bruder den Teil, den Andreas einmal erhalten würde? Oder war er verärgert, weil er in die Fremde ziehen und sich dort eine Braut und Land erkämpfen sollte? Mit einem Mal spürte er einen bitteren Geschmack im Mund. Er selbst war als junger Mann ausgezogen, um Kriegsruhm zu erringen, und hatte sich schließlich diesen Besitz an der Wagriergrenze erkämpft. In Norwegen hätte Kord ein mächtiger Mann werden können. Nun würde er seinen jüngeren Sohn schicken müssen und konnte nur hoffen, dass dieser ihm keine Schande bereitete.

»Dann ist es beschlossen«, erklärte er mit grollender Stimme. »Während Kord hierbleibt und die Fürstentochter der Wagrier zu gewinnen sucht, wird Andreas mit einer ausreichenden Schar an

Kriegern nach Norwegen ziehen, um meinem Freund Ulfar Gunnarson zur Seite zu stehen.«

»Das ist wohl gesprochen, Vater!«, sagte Kord sichtlich zufrieden, während Andreas mit den Achseln zuckte. Da er nicht bei seinem Bruder bleiben konnte, hielt er es für besser, sein Glück in fernen Landen zu suchen.

»Es sei, wie Ihr es bestimmt habt, Herr«, antwortete er.

Hardo hätte sich gewünscht, das Wort Vater aus seinem Mund zu hören. Doch dazu würde es wohl niemals mehr kommen.

3.

Andreas verließ die väterliche Burg mit gemischten Gefühlen. Einerseits war er erleichtert, nicht unter die Fuchtel seines Bruders geraten zu sein, andererseits wusste er nun, woran er war. In den letzten Jahren hatte er die Halle seines Vaters nur im Gefolge seines Ziehvaters Aldebrand betreten. An diesem Tag war er zum ersten Mal selbst aufgefordert worden, hierherzukommen. Das, was er erlebt hatte, stimmte ihn allerdings nicht gerade froh, denn er würde die Heimat verlieren und in ein fremdes Land ziehen müssen.

Als er gut zwei Bogenschussweiten von der Burg entfernt war, löste sich ein Schatten aus den Büschen am Teich. Es war Ailmar, Aldebrands Sohn. Da dieser nur ein Jahr jünger war als er, hatte man sie gemeinsam erzogen. Nun fühlten sie sich mehr wie Brüder, als Kord und er es jemals sein würden.

Ailmar lenkte seinen Braunen neben Andreas' Rappen und sah ihn grinsend an. »Sie haben dich also wieder herausgelassen.«

»Weshalb hätten sie mich einsperren sollen?«, fragte Andreas verwundert.

»Ich würde es Kord zutrauen, denn er sieht dich als Konkurrenten an, der ihm das Erbe streitig machen könnte. Du weißt doch, wie sehr er hinter dem Rücken deines Vaters gegen dich hetzt.«

Andreas machte eine wegwerfende Geste. »Jetzt muss er nicht länger hetzen und bohren, sondern hat das Erbe sicher.«

Also hat Kord Andreas ausbeißen können, dachte Ailmar. »Wie hat er das geschafft?«, fragte er neugierig.

»Ein Freund meines Vaters aus Norwegen sucht einen Mann für seine Tochter und einen Nachfolger für sein Land. Vater wollte Kord dorthin schicken, da Jarl Ulfar Gunnarson ein mächtiger Mann ist und Kord daher hoch hätte aufsteigen können.«

»Aber er will nicht fort, nicht wahr?« Ailmar lachte leise. Auch wenn Kord so tat, als wäre er ein großer Krieger, hielt er ihn für einen Feigling, der jedem ernsthaften Kampf aus dem Weg ging. Nach Norwegen ziehen und sich dort eine Stellung erringen, würde ihm vieles abverlangen.

»Wann brechen wir auf?«, fragte Ailmar, da Andreas keine Antwort gab.

Dieser sah ihn erstaunt an. »Du willst mitkommen?«

Ailmar grinste. »Glaubst du, ich bleibe hier und sehe zu, wie Kord der Nachfolger deines Vaters wird? Sollen sich doch meine Brüder mit dem Kerl herumschlagen. Ich begleite dich! Übrigens habe ich mir sagen lassen, dass die Sprache der Norweger der der Dänen gleicht, und die haben wir beide gelernt.«

»Das stimmt«, gab Andreas zu.

Die Bitternis, die er nach der Entscheidung seines Vaters gespürt hatte, wich, und er packte seinen Freund erleichtert bei der Schulter. »Ich freue mich, dich an meiner Seite zu wissen, und das sogar doppelt, weil Vater Kord die Auswahl der Krieger überlassen hat, die mich begleiten sollen.«

»Das werden wahre Helden sein!«, spottete Ailmar und deutete in die Richtung, wo sich eine Reitstunde entfernt die hölzerne Festung erhob, die sein Vater für Ritter Hardo verwaltete.

»Wollen wir wetten, wer am schnellsten dort ist?«, fragte er.

Andreas fand, dass ein scharfer Ritt genau das war, was er jetzt brauchte, und gab seinem Rappen die Sporen. Rasch gewann er ein paar Pferdelängen Vorsprung, doch als es auf die Motte zuging, holte sein Freund auf. Kurz vor dem Tor zügelten beide ihre Rösser und sahen sich lachend an.

»Unentschieden wie immer!«, rief Andreas.

»Ein paarmal öfter als ich hast du schon gewonnen«, gab Ailmar ehrlich zu und winkte dem Wächter auf dem hölzernen Turm zu. »Du hast doch gesehen, dass wir kommen! Warum hast du nicht dafür gesorgt, dass das Tor geöffnet wird?«

»Deine Mutter hat etwas dagegen, dass ihr wie eine Windsbraut auf den Burghof prescht und mit euren Pferden ihre Hühner zertrampelt«, antwortete der Mann grinsend.

»Dann hätte es heute Abend eben Hühnersuppe gegeben!« Ailmar lachte und ließ, als das Tor nun geöffnet wurde, Andreas den Vortritt.

Sein Vater trat aus dem auf einem aufgeschütteten Hügel errichteten Haupthaus. »Da seid ihr ja wieder«, meinte er bärbeißig. »So mag ich es! In der Welt herumreiten und anderen die Arbeit überlassen.«

»Ich habe Andreas zur Burg des Vaters begleitet«, antwortete Ailmar. »Außerdem wirst du in Zukunft auf uns beide verzichten müssen. Andreas und ich werden nach Norwegen reisen.«

Für einen Augenblick blieb Aldebrand stumm, dann stieß er einen wüsten Fluch aus. Als er sich wieder beruhigt hatte, schüttelte er den Kopf. »Hat Kord es also doch geschafft, dich auszuhebeln?«, fragte er Andreas.

Sein Sohn übernahm die Antwort. »Eigentlich wollte Ritter Hardo Kord nach Norwegen schicken, doch der ist zu feige.«

Da Kord sich durchgesetzt hatte, sah Andreas keinen Grund, auf den Bruder Rücksicht zu nehmen. »Er meinte, er würde mir nicht zutrauen, seine Krieger zu führen. Damit hat er sogar recht, denn die Kerle sind unter seiner Führung widerspenstig und faul geworden.«

Ailmar war mit seinem Bericht noch nicht fertig. »Kord soll die Krieger aussuchen, die uns begleiten werden. Ich wollte, Ritter Hardo hätte die Auswahl Andreas überlassen. Wir hätten sicher einige Burschen gefunden, die gerne mit uns kommen würden. So aber wird Kord uns die übelsten Kerle aufhalsen.«

»Mit zwanzig Männern werden wir zwei wohl fertigwerden«, erklärte Andreas und bat Aldebrand um Rat, was bei einer Reise ins fremde Land zu beachten sei.

»Immerhin hast du Vater begleitet, als er vor fast drei Jahrzehnten in Dänemark und Norwegen gekämpft hat«, setzte er anerkennend hinzu.

»Wenn dein Vater dir kein Schiff ausrüsten lässt, wirst du Passage auf einem Handelsfahrer nehmen müssen, der dich dorthin bringt. Achte also darauf, dass dein Vater dir genug Silber mitgibt, sonst müsst ihr von Jütland aus nach Norwegen schwimmen«, witzelte Aldebrand und schüttelte erneut den Kopf. »Ich weiß nicht, was in Ritter Hardo gefahren ist! Warum gibt er Kord in allem nach? Noch vor fünf Jahren hätte er das nicht getan.«

»Er sieht in Kord sich selbst, so, wie er einmal war«, wandte Andreas ein.

»Kord mag so aussehen wie er als junger Mann, doch es kommt doch darauf an, was in einem steckt! Kord fehlt es dort an allen Ecken und Enden. Da Hardos Entschluss jedoch gefallen ist, müssen wir damit leben. Kommt erst einmal ins Haus und esst. Ich glaube nicht, dass man euch in der Burg groß aufgetischt hat.«

»Ich bin gar nicht erst mit hinein«, sagte Ailmar, während Andreas den Kopf schüttelte.

»Ich erhielt nicht einmal einen Becher Wein.«

»Dafür bekommst du hier zwei«, antwortete Aldebrand lächelnd, legte den beiden jungen Männern je einen Arm um die Schulter und führte sie ins Haus.

4.

Drei Tage später vermeldete Kords Bote, dass die Schar, die Andreas begleiten sollte, bereitstünde. Dem Mann war anzusehen, wie froh er war, nicht dazuzugehören. Trotzdem erhielt er von Aldebrand seinen Botenlohn und machte sich wieder auf den Heimweg.

»Wie es aussieht, müsst ihr morgen aufbrechen«, sagte Aldebrand zu Andreas und seinem Sohn.

Andreas nickte mit verkniffener Miene. »Es ist wohl besser so. Dann ist Kord mich los, und ich bin mein eigener Herr.«

»Sollten wir nicht noch heute zur Burg reiten, um uns die Kerle anzusehen?«, fragte Ailmar.

»Ich verbringe die letzte Nacht in der Heimat lieber unter dem Dach deines Vaters. Immerhin war dies hier bis jetzt mein Heim, nicht Burg Venneby.«

Andreas umarmte Aldebrand, der ihm in all den Jahren mehr Vater gewesen war als sein eigener.

»Von mir aus gerne«, erwiderte Ailmar grinsend und setzte hinzu, dass er ungern mit Kord an einer Tafel gesessen hätte.

»Wir werden heute Abend noch den einen oder anderen Becher Wein miteinander leeren, und morgen brecht ihr dann mit allen unseren guten Wünschen auf. Mögen der heilige Michael und der heilige Georg an eurer Seite reiten und euch allezeit beistehen«, sagte Aldebrand. Er kämpfte mit den Tränen, denn er liebte Andreas wie seine eigenen Söhne und sah ihn ebenso ungern scheiden wie Ailmar. Um zu verhindern, dass die beiden ihn rührselig nannten, klopfte er ihnen auf die Schulter und stimmte ein Kampflied an.

Andreas und Ailmar fielen darin ein und ließen sich anschließend den letzten Wein in der Heimat schmecken.

Ein Bad in dem Teich, der den Burggraben speiste, weckte am nächsten Morgen ihre Lebensgeister, und als sie nach einem raschen Frühstück aufs Pferd stiegen, waren sie guter Stimmung.

Eine Reitstunde später erreichten sie Ritter Hardos Burg. Sie war ebenso wie Aldebrands Motte auf einem aufgeschütteten Hügel errichtet worden, wurde jedoch von zwei Palisadenreihen statt nur einer geschützt. Trotzdem drängte Kord darauf, daneben eine neue Burg aus Stein errichten zu lassen, die ihm mehr Sicherheit versprach als das hölzerne Bauwerk.

Ritter Hardo erwartete seinen jüngeren Sohn und dessen Gefolgsmann in der Halle. Durch die kleinen Fenster fiel kaum Licht, und so erhellten nur die beiden hinter dem Hochsitz des Burgherrn angebrachten Fackeln den Raum. Bisher hatte Andreas in seinem Vater stets den wuchtigen, kraftvollen Herrn von Venneby gesehen, nun aber bemerkte er Spuren des Alters an ihm. Es wunderte ihn daher nicht mehr, dass Kord dem Vater das Heft aus der Hand genommen hatte. Doch das ging ihn nichts an.

Er trat einen Schritt vor und verbeugte sich. »Mein Herr, ich bitte um Euren Segen für meine Fahrt!«

Er sprach Hardo an, als wäre er einer seiner Gefolgsleute und nicht sein Sohn.

Diese Entfremdung schmerzte Hardo, und er bedauerte es noch mehr, Andreas nicht rechtzeitig auf die Burg zurückgeholt zu haben. Vielleicht hätten seine Söhne sich dann daran gewöhnt, Brüder zu sein. Nun aber war es zu spät.

»Ziehe mit meinem Segen in die Ferne, mein Sohn, und grüße meinen alten Freund Ulfar Gunnarson von mir. Wir haben gemeinsam große Taten vollbracht. Vollbringe nun auch du große Taten!«

»Ich danke Euch, mein Herr, und ich werde alles tun, um mich Euer würdig zu erweisen«, antwortete Andreas und hörte dann ein mahnendes Hüsteln seines Freundes.

»Verzeiht, mein Herr, wenn ich Euch darauf anspreche«, fuhr Andreas daher fort. »Der Weg zu Ulfar Gunnarson ist weit, und nicht immer wird man uns unterwegs zu Gast laden. Auch werden wir den Schiffer bezahlen müssen, der uns nach Norwegen bringt.«

»Darum wollte sich doch Kord kümmern?«, antwortete Hardo verwundert.

»Wir haben ihn bislang nicht gesehen«, warf Ailmar ein.

Andreas nickte. »So ist es, Herr Vater. Wir wissen auch nicht, wo die Männer stecken, die uns begleiten sollen.«

Sein Vater wirkte auf einmal noch älter als vorhin, schlug aber mit der Faust auf den Tisch. »Wenn ich Kord etwas befehle, hat er es auszuführen. Wo ist er?«

Die Frage galt Ditto, einem Gefolgsmann seines ältesten Sohnes, der sich in der Nähe herumdrückte.

»Hat Herr Kord Euch nicht gesagt, dass er zu Fürst Bogumil reitet, um diesen zu einem Bündnis zu bewegen?«, antwortete der Mann scheinbar erstaunt.

Andreas hätte nicht einmal das Schwarze unter dem Nagel dagegen gewettet, dass sein Bruder ohne Wissen des Vaters aufgebrochen war.

Hardo hieb erneut auf den Tisch. »Ich habe ihm deutlich erklärt, dass er Andreas für die Reise ausrüsten und die Männer bereitstellen soll! Was hat er also bei den Wagriern zu suchen?«

»Das Bündnis mit Fürst Bogumil ist wichtig, um sich hier in diesem Land behaupten zu können. Andreas wird wohl die Reise auch ohne ihn antreten können.« Dittos unverschämter Tonfall verriet, dass Kord seine Männer gründlich gegen seinen Bruder eingenommen hatte.

»Und Andreas' Gefolge?«, fragte Hardo scharf.

»Steht an der Grenze bereit und wartet darauf, dass er endlich erscheint.«

»Bei Gott, am liebsten würde ich meinen Entschluss umstürzen und Kord nach Norwegen schicken – samt allen Männern, die es wagen, mir so freche Antworten zu geben!«

So zornig Hardo auch klang, seine frühere Autorität, die die Männer hatte gehorchen lassen, war geschwunden. Er hatte Kord zum Anführer seiner Krieger ernannt und diesem so die Gelegenheit gegeben, diese Leute auf sich einzuschwören.

Gegen seinen Willen bedauerte Andreas seinen Vater. Für den alten Mann musste es schwer sein, zu erkennen, wie wenig sein Wort in der eigenen Burg noch galt.

Hardo stand schwerfällig auf und verließ den Raum. Als er wiederkehrte, trug er einen faustgroßen Beutel in der Hand. »Am Reisegeld soll es nicht scheitern, mein Sohn. Gib gut auf dich acht!« Er reichte Andreas den Beutel, der ihn, ohne hineinzuschauen, an Ailmar weitergab.

»Leb wohl! Vielleicht sehen wir uns wieder«, sagte Hardo und schämte sich nicht der Tränen, die ihm über die Wangen rannen.

»So Gott es will!« Kurz entschlossen umarmte Andreas seinen Vater und hielt ihn für einige Augenblicke fest umschlungen, dann löste er sich aus Hardos Armen und blickte Ailmar auffordernd an. »Du hast es gehört! Unsere Männer warten auf uns.«

Ritter Hardos Besitz war nicht so groß, dass Andreas und Ailmar Stunde um Stunde hätten reiten müssen, um die Grenze zu erreichen. Die Mittagszeit war noch nicht vorüber, als sie zu dem Bauernhof kamen, bei dem ihre Begleiter auf sie warten sollten. Bereits auf den ersten Blick machte sich bei Andreas Enttäuschung breit. Vor dem Haus waren weniger als ein Dutzend Pferde angeleint. Die Männer, die dort im Gras saßen, zählten zwar nicht zu Kords engeren Freunden, dennoch hätte Andreas gut und gern auf sie verzichten können. Keiner von ihnen hatte sich je durch besonderen Eifer ausgezeichnet, sondern lieber den Becher in der Hand gehalten, als sich im Schwertkampf zu üben.

»Mit denen werden wir unsere Freude haben«, prophezeite Ailmar in komischer Verzweiflung.

»Wir brauchen sie, wenn wir nicht allein vor Ulfar Gunnarson erscheinen wollen«, antwortete Andreas und ritt auf die Männer zu. Keinen halben Schritt vor dem Ersten zügelte er sein Pferd.

»Wo sind die anderen? Es hieß, es sollen mich zwanzig Krieger begleiten!«

Der Mann hob ein wenig den Kopf. »Weiß ich, wo sie sind? Sie meinten, sie hätten unter einem anderen Herrn ein besseres Leben, als wenn sie Euch bis ans Ende der Welt folgen müssten.«

»Wie viele seid ihr?«, fragte Andreas zornig. Zwar hatte er von seinem Bruder einiges erwartet, doch das ging weit darüber hinaus.

»Elf! Wenigstens waren wir es vor einer Stunde noch. Sieht aber aus, als hätte sich auch Hinner fortgemacht. Will wohl auch nicht in die Ferne reisen.«

Andreas ließ seinen Rappen noch ein Stück vorrücken, sodass dessen Brust gegen die Schulter des sitzenden Mannes stieß. »Ihr seid Gefolgsleute meines Vaters und ihm zu Treue verpflichtet. Wenn er euch befiehlt, mich zu begleiten, werdet ihr das tun, und sollte unser Weg in die Hölle führen!«

»He, dein Pferd tritt mich!«

»Du hast mich so anzureden, wie es sich für einen Edelmann gebührt. Und jetzt auf die Pferde! Es liegt ein weiter Weg vor uns, und je eher wir ihn antreten, umso schneller gelangen wir ans Ziel.«

In Aldebrands Motte hatte Andreas sich von dessen Kriegern wie ihresgleichen anreden lassen. Hier aber wurde ihm klar, dass er den Herrn herauskehren und diesen Männern ihre Aufsässigkeit austreiben musste.

»Und was macht Ihr, wenn einer von uns nicht mag?«, fragte ein zweiter Krieger.

Bevor Andreas etwas sagen konnte, beugte Ailmar sich im Sattel vor. »Dann reiten wir eben ohne ihn los! Allerdings wird ihm der Bauer hinterher ein Grab schaufeln müssen.«

Die zehn Männer begriffen, dass die Drohung ernst gemeint war, und standen murrend auf.

Andreas sah ihnen mit verkniffener Miene zu. Es war noch ein weiter Weg bis Norwegen, und er hätte ihn gerne mit brauchbareren Begleitern angetreten. Zur Burg zurückreiten und sich bei seinem Vater beschweren, war jedoch sinnlos. Dafür saß Kord bereits zu fest im Sattel.

Während er an der Spitze ritt und Ailmar am Schluss der kleinen Kavalkade, beschäftigten sich Andreas' Gedanken mit Ulfar Gunnarson und dessen Tochter. War der norwegische Jarl wirklich bereit, sie einem völlig Fremden zur Frau zu geben, auch wenn es sich um den Sohn eines Freundes handelte? Wenn Jarl Ulfar ihm die Tochter verweigerte, war er nicht mehr als ein fahrender Ritter und würde sich einen Herrn suchen müssen, dem er seine Dienste antragen konnte. Doch selbst das war ihm lieber, als weiterhin mit ansehen zu müssen, wie Kord sich immer mehr zum Herrn aufschwang.

5.

Vor zwei Jahren hatten Andreas und Ailmar die Stadt Ribe schon einmal in Aldebrands Gefolge besucht. Es war jedoch etwas anderes, es mit der Verantwortung des Anführers zu tun. Das Hämmern der Schmiede, die Rufe der Händler und tausend andere Geräusche erfüllten die Luft. An einer Stelle roch es nach Bier, an einer anderen stank es bestialisch, und ein paar Schritte weiter bot jemand die Wohlgerüche des Orients an.

»Riecht daran, und Ihr werdet Euren Frauen ein Fläschchen davon kaufen – oder auch zwei«, sprach der Parfümhändler Andreas an.

»Ich habe noch kein Weib«, antwortete dieser abwehrend.

Der Händler sah ihn mit blitzenden Augen an. »Aber vielleicht eine Geliebte? Diese lieben diesen Duft nicht weniger als Ehefrauen.«

Andreas wurde unsicher und fragte sich, ob er ein Fläschchen für Ulfars Tochter kaufen sollte. Der Gedanke, dass er sein Geld für die Reise zusammenhalten musste, gab den Ausschlag. Er kehrte dem Händler den Rücken und ritt weiter. Doch bereits am nächsten Marktstand wollte ihn jemand erneut zum Kaufen überreden.

»Wir sollten zusehen, dass wir ein Schiff finden und von hier fortkommen«, sagte Ailmar, der gerade einen Pastetenhändler abgewehrt hatte, obwohl dessen Ware verführerisch roch. Er besaß nur wenig eigenes Geld und wollte keinesfalls, dass Andreas etwas für ihn ausgab.

»Der Hafen ist dort!«

Andreas bog in die von ihm genannte Richtung ab. Nach einer Weile blieben die Verkaufsstände hinter ihnen zurück, und sie sahen einen Wald von Masten vor sich. Andreas wies seine murrenden Waffenknechte an, in einer Schenke am Rand des Hafens auf ihn zu warten, und ritt mit Ailmar auf die an hölzernen Stegen vertäuten Schiffe zu.

»Die sind doch viel zu klein! Da passen wir und unsere Pferde nicht drauf«, rief Ailmar enttäuscht.

»Dort vorne liegen ein paar größere.« Andreas wies auf mehrere lang gestreckte Rümpfe, die Platz für größere Scharen als die ihre boten. Er wollte darauf zureiten, doch da vertraten ihm einige Krieger in Kettenhemden und verzierten Helmen den Weg. Einer zog das Schwert und stellte die Spitze auf den Plankenboden.

»Was wollt ihr hier? Das sind die Schiffe des Königs!«, sagte er auf Dänisch.

»Das wusste ich nicht! Ich suche eine Gelegenheit, um nach Norwegen zu kommen«, antwortete Andreas in der gleichen Sprache.

Die grimmigen Mienen der Dänen entspannten sich ein wenig. »Da seid ihr hier falsch! Unsere Schiffe fahren so schnell nicht ins Nordland. Um dorthin zu kommen, müsst ihr einen Handelsschiffer fragen, ob er euch mitnimmt.«

»Und wo finde ich einen?«, fragte Andreas.

Der Däne wies auf ein etwa zehn Mann langes und gut zwei Mann breites Schiff mit hochgezogenen Bordwänden, das mit einem kurzen, geschnitzten Bug- und einem ebensolchen Achtersteven verziert war.

»Frag Gygir! Er segelt morgen nach Bergen und setzt euch vielleicht unterwegs an eurem Ziel ab.«

»Hab Dank!« Andreas wendete sein Pferd geschickt auf dem schmalen Plankenpfad und ritt zu dem genannten Schiff. Mit zweifelnder Miene folgte Ailmar ihm und musterte den ihnen genannten Kahn, der ihm für zwölf Mann und ein Dutzend Pferde arg klein erschien.

Auf der hölzernen Pier, an der der Handelsfahrer lag, war mehr los als bei den dänischen Kriegsschiffen. Andreas und Ailmar mussten daher absteigen und ihre Pferde führen. Vor dem Schiff blieb Andreas stehen.

»Ich suche Gygir«, rief er den Leuten an Bord zu.

Ein kräftig gebauter Mann in einem braunen Wollhemd und etwas dunkleren Hosen kam auf ihn zu. An seinem Gürtel hing ein Kurzschwert, und er sah ganz so aus, als wüsste er damit umzugehen. »Du hast nach mir gefragt?«

»Ich habe gehört, dass du nach Norwegen fährst. Kannst du mich und meine elf Gefolgsleute mitnehmen? Wir wollen zu Jarl Ulfar Gunnarson«, antwortete Andreas.

Gygir musterte ihn, dann seinen Rappen und verzog das Gesicht. »Dich und deine Männer kann ich mitnehmen, die Gäule aber nicht.«

Andreas überlegte, was er tun sollte. »Gibt es vielleicht einen anderen Schiffer, der uns samt Pferden mitnehmen kann?«

»Da müsstest du schon ein ganzes Schiff mieten, aber das wird dir hier nicht gelingen, weil jeder Kaufmann Ware geladen hat. Am besten verkaufst du deine Pferde und erstehst in Norwegen neue.« Gygirs Schiff war zum größten Teil beladen, und er rechnete sich einen guten Verdienst in Norwegen aus. Aber das Silber, das Andreas für die Passage für sich und seine Männer zahlen musste, würde er ebenfalls gerne in seinem Beutel sehen.

Andreas wandte sich unschlüssig an Ailmar. »Was meinst du dazu?«

»Nicht, dass es mich freuen würde, auf meinen guten Braunen zu verzichten. Aber wenn wir nicht anders zu Jarl Ulfar gelangen, müssen wir die Pferde wohl verkaufen.«

Dennoch zögerte Andreas. Er ritt seinen Rappen seit fünf Jahren. Ihn jetzt zurückzulassen, erschien ihm wie Verrat an einem treuen Kameraden.

»Ihr habt Zeit bis morgen früh«, erklärte Gygir. »Wenn die Sonne eine Handbreit über dem Horizont steht, lösen wir die Leinen. Hast du dich bis dorthin nicht entschieden, musst du dir einen anderen Schiffer suchen. Von hier fahren allerdings nicht viele nach Norwegen. Die meisten Handelsfahrer steuern Friesland oder gar England an, und das ist wohl nicht euer Ziel.«

Damit hatte der Schiffer recht. Betrübt drückte Andreas Ailmar die Zügel seines Rappen in die Hand.

»Geh zu dem Schankwirt, bei dem wir unsere Begleiter zurückgelassen haben, und gib acht, dass sich keiner von ihnen verdrückt.«

»Solange es dort Bier gibt, bleiben die Kerle sitzen«, meinte Ailmar grinsend. »Wir können auf dem Nachbargrundstück übernachten. Der Wirt hat dort mehrere Zelte aufgespannt und vermietet sie an Reisende. Wenn wir uns für den Vorschlag des Schiffers entscheiden, müssen wir die Pferde noch heute verkaufen.«

Obwohl Andreas dieser Gedanke nicht gefiel, mussten sie in den sauren Apfel beißen. Ihr Ziel war Jarl Ulfars Burg. Zurück konnten sie nicht mehr.

»Ich frage den Wirt, ob er jemanden kennt, der die Pferde kaufen würde.« Nach diesen Worten verabschiedete Ailmar sich und führte seinen Braunen und Andreas' Rappen fort.

Andreas sprach ein paar Leute an und fragte, ob sie jemanden wüssten, der ihre Pferde ebenfalls mitnehmen würde, erhielt aber nur abschlägige Antworten. Daher blieb ihm nichts anderes übrig, als zu Ailmar und ihren Begleitern zurückzukehren.

»Der Wirt kennt einen Hufschmied, dem wir die Pferde anbieten können«, berichtete ihm Ailmar.

Da der Verkauf der Tiere notwendig war, wollte er ihn so rasch wie möglich hinter sich bringen. Daher befahl Andreas seinen Männern, mit ihm zu kommen und auch die Pferde mitzunehmen, und suchte den Hufschmied auf.

»Kennst du jemanden, der Pferde kaufen würde?«, fragte er mit einem mulmigen Gefühl im Bauch.

»Weiß schon jemanden«, meinte der andere auf Dänisch. »Die zehn dort sind nicht viel wert, aber der Rappe und jener Braune gefallen mir. Du bekommst für die beiden genauso viel wie für die anderen zusammen.«

»Was zahlst du?«, fragte Andreas und nickte, als der Schmied die Summe nannte.

»Dann soll es so sein!«

»Du hättest handeln sollen, um einen höheren Preis zu erzielen«, tadelte Ailmar ihn leise.

»Lass es gut sein! Schon bald sind wir bei Jarl Ulfar und werden dort gewiss andere Pferde bekommen«, antwortete Andreas und nahm die Silbermünzen entgegen, die der Hufschmied ihm auf die Hand zählte.

6.

Obwohl Ritter Hardos Besitz weniger als einen halben Tagesritt vom Meer entfernt lag, waren Andreas und Ailmar noch nie zur See gefahren. Schon kurz nach dem Ablegen spürten sie, wie stark sich Gygirs Schiff von den Kähnen unterschied, die auf den Flüssen und Seen ihrer Heimat in Gebrauch waren. Wenn diese schaukelten, dann nur, da man sich falsch bewegte. Hier aber warfen die Wellen das Schiff hin und her. Die meisten von Andreas' und Ailmars Begleitern bedauerten schon bald den großen Napf Morgensuppe und die Krüge Bier, die sie zum Frühstück aufgetischt bekommen hatten. Als den Ersten schlecht wurde, scheuchten Gygirs Matrosen sie zur windabgewandten Seite des Schiffes.

»Hier könnt ihr kotzen, so viel ihr wollt!«, spotteten sie.

Im nächsten Augenblick stieß Ailmar hörbar auf und wurde ebenfalls blass.

»Wird dir etwa übel?«, fragte Andreas, obwohl auch er gegen seinen rebellischen Magen ankämpfte.

Die beiden mussten zwar nicht erbrechen, aber da ihre Beine bei der steten Bewegung des Schiffes ein Eigenleben zu führen schienen, setzten sie sich schließlich mit dem Rücken zur Bordwand und blickten zum Himmel hoch, um nicht auf das schäumende Meer sehen zu müssen.

»Jetzt weiß ich auch, weshalb Gygir keine Angst hatte, uns an Bord zu nehmen, obwohl er nur sieben Leute bei sich hat«, stöhnte Ailmar. »Selbst wenn wir ihm das Schiff hätten abnehmen wollen, wären wir nicht in der Lage dazu.«

Gygir hatte es gehört und klopfte lachend auf die Scheide seines Kurzschwerts. »Der Kampf auf einem Schiff unterscheidet sich gewaltig von dem an Land. Passagiere fürchte ich daher keine. Anders wäre es, wenn uns Piraten begegnen würden. Hier in Dänemark werden sie von den Schiffen des Königs gejagt, in Norwegen hingegen muss man mit ihnen rechnen. König Inge ist noch sehr jung und sitzt auf einem wackeligen Thron. Daher mussten seine Vormünder bereits etliche Aufstände niederkämpfen. Viele Edelleute glauben, einen höheren Anspruch auf die Krone zu besitzen als Inge und seine Brüder.«

»Wieso fährst du trotzdem hin?«, fragte Ailmar verwundert.

»Handel bringt Geld! Solange unser Christus im Himmel und der Asathor mir beistehen, ist es besser, ich verdiene es, als dass es ein anderer tut. Gerate ich an die Piraten und werde von ihnen erschlagen, so gelange ich ins Paradies – oder nach Walhall – und lasse mir dort den Met schmecken.«

»Asathor und Walhall sind heidnische Begriffe und sollten längst vergessen sein«, tadelte Andreas ihn.

»Weißt du, wie es jenseits der Totengrenze aussieht? Ich nicht! Da halte ich mich lieber an beide. Ist Christus der Sieger, so werde ich ihn im anderen Leben doppelt preisen und kein Wort mehr über die Asen verlieren«, gab Gygir ungerührt zurück.

In Andreas' und Ailmars Heimat hatte der Priester streng darauf geachtet, dass der heidnische Aberglaube keine Blüten mehr trieb. Daher sah Andreas den Schiffer verblüfft an. »Ihr Dänen seid doch alles Christenmenschen!«

»Ich bin kein Däne, sondern Isländer«, erklärte Gygir. »Zwar ziehen die Bischöfe von Skálholt und Hólar saure Mienen, wenn einer Thor oder Odin in den Mund nimmt, aber solange wir in der

Kirche brav zu unserem Christus beten, sollen sie damit zufrieden sein.«

Unterdessen wankte einer von Andreas' Gefolgsleuten heran und ließ sich jammernd an Deck nieder. »Wenn ich gewusst hätte, wie schrecklich die Fahrt wird, wäre ich niemals mitgekommen. Dieses tobende Meer wird uns alle verschlingen.«

»Das nennst du ein tobendes Meer?«, rief Gygir lachend. »Das hier ist die Nordsee, und die ist heute so glatt wie ein Kinderpopo. Anders wäre es, wenn wir in das Nordmeer einfahren würden. Da würdest du Wellen erleben, die höher als unser Mast sind, und Stürme, die dir die Ohren und die Haare vom Kopf reißen.«

Als der Mann das hörte, würgte er erneut und wurde von einem Matrosen zur gegenüberliegenden Bordwand geschleift. Da sein Magen inzwischen leer war, erbrach er nur noch stinkende Luft, fühlte sich dabei aber so schlecht, dass er wie die meisten seiner Kameraden lieber sterben wollte, als das länger zu ertragen.

»Ist das Nordmeer wirklich so schlimm, wie du sagst?«, fragte Andreas besorgt.

Gygir zuckte mit den Achseln. »Manchmal schon. Im Übrigen ist jedes Meer gefährlich. Auch hier in der Nordsee sind schon viele Schiffe gesunken, und vor Björgvin liegen sie zuhauf auf dem Grunde des Fjords.«

»Was ist Björgvin?«, wollte Andreas wissen.

»Die Dänen nennen es Bergen«, gab der Schiffer zurück und ging dann weiter, um einen seiner Männer zu tadeln.

Andreas und Ailmar sahen einander an. »Mir gefällt das Meer gar nicht«, stöhnte Ailmar. »Ich werde froh sein, wenn wir bei Jarl Ulfars Burg an Land gehen, und hoffe, danach nie mehr auf ein Schiff steigen zu müssen.«

Ein Matrose in ihrer Nähe feixte. »Wenn du wieder nach Hause willst, bleibt dir nichts anderes übrig, als erneut ein Wogenross zu besteigen.«

»Wir wollen in Norwegen bleiben«, erklärte Andreas.

Der Matrose grinste noch breiter. »Auch dann werdet ihr Schiffe benutzen müssen, denn Straßen sucht ihr dort vergebens. Wer von Björgvin nach Nidaros will, braucht ein Schiff, ebenso für die Reise nach Horda- oder Rogaland.«

Andreas sah Ailmar mit skeptischer Miene an. »Bereust du es jetzt, mich begleitet zu haben?«

»Und wenn es so wäre, ist es zu spät. Wir sind unterwegs«, antwortete sein Freund. »Ich glaube, ich bekomme jetzt sogar ein wenig Hunger.«

Andreas stöhnte, spürte dann aber, dass auch sein Magen sich beruhigt hatte, und stand auf. »Dann wollen wir zusehen, ob wir nicht etwas zwischen die Zähne bekommen.«

Sie hatten auf Gygirs Rat hin dessen Steuermann ein paar Silbermünzen gegeben, damit dieser Proviant für sie und ihre Männer kaufen sollte. Als sie jetzt ihre Mahlzeit einforderten, grinste der Mann. »Sieht aus, als könnten doch noch Kerle aus euch werden«, sagte er und wies einen Matrosen an, Brot, Käse und Wurst zu holen.

»Wenn sie das Zeug nicht gleich wieder auskotzen«, meinte dieser besorgt.

Da klopfte Ailmar ihm auf die Schulter. »Wenn wir alles mit einem guten Krug Bier hinunterspülen können, bleibt es schon unten.«

»Wollen wir's hoffen«, antwortete der Mann und ging los, um das Verlangte zu holen.

7.

Seit Stunden fuhr das Schiff zwischen den steil aufragenden Felsufern dahin, die teilweise so nahe zusammenlagen, dass man einen Pfeil von einer Seite zur anderen hätte schießen können. Hatten Gygirs Männer auf offener See das große, rechteckige Segel aufgezogen und den Wind für die Fahrt benützt, so saßen nun sechs von ihnen an den Riemen und trieben das Schiff langsam, aber stetig tiefer in den Fjord hinein.

»Hinter der nächsten Biegung liegt Jarl Ulfars Hof«, erklärte der Schiffer.

Andreas nickte angespannt. Da ihr Ziel nun in Reichweite lag, fragte er sich, was der Freund seines Vaters von ihm und seiner Begleitung halten würde. Auf Ailmar konnte er sich felsenfest verlassen, doch mit den zehn Waffenknechten waren sie noch nicht warm geworden. Er begriff, warum sein Bruder genau diese Männer ausgesucht hatte. Das Einzige, was sie wirklich gut konnten, war trinken.

»Hoffentlich kämpfen sie auch so gut, wie sie saufen«, sagte Ailmar, als Andreas dies erwähnte.

Doch genau das bezweifelten die beiden Ziehbrüder. Die Ausrüstung der Männer bestand aus einfachen Lederkollern, die mit ein paar Eisenblechen verstärkt waren. Ihre Schwerter stammten wahrscheinlich noch von ihren Großvätern und trugen große Rostflecke, und ihre Helme glichen mit Dellen übersäten Blechkübeln. Zwar hatten sie mittlerweile versucht, ihre Ausrüstung unter Ailmars Aufsicht zu pflegen, doch viel besser war sie nicht geworden.

»Fast wünsche ich mir, wir müssten gar nicht kämpfen«, antwortete Andreas seufzend. »Wenn ich diese Trottel mit Gygirs Männern vergleiche, so wiegt jeder von den Seeleuten mindestens drei von ihnen auf. Dabei sind das einfache Matrosen, die ihre Schwerter nur dann ziehen, wenn sie ihr Schiff verteidigen müssen.«

»Dort ist es!« Der Ruf des Kapitäns beendete das Gespräch, und sie eilten nach vorne zum Bug. Andreas stieg sogar auf die Bordwand, um besser sehen zu können, und hielt sich am geschnitzten Steven fest. Der Anblick war eine Enttäuschung. Auf einer flachen Stelle am Ufer lag ein kleines Dorf aus weniger als einem Dutzend Hütten und Häusern, dahinter ein großer, mit einem Palisadenzaun umfriedeter Hof, der so gar keine Ähnlichkeit mit einer Burg aufwies.

»Wenn mich nicht alles täuscht, bestehen alle Gebäude aus Holz, auch der Hof des Jarls«, stöhnte Andreas.

»Das tun die Burgen deines Vaters doch auch«, erinnerte ihn Ailmar.

Andreas schüttelte in komischer Verzweiflung den Kopf. »Das schon! Nur ist dort die Palisade höher und fester und steht auf einem Wall. Zudem wurde die Motte auf einem aufgeschütteten Hügel errichtet.«

»Wir sind eben nicht zu Hause.« Ailmar nahm die Gegebenheiten leichter hin als sein Freund, obwohl auch er sich über das Dorf wunderte, das nur von wenig fruchtbarem Land umgeben war. Dahinter ragten schroffe Felswände mehrere Hundert Schritt in die Höhe. Ein großer Steinklotz, kaum kleiner als ein Haus, lag seitlich des Jarlshofs und schien von oben herabgefallen zu sein. Offensichtlich war es nicht ungefährlich, hier zu siedeln.

»Das soll Ulfarsvik sein?« So ganz konnte Andreas es nicht glauben.

Gygir nickte und wies einen seiner Männer an, in ein Horn zu blasen. »Sie sollen wissen, dass wir in Frieden kommen«, erklärte er, während sich sein Schiff langsam einem Steg näherte, an dem bereits zwei Boote vertäut lagen. Diese waren größer als das seine, glichen sich aber nur wenig. Eines ähnelte dem Handelssegler, während das andere länger und schmaler war. Seine geschnitzten Steven ragten hoch empor, der am Bug zeigte den Kopf eines Fabeltiers mit aufgerissenem Maul und langen Zähnen.

»Das große ist Ulfars Kriegsschiff, und mit dem zweiten treibt er Handel an der Küste entlang bis hinauf zu den Fenni«, erklärte Gygir und winkte den Männern zu, die sich dem Steg näherten.

»Wer seid ihr und was wollt ihr?«, rief einer herüber.

»Ich bin Gygir Thialfason, der Isländer, und bringe Reisende, die Jarl Ulfar aufsuchen wollen«, gab Gygir Antwort.

»Welche Reisende?«

»Ich bin Andreas, Sohn des Ritters Hardo, des Herrn auf Venneby. Mein Vater ist ein Freund von Jarl Ulfar Gunnarson.«

»Könnt anlegen!«, scholl es zurück.

Während Andreas vom Bug aus zusah, wie sich der Handelssegler dem Steg näherte, trieb Ailmar ihre Begleiter auf die Beine. »Hoch mit euch! Gleich könnt ihr das Schiff verlassen!«

»Gibt's dort drüben auch Bier?«, fragte einer der zehn misstrauisch.

»Ich will's hoffen! Oder glaubt ihr, ich hätte keinen Durst?« Ailmar grinste, doch sein Blick warnte die Männer, es nicht zu übertreiben.

Seufzend nahmen diese ihre wenigen Habseligkeiten an sich und stiegen vom Schiff, kaum dass es angelegt hatte.

Andreas trat derweil auf einen groß gewachsenen Mann zu, der mit den breiten Schultern, der wuchtigen Gestalt und dem zotteligen Vollbart wie ein Bär wirkte.

»Sei mir willkommen, Andreas Harduson! Du kommst gerade noch rechtzeitig, um meiner Hochzeit mit Sigrid Ulfarsdottir beiwohnen zu können«, sagte der Mann und schloss Andreas in die Arme.

Andreas spürte die Enttäuschung wie bittere Galle in sich aufsteigen. Allen Bedenken zum Trotz hatte er gehofft, wenigstens in Erwägung gezogen zu werden. Stattdessen hatte Ulfar nicht einmal sein Kommen abgewartet, um einen Bräutigam für seine Tochter zu bestimmen. Weshalb bin ich überhaupt nach Norwegen gereist?, fragte er sich und sah an Ailmars Gesichtsausdruck, dass dieser dasselbe dachte.

Es galt nun, der Wahrheit ins Auge zu sehen, auch wenn diese sich deutlich von seinen eigenen Vorstellungen und Wünschen unterschied.

»Ich danke dir für deine Gastfreundschaft«, antwortete Andreas und löste sich vorsichtig aus dem Klammergriff des Norwegers. Obwohl er sich nicht gerade für schwächlich hielt, schmerzten ihm die Rippen. Der andere sah nicht nur aus wie ein Bär, sondern verfügte auch über dessen Kräfte.

»Ich bin Tryggvi Thorgilson aus Morske und von Jarl Ulfar auserwählt, sein Schwiegersohn und Nachfolger zu werden. Ich freue mich über deine Ankunft, die uns helfen wird, diesen elenden Rebellen und Verräter Eyvind Erlingarson zur Strecke zu bringen.«

Bei diesen Worten atmete Andreas ein wenig auf. In einem Kampf konnte er sich auszeichnen und Beute machen. Da er nicht mehr besaß als das Silber, das ihm sein Vater mitgegeben hatte, musste dies sein Ziel sein.

Mit einer knappen Bewegung wies er auf seine Begleiter. »Das hier ist mein Stellvertreter Ailmar, und diese zehn Mann sind meine Schar. Mehr vermochte mein Vater nicht aufzubringen, da ihn selbst Feinde bedrängen.«

Es war eine Lüge, um zu erklären, warum er nur mit so wenigen Männern kam.

Tryggvi schien es nicht zu stören, denn er fasste ihn um die Schulter und schob ihn vor sich her. »Jarl Ulfar wird sich freuen, den Sohn seines alten Freundes begrüßen zu können. Für einen Becher Met und ein Stück Braten wird Sigrid sorgen. Sie ist eine gute Hausfrau. Ich könnte es nicht besser treffen als mit ihr.«

Während er mit Tryggvi zu Ulfars Hof ging, rumorte in Andreas noch der Ärger, dass Ulfar in dem Brief an seinen Vater von einer möglichen Heirat gesprochen hatte. Verrenne dich nicht, ermahnte er sich. Du hast den Brief nicht einmal gesehen. Auch sein Vater hatte das Schreiben nicht lesen können, sondern den Priester der nahen Siedlung als Übersetzer und Vorleser benötigt. Der Mann mochte Ulfars Worte anders aufgefasst haben, als der Jarl es gemeint hatte.

Wenig später trat Andreas auf das Hauptgebäude des Hofes zu. Es maß mehr als fünfzehn Manneslängen in der Länge und etwa vier Manneslängen in der Breite und war aus festen Baumstämmen erbaut. Die Fenster waren klein wie Schießscharten und die Tür so niedrig, dass Andreas sich bücken musste, um hindurchzukommen. Dennoch schlug er sich den Kopf am Türbalken an.

»Das lernst du noch!«, meinte Tryggvi fröhlich.

Andreas nickte mit verkniffener Miene und tastete sich vorsichtig weiter. In der Mitte der Halle brannte Feuer in einer langen Feuerstelle, und an den Wänden hatte man etliche Fackeln entzündet. Daher war es im Innern des Hauses heller, als er erwartet hatte. An beiden Seiten der Feuergrube standen Tische und einfache

Bänke. Nur der Teil des Feuers, über dem in großen Kesseln gekocht wurde, war frei geblieben. Mehrere Frauen arbeiteten dort, und Andreas fragte sich, ob Sigrid Ulfarsdottir zu ihnen gehörte. Die Frauen waren groß und kräftig gebaut, schienen jedoch alle zu alt, um die Tochter des Jarls sein zu können.

Andreas wurde von Tryggvi zu dem Mann geführt, der auf einem prächtig geschnitzten Stuhl saß.

»Jarl Ulfar, das ist Andreas Harduson aus dem Sachsenland. Sein Vater Hardo hat ihn geschickt, um uns gegen den Verräter Eyvind beizustehen.«

Ulfar erhob sich und umarmte Andreas voller Freude. »Ich heiße dich willkommen, Andreas Harduson! Wie geht es deinem Vater? Ich habe ihn gut zwei Jahrzehnte nicht mehr gesehen. Bei Gott, waren das Zeiten! Damals hätten wir beide Eyvind Erlingarson mit Leichtigkeit eingefangen und seiner Strafe zugeführt.« Der Jarl seufzte entsagungsvoll und gab Andreas die Gelegenheit, ihn sich genauer anzuschauen.

Ulfar war fast so groß wie Tryggvi und ebenso breit, doch ihm war ebenso wie Andreas' Vater anzusehen, dass das Alter und ein hartes Leben ihren Tribut gefordert hatten. Wohl konnte er das Schwert noch ziehen, doch die Kraft, mit der er es einst geschwungen hatte, war geschwunden. Um sich durchsetzen zu können, brauchte Ulfar einen jüngeren Mann an seiner Seite und hatte Tryggvi dafür ausgewählt.

Längst bereute Andreas es, dem Willen des Vaters gefolgt zu sein. Es wäre besser gewesen, sich einem der großen Herren im Heiligen Römischen Reich als Gefolgsmann anzudienen. Da ihm in seiner Situation jedoch kein Wenn und Aber half, verbeugte er sich vor dem Jarl. »Ich freue mich, dir die Grüße meines Vaters zu übermitteln.«

Da er dänisch sprach und Ulfar und Tryggvi norwegisch, war die Unterhaltung trotz der Ähnlichkeit der Sprachen etwas mühsam, denn beide Seiten verwendeten immer wieder Worte, die der jeweils anderen fremd waren.

»Wenn du deinem Vater nur halbwegs gleichst, werden wir Eyvind Erlingarson bald stellen und ihn für seinen Verrat am König und an mir bestrafen. Doch jetzt setz dich erst einmal und trinke einen Schluck Met. Die Mägde sollen dir Fleisch und Brot vorlegen, denn du wirst gewiss hungrig sein«, fuhr Ulfar fort und führte Andreas zu einem kleineren Tisch, der sich an der Stirnseite der Halle befand. Dort befand sich sein Hochsitz, von dem aus er jeden Winkel der Halle im Auge behalten konnte. Rechts und links gab es je zwei Stühle für geehrte Gäste. Den rechts von Ulfar nahm Tryggvi ein. Andreas wurde der Platz links des Hochsitzes angeboten, die beiden anderen Stühle blieben leer.

8.

Sigrid Ulfarsdottir hatte die Ankunft der neuen Gäste bemerkt, es aber für wichtiger gehalten, nachzuschauen, wie lange Getreide, getrockneter Fisch und andere Vorräte noch reichen würden. Zwar war die Ernte im letzten Jahr reichlich gewesen, doch ihr Vater sammelte seit mehr als zwei Monaten Krieger, um Eyvind zu jagen. Bislang saßen diese allerdings nur herum, tranken die Metfässer leer und sorgten für Lücken in den Vorratshäusern.

Unwillkürlich ärgerte Sigrid sich darüber. Eyvind konnte mittlerweile überall sein, ob hoch im Norden bei den Fenni, auf den Orkneyjar, den Färöerjar oder gar auf Island.

»Vater sollte es dem König überlassen, Eyvind zu jagen«, murmelte sie. Dabei wusste sie selbst, dass ihr Vater auf diesem Weg König Inges Berater seine Treue beweisen musste. Immerhin hatte er sie mit einem Mann verlobt, der wenige Wochen später einen Aufstand angezettelt hatte.

Unwillkürlich verglich sie ihren neuen Verlobten mit Eyvind. Tryggvi war ebenfalls groß und kräftig, aber von eher schlichtem Gemüt. An seiner Stelle hätte Eyvind längst gehandelt. Stattdessen saß Tryggvi nur herum und wartete, bis ihr Vater sich entschloss, tätig zu werden. Sigrid hatte in den letzten Jahren jedoch mit Sorge beobachtet, wie dessen Kraft und Entschlussfreude immer mehr nachgelassen hatten. Vielleicht, so sagte sie sich, brachten die Neuankömmlinge den Umschwung.

Mit einem Mal hatte sie es eilig, sich die Sachsen anzusehen. Sie verließ das Vorratshaus und schlug einen Bogen, um die Gefolgsmänner des Neuankömmlings in Augenschein zu nehmen.

Diesen war ein Platz in der Nähe des herabgestürzten Felsblocks angewiesen worden. Jetzt saßen sie in dessen Schatten und tranken den Met, den ihnen die Knechte gebracht hatten. Obwohl jeder von ihnen kräftig aussah, wirkten sie auf Sigrid sehr gewöhnlich – bis auf einen. Dieser Mann war noch jung und der Kleinste in der Runde. Im Gegensatz zu den schlichten, metallbeschlagenen Lederrüstungen seiner Kameraden trug er ein Kettenhemd, und der Helm, der neben ihm lag, war aufwendiger gestaltet. Nicht nur das hob ihn hervor, sondern auch die entschlossene Miene und der wachsame Blick, mit dem er seine Umgebung musterte.

Wenn sein Anführer ihm ähnlich war, bestand Hoffnung, dass er ihren Vater dazu bewegen konnte, die Jagd auf Eyvind zu beginnen. Mit diesem Gedanken lenkte Sigrid ihre Schritte zur Halle ihres Vaters und trat ein.

Der Sachse saß ganz vorne am Tisch des Vaters. Wie sein Unterführer hatte auch er Wangen und Kinn rasiert und trug nur einen schmalen Schnauzbart. Unter Männern aufgewachsen, für die ein stattlicher Vollbart ein Zeichen ihrer Männlichkeit darstellte, wunderte Sigrid sich darüber. Sie erinnerte sich jedoch daran, dass Eyvind sich den Bart zwar nicht abgeschabt, ihn aber so weit gestutzt hatte, dass er ihm nicht auf die Brust fiel. Anscheinend mussten entschlossene Männer sich von den anderen auf diese Weise unterscheiden, dachte sie und fragte sich, ob der Sachse wirklich ein entschlossener Mann war.

Auf jeden Fall war er ein ansehnlicher Mann, fand sie. Zwar war er kleiner als Eyvind oder Tryggvi, aber immer noch ein bis zwei Fingerbreit größer als sie selbst. Sein Haar war von etwas dunklerem Blond als das ihre und sein Gesicht für einen Mann recht hübsch. Der Blick seiner tief liegenden grauen Augen warnte sie jedoch davor, ihn für weichlich zu halten. Zu ihrer Verwunderung wirkte er verärgert. Nein, eher enttäuscht, berichtigte Sigrid sich.

Da bemerkte Ulfar seine Tochter und winkte ihr, zu ihm zu kommen. »Das ist Sigrid! Komm her, mein Töchterchen, und begrüße den Sohn meines alten Freundes Hardo.«

Die junge Frau trat zu dem Gast und sah zu ihrem Erstaunen, dass der Sachse aufstand und sich vor ihr verbeugte. Solche fremdländischen Sitten war man hier nicht gewohnt.

Als Andreas sich wieder aufrichtete, musterte er Sigrid neugierig. Sie war die größte Frau, der er bislang begegnet war, und er nahm im ersten Augenblick an, sie würde sogar ihn überragen. Zu seiner Erleichterung stellte er jedoch fest, dass sie eine Winzigkeit kleiner war als er. Ihr Haar leuchtete wie ein Helm aus Gold und fiel in reicher Fülle bis zu den Hüften. Wimpern und Augenbrauen waren von der gleichen Farbe und beschatteten zwei Augen, in denen sich die Farbe des Sommerhimmels spiegelte. Mit ihrem ebenmäßigen Gesicht, einer schmalen, geraden Nase und dem sanft geschwungenen Mund war Sigrid Ulfarsdottir die schönste Frau, die er je gesehen hatte, und seine Enttäuschung, dass Ulfar sie einem ungeschlachten Hünen wie Tryggvi überlassen wollte, wuchs. Allein diese Frau für sich zu gewinnen, hätte die Fahrt nach Norwegen gelohnt.

Sonst waren Frauen ihrer Größe oft schwerfällig und ungelenk, doch Sigrids Gestalt wirkte vollkommen. Der Schwung ihrer Hüften und des Busens war genauso, wie es sein musste, der Hals wirkte nicht zu kurz und auch nicht zu lang. Dazu bewegte sie sich mit einer Grazie, die selbst viele kleinere Frauen und Mädchen vermissen ließen.

»Ich grüße dich, Sohn des Hardo!«, sagte sie mit einer Stimme, die fest genug war, um Mägde zum Gehorsam zu bringen, aber sanft genug, um das Herz eines Mannes zu umschmeicheln.

»Ich bin entzückt, dich kennenzulernen«, antwortete Andreas und verbeugte sich erneut.

»Deine sächsischen Manieren solltest du dir abgewöhnen. Ein Nordmann verneigt sich nur vor seinem König, nicht aber vor einem Weib«, rief Tryggvi lachend und klopfte Sigrid, als sie an ihm vorüberging, auf das Hinterteil.

Einen Augenblick zwickte es Sigrid in den Fingern, ihm dafür eine Ohrfeige zu versetzen. Nur der ernüchternde Gedanke, dass Tryggvi ihr neuer Bräutigam war, hielt sie zurück, und sie schritt hocherhobenen Hauptes davon.

9.

Als der Abend dämmerte, betraten weitere Männer die Halle. Ulfar stellte sie Andreas vor und sah dann fragend in die Runde: »Was ist mit Johan und seinen Leuten?«, wollte er nach einer Weile wissen, da die meisten Plätze noch leer waren.

Niemand konnte ihm Auskunft geben. Schließlich kam ein älterer Mann herein und blieb vor Ulfar stehen. »Ich soll dir von Johan ausrichten, dass im Brekkedalen Vieh gestohlen wurde. Er verfolgt mit seiner Schar die Diebe, um die Tiere zurückzuholen.«

»Das ist gut«, lobte Ulfar und befahl, neuen Met zu bringen.

Während die Knechte Becher und Trinkhörner füllten, stand Sigrid mit wachsendem Unmut nahe am Eingang. Ihr Vater und Tryggvi saßen seit Stunden zusammen, tranken Unmengen Met und prahlten mit Heldentaten, die sie bereits begangen hatten oder noch begehen wollten.

Unwillkürlich blickte sie zu dem Sachsen hin. Dieser sagte wenig und trank auch nicht viel. Sie fragte sich, was er mit den paar Männern, die er aus seiner Heimat mitgebracht hatte, bewirken wollte. Wie Helden hatten diese nicht ausgesehen – vielleicht mit Ausnahme seines Unteranführers, der bei ihnen gesessen hatte. Dieser schien aus einem ähnlichen Holz geschnitzt zu sein wie sein Herr. Erneut verglich sie Andreas mit ihrem Verlobten und fragte sich, ob es ihr gefallen würde, wenn ihr Vater ihn als ihren Bräutigam ausgesucht hätte. Für Tryggvi sprach nicht viel mehr als sein starker Schwertarm. Sie bezweifelte jedoch, dass er es mit Eyvind aufnehmen konnte. Dem Sachsen hingegen traute sie es zu.

Eben stellte dieser die Frage, wie ihr Vater gegen seinen Feind vorgehen wolle.

Ulfar trank einen Schluck, bevor er Antwort gab. »Ich habe zwei Schiffe für die Fahrt vorbereiten lassen. Sobald die Männer, die mir der König versprochen hat, hier sind und ich Nachricht erhalte, wo sich der Verräter Eyvind verkrochen hat, werden wir lossegeln und ihn fangen!«

Auch wenn Andreas kein Seemann war, so wusste er doch um die Größe des Meeres und hielt eine Verfolgungsjagd über See für schwierig. Bis die Information, wo Eyvind zu finden war, Ulfar erreichte, konnte der Rebell längst ganz woanders sein. Im schlimmsten Fall hieß dies, ihm von Hafen zu Hafen zu folgen und ihn am Ende doch zu verfehlen. Da er spürte, dass solche Bedenken hier nicht gerne gehört wurden, hielt er den Mund.

Zudem ärgerte er sich. Obwohl Ulfars und Tryggvis Unteranführer und sogar einfache Krieger mit an der Tafel saßen, musste Ailmar draußen bei seinen Waffenknechten bleiben. Wenn das die Wertschätzung war, die man ihm und seiner Schar entgegenbrachte, würde er hier kaum Ruhm und Ansehen erringen.

Während Ulfar und Tryggvi Andreas' Unmut völlig entging, bemerkte Sigrid ihn und fragte sich, was den Sachsen so störte. Dieser hatte sich gerade dazu durchgerungen, Ulfar energisch aufzufordern, auch seinen Stellvertreter in die Halle einzuladen. Da stolperte Ailmar, vom eigenen Schwung getragen, durch die Tür herein.

»Einer der Höfe brennt!«, meldete er aufgeregt auf Deutsch.

»Was sagst du?«, fragte Ulfar verwirrt.

»Ein Hof brennt!«, antwortete Ailmar jetzt auf Dänisch.

Ulfar stand schwerfällig auf. Tryggvi war schneller als er und stürmte zur Tür hinaus. Auch Andreas verließ das Gebäude. Obgleich er sich bückte, schlug er sich erneut den Kopf an.

»Warum können die kein richtiges Portal errichten?«, stöhnte er, als er sich zu Ailmar gesellte.

»Auf die Weise können sie Feinde, die in die Halle eindringen wollen, leichter von innen bekämpfen«, antwortete Ailmar, richtete sein Augenmerk dann auf den brennenden Bauernhof. Ein Teil der Männer eilte bereits los, um beim Löschen zu helfen.

Andreas und Ailmar wussten nicht, ob sie ihnen folgen sollten, und wandten sich Ulfar zu. Bevor der Jarl etwas sagen konnte, tauchten um sie herum Krieger auf. Schwerter und Speere wurden auf sie gerichtet, ohne dass auch nur einer von den Überfallenen dazu kam, die eigene Waffe zu ziehen.

»Das war eine Kriegslist!«, stieß Andreas aufgebracht hervor. »Durch den Viehdiebstahl haben sie einen Teil der Krieger weggelockt und mit dem brennenden Hof die meisten anderen!« Er sagte es auf Deutsch und erhielt dafür einen Schlag mit einem Speerschaft.

»Rede gefälligst so, dass man dich versteht!«, schnauzte ihn der Kerl an.

Andreas kochte vor Zorn, doch als er mit der Hand zum Schwertgriff langte, traf ihn der nächste Schlag und schleuderte ihn zu Boden.

Unterdessen blickte Ailmar vorsichtig in Richtung ihrer Waffenknechte. Wenn die Kerle mitbekamen, was hier geschah, konnten sie jene Krieger holen, die das Feuer löschen wollten. Diese waren den Feinden gewiss überlegen, und sobald sie kamen, würden auch Andreas und er die Schwerter ziehen können.

Die wenigen Männer, die bei Ulfar geblieben waren, wurden von je zwei Angreifern in Schach gehalten, Tryggvi sogar von dreien. Selbst auf Sigrid und die Mägde waren Klingen gerichtet.

Ein lauter Schrei konnte vielleicht die eigenen Leute alarmieren, dachte Ailmar. Doch so, als hätte man ihm den Gedanken von der Stirn abgelesen, erklärte einer der Eindringlinge, dass sich jeder, der auch nur einen Laut von sich gäbe, in der Hölle wiederfinde.

Nun kam ein Mann näher, der größer war, als Andreas und Ailmar je einen gesehen hatten. Im Gegensatz zu Tryggvi aber wirkte seine Gestalt harmonisch, und er trat auf wie jemand, der sich seines hohen Wertes bewusst war. Er lächelte, als er die Gefangenen sah, und blieb schließlich vor Ulfar stehen.

»Du hättest mich jagen sollen, als du noch die Gelegenheit dazu hattest. Nun ist es für dich zu spät. Ehe die Morgensonne über dem Horizont aufsteigt, wird deine Tochter mein Weib!«

»Niemals!«, brüllte Ulfar.

»Sachte und nicht so laut!«, mahnte der Krieger ihn. »Ich will meine Hand nicht gegen den Vater meiner Braut erheben müssen.«

»Du bist ein elender Schurke! Selbst wenn du Sigrid jetzt mitnimmst, werde ich dich finden und sie befreien. Dann aber hänge ich dich an der Mastspitze meines Schiffes auf!« Obwohl er vor Wut kochte, hielt Ulfar seine Stimme im Zaum. Er traute es Eyvind Erlingarson zu, ihn zu erschlagen und Sigrid als Beute mitzunehmen.

Eyvind trat indessen auf Sigrid zu und fasste sie am Kinn. »Noch heute gehörst du mir!«

»Der einst so kühne Krieger Eyvind Erlingarson ist zum Mädchenräuber geworden«, stellte Sigrid bissig fest.

Eyvind schüttelte den Kopf. »Nicht nur! Wir nehmen auch die anderen Weiber mit, denn wir brauchen Sklavinnen. Aber einer ist hier überflüssig.«

Damit wandte er sich Tryggvi zu, der seit Beginn des Überfalls keinen Laut von sich gegeben hatte.

»Du bist also der Mann, der meine Braut heiraten wollte. Ich hätte dich für klüger gehalten!«

Voller Wut streckte Tryggvi die Hände aus, um Eyvind zu packen. Dieser wich ihm geschickt aus und versetzte ihm einen heftigen Hieb in den Nacken.

»Du bist nur ein Feigling, der einen unbewaffneten Mann niederschlagen kann!«, höhnte Sigrid in einer Mischung aus Zorn und Ärger, die weniger Eyvind als ihrem Vater und ihrem Verlobten galt. Beide hatten sich übertölpeln lassen wie Narren.

»Fesselt die Gefangenen bis auf Ulfar, Tryggvi und Sigrid«, befahl Eyvind seinen Männern.

Angesichts der Umstände ließ Ailmar sich widerstandslos binden. Andreas wehrte sich jedoch und erhielt mehrere harte Schläge. Zwei Männer rissen ihn zu Boden, drückten ihn mit den Knien nieder und fesselten ihn.

Eyvind nickte mit zufriedener Miene und sah zu, wie ein Teil seiner Männer die Gefangenen zum Anlegesteg brachte. »Ich bin mit einem Schiff gekommen und werde mit dreien wieder fahren.«

»Du elender Hund! Ich wollte, ich hätte dir den Schädel gespalten, als ich dich das letzte Mal sah«, heulte Ulfar in seiner Verzweiflung.

Ohne ihn zu beachten, wies Eyvind seine Männer an, Tryggvi ein Schwert zu reichen. »Sigrid war mit mir verlobt, und ich lasse mir das Recht an ihr nicht nehmen. Da du es gewagt hast, sie zu begehren, wirst du deine Strafe empfangen. Es soll jedoch ein ehrlicher Kampf sein, damit keiner sagen kann, ich hätte dich heimtückisch erschlagen!«

Einer von Eyvinds Männern drückte Tryggvi das Schwert in die Hand und trat zurück. Tryggvi stieß lautstark auf und versuchte, seinem vom Met umnebelten Gehirn einen halbwegs klaren Gedanken zu entringen. In seinem Zustand war er jedoch kein gleichwertiger Gegner für Eyvind.

»Was bist du nur für ein Held, einen Betrunkenen zum Zweikampf zu fordern! Da könntest du ihn auch gleich erschlagen«, schrie Sigrid ihn zornig an.

Eyvind lachte leise auf. »Du solltest dir angewöhnen, höflicher zu mir zu sein, sonst wird deine Kehrseite Schaden nehmen. Um dich zufriedenzustellen, werde ich dafür sorgen, dass er ein gleichwertiger Gegner für mich wird. Bringt mir Met!«

Der Befehl war an zwei seiner Männer gerichtet, die sofort in die Halle eindrangen und mit mehreren Trinkhörnern und einem vollen Eimer Met zurückkehrten. Eyvind nahm eines der Hörner entgegen und leerte es in einem Zug aus.

»Dein Met ist gut, Ulfar! Wenn deine Tochter ihn bereitet hat, wird mein Gewinn noch größer sein, als ich gehofft habe.«

Ulfar stand mit hängenden Schultern da und versuchte zu begreifen, welcher Fehler ihn zum hilflosen Gefangenen seines Feindes gemacht hatte.

»Reicht der Met, oder soll ich noch ein Horn trinken?«, fragte Eyvind Sigrid spöttisch.

Deren Augen funkelten im Licht der brennenden Fackeln wie blasse Sterne. »Meinetwegen kannst du dich darin ersäufen!«

Nach einem Blick auf Tryggvi, der heftig mit den Augen zwinkerte, weil er die Klinge seines Schwertes doppelt sah, setzte Eyvind das nächste Trinkhorn an und hörte erst auf, als auch dieses leer war. Mittlerweile spürte er den Met und rieb sich mit der Linken über die Stirn.

»Komm, Tryggvi Thorgilson! Oder willst du dein Recht auf deine Braut freiwillig aufgeben?«

Bis jetzt war Sigrids Verlobter stumm geblieben. Nun aber stieß er einen wilden Schrei aus und stürzte sich auf Eyvind. Dieser wich seinem Schwertstreich aus und hieb seinerseits zu. Tryggvi taumelte noch ein paar Schritte, verlor dabei sein Schwert und schlug schließlich schwer auf den Boden. Blut floss aus einer tiefen Wunde und wirkte im Schein der Fackeln schwarz wie Pech.

Sigrid wusste nicht, ob sie um ihren Verlobten trauern oder ihn verfluchen sollte, da er auf eine so unwürdige Weise den Tod gefunden hatte. Vater hätte klüger sein und einen Bräutigam für mich aussuchen sollen, der Eyvind gewachsen ist, dachte sie und haderte mit ihrer Hilflosigkeit. Ihr Blick blieb unwillkürlich auf Andreas haften, der eben an Bord eines Schiffes geschleppt wurde.

»Es wird Zeit zu gehen!«, sagte Eyvind zu ihr, fasste nach ihrem Arm und zog sie mit sich.

Sigrid musste zusehen, wie seine Männer einige Gegenstände, die sie rasch zusammengerafft hatten, aus der Halle ihres Vaters schleppten. Jämmerlicher, sagte sie sich, war noch kein Jarl um einen Teil seines Besitzes gebracht worden. Sie wollte ihrem Vater jedoch die geringere Schuld zuschreiben. Er war alt geworden und seine letzte Wunde noch nicht vollständig verheilt. Tryggvi hätte ihm die Stütze sein müssen, die er brauchte. Doch dieser lag nun auf der Erde und tränkte sie mit seinem Blut.

10.

Als die Krieger, die zu dem brennenden Haus geeilt waren, zurückkamen, war es zu spät. Eyvinds Krieger hatten ihre Gefangenen und ihre Beute auf die drei an der Pier vertäuten Schiffe verteilt und lösten bereits die Leinen. Ein paar Pfeile klatschten noch harmlos ins Wasser, dann blieb Ulfars Männern nicht mehr, als den in den Fjord entschwindenden Räubern Verwünschungen nachzurufen.

Eyvind blickte über das Heck zurück und lachte schallend. Seit mehr als einem Vierteljahr war er in König Inges Namen geächtet und hatte doch einen Streich gewagt, von dem die Skalden noch in vielen Jahren singen würden.

»Seit Egil Skallagrimson hat keiner dem König von Norwegen kräftiger auf die Zehen getreten als ich«, sagte er triumphierend zu Sigrid.

Diese schwieg, doch ihr Vater ballte die Rechte zur Faust. »Dafür wird man dich zur Rechenschaft ziehen, Eyvind Erlingarson! Man wird dich jagen und dir die Haut bei lebendigem Leib abziehen.«

»Ha! Wie will der Knabenkönig dies bewerkstelligen? Sein Thron wankt, und es werden andere kommen, die ihn stürzen wollen. Da bleibt ihm keine Zeit, mich zu jagen!«

Zu Ulfars Kummer hatte er recht. König Inges Berater hatten genug damit zu tun, dessen Thron zu stützen, und waren daher kaum in der Lage, jemanden zu jagen, der sich in Irland oder auf Island ansiedelte. Auch konnte Eyvind in die Dienste der Kaiserinwitwe Maude von England oder deren Widersacher Étienne de Blois treten, die miteinander im Wettstreit um die Krone Englands lagen.

Sigrid war an die Bordwand getreten und starrte auf den Fjord. Als gute Schwimmerin überlegte sie, ob sie nicht über Bord springen und versuchen sollte, irgendwo an Land zu kommen. Leicht würde es wegen des Steilufers nicht werden, doch vielleicht hatte sie Glück.

Bevor Eyvind reagieren konnte, stieg sie auf die Bordwand und sprang ins Wasser. Weit kam sie jedoch nicht, weil einer der Ruderer seinen Riemen mit ziemlicher Wucht hochriss und sie an der Schulter und am Kopf traf. Zwei Männer packten sie und zogen sie heraus, bevor sie versank.

»Was ist mit ihr?«, fragte Eyvind besorgt.

Einer seiner Männer tastete Sigrid ab und sah danach seinen Anführer erleichtert an. »Sie ist nur bewusstlos. Gebrochen hat sie nichts.«

»Da bin ich froh. Fesselt sie! Ich will nicht noch einmal erleben, dass sie über Bord springt.« Eyvind grinste und wandte sich Ulfar zu. »Deine Tochter zeigt Mut! Das verspricht tapfere Söhne für mich.«

»Der Teufel soll dich holen!«, schrie Ulfar ihn an und wollte den Mann packen, der eben einen Strick um Sigrids Fußknöchel wand.

Zwei Männer fassten ihn unter den Achseln und zogen ihn weg. Eyvind folgte ihnen und deutete auf die Felswände des Fjords. »Gleich erreichen wir die hohe See. Wir werden dich auf der Schäre vor der Landspitze absetzen. Dort kannst du warten, bis ein Schiff kommt und dich mitnimmt.«

»Bis dorthin bin ich verhungert und verdurstet«, schimpfte Ulfar.

»Ich lasse dir einen Krug Wasser und etwas zu essen zurück. Mein Weib würde mir zu Recht zürnen, wenn ich dich verhungern ließe.« Eyvind lachte schallend, denn das war ein Spaß nach seinem Sinn.

Auf seine Anweisung hin füllte einer seiner Krieger einen Krug mit Wasser sowie einen Beutel mit Brot, geräuchertem Fleisch und getrocknetem Fisch und reichte Ulfar beides.

»Hier ist dein Festmahl! Wenn du es gut einteilst, kommst du damit etliche Tage aus. Bis dorthin wird gewiss ein Schiff auftauchen.«

Auch er lachte, und seine Kameraden fielen mit ihm ein. Nicht wenige von ihnen hatten befürchtet, der Überfall auf Ulfars Hof könnte blutig enden, doch der leichte Sieg hob die Stimmung, und so kam Ulfar glimpflich davon. Wären mehrere von Eyvinds Männern verletzt oder gar getötet worden, hätte er kaum auf Gnade hoffen können. So aber steuerte Eyvinds Schiff die Schäre an, und die Männer legten fünf Riemen zu einem provisorischen Steg zusammen.

»Lebt wohl, Ulfar«, sagte Eyvind und wies auf den vom Meer glatt geschliffenen Felsen.

Sigrids Vater zögerte kurz, sagte sich dann aber, dass er als freier Mann mehr für seine Tochter und die anderen Gefangenen tun konnte, als wenn er auf Eyvinds Schiff blieb. Daher biss er die Zähne zusammen und balancierte an Land. Kaum war er drüben, wurden die Riemen eingeholt, und das Schiff fuhr weiter.

11.

Außer Sigrid und deren Vater waren nur Andreas und Ailmar auf Eyvinds Schiff gebracht worden. Sigrids Mägde, unter denen sich ihre engsten Vertrauten Hlif, Olaug und Sibba befanden, hatte Eyvind ebenso wie die anderen Gefangenen auf die beiden erbeuteten Schiffe verteilt. Im Gegensatz zu Andreas, der sich gegen seine Gefangennahme gewehrt hatte und nun bewusstlos und mit einer blutenden Platzwunde auf den Planken lag, war Ailmar unverletzt geblieben. Da er gefesselt war, konnte er seinem Freund nicht helfen und sprach daher einen ihrer Entführer an.

»Könnt ihr meinen Gefährten wenigstens verbinden?«

»Was sagt er?«, fragte Eyvind, der vorne am Bug stand.

»Er will, dass wir den anderen Kerl verbinden. Hat wohl Angst, es würde zu viel Blut aus ihm herauslaufen«, berichtete ihm einer seiner Männer.

Unterdessen war Sigrid aus ihrer Betäubung erwacht und kämpfte gegen die Kopfschmerzen an, die der Schlag mit dem Ruder verursacht hatte. Trotzdem begriff sie rasch, dass ihr Vater nicht mehr auf dem Schiff war, und starrte Eyvind erschrocken an. »Wo ist mein Vater?«

»Den haben wir auf einer Schäre ausgesetzt, mit genug Wasser und Essen, sodass er auf Rettung warten kann«, antwortete ihr Entführer und wies auf Andreas.

»Verbinde den Sachsen, damit er nicht ganz ausblutet!«

»Mit gefesselten Händen?«, fragte Sigrid bissig.

»Dann hast du wenigstens etwas zu tun.« Eyvind wandte ihr wieder den Rücken zu und blickte nach vorne.

»Und wie komme ich zu dem Sachsen?« Sigrids Lebensgeister erwachten langsam wieder, und sie ärgerte sich, weil sie so überstürzt hatte fliehen wollen. Von nun an würde Eyvind sie schärfer bewachen lassen.

Noch während sie mit sich haderte, packten zwei Männer sie unter den Achseln und trugen sie zu Andreas. Ein Dritter warf ihr ein Stück Leinwand zu, das sie gerade noch festhalten konnte, bevor es auf die schmutzigen Planken fiel.

Während Sigrid Andreas unter großen Mühen einen Verband anlegte, dachte sie daran, dass dieser auf den Ruf ihres Vaters hin gekommen war und es dessen Pflicht und die ihres Verlobten gewesen wäre, die Sicherheit ihres Gastes und die seiner Gefährten zu gewährleisten. Doch auch in dieser Beziehung hatten beide versagt. Sie sah zu Eyvind hin. Hätte ihr Vater sie in Ehren mit ihm zusammengegeben, wäre sie ihm zwar nicht mit Begeisterung, aber doch willig gefolgt. Von ihm als Beute mitgenommen zu werden, erzürnte sie ungemein, zumal Eyvind den von ihrem Vater erwählten Bräutigam erschlagen hatte. Aber was sollte sie tun? Sie war in Eyvinds Gewalt und konnte sich entweder mit aller Kraft gegen ihn sträuben oder alles mit sich geschehen lassen. Eines schwor sie sich: Sobald sich eine Gelegenheit bot, würde sie fliehen und alles tun, um sich für ihre Gefangennahme und ihre Schändung an Eyvind zu rächen. Auch musste sie ihre Mägde befreien, die Eyvind mitgenommen hatte. Der Gedanke, dass Hlif und die anderen Frauen Eyvinds Männern ebenso ausgeliefert sein würden wie sie diesem, trieb ihr die Tränen in die Augen. »Verflucht sollst du sein, tausendmal verflucht!«, murmelte sie hasserfüllt.

Da rührte Andreas sich und sagte etwas auf Deutsch.

»Was will er?«, fragte sie Ailmar.

»Er sagt, dass ihm der Kopf zerspringt.«

»Es war dumm von ihm, sich zu wehren«, behauptete Sigrid, deren Kopf wohl kaum weniger schmerzte als der von Andreas.

Ailmar ging nicht auf ihre Worte ein, sondern stellte die Frage, die ihn am meisten bewegte. »Was haben diese Männer eigentlich mit uns vor, und wer sind sie?«

»Was mit euch geschehen soll, vermag ich nicht zu sagen. Vielleicht lässt Eyvind euch irgendwo frei.« Sigrid bezweifelte dies jedoch, denn sie hatte gehört, dass die Gefangenen Sklaven werden sollten. Das aber wollte sie den beiden Sachsen im Augenblick nicht sagen.

»Wir müssen zusehen, dass wir auf eigene Faust freikommen«, stöhnte Andreas auf Deutsch und fing sich dafür einen Fußtritt eines von Eyvinds Männern ein.

»Rede so, dass man dich versteht. Sonst schneiden wir dir die Zunge ab!«

»Verfluchter Hund!«, stieß Andreas leise hervor.

Da legte Sigrid ihm die gefesselten Hände auf die Stirn. »Ich würde die Drohung ernst nehmen. Eyvind und seine Männer sind Geächtete und haben nichts zu verlieren. Ob sie dir die Zunge abschneiden oder dich gleich umbringen und ins Wasser werfen, bleibt für sie gleich.«

»Für uns aber nicht«, antwortete Ailmar mit einem schiefen Grinsen.

»Wohin fahren die eigentlich?«, fragte Andreas.

Sigrid blickte zu den Sternen hoch und versuchte, die Richtung zu schätzen. »Wenn ich mich nicht irre, segeln wir nach Südwesten.«

»Und was ist dort?«

»Hjaltland und die Orkneyjar, aber auch Schottland und Irland«, berichtete Sigrid.

Die beiden ersten Namen waren Andreas und Ailmar unbekannt, und auch Schottland und Irland kannten sie nur vom Hörensagen. Welche Bedeutung diese Länder für ihre Entführer hatten, konnte ihnen auch Sigrid nicht sagen. Sie starrte nun düster vor sich hin und fragte sich, was sie erwartete. Eyvind hatte gedroht, sie noch in dieser Nacht zu seinem Weib zu machen, und sie wusste nicht, wie ernst es ihm damit war.

Andreas' Beispiel war ihr jedoch Warnung genug. Wenn sie sich sträubte, würde dies Schläge und weitere Fesseln bedeuten. Daher erschien es ihr klüger, alles hinzunehmen, was Eyvind von ihr forderte, und die erste Gelegenheit zur Flucht zu nutzen.

Ihre Gedanken glitten erneut zu den Gefangenen auf den beiden anderen Schiffen. Als Tochter des Jarls war es ihre Pflicht, diese zu befreien. Wie sie es anstellen sollte, wusste sie nicht. Eines aber schwor sie sich: Sie würde nicht aufgeben, bis die Letzten ihrer Getreuen der Gefangenschaft entronnen waren. Vielleicht, dachte sie, konnten die beiden Sachsen ihr dabei helfen.

12.

Ein neuer Tag brach an. Immer noch segelten die drei Schiffe in Rufweite und hielten Kurs nach Südwesten. Eyvind und ein Teil seiner Männer hatten den Rest der Nacht geschlafen und lösten nun ihre Kameraden ab, die in der Zeit gewacht hatten.

Nachdem Eyvind den Kurs der Schiffe kontrolliert hatte, kam er auf Sigrid zu, die unweit von Andreas und Ailmar lag und trotz ihrer Schmerzen und Sorgen eingeschlafen war. Er betrachtete seine schöne Gefangene mit einem besitzergreifenden Blick. Schon bald würde sie ihm ganz gehören. Hier auf dem Schiff in Anwesenheit seiner Männer wollte er sie jedoch nicht nehmen. Eine Sklavin behandelte man so, aber nicht die Frau, die sein Eheweib werden sollte.

Er wandte sich an seinen Steuermann: »Wenn wir die Orkneyjar erreicht haben, bleibt das Mädchen an Bord, Einar. Lass ein Zelt errichten, damit niemand sie sieht. Jarl Ulfar hat Freunde auf den Inseln.«

»Es geschieht so, wie du es willst, Eyvind. Wir müssen vorsichtig sein. Jarl Ragnvald ist ein Anhänger des Knabenkönigs Inge. Wenn er erfährt, dass wir auf den Inseln sind, wird er alles daransetzen, unser habhaft zu werden.«

»Wir bleiben nur einen Tag und segeln dann weiter. Kolbjorn Spakason hat versprochen, Freunde zu sammeln, die mit uns fahren. Da ich nicht weiß, ob sie genug Schiffe aufgetrieben haben, bin ich um die von Ulfar erbeuteten Schiffe froh. Zudem wollte Bram Irland aufsuchen, um dort Frauen zu besorgen, denn wir brauchen noch mehr Weiber.«

»Auch in der Hinsicht hat sich der Überfall auf Ulfars Hof gelohnt«, meinte Einar grinsend. »Asmod hat sechs Frauen an Bord, keine älter als dreißig. Die halten was aus!«

Eyvind bedachte ihn mit einem zornigen Blick. »Die Frauen sind nicht dazu da, um unter einem lüsternen Bock nach dem anderen zu liegen, sondern um Junge zu werfen. Hämmert euch das in eure Schädel! Wir sind nicht auf einer Raubfahrt, sondern wollen siedeln. Es gibt die Weiber daher nur als Ehefrauen.«

»Wenn ich mir aussuchen darf, welche ich haben will, kümmert mich das nicht«, erklärte Einar mit einem noch breiteren Grinsen. Dann wurde seine Miene ernst. »Selbst wenn Bram ein ganzes Schiff mit irischen Sklavinnen vollgeladen hat, reicht die Zahl der Frauen bei Weitem nicht aus, um jedem unserer Krieger ein Weib zu geben, geschweige denn den Bauern und Knechten, die mit uns fahren.«

Eyvind legte ihm die Hand schwer auf die Schulter. »Die Weiber der Bauern werden in Ruhe gelassen! Ihre Männer sind freiwillig mitgekommen und haben ein Recht darauf, dass wir sie gut behandeln. Die Knechte können sich meinetwegen mit ihren Fingern verheiraten, und was die Krieger betrifft, die kein Eheweib haben: Für die werden wir den Eingeborenen Frauen abfordern.«

Mit einem weiteren Blick auf die noch immer schlafende Sigrid kehrte Eyvind zu seinem Ausguckposten am Bug zurück.

Anders als Andreas, der im Lauf der Nacht ebenfalls weggedämmert war, war Ailmar wach geblieben und hatte das kurze Gespräch zwischen Eyvind und dessen Unteranführer mit angehört. Da er sich darauf keinen Reim machen konnte, wartete er angespannt darauf, dass Sigrid erwachte. Nicht lange, da öffnete sie mit einem Seufzer die Augen und sah sich verwirrt um.

»Es ist die Wahrheit und kein Albtraum! Eyvind hat den Hof meines Vaters überfallen und uns als Gefangene verschleppt«, flüsterte sie bedrückt, als sie das Schiff und den Himmel über sich erblickte.

Auch Andreas erwachte und stieß mehrere wüste Flüche auf Deutsch aus. Zum Glück kümmerte sich diesmal keiner von Eyvinds Männern um ihn. Die meisten nutzten die Tatsache, dass die Schiffe mit gutem Wind segelten, und schliefen.

»Ich konnte hören, was Eyvind zu dem Kerl am Steuer gesagt hat. Allerdings verstehe ich nicht, was er gemeint hat«, flüsterte Ailmar Sigrid und Andreas zu.

»Berichte!«, forderte Sigrid ihn auf.

Ailmar tat es und musste einige Nachfragen beantworten. Schließlich schüttelte Sigrid den Kopf. »Ich begreife ehrlich gesagt auch nicht, was Eyvind vorhat. Siedlungsland gibt es nur weit hinter Nidaros in Halogaland. Allerdings fahren Männer des Königs dorthin, um bei den dort lebenden Fenni Abgaben einzutreiben. Sollte Eyvind sich dort ansiedeln, würden es die Berater des Königs im nächsten Jahr erfahren und Schiffe nach Norden schicken, um ihn zu fangen.«

»Aber er sagte deutlich, dass er siedeln will«, erklärte Ailmar mit Nachdruck. »Dieser Bram soll ihm irische Sklavinnen für seine Männer besorgen. Er will auch Bauern mitnehmen und die noch fehlenden Frauen den Eingeborenen abnehmen.«

Sigrid schüttelte erneut den Kopf. »Damit würde er sich die Fenni zum Feind machen. Außerdem ist deren Land so karg, dass kein einziger Grashalm dort wächst, sondern nur Flechten und

Moose. Kein Bauer könnte dort auch nur ein Getreidekorn ernten.«

Es war ein Rätsel, das Sigrid nicht zu lösen vermochte, verstärkte jedoch ihren Willen, so bald wie möglich zu fliehen. Vielleicht bot sich dort, wo die Schiffe das nächste Mal anlegten, bereits eine Gelegenheit dafür. Wenn es die Orkneyjar waren, so hatte ihr Vater dort Freunde, von denen sie Hilfe erwarten konnte. Vielleicht gelang es diesen sogar, Eyvind gefangen zu nehmen und jene, die er gegen ihren Willen mitgeschleppt hatte, zu befreien.

Zweiter Teil

Westwärts

1.

Eyvind steuert tatsächlich die Orkneyjar an«, flüsterte Sigrid Andreas und Ailmar zu, denn sie hatte die Küste anhand von Beschreibungen erkannt, denen sie in der Halle ihres Vaters gelauscht hatte.

»Vielleicht können wir dort fliehen.« Andreas sagte es so laut, dass Sigrid ihm einen leichten Schlag mit den gefesselten Händen versetzte.

»Sei still! Oder willst du, dass dich Eyvinds Männer hören und sich vorsehen?«

»Verzeih!« Andreas senkte den Kopf. Auch wenn ihm die Gefangenschaft schwerfiel, durfte er Sigrid und sich nicht durch eine unbedachte Äußerung um eine Gelegenheit zur Flucht bringen. Am meisten an ihrer Situation demütigte es ihn, dass er seine Entführer jedes Mal bitten musste, ihm die Hosen herabzuziehen, wenn ihn Darm und Blase drückten. Allerdings machte ihm das als Mann weniger aus als Sigrid oder den anderen gefangenen Frauen. Wie mochten diese sich fühlen, wenn sie vor all den Männern den Hintern über die Bordwand recken mussten und dabei von unverschämten Kerlen festgehalten wurden?

Sie werden dafür bezahlen!, schwor er sich und zerrte an seinen Fesseln.

Sigrid hätte ihm etwas mehr Selbstbeherrschung gewünscht und sah unwillkürlich zu Ailmar hin. Im Gegensatz zu Andreas verhielt der kleine Sachse sich unauffällig, doch ihm entging nichts von dem, was um ihn herum geschah. Er hatte ihr zugeflüstert, dass es ihm gelungen war, ein kleines Messer, das einer an Bord verloren hatte, an sich zu bringen. Wenn das Schiff im Dunkel der Nacht am Ufer lag, würden sie ihre Fesseln durchtrennen und sich von Bord schleichen.

Mit diesem Gedanken blickte Sigrid erneut zu der Insel hinüber und atmete auf, als sie auf einem Hügel ein großes, im Bau befindliches Steingebäude entdeckte. Das war die neue Kirche, die in

Kirkjuvagr errichtet wurde. Besucher ihres Vaters hatten davon berichtet, aber sie hätte sich nie vorstellen können, dass das Gotteshaus so groß sein würde.

Während Sigrid Hoffnung schöpfte, brachten Eyvinds Männer eine Plane heran und errichteten mithilfe von gekreuzten Speeren und einer an ihnen befestigten Stange ein Zelt.

Schließlich trat Eyvind an Sigrids Seite und wies feixend auf das so entstandene Gebilde. »Solange wir bei den Orkneyjar sind, wirst du unter der Plane bleiben und auch deine Notdurft dort drinnen verrichten!«

Auch gut, dachte Sigrid. Eine Zeltleinwand würde sie nicht festhalten können.

Eyvind musterte sie, schaute dann hinüber zu dem flachen Ufer und wandte sich zu seinem Steuermann um. »Befestigt eines ihrer Beine mit einer Kette am Mast! Ich will nicht, dass uns das Vögelchen entweicht.«

»Keine Sorge, Eyvind! Das wird sie nicht.«

Auf Einars Befehl packten zwei Männer Sigrid und trugen sie trotz allen Widerstrebens in das Zelt. Ein Dritter brachte eine Kette und wollte sie ihr um den linken Fußknöchel winden. Sigrid stieß und trat nach ihm, doch gegen die drei kräftigen Kerle stand sie auf verlorenem Posten. Wenig später war die Kette geschlossen und sie endgültig gefangen.

Einer ihrer Entführer warf eine Decke in das Zelt, damit sie nicht auf den kalten Planken liegen musste, und schloss den Eingang, sodass sie nur noch hören konnte, was um sie herum geschah.

»Du verdammter Hund! Das hast du nicht umsonst getan«, fluchte Sigrid leise. Es änderte jedoch nichts daran, dass sie mit einer Kette gefesselt war, gegen die Ailmars kleines Messer nichts auszurichten vermochte. Nun blieb ihr nur zu hoffen, dass die beiden Sachsen entkamen, rasch Freunde ihres Vaters finden und hierherführen konnten, sodass diese sie befreiten.

Andreas und Ailmar hatten hilflos mit ansehen müssen, wie Sigrid in das Zelt geschleift wurde. Als sie vernahmen, dass die junge

Frau mit einer Kette festgebunden werden sollte, sahen sie einander erschrocken an. »Was machen wir? Sigrid kennt die Leute, die uns helfen würden, wir aber nicht«, fragte Ailmar flüsternd auf Deutsch.

»Ein paar Namen hat sie uns genannt. Wir fragen uns durch. Wenn wir schnell sind, können wir gemeinsam mit Ulfars Freunden Eyvind stellen und Sigrid befreien.«

Nach einem gewissen Zögern nickte Ailmar. »Das wird das Beste sein.«

Er richtete sich auf, um sich den Verlauf des Ufers einzuprägen. Die Stelle, an der die Kirche errichtet wurde, blieb hinter dem Schiff zurück, und damit wurde klar, dass Eyvind es nicht wagte, in Kirkjuvagr anzulegen.

Allerdings fehlte es hier nicht an Inseln mit Buchten, in denen sich ein Schiff verbergen konnte. Schon bald ließ Eyvind eine von ihnen ansteuern. Als sie in die Bucht einfuhren, hielt er nach Schiffen Ausschau und stieß einen leisen Fluch aus, als er nur zwei entdeckte.

»Wir legen nicht am Steg an, sondern ankern ein Stück vom Ufer entfernt. Ich will nicht in eine Falle geraten!«, rief er Einar zu.

»Du glaubst, Kolbjorn hat uns verraten?«, fragte sein Steuermann erstaunt.

»Auf jeden Fall sind Bram und die anderen Schiffe nicht hier. Deshalb will ich vorsichtig sein«, erklärte Eyvind und starrte zur Insel hinüber.

Kurz darauf fiel der Anker so, dass mehr als dreißig Schritt Wasser zwischen seinem Schiff und dem Ufer lagen. Seine beiden eigenen und die von Ulfar erbeuteten Schiffe ankerten noch etwas weiter entfernt, aber so, dass sie Eyvind jederzeit zu Hilfe kommen konnten.

Andreas blickte mit verkniffener Miene zum Ufer hinüber. »Wir werden schwimmen müssen«, raunte er Ailmar zu.

»Dieses kleine Stück werden wir wohl schaffen«, antwortete dieser und riet dann seinem Freund, nicht so begehrlich zur Insel hinüberzuschauen. »Sonst merken die Kerle noch, dass wir etwas vorhaben«, setzte er leise hinzu.

Unterdessen sah Eyvind zu dem mit einer Palisade umzäunten Hof hinüber, der sich auf einem flachen Hügel erhob. Dort hatte man die Schiffe entdeckt. Mehrere Neugierige sammelten sich vor der Palisade und schienen unsicher zu sein, ob nun Freund oder Feind gekommen war. Schließlich raffte sich ein junger Mann auf und legte die knapp fünfhundert Schritte zum Ufer im Laufschritt zurück.

»Wer seid ihr?«, rief er zu den Schiffen hinüber.

Eyvind schwang sich geschmeidig auf die Bordwand und hielt sich am aufragenden Steven fest. »Sind deine Augen schlecht geworden, Vetter Thorolf, dass du meine *Seenatter* nicht mehr erkennst?«

»Eyvind! Den Göttern sei Dank! Wir waren schon in Sorge um dich. Es hieß, du würdest früher kommen«, antwortete Thorolf.

»Ich hatte noch etwas zu erledigen«, antwortete Eyvind, um seinerseits eine Frage zu stellen. »Wo sind die anderen Schiffe? Ich wies Bram doch an, hier auf mich zu warten.«

»Bram ist vor drei Tagen zu den Schafsinseln aufgebrochen. Ein fremdes Schiff hatte seine Flotte in der Bucht entdeckt, und er hat befürchtet, dessen Besatzung könnte Jarl Ragnvald Bescheid geben.«

Die Antwort war zwar schlüssig, dennoch verzog Eyvind das Gesicht. Drei Tage hätten für den Jarl der Orkneyjar ausgereicht, um ihm hier eine Falle zu stellen, in die er mit seinen drei Schiffen ohne Warnung hineingefahren wäre. Er sagte jedoch nichts, sondern forderte Thorolf auf, dafür zu sorgen, dass ihn ein Boot abhole.

»Wollt ihr nicht vorne am Steg anlegen?«, fragte der junge Mann verwundert.

»Ich habe meine Gründe, es nicht zu tun«, antwortete Eyvind ausweichend.

»Dann besorge ich ein Boot.« Mit diesen Worten wandte Thorolf sich ab und lief einige Schritte auf den Hof zu.

»Es ist Eyvind, und er braucht ein Boot!«, brüllte er, so laut er konnte, und bog dann in Richtung des Anlegestegs ab.

2.

Einige Zeit später saß Eyvind in der Halle seines Verbündeten Kolbjorn, hielt einen Becher Bier in der Hand und hörte zu, was der Hausherr und Thorolf zu berichten hatten.

»Bram konnte mehr als zweihundert Krieger hier versammeln. Die meisten von ihnen haben für Sigurd Slembe und den blinden Magnus gekämpft und Norwegen nach der Niederlage aus Angst vor König Inges Rache verlassen. Dazu kommen etliche Bauern mit ihren Weibern, Knechten und Mägden, gut einhundert Sklaven und drei Dutzend Irinnen, die Bram als Beute mitgebracht hat. Sei mir nicht böse, Eyvind, aber ich bin froh, dass Bram losgefahren ist. Seine Schar hat mir die Haare vom Kopf gefressen!«

Kolbjorn lachte, um seinen Worten die Schärfe zu nehmen, während Eyvinds Gedanken um das Gehörte kreisten. Er mochte es nicht, wenn andere seine Pläne umwarfen. Auch wenn Brams Flotte gesehen worden war, hätte dieser sich gegen Ragnvald behaupten können. Bis der Jarl genug Krieger gesammelt hätte, um gefährlich werden zu können, wäre er hier gewesen, um das Kommando zu übernehmen.

Eyvind fragte sich, ob es ein Fehler gewesen war, Bram zu seinem Stellvertreter zu machen. Doch wen hätte er wählen sollen? Thorolf war zu jung und auch nicht hart genug für diese Aufgabe, und dessen älteren Bruder Farald hatte er nach Island vorausgeschickt, um dort Leute anzuwerben, die mit ihnen ziehen wollten.

Schließlich machte er eine wegwerfende Handbewegung. In wenigen Tagen war er bei der Flotte, und dann hatte Bram sich mit der Stellung zu bescheiden, die er ihm zuwies. »Wie lange brauchst du bis zum Aufbruch?«, fragte er Kolbjorn.

Dieser machte ein Gesicht, als schmerzten ihn sämtliche Zähne. »Ich werde nicht fahren!«, stieß er hervor. »Bram und dessen Leute haben meine gesamten Vorräte geleert, und ich brauche mindestens eine Ernte, um diesen Verlust wettzumachen. Daher kann ich dir frühestens in einem Jahr folgen.«

»Willst du mich zum Narren halten?«, brauste Eyvind auf. »Es war ausgemacht, dass du mit mir kommst. Außerdem brauche ich Männer für meine Schiffe. Zwei habe ich Jarl Ulfar abgenommen und musste sie mit meinen eigenen Leuten bemannen. Ich benötige für jedes Schiff noch mindestens zwanzig seeerfahrene Männer.«

»Bram hatte genug Männer auf seinen Schiffen. Er hätte einen Teil hierlassen können«, wandte Thorolf ein.

»Er konnte nicht wissen, dass Eyvind mit drei Schiffen kommen würde«, verteidigte Kolbjorn Bram und blickte durch die offene Tür zu den in der Bucht ankernden Schiffen hinüber. »Ich könnte dir zwanzig bis fünfundzwanzig meiner Krieger überlassen. Aber dafür musst du ein paar überflüssige Fresser mitnehmen, damit meine Vorräte geschont werden.«

»Du hast noch Vorräte?«, fragte Eyvind spöttisch.

»Ein paar! Ich will ja schließlich nicht verhungern. Aber sag mir, warum hast du Ulfars Schiffe geraubt? Er wird die Sache nicht auf sich beruhen lassen.«

»Ich habe nicht nur seine Schiffe geraubt, sondern auch seine Tochter«, berichtete Eyvind stolz.

»Seine Tochter?« Kolbjorn fuhr herum. »Aber warum? Bist du verrückt? Er wird sie sich zurückholen wollen!«

»Ich glaube kaum, dass er mir dorthin folgen wird, wohin ich fahre«, erklärte Eyvind mit einer wegwerfenden Handbewegung. »Um deine Frage zu beantworten: Ich habe mir Sigrid geholt, weil Ulfar sie mir vor einem Jahr als Braut angeboten und sie mir später verweigert hat. Außerdem besitzt sie von ihrer Großmutter Gunnlaug Raudurardottir her ein Erbanrecht auf Island. Das will ich in ihrem Namen einfordern.«

»Da wirst du dich mit mehreren ihrer Vettern und Basen streiten müssen«, sagte Kolbjorn und dachte bei sich, dass Eyvind ein arger Tollkopf war. Wahrscheinlich musste er das sein, um das, was er plante, in die Tat umsetzen zu können.

Er fragte Eyvind neugierig, wie es ihm gelungen war, Ulfars Tochter und die Schiffe zu rauben, und lachte schallend, als dieser ihm von seiner List berichtete.

»Ich sehe direkt Ulfars Gesicht vor mir, als du ihn aus seiner Halle herausgelockt hast und er erkennen musste, dass er übertölpelt worden war. Hättest du das mir angetan, ich würde dich bis ans Ende der Welt jagen, und notfalls noch darüber hinaus!«

»Ulfar soll es versuchen!« Auch Eyvind lachte und forderte Kolbjorn anschließend auf, ihm die überflüssigen Fresser, wie dieser sie genannt hatte, zu zeigen.

»Es sind einige Knechte und Mägde, die jetzt zu viel sind. Ich habe sie drüben in dem alten Langhaus untergebracht, das mein Großvater einst hat erbauen lassen. Die Krieger muss ich erst noch auswählen. Mein Vetter Eskill wird sie anführen«, erklärte Kolbjorn und nahm sich vor, die jüngsten und besten Männer selbst zu behalten und Eyvind nur die zu überlassen, auf die er verzichten konnte.

Kolbjorn verließ nun die Halle und ging zu dem alten und bereits im Verfall befindlichen Langhaus hinüber, das nur noch für das Gesinde gut genug war.

»Alle herauskommen!«, rief er mit harscher Stimme.

Die Leute, die hier untergebracht worden waren, wussten, dass sie übers Meer geschafft werden sollten, und gehorchten nur zögernd. Als Erstes trat eine ältere Frau heraus und kniff geblendet die Augen zusammen.

»Das ist Hekja! Sie kennt sich gut mit Kräutern aus. Du wirst sie brauchen«, erklärte Kolbjorn Eyvind.

Dieser musterte die Frau und hätte sie am liebsten zurückgewiesen. Sie war bereits etliche Jahre über das Alter hinaus, in dem sie Kinder gebären konnte, und mit ihrer hageren Gestalt und dem von der Sonne gedunkelten, scharf geschnittenen Gesicht auch nicht dafür geeignet, seinen Männern eine angenehme Nacht zu bereiten. Andererseits brauchte er jemanden, der Krankheiten heilen und Wunden versorgen konnte. Daher nickte er.

»Ich nehme sie mit.«

Die alte Frau sah ihn mit schräg gelegtem Kopf an und musterte ihn durchdringend. Sie schien etwas sagen zu wollen, zuckte dann aber mit den Schultern und kehrte in die Hütte zurück. Wenig später kam sie mit einem Bündel unter dem Arm wieder heraus. Ihr folgten die anderen.

Zwei Frauen, die ihm zu alt erschienen, sortierte Eyvind ungeachtet Kolbjorns enttäuschter Miene aus, ebenso einen älteren Mann, der stark hinkte. »Die kannst du nächstes Jahr mitnehmen oder hierlassen«, meinte er zu Kolbjorn.

Dieser war insgesamt doch zufrieden, denn er war fast zwei Dutzend Frauen, Kinder und Männer losgeworden, die er nicht über den Winter ernähren musste.

»Wie finde ich dich?«, fragte Kolbjorn.

»Du wirst eine Nachricht von mir auf Island vorfinden.« Eyvind winkte Thorolf zu sich. »Die Kräuterfrau kommt auf mein Schiff. Den Rest verteilst du auf die anderen beiden Schiffe. Wir werden morgen früh aufbrechen. Was sagst du eigentlich, wenn Jarl Ragnvald dich nach mir fragt?« Die spöttisch vorgebrachte Frage galt Kolbjorn.

Der zuckte mit den Achseln. »Ich werde sagen, dass du hier geankert hast und Vorräte gefordert hast, die ich dir jedoch verweigert habe.«

Insgeheim beschloss Kolbjorn, ein Schiff nach Kirkjuvagr zu schicken und den Jarl davon zu informieren, dass der Geächtete Eyvind hier gewesen war. Damit bewies er Ragnvald seine Treue und konnte sich bis zum nächsten Jahr überlegen, ob er auf dieser Insel bleiben oder Eyvind folgen sollte.

3.

Nachdem Eyvind das Schiff verlassen hatte, ließen seine Männer es gemütlich angehen. Daher blieben Sigrid und die beiden Sachsen sich selbst überlassen. Obwohl Sigrid nun die Hände frei hatte, blieb ihr nichts anderes übrig, als die Finger in die Decke zu krallen und Eyvind zu verfluchen. Alle Versuche, die Kette um den Fußknöchel zu lösen, waren gescheitert. Mittlerweile erschien es ihr auch sinnlos, auf Andreas' und Ailmars Hilfe zu hoffen. Beide waren fremd auf den Inseln und würden viel Zeit brauchen, um jemanden zu finden, der ihnen helfen konnte. Falls sie überhaupt jemanden fanden. Diese Insel war eine der kleineren der Orkneyjar und gehörte zur Gänze Kolbjorn. Die Sachsen benötigten ein Boot, um von hier fortzukommen. Bis sie etwas bewirken konnten, waren Eyvinds Schiffe längst fort, und niemand würde wissen, wo ihr Ziel lag.

Andreas war hoffnungsvoller als Sigrid. Allerdings hatten Ailmar und er aus erlauschten Gesprächsfetzen bereits erfahren, dass sie auf dieser Insel vergebens um Hilfe bitten würden. Während Ailmar darüber nachdachte, wie sie an ein Boot gelangen konnten, war Andreas bereit, notfalls zur nächsten Insel zu schwimmen. Doch nun kam ihm ein anderer Gedanke. »Wir sollten doch versuchen, Sigrid zu befreien und mit ihr zusammen zu fliehen!«, sagte er leise.

»Das ist unmöglich!«, antwortete sein Freund. »Ulfars Tochter ist mit einer Eisenkette an den Mast gefesselt. Außerdem haben die Kerle den Eingang ihres Zeltes verschnürt. Im Dunkel der Nacht können wir die Knoten niemals lösen. Und selbst wenn es uns gelänge, würde den Wachen das Klirren der Kette auffallen.«

»Mit einem Mann könnten wir fertigwerden«, meinte Andreas.

»Es müsste leise geschehen, um die anderen nicht zu wecken«, wandte Ailmar ein. »Wenn das geschieht und man uns festhält, ist weder Sigrid noch uns geholfen.«

Der Verstand sagte Andreas, dass sein Freund recht hatte. Es war schier unmöglich, Sigrid unbemerkt zu befreien. Er nickte widerstrebend und wartete genauso wie sein Freund auf den Einbruch der Nacht.

Unterdessen brachte ein Boot eine alte Frau zu ihrem Schiff und fuhr anschließend noch mehrfach hin und her, um gut zwanzig Männer, Frauen und Kinder zu den beiden anderen Schiffen zu transportieren.

»Wie es aussieht, will Eyvind rasch weitersegeln«, schloss Ailmar daraus.

»Es scheint so«, antwortete Andreas und starrte auf Sigrids Zelt. Da kein Laut zu hören war, nahm er an, dass die junge Frau schlief.

Unterdessen setzte die Alte sich ans Heck und lehnte sich mit dem Rücken gegen die Bordwand. Ihr schmales, von Falten durchfurchtes Gesicht wirkte starr. Ailmar beobachtete sie und fragte sich, was sie wohl fühlen mochte. Fuhr sie gerne mit in die Fremde, oder war sie ebenso eine Gefangene wie Sigrid und sie?

»Es wird langsam dunkel.« Andreas klang so erregt, als wolle er sofort fliehen.

»Es ist noch zu früh. Die Nacht muss voll hereingebrochen sein, und die meisten Männer sollten schlafen. Ich schlage vor, dass wir auf der dem Ufer abgewandten Seite des Schiffes vorsichtig ins Wasser steigen und einige Hundert Schritt quer zum Ufer schwimmen, bevor wir auf das Land zuhalten.«

Ailmars Rat war gut und der sicherste Weg zu entkommen. Trotzdem drängte alles in Andreas danach, Sigrid zu befreien.

Am Himmel leuchteten die ersten Sterne. Eyvind befand sich noch an Land, doch seine Männer legten sich schlafen bis auf zwei, die Wache hielten. Einer davon stand am Bug und der andere am Heck.

»Wenn wir leise sind, kannst du den einen und ich den anderen niederkämpfen«, schlug Andreas leise vor. Der Gedanke, Sigrid allein in der Gewalt ihres Entführers zurücklassen zu müssen, schmerzte wie eine Wunde, zumal Eyvind angekündigt hatte, sie schänden zu wollen.

Ailmar sah, dass die beiden Wachtposten Fackeln aufsteckten, die den Platz um sie herum so stark ausleuchteten, dass jede heimliche Annäherung unmöglich war. »Schlag dir das aus dem Kopf!«, raunte er Andreas zu. »Bei den Wachen ist es einfach zu hell. Außerdem müssten wir über etliche schlafende Männer hinwegsteigen, und die liegen im Dunkeln. Wenn wir auch nur auf einen treten, ist unsere Flucht sehr schnell vorbei.«

Noch während er es sagte, holte er mit den gefesselten Händen das kleine Messerchen aus dem Ärmel, in dem er es versteckt hatte. Die Klinge war bereits stumpf vor Rost, und es fiel ihm schwer, den Strick damit zu durchtrennen.

Endlich gab das Seil nach, und er hatte die Hände frei. Ein Blick auf die Wachen verriet ihm, dass diese nicht auf ihn achteten. Er nützte die Gelegenheit, sich auch seiner Fußfesseln zu entledigen, und robbte zu Andreas hinüber.

»Halt dich ruhig, sonst verletze ich dich«, flüsterte er und begann, dessen Fesseln mit der Klinge zu bearbeiten. Es dauerte schier eine Ewigkeit, bis ihm dies gelang. Ailmar glaubte, seinen Freund davon überzeugt zu haben, dass es besser war, allein zu fliehen, und zupfte ihn am Ärmel. »Die Wachen schauen nicht her! Wir sollten die Gelegenheit nützen.«

Andreas nickte, fasste dann nach seiner Hand. »Gib mir das Messer!«

In ihren kindlichen Spielen und auch später bei ihrer Ausbildung zu Kriegern war Andreas als Sohn des Ritters der Anführer gewesen. Daher reichte Ailmar ihm widerspruchslos das Messerchen.

»Geh du als Erster!«, sagte er. »Wir treffen uns bei jenem Gebüsch, das wir am Tag als günstig ausgemacht haben.«

»Nein! Du wirst vorgehen«, antwortete Andreas.

Ailmar war es gewohnt zu gehorchen, also tat er es. Andreas sah zu, wie sein Freund zur Bordwand schlich, geschmeidig darüber glitt und sich so geschickt ins Wasser hinabließ, dass kein Laut zu hören war. Nun hätte er Ailmar folgen sollen, stattdessen aber zog es ihn zu Sigrids Zelt. Da die beiden Wachen zum Land hinüberschauten, huschte er schnell hin und begann, die erste Zeltschnur mit dem Messerchen durchzuschneiden. Wegen der stumpfen Klinge dauerte dies seine Zeit, doch hatte er Glück, da die Wachen sich unterhielten und daher nicht auf das Zelt achteten. Schließlich war der Eingang offen, und er kroch hinein. Dabei berührte er Sigrids Bein und erhielt von ihr einen Tritt, bei dem er die Zähne zusammenbeißen musste, um nicht vor Schmerz zu schreien.

»Ich bin es, Andreas, der Sachse«, stöhnte er und beugte sich zu ihr. »Ich will sehen, ob ich diese Kette, mit der du gefesselt bist, lösen kann«, setzte er hinzu und tastete nach ihrem Fuß. Der eine, mit dem sie ihn getreten hatte, war frei. Rasch suchte er nach dem anderen und streifte dabei an ihrem rechten Unterschenkel entlang.

»Lass das! Es hat keinen Sinn. Die Kette ist zu fest. Verschwinde lieber und such Hilfe!«, forderte Sigrid ihn auf.

»Ich werde dich befreien!« Noch während er es sagte, zog Andreas an der Kette und verursachte ein rasselndes Geräusch.

»Flieh, du Narr!«, fauchte Sigrid ihn an.

In dem Augenblick klirrte die Kette so laut, dass beide zusammenzuckten.

»Da ist doch etwas!«, rief einer der Wächter, und sie hörten, wie dieser näher kam.

Andreas begriff, dass er Sigrid im Augenblick nicht helfen konnte, und wollte das Zelt verlassen. Dabei stolperte er über die Kette und schlug der Länge nach hin. Bevor er wieder auf die Beine kam, drückte ihn der Wächter mit seiner Speerspitze nieder.

»Bring eine Fackel, Olaf. Ich will wissen, wer der Kerl ist!«, rief er seinem Kameraden zu.

In der einen Hand das Schwert, in der anderen die Fackel, trat dieser näher. »Es ist einer der Sachsen. Er hat sich irgendwie von seinen Fesseln befreit«, sagte er grimmig und fesselte Andreas so stramm, dass diesem das Blut abgeschnürt wurde.

»Wo ist der zweite Sachse?«, fragte sein Kamerad und hielt seine Fackel hoch, um nachzusehen.

»Der ist weg! He, aufwachen! Einer der Gefangenen ist fort!«

Der Ruf des Wächters riss die Männer aus dem Schlaf. Sie sprangen auf, packten ihre Waffen und merkten erst dann, dass kein Feind sie bedrohte.

»Was ist los?«, fragte Eyvinds Steuermann Einar.

»Die beiden gefangenen Sachsen haben ihre Fesseln durchtrennt. Der eine ist fort, der andere wollte Sigrid befreien. Dabei hat er Lärm gemacht, und so haben wir ihn erwischt!«, antwortete Olaf.

»Fesselt den Kerl!«

»Haben wir schon! Wir müssen nur zusehen, dass wir den anderen wieder einfangen.« Olaf und seine Kameraden leuchteten die Umgebung des Schiffes mit Fackel aus, entdeckten aber nichts.

»Er ist anscheinend entkommen«, sagte Olaf enttäuscht.

»Sollen wir ihn verfolgen?«, fragte der neben ihm Stehende.

Einar überlegte einen Augenblick und schüttelte dann den Kopf. »Er kann sich nur hier auf der Insel verstecken. Da werden Kolbjorns Leute ihn schon aufgabeln.« Er stach mit dem Finger auf die beiden Wächter zu. »Da ihr nicht achtgegeben habt und euch einer der Kerle entkommen ist, werdet ihr jetzt an Land schwimmen und Eyvind Bescheid geben. Seid froh, wenn ihr danach noch Krieger seid und euch nicht bei den Knechten wiederfindet!«

Die beiden Männer gehorchten zähneknirschend, während Andreas gefesselt auf die Planken geworfen wurde und sich verfluchte, dass er durch seine Ungeschicklichkeit die Wachen auf sich aufmerksam gemacht hatte. Anders als er schien Ailmar entkommen zu sein. Bis sein Freund jemanden fand, der bereit war, ihm zu helfen, konnten jedoch Tage vergehen, und in der Zeit waren Eyvinds Schiffe längst weitergefahren.

Etliche Schritte von ihm entfernt lag Sigrid in ihrem Zelt und wusste nicht, wen sie mehr verfluchen sollte, Eyvind oder den jungen Sachsen, der bar jeden Verstands zu ihr gekommen war, um sie zu befreien. Jetzt lag er gebunden auf den Schiffsplanken und konnte weder ihr noch sich selbst helfen. Ob sein Freund dazu in der Lage war, bezweifelte sie. Das aber hieß, dass sie weiterhin Eyvinds Sklavin und dessen Willen ausgeliefert sein würde.

4.

Kaum hatte Ailmar sich vom Schiff entfernt, trug ihn die Strömung rasch fort, und er begriff, dass es nicht einfach sein würde, das Ufer zu erreichen. Die See hatte ihn in ihren Krallen und wollte ihn nicht loslassen. Auch war es schwer für ihn, zu erkennen, wo Land war und wo Wasser. Als er sich einmal umdrehte, sah er Eyvinds Schiff wie einen Schattenriss gegen einen leicht helleren Hintergrund und konnte erahnen, wohin er schwimmen musste. Dennoch kostete es ihn große Mühe, Kolbjorns Insel zu erreichen.

Nach Luft ringend und zutiefst erschöpft zog er sich ans Ufer und blieb dort liegen. Aber nicht lange, da trieb ihn der Gedanke auf die Beine, dass er sich bei dem Gebüsch mit Andreas treffen wollte. Zu seinem Glück war die Nacht nun hell genug, um die Umgebung besser erkennen zu können.

Noch etwas wackelig auf den Beinen, machte Ailmar sich auf den Weg. Ein kühler Wind wehte über die Insel, und er fror in seiner nassen Kleidung. Damit ihm warm wurde, lief er schneller und erreichte bald darauf den kleinen Buschwald, den sie als Treffpunkt vereinbart hatten. Dort wartete er auf seinen Freund und wurde unruhig, als die Zeit verging und dieser nicht erschien.

»Andreas, wo bist du«, rief er vorsichtig, ohne dass eine Antwort kam.

»Andreas!« Ailmar wurde lauter.

Da sah er, wie Männer mit Fackeln von Kolbjorns Hof zum Ufer eilten und mit einem Boot zu Eyvinds Schiff übersetzten. Dort waren unterdessen mehr Fackeln entzündet worden und tauchten es in helles Licht.

Einars Boten hatten Eyvind geholt. Zunächst hatte dieser nicht begriffen, was an Bord vorgegangen war, und angenommen, die Krieger des Jarls der Orkneyjar würden sie angreifen. Doch kaum hatte er Einars Bericht gehört, brüllte er wie ein gereizter Stier: »Was muss ich hören? Die Sachsen konnten sich ihrer Fesseln entledigen und hätten beinahe Sigrid befreit? Wer hat hier Wache gehalten?«

»Gloedir und ich«, vermeldete Olaf kleinlaut.

Am liebsten hätte Eyvind die beiden mit Stricken fesseln und unter dem Schiff hindurchziehen lassen, um sie dann zu den Knechten zu stecken. Er benötigte für sein Vorhaben jedoch möglichst viele gesunde Krieger. Daher wies er mit verächtlicher Geste zum nächstgelegenen Schiff. »Ab sofort gehört ihr nicht mehr zu meiner Schiffsmannschaft, sondern zu der von Asmod.«

Froh, so billig davongekommen zu sein, verdrückten sich die beiden Männer ans Heck. Eyvinds Zorn brauchte jedoch ein Opfer, und so versetzte er Andreas zwei derbe Fußtritte. Danach zerrte er ihn mit einer Leichtigkeit von den Planken hoch, als wöge der Sachse nicht mehr als ein Bündel Lumpen.

»Du Hund wolltest mein Weib entführen!«

»Sigrid ist nicht dein Weib, sondern deine Gefangene«, gab Andreas zurück.

Eyvind hielt ihn mit einer Hand fest und holte mit der anderen aus, um zuzuschlagen. Mitten in der Bewegung entschied er sich anders. »Bindet ihn mit dem Gesicht zum Mast! Olaf soll ans Ufer schwimmen und ein paar Gerten holen. Jeder Mann an Bord wird diesem sächsischen Hund drei harte Schläge versetzen. Macht schnell! Wenn der Rand der Sonne über dem Horizont erscheint, will ich den ablandigen Wind ausnützen und aufbrechen.«

Da Kolbjorn ihm mit Kriegern ausgeholfen hatte, waren außer Eyvind, Thorolf und Einar zwanzig Männer an Bord. Dies bedeutete mehr als sechzig Hiebe. Andreas erschrak, als er das hörte, schwor sich dann aber, dass dieses Gesindel keinen Laut von ihm hören sollte, und wenn er sich die Zunge abbeißen musste.

Auf Einars Befehl hin stieg Olaf erneut über Bord und kämpfte gegen die stärker werdende Strömung an, um an Land zu kommen. Auf dem Weg zu dem Gebüsch, bei dem er die Ruten schneiden wollte, kam er im Abstand von nur wenigen Schritten an Ailmar vorbei. Dieser presste sich flach auf den Boden und hatte Glück, dass der Norweger nicht in seine Richtung blickte.

Als dieser kurz danach mit einem Bündel Ruten unter dem Arm zurückkam, überlegte Ailmar kurz, ob er ihn von hinten packen und niederringen sollte. Aber wenn er dies tat, würden die Männer auf dem Schiff auf ihn aufmerksam werden. Da dort drüben ziemlich laut geredet worden war, hatte er erfahren, dass Andreas nicht entkommen war. Die Strafe, die sein Freund dafür erhalten sollte, entsetzte ihn, doch ihm fiel keine Möglichkeit ein, dem Freund zu helfen.

An Bord des Schiffes sah Eyvind zu, wie Olaf mit letzter Kraft an Bord kletterte und die Ruten fallen ließ. »So, und jetzt schwimme zusammen mit Gloedir zu Asmods Schiff hinüber«, befahl er und sagte sich, dass dies die rechte Strafe für die beiden Wächter war, denen ein Sachse ganz und der andere beinahe entkommen war.

Mit dem Wissen, dass sein Anführer ihn sonst ins Wasser werfen lassen würde, kletterte Olaf über Bord, benötigte aber die Hilfe seines Freundes, sonst wäre er von der Strömung abgetrieben worden. Die Männer auf Asmods Schiff streckten ihnen mehrere Riemen entgegen, sodass die beiden sich festhalten konnten, und zogen sie an Bord.

Eyvind wandte sich unterdessen Thorolf und Einar zu. »Wie konnten sich die Sachsen von ihren Fesseln befreien?«, fragte er.

»Wir haben bei dem Sklaven hier dieses Messer gefunden«, erklärte Einar und reichte es ihm.

Eyvind betrachtete es im Schein einer Fackel. »Dieses Ding hatten sie gewiss nicht bei sich, denn es ist alt und verrostet. Außerdem ist es ein Messer, wie es bei uns gebräuchlich ist. Einer von euch muss es an Bord verloren haben.«

»So wie das aussieht, muss es bereits längere Zeit herumgelegen haben. Wer weiß, wem es damals aus dem Gürtel gerutscht ist«, meinte Einar und warf es über Bord.

Eyvind zog die Stirn kraus, musste sich aber sagen, dass das Messer schon zu verrottet gewesen war, um es noch einem Mann zuordnen zu können. Daher wies er auf Andreas. »Thorolf, Einar, ihr beginnt! Versetzt ihm drei kräftige Hiebe. Der Kerl soll spüren, was es heißt, sich an meinem Eigentum vergreifen zu wollen.«

Mit verkniffener Miene ergriff Thorolf eine Rute, trat auf Andreas zu und holte aus. Die Rute pfiff durch die Luft, doch sein Hieb traf Andreas weniger scharf, als er befürchtet hatte. Der zweite Schlag folgte, dann der dritte. Anschließend übergab Thorolf die Rute an Einar und trat zurück.

Der Steuermann nahm weniger Rücksicht auf Andreas und brachte diesen zum Stöhnen. Kaum war er fertig, winkte er den nächsten Mann heran.

Zunächst sah Eyvind der Bestrafung zu, dann aber suchte sein Blick das Zelt, in dem Sigrid gefangen war. Mit mehr Glück hätte der Sachse sie befreien können, dachte er. Wäre dies gelungen, hätten alle Norweger vom Nidaros bis Askold schallend über ihn gelacht.

»Sigrid muss begreifen, dass ich ihr Herr bin«, sagte er und trat auf das Zelt zu. Da draußen genügend Fackeln brannten, war es im Innern nicht völlig dunkel. Daher sah er, dass sich jemand bei Sigrid befand.

»Wer bist du?«, fragte er, bereit, auch diese Person zu Schlägen zu verurteilen.

»Ich bin Hekja«, antwortete die alte Frau. »Da mir draußen zu viel los ist, wollte ich mir hier einen Platz zum Schlafen suchen.«

»Verschwinde!«, fuhr Eyvind sie an, erleichtert, weil es keiner seiner Männer war, der ihm trotzen wollte.

Sigrid hatte ebenso wie Hekja begriffen, was Eyvind vorhatte, und lächelte bitter, als die Alte ihr kurz übers Haar strich. »Sei wie das Gras, das sich im Sturm biegt. Wenn du dich zur Wehr setzt, kannst du verletzt werden, und das könnte dich später behindern.«

Sie sagte nicht, wobei es Sigrid behindern könne, doch diese ahnte, dass Hekja bereit war, ihre Flucht zu unterstützen.

Kaum hatte die alte Frau das Zelt verlassen, drängte Eyvind herein. »Jetzt wirst du lernen, mir wie ein Weib zu gehorchen«, stieß er mit wachsender Erregung hervor.

»Ich bin deine Gefangene und mit einer eisernen Kette gefesselt. Also vollbringst du wahrlich eine große Tat!«, spottete Sigrid, als Eyvind ihren Rock hochschlug und sich auf sie wälzte.

Obwohl Hekja ihr geraten hatte, alles mit sich geschehen zu lassen, war sie nicht bereit, so einfach aufzugeben. Sie versuchte, ihn von sich wegzudrücken, und presste die Schenkel fest zusammen. Es war wie ein Ringkampf, den Eyvind nur mühsam zu seinen Gunsten entscheiden konnte. Schließlich hielt er ihre Handgelenke mit seiner Rechten fest und zwängte ihre Beine auseinander. Sie gab keinen Laut von sich, als er mit einem heftigen Ruck in sie eindrang und sie dann mit harten Stößen bearbeitete.

»Bald wird es dir gefallen, von mir genommen zu werden«, sagte er keuchend.

Er hatte es schon ein paarmal erlebt, dass Frauen sich zunächst gesträubt hatten, um später, wenn er sie wieder verließ, in Tränen auszubrechen.

Da sie Eyvinds Kraft nicht gewachsen war, gab Sigrid ihren Widerstand auf und ließ es über sich ergehen. Ihr Hass wuchs jedoch mit jedem Augenblick mehr, und während das Klatschen der Hiebe, die Andreas draußen empfing, wie eine grausige Begleitmusik erklang, schwor sie Eyvind bittere Rache für alles, was er ihr und dem tapferen Sachsen angetan hatte.

5.

Ailmar hatte sich nahe dem Ufer in eine Mulde verkrochen und presste sich die Hände gegen die Ohren, um das Geräusch, mit dem die Ruten auf dem Rücken seines Freundes tanzten, nicht hören zu müssen. Sein Verstand sagte ihm, dass er sich ein besseres Versteck suchen sollte. Gleichzeitig aber begriff er, wie gering seine Möglichkeiten waren, von hier zu entkommen. Als der Morgen graute, sah er schemenhaft die nächste Insel. Zunächst erschien sie nahe genug, um sie schwimmend erreichen zu können.

Ein Blick auf die Gezeitenströmung, die wie eine Herde galoppierender Pferde zwischen den Inseln dahinfegte, belehrte ihn eines Besseren. Um mit dieser Meeresflut fertigzuwerden, war er ein zu schlechter Schwimmer. Wenn er auf die offene See hinausgezogen wurde, hatten weder Andreas noch er etwas davon. Um von hier fortzukommen, brauchte er ein Boot. Die Inselbewohner wussten jedoch mittlerweile gewiss, dass er entkommen war, und würden ihre Boote bewachen. Außerdem würden sie bald nach ihm suchen.

Die Zeit verrann, ohne dass Ailmar zu einer Entscheidung gelangte. Als es heller wurde, beobachtete er, wie sich die Männer auf den drei Schiffen daranmachten, in See zu stechen. Nur noch kurze Zeit, dann würden sein Freund und er endgültig getrennt sein, ohne dass er auch nur die geringste Ahnung hatte, welches Ziel Eyvind ansteuern wollte.

»Ich darf Andreas nicht im Stich lassen, nicht, nachdem diese Schweine ihn so zerschlagen haben. Er braucht mich!«, mahnte er sich selbst und traf eine Entscheidung.

Gerade als Eyvinds Männer den Anker einholen wollten, sprang Ailmar auf, lief zum Ufer und winkte mit beiden Armen.

»He, ihr da! Ihr werdet doch wohl nicht ohne mich lossegeln wollen.«

Eyvind riss es herum, als er es hörte. Neben ihm schüttelte Thorolf verblüfft den Kopf. »Der Kerl ist verrückt!«

»Oder sehr klug!«, antwortete Eyvind. »Er hat begriffen, dass er die Insel nicht verlassen kann und Kolbjorns Männer ihn bald fangen würden. Da kommt er lieber mit uns, um bei seinem Freund zu bleiben.«

Obwohl er seine Miene spöttisch verzog, schwang in seiner Stimme eine gewisse Anerkennung mit. Er stieg auf die Bordwand, hielt sich mit einer Hand am Steven fest und winkte mit der anderen. »Wenn du mit uns mitkommen willst, dann schwimm an Bord. Aber glaube nicht, dass wir auf dich warten!«

Eyvind hatte es kaum gesagt, da hechtete Ailmar ins Wasser und kämpfte gegen die starke Strömung an.

»Ein besonders guter Schwimmer ist er ja nicht«, spottete Thorolf, nahm aber einen der Riemen und streckte ihn Ailmar entgegen. Dieser hatte bereits einiges an Wasser geschluckt und klammerte sich erleichtert an das Holz.

Kurz darauf befand er sich an Bord und erbrach das Wasser. Eyvind trat neben ihn und stieß ihn mit der Fußspitze an. »Dein Freund ist nicht bei sich. Also kümmere dich um ihn. Sollte ihm übel werden, will ich nicht, dass er an seinem eigenen Erbrochenen erstickt. Sklaven sind wertvoll!« Er sah auf und blickte auf das Zelt. »Solange wir auf See sind, brauchen wir Sigrid nicht anzubinden. Löst daher die Kette! Sie und die Alte werden in dem Zelt schlafen. Von euch hat keiner etwas darin verloren! Habt ihr mich verstanden?«

»Ich glaube nicht, dass sich einer von uns an die Frau heranwagt, die du dir ausgesucht hast«, antwortete Thorolf grinsend.

»Wer soll die Kette losmachen, wenn keiner von uns ins Zelt darf?«, fragte Bjalfi und lachte darüber, als wolle er die Anspannung an Bord ein wenig vertreiben.

Eyvind lachte ebenfalls und wies auf den ältesten Mann an Bord. »Das machst du! Dir vertraue ich von diesen Böcken noch am meisten.«

»Ausgerechnet Herjolf, der in Bergen eine Frau hat, eine in Nidaros und eine in Ribe?«, spottete Thorolf.

»Was ist, Herjolf? Hast du deine Weiber dabei? Du könntest zwei davon verkaufen und ein reicher Mann werden«, fragte Einar den alten Krieger.

Herjolf lachte meckernd. »Nur die aus Nidaros. Sie will aber einen jüngeren Mann haben als mich.«

»Dann bekommst du eben diese zum Weib«, sagte Thorolf und zeigte auf Hekja.

Herjolf sah diese kurz an und wandte sich dann wieder an Thorolf. »So alt, dass ich dir für deine schlechten Witze nicht ein paar Ohrfeigen versetzen könnte, bin ich noch lange nicht.«

»Lasst es gut sein! Und du, Herjolf, löse Sigrids Kette. Sollte dir dein Weib wirklich abhandenkommen, kannst du dir die hübscheste Sklavin als Bettgenossin aussuchen.«

Eyvind klopfte dem Mann lachend auf die Schulter und sah

durch den Zelteingang zu, wie dieser zu Sigrid trat und sich mit zwei Zangen daranmachte, das Kettenglied, mit dem die Kette um ihren Fuß gesichert war, aufzubiegen. Kurz darauf war Sigrid frei und rieb sich den Fußknöchel, den die Kette aufgeschabt hatte.

Eyvind trat nun selbst ins Zelt, packte sie am Arm und schleifte sie zu Andreas. »Kümmere dich ebenfalls um den Sklaven!«

Just in dem Augenblick kam Andreas zu sich. »Ich bin kein Sklave«, würgte er hervor.

Eyvind lachte nur und ging weiter. Unterdessen musterte Sigrid Andreas' zerschlagenen Rücken. »Das hast du davon! Du hättest über Bord steigen und fortschwimmen sollen, wie dein Freund es getan hat«, sagte sie kopfschüttelnd.

Andreas hob mühsam den Kopf und sah Ailmar an. »Warum bist du zurückgekommen?«

»Ich durfte dich nicht im Stich lassen! Außerdem war es für mich unmöglich, von Kolbjorns Insel wegzukommen. Ich bin kein so guter Schwimmer wie du.«

»Es tut mir leid, dass ich dich im Stich gelassen habe!«, sagte Andreas bitter.

Da trat Hekja zu ihnen. »Ich glaube, hier ist meine Kunst gefragt. Sigrid soll mir helfen, und du wirst deinen Kameraden halten, damit wir ihm den Rücken verbinden können«, forderte die alte Frau Ailmar auf.

»Festhalten, sagte ich!«, fügte sie hinzu. »Und ihn nicht nur über deine Oberschenkel legen! Glaubst du, ich will einen Schlag abbekommen, wenn er vor Schmerzen verrückt wird?«

»Viel mehr als jetzt kann es mir nicht wehtun«, erwiderte Andreas mit einem jämmerlichen Stöhnen.

»Täusch du dich nur nicht! Die paar Rutenhiebe sind harmlos gegen das, was man einem Menschen alles antun kann. Als Erstes brauche ich einen Eimer Meerwasser.« Der letzte Satz galt Sigrid. Diese sah sich um, bis sie einen Eimer entdeckte, nahm diesen und wollte sich über die Reling beugen.

Sofort war Eyvind bei ihr. »Was soll das?«, herrschte er sie an.

»Wir brauchen Meerwasser«, gab Sigrid zornig zurück.

»Thorolf, binde ein Seil an den Eimer und fülle ihn!«, befahl Eyvind seinem jungen Vetter.

Dieser gehorchte und trug den vollen Eimer zu Andreas.

»Bist ein mutiger Kerl!«, sagte er zu ihm. »Wenn du dich machst, kannst du deine Freiheit wiedergewinnen – und dein Freund ebenfalls. Er sollte allerdings besser schwimmen lernen.«

Thorolf lachte hell auf und gesellte sich wieder zu Eyvind, der vom Bug in die Ferne starrte, als könne sein Ziel jeden Augenblick aus dem Meer auftauchen.

Unterdessen hob Hekja den Eimer an und leerte den Inhalt ohne Vorwarnung über Andreas' Rücken. Das Salzwasser brannte wie Feuer in den blutigen Striemen, und er stieß einen gellenden Schrei aus. Ailmar musste ihn mit aller Kraft festhalten, sonst hätte er sich vor Schmerzen auf den Planken gewälzt.

»Das war nötig, sonst bestände die Gefahr, dass sich dein Rücken entzündet«, erklärte Hekja. »In ein paar Augenblicken wasche ich die Striemen mit süßem Wasser aus und trage meine Salbe auf. Die ist gut, sage ich dir! Die hat schon Peitschenstriemen auf Pferden geheilt, ohne dass hinterher noch etwas zu sehen war.«

Ihre Worte flossen an Andreas vorbei, denn er hatte genug zu tun, sich die Schreie zu verbeißen, die sich wegen der schier unerträglichen Schmerzen in seiner Kehle ballten. Das Waschen mit Trinkwasser ließ sich ertragen, doch als Hekja ihre Salbe aufzutragen begann, brannte es noch ärger als das Salzwasser.

Andreas liefen die Tränen über die Wangen, doch er gab keinen Laut mehr von sich. Während die Alte ihn weiter verarztete und sich dabei von Sigrid helfen ließ, sprach sie diese an.

»Ist er dein Mann … dein Bräutigam … dein Geliebter, … dein Bruder oder ein anderer Verwandter?«, fragte sie immer weiter, weil Sigrid jedes Mal den Kopf schüttelte.

»Dann ist er entweder ein Narr oder ein sehr ehrenhafter Mann, was in seiner Situation das Gleiche bedeutet!« Hekja kicherte, streute zu Pulver zermahlene Kräuter auf die Wunden und legte ein Stück Leinwand darüber. Nachdem sie diese festgebunden hatte, tätschelte sie Andreas' Wange.

»Mehr kann ich nicht für dich tun. Auf jeden Fall sieht es besser aus, als du wahrscheinlich befürchtest. Du hast zwar etliche Striemen davongetragen, doch kein Schlag hat deinen Rücken zerfetzt. Wenn die Wunden abgeheilt sind, wirst du nichts mehr spüren.«

»Hab Dank!«, keuchte Andreas, obwohl er das Gefühl hatte, sein Rücken stünde in Flammen. Doch er begriff, dass die alte Kräuterfrau bei der Behandlung seiner Wunden ihr gesamtes Können eingesetzt hatte.

»Du wirst vorerst auf dem Bauch schlafen müssen. Weiter hinten sind ein paar Säcke. Sieh zu, dass du dir daraus ein Bett machst. Und wenn ich dir noch einen Rat erteilen darf: Fordere Eyvind nicht noch einmal heraus! Im Augenblick ist er der Mächtigere.«

Hekja kicherte erneut, zog sich ein Stück in Richtung Heck zurück und fand einen freien Platz, an dem sie sich mit dem Rücken gegen die Bordwand lehnen konnte. Nach einem kurzen Blick auf Andreas, der sich mit Ailmars Hilfe mühsam aufrichtete, folgte ihr Sigrid und setzte sich neben sie.

»Der Teufel soll Eyvind holen!«, stieß sie leise aus. »Er ist ein Rebell, ein Verräter, ein Räuber und ein Frauenschänder!«

»Und das alles in einer Person!«, ergänzte Hekja spöttisch. »Aber so sind nun einmal viele Männer und vor allem jene, die über Macht verfügen. Eyvinds Wort ist hier Gesetz. Also sollten sowohl der Sachse wie auch du es vermeiden, ihn zu sehr zu reizen.«

Es war ein weiser Rat, doch Sigrids Zorn war ungebrochen, und die Tatsache, dass Eyvind sie gegen ihren Willen genommen hatte, schürte ihn weiter an.

6.

Zu Sigrids, aber auch zu Andreas' und Ailmars Verwunderung steuerte Eyvind nicht sofort die offene See an, sondern passierte noch mehrere Inseln. Der Abstand zu diesen aber war zu groß, als dass man sie bei der herrschenden Strömung schwimmend hätte erreichen können. Meist waren diese Inseln flach oder leicht hügelig, und man konnte immer wieder Höfe und sogar Dörfer erkennen. Gelegentlich schwammen Seehunde vor dem Schiff, und über den Himmel zogen große Schwärme von Möwen und weiteren Seevögeln.

Da er mittlerweile die Seekrankheit überwunden hatte, hätte Ailmar diese Fahrt unter anderen Umständen gefallen können. Aber die Tatsache, dass sie Gefangene waren, machte das unmöglich. Mit einem Mal entdeckte Ailmar eine seltsame Formation und machte Andreas darauf aufmerksam. »Hast du so etwas schon einmal gesehen? Es sieht aus, als würde dort ein Ring aus Steinsäulen förmlich aus dem Wasser wachsen.«

»Hilf mir hoch!« Andreas kämpfte sich mühsam auf die Beine und blickte selbst hinüber. »Die wachsen nicht aus dem Wasser, sondern stehen auf einer flachen Insel! Was meinst du, wie hoch die sind? So hoch wie drei Männer oder gar mehr?«

»Dazu müssten wir dort anlegen und ihre Höhe mit Stangen messen. Allerdings glaube ich nicht, dass Eyvind uns die Gelegenheit dazu lässt.«

Ailmar blickte zu Eyvind hinüber. Dieser stand am Bug und blickte ebenfalls zu den Steinsäulen hinüber. Seine Miene wirkte angespannt, aber auch entschlossen.

»Dieser Mann folgt einem Plan, dessen Ausmaß wir uns nicht vorstellen können«, raunte Ailmar Andreas zu.

»Ich fürchte, dass daraus nichts Gutes für uns erwächst. Du hättest doch versuchen sollen, von Kolbjorns Insel wegzukommen, anstatt dich wieder zu stellen«, erwiderte sein Freund tadelnd.

Ailmar lachte leise. »Und was hätte ich tun sollen – ohne Geld und ohne Leute zu kennen, die mir helfen würden? Zusehen, wie dieses Schiff dich immer weiter wegbringt? Wir sind wie Brüder, seit ich denken kann, Andreas. Entweder fliehen wir gemeinsam, oder wir gehen gemeinsam zugrunde.«

»Wenn wir fliehen, nehmen wir Sigrid mit!« Andreas sah zu der jungen Frau hin, die mit unbewegter Miene an der Bordwand stand und auf das graugrüne Wasser des Ozeans starrte. Er war als Gast und Verbündeter zu ihrem Vater gekommen und fühlte sich mitschuldig, weil es Eyvind gelungen war, Ulfars Gehöft ohne einen einzigen Schwertstreich einzunehmen. Ebenso wenig hatte er Eyvind daran hindern können, Sigrid zu vergewaltigen. Dies war eine Rechnung, die noch einzufordern war. Vor allem aber ging es ihm darum, dem Nordmann die wertvollste Beute zu entreißen, die dieser mitgenommen hatte.

Ailmar bemerkte seinen sehnsüchtigen Blick und seufzte. Wenn Andreas bei dieser Meinung blieb, erschien ihm eine Flucht nahezu aussichtslos. Auch wenn man Sigrid nicht mehr ankettete, so wurde sie doch scharf bewacht. Er kannte Andreas jedoch gut genug, um zu wissen, wie stur er sein konnte.

»Wir müssen abwarten, ob und wann sich eine Gelegenheit zur Flucht ergibt. Im Augenblick ist es sinnlos, es sei denn, du hast die Macht, uns in Fische zu verwandeln, die zum Land schwimmen können«, sagte er schließlich.

Obwohl Andreas noch immer Schmerzen verspürte, lachte er leise. »Du weißt, dass ich diese Fähigkeit nicht habe. Daher müssen wir wohl Geduld aufbringen.«

Unterdessen löste Eyvind sich vom Bug, trat auf Sigrid zu und winkte ihr, ihm zu folgen. Seine Männer grinsten wissend.

Direkt vor dem Zelt saß Hekja und sortierte ihre Kräuter.

»Aus dem Weg!«, herrschte Eyvind sie an und versetzte ihr, als sie nicht sogleich gehorchte, einen Fußtritt. Dann schob er Sigrid ins Zelt, folgte ihr und schloss den Eingang hinter sich. Da es unter der Plane kaum Platz gab, mussten beide tief gebückt stehen. Eyvind deutete auf die Decke, die Sigrid als Nachtlager diente.

»Zieh dich aus und lege dich bereit! Oder muss ich dich wieder zwingen?«

Sigrid zischte leise. Hätte ihr Vater sie mit Eyvind vermählt, so hätte sie es hingenommen und alles getan, um diesem Mann eine gute Gefährtin zu sein. So aber hatte er sie geraubt und zwang sie, ihm wie eine willenlose Sklavin zu gehorchen. Für die Tochter eines Jarls war dies eine Schmach, die sie selbst ihrer schlimmsten Feindin nicht wünschte.

Ihr Stolz wallte auf, und sie hob die Hand, um zuzuschlagen. In dem Augenblick sah Sigrid in Gedanken Andreas' blutig geschlagenen Rücken vor sich, und sie schauderte. In seinem Zorn hielt sie Eyvind für fähig, auch sie zu schlagen und sich ihrer danach mit doppelter Zufriedenheit zu bedienen.

Mit einem Seufzer legte sie sich auf den Rücken, raffte den Rock und sah zu, wie er seine Hose aufnestelte, diese bis zu den Knien herabzog und sich auf sie legte. Als sie ihn wieder in sich spürte, überkam sie große Scham, weil sie sich ihm ohne Gegenwehr ergeben hatte.

Eyvind zog seine Hosen wieder hoch, schloss den Gürtel und klatschte ihr, als sie sich erhob, mit der flachen Hand auf den Po. Es tat weh, doch sie verzog keine Miene.

»Du wirst noch Gefallen daran finden«, sagte er heiser. »Und wenn nicht, so wirst du auch ohne Freude meine Söhne gebären.«

Nun vermochte Sigrid sich nicht mehr zurückzuhalten. Wenn sie sich schon nicht körperlich wehren konnte, sollten ihn wenigstens ihre Worte treffen. »Wenn ich gebäre, sollen es Töchter werden, die ihren Vater verachten!«

Eyvind lachte nur. »In meiner Sippe sind seit drei Generationen nur Söhne geboren worden. Das wird jetzt nicht anders sein.«

Mit diesen Worten verließ er das Zelt, ohne darauf zu achten, dass Hekja hinter seinem Rücken hineinschlüpfte.

»Wie es aussieht, will Eyvind dich so schnell wie möglich schwängern, um deinen Vater zu zwingen, ihn als Eidam anzuerkennen«, meinte die Alte.

»Er will unbedingt einen Sohn haben! Ich bete zu Gott, dass

mein Leib leer bleibt, und wenn ich doch empfange, bitte ich darum, dass ich eine Tochter zur Welt bringe«, erklärte Sigrid, der vor Wut Tränen in die Augen traten.

Hekja zog einen kleinen Lederbeutel aus dem Sack, in den sie ihre Kräuter und Salben gepackt hatte. »Ich habe nichts bei mir, das eine Schwangerschaft verhindern könnte, und wage es auch nicht, dir etwas zu geben, das ein Kind aus deinem Leib treibt. Würde Eyvind dies merken, wäre es mein Tod. Nimm daher das hier! Missgünstige Verwandte mischen dieses Mittel unter die Speisen der Ehefrau ihres Anführers, damit diese nur Mädchen zur Welt bringen soll.«

Sie reichte Sigrid die Fingerspitze eines gelblichen Pulvers, das diese sofort zu sich nahm.

7.

Am Nachmittag blieben die Orkneyjar hinter den drei Schiffen zurück. Die Anspannung, die die Männer in den Klauen gehalten hatte, fiel auf offener See von ihnen ab, und sie lachten über den Jarl der Inseln, der es entweder nicht geschafft oder nicht gewagt hatte, sich ihnen in den Weg zu stellen.

»In ein paar Tagen sind wir bei Bram und der Flotte«, sagte Thorolf zu Eyvind, der wieder seinen Platz am Bug des Schiffes eingenommen hatte.

»Dann wird Bram mir erklären müssen, weshalb er aufgebrochen ist, ohne auf uns zu warten!« In Eyvinds Stimme schwang ein Ton mit, der Thorolf froh sein ließ, dass der Zorn seines Anführers nicht ihm galt.

Da das Schiff unter Segeln fuhr und nicht gerudert werden musste, hatten Andreas und Ailmar sich auf eine der verlassenen Ruderbänke gesetzt. Plötzlich fielen Schatten auf sie. Als die aufblickten, erkannten sie Sigrid und Hekja.

»Ich wollte sehen, wie es deinem Rücken geht«, sagte die Kräuterfrau.

»Ich spüre fast nichts mehr«, antwortete Andreas, der um nichts in der Welt zugeben wollte, dass er immer noch Schmerzen hatte.

Hekja schmunzelte. »Wenn das so ist, kann ich dir auf den Rücken klopfen!«

»Bloß nicht!«, rief Andreas erschrocken, als sie die Hand hob.

»Also raus aus dem Hemd, damit ich nachsehen kann!«, befahl die Kräuterfrau, musste Andreas aber helfen, weil er die Arme nicht ohne Schmerzen ausstrecken konnte. Sie löste den Verband und betrachtete Andreas' Rücken mit einem zufriedenen Schnauben.

»Sieht besser aus, als ich es erwartet habe. Du hattest Glück, dass mehr als die Hälfte der Männer weniger hart zugeschlagen haben, als sie es hätten tun können. Bevor du ihnen aber dafür dankst, solltest du wissen, dass sie es nicht aus Freundschaft zu dir getan haben. Sie wollten dich nur nicht zuschanden schlagen, damit du noch zur Arbeit taugst. Sonst hätte einer von ihnen für dich einspringen müssen.«

Hekja beendete ihre Erklärung mit ihrem gewohnten Kichern. Die Männer an Bord waren rau und rasch bereit, zum Messer oder zum Schwert zu greifen. Trotzdem war einigen die Strafe, die Eyvind über Andreas verhängt hatte, zu hart erschienen. Der Sachse hatte mit seinem Fluchtversuch bewiesen, dass er ein mutiger Mann war. Und doch hatten manche mit aller Kraft zugeschlagen, und andere hatten sich, wie von Hekja angedeutet, zurückgehalten, damit er in Zukunft hart arbeiten konnte.

»Weißt du, was Eyvind vorhat?«, fragte Ailmar die Kräuterfrau.

Diese schüttelte den Kopf. »Wahrscheinlich wissen das nicht einmal seine Männer. Einige glauben, er wolle sich auf Island ansiedeln, für andere ist Irland sein Ziel – oder England.«

»Wir fahren nach Nordwesten. Das deutet auf Island hin. Irland und England liegen bereits hinter dem Heck der Schiffe«, wandte Sigrid ein.

Unterdessen bestrich Hekja die Striemen auf Andreas' Rücken mit ihrer Salbe. Da diese stark brannte, konnte Andreas ein Stöhnen nicht unterdrücken.

»Es sieht bereits weitaus besser aus als am Morgen«, sagte Ailmar, um ihn aufzumuntern.

»Allerdings!«, stimmte Sigrid ihm zu. »Du bist zwar ein Narr, weil du mich befreien wolltest, obwohl ich mit der Kette gefesselt war, aber ich danke dir für die Absicht.«

Andreas verzog das Gesicht. »Wäre die Tat gelungen, könntest du mir danken. So bleibt es beim Narren.«

»Alle Menschen sind irgendwann Narren«, sagte Hekja. »Das wird auch Eyvind merken. Jetzt steht er noch stolz am Bug seines Schiffes, doch irgendwann wird ihm der Sturm um die Ohren blasen.«

»Eyvind wird uns durch den ärgsten Sturm steuern!« Thorolf war hinzugekommen und ließ sich ebenfalls auf einer der Ruderbänke nieder. »Er ist mein Vetter, müsst ihr wissen, so wie Bram unser gemeinsamer Vetter ist. Bram ist ebenfalls ein guter Anführer, doch Eyvind ist besser. Auch mein Bruder Farald ist ein guter Anführer. Der befindet sich zurzeit auf Island und sammelt dort Freunde, die mit uns kommen werden. Wir holen sie dort ab.«

Sigrids Gedanken rasten: Sie würden also Island ansteuern, aber es war nicht ihr endgültiges Ziel. Dies fiel jedoch nicht ins Gewicht, denn sie hatte dort Verwandte. Wenn es ihr gelang, Eyvind zu entkommen, würde sie Hilfe erhalten, und das allein zählte.

»Und? Bist du auch ein großer Anführer?«, fragte sie, um Thorolf zum Reden zu bewegen.

Der junge Mann schüttelte den Kopf. »Mit meinem Bruder, mit Bram oder gar mit Eyvind kann ich mich nicht messen. Aber ich hoffe, schon bald ein eigenes Schiff führen zu können.«

»Wo wollt ihr eigentlich hin?«, fragte Sigrid.

Thorolf grinste. »Das ist ein großes Geheimnis, das ich nicht verraten darf.«

»Die Männer vermuten Irland oder England«, bohrte Sigrid weiter.

»Vielleicht, vielleicht auch nicht! Aber sei versichert, Eyvind weiß, was er tut. Du wirst als sein Weib ein gutes Leben führen.«

»Ich bin nicht sein Weib, sondern seine Gefangene. Als solche kann ich höchstens eine Sklavin oder Kebse sein«, antwortete Sigrid bitter.

»Du wirst seine Ehefrau!«, beharrte Thorolf. »Bedenke, er hat deinen Vater am Leben gelassen.«

»Aber dafür meinen Verlobten umgebracht!«

»Tryggvi Thorgilson war ein Narr, die Hand nach der Frau auszustrecken, die meinem Vetter anverlobt war«, erklärte Thorolf mit einem verächtlichen Schnauben.

»Was habt ihr eigentlich mit uns vor?«, wollte Ailmar wissen.

»Wir brauchen Sklaven!«

»Die wir nicht sein wollen«, konterte Andreas.

»Ihr werdet euch schon dreinfinden. Eyvind ist ein guter Herr ...«

»Das spüre ich gerade auf meinem Rücken«, antwortete Andreas bissig.

»Er war zornig! Immerhin hat er Sigrid und Hekja befohlen, sich um dich zu kümmern. Bram hätte das nicht getan.«

Es war deutlich zu merken, dass Thorolf Eyvind verehrte und ihn gegen alles und jeden verteidigen würde. Ailmar zog es daher vor, nichts gegen den Anführer zu sagen. Auch Andreas hielt jetzt den Mund. Er erinnerte sich, dass Thorolf nur schwach zugeschlagen hatte, und fragte sich, ob dies aus Mitleid oder aus Berechnung geschehen war.

Unterdessen sah Ailmar sich den jungen Mann genauer an. Thorolf war nicht ganz so groß wie sein Vetter Eyvind, überragte Andreas aber um zwei Handbreit. Das Gesicht war jungenhaft schmal, und das Kinn wies nur einen bescheidenen Bartwuchs auf. Mit den fröhlichen blauen Augen und seinem munteren Wesen wirkte er wie jemand, mit dem man gerne einen Becher Wein oder Met trinken würde.

»Es wird bald Nacht«, sagte Thorolf nach einer Weile. »Wir sollten zusehen, dass wir etwas zu essen bekommen, und danach sollten die Frauen sich in ihr Zelt zurückziehen.«

»Ich muss vorher noch den Hintern über die Bordwand halten«, erklärte Hekja.

Sigrid nickte, obwohl es ihr nicht leichtfiel, ihren Rock vor so vielen fremden Männern zu heben. Auf anderen Schiffen gab es zumeist ein Zelt oder einen kleinen Raum, in dem die Frauen ihre Notdurft in ein Gefäß verrichten konnten. Eyvinds Schiff war jedoch nur für Männer eingerichtet, und die stellten sich gerne nebeneinander an die Bordwand, um Wasser zu lassen oder ihren Hintern nach draußen zu strecken.

»Mir wäre es lieber, wenn es schon ein wenig dunkler wäre«, seufzte sie.

»Da wirst du um diese Jahreszeit noch einige Stunden warten müssen«, spottete Hekja. Zwar verstand sie die Jüngere, sagte sich aber, dass sie beide mit den Verhältnissen, die hier herrschten, zurechtkommen mussten.

8.

Obwohl sie auf das langsamere Frachtschiff Rücksicht nehmen mussten, kamen sie gut voran. An Verfolger dachte längst keiner mehr, als Ailmar halb rechts vor sich Land entdeckte.

»Ist das Island?«, fragte er Sigrid, die sich auch an diesem Tag zusammen mit Hekja zu ihm und Andreas gesellt hatte.

Sigrid schüttelte den Kopf. »Das sind die Färöerjar oder die Inseln der Schafe, wie man sie auch nennt. Hier herrscht ein Jarl des norwegischen Königs.«

»Der wahrscheinlich genauso viel tun wird wie der Jarl auf den Orkneyjar, nämlich gar nichts!« Andreas glaubte nicht an Hilfe von außen, sondern sagte sich, dass sie ihre Freiheit selbst erringen mussten.

Doch Sigrid gab nicht so schnell auf, sondern überlegte, welche Färinger mit ihrem Vater gut genug befreundet waren, um ihr gegen Eyvind zu Hilfe zu kommen. Dabei kam es darauf an, wo er anlegte. War es wie auf den Orkneyjar bei einer Insel, die einem seiner Verbündeten gehörte, so war Flucht zwar nicht ausgeschlossen, würde aber sehr viel mühsamer sein.

»Seht euch das an!«, rief Ailmar verwundert. »Bei dieser Insel dort sieht die Steilküste aus, als würde sie wie ein gut verleimter Schild aus einzelnen, unterschiedlichen Schichten bestehen.«

Sigrid versuchte, sich daran zu erinnern, was sie über die Färöerjar gehört hatte. Zu ihrem Bedauern wusste sie weit weniger über die Schafsinseln als über die Orkneyjar. Das Land vor ihnen wirkte um vieles rauer. Es schien fast nur Gras zu geben und gelegentlich ein paar Büsche. Bäume fehlten ganz.

»Das Paradies scheint es nicht gerade zu sein«, fand Ailmar und winkte Thorolf zu ihnen.

»Ihr habt hier ja sehr viele Inseln. Aber für die Jahreszeit ist der Wind ganz schön kalt«, sagte er, als der junge Norweger näher getreten war.

»Wenn dich friert, hülle dich in eine Decke«, spottete Thorolf, der nur Hemd und Hosen trug und auf einen Mantel oder Umhang verzichtet hatte.

»Ich könnte eine Decke brauchen«, murmelte Andreas, da sein Rücken in der Kälte schmerzte.

»Ich besorge dir eine«, sagte Hekja und machte sich auf die Suche.

Sigrid musterte unterdessen die kleine Insel, an der sie eben vorbeifuhren, und richtete den Blick dann nach vorne. »Ich nehme nicht an, dass wir bei Kirkebou anlegen.«

»Du hast eine geschickte Art, Leute auszufragen!«, sagte Thorolf lächelnd. »Aber ich kann dir verraten, dass du recht hast. Wir werden die Hauptinsel umfahren und bei einem unserer Freunde anlanden. Seine Insel zählt zu den kleineren und ist weit genug von den anderen entfernt, um auch dir den Spaß zu verderben, von dort fortzuschwimmen.«

»Und glaube nicht, dass du ein Boot stehlen kannst, Ulfars Tochter! Da gebe ich schon acht. Etwas, was ich erworben habe, nimmt mir keiner mehr ab.« Eyvind war zu ihnen getreten, um zu erfahren, worüber dort geredet wurde.

Sigrid hörte ebenso wie Andreas und Ailmar aus seinen Worten die Warnung heraus, keinen zweiten Fluchtversuch zu wagen. Angesichts der Umstände, die Thorolf ihnen beschrieben hatte, nahm Sigrid Abstand von dem Gedanken. Auf diesen kleinen Inseln waren sie allzu leicht wieder einzufangen. Doch auf Island würde dies anders sein.

Wenig später änderten die drei Schiffe ihren Kurs und ließen Austuroya hinter sich zurück. Sigrid hatte zwar die Namen einiger Inseln gehört, wusste sie aber nicht zuzuordnen. Da es auf den Färöerjar außer ein paar Tausend Menschen und weitaus mehr Schafen nichts weiter gab, hatte ihr Vater sich nie so für diese Inseln interessiert wie für die Orkneyjar oder Island. Wäre ihr Vater kein Krieger, sondern ein Händler gewesen, wäre er wahrscheinlich hierhergefahren, um Schaffelle gegen andere Waren einzutauschen. So aber hatte er auf seinen früheren Reisen nur frisches Wasser an Bord genommen und Hammelfleisch als Proviant für die Fahrten nach Island oder zurück nach Norwegen.

»Es sieht nicht so aus, als könnten wir uns dort in die Büsche schlagen«, sagte Ailmar, als sie wieder unter sich waren.

»Das kannst du laut sagen! Oder besser nicht, sonst hören es unsere Entführer noch.« Sigrid lachte nervös und sah sich um.

Von den Männern kümmerte sich jedoch niemand um sie. Es machte sich bemerkbar, dass Eyvind mit der Besatzung seines Schiffes zwei weitere hatte bemannen müssen. Die Krieger, die er von Kolbjorn erhalten hatte, konnten die fehlenden Gefolgsleute aus Jervik nicht ersetzen.

Ailmar rückte näher an Sigrid heran. »Wir werden bis Island warten. Das hat auch sein Gutes, denn so kann Andreas sich erholen. Jetzt zu fliehen, würde ihm nicht leichtfallen.«

Du hast gut reden, dachte Sigrid erbittert. Jeder Tag, den sie als Eyvinds Gefangene verbrachte, brachte die Gefahr mit sich, schwanger zu werden. Er hatte sich angewöhnt, sie stets am Abend, bevor die letzte Mahlzeit ausgeteilt wurde, in das Zelt zu holen und sich ihrer zu bedienen. Da eine Flucht auf den Färöerjar sinnlos war, würde sie warten müssen, bis sich auf Island eine Gelegenheit bot. Notfalls musste sie Eyvinds Kind austragen und es nach geglückter Flucht in eine gültige Ehe mit einem Mann ihrer Wahl mitbringen.

Da Sigrid in ihren Gedanken versunken war, blickte Ailmar erneut zu den Inseln hinüber. Sie waren nicht ganz so flach wie die Orkneyjar, wirkten aber noch kahler. Felder waren keine zu sehen, nur Weiden, auf denen Schafe grasten, welche auf die Entfernung wie winzige Wollknäuel aussahen.

»Das ist ein Land, in dem man wohl geboren sein muss, um es zu lieben«, sagte er zu Andreas.

»Diese Inseln sind sehr weit von zu Hause. Ich wüsste nicht, wie wir von hier nach Venneby zurückkommen könnten«, antwortete sein Freund. »Dabei sind sie noch immer nicht unser Ziel. Weiß der Himmel, wohin Eyvind uns noch verschleppen wird!«

»Um fliehen zu können, benötigen wir ein Schiff, das nach Norwegen oder England fährt, und von dort aus eins, das Dänemark zum Ziel hat. Von diesem Land aus finden wir den Weg«, erklärte Ailmar und hörte Andreas leise lachen.

»Dafür müssten wir einen Schiffer finden, der uns für Gottes Dank mitnimmt. Mein Silber haben Eyvinds Männer mir abgenommen.«

»Dann sollten wir zusehen, dass wir Beute machen, bevor wir verschwinden«, antwortete Ailmar mit ungebrochenem Optimismus.

»Wenn wir Eyvind auf Island entfliehen können, komme ich an Geld«, warf Sigrid ein. »Ich habe dort Verwandte. Ein paar von ihnen waren bei uns zu Gast und werden sich an mich erinnern.«

»Also sind unsere Aussichten gar nicht so schlecht.« Ailmar wies nach vorne. »Es sieht so aus, als wollte Eyvind auch noch um diese Insel herumfahren! Dahinter sehe ich aber nichts mehr.«

Sigrid sah ebenfalls zu der Insel hin und strich sich kurz über den Haaransatz. »Damit dürfte doch die Insel sein Ziel sein. Es gibt gewiss auf der Meerseite eine Bucht, in die seine Schiffe einlaufen können.«

9.

Die Einfahrt zur Bucht war sehr schmal. Daher ließ Eyvind das Segel niederholen und befahl seinen Männern, die Riemen auszulegen. Da die Zahl der Ruderer zu gering war, musste auch Thorolf auf einer Ruderbank Platz nehmen. Die ablandige Strömung bereitete ihnen große Schwierigkeiten, und so wies Einar auf Ailmar und Andreas. »Die beiden sollen ebenfalls rudern!«

»Mit seinem zerschlagenen Rücken kann Andreas das nicht«, protestierte Sigrid vorwurfsvoll.

Eyvind sah auf die Felswände, die kaum weiter auseinanderstanden als zwei Schiffslängen, und klopfte Ailmar auf die Schulter. »Wenn wir beide uns an die Ruder setzen, müsste es gelingen!«

»Ich habe das noch nie gemacht«, wandte Ailmar ein.

»Das lernst du schnell. Komm jetzt! Oder willst du ersaufen, weil wir gegen einen Felsen geprallt sind?«

Eyvinds Stimme klang so scharf, dass Ailmar gehorchte.

»Ich setze mich vor dich. Du tust genau das Gleiche wie ich«, erklärte der Norweger und nahm Platz. Gleich darauf schob er seinen Riemen durch die Dolle und sah sich kurz um, ob der Sachse ihm gehorchte.

»Und nun den Riemen über das Wasser heben, eintauchen und ziehen!«

Ailmar folgte seinem Beispiel und merkte rasch, dass es nicht ganz so einfach war, wie Eyvind es behauptet hatte. Er musste im Takt mit den anderen Ruderern bleiben und durfte den Riemen nicht zu tief ins Wasser tauchen, da er ihn sonst nicht richtig durchziehen konnte. Vor allem aber war es so anstrengend, dass ihm trotz des kühlen Windes schon bald der Schweiß über Gesicht und Rücken lief.

»Gut so! Wir schaffen es!«, klang Einars Stimme auf.

Der Steuermann arbeitete geschickt mit dem Ruder und hielt das Schiff in der Mitte zwischen den Steilwänden, die die Einfahrt begrenzten. Kurz darauf liefen sie tatsächlich in eine große, längliche Bucht ein, in der bereits etliche Schiffe vertäut waren.

»Jedenfalls ist Bram mit der Flotte angekommen«, sagte Eyvind zufrieden.

Thorolf kniff verwundert die Lider zusammen. »Ich zähle nur dreizehn Masten. Es sollten mehr sein!«

»Auch das wird Bram mir erklären müssen!« Eyvind klang hochgradig verärgert. Da seine Mithilfe beim Rudern nicht mehr gebraucht wurde, holte er seinen Riemen wieder ein und legte ihn auf die Planken. Als Ailmar seinem Beispiel folgen wollte, klopfte er ihm auf die Schulter.

»Du nicht! Du ruderst weiter!«

»Auch gut!«, brummte der Sachse und schob seinen Riemen wieder nach draußen.

Mittlerweile waren die Schiffe dem Griff der Strömung entronnen und kamen leichter voran. Eyvind stand am Bug und wies Einar an, wohin dieser das Schiff zu steuern hatte.

»Gleich haben wir es geschafft!«, sagte Thorolf, um Ailmar anzuspornen.

»Ich habe nichts dagegen!«, antwortete der Sachse, dessen Arme bereits schmerzten, und hob, als der Befehl dazu kam, erleichtert den Riemen in die Höhe. Augenblicke später berührte der Schiffsrumpf den Steg, und sie konnten die Riemen verstauen. Leinen wurden geworfen und festgemacht, dann stieg Eyvind von Bord und trat zwei Männern entgegen, die mit schnellen Schritten auf ihn zueilten.

»Willkommen auf den Färöerjar, Eyvind Erlingarson!«

Eyvind packte den Größeren der beiden mit grimmiger Miene bei den Schultern. »Ich sehe, du bist gut hierhergekommen, Bram. Aber warum hast du nicht bei den Orkneyjar auf mich gewartet?

Und wo sind die restlichen Schiffe, die sich mit uns treffen sollten?«

Sein Tonfall hätte einem ängstlichen Mann einen Schauder über den Rücken getrieben. Bram war jedoch aus einem härteren Holz geschnitzt. Er umarmte Eyvind und klopfte ihm dann lachend auf die Schulter.

»Ich freue mich, dich zu sehen, denn ich war mir zuletzt nicht sicher, ob Kolbjorn nicht eine Hinterlist geplant hat.«

Eyvind sah ihn überrascht an. »Was ist mit Kolbjorn?«

»Er wollte auf einmal nicht mehr mitfahren, und als dann auch noch jenes fremde Schiff an der Insel vorbeigesegelt ist, forderte er uns auf, die Bucht zu verlassen. Da wir nicht riskieren wollten, dass er uns an Jarl Ragnvald verrät, sind wir aufgebrochen.«

Brams Erklärung klang schlüssig, denn Eyvind hatte noch Kolbjorns Klagen wegen seiner schwindenden Vorräte im Ohr. Auch hatte dieser sich geweigert, mit ihm zu kommen, und ihn auf das nächste Jahr vertröstet.

Unterdessen hatte Bram Sigrid entdeckt und pfiff anerkennend. »Du hast dir das Mädchen geholt. Eyvind, du bist ein Teufelskerl! Von deinen Listen könnte Loki noch etwas lernen.«

»Wir konnten den alten Ulfar übertölpeln. Den Narren, dem er Sigrid zum Weib geben wollte, habe ich im Zweikampf erschlagen, und nun gehört sie mir«, sagte Eyvind und berichtete stolz, wie ihm dieses Meisterstück gelungen war.

Da sie auf das Schiff zugingen, gaben sie Andreas und Ailmar die Gelegenheit, sie miteinander zu vergleichen. Eyvind und Bram hätten Brüder sein können. Beide waren fast gleich groß, hatten breite Schultern und schmale Hüften. Brams Blondhaar war ein wenig fahler als Eyvinds, und er hatte wie dieser den Bart so gestutzt, dass er ihm nicht bis auf die Brust reichte. Auch die Gesichter ähnelten sich, aber Eyvind war der Ansehnlichere.

»Das sind zwei Krieger, wie man sie selten findet«, sagte Andreas leise.

»Es sind beides Wölfe, und ich wage nicht zu sagen, welcher von ihnen der gefährlichere ist«, warf Hekja leise ein.

»Es sind beides Schurken«, zischte Sigrid.

»Man sollte beide fürchten – oder, besser gesagt, sich vor ihnen hüten.« Ailmar bleckte die Zähne. Auch wenn er gefangen war und man ihn zwang, Knechtsarbeit zu leisten, war er nicht bereit, sich in sein Schicksal zu fügen.

Andreas empfand dasselbe. Zwar spürte er noch die Nachwirkungen der Schläge, aber noch mehr den Wunsch, diese seinem und Sigrids Entführer heimzuzahlen.

Eyvind stemmte die Hände in die Hüften, musterte die an Land liegenden Schiffe und schüttelte den Kopf. »Wo sind die restlichen?«, fragte er noch einmal.

»Du musst Kolbjorns Schiffe abrechnen, die er uns versprochen hat. Zwei Freunde haben versprochen, sich hier mit uns zu treffen, und weitere wollen auf Island zu uns stoßen«, erklärte Bram.

Eyvind ärgerte sich, weil das Sammeln seiner Flotte so langsam vor sich ging und er von den fehlenden Schiffen keine Nachricht erhalten hatte. »Wann kommen die beiden?«, fragte er grimmig.

»Ich hoffe, in den nächsten Tagen. Sonst müssten sie uns nach Island folgen.« Bram blickte zum Buchteingang, der von hier aus winzig erschien. »Zu lange sollten wir hier nicht bleiben. Eine kleine Flotte von Kampfschiffen könnte die Bucht sperren und uns am Auslaufen hindern«, setzte er besorgt hinzu.

»Ein paar Tage werden wir bleiben, denn ich muss meine Mannschaft ergänzen. Zudem brauchen wir Frischwasser und frische Vorräte.« Eyvind überlegte kurz und wies dann auf die Flotte. »Ich werde mit meinem Schiff vorausfahren, um Sigrids Erbschaft auf Island einzufordern. Du wartest mit den anderen Schiffen noch genau eine Woche. Sind sie bis dorthin nicht erschienen, folgst du uns.«

»Wenn es dein Wille ist, soll es so geschehen«, antwortete Bram, während sein jugendlicher Begleiter nervös an seinem noch schütteren Bart zupfte.

»Wäre es nicht besser, wenn die gesamte Flotte losfährt und Bram mit seinem Schiff zurückbleibt?«

»Du hast wohl Angst, dir könnte hier der Met ausgehen, Brodir?«, fragte Bram lachend. »Diese Sorge ist vergebens, denn Bolverk will seinen Hof aufgeben und mit uns kommen. Daher muss alles, was er nicht mitnehmen kann, verzehrt werden.«

»Was ist, wenn der Jarl der Färöerjar Wind von uns bekommt und uns angreifen will?«, wandte Brodir ein.

»Er wird sich fragen, ob er es mit fünfzehn voll bemannten Schiffen aufnehmen soll! Bliebe Bram allein mit Bolverk zurück, wären es nur zwei Schiffe, und die würde der Jarl nicht fürchten.« Eyvind hatte noch einen weiteren Grund, allein zu fahren. Würde er mit einer größeren Flotte auftauchen, sähe es so aus, als wolle er Sigrids Erbanspruch mit Gewalt durchsetzen, und sich damit in eine Fehde verstricken, die er weder wollte noch brauchen konnte.

Er wandte sich seinem Schiff zu und befahl Sigrid auszusteigen. »Du kommst mit mir zu Bolverks Hof. Dort gibt es gewiss ein Bett für uns!«

Die junge Frau zischte ihn zornig an und wünschte sich, es gäbe eine Möglichkeit, sich von diesem Mann zu befreien. Bis sie Island erreichten, musste sie ihm jedoch gehorchen. Dort aber würden die Karten neu gemischt.

»Ihr könnt euch hier auf der Insel die Beine vertreten. Verloren gehen werdet ihr uns hier gewiss nicht«, sagte Eyvind unterdessen zu Andreas, Ailmar und Hekja.

Die alte Kräuterfrau nahm ihren Beutel und verließ nun ebenfalls das Schiff. »Komm mit!«, sagte sie zu Andreas. »An Land kann ich mir deinen Rücken anschauen, ohne dass das Schaukeln des Schiffes mich stört.«

10.

Die ersten Schritte nach über einer Woche auf See fühlten sich seltsam an. Andreas schwankte bereits auf dem Steg. Hekja packte ihn am Arm. »Fall nicht herunter! Bei dem kalten

Wind ist es nicht angenehm, in nasser Kleidung zu stecken. Auch glaube ich nicht, dass das Wasser so warm ist, dass es dir behagt!«

Als Ailmar das hörte, kniete er sich hin und streckte die Hand in das unter dem Steg plätschernde Wasser. Rasch zog er sie zurück und rieb sie an seiner Hose trocken. »Das Wasser ist auf jeden Fall kälter als in unserem Badeteich. Ich würde ungern hineinsteigen müssen.«

»Dann bleiben dir die Wanzen und Flöhe erhalten!«, spottete Hekja. »Einen Knecht lässt man nicht so leicht ins Badehaus. Das Recht musst du dir erst verdienen. Bis dorthin hast du dich mit dem Wasser der Quellen zu waschen, und das ist – lass es dir gesagt sein – noch ein ganzes Stück kälter als der Ozean.«

»Bei Gott! Wer kann in einem solchen Land leben?«, stöhnte Ailmar, während Andreas' Blick Eyvind und Sigrid folgte, die auf die Flanke eines flachen Hügels zugingen, vor dem sich eine längliche, mit Gras bewachsene Bodenwelle auftürmte. Erst, als das Paar eine Tür durchschritt, begriff er, dass es sich bei diesem seltsamen Gebilde um ein Haus handelte.

»Leben die Leute hier in Erdhöhlen?«, fragte er verwundert.

Hekja lachte. »In Norwegen gibt es genug Holz, um Häuser zu errichten. Hier auf den Inseln muss jedoch an Holz gespart werden. Deshalb behilft man sich mit Torf und Grassoden. Aber du würdest dich wundern, wenn du das Haus von innen siehst. Weißt du was? Wir gehen einfach hinein!«

Mit diesen Worten stiefelte sie los, und Andreas und Ailmar folgten ihr. Da die beiden Männer noch immer ihre eigene Kleidung trugen, wussten Bolverks Wachen nicht, wie sie sich ihnen gegenüber verhalten sollten, und ließen sie das Haus betreten.

Alle drei mussten sich tief bücken, um unter dem Türsturz hindurchzukommen, doch das kannten Andreas und Ailmar bereits von Ulfars Wohnhaus. Hatte das Gebäude von außen wie ein länglicher Erdhügel ausgesehen, so waren die Wände innen mit Holz verkleidet. Das Dach bestand aus nur wenigen Balken und Sparren, die mit einem Geflecht aus Birkenreisern verbunden waren. Auf diesen lagen zurechtgeschnittene Grassoden.

Zu Andreas' Verwunderung sah die Decke trocken aus, und es tropfte nirgends. »Es ist gar nicht so übel«, meinte er zu Ailmar.

»Auf jeden Fall ist man hier aus dem Wind«, antwortete dieser und sah sich einer älteren Frau gegenüber, die sie misstrauisch beäugte.

»Ihr seid keine Norweger?«

»Wir sind Sachsen«, antwortete Andreas und deutete eine Verbeugung an, die er wegen seines verletzten Rückens jedoch sofort bedauerte. »Andreas, Sohn Hardos, des Herrn auf Venneby, ist mein Name, und das hier ist mein Gefolgsmann Ailmar.«

»Jetzt sind beide meine Sklaven«, klang da Eyvinds Stimme auf. »Gib ihnen einen Schluck Met und etwas zu essen.«

»Wenn du es sagst.« Die Färingerin wirkte verärgert, weil sie Sklaven abfüttern sollte.

Sie scheint Eyvind auch nicht besonders zu mögen, dachte Andreas. Er nahm den aus Birkenrinde gefertigten Becher entgegen und trank ihn langsam leer. Dabei sah er sich um. Im vorderen Teil des Hauses befand sich die Feuergrube, über der gekocht wurde, und rechts und links je ein hölzernes Podest in Sitzhöhe, auf dem Schafsfelle lagen. An diese schlossen sich auf beiden Seiten je eine Bettkammer an, deren Türen verschlossen werden konnten.

In eine davon führte Eyvind nun Sigrid und schloss die Tür hinter ihnen. »So ist es für dich angenehmer als auf den harten Planken des Schiffes«, meinte er nach einem Blick auf die dicke Lage Schafsfelle.

»Ob hier oder dort, bleibt sich gleich. Eine Gefangene kümmert es wenig, wo ihr Entführer sie schändet«, antwortete Sigrid herb.

»Du bist nicht meine Sklavin, sondern meine Ehefrau! Dein Vater hatte dich mir versprochen! Daher gehörst du mir!«, antwortete Eyvind verärgert.

»Du magst mich nennen, wie du willst. Weder gab es eine Zeremonie, noch hat mein Vater meine Hände in die deinen gelegt. Daher werde ich für dich immer die Frau bleiben, die du aus dem Haus ihres Vaters geraubt hast, und damit ein Beuteweib, das nicht mehr gilt als eine Kebse, die du jederzeit verkaufen oder einem anderen Mann schenken kannst«, fuhr Sigrid ihn aufgebracht an.

»Für Norwegen mag das vielleicht gelten, aber nicht dort, wo wir hinfahren. Und nun zieh dich aus! Ich will dich endlich so sehen, wie Gott dich geschaffen hat, und nicht nur deinen gerafften Rock.«

Als Sigrid sich nicht rührte, packte Eyvind sie bei der Schulter und drehte sie so zu sich herum, dass sie ihm in die Augen sehen musste. »Gehorche, bevor ich zornig werde! Es täte deiner Kehrseite nicht gut.«

Schlagen lassen wollte Sigrid sich nicht, und so zerrte sie sich das Kleid vom Leib. Das Hemd folgte, und dann legte sie sich auf die Schafsfelle. Diese waren weich und weitaus angenehmer als der harte Schiffsboden.

Eyvind musterte sie im Schein einer Talglampe und keuchte. »Du bist so schön, wie die heidnischen Göttinnen Freya und Idun einst beschrieben wurden. Ich bin ein glücklicher Mann, weil du mir gehörst!«

»Ich gehöre niemandem außer mir selbst«, murmelte Sigrid und ballte in Erwartung dessen, was kommen würde, die Fäuste.

Da wälzte Eyvind sich bereits auf sie und drang ungestüm in sie ein. Bislang hatte Sigrid jedes Mal gehofft, dass es bald vorbei sein würde. An diesem Tag aber spürte sie zu ihrem Entsetzen, wie ein neues Gefühl hinzukam, so als finde ihr Körper an der Vereinigung mit dem Mann ein gewisses Vergnügen.

Nein, nicht mit Eyvind!, dachte sie entsetzt und schämte sich. Sie schloss die Augen und dachte an ihren Verlobten. Um wie viel lieber würde sie unter ihm liegen und seine männliche Kraft spüren. Es war kein guter Gedanke, denn sie sah Tryggvi als blutigen Leichnam vor sich liegen, und der, der ihn getötet hatte, übte nun sein Recht als Sieger aus.

Die Empfindungen ihres Geistes und die Gefühle ihres Körpers strebten in verschiedene Richtungen, und sie wollte Letzterem nicht unterliegen. Mit einem Mal galten ihre Überlegungen

Andreas. Er hatte ihr vom ersten Blick an gefallen, denn er war ein freundlicher, höflicher junger Mann, der eine Frau niemals als Besitz ansehen würde. In ihrer Fantasie stellte sie sich vor, wie es wäre, von ihm geliebt zu werden, und spürte, wie ihr Körper auf diesen Gedanken reagierte. Sie keuchte und bemerkte, dass sie zwischen den Beinen feucht wurde. Sofort schämte sie sich dafür in Grund und Boden.

Eyvind stellte zufrieden fest, dass Sigrids Leib nachgiebig geworden war, und kam nach ein paar letzten Stößen zur Erfüllung. Sie ist doch nur ein Weib wie alle anderen, dachte er triumphierend. Schon bald wird sie mir so gehorchen, wie ich es verlange. Von Sigrids Scham und Verzweiflung bekam er nicht das Geringste mit.

»Wenn du heute nicht geschwängert worden bist, würde es mich wundern«, sagte er laut genug, damit es draußen in der Halle gehört werden konnte.

Andreas ballte die Fäuste. »Dieser Kerl ist kein Edelmann!«

»Er will sie immerhin heiraten«, antwortete Ailmar und wies auf ein paar Nachbarn in der Heimat hin, deren Brautwerbung auch nicht gerade friedlich verlaufen war.

Obwohl Andreas klar war, dass sein Freund recht hatte, wuchsen seine Eifersucht und sein Hass auf Eyvind.

Ehe er etwas sagen konnte, lenkte ihn das Auftauchen der alten Färingerin ab, die eine Schüssel mit gekochtem Hammelfleisch auf den Tisch stellte.

»Kann man das essen?«, fragte Ailmar nach dem ersten Bissen, der arg streng schmeckte.

»Das war ein alter Widder, den man zu spät zum Hammel gemacht hat. Aber wenn man nichts anderes bekommt, schmeckt auch das«, antwortete Hekja achselzuckend.

»Mir nicht!«, brummte Andreas und war kurz davor, sein Stück Fleisch in die Schüssel zurückzulegen.

»Du solltest es essen, denn du brauchst Kraft, damit dein Rücken heilt«, mahnte Ailmar ihn.

Widerwillig aß Andreas weiter, während Hekja ein Gespräch

mit der Alten anfing und diese dazu brachte, ihr mehrere Beutel mit Kräutern zu überlassen.

»Meine Vorräte sind zum großen Teil erschöpft. Da ist es wichtig, Nachschub zu erhalten«, sagte sie zufrieden.

In dem Augenblick verließ Eyvind die Bettkammer, und Sigrid folgte dicht hinter ihm. Als sie die beiden Sachsen sah, schämte sie sich noch mehr. Andreas musste sie für ein loses Weibsstück halten, weil sie sich ihrem Entführer ohne jede Gegenwehr hingab. Der Verstand sagte ihr zwar, dass sie richtig handelte, doch ihr Gefühl von Ehre und Anstand forderte, sich Eyvind jedes Mal aufs Neue zu verweigern.

»Gib auch ihr etwas zu essen«, sagte dieser gerade zu der alten Färingerin und verließ pfeifend das Haus.

Missmutig setzte Sigrid sich auf eine der breiten, an der Wand angebrachten Bänke, die nachts als Schlafstatt dienten, und nahm ein Stück Hammelfleisch entgegen. Obwohl es ranzig schmeckte, zwang sie sich, es zu essen. Wenn sie fliehen wollte, brauchte sie Kraft.

»Hier ist eine gute Gelegenheit, deinen Rücken anzuschauen. Zieh dein Hemd aus!«, forderte Hekja Andreas auf, nachdem sie gegessen hatte.

Andreas gehorchte brummend und legte sich auf die Bank. Die alte Färingerin blieb neugierig in der Nähe. Beim Anblick des von Striemen übersäten Rückens keuchte sie. »Das war dumm von Eyvind, dies zuzulassen! Der Sklave wird noch einige Wochen lang nicht arbeiten können.«

Vor allem wird er an der Flucht gehindert, schoss es Sigrid durch den Kopf. Er hätte besser mit seinem Freund zusammen verschwinden sollen. Vielleicht wäre es den beiden doch gelungen, Kolbjorns Insel zu verlassen und sich zu Jarl Ragnvald durchzuschlagen. Stattdessen hatte er versucht, sie zu befreien, und war aus eigener Dummheit gescheitert.

Noch während sie in Gedanken streng mit Andreas ins Gericht ging, dachte sie an ihre Gefühle bei der Vorstellung, von ihm und nicht von Eyvind geliebt zu werden, und rief sich in Erinnerung, dass Andreas sie hatte befreien wollen, um sie vor der Schändung durch Eyvind zu bewahren. Er war ein guter, ehrenhafter Mann, und sie stand tief in seiner Schuld. Um sich nicht weiter in ihren Gedanken zu verlieren, half sie Hekja, Andreas zu verbinden, und schenkte ihm eigenhändig einen weiteren Becher Met ein.

Die alte Färingerin wackelte mit dem Kopf. »Wer hat je von einem Sklaven gehört, der Met zu trinken bekommt? Für die ist Wasser gut genug!«

»Eyvind hat gesagt, du sollst uns welchen geben, und er ist der Anführer«, sagte Ailmar grinsend und reichte Sigrid seinen Becher. »Ich könnte auch noch etwas vertragen!«

Als Antwort drückte sie ihm die Schöpfkelle in die Hand. »Schenk dir selbst ein. Ich bin nicht deine Magd!«

»Sei nicht so kratzbürstig, meine Liebe«, tadelte Hekja sie. »Uns vier vereint das Schicksal, Eyvinds Besitz zu sein. Daher sollten wir zusammenhalten.«

Es war eine geschickt verbrämte Aufforderung, gemeinsam zu fliehen. Sigrid verstand sie, sagte sich jedoch, dass sie die Tochter eines Jarls war und keine Magd. Wenn sie jemandem Met einschenkte, dann nur aus freien Stücken und nicht, weil jemand es verlangte.

11.

Nach drei Tagen hatte Eyvind seine Beratungen mit Bram, Asmod und den anderen Anführern der Flotte abgeschlossen. In der Zwischenzeit wurde sein Schiff ausgerüstet und die Besatzung mit Männern ergänzt, die er kannte. Neben ihm, Thorolf und Einar waren nun wieder dreißig Mann aus Jervik an Bord, und die konnten das Schiff mit den Riemen auf kurze Strecken beinahe so schnell rudern, wie es segelte.

Sigrid, Hekja, Andreas und Ailmar blieben in der Zeit sich

selbst überlassen und wanderten über die Insel. Verloren gehen konnten sie nicht, denn selbst Sigrid, die sich für eine gute Schwimmerin hielt, hätte die nächstgelegene Insel niemals erreichen können. Da es nicht einmal Büsche gab, konnten sie sich auch nirgends verstecken. Es war gleichgültig, an welcher Stelle der Insel sie sich aufhielten, denn die Wachen, die Eyvind auf deren höchstem Punkt hatte aufstellen lassen, behielten sie stets im Auge.

An jedem Abend befahl Eyvind Sigrid, ihm in die Bettkammer zu folgen, die der Färinger Bolverk ihm zur Verfügung gestellt hatte. Auch wenn der Gedanke an Andreas und an die Zärtlichkeiten, die sie in ihrer Fantasie mit ihm teilte, ihr half, Eyvind zu ertragen, wuchsen ihr Zorn und ihre Scham.

Voller Hoffnung, auf Island das Ende ihrer Gefangenschaft vor sich zu sehen, stieg sie wieder an Bord des Schiffes, das sie dorthin bringen sollte. Hekja folgte ihr mit der Miene eines Menschen, der weiß, dass er an seinem Schicksal nichts ändern kann. Im Gegensatz zu der alten Frau hatten Andreas und Ailmar den festen Willen, ihr Leben wieder in die eigenen Hände zu nehmen.

Da mehr Menschen an Bord waren als bei der Herfahrt, konnte Sigrids Zelt nicht mehr aufgebaut werden. Während die Schiffsbesatzung sie höflich behandelte, wurden Hekja und die beiden Sachsen von den besseren Schlafplätzen an Bord verjagt und fanden nur einen Platz ganz vorne am Bug, der von der hochspritzenden Gischt immer wieder durchnässt wurde.

Ailmar stöhnte schließlich, als die Decke, die er und Andreas erhalten hatten, schon nach kurzer Zeit feucht auf der Haut klebte. »Der Teufel soll die Kerle holen! Würden sie ein wenig zusammenrücken, wäre auch für uns noch Platz. So sind wir morgen so nass, als würden wir aus dem Wasser steigen.«

»Damit sparst du dir das Waschen«, antwortete Hekja spöttisch.

»Für mich oder für die Kleider?«, fragte Ailmar.

»Für beides!« Hekja kicherte und sah sich nach Sigrid um. Deren Schlafplatz lag am Heck des Schiffes und war trocken und warm. Trotzdem glaubte die alte Kräuterfrau nicht, dass die Jarlstochter viel Freude daran hatte, denn sie musste ihre Decke mit Eyvind teilen. Als Hekja sich aufrichtete, bemerkte sie, wie dieser auf die junge Frau glitt und sich kurz darauf heftig und in eindeutiger Weise bewegte.

Am ersten Tag kamen sie gut voran. Der Wind blies frisch, und niemand musste rudern. Was Eyvind jedoch wirklich im Sinn hatte, blieb für Sigrid, Hekja und die beiden Sachsen ein Rätsel. Sie wussten nur, dass er nach Island segeln wollte und die Flotte ihm in ein paar Tagen folgen würde.

»Was ist eigentlich dieses Island? Gleicht es den Orkneyjar und den Färöerjar?«, fragte Andreas, als sie am dritten Abend ihren Anteil an Dörrfisch und Brot erhalten hatten.

»Es ist viel größer! Dort gibt es richtige Berge, von denen etliche Feuer speien, und gewaltige Eisflächen, die auch im Sommer nicht schmelzen«, berichtete Sigrid, die in der Halle ihres Vaters den Erzählungen ihrer Gäste gelauscht hatte.

»Berge, die Feuer speien, und gleichzeitig ewiges Eis? Wie passt das zusammen?«, fragte Ailmar verwundert.

»Es ist aber so«, erwiderte Sigrid. »Auf Island leben auch mehr Leute als auf den Orkneyjar und den Färöerjar zusammen.« Sie wurde leiser. »Im Gegensatz zu dort kann ich auf Island auf die Unterstützung meiner Verwandten rechnen.«

»Das könnte uns helfen«, sagte Andreas, fand aber ein Haar in der Suppe. »Ich habe die Krieger gezählt, die Eyvind auf Bolverks Insel zusammengezogen hat. Es sind mehr als dreihundert! Sind deine Verwandten mächtig genug, um sich gegen diese Schar zu behaupten?«

Sigrid war es, als träfe sie ein Eishauch, denn das hatte sie nicht bedacht. Sie suchte in ihrer Erinnerung nach Informationen über ihre isländischen Vettern, doch selbst wenn deren Nachbarn ihnen halfen, würden sie gegen Eyvind und dessen Krieger einen schweren Stand haben. Wozu diese imstande waren, hatte der Überfall auf den Hof ihres Vaters bewiesen.

»Notfalls müssen wir uns so lange verstecken, bis Eyvind weitergezogen ist«, sagte sie, um sich Mut zu machen.

Andreas nickte, während Ailmar bedenklich den Kopf wiegte. Zu fliehen und sich danach zu verstecken, konnte bedeuten, dass sie etliche Tage, womöglich sogar Wochen in der Wildnis verbringen mussten. Dafür brauchten sie Waffen, um Wild erlegen zu können, Decken und einiges mehr. Das alles heimlich an sich zu bringen, würde ihnen nicht leichtfallen.

»Es muss uns trotzdem gelingen«, stieß er leise hervor.

»Was?«, fragte Andreas.

Ailmar lachte freudlos. »Uns auf Island durchzuschlagen. Weißt du, welches Wild es dort gibt?« Die Frage galt Sigrid, doch diese zuckte hilflos mit den Achseln.

»Das kann ich nicht sagen. Ich habe keine Geschichten gehört, in denen von der Jagd auf wilde Tiere berichtet wurde. Wenn die Isländer etwas darüber erzählten, ging es nur um Fischfang und die Jagd auf Wale.«

»Beides wird uns kaum möglich sein!« Andreas klang enttäuscht, war aber nicht bereit, den Speer ins Korn zu werfen. Er fasste nach Sigrids Händen und drückte sie sanft.

»Wir werden entkommen, und du wirst wieder deine eigene Herrin sein!«

»Vorsicht, Andreas! Eyvind sieht her. Du darfst seine Eifersucht und seine Wut nicht noch einmal entfachen«, warnte Ailmar seinen Freund.

Unterdessen starrte Hekja angestrengt nach vorne. »Ich glaube, wir haben bald an etwas anderes zu denken als daran, wie wir uns auf Island die Bäuche vollschlagen oder Eyvinds Zorn entgehen können«, sagte sie mit besorgter Miene.

»Was ist?«, fragte Ailmar.

Da klang bereits Eyvinds Stimme auf. »Richte den Bug weiter nach Norden, Einar. Wir segeln sonst direkt in einen Sturm hinein!«

Bislang war die Fahrt friedlich verlaufen, und so hatten die beiden Sachsen keine Vorstellung, wie schlimm ein Sturm auf See werden konnte. Im Gegensatz zu ihnen hatte Sigrid genug Geschichten über Unwetter gehört und über Schiffe, die ihnen zum Opfer gefallen waren. Unwillkürlich flehte sie den Heiland um

Hilfe an. Dabei blickte sie auf die pechschwarze Wand, die vor dem Bug aufgewachsen war und sich schon bald weiter nach Norden erstreckte, als Einar das Schiff zu steuern vermochte.

Kurz darauf schlief der Wind ein, und das Segel hing schlaff am Mast. Nach einem kurzen Blick auf die Wetterwand, die mit der Geschwindigkeit galoppierender Rosse näher kam, erteilte Eyvind in rascher Folge seine Befehle.

»Bergt das Segel und die Rahen, und bemannt die Ruder! Uns bleibt nichts anderes übrig, als uns mit dem Sturm zu messen. Ihr da«, sein rechter Zeigefinger wies auf die kleine Gruppe um Sigrid, »werdet das Wasser schöpfen, das über Bord schlägt. Nehmt jedes Gefäß, das ihr dafür braucht, und wenn es König Inges Trinkpokal wäre.«

Während seine Männer lachten, fauchte Sigrid ihn an. »Den zu stehlen hast selbst du nicht gewagt!«

»Dann nimm den meinen, aber verliere ihn nicht. Ich will damit auf unseren ersten Sohn anstoßen«, antwortete Eyvind und brachte seine Männer erneut zum Lachen.

Schnell war es mit der Fröhlichkeit vorbei. Die schwarze Wand raste auf das Schiff zu, und der Wind kehrte mit heftigen Böen zurück. Eyvinds Männer arbeiteten verzweifelt daran, das flatternde Segel zu bergen. Selbst die Rah, an der es befestigt war, schlug wild hin und her. Als einer der Männer einen Augenblick nicht achtgab, traf ihn das Segel und stieß ihn über Bord. Mehrere seiner Kameraden warfen ihm eine Leine zu. Er konnte jedoch nicht nach ihr greifen, denn er wurde mit unglaublicher Geschwindigkeit vom Schiff fortgerissen. Sein Schreien hallte noch für kurze Zeit durch das Aufbrausen des Sturms und wurde dann von diesem übertönt.

Andreas schüttelte es, und selbst Sigrid, die Eyvinds Männer als Feinde betrachtete und ihnen nichts Gutes wünschte, lief es kalt den Rücken hinunter.

»Macht weiter, verdammt noch mal! Oder wollt ihr dem armen Kerl in sein nasses Grab folgen?« Eyvind musste brüllen, damit die Männer ihn verstanden.

Endlich gelang es ihnen, Segel und Rah zu bergen. Ein Teil der Männer hatte bereits auf den Ruderbänken Platz genommen und ruderte gegen die Wellen an, die auf sie zurollen. Jeder von ihnen wusste, dass es mit ihnen vorbei war, wenn auch nur eine dieser Wogen sie seitwärts traf.

Immer mehr Wasser schlug nun über die Bordwände und schoss durch das Schiff. Da Sigrid und die Sachsen wie vor Angst erstarrt am Bug kauerten, kämpfte Eyvind sich zu ihnen durch und versetzte ihnen einige leichte Schläge.

»Ihr sollt schöpfen! Oder wollt ihr zum Teufel gehen?«

Für einen Augenblick war Angst in seiner Stimme zu vernehmen. Trotz ihrer schlimmen Lage freute Sigrid sich. So unerschütterlich, wie er sich gab, war Eyvind also doch nicht. Sie griff nach einer Schüssel und begann, das eingedrungene Wasser zu schöpfen. Hekja, Andreas und Ailmar taten es ihr gleich, Hekja schicksalsergeben, die Männer aber aus Furcht vor dem ihnen fremden Element. Sigrid ließ ihre Wut auf Eyvind, der sie in diese Situation gebracht hatte, an dem eingedrungenen Wasser aus, als sei dieses ihr Feind.

Aber es war, als würde das Wasser von draußen mit großen Fässern ins Schiff geschüttet, während sie es nur mit Fingerhüten wieder hinausschaffen konnten. Lange Zeit sah es so aus, als würden sie dem Sturm unterliegen. Das Steuer schlug wild aus und konnte von Einar allein nicht mehr gehalten werden. Eyvind eilte ihm zu Hilfe und befahl schließlich mehreren Männern, ihre Riemen einzuholen und beim Lenzen zu helfen.

»Beim nächsten Mal sollten wir ein paar größere Eimer mitnehmen«, rief er Einar zu.

»Wenn es ein nächstes Mal gibt«, antwortete dieser keuchend.

»Es muss! Sonst werden Bram und Farald die Flotte zu unserem Ziel führen. Den beiden fehlt jedoch das Wissen, das ich erworben habe!« Eyvind lachte hart auf und fuhr Sigrid und die Sachsen an, rascher zu schöpfen. Noch mehr Männer von den Ruderbänken wegzuholen, wagte er nicht.

Der Sturm tobte noch Stunden, dennoch hielt das Schiff sich

durch die Anstrengungen seiner Besatzung über Wasser. Irgendwann änderte das Unwetter seine Richtung und trieb sie mit hoher Geschwindigkeit nach Nordwesten. Nach einer Weile erschien es Eyvind, als würde weniger Wasser ins Schiff gespült. Es bockte und rollte auch nicht mehr so stark und gehorchte wieder dem Ruder. Mit einer triumphierenden Geste wandte er sich an Einar. »Wie es aussieht, haben wir es geschafft!«

In demselben Augenblick wuchs vor ihnen ein Schatten in die Höhe. Es krachte fürchterlich, und das Schiff blieb mit einem Ruck stehen. Der Mast wurde aus der Verankerung gerissen und stürzte auf mehrere Ruderbänke. Männer schrien vor Schmerz, und während der Sturm abflaute, begriffen sie langsam, dass das Unwetter sie auf einen aus dem Wasser ragenden Felsen geworfen hatte und der Bug des Schiffes völlig zerstört worden war.

Sigrid konnte kaum glauben, mit dem Leben davongekommen zu sein. Neben ihr regte sich Hekja, die den Aufprall ebenfalls unbeschadet überstanden hatte. Ailmars Kopf zierten zwei rasch wachsende Beulen, während Andreas vor Schmerz stöhnte, weil ihm der Rücken nach dem hastigen Schöpfen wehtat. Er starrte auf den Felsen, der dem Schiff zum Verhängnis geworden war, und sah auf der anderen Seite nur das Meer.

»Wir werden alle umkommen«, meinte er leise.

»Das werden wir nicht!«, antwortete Sigrid. »Das Land ist nah! Wir müssten es schwimmend erreichen können.«

Die beiden Sachsen blickten in die Richtung, die sie ihnen wies, und sahen ein Stück flachen Strandes vor sich, hinter dem ansatzlos ein Berg in die Höhe ragte, der trotz der sommerlichen Jahreszeit im oberen Drittel große Schneeflächen aufwies.

Dritter Teil

Nach Süden

1.

Nach dem Toben des Sturms und der Kälte des Wassers tat die Wärme des Feuers gut. Sigrid und Hekja waren froh, ihre nassen Kleider ausziehen und zum Trocknen aufhängen zu können. Nun standen sie nackt in der kleinen Hütte, die ein Fischer mit seiner Familie bewohnte. Es waren arme Leute, denen nicht einmal die Boote gehörten, mit denen sie den Fischen und auch mal einem Wal nachstellten. Sie hatten das Scheitern des Schiffes bemerkt und waren zu dem Felsen hinausgefahren, um zu helfen.

»Wenigstens ist es uns erspart geblieben, an Land zu schwimmen. Ich kann es nämlich nicht«, sagte Hekja, während sie die Decke entgegennahm, die ihr die Fischersfrau reichte.

Sigrid hüllte sich ebenfalls in eine Decke und setzte sich auf einen Hocker. Nun kamen auch die Männer herein, als Erster Einar, den der Kampf mit dem Steuer die letzte Kraft gekostet hatte. Nach einer Weile erschienen Thorolf und schließlich auch Eyvind. Andreas und Ailmar fehlten jedoch. Besorgt blickte Sigrid zur Tür. Eyvind sah es und lachte.

»Die Sachsen arbeiten noch daran, das Schiff so zu sichern, dass wir die noch verbliebene Ladung an Land bringen können«, erklärte er.

»Warum tust du ihnen das an?«, fragte Sigrid empört. »Die beiden sind nicht besser dran als deine Männer, Andreas wahrscheinlich noch schlechter. Er hat trotz seines wund geschlagenen Rückens eifrig geschöpft!«

»Sie sind meine Sklaven und müssen lernen zu gehorchen.« Nach diesen Worten zog Eyvind seine nassen Sachen aus. Die anderen Männer folgten seinem Beispiel und zeigten ungeniert, was sie aufzuweisen hatten.

»Wollt ihr uns etwa mit euren Schrumpelschwänzen beeindrucken?«, fragte die Kräuterfrau spöttisch. »Da hättet ihr sie schon in warmes Wasser hängen müssen. Kaltes Wasser zieht zusammen, das lasst euch gesagt sein!«

»Wenn man dich lange genug in einen Bottich mit Eiswasser setzt, wirst du wohl dadurch noch zur Jungfrau«, antwortete Thorolf.

Schallendes Gelächter erklang, während Eyvind zu Sigrid trat und ihr die Hand auf die Schulter legte. »Wir haben überlebt, doch sieben Männer sind tot und drei schwer verwundet.«

In diesem Augenblick erstarb das Gelächter, und die Männer sahen einander betroffen an. In der Freude über ihr eigenes Überleben hatten sie ihre Kameraden vergessen, denen das Glück nicht hold gewesen war.

Der Ausfall von zehn Männern verringerte ihre Zahl um ein Drittel. Dies war doppelt ärgerlich, da Eyvind für sein Vorhaben jeden Krieger brauchte. Seine Laune war daher denkbar schlecht, und er blickte eisig auf Sigrid hinab.

»Du suchst mir etwas zu sehr die Nähe des Sachsen. Sieh dich vor! Sollte ich in Zweifel sein müssen, ob mein erster Sohn wirklich von mir stammt, werde ich Andreas kastrieren und ihm ein Mal auf die Stirn brennen lassen!«

Sigrid schauderte. Gleichzeitig aber wuchs der Trotz in ihr. Mit ihrem Leib musste sie Eyvind gehorchen, doch ihre Gedanken waren frei, und sie konnte an Andreas denken, wann immer sie wollte.

»Was machen wir jetzt?«, fragte Thorolf und lenkte damit Eyvinds Aufmerksamkeit von Sigrid ab.

Einar, der Steuermann, zog ein grimmiges Gesicht. »Ich habe mit dem Anführer der Fischer gesprochen. Statt wie geplant den Süden der Insel zu erreichen, sind wir im Nordosten von Island aufgelaufen. Um zu unserem Ziel zu gelangen, müssen wir um die halbe Insel herumfahren! Dafür brauchen wir ein Schiff.« Er ärgerte sich maßlos darüber, weil es zuletzt noch so ausgesehen hatte, als würden sie den Sturm unbeschadet überstehen. Stattdessen waren sie direkt vor der Küste gescheitert und hatten viele Männer verloren.

Eyvind war nicht weniger zornig als sein Steuermann. Allerdings war er der Anführer, und seine Männer erwarteten, dass er ihnen sagte, was zu tun war.

»In diesem Dorf gibt es nur drei kleine Boote, und die sind für die lange Fahrt nicht geeignet. Ich werde mit einem davon aufbrechen, sobald ich erfahren habe, wo wir ein Schiff erhalten können«, erklärte er.

»Das wird das Beste sein«, stimmte Thorolf ihm zu.

Der Fischer, dem die Hütte gehörte, schüttelte den Kopf und sagte etwas, was Sigrid mit Mühe verstand, während die beiden Sachsen, die eben die Hütte betreten hatten, gar nichts begriffen.

»Was sagt er?«, fragte Ailmar.

»Ohne die Erlaubnis ihres Goden dürfen sie kein Boot weggeben. Daher schlägt er vor, dass wir die nächste größere Ansiedlung zu Fuß aufsuchen sollen. Wir würden nur vier bis fünf Tage brauchen, aber dort gewiss Hilfe erhalten«, erklärte Hekja.

Ailmar grinste kläglich. »Mir wäre es recht! Vom Meer habe ich erst einmal genug.«

»Unsere Schwerter sollten wohl reichen, um die Fischer dazu zu bringen, uns ihre Boote zu überlassen. Wenn wir nicht viel mitnehmen, passen wir alle darauf«, rief Einar erregt, ohne darauf zu achten, dass der Sohn des Fischers in der Hütte war und ihn hören konnte.

»... und machen uns damit halb Island zum Feind!«, fuhr Eyvind ihn an. »Wir sind nicht hierhergekommen, um zu plündern! Mein Ziel ist es, auf dem Thing die Erbrechte meines Weibes zu erstreiten.«

»Ich bin nicht dein Weib, sondern eine Sklavin, die du wie eine Kuh oder Stute besteigen kannst«, zischte Sigrid giftig.

Eyvind beachtete sie nicht, sondern überlegte, wie er vorgehen sollte. Da er Island für seine Pläne brauchte, wollte er sich hier keine Feinde machen. Gewalt erschien ihm daher als die schlechteste Lösung.

»Wie kommen wir zu Fuß zu diesem Dorf?«, fragte er den Fischer.

»Ich gebe euch meinen Sohn als Führer mit.«

Damit war für Eyvind die Entscheidung gefallen. »So machen wir es! Wir brechen morgen auf.«

»Ich habe noch einige persönliche Dinge an Bord, die ich ungern missen würde«, sagte Einar.

»Die kannst du dir heute Nachmittag holen. Die Fischer leihen uns gewiss eines ihrer Boote.«

Eyvinds fragender Blick traf ihren Gastgeber, der seufzend nickte. Dies war ihm allemal lieber, als zwanzig Krieger länger im Dorf zu behalten.

»Ihr bekommt unser kleinstes Boot, um die Ladung zu bergen. Um das Holz des Schiffes kümmern wir uns.« Bei diesen Worten grinste er erwartungsvoll, denn auf einer Insel, auf der es nur kleine Birkenwäldchen gab, stellten die Planken und Spanten eines Schiffes einen hohen Wert dar. Sie konnten Häuser damit errichten und vielleicht sogar ein neues Boot bauen.

Eyvinds Gedanken eilten bereits voraus. »Wenn wir diese Ansiedlung rasch erreichen und dort ein brauchbares Schiff finden, sind wir noch vor Bram und der Flotte am Treffpunkt.«

Trotz ihrer Verluste waren er und seine Männer nun guten Mutes. Sie hatten mit Gottes Hilfe den Sturm und den Schiffbruch überstanden und konnten weiterziehen.

Da hob Thorolf mahnend die Hand. »Was machen wir mit unseren Verletzten?«

»Wir nehmen sie mit«, erklärte Eyvind. »Ein paar von euch werden heute noch Tragen für sie anfertigen.«

»Wenn wir fünf Tage unterwegs sind, brauchen wir etliche Vorräte«, wandte Einar ein.

»Die tragen die Sklaven!« Eyvind lächelte, doch seine Augen blickten kalt.

Immerhin war er der Anführer, und er mochte es gar nicht, wenn seine Entscheidungen hinterfragt wurden oder er, wie von Einar, auf angebliche Versäumnisse hingewiesen wurde. Er betrachtete seine Männer, die sich um das Feuer scharten, dann Sigrid, die in ihre Decke gehüllt bis zur Wand zurückgewichen war, und klopfte auf sein Schwert.

»Sobald eure Kleidung trocken ist, werdet ihr eure Waffen überprüfen und die Klingen mit Fett einreiben, damit sie nicht rosten. Bis auf Alvidr und Bjalfi, die die Tragen anfertigen sollen, helft ihr mit, die Sachen vom Schiff zu holen. Wenn unsere Vorräte nicht mehr brauchbar sein sollten, müssen die Fischer uns etwas geben. Hast du verstanden?« Der letzte Satz galt ihrem Gastgeber, der mit unbewegter Miene nickte.

»Das habe ich, Eyvindur Erlingarson!«

2.

Das Leben eines Kriegers mochte gefährlicher sein als das eines Sklaven, dennoch hätten Andreas und Ailmar es vorgezogen, als solche zu gelten. Eyvinds Männer konnten sich beim Marsch auf ihre Speere stützen, und sie trugen weit geringere Lasten, während sie sich wie Packpferde vorkamen. So hatte Eyvind Andreas einen großen Sack aufgeladen, obwohl dessen Rücken noch immer nicht verheilt war. Ailmar trug ebenfalls schwer, füllte aber, als er das schmerzverzerrte Gesicht seines Freundes sah, bei der ersten Rast ein Drittel dessen, das dieser bisher getragen hatte, in seinen eigenen Sack und stapfte nun schwerfällig am Ende der Kolonne dahin.

Die alte Hekja musste ebenfalls schwer tragen, und auch Sigrid war nicht verschont geblieben. Am schlimmsten war es jedoch für die sechs Männer, welche die drei Verletzten trugen.

Schon nach kurzer Zeit begriff Eyvind, dass es besser gewesen wäre, die Verletzten bei den Fischern zurückzulassen. Es ging bereits seit Stunden stetig aufwärts, und es war noch nicht abzusehen, wann sie die Höhe erreichen würden. Der Fels um sie herum war schwarz wie die Nacht, und es wurde rasch kälter. Waren die Männer zuerst mit Hosen und Hemd bekleidet aufgebrochen, so blieb jetzt einer nach dem anderen stehen, um Mantel oder Umhang aus dem Gepäck zu holen. Dabei schien die Sonne von einem Himmel, der so aussah, als wäre ein wenig Sahne in sein Blau eingerührt worden.

»Wir hätten doch den Fischern ein Boot abnehmen und ein paar Männer zu der Siedlung schicken sollen, um von dort ein Schiff zu holen«, rief Einar mürrisch, als er erneut über einen Stein stolperte.

Während Eyvinds Männer sich beim Aufstieg schwertaten, eilte ihr jugendlicher Führer flink wie eine Katze voraus. Seine Beine schienen jede Unebenheit zu spüren, und als sie an einen schmalen, schnell fließenden Wasserlauf kamen, setzte er mithilfe seines Stocks geschmeidig über.

Eyvind hatte auf Speer und Stock verzichtet und begriff nun, dass dies ein Fehler gewesen war. Mit einer ärgerlichen Geste wandte er sich zu Thorolf um.

»Spring hinüber und wirf mir dann deinen Speer zu!«

Der junge Krieger setzte das Schaftende seines Speers ins Wasser und schnellte sich ab. Auch er kam gut hinüber und warf dann seinen Speer so, dass Eyvind ihn im Flug auffangen konnte.

»Die Nächsten!«, befahl dieser.

»Was machen wir mit den Verletzten? So bringen wie sie nicht über den Bach«, fuhr Einar Eyvind an.

»Sobald die Hälfte unserer Männer drüben ist, binden wir Seile an die Tragstangen und schaffen sie auf diese Weise hinüber!« Eyvind klang nicht weniger gereizt als sein Steuermann. Bislang hatte Einar sich als treuer Gefolgsmann erwiesen, doch nun fragte er sich, ob er ihm noch einmal das Steuer seines Schiffs anvertrauen sollte. Er wischte diesen Gedanken mit einer kurzen Handbewegung beiseite, denn zunächst einmal galt es, über den Bach zu kommen. Dieser war zwar nicht besonders breit, doch das andere Ufer lag eine halbe Armlänge höher als auf ihrer Seite, und das Wasser floss rasch. Vor allem für die Frauen würde es schwierig sein, ihn trockenen Fußes zu überwinden.

Kurz entschlossen wandte er sich zu Sigrid um. »Komm her und halte dich an mir fest!«

Sigrid zögerte zunächst, gehorchte dann aber, als sie sein grimmiges Gesicht sah. Wenn er zornig wurde, mochte es sein, dass man ihr ein Seil um den Bauch band und sie durch das Wasser ans andere Ufer zog. Bei dem schneidenden Wind, der hier blies, wollte sie nicht mit nassen Kleidern herumlaufen müssen.

Eyvind befahl ihr, die Arme um ihn zu legen und die Beine um seine Hüften zu schlingen. Obwohl sie ihn behinderte, trat er ans Ufer, suchte einen festen Platz für den Speerschaft und sprang samt Sigrid über den Bach. Drüben reckte er triumphierend die Waffe in die Höhe.

Seine Männer jubelten ihm zu. Einen Augenblick lang gab Eyvind ihnen die Zeit, ihn zu feiern, dann schnellte er wieder auf das andere Ufer zurück und half mit, Seile an den Stangen der Tragen zu befestigen. Die anderen Enden der Seile warf er hinüber, danach hoben sie die erste Trage langsam an. Sie brauchten acht Männer, um sie im Gleichgewicht zu halten und dafür zu sorgen, dass sie über der Wasseroberfläche blieb.

Es ging langsam, und so dauerte es seine Zeit, bis die drei Verwundeten auf die andere Seite geschafft waren. Danach setzten die restlichen Männer über, bis außer Eyvind nur noch Hekja, Andreas und Ailmar auf dieser Seite des Baches standen.

»Mit euren Lasten könnt ihr nicht springen. Ihr werdet durch das Wasser waten müssen«, erklärte Eyvind.

»Die Strömung ist zu stark!«, rief Thorolf. »Wir würden die Sklaven und das, was sie tragen, verlieren!«

»Wärst du der Anführer, würde es wohl so sein«, spottete Eyvind bissig. »Werft mir ein Seil zu!«

Thorolf tat es. Eyvind fing es auf und band es um Hekjas Brust. »Los jetzt!«, befahl er.

Die Frau starrte auf das Wasser und wich einen Schritt zurück. »Bei dieser Strömung werde ich mich nicht halten können und ertrinken. Du hast doch Sigrid hinübergebracht. Warum setzt du nicht auch mit mir über?«

»Glaubst du, ich belaste mich mit einer alten Sklavin?« Eyvind schüttelte lachend den Kopf. »Bei Sigrid weiß ich, wie sie mir heute Nacht danken wird. Du wärst mir dafür zu verschrumpelt!«

Seine Männer lachten schallend, während Hekja verzweifelt zu ihnen hinüberschaute. »Ist denn keiner bei euch, der Mitleid mit mir hat?«

Thorolf wollte schon seinen Speer in den Bach stemmen, um zu springen, da zog Einar mit einem heftigen Ruck an dem Seil, an das Hekja gebunden war. Die alte Frau stolperte nach vorne und klatschte samt ihrem Bündel ins Wasser. Die Strömung packte sie und riss sie einige Schritte mit. Für einen Augenblick sah es so aus, als würde der Sog des Wassers Einar das Seilende aus den Händen reißen. Da griffen Thorolf und Bjalfi zu und zogen Hekja aus dem Bach.

Triefnass und Wasser spuckend blieb sie am Boden liegen. Der Blick, mit dem sie Einar musterte, besagte deutlich, dass er als Verwundeter besser nicht auf sie angewiesen sein sollte.

»Und jetzt du!«, sagte Eyvind und band das Seil um Andreas' Brust. Dieser atmete tief durch, stieg vorsichtig ins Wasser, und spürte sofort, wie die Strömung an ihm zerrte. Er stemmte sich dagegen, nahm dann den Zug des Seiles wahr, das Thorolf und Bjalfi einholten, und überquerte den Bach mit einigen Schritten, ohne weiter als bis zu den Oberschenkeln nass zu werden.

Als Letzter war Ailmar an der Reihe. Sein Packen war weitaus schwerer als der von Andreas und seine Beine kürzer. Als er in den Bach stieg, wurde er sofort bis über die Hüften überspült. Mit zusammengebissenen Zähnen kämpfte er sich gegen die Strömung vorwärts und war fast schon drüben, als Alvidr heftig am Seil zog und ihn zu Fall brachte.

Unter dem Gelächter der meisten Norweger klatschte er ins Wasser und wurde mehrere Schritte mitgerissen. Noch während er mit den Armen nach etwas tastete, an dem er sich festhalten konnte, straffte sich das Seil, und er wurde an Land gezogen. Dort packte Eyvind Alvidr an der Brust. »Tu so etwas nicht wieder, sonst werfe ich dich ins Wasser! Der Sklave trägt die meisten unserer Vorräte. Wenn sie jetzt nicht mehr brauchbar sind, wirst du als Erster hungern!«

»Es sollte doch nur ein Scherz sein, so wie Einar ihn sich bei der Alten geleistet hat«, verteidigte sich Alvidr.

»Gut, dass du Einar erwähnst. Er sollte ebenfalls achtgeben! Wegen euch beiden müssen wir warten, bis die Kleidung der Sklavin und des Sachsen wieder halbwegs trocken geworden sind. Bei dem kalten Wind, der hier weht, würden sie sich den Tod holen, bevor wir unser Ziel erreicht haben.«

»Um die Alte wäre es nicht schade. Die nützt keinem mehr«, brüllte Einar ihn an, der sich maßlos über die Zurechtweisung ärgerte.

»Wir werden jede Hand brauchen, die arbeiten kann. Außerdem kennt sie die Kräuter und kann Krankheiten heilen! Bist du dazu in der Lage?«

Die Frage klang wie ein Peitschenhieb. Unwillkürlich duckte Einar sich und schämte sich gleichzeitig seiner Unterwürfigkeit. Sein Anführer war jedoch ein gefürchteter Krieger, mit dem er sich nicht messen konnte.

Eyvind kümmerte sich nicht um das Mienenspiel seines Steuermanns, sondern befahl Hekja und Ailmar, sich auszuziehen und ihre Kleidung auszuwinden. Beide gehorchten seufzend und hatten sich danach einiges anzuhören. Der Sachse war fast einen Kopf kleiner als der kleinste Norweger und wurde als Zwerg verspottet, während Hekja mitbekam, was die jungen Männer von den im Alter schwer gewordenen Brüsten, ihrem faltigen Bauch und dem verschrumpelten Hintern hielten.

Eyvind stand daneben wie das Standbild eines grimmigen Kriegers. Die Gruppe hatte beim Übersetzen über den Bach viel Zeit verloren, und er befürchtete, dass dies nicht das letzte Hindernis war, das sie aufhalten würde.

Anders als er war Sigrid zufrieden, denn Einar und Alvidr würden die Zurechtweisung durch Eyvind nicht vergessen. Für ihre Pläne war es gut, wenn zwischen den Norwegern Unfriede ausbrach. Dann aber sagte sie sich, dass es nichts brachte, zu weit in die Zukunft zu sehen, und kniete neben Hekja nieder, die in eine Decke gehüllt im Windschatten eines Felsens kauerte.

»Kann ich etwas für dich tun?«, fragte sie mitleidig.

»Ein Schluck warmen Mets wäre gut, um die Kälte zu vertreiben. Aber den kannst auch du mir nicht besorgen«, antwortete die Alte und strich ihr mit der Rechten über die Wange.

3.

Viel Zeit ließ Eyvind Hekja und Ailmar nicht, ihre Kleider zu trocknen, denn er drängte zum Aufbruch. Von dem Fischerjungen hatte er erfahren, dass sie bislang gerade mal ein Viertel so weit gekommen waren, wie dieser erwartet hatte.

Kurz darauf erreichten sie die Höhe und sahen ein Stück flaches Land vor sich, auf dem unzählige Steinbrocken lagen. Leichter wurde ihr Weg dadurch nicht, denn die meisten waren zu groß, um einfach darübersteigen zu können.

Obwohl die Sonne schien, war es kalt. Der Wind biss selbst bei trockener Kleidung bis auf die Haut. Hekja fror bald so sehr, dass ihre Zähne klapperten. Während Eyvind nicht darauf achtete, wurde Thorolf langsamer, bis Hekja zu ihm aufgeholt hatte, und reichte ihr seinen Umhang. »Hier, nimm! Ich glaube, du brauchst ihn mehr als ich.«

Die alte Frau sah ihn nachdenklich an. »Du bist noch sehr jung, aber ein besserer Mann als die meisten hier«, sagte sie und warf sich den Umhang über. »Wenn mir ein bisschen warm geworden ist, bekommst du ihn zurück«, setzte sie hinzu.

Thorolf lachte leise auf und wandte sich Ailmar zu. »Wie geht es dir?«

»Im Augenblick würde ich die Hitze der Hölle diesem Land vorziehen«, antwortete der Sachse bitter.

»Ich kann dir keinen Umhang anbieten, denn ich habe nur diesen einen. Aber vielleicht hilft dir ein Schluck starken Mets.« Mit diesen Worten zog Thorolf eine noch halb volle Lederflasche aus seinem Packen und reichte sie dem Sachsen. »Nimm einen guten Schluck, damit dir warm wird!«

»Möge Gott es dir danken!« Ailmar löste das Lederband, mit dem die Flasche verschlossen worden war, setzte das Mundstück an und trank.

Als er die Flasche zurückgegeben hatte und weiterging, fühlte er sich besser. Der Weg hingegen wurde immer schlechter. Irgendwann stolperte Einar über einen Stein und schrammte sich beim Sturz das Knie auf. Nun brach der ganze Ärger in ihm auf, auch, weil ihm einige Männer die Schuld an dem Schiffbruch zuschrieben, und er sah rot.

»Verfluchter Hund!«, schrie er den Fischerjungen an. »Das ist kein Weg, den du uns führst, sondern ein wirrer Haufen Steine, in dem wir uns die Beine brechen sollen!«

»Es ist der einzige Weg, der aus unserem Fjord ins Binnenland führt«, antwortete ihr Führer.

»Wir wollen nicht ins Binnenland, sondern zur nächsten größeren Siedlung«, brüllte Einar voller Zorn.

»Es ist der einzige Weg, den wir zu Fuß nehmen können. Sonst hättest du zum Hof des Goden schwimmen müssen.«

Obwohl kein Hauch Spott in der Stimme des Jungen schwang, bückte Einar sich und wollte einen Stein aufheben, um damit nach ihm zu werfen. Der Stein war jedoch mit dem Boden verwachsen, ebenso der nächste. Bis Einar einen losen Stein gefunden hatte, war ihr Führer bereits ein ordentliches Stück vorausgeeilt. Wütend schleuderte er den Stein aufs Geratewohl und vernahm im nächsten Augenblick einen zornigen Ruf.

»Bist du verrückt geworden? Beinahe hättest du mich getroffen!«, brüllte sein Stellvertreter Alvidr ihn an.

Zusammen mit einem Kameraden trug dieser einen der Verletzten und hatte große Schwierigkeiten, einen gangbaren Weg zu finden.

Einar antwortete mit einer Verwünschung und humpelte weiter. Nach einer Weile erreichten sie den Rand des Steinfelds und sahen eine schier endlose schwarze Ebene aus Sand und Geröll vor sich.

Eyvind gebot Halt. »Hier machen wir Rast!«

»Für den armen Ketil wird es die letzte sein. Er ist tot!« Alvidr klang nicht unglücklich, da sie den Mann nun nicht weiter tragen mussten.

Thorolf schlug das Kreuz, während Eyvind erbittert in die Enden seines Oberlippenbarts biss. Er wies auf eine Stelle nahe einem großen Stein. »Wir werden Ketil dort begraben! Sucht Steine zusammen, die wir über ihm aufschichten können.«

Die Sonne stand schon weit im Westen, als sie endlich genug Steine gesammelt hatten. Eyvind sprach ein paar Worte am Grab seines toten Kameraden, lobte Ketils Mut und dessen Treue und erinnerte sich, dass es bereits der achte Mann war, den er auf dieser Reise verloren hatte. Für einen Augenblick überkam ihn das Gefühl, als stände sein Vorhaben unter einem schlechten Stern.

»Was machen wir? Lagern wir hier oder gehen wir weiter?«, fragte Einar, als Eyvind sich von dem Grab abwandte.

Ein Blick in die Gesichter seiner Männer verriet Eyvind, dass diese ungern nahe bei einem Toten bleiben würden, und er wies auf die Ebene hinaus. »Wir ziehen weiter!«

Obwohl seine Männer erschöpft waren, rafften sie sich auf und folgten ihm und ihrem Führer in die Ebene hinaus. Es war jetzt leichter zu gehen, auch wenn bei jedem Schritt Staub aufwirbelte, der vom steten Wind davongetragen wurde.

Bald schon begann Einar erneut zu murren. »Siehst du hier eine Landmarke, an der wir uns orientieren könnten?«, fragte er Eyvind.

»Unser Führer wird wissen, wohin wir uns wenden müssen.«

Da klang die verärgerte Stimme von Hrodar auf, der zu den Trägern der Verwundeten gehörte. »Wie lange müssen wir noch laufen? Wir haben seit dem Aufbruch nichts mehr gegessen!«

»He, Bursche, wo gibt es hier einen Platz, an dem wir lagern können?«, rief Eyvind ihrem Führer zu. Dieser drehte sich zu ihm um.

»Wenn wir diese Hochfläche hinter uns gebracht haben, gelangen wir in ein kleines Tal, das sich als Lagerplatz eignet.«

»Und wie weit ist das noch?«, fragte Einar bissig.

»Bis wir es erreicht haben!«

»Verfluchter Kerl, für diese freche Antwort gebe ich dir eine Maulschelle«, rief Einar unbeherrscht.

»Lass ihn!«, fuhr Eyvind ihn an und wandte sich wieder ihrem Führer zu. »Den Weg zu diesem Tal bewältigen wir heute nicht mehr. Wir werden hier auf dem Plateau unser Nachtlager einrichten müssen.«

»Hier gibt es kein Wasser«, gab der Junge zu bedenken.

»Wieso gibt es hier kein Wasser? Vorhin hatten wir genug davon. Du willst uns wohl zum Narren halten?« Mit drei Schritten war Einar bei dem Fischerssohn und versetzte ihm zwei Ohrfeigen.

Der Junge wich zurück und funkelte den Krieger zornig an.

Wenn Eyvind jetzt nicht eingreift und Einar zurechtweist, wird dieser beim nächsten Mal noch schwerer zu bremsen sein, dachte Sigrid. Ihr Entführer breitete jedoch nur schweigend seine Decke aus und winkte ihr, zu ihm zu kommen.

»Ihr werdet es bis morgen ohne Wasser aushalten«, sagte er, als er sich setzte.

»Wir haben ja noch ein wenig Met!« Thorolf zog seine Lederflasche hervor und reichte sie Eyvind. Dieser trank einen Schluck und reichte sie an Sigrid weiter. Als Thorolf selbst trinken wollte, entriss Einar ihm die Flasche.

»Jetzt komme ich dran!«, bellte er und hörte erst auf, als die Flasche leer war.

»Der Met hätte sowieso nicht für alle gereicht«, meinte Thorolf mit einem schiefen Grinsen.

»Hier, trink!« Einer der Männer reichte ihm seine Lederflasche.

»Hab Dank!« Thorolf nahm ein paar Schlucke und gab die Flasche zurück.

Danach öffneten die Männer die Beutel mit dem Proviant, die Hekja, Andreas und Ailmar getragen hatten, und suchten sich etwas zu essen heraus. Das Brot war durch das Bad im Bach feucht geworden, ließ sich aber noch verzehren. Für den getrockneten Fisch hätten sie jedoch Wasser gebraucht, um ihn kauen und schlucken zu können. Daher aßen die meisten nur wenig und legten sich bald zum Schlafen nieder.

Sigrid musste mit Eyvind die Decke teilen, doch zu ihrer Erleichterung ließ er sie an diesem Tag in Ruhe. Nicht weit von ihr entfernt suchten sich Andreas und Ailmar einen Platz. Beiden war kalt, und sie wollten sich gegenseitig wärmen, als Hekjas Schatten auf sie fiel.

»Wollt ihr eine arme, alte Frau etwa erfrieren lassen?«

Einige Männer lachten darüber. »Du kannst ihnen ja auf die nur Frauen eigene Weise danken. Eine jüngere Spalte als die deine bekommen sie als Sklaven nicht zur Verfügung«, spottete einer.

Andreas sah, wie Hekja die Tränen kamen, und stieß Ailmar an. »Komm, lass sie sich zwischen uns legen. Dann wärmen wir uns zu dritt!«

»Du bist ein edler Mann«, lobte ihn Hekja und zog die Decke beiseite, um sich darunter betten zu können.

Zuerst rückte Ailmar ein wenig von ihr weg, doch als es ihm kalt wurde, kuschelte er sich an sie. Auch Andreas suchte die körperliche Nähe, und schon bald machte sich eine wohlige Wärme in ihren Körpern breit, die auch dem scharfen Eiswind trotzte, der über die Ebene blies.

4.

Da es in der gesamten Umgebung kein einziges Stück Holz gab, begann der Morgen mit einem Frühstück aus kaltem, feuchtem Brot und etwas Trockenfisch, an dem die Männer noch kauten, als sie längst unterwegs waren. Met gab es auch keinen mehr, und so schlug Thorolf vor, die Lederflaschen bei der nächsten Gelegenheit mit Wasser zu füllen.

»Dein Rat ist gut«, lobte Eyvind ihn, während Einar den jungen Mann mit einem eifersüchtigen Blick bedachte. Um zu zeigen, dass auch er noch da war, streckte er Eyvind einen Brocken des Brotes hin.

»Es wird bald schimmeln! Was sollen wir dann essen?«

»Hättest du nicht die Sklavin und Alvidr nicht den Sachsen ins Wasser gezogen, wäre das Brot noch trocken. Aber so viel Verstand, das zu bedenken, hattet ihr nicht«, antwortete Eyvind mit eisiger Stimme. Er wandte sich an seine übrigen Männer. »Das hier ist kein Spaziergang, an dessen Ende wir in einer warmen Halle sitzen und unseren Met trinken werden, sondern ein Marsch über mehrere Tage durch unwegsames Gelände. Verhaltet euch entsprechend!«

Thorolf und die meisten Männer nickten, während Einar und Alvidr grimmige Gesichter zogen. Beide begriffen, dass ihre Kameraden Eyvinds Worte nicht vergessen und sie daher einiges an Ansehen einbüßen würden.

Als es weiterging, schritt der junge Isländer an der Spitze und musterte immer wieder die Bergspitzen in der Ferne. Sigrid musste auf Eyvinds Befehl hin bei diesem bleiben und missachtete ihn dabei, so gut sie es vermochte. Viel lieber wäre sie bei Hekja, Andreas und Ailmar geblieben. Die drei hatten die Nacht gut überstanden, und die Alte gluckste ein bisschen, als sie daran dachte, dass sie Ailmars steifes Glied an den Hinterbacken gespürt hatte. Auch wenn sie in die Jahre gekommen war, lösten ihre Nähe und ihre Wärme noch immer ein gewisses Begehren aus.

Im Augenblick kämpfte Ailmar mehr mit der Last auf seinem Rücken als mit seiner Lust. Da sich einige Striemen auf Andreas' Rücken entzündet hatten, hatte er den Beutel, den dieser tragen musste, noch einmal um die Hälfte geleert und schleppte nun weitaus mehr als bei ihrem Aufbruch im Fischerdorf.

Andreas schämte sich seiner Schwäche und war seinem Gefährten gleichzeitig dankbar, denn der Weg fiel ihm selbst mit geringerem Gepäck schwer.

»Wenn wenigstens diese Ebene enden würde! Bei jedem Schritt, den einer von uns tut, wirbelt der Staub auf. Man kann fast nicht atmen«, sagte er bedrückt.

»Dann sollten wir uns mehr rechts halten, damit uns der Staub der anderen nicht umweht«, riet Hekja und wandte sich seitwärts.

Die beiden Sachsen folgten ihr. Andreas sah sich nach Sigrid um. Diese ging in drei Schritten Abstand hinter Eyvind her und hielt den Kopf gesenkt. Auch wenn er und sein Freund gefangen waren und als Sklaven galten, so trug Sigrid das schlimmere Los, denn sie musste dem Mann zu Willen sein, der ihren Verlobten erschlagen hatte.

»Wie lange dauert das denn noch? Dieser verfluchte Staub stopft mir die Nase zu«, rief Einar nach einer Weile zornig.

Ihr Führer drehte sich mit verächtlicher Miene zu ihm um. »Wir haben das Ende des Aschefelds bald erreicht! Es ist nur noch ein kleines Stück zu gehen.«

»Wenn das nicht stimmt, schneide ich dir die Ohren ab«, drohte Einar dem Jungen an. Dieser wandte sich einfach ab und ging weiter.

Nach einer Weile hob Hrodar den Kopf. »Hört ihr das auch?«

»Was denn?«

»Ein Rauschen. Das kann nur Wasser sein!«, rief er und begann zu rennen. Wie alle anderen hatte er weder am Abend noch am Morgen etwas trinken können, und der Staub, der vom Wind über die Ebene getrieben wurde, hatte seinen Durst noch verschlimmert.

Einer nach dem anderen lief hinter ihm her, und so blieben zuletzt außer ihrem Führer nur Eyvind und Sigrid sowie Hekja und die beiden Sachsen zurück. Andreas und Ailmar waren zu erschöpft, um zu laufen, und Hekja spürte ihr Alter weit mehr als sonst.

Da hallte eine wüste Verwünschung zu ihnen herüber.

»Was ist denn da los?«, fragte Andreas und schloss zu Sigrid auf, die nun, da Eyvind schneller lief, hinter diesem zurückblieb. Ihr isländischer Führer verzog das jungenhafte Gesicht zu einem spöttischen Grinsen. »Sie sehen das Wasser, können es aber nicht trinken.«

»Und warum nicht?«, fragte Sigrid.

»Der Fluss fließt tief in einer Schlucht, und es führt kein Weg hinab. Wir müssen der Schlucht folgen, bis wir zu einer Stelle kommen, an der wir an Wasser gelangen. Das wird noch bis zum Abend dauern.«

»Bis zum Abend kein Wasser?«, stöhnte Ailmar und sah für einen Augenblick so aus, als wolle er seinen Packen in diese Schlucht schleudern. Allein der Gedanke, dass Eyvind ihn dafür bestrafen würde, hielt ihn zurück.

»Solange wir die Gefangenen dieser Schurken sind, müssen wir uns biegen wie eine Birke und tun, was sie von uns verlangen. Doch sobald wir frei sind, sollen sie sich vorsehen. Sie haben uns nicht umsonst zu Sklavendiensten gezwungen«, sagte er leise zu Andreas.

Dieser nickte mit grimmiger Miene. »Eyvind wird dafür bezahlen!«

Ailmar begriff, dass sein Freund damit weniger ihre Gefangennahme meinte als das, was Eyvind Sigrid antat, und hoffte, dass Andreas nicht erneut einen Fehler beging. Ihn selbst reizte die junge Norwegerin wenig. Sie überragte ihn um fast einen Kopf, und ihre Schönheit wirkte auf ihn zu kalt. So wie sie stellte er sich eine Königin aus einem nördlichen Land vor, in dem es mehr Eis und Schnee als eine wärmende Sonne gab.

Mittlerweile hatten sie zum Rest aufgeschlossen und blickten in die Schlucht hinab, die das Land durchschnitt, als habe das Schwert eines Riesen es geteilt. Mehr als zwanzig Mannslängen unter ihnen rauschte das Wasser eines Flusses mit hoher Geschwindigkeit dem Meer zu.

Einar packte den jungen Isländer und drängte ihn an den Rand der Schlucht. »Hier ist dein Wasser, du verfluchter Hund. Kannst du mir sagen, wie wir darankommen sollen?«

»Wir sollten dem Kerl einen Strick um den Bauch binden und ihn in die Tiefe lassen, damit er die Wasserflaschen füllt«, schlug Alvidr vor.

»Die Strömung ist zu stark und der Fluss zu unruhig, um das wagen zu können«, wandte Eyvind ein.

»Dieser Hund hat uns in die Irre geführt!«, schrie Einar und drängte den Isländer weiter auf die Schlucht zu.

Da packte Eyvind den Jungen und zog ihn so weit weg von der Kante, dass er in Sicherheit war. »Du bist ein Narr, Einar! Wir sind auf Bjarni Helgason angewiesen. Oder weißt du, wie wir zu der Ansiedlung kommen?«

Eyvinds Worte dämpften den Unmut der Männer. »Aber wir brauchen Wasser«, meinte einer.

»Wir müssen in diese Richtung gehen. Dort werdet ihr Wasser finden«, erklärte ihr Führer und wies flussaufwärts.

»Dann tun wir das. Folgt mir!« Eyvind bedeutete Sigrid, mit ihm zu kommen, und ging weiter.

Seine Männer folgten ihm mit verbissenen Mienen. Ihre Laune sank noch mehr, als die beiden Verletzten flehten, ihnen endlich Wasser zu geben.

Stunde um Stunde verging. War es für Eyvind und seine Männer bereits schwer, so litten Hekja, Andreas und Ailmar unter ihren Lasten doppelt so stark. Längst befanden sie sich am Ende der Gruppe und blieben immer weiter zurück. Irgendwann stolperte Hekja und fiel zu Boden.

»Lasst mich liegen! Ich kann nicht mehr«, stöhnte sie.

Ihr Gesicht war grau, und das nicht nur wegen des Staubes, der sich auf ihrer Haut abgelagert hatte.

»Steh auf! Es ist doch nur noch ein kleines Stück«, versuchte Ailmar, die alte Frau aufzumuntern.

»Sie schafft es nicht mehr«, antwortete Andreas, beugte sich über Hekja und nahm ihr den Beutel ab, den sie bisher getragen hatte. »Vielleicht geht es, wenn ich ihn für dich trage.«

»Aber dein Rücken!«, wandte Ailmar ein.

»Willst du die Ärmste hier zurücklassen, damit sie verschmachten muss?«, fragte Andreas scharf, senkte dann aber den Kopf. »Es tut mir leid, ich wollte dich nicht anfahren. Du trägst ja schon viel für mich mit.«

»Vielleicht kann ich einen Teil von Hekjas Sachen tragen«, bot Ailmar an, doch Andreas schüttelte den Kopf.

»Nein, du darfst nicht zu viel Kraft vergeuden. Wir brauchen dich, wenn wir uns die Freiheit erkämpfen wollen. Mein Rücken …«

»Die Freiheit wäre im Augenblick ganz leicht zu erringen«, sagte Hekja mit einem missglückten Lachen. »Wenn wir uns jetzt in die nicht vorhandenen Büsche schlagen, würden weder Eyvind noch einer seiner Männer uns folgen.«

»Ich werde Sigrid nicht im Stich lassen!«, fuhr Andreas auf.

»Natürlich nicht! Du hast dir für sie ja auch den Rücken zerschlagen lassen. Außerdem ist eine Flucht sinnlos, denn wir würden in dieser öden Gegend innerhalb weniger Tage umkommen. Oder kennst du den Weg zu einer Siedlung? Dort würde man uns aber auch nur als Knechte und Sklaven aufnehmen.«

»Gib mir Hekjas Bündel!« Sigrid war hinter Eyvind zurückgeblieben und hatte gewartet, bis die kleine Gruppe zu ihr aufgeschlossen hatte. Jetzt nahm sie Hekjas Last und lud sie sich selbst auf.

»Was ist mit Eyvind?«, fragte Ailmar besorgt.

»Ich sagte, ich könne ihm nicht mehr folgen«, antwortete Sigrid. Die drei spürten, dass es eine Ausrede gewesen war, um ihnen zu helfen.

»Du bist eine Frau, wie es nur wenige gibt«, sagte Andreas bewundernd.

Ailmar half Hekja auf die Beine und stützte sie, als sie weitergingen.

»Andreas und du, ihr seid Männer, wie es nur wenige gibt. Ihr seid beide hochgeborene Herren, und doch helft ihr einer armen Sklavin wie mir«, flüsterte Hekja gerührt.

»Ich bin nicht ganz so hoch geboren wie Andreas«, antwortete Ailmar. »Er ist von Adel, ich bin nur der Sohn eines Gefolgsmanns seines Vaters und somit sein Gefolgsmann.«

»Vor allem bist du mein Freund, und zwar der beste, den es gibt«, erklärte Andreas mit Nachdruck.

Ailmar ging schweigend weiter. Als Andreas sah, dass er nicht nur seinen schweren Packen trug, sondern auch noch Hekja stützte, schob er ihn beiseite.

»Ich kann zwar nicht viel auf meinen Rücken laden, doch mein Arm ist stark genug, um unserer Begleiterin Halt zu geben.«

Einige Zeit lang schritten sie schweigend hinter Eyvinds Männern her, bis diese schier hinter dem Horizont zu verschwinden schienen.

»Hoffentlich verlieren wir sie nicht aus den Augen und gehen in die Irre«, sagte Hekja besorgt.

»Das wird nicht geschehen. Oder glaubst du, Eyvind würde mich hier einfach zurücklassen, nachdem er sich so viel Mühe gemacht hat, mich zu rauben? Laut den Worten unseres Führers müssen wir dem Fluss folgen, bis wir auf Wasser stoßen. Dort werden wir auch die anderen finden«, antwortete Sigrid, um sie zu beruhigen. Sie hoffte, dass dies bald geschehen würde, denn sie litt unter quälendem Durst. Für die drei neben ihr, die überdies schwer hatten tragen müssen, war es wohl noch viel schlimmer.

5.

Wie lange die vier hinterhergetrottet waren, hätten sie zuletzt nicht mehr zu sagen vermocht. Irgendwann wuchs sich das Rauschen zu einem donnernden Grollen aus. Der Wind, der ihnen ins Gesicht blies, war auf einmal feucht, und sie sahen feine Gischt aufsteigen.

»Es sieht aus, als kämen wir bald ans Wasser«, rief Sigrid voller Hoffnung.

»Zeit wird es!«, stöhnte Hekja. »Meine Zunge klebt am Gaumen, und ich habe einen Geschmack im Mund, als hätte ich einen Ziegenbock am – na, ihr wisst schon! – geleckt.«

Unwillkürlich wurden sie schneller und starrten kurz darauf auf den mächtigen Wasserfall, der vor ihnen tosend in die Tiefe stürzte. Wie sie an das Wasser gelangen sollten, wussten sie jedoch nicht, denn die Felsen auf dieser Seite wuchsen so steil in die Höhe, dass vielleicht ein Steinbock, aber niemals ein Mensch sie erklimmen konnte.

Eyvind und seine Krieger standen an der Felskante und starrten hilflos und wütend in den Fluss, der sein Wasser unerreichbar für sie dem fernen Meer zuschob.

Als Sigrid und ihre Begleiter aufgeschlossen hatten, drehte Thorolf sich zu ihnen um. »Habt ihr so etwas schon gesehen?«

»Was?«, fragte Sigrid.

Der junge Mann wies auf ein Felsband, das den Fluss wie eine Brücke überspannte. Es war halb so breit, wie ein erwachsener Mann mit den ausgestreckten Händen greifen konnte, und wurde von der steten Gischt besprüht.

»Wie kann es so etwas geben?«, rief Andreas erstaunt.

»Es hat Gott, unserem Herrn, gefallen, die beiden Ufer des Flusses auf diese Weise miteinander zu verbinden«, antwortete Sigrid und fragte sich, ob sie es wagen würde, dieses Felsband zu überwinden.

Auch Eyvind und seine Männer waren im Zweifel, ob sie dem Rat ihres Führers folgen und über diese eigenartige Brücke gehen sollten.

»Das Ding ist zu schmal und durch die Nässe schlüpfrig. Nicht einmal ein Mann ohne Last auf dem Rücken kommt da hinüber, geschweige denn wir mit unseren Verwundeten«, sagte Einar und funkelte den jungen Bjarni zornig an. »Du Hund führst uns in die Irre, damit wir auf dieser elenden Insel umkommen!«

»Jetzt ist es genug!« Eyvind packte Einar und stieß ihn zurück. Dann winkte er Sigrid zu sich. »Wir beide gehen zusammen!«

Sigrid starrte auf das schmale Felsband und schüttelte entsetzt den Kopf. »Da gehe ich nicht drüber!«

»Du wirst es tun!« Mit drei Schritten war Eyvind bei ihr, packte sie und zog sie mit sich.

»Der Mann ist verrückt geworden!«, stieß Andreas hervor und wollte ihm nach, um ihn zurückzuhalten.

Da packten Hekja und Ailmar ihn gleichzeitig.

»Sei nicht dumm! Wenn du Eyvind reizt, stößt er dich in die Tiefe. Solange dein Rücken nicht verheilt ist, bist du ihm nicht gewachsen«, warnte ihn die Kräuterfrau.

Unterdessen hatte Eyvind den Beginn des Felsbands erreicht und stieg vorsichtig darauf. Sigrid presste die Augen fest zusammen, um nicht in die Tiefe sehen zu müssen, sagte sich dann aber, dass sie sich nicht allein auf den Mann verlassen durfte, sondern selbst schauen musste, wohin sie trat. Sie öffnete die Augen wieder und setzte vorsichtig einen Fuß vor den anderen.

»Gut so!«, lobte Eyvind sie. Ihm war selbst nicht wohl dabei, doch er musste seinen Männern ein Vorbild sein.

Als es auf die Mitte der natürlichen Brücke zuging, spürten sie den Wind stärker. Eine leichte Böe traf Eyvind. Als er sich dagegenstemmte, flaute sie ab, und er wäre beinahe von dem Felsband gestürzt. Mit einem leisen Fluch fing er sich und ging vorsichtig weiter.

Andreas starb beinahe vor Angst um Sigrid und atmete erst auf, als sie und Eyvind das rettende Ufer erreicht hatten.

»Wer geht als Nächster?«, fragte Thorolf.

Keiner traute sich. Da wandte er sich zu Hekja um. »Wollen wir es zusammen wagen?«

»Das ist freundlich von dir. Aber ich ziehe es vor, hinüberzukriechen«, antwortete die Alte und kniete sich am Rand des Felsbands hin. In die Tiefe und auf die Strudel, die darunter gurgelten, zu schauen, wagte sie nicht, sondern richtete den Blick auf die andere Seite. Sie kam nicht schnell voran, geriet aber auch nicht in Gefahr, abzustürzen.

Kaum war sie drüben, scholl Eyvinds Stimme herüber. »Was ist los mit euch? Wollt ihr euch von einem alten Weib beschämen lassen?«

Da sich niemand rührte, wagte Thorolf die Überquerung. Nach ihm betraten Andreas und Ailmar die Felsbrücke. Sie merkten jedoch rasch, dass sie kaum hinüberkommen würden, wenn sie aufrecht gingen. Als Erster ließ Ailmar sich auf Hände und Knie nieder und folgte damit Hekjas Beispiel. Andreas zog es ebenfalls vor, diese unheimliche Felsbrücke kriechend zu überwinden. Sigrid sah ihm angsterfüllt zu und flehte in Gedanken Gott an, ihm beizustehen.

Kurz darauf hatten Andreas und Ailmar es geschafft. Während Hekja und Sigrid erleichtert aufatmeten, starrte Eyvind verärgert zu seinen Männern hinüber.

»Fehlt euch der Mut, es einer alten Sklavin und zwei schwer bepackten Sklaven gleichzutun?«

In seiner Stimme lag genug Verachtung, um den Trotz der Männer zu reizen. Mehrere wagten es kurz hintereinander, über das Felsband zu gehen, und kamen gut hinüber.

Anschließend machten sich zwei Krieger mit der Trage des verletzten Herjolf auf den Weg. Sie gingen sehr langsam und hielten immer wieder an, um die Trage auszubalancieren. Trotzdem gerieten sie mehrfach ins Straucheln und stießen, als sie drüben angekommen waren, ein wahres Jubelgeheul aus.

»Das habt ihr gut gemacht!«, lobte Eyvind sie.

Drei weitere Krieger überquerten die Felsbrücke. Danach setzten sich die Träger mit dem zweiten Verletzten in Bewegung. Bis zur Mitte der Felsbrücke ging alles gut. Mit einem Mal rutschte der hintere Träger aus. Er machte eine hastige Gegenbewegung, geriet in eine Schieflage und versuchte, sich an den Tragstangen festzuhalten. In dem Augenblick kippte die Trage, und der Verletzte stürzte mit einem grauenhaften Schrei in die Tiefe.

»Gott sei seiner armen Seele gnädig!«, flüsterte Hekja mit bleichen Lippen.

Doch noch war das Drama auf der Felsbrücke nicht zu Ende. Der zweite Krieger begriff voller Schrecken, dass er entweder die Trage loslassen musste, sodass diese mit seinem Kameraden zusammen in den tobenden Fluss stürzte, oder selbst mitgerissen wurde. Er überlegte einen Augenblick zu lange, denn als er die Trage losließ, verlor er das Gleichgewicht, stürzte ebenso wie sein Kamerad in die Tiefe und wurde von der schäumenden Flut verschlungen.

Sigrid wandte der Felsbrücke entsetzt den Rücken zu, während Andreas sich bekreuzigte. »Bei Gott! Es waren zwar Schurken, doch einen solchen Tod wünsche ich nicht einmal meinem schlimmsten Feind.«

»Ich schon!«, sagte Ailmar so leise, dass es keiner der Norweger hören konnte.

»Es waren keine schlechten Männer, Sachse, auch wenn sie dich zum Sklaven gemacht haben«, verteidigte Hekja ihre Landsleute. »Sie folgen ihrem Anführer, so wie du dem deinen folgst.«

»Im Augenblick sieht es so aus, als würden die, die sich noch drüben befinden, ihm lieber nicht folgen«, warf Andreas ein.

Auch Eyvind begriff dies und kämpfte gegen die verzweifelte Wut an, die in ihm hochstieg. Er hatte bereits zu viele Gefolgsleute bei dem Sturm und dem Schiffbruch verloren. Dazu kamen die Verletzten und die beiden Männer, die mit der Trage gescheitert waren. Zusammen waren es mehr als ein Drittel seiner Mannschaft, und er spürte, wie Einar und die anderen Krieger das Vertrauen in ihn verloren.

Drüben wandte Einar sich hasserfüllt dem jungen Isländer zu. »Du verfluchter Hund hast uns hierhergeführt und damit den Tod meiner Freunde auf dem Gewissen. Warte, gleich wirst du ihnen folgen!«

Er wollte Bjarni Helgason packen, doch dieser wich ihm geschickt aus und floh auf die Felsbrücke. Weitaus sicherer als die Norweger gelangte er auf die andere Seite und blieb neben Eyvind stehen.

»Dieser Mann ist verrückt!«, rief er und zeigte auf Einar. »Dabei sollte er den anderen Männern ein Vorbild sein.«

Eyvind nickte grimmig, denn mit seinen immer wiederkehrenden Wutausbrüchen stellte Einar seine Autorität infrage. Dieser blickte hinüber und begriff, dass ihm nichts anderes übrig blieb, als ebenfalls über die Felsbrücke zu gehen. Kaum war er drüben, schlug er den jungen Isländer mit einem Faustschlag zu Boden und versetzte ihm mehrere Fußtritte.

»Das ist für meine Kameraden, die wegen dir zur Hölle gefahren sind«, schrie er außer sich vor Wut und wollte erneut zutreten.

Da packte ihn Eyvind und schleuderte ihn beiseite. »Lass Bjarni Helgason in Ruhe! Schließlich kennt er als Einziger den Weg.«

»Wer weiß, wohin er uns führen will«, mischte sich Alvidr ein.

»Es hätte sicher noch einen anderen Weg gegeben«, erklärte Einar grimmig.

Eyvind begriff, dass sein Ansehen als Anführer auf dem Spiel stand, und ging zu Bjarni, der noch immer verkrümmt am Boden lag und sich die geprellten Rippen hielt.

»Du wirst uns jetzt auf einem besseren Weg zum Dorf deines Goden führen, hast du verstanden?«

Der Junge stand mit schmerzverzerrter Miene auf und funkelte den Norweger wütend an. »Dies ist der Weg! Jeder Isländer kann ihn gehen. Was kann ich dafür, dass deine Männer nicht dazu in der Lage sind?«

Dieser Spott war für Einar zu viel. Zwar wagte er nicht, handgreiflich zu werden, drohte dem Jungen aber mit der Faust. »Wenn wir unser Ziel erreicht haben, werde ich dich den Fischen zum Fraße vorwerfen, du Hund!«

»Ich verstehe nicht, warum Eyvind Einar dies alles durchgehen lässt«, flüsterte Ailmar Andreas zu. »Sieh dir den Isländer an. Ich würde ihm von nun an nicht mehr über den Weg trauen!«

»Einar ist zornig auf sich selbst und auf Gott, weil er als Steuermann das Schiff auf den Felsen gelenkt hat, und nun lässt er seine Wut an allem aus, was ihn stört, ohne die Folgen zu bedenken«, erklärte Sigrid und wusste nicht, wen sie mehr verachten sollte, den jähzornigen Steuermann oder Eyvind, der diesem zu viel durchgehen ließ.

»Einar ist eine Gefahr für uns alle. Es wäre besser für uns, Eyvind würde ihn töten.« Ailmar sagte es gefährlich laut, und so versetzte Hekja ihm einen Klaps.

»Sei vorsichtig! Wenn Einar dies zu Ohren kommt, erschlägt er dich wie eine Ratte. Eyvind wird seinen Steuermann deswegen nicht zurechtweisen, und er tut es nicht einmal, wenn dieser den Jungen umbringt.«

Unterdessen hatten mehrere Männer entdeckt, dass weiter vorne ein kleiner Bach auf die Schlucht zulief und wie ein dünnes Band in die Tiefe stürzte. Sie eilten hin und schöpften eifrig das

Wasser, um zu trinken. Doch schon nach wenigen Schlucken spien sie es wieder aus.

»Das schmeckt ja wie der Furz eines Ziegenbocks«, rief einer wütend.

Eyvind ging zu ihnen hin und probierte das Wasser selbst. Es schüttelte ihn, und er befahl zwei Männern, den jungen Isländer zu ihm zu bringen.

»Was ist das für Wasser?«, herrschte er ihn an. »Das kann ja keiner trinken!«

»Ich kann es«, sagte Bjarni, kniete sich neben den Bach und trank mehrere Hände voll Wasser.

»Ist das wieder etwas, das ihr verfluchten Isländer könnt und wir Norweger nicht?«, fragte Einar bissig.

»An vieles gewöhnt man sich, wenn man es von Kindheit an tut«, meinte Hekja, nachdem auch sie damit gescheitert war, von dem Wasser zu trinken. Selbst Ailmar, der wegen der schweren Last, die er zu tragen hatte, am meisten Durst litt, konnte sich nicht überwinden.

»Es ist zum Verzweifeln!«, stöhnte er. »Hier gibt es genug Wasser, um ein ganzes Heer damit zu versorgen, doch wenn man es trinken will, stinkt es, als hätte der Teufel einen Furz gelassen!«

Eyvind packte unterdessen den Jungen. »Gibt es irgendwo besseres Wasser?«

Nach kurzem Zögern nickte der Junge. »Es gibt anderes Wasser. Aber dorthin zu gehen, wäre ein Umweg.«

»Das ist mir gleich! Da wir diese Schwefelbrühe nicht trinken können, brauchen wir eine andere Quelle.«

Der Isländer musterte Eyvind einen Augenblick und wies in eine Richtung. »Es geht dort hinüber. Folgt mir!«

»Wir sollten den Burschen anbinden, damit er uns unterwegs nicht abhandenkommt«, riet Hrodar.

»Einar hätte ihn nicht schlagen dürfen. Auch wenn er ein Fischer ist und kein Krieger, so dürfte er an Rache denken«, entgegnete Thorolf und bedachte den Steuermann mit einem zornigen Blick.

»Es wird das Beste sein«, sagte Eyvind und wies zwei Männer an, dem Jungen ein Seil um den Leib zu binden.

Sigrid schüttelte innerlich den Kopf. In ihren Augen verhielt Eyvind sich wie ein Narr. Auch wenn der Junge nur ein Fischer war, so besaß er seinen Stolz. Er war zudem der Einzige, der den Weg kannte. Eyvind hätte ihn vor Einars Übergriffen schützen und selbst Bjarni Helgasons Vertrauen erringen müssen. So schuf er nur Hass, und das erfüllte sie mit Furcht vor dem Kommenden.

6.

Nach einer Weile hätte keiner von ihnen mehr zu sagen vermocht, aus welcher Richtung sie gekommen waren und in welche sie gingen. Der brennende Durst beherrschte ihr ganzes Denken, und so trotteten sie wie Vieh hinter ihrem Führer her.

Etliche Zeit später kamen sie an einen rasch fließenden Bach. Trotz ihrer Gier nach Wasser erinnerten sie sich an den Schwefelgeschmack der letzten Quelle, und so deutete Eyvind auf Hekja und die beiden Sachsen.

»Ihr werdet als Erste trinken!«

Ailmar ließ seinen Packen fallen und taumelte ans Ufer. Als er das Wasser vorsichtig probierte, schmeckte es frisch und angenehm. Nun tranken auch Hekja und Andreas.

»Was ist jetzt?«, klang Einars Stimme scharf auf.

Andreas nahm noch einen Schluck und drehte sich dann erst zu Eyvinds Steuermann um. »Was soll sein? Das Wasser ist gut!«

»Das hättest du auch gleich sagen können!« Einar hob den Fuß, um ihn zu treten, doch der Sachse wich geschickt aus. Daher ging der Tritt ins Leere. Einar verlor das Gleichgewicht und klatschte ins Wasser.

»Du sollst es trinken und nicht baden«, spottete Thorolf, während die anderen schallend lachten.

»Verfluchter Hund! Dafür wirst du bezahlen«, schrie Einar, während er sich wieder ans Trockene kämpfte. Als er jedoch auf Andreas losgehen wollte, trat Eyvind dazwischen.

»Ich bin hier der Anführer, und wenn ein Mann geschlagen wird, dann nur auf meinen Befehl hin!«

Mit einem wuterfüllten Brummen wich Einar zurück, doch sein Blick verriet Andreas, dass er nicht bereit war, die Sache auf sich beruhen zu lassen.

»Das war ungeschickt!«, tadelte Ailmar seinen Freund.

»Hätte ich mich von dem Kerl etwa treten lassen sollen?«, fuhr Andreas auf.

»Manchmal ist es besser, einen Tritt hinzunehmen und ihn bei passender Gelegenheit doppelt und dreifach zurückzugeben. Einar ist rasend vor Wut, daher wird er es beim nächsten Mal nicht mehr bei einem Tritt belassen, sondern das Schwert ziehen«, warnte Hekja den jungen Sachsen.

»Wo bleiben die Vorräte?«, klang Einars Stimme zornig auf.

»Hier!«, meldete sich Ailmar und schleifte seinen Beutel zu Einar hinüber.

Dieser nahm sich etwas heraus und befahl ihm, auch die anderen Norweger zu bedienen.

Es war ein einfaches Mahl aus noch immer feuchtem Brot und ein paar Trockenfischen, dennoch wurden alle satt. Andreas wählte eine Stelle aus, die etwas abseits von den anderen lag, und breitete dort die Decke aus. Hekja kam zu ihm und legte sich hin.

»Na, wollt ihr heute die Bäuche ein wenig aneinander reiben?«, fragte Einar spöttisch.

»Rede nicht davon, sonst hole ich mir die Alte«, sagte Alvidr und warf Eyvind, der den Arm besitzergreifend um Sigrids Taille gelegt hatte, einen neidischen Blick zu.

»Ich hoffe, der Kerl lässt mich in Ruhe«, flüsterte Hekja besorgt. »Wenn nämlich einer anfängt, jucken auch den anderen die Schwänze. Ich weiß nicht, wie ich dann morgen aussehen würde.«

»Es ist der blanke Hohn!«, stieß Andreas zornig hervor. »Obwohl Ailmar und ich Krieger sind, können wir den Frauen, die auf unseren Schutz angewiesen sind, nicht helfen.«

»Im Augenblick seid ihr Sklaven, die Einar oder Alvidr, ohne mit der Wimper zu zucken, niedermachen würden.« In Hekjas Stimme schwang die Warnung an Andreas mit, sich nicht in etwas zu verrennen, das für ihn nur verderblich sein könnte. Und doch atmete sie erst auf, als Alvidr seinen Schlafplatz aufsuchte, ohne ihr zu befehlen, zu ihm zu kommen.

In dieser Nacht schliefen Hekja, Andreas und Ailmar wieder eng aneinandergeschmiegt und wärmten sich gegenseitig. Selbst Sigrid war froh um Eyvinds Wärme, aber noch mehr darüber, dass er sie die zweite Nacht hintereinander in Ruhe ließ. Ihren Gedanken und Gefühlen aber konnte sie nicht entkommen. Noch immer schämte sie sich, weil ihr Körper Gefallen daran zu finden schien, von einem Mann beschlafen zu werden. Gleichzeitig belastete sie die Angst um Andreas. Auch wenn Eyvind seinen Steuermann daran gehindert hatte, auf ihn loszugehen, so begriff sie, dass ihr Entführer den jungen Sachsen in dem Augenblick töten würde, in dem sie verriet, dass er ihr mehr bedeutete, als es irgendeinem Gast ihres Vaters angemessen war.

Ihren Führer Bjarni Helgason hatte Eyvind fesseln lassen, weil er befürchtete, dieser würde sonst heimlich verschwinden. Daher lag der junge Isländer ohne Decke auf dem kalten Felsen und schmiedete Pläne. Er war bereit gewesen, die Gruppe an ihr Ziel zu führen. Die Schläge und die Missachtung, die er von den Norwegern erhalten hatte und noch erhielt, erforderten jedoch Rache.

Als die Schar am nächsten Morgen ihr Frühstück zu sich nahm, blieb der Isländer zunächst gefesselt liegen. Nach einer Weile nahm Sigrid etwas Brot und einen Fisch, ging zu ihm hin und fütterte ihn.

»Ich will selbst essen«, sagte er mürrisch.

»Ich wage nicht, dich loszubinden, bevor Eyvind es erlaubt«, antwortete Sigrid, stellte dann aber, weil er sich immer noch sträubte, das Essen neben ihn.

In dem Augenblick vernahm sie ein leises Pfeifen und fuhr herum. Ein Messer prallte knapp neben ihrem rechten Fuß gegen einen Stein, wirbelte einmal um die eigene Achse und schlug hart gegen ihren Knöchel. Mit einem Aufschrei sank sie zu Boden.

»Verdammt!«, fluchte Eyvind.

Er hatte ihr die Klinge hinwerfen wollen, damit sie dem Jungen die Fesseln durchschneiden konnte, und sie stattdessen verletzt.

Sigrid musste die Zähne zusammenbeißen, so weh tat es, und sie fürchtete, eine tiefe Wunde davongetragen zu haben. Doch als sie hinschaute, war nur eine kleine Abschürfung zu sehen.

»Lasst mich durch!« Hekja zwängte sich mit einer erstaunlichen Autorität durch die Männer und betastete Sigrids Knöchel. »Du hast Glück, das Messer ist mit der stumpfen Seite dagegen geprallt. Allerdings wird die Stelle anschwellen und einige Tage schmerzen. Gehen kannst du damit vorerst nicht mehr.«

Eyvind fluchte leise und wies auf Andreas und Ailmar. »Ihr werdet Sigrid beim Gehen stützen und sie notfalls tragen!«

»Ja, Herr!«, antwortete Andreas, der froh darüber war, der jungen Frau auf diese Weise nahe zu sein.

»Wer trägt meinen Beutel? Er würde mich arg behindern«, fragte Ailmar.

»Teilt das unter euch auf. Es ist nicht mehr viel. Denn das meiste haben wir schon gegessen«, wies Eyvind seine Männer an.

»Du hast dieses Weibsstück verletzt, und wir sollen dafür das Zeug schleppen?«, fuhr Alvidr auf.

»Du wirst nichts tragen, sondern dich um den Isländer kümmern.« Eyvind befreite Bjarni jetzt selbst und steckte sein Messer wieder ein. »Du wirst uns heute auf einem besseren Weg führen als die beiden letzten Tage, verstanden!«

»Der Weg heute wird besser sein«, antwortete der Junge und blickte scheinbar ängstlich zu Boden.

Als Sigrid ihn musterte, wurde ihr klar, dass man ihm keine hundert Schritt weit trauen durfte.

7.

Bjarni Helgason hatte nicht zu viel versprochen. Sie kamen gut voran, und die Laune der Männer hob sich wieder. Als Krieger waren sie gewohnt, dass nicht alle von einer Fahrt zurückkehrten. Um den Fischerjungen zu ärgern, unterhielten Einar, Alvidr und Hrodar sich darüber, ob sie nicht später sein Dorf überfallen sollten, um ihm den schlechten Weg heimzuzahlen.

Die Augen des jungen Isländers flammten mehrfach hasserfüllt auf. Obwohl die Ungeschicklichkeit der Norweger an dem Unglück bei der Felsbrücke schuld gewesen war, hatten sie ihn deswegen geschlagen und drohten nun seinen Verwandten Übles an. Für Bjarni Helgason hieß dies, dass Eyvind und seine Männer nicht an ihr Ziel kommen durften.

Als die Gruppe die nächste Rast einlegte, trat Bjarni auf Eyvind zu. »Jetzt liegt noch einmal ein sehr schlechtes Stück vor uns. Danach ist der Weg eben, und ihr werdet eines der Wunder dieser Insel erleben.«

»Da bin ich ja gespannt«, antwortete Eyvind lachend und wandte sich an seine Männer. »Ihr habt es gehört. Wir werden wieder ein wenig stolpern, können dann aber auf freiem Feld ausschreiten!«

»Der Teufel soll den Kerl holen«, warf Einar mürrisch ein und sah Eyvind fragend an. »Darf ich ihn auf dieser üblen Wegstrecke am Seil nehmen?«

Eyvind sah keinen Grund, Einar dies zu verweigern. »Tu das!«, sagte er. »Alvidr kann dafür deinen Packen übernehmen.«

»Wie käme ich dazu?«, rief Alvidr empört.

»Dann trägst du eben Sigrid huckepack. Die beiden Sachsen können sie kaum noch schleppen.«

Das gefiel Alvidr noch weniger, und er schüttelte den Kopf. »Die beiden Sklaven sollen ruhig deine Bettmagd tragen. Ich nehme dafür einen der Beutel.«

»Warum also der Einwand?«, fragte Eyvind und setzte sich auf einen Felsen. Nach einer Weile erhob er sich wieder und gab den

Befehl zum Weitermarsch. Andreas und Ailmar fassten Sigrid unter und führten sie so, dass sie nur mit dem unverletzten Bein den Boden berührte.

»Bin ich euch nicht zu schwer?«, fragte sie besorgt, da vor allem Andreas die Anstrengungen des harten Marsches anzumerken waren.

»Keine Sorge! Wir halten das durch«, antwortete Andreas mit einem gequälten Lächeln.

»Das tun wir«, stimmte Ailmar ihm zu. »Wenigstens haben wir jetzt einen Grund, gemütlich hinter den anderen herzutrotten.«

»Mit der Gemütlichkeit wird es gleich aus sein«, prophezeite Hekja und wies nach vorne. Die Landschaft sah nun aus, als wären die Wellen des Meeres zu Stein erstarrt.

»Das wird lustig!«, stöhnte Ailmar. »Hoch, runter, hoch, runter – und das endlos weit.«

»Ich versuche, allein zu gehen«, erklärte Sigrid, doch Hekja schüttelte den Kopf.

»Wenn du das tust, ist dein Knöchel heute Abend so angeschwollen wie die aufgeblasenen Schweinsblasen, mit denen die Knaben die Mädchen im Winter so gerne erschrecken.«

»Wie heißt es so schön? Mitgegangen, mitgefangen, mitgeklettert!« Ailmar grinste und sah Andreas an. »Beginnen wir es!«

»Mit Gott für die Freiheit!«, antwortete dieser leise.

Gemeinsam führten sie Sigrid zu der ersten Steinwelle. Die beiden Sachsen brauchten ihre Hände dazu, um den mehr als mannshohen Steinwall zu erklimmen. Nach unten ging es etwas leichter. Trotzdem kamen sie langsamer voran als die Norweger. Nur die beiden Krieger, die den verletzten Herjolf trugen, taten sich ähnlich schwer wie sie.

Zunächst blickte Eyvind sich immer wieder nach Sigrid um. Irgendwann aber forderte das Meer aus Stein seine gesamte Aufmerksamkeit. Seine Männer murrten wieder, und Einar machte sich den Spaß, kräftig am Seil zu ziehen, wenn Bjarni den Wellenkamm erklommen hatte, und dann schallend zu lachen, wenn dieser zurückrutschte.

Der junge Isländer blickte starr nach vorne. Dort kam langsam ein Berg näher, der sich durch seine mittel- bis hellbraune Färbung von der ansonsten dunkelgrauen bis schwarzen Umgebung abhob.

»Kommen wir bald an Wasser?«, fragte Einar nach einer Weile.

Bjarni zeigte mit einem seltsamen Lächeln auf den hellen Berg. »Dahinter gibt es sehr viel Wasser! Dort kannst du sogar baden!«

»Das wird auch gut sein, denn in der Luft liegt immer noch viel Staub. Wenn wir dieses verfluchte Land hinter uns haben, brauche ich ein ganzes Fass Met, um mir diesen üblen Geschmack von der Zunge zu spülen.« Nach diesen Worten zerrte Einar erneut am Seil und lachte spöttisch, als Bjarni den Halt verlor und zu Boden fiel.

8.

Das wellige Land endete, als wäre es mit einem riesigen Messer abgeschnitten worden, und sie sahen den hellen Berg vor sich. Er war nicht sehr hoch und nicht besonders steil.

»Wir werden links daran vorbeigehen«, erklärte Bjarni.

»Was machen wir jetzt? Warten wir auf die Nachzügler, oder gehen wir weiter?«, fragte Hrodar.

Eyvind drehte sich um und sah, wie die beiden Sachsen Sigrid eben über eine der Steinwellen hoben. Da es einige Zeit dauern würde, bis sie aufschließen würden, winkte er Bjarni zu sich. »Wie weit ist es noch zum Wasser?«

»Es ist gleich hinter dem Berghang«, erklärte der Isländer.

»Dann gehen wir weiter. Die anderen sehen ja, wohin wir uns wenden«, entschied Eyvind und marschierte los.

Bjarni hatte nicht gelogen. Der Weg um den Berg herum war eben, und es gab kein einziges Hindernis. Doch mit einem Mal hörten sie vor sich ein wütendes Fauchen. Die Männer blieben stehen und griffen zu ihren Waffen.

»Ist das ein Raubtier?«, fragte Eyvind den Isländer.

Bjarni Helgason schüttelte den Kopf. »Das größte Raubtier aus Island ist der Fuchs, und der fürchtet sich vor den Menschen.«

»Mir ist es hier nicht geheuer«, stieß Alvidr hervor.

Hrodar blieb mit einem Schlag stehen und deutete mit schreckensbleicher Miene nach vorne. »Seht dort, aus diesem Spalt dringt Rauch heraus. Dieser üble Bursche hat uns zur Höhle eines Lindwurms geführt!«

»So muss es sein! Seht, wie öde es hier aussieht! Das ganze Tal ist von einer eigenartigen Schicht überzogen. Das ist gewiss das Blut der Menschen, die dieses Untier bereits getötet hat.« Bjalfi sah aus, als würde er lieber den ganzen Weg, den sie bewältigt hatten, wieder zurückgehen, als einen einzigen Schritt weiter in dieses eigenartige Tal zu tun.

»Blut ist rot! Der Boden hier ist hell. Außerdem kommt das Fauchen aus jenem Loch dort, und das ist zu klein, als dass ein Lindwurm darin hausen könnte«, erklärte Eyvind und ging weiter, um seinen Leuten ein Beispiel zu geben.

Einige Männer folgten ihm, um nicht als Feiglinge dazustehen. Einar trieb Bjarni an. »Wenn du uns in eine Falle geführt hast, bist du der Erste, den der Lindwurm fressen wird«, drohte er.

Bjarni lächelte nur und schlug einen leicht anderen Weg ein als Eyvind. Unterdessen kamen die restlichen Krieger nach, während Herjolf und dessen Träger das Ende des Steinmeers erreicht hatten und die Gruppe um Sigrid noch drei der steinernen Wellen überwinden musste.

»Dort vorne ist Wasser!«, rief Hrodar und eilte darauf zu, um seinen Durst zu löschen.

»Sei vorsichtig! Nicht, dass es wieder nach Schwefel stinkendes Wasser ist.«

Eyvinds Warnung verpuffte, denn Hrodars Durst war groß genug, um selbst das zu trinken. Als er sich der Quelle näherte, bemerkte er zwar, dass die Luft dort wärmer war als darum herum, achtete aber ebenso wenig darauf wie auf die Ablagerungen am Rande der Quelle. Froh, endlich Wasser gefunden zu haben, tauchte er beide Hände tief ins Nass. Im nächsten Augenblick schrie er gellend auf und taumelte mehrere Schritte zurück.

»Was ist los?«, rief Thorolf verwundert.

»Meine Hände! Sie sind verbrüht! Das Wasser ist kochend heiß.«

»Du Narr! Warum musstest du auch so gierig sein? Ich riet dir doch zur Vorsicht!«, fuhr Eyvind ihn an.

Hrodar starrte entsetzt auf seine Hände. Die Haut wirkte schrundig und schlug Blasen. An ein paar Stellen riss sie sogar auf, ohne dass Blut herauskam.

»Du bist wirklich blöd! Man merkt doch an der Luft, dass das Wasser hier heiß sein muss!« Thorolf blickte auf das fast kreisrunde Wasserloch und sah, wie es sich plötzlich aufwölbte.

»Los, weg von hier!«, brüllte er und rannte davon.

Eyvind und einige andere folgten ihm, während Hrodar und drei weitere Männer verwirrt stehen blieben. In dem Moment schoss eine Wassersäule mehr als doppelt mannshoch in die Luft und stürzte über den Männern zusammen. Die drei anderen traf das kochende Nass nicht ganz so schwer wie Hrodar, dennoch schrien sie vor Schmerz. Hrodar hingegen wälzte sich heulend am Boden.

Bjarni Helgason hatte dem Ganzen mit heimlichem Vergnügen zugesehen, während Einar wie erstarrt dastand und einige Augenblicke brauchte, um zu begreifen, was eben geschehen war.

»Du elendes Schwein hast uns zu diesem Teufelsloch gelockt«, brüllte er und riss sein Schwert aus der Scheide, um den Isländer niederzuschlagen.

Bjarni war Fischer und hatte als solcher gelernt, Knoten zu binden, aber auch zu lösen. Er befreite sich geschickt und benützte das Seil, um Einar zu Fall zu bringen. Dann rannte er lachend davon.

Blind vor Wut, stürmte der Norweger hinter ihm her. Als er sah, wie Bjarni einen Bogen schlug, lief er geradeaus weiter, um den Jungen schneller zu fangen. Da vernahm er vor sich ein Blubbern. Bevor er begriff, woher es kam, sah er einen kleinen Tümpel direkt vor sich. Er wollte noch anhalten, doch da sprang Bjarni ihn an und stieß ihn hinein. Das Letzte, was er spürte, war eine entsetzliche Hitze, die sich in seine sämtlichen Glieder brannte, und dünnflüssiger Schlamm, der sich mit einem schmatzenden Laut über ihm schloss.

Bjarni drehte sich kurz um und sah, dass Eyvind und dessen Männer noch immer in der Nähe des Geysirs standen. Keiner von ihnen hatte seine Flucht und den Tod des Steuermanns bemerkt. Verächtlich spuckte er in ihre Richtung aus und rannte los. Er kannte die Landschaft und wusste, wo er Wasser fand und wo ein bestimmtes Moos wuchs, welches den Hunger stillte. Eyvind und seinen Norwegern wünschte er, so lange in dieser öden Gegend herumzuirren, bis der Letzte von ihnen verschmachtet war.

9.

Als Sigrid und ihre Gruppe das Tal der fauchenden Löcher und kochenden Quellen erreichten, fanden sie dort Chaos vor. Hrodar kauerte am Boden und jammerte wegen seiner verbrühten Hände. Über diesem Schmerz schien er die Verbrühungen kaum zu bemerken, die seinen restlichen Körper bedeckten. Drei weitere Männer waren ebenfalls von dem heißen Wasser getroffen worden, aber nicht so schwer verletzt wie er. Eyvind wirkte grau und seltsam hilflos, und selbst Thorolf, der auch noch die anstrengendsten Passagen ihrer Reise fröhlich zurückgelegt hatte, stand das Entsetzen ins Gesicht geschrieben.

»Was ist geschehen?«, fragte Herjolf, der mit seinen beiden Trägern Sigrid, Hekja und den Sachsen ein paar Schritte voraus war.

»Hrodar hat seine Hände in kochendes Wasser gesteckt«, erklärte ihm Bjalfi.

»Jetzt warten wir auf die Kräuterfrau, obwohl ich nicht glaube, dass sie viel helfen kann«, setzte Thorolf mutlos hinzu.

»Was soll ich nicht können?«, fragte Hekja, die in diesem Moment eintraf.

Eyvind berichtete ihr, was geschehen war. Noch während er es sagte, schoss der Geysir erneut empor. Diesmal standen sie weit genug weg, sodass das kochende Wasser keinen Schaden anrichten konnte. Hekja sah der zusammenbrechenden Wassersäule zu, ging dann zu Hrodar und betrachtete seine Hände.

Hilflos schüttelte sie den Kopf. »Ich habe zwar Kräuter bei mir. Doch für diese Verletzungen bräuchte ich Schweineschmalz, den Saft von Brennnesseln, frische Eichenrinde und Öl vom Johanniskraut. Die fehlen mir.«

»Warum hast du sie nicht mitgenommen?«, fuhr Alvidr sie an.

»Weil ich Brennnesselsaft und Eichenrinde frisch haben muss! Schweineschmalz hätte ich zu Hause aus dem Vorratsraum holen können, aber ich dachte, ihr hättet welches dabei. Zur Johanniskrautölzubereitung bin ich heuer noch nicht gekommen«, fauchte die alte Frau. »Ich habe ein wenig von dem Mittel bei mir, das den Schmerz lindert. Doch bei diesen vielen Verbrühungen ist es nach kurzer Zeit aufgebraucht.«

»Tu es und besorge dir später neue Medizin«, wies Eyvind sie an.

Hekja kramte in ihrem Beutel und brachte ein Töpfchen aus Birkenrinde zum Vorschein. Als sie das Mittel dünn auf Hrodars Händen verstrich, zeigte dieser keine Anzeichen von Schmerz.

»Das ist kein gutes Zeichen. Es ist, als wären ihm die Hände abgestorben«, murmelte sie vor sich hin.

Unterdessen hatten Andreas und Ailmar mit Sigrid zu den anderen aufgeschlossen. Alle drei sanken erschöpft zu Boden und wollten sich ausruhen. Doch sogleich sprang Ailmar wieder auf.

»Der Boden ist verdammt heiß! Merkt ihr das nicht?«

Bislang hatten Eyvind und die anderen nicht darauf geachtet, doch jetzt berührten sie die Erde mit den Händen und erbleichten.

»Es ist tatsächlich warm! Ich spüre es jetzt auch unter den Sohlen. Wir sollten verschwinden«, rief Thorolf erschrocken.

»Wo ist dieser verfluchte Bjarni?«, fragte Eyvind und sah sich um.

Den jungen Isländer schien der Erdboden verschluckt zu haben, und auch Einar fehlte. Als sie nach ihm suchten, entdeckte Bjalfi den Strick, den Bjarni Helgason um den Leib getragen und den Einar gehalten hatte. Es blieb der einzige Hinweis auf die beiden.

»Was machen wir jetzt?«, fragte Bjalfi mit entsetzter Miene.

Aller Augen wandten sich Eyvind zu. Er war ihr Anführer, und wenn einer einen Ausweg finden konnte, so war er es. Noch nie in seinem Leben hatte Eyvind vor einem solchen Problem gestanden. Sie befanden sich in einem fremden Land an einer abgelegenen Stelle, ohne zu wissen, wo es menschliche Ansiedlungen gab und wie man zu ihnen gelangen konnte. Ihre Vorräte waren fast aufgebraucht, und es fehlte ihnen an trinkbarem Wasser. Im Grunde fühlte er sich ebenso hilflos wie seine Männer. Dies durfte er sich jedoch nicht anmerken lassen, sonst würde er ihnen den letzten Mut nehmen. Mit verkniffener Miene zeigte er daher auf den hellbraunen Berg.

»Zwei von euch sollen mir folgen. Wir werden hinaufsteigen und uns einen Überblick verschaffen!«

Es dauerte einen Augenblick, dann raffte Thorolf sich auf. »Ich komme mit!«

Bjalfi nahm seinen Speer und folgte den beiden. Zu ihrem Glück stieg die Bergflanke nicht steil an, und so kamen sie rasch höher. Einmal mussten sie einen Bogen um ein fauchendes, stinkendes Loch schlagen, dann erreichten sie die Bergkuppe.

Ihre Gefährten und die Sklaven sahen von hier oben so klein aus wie Mäuse, und als der Geysir ausbrach, wirkte er harmlos. Allerdings entdeckten sie von hier oben auch das Loch mit dem kochenden Schlamm.

»In der Nähe haben wir das Seil gefunden. Es sieht aus, als hätte Einar den Isländer dort hineingeworfen und wurde von diesem mit hineingezogen«, sagte er leise.

Thorolf bekreuzigte sich. »Bei Gott, was für ein grässlicher Tod!«

»Einar hat ihn sich selbst zuzuschreiben. Weshalb musste er den Jungen zusammenschlagen und quälen?« Bjalfis Worte waren auch ein Vorwurf an Eyvind, der nichts getan hatte, um Einar daran zu hindern.

Eyvind machte sich selbst Vorwürfe. Doch ebenso wie Einar hatte auch er angenommen, Bjarni führe sie absichtlich über schlechte Pfade. Als er sich jetzt umsah, fand er nirgends eine Stelle, die besser zu bewältigen gewesen wäre. Im Augenblick aber zählte nicht das, was geschehen war, sondern es ging ums nackte Überleben. Am wichtigsten dafür war Trinkwasser, und danach hielt er Ausschau.

»Seht ihr etwas?«, fragte er.

»Könnte das dort drüben ein Bach sein?« Thorolf zeigte auf einen niedrigen Berg, um den herum ein wenig Grün wuchs, das von einem schmalen, blauen Band durchflossen wurde.

»Du hast die Augen eines Adlers, Thorolf«, lobte Eyvind ihn. »Wir müssen uns die Richtung merken.«

»Es sieht sehr weit weg aus. Wir werden es heute nicht mehr schaffen«, wandte Bjalfi ein.

»Dann eben morgen. Bis dorthin wird schon keiner verdursten!« Eyvind nickte, als wolle er sich selbst Mut zusprechen, und machte sich an den Abstieg. Mit einem Kopfschütteln folgte Bjalfi ihm, während Thorolf noch einen Augenblick auf der Kuppe blieb, um sich die Landmarken einzuprägen, die sie zum Wasser leiten konnten.

10.

Hekja hatte die Pause genützt, um Sigrids Knöchel zu untersuchen und frisch mit Salbe zu bestreichen. Obwohl die Verletzung schon etwas abgeschwollen war, schüttelte sie den Kopf.

»Gehen kannst du damit noch nicht.«

»Es muss aber sein!«, rief Sigrid störrisch. »Andreas und Ailmar können mich nicht länger tragen. Die beiden sind kurz vor dem Zusammenbrechen.«

»So schlimm ist es nicht«, wehrte Andreas ab, obwohl er sich so erschöpft und ausgelaugt fühlte wie nie zuvor in seinem Leben.

»Ganz tragen können wir dich nicht. Daher wirst du auf einem

Bein hüpfen müssen«, sagte Ailmar bedauernd, als er und Andreas beim Aufbruch Sigrid wieder in die Mitte nahmen.

»Ich wünschte, Eyvind würde einmal in dieselbe Lage kommen wie ich«, schimpfte Sigrid und stützte sich wieder auf die beiden Sachsen. Sie reihten sich erneut am Ende der Gruppe ein.

Zunächst übernahm Eyvind die Spitze, doch nach einer Weile zupfte Thorolf ihn am Ärmel.

»Wir müssen weiter nach rechts, sonst verfehlen wir womöglich den Bach.«

Eyvind blieb unsicher stehen. Zwar hatte er geglaubt, sich die Richtung gemerkt zu haben, doch die Berge sahen von hier anders aus als von oben.

»Führe du uns!«, wies er Thorolf an und wartete, bis die Gruppe um Sigrid aufgeschlossen hatte.

»Ich löse dich für eine Weile ab«, sagte er zu Andreas.

Obwohl er erschöpft war, ließ Andreas Sigrid nur ungern los.

»Hast du in deiner Heimat Krieger angeführt?«, fragte Eyvind ihn zu seiner Überraschung, als sie weitergingen.

»Ich habe es getan, und Ailmar ebenso«, antwortete Andreas.

»Auch im Kampf?«

»Ja, aber nur gegen ein paar Kuhdiebe«, gab Andreas zu.

»Ich habe in einem Dutzend Schlachten gekämpft und hatte bis jetzt immer Glück. Jetzt frage ich mich, weshalb es mich ausgerechnet auf dieser Fahrt verlassen hat«, sagte Eyvind düster. Seine Schar war auf weniger als zwei Drittel geschrumpft, und bei Hrodar war es ungewiss, ob er jemals wieder eine Waffe in die Hand nehmen konnte.

Andreas zuckte mit den Schultern. »Manchmal hat man Glück, manchmal nicht! Ailmar und mir fehlte es, als du Ulfars Hof überfallen und uns gefangen genommen hast.«

»Das Glück wird schon wiederkommen. Ich verschmachte ungern in diesem Land«, wandte Hekja ein.

Sigrid lachte bitter. »Ich will auch nicht hier sterben!«

»Du hast Wasser gesehen?«, fragte Andreas, dessen Gaumen sich so rau anfühlte wie eine Rinderzunge.

Eyvind nickte nachdenklich. »Wie weit es entfernt ist, kann ich jedoch nicht sagen.«

»Dann wollen wir hoffen, dass wir es bald erreichen. Einen weiteren Tag ohne Wasser wird Herjolf nicht überstehen – und Hrodar ebenso wenig!«

Eyvind nickte zu Hekjas Worten und sagte sich, dass er die Hoffnung nicht verlieren durfte. Einige Zeit später überließ er es wieder Andreas, Sigrid zu stützen, und schritt an seinen Männern vorbei nach vorne. Er blickte dabei in müde, graue Gesichter. Seine Männer, die mit einem Lachen auf den Lippen gegen einen mehrfach überlegenen Feind anstürmten, waren kurz davor, diesem wilden Land zu erliegen.

»Wie weit, glaubst du, ist es noch bis zu dem Bach?«, fragte er Thorolf besorgt.

»Wir müssten ihn bald erreichen«, antwortete der junge Krieger. »Siehst du diesen Berg dort drüben? Zu seinen Füßen fließt der Bach.«

»Möge Gott geben, dass du recht hast. Ich sorge mich um Herjolf. Ich will nicht alle unsere Verletzten verlieren!«

Thorolf nickte. »Das begreife ich, obwohl ich den braven Männern, die ihn bis hierher geschleppt haben, ebenfalls einen kühlen Trunk gönne.«

Eyvind drehte sich um und sah, dass der Verletzte immer noch von denselben Männern getragen wurde wie beim Aufbruch am Morgen.

»Nach der nächsten Rast sollen zwei andere die Trage übernehmen«, erklärte er und schnupperte. »Die Luft riecht feuchter als vorhin. Du hast recht, der Bach muss in der Nähe sein!«

Unwillkürlich wurde Eyvind schneller und erreichte nach wenigen Hundert Schritten den Bach. Diesmal war das Wasser kühl, und es schmeckte auch nicht nach Schwefel. Er trank, bis er nicht mehr konnte, und schwor sich, dass dieses Land ihn nicht in die Knie zwingen würde.

Vierter Teil

Über das Eis

1.

Sigrid tat es leid, dass Andreas und Ailmar sich mit ihr abschleppen mussten, daher wuchs ihre Wut auf Eyvind so sehr, dass sie manchmal seinen Anblick nicht mehr ertragen konnte. Dieser hatte inzwischen befohlen, dass sich Herjolfs Träger abwechselten. Für Andreas und Ailmar galt das jedoch nicht. Die beiden trugen sie schon seit dem Morgen, und sie spürte, wie schwer es ihnen fiel.

»Eyvind sollte bald eine Rast einlegen«, sagte sie besorgt, als Andreas strauchelte.

»Ich bin nur über einen Stein gestolpert«, antwortete er und rang sich ein Lächeln ab. »So schwer bist du auch wieder nicht.«

»Aber verdammt groß!«, warf Ailmar ein.

Da der größte Teil der Vorräte bereits verzehrt war, bestand Eyvind darauf, den Rest streng zu rationieren. Als Sklaven erhielten Andreas und er am wenigsten, und so fehlte ihnen immer mehr die Kraft, den anstrengenden Marsch durchzustehen.

»Wenn es hier wenigstens Wild gäbe!«, setzte er keuchend hinzu.

»Ich will sehen, ob ich nicht etwas finde.« Hekja hatte mehrere Vögel entdeckt, die ein Stück entfernt im unwegsameren Gebiet aufgestiegen und wieder gelandet waren, und wandte sich in diese Richtung. Es dauerte eine Weile, bis sie das erste Nest fand. Eier wären ihr am liebsten gewesen, da sie heimlich verzehrt werden konnten, aber dafür war es schon zu spät im Jahr. Die drei Jungvögel, die sie fand, stellten jedoch auch eine annehmbare Mahlzeit dar.

Hekja drehte den drei Vögelchen ungeachtet der um sie herumflatternden Elterntiere die Hälse um und eilte mit langen Schritten hinter den anderen her.

»Wir sollten uns noch ein wenig weiter zurückfallen lassen«, riet sie Sigrid und den beiden Sachsen, als sie diese eingeholt hatte.

»Wenn wir das tun, verlieren wie sie womöglich aus den Augen«, gab Ailmar zu bedenken.

»Wäre das so schlimm?«, fragte die Alte grinsend. »Ich schleppe mehr Vorräte mit als alle anderen zusammen! Wenn wir die Gruppe verlieren, hätten wir den Gewinn und sie den Verlust.«

»Das mag ja sein«, sagte Sigrid. »Aber wir wissen weder, wo wir uns befinden, noch, wie wir zu anderen Menschen gelangen können.«

»Glaubst du etwa, Eyvind wüsste dies? Der läuft auch nur der Nase nach und betet, dass er irgendwann jemanden trifft, der ihm weiterhelfen kann«, spottete Hekja und holte den ersten Vogel hervor. Als sie ihn zu rupfen begann, sah Andreas sie verwundert an.

»Was willst du damit? Wir haben kein Holz für ein Feuer, um ihn braten zu können.«

»In der Not ist man froh, kann den Vogel essen roh«, reimte die Kräuterfrau und machte ungerührt weiter.

Die beiden Sachsen sahen nicht so aus, als zählte ein roher Jungvogel zu ihren Lieblingsspeisen.

Auch Sigrid verzog kurz den Mund, nickte dann aber zustimmend. »Da Eyvind uns immer knapper hält, würden wir über kurz oder lang verhungern. Wir müssen zusehen, dass wir halbwegs bei Kräften bleiben.«

Für die Flucht, dachte Sigrid und bedauerte, dass sie Island so wenig kannte. Wenn sie gewusst hätte, wie es ihr gelingen konnte, bei Freunden oder Verwandten Zuflucht zu finden, hätte sie Hekjas Vorschlag angenommen und versucht, sich unauffällig von Eyvinds Schar zu trennen.

Da durchbrach Hekjas Stimme ihre Überlegungen. »Ganz recht, das müssen wir! Daher ist mir dieses Vögelchen als Mahlzeit willkommen«, erklärte Hekja und entfernte die letzten Federn von dem Tier. Danach teilte sie es mit ihrem Messer auf und begann mit Genuss, auf dem fetten Fleisch herumzukauen.

Ihre Gefährten taten sich schwerer als sie, doch auch bei ihnen siegte der Hunger.

»Wie lange sind wir schon unterwegs?«, fragte Sigrid.

»Wir haben das Fischerdorf vor sieben Tagen verlassen. Vor drei

Tagen – oder war es vor vier? – ist der junge Isländer verschwunden«, berichtete Andreas.

»Seitdem folgen wir Eyvinds Nase!« Es klang komisch, obwohl Sigrid es vollkommen ernst meinte.

»Wenigstens hält er eine Richtung ein. Ich weiß nicht, wie groß die Insel ist, aber irgendwann müssen wir auf die Küste stoßen«, erklärte Ailmar, während Hekja den zweiten Vogel zu rupfen begann.

»Ich bin ja sonst fürs Aufheben, aber wenn einer der Kerle sieht, dass wir uns eine Zusatzmahlzeit verschafft haben, nehmen sie sie uns ab«, sagte sie und blickte nach vorne.

»Eyvind und Thorolf sind stehen geblieben. Wir sollten langsamer gehen, sonst kauen wir noch am dritten Vogel, wenn wir zu den anderen aufschließen!«

»Du hast noch ein drittes solches Vieh?«, stöhnte Ailmar mit komischem Entsetzen. Doch auch er spürte, dass ihm das rohe Fleisch Kraft verlieh.

2.

Eyvind und Thorolf wussten nicht, wo die nächstgelegene Küste lag, hofften aber, sie bald zu erreichen. Ihr Schiff war im Nordosten Islands gescheitert, daher mieden sie westliche Richtungen, die sie weiter in die Insel hineingeführt hätten, sondern wandten sich nach Südosten. Nicht immer kamen sie in gerader Linie voran. Berge mussten umgangen und Flüsse und Bäche an Stellen überquert werden, an denen es möglich war.

»Wir haben höchstens noch drei Tage, dann werden die Männer unruhig«, sagte Thorolf nach einer längeren Phase des Schweigens.

»Vor allem gehen uns die Vorräte aus!« In Eyvinds Augen war dies das größere Problem. Ob sie das Meer jetzt einen Tag früher oder später erreichten, zählte nicht, solange sie die Mägen füllen konnten.

»Wir hätten Bjarni Helgason vertrauen und Einar daran hindern sollen, seine Wut an dem Jungen auszulassen«, fuhr Thorolf fort.

Längst war auch Eyvind zur selben Erkenntnis gelangt, fühlte sich aber durch Thorolfs Worte angegriffen. »Wir hätten uns auch nicht Sigurd Slembe bei seiner Rebellion gegen König Inge anschließen müssen. Dann könnten wir immer noch in Norwegen sitzen und uns den Met schmecken lassen.«

Thorolf zog bei dem harschen Tonfall den Kopf ein, grinste aber gleich wieder. »Es war ein Spaß und wert, es gemacht zu haben. Ein Mann, der nichts wagt, ist weniger wert als ein Weib.«

Eyvind musste lachen. »Jetzt weiß ich, warum ich dich so gerne in meiner Nähe habe! Du vertreibst unweigerlich meine trüben Stimmungen.«

»Ich wünschte, ich könnte dir besser raten«, sagte Thorolf erstaunlich ernst. »Aber ich kann weder Brote noch Fische herbeizaubern, wie es Christus getan hat. Mir läuft das Wasser im Mund zusammen, wenn ich an dieses Wunder denke.«

»Unsere Männer würden sich wahrscheinlich mehr freuen, wenn Christus das nächste Wasser, an das wir kommen, in Wein verwandeln würde. Herjolf klagte schon, dass ihm ein kräftiger Schluck Met fehlt, sonst wäre er längst wieder auf den Beinen.« Eyvind grinste schief und spähte nach vorne. Plötzlich packte er Thorolf am Arm.

»Ist da nicht jemand?«

Thorolf nickte verblüfft. »Tatsächlich! Da ist ein Mann! Wie es aussieht, will er sich vor uns verstecken.«

Beide sahen, wie der Fremde zwischen mehr als mannshohen Felsblöcken verschwand, und rannten gleichzeitig los, um ihn aufzustöbern.

»He, was soll das?«, rief Bjalfi hinter ihnen her.

»Da ist jemand!«, antwortete Thorolf und wurde noch schneller.

»Drei Männer zu uns!«, befahl Eyvind und eilte weiter.

Bjalfi und zwei weitere Krieger folgten ihnen.

»Was ist los? Warum rennen Eyvind und Thorolf so?«, wollte Andreas wissen.

»Geht dich nichts an, Sklave!«, knurrte Hrodar ihn an, während Herjolf den Sachsen zu sich winkte.

»Wenn ich es richtig verstanden habe, haben sie einen Fremden gesehen und wollen ihn suchen, damit er uns führt.«

»Ich hätte nichts dagegen«, meinte Andreas, während Sigrid das Gesicht verzog.

Wenn Eyvind jemanden fand, der ihn zur nächsten Siedlung führte, würde es die Aussicht auf Flucht verringern. Bei diesem harten Marsch heilte ihr Knöchel nur langsam, und es würde noch einige Tage dauern, bis sie wieder allein gehen konnte. Zwar hatte Andreas ihr angeboten, sie zusammen mit Ailmar zu tragen. Aber auf diese Weise würden sie viel zu langsam sein, um Eyvind und dessen Männern zu entkommen. Aufgeben aber wollte sie nicht. Daher setzte sie ihre Hoffnung darauf, einen Ort zu erreichen, an dem sie Verwandte hatte. Diese mussten allerdings zahlreich genug sein, um sich gegen Eyvind und seine Begleiter durchsetzen zu können. Sie hoffte inständig, dass dies geschah, ehe sie auf Brams Flotte trafen. Angesichts von mehreren Hundert Kriegern würde es niemand wagen, ihre Freiheit von Eyvind zu fordern.

»Du solltest nicht so viel grübeln«, raunte Hekja ihr zu. »Das macht Falten, und die sehen Männer an jungen Frauen nicht gern!«

»Sollte es mein Schicksal sein, Eyvinds Gefangene zu bleiben, wären mir Runzeln sehr willkommen«, stieß Sigrid hervor.

Hekja kicherte leise. »Das sagst du jetzt! In Wirklichkeit willst du auch dann ansehnlich und begehrenswert sein, wenn du Eyvinds Frau bleiben musst.«

»Ich bin nicht seine Frau, sondern seine Sklavin«, zischte Sigrid.

»Das siehst du jetzt so, aber wenn er dich gut behandelt und dir die Aufsicht über sein Haus überträgt, gewöhnst du dich daran«, widersprach Hekja.

»Niemals!« Sigrid schüttelte heftig den Kopf. Immerhin war sie die Tochter eines Jarls und stammte zudem über ihre Mutter von König Harald Schönhaar ab. Einen Mann, der sie geraubt hatte und gegen ihren Willen zwang, ihm als Weib zu dienen, würde sie immer hassen.

»Oh doch! Ich weiß es von mir. Was meinst du, wie ich es gehasst habe, als mein erster Herr mich mit vierzehn einem Freund geschenkt hat und dieser mir gleich in der ersten Nacht zwischen die Schenkel gestiegen ist? Sein Weib konnte ich nicht werden, denn er hatte schon zwei, eine in Bergen und eine in Kirkjuvagr auf den Orkneyjar.« Hekja schwieg einen Augenblick, so als müsse sie üble Erinnerungen vertreiben, und winkte dann ab.

»Der Mensch gewöhnt sich an so vieles, Mädchen. Das wirst auch du noch lernen!«

»Im Augenblick interessiert mich mehr, wen Eyvind gesehen haben will«, erwiderte Sigrid abwehrend und blickte angestrengt nach vorne.

»Das interessiert nicht nur dich!«

3.

Obwohl Thorolf jünger war als er und ein ausgezeichneter Läufer, erreichte Eyvind die Stelle, an der sie den Fremden entdeckt hatten, als Erster. Dort blieb er stehen, um nach Spuren zu suchen, und rief dann seine Männer zu sich.

»Ich bin sicher, dass der Mann noch in der Nähe weilt, um zu erfahren, wer wir sind. Verhaltet euch daher friedlich, wenn ihr ihn seht, und lasst eure Schwerter stecken.«

»Und was ist, wenn der Fremde aus dem Hinterhalt auf uns losgeht und uns einen nach dem anderen abmurkst?«, fragte Bjalfi besorgt.

»Dann hoffe ich, dass er mit dir anfängt«, antwortete Thorolf grinsend.

»Mit was soll ich anfangen?«, klang da über ihnen eine Stimme auf. Der Fremde war auf einen der größeren Felsen geklettert und hatte sich dort flach hingelegt, um sie zu belauschen. Jetzt stand er auf und blickte auf die kleine Schar herab.

Thorolf starrte ihn an und schüttelte verdattert den Kopf. »Farald? Mein Bruder! Bei Gott, wie kommst du hierher?«

»Dasselbe könnte ich euch fragen. Ich glaubte euch bei der Flotte und treffe euch an der Grenze von Nichts und Nirgendwo.«

Farald kletterte von dem Felsen herab und umarmte einen nach dem anderen. »Das ist eine Überraschung! Aber es ist gut, dass ich euch treffe. Habt ihr etwas zu essen dabei? Mir hängt der Magen nämlich bereits in der Kniekehle.«

Eyvind musterte ihn mit einer gewissen Anspannung. »Ich frage mich, was du ohne Proviant und Führer in dieser öden Gegend suchst? Schließlich hatte ich dich vorausgeschickt, um mit Raudur Jorgrimson und anderen Freunden zu reden!«

»Habe ich ja«, antwortete Farald. »Es ging auch alles gut, bis ich zu Raudurs Hof kam. Der hat eine hübsche Tochter, kann ich euch sagen, und …«

»… man hat dich mit ihr erwischt«, schloss Eyvind aus seinen Worten.

»Um deinen Auftrag nicht zu gefährden, bot ich ihrem Vater an, ihn für ihre verlorene Jungfernschaft zu entschädigen. Ihre Brüder sind jedoch Bauern und haben nicht die geringste Lebensart. Sie wollten mich erst verprügeln und mich dann in einen Sack stecken und ins Meer werfen. Selbst du kannst nicht verlangen, dass ich das mit mir machen lasse!«

Farald klang so treuherzig, dass Bjalfi und die anderen Krieger lachten, während Eyvind verärgert in seinen Schnauzbart biss. Raudur Jorgrimson war sein wertvollster Verbündeter auf Island gewesen. Wenn dieser nun zum Feind wurde, fehlte ihm eine sicher geglaubte Unterstützung.

»Ich hätte Bram vorausschicken sollen und nicht einen Narren, der vor keinem Weiberrock haltmachen kann«, rief er grollend.

»Bram hätte sich auch nicht verprügeln und in einen Sack stecken lassen«, erklärte Farald.

»Aber er hätte seine Pfoten und vor allem noch etwas anderes von Raudurs Tochter gelassen«, fuhr Eyvind ihn an.

Er beruhigte sich jedoch wieder und legte Farald die Hand auf die Schulter. »Im Augenblick haben wir andere Sorgen als ein paar empörte Brüder, die die verlorene Jungfräulichkeit ihrer Schwester rächen wollen.«

»Die Kerle sind mir drei Tage lang gefolgt. Ich bin sie nur losgeworden, weil ich in einen Fluss sprang und mich von der Strömung mitreißen ließ. Den Mut, mir dort hinein zu folgen, hatten sie nun doch nicht. Aber jetzt sag, weshalb seid ihr hier?«

»Wir sind den anderen vorausgefahren und in einen Sturm geraten. Unser Schiff ist an der Küste gescheitert, und wir haben dabei etliche Männer verloren. Da es dort kein Schiff für uns gab, sollte uns ein junger Isländer zur nächsten Ansiedlung bringen.« Eyvind berichtete Farald, was geschehen war, und brachte diesen zum Kopfschütteln.

»Einar war ein Dummkopf, einen Burschen, auf den ihr angewiesen gewesen seid, zu beleidigen und zu quälen. Und du, Eyvind, bist auch einer, weil du ihn gewähren ließest. Ich weiß, Einar war dein Steuermann, und einen solchen stellt man ungern vor versammelter Mannschaft bloß. Diesmal aber hättest du es tun müssen! Andererseits ist es gut, dass es so gekommen ist. Allein und ohne etwas Essbares hätte ich es wahrscheinlich nicht bis zu einer Siedlung geschafft, in der ich mich sehen lassen kann.«

»Kennst du einen Weg zum Meer?«, fragte Eyvind, ohne auf die Vorwürfe einzugehen.

»Kennen ist zu viel gesagt. Aber ich weiß, wie ich ungefähr gehen muss. Es wird allerdings etliche Tage dauern, bis wir es geschafft haben.«

»So viele Vorräte haben wir nicht mehr bei uns«, wandte Thorolf ein.

»Ein Stück zurück habe ich einen Fluss voller Fische gesehen.

Für mich allein waren die Biester zu flink, aber wenn wir eine Fischfalle bauen …«

»Wir haben kein Holz«, unterbrach ihn sein Bruder.

»Dafür gibt es hier genug Steine«, erklärte Farald und deutete auf seinen Magen. »Bevor ich euch dorthin führe, hätte ich gerne etwas zu essen. Es macht hungrig, von Fischen zu reden, wenn man nichts im Magen hat.«

»Du kriegst Fisch, nämlich getrockneten! Da hast du viel zu kauen«, spottete Eyvind und befahl Bjalfi, zu den anderen zurückzugehen und sie zu holen. Danach wandte er sich wieder an Farald und fragte nach weiteren Verbündeten.

»Einige sind bereit, mit uns zu kommen. Fordere aber nicht Raudur Jorgrimson dazu auf. Er würde als Preis dafür meinen Kopf fordern«, sagte Farald grinsend.

»Das wäre fast ein Grund, ihn zu fragen, ob er mitkommen will!« Eyvind lachte auf, wurde aber rasch wieder ernst. »Wir haben nicht mehr viel Zeit. Die Flotte wird bald erscheinen. Wenn wir zu spät zum Treffpunkt kommen, wird Bram annehmen, dass wir verschollen sind, und ohne uns weitersegeln.«

»Dann sollten wir uns beeilen«, sagte Farald und sah Eyvinds Begleitern entgegen.

4.

Herjolf und die anderen begrüßten Farald fröhlich, denn sie erhofften sich von ihm Rettung aus ihrer üblen Lage. Zunächst ließ er sich einen getrockneten Fisch geben, klopfte ihn mit einem Stein so weich, dass er ihn kauen konnte, und aß ihn mit großem Genuss.

»Du musst wirklich Hunger haben, wenn es dir so schmeckt«, meinte Bjalfi lachend.

»Flieh du mal vier Tage lang vor den wütenden Brüdern eines

Mädchens, mit dem man dich an einem versteckten Platz gefunden hat. Dann wärst du auch hungrig!«, erklärte Thorolf kopfschüttelnd. Auch wenn er in vielem seinem Bruder glich, so war er bei jungen Frauen doch um einiges schüchterner als dieser.

»Lasst ihn essen, damit wir zu dem Fluss aufbrechen können, in dem Farald Fische gesehen haben will!«, mahnte Eyvind seine Männer.

»Ich habe sie gesehen«, sagte Farald mit vollem Mund und äugte dann zu Sigrid hin. »Wer ist das?«

»Das ist Sigrid Ulfarsdottir, und sie gehört Eyvind. Du solltest sie in Ruhe lassen, sonst kastriert er dich und schenkt den Rest Raudur Jorgrimson!« Obwohl Thorolfs Stimme munter klang, schwang eine Warnung an seinen Bruder mit, es nicht zu übertreiben.

Farald schluckte den Bissen, den er im Mund hatte, hinunter, und lachte. »Ulfars Tochter! Du hast sie dir also geholt! Dabei dachte ich, du machst nur Spaß, als du es angekündigt hast.«

»Bei solchen Dingen mache ich selten Spaß! Das solltest du dir auch angewöhnen.« Eyvinds Worte enthielten einen Tadel für seinen Gefolgsmann, der die Verbündeten auf Island hätte sammeln sollen und diesen Auftrag bereits beim ersten hübschen Mädchen vergessen hatte.

»Und wer sind die da?«, fragte Farald und zeigte auf Andreas und Ailmar.

»Zwei Sklaven, die wir bei dem Überfall auf Ulfars Dorf mitgenommen haben«, erklärte ihm Bjalfi.

»Es handelt sich um Edelleute, die bei Ulfar zu Gast waren«, stellte Thorolf die Tatsachen gerade.

»Und jetzt lässt du sie deine Sklavin spazieren tragen?«

»Daran ist Eyvind schuld. Er wollte ihr sein Messer zuwerfen und hat sie am Knöchel getroffen!«

Herjolfs Erklärung brachte die Männer zum Lachen. Auch Farald lachte zunächst, sah dann aber seinen Anführer mit einem seltsamen Blick an. »Du scheinst derzeit wenig Glück zu haben! Bete zu Christus, auf dass sein Segen bald wieder auf dir ruht.«

»Das Messer ist von einem Stein abgeprallt«, entgegnete Eyvind verärgert.

Farald begriff, dass es besser war, nichts weiter zu sagen. Wortlos machten sie sich zum Weitermarsch bereit. Zunächst übernahm Eyvind wieder die Spitze, erkannte aber rasch, dass er Farald als Führer brauchte, und winkte ihn zu sich.

»Wo ist dein Fluss voller Fische?«

»In dieser Richtung«, sagte Farald und wandte sich ein wenig nach links.

Andreas und Ailmar hatten sich während der Rast etwas erholen können und folgten mit Sigrid am Ende der Gruppe.

»Weiß einer, was von Farald zu halten ist?«, fragte Andreas leise.

Sigrid schüttelte den Kopf. »Soviel ich weiß, ist er einer von Eyvinds Vettern, aber begegnet bin ich ihm noch nicht.«

»Ich auch nicht«, erklärte Hekja, »obwohl ich sagen muss, dass ich jemanden, der so hinter Weiberröcken her ist wie er, nicht gerade als zuverlässig erachten würde.«

»Wenn er uns tatsächlich zu einem Fischgrund führt, seien ihm alle Mädchen der Welt vergönnt«, sagte Ailmar und fing sich einen zornigen Blick seines Freundes ein.

Bislang hatte Andreas sich wenig um Frauen gekümmert. Es hatte zwar die eine oder andere willige Magd gegeben, doch bei der Wahl einer Ehefrau hätte er sich weniger von deren Aussehen als von den Möglichkeiten leiten lassen, die er durch sie gewann. Daher war er auch auf Weisung seines Vaters nach Norwegen gezogen, um Ulfar Gunnarsons Tochter zu heiraten, ohne diese je gesehen zu haben. Mittlerweile war ihm klar, dass sein Vater die Botschaft seines Freundes falsch verstanden hatte. Seit sie jedoch Eyvinds Gefangene waren, drehten sich seine Gedanken beinahe ständig um die schöne Norwegerin, auch wenn sein Freund Ailmar sie ihrer Größe wegen den Turm nannte. Allerdings war dieser gegen Sigrid ein Zwerg, während er selbst ihr, wenn auch mit etwas Mühe, auf den Scheitel blicken konnte.

»Du sagst nichts?«, fragte Ailmar.

»Wegen mir kann Farald jede Frau haben, bis auf die, die ich selbst begehre«, erklärte Andreas mit Nachdruck.

»Und wer ist das?« Ein kleines Teufelchen zwang Sigrid, diese Frage zu stellen.

»Na, wer wohl? Jeder andere als Andreas hätte längst aufgegeben und Eyvind erklärt, er könne dich wegen seines verletzten Rückens nicht mehr tragen.« In Hekjas Worten lag gutmütiger Spott. Zwar verstand sie, dass Andreas Sigrid gefiel. Andererseits hielt sie ihn für einen Tropf, sich für diese Frau so abzuschinden. Sein Freund Ailmar hätte sich dieser Pflicht längst mit einer Ausrede entzogen. Oder auch nicht, fuhr es ihr durch den Kopf. Die Liebe war ein eigenartiges Ding. Meistens sehnte man sich etwas herbei, das man niemals bekommen konnte. So war es auch bei Sigrid und Andreas. Solange Eyvind die junge Frau begehrte, durfte der Sachse es nicht wagen, sich ihr zu nähern. Sie traute es ihrem Anführer tatsächlich zu, ihn zu kastrieren und an einen unangenehmen Herrn zu verkaufen.

Jeder in der kleinen Gruppe machte sich seine Gedanken. Sigrid zählte die Tage, die seit ihrem letzten Mondfluss vergangen waren, und hoffte, dass der neue bald einsetzen würde. Wenn sie schwanger wurde, solange sie sich noch in Eyvinds Gewalt befand, würde dieser alles daransetzen, sie nach einer geglückten Flucht zurückzubekommen.

Du bist dumm, schalt sie sich selbst. Er wird mich auf jeden Fall verfolgen. Wenn ich frei sein will, muss er entweder sterben oder ich an einen Ort ziehen, an den er mir nicht folgen kann. Sie hoffte, in Andreas' Heimat eine sichere Zuflucht zu finden. Doch was war, wenn er sie nicht mehr wollte, da ihr wirklich der Bauch wuchs? Der Gedanke schmerzte, und sie sah mit brennenden Augen zu ihm hin.

Andreas kämpfte unterdessen mit seiner Eifersucht auf Eyvind und gegen den Wunsch, diesen bei nächster Gelegenheit zu ermorden. Er wusste, dass er damit nichts erreichen würde. Ihm war der Tod gewiss, und Sigrid konnte froh sein, wenn der nächste Anführer sie als Beischläferin behielt, anstatt sie seinen Männern als Sklavin zu überlassen.

Auch Ailmar dachte an Flucht. Doch sowohl Andreas' Rücken wie auch Sigrids verletzter Fuß hemmten vorerst alle Pläne. Um entkommen zu können, benötigten sie Pferde und Helfer. Die aber waren weit und breit nicht in Sicht.

5.

Als sie an dem fischreichen Fluss standen, war es ihnen, als hätte ein Zauber sie in ein fremdes Land versetzt. Der Bach schimmerte tiefblau, und an seinen Ufern wuchs Gras. Hie und da trotzten Krüppelbirken dem rauen Wind. Das Wichtigste aber waren die unzähligen Fische, die sich im Wasser tummelten.

»Nun? Habe ich euch zu viel versprochen?«, fragte Farald lachend.

»Das hast du nicht!« Thorolf wollte einen der größeren Fische mit seinem Speer aufspießen, doch er verfehlte ihn.

»Das habe ich auch versucht. Um sie so zu erwischen, bräuchten wir mehrzinkige Fischspeere«, erklärte sein Bruder.

»Die wir nicht haben! Also müssen wir eine Fischfalle bauen. Also ran ans Werk.« Eyvind betrachtete den Fluss und wies auf eine flachere Stelle. »Dort müsste es gehen!«

Seine Männer machten sich an die Arbeit. Andreas und Ailmar sahen zuerst nur zu, doch dann schnauzte Farald sie an.

»Was steht ihr hier herum? Schafft Steine herbei!«

»Gerne, aber nur, wenn wir auch etwas von dem Fang abbekommen«, antwortete Ailmar.

»Der Sklave wird frech! Wir sollten ihn tatsächlich hungern lassen«, meinte Thorolf grinsend.

Ailmar hob begütigend die rechte Hand. »Wir sind ja bereit zu helfen, aber schon der Pfarrer predigt, dass man dem Ochsen, der das Stroh drischt, nicht das Maul verbinden soll!«

Bei der Antwort musste auch Farald lachen. »Auf den Mund

gefallen bist du nicht, Sachse. Aber nun kommt! Wenn wir genug Fische fangen, fällt auch für euch etwas ab.«

»Hoffentlich!«, murmelte Hekja und ging mit den beiden zusammen los, um brauchbare Steine zu suchen. Eyvinds Männer errichteten aus den Steinen zwei spitz zulaufende Dämme, die beinahe den ganzen Fluss absperrten.

Als dies geschehen war, teilte Eyvind Hekja und die beiden Sachsen mit drei weiteren Männern dazu ein, ins Wasser zu steigen und auf Befehl mit den Händen darauf zu schlagen, während Thorolf mit einigen anderen ein Stück flussaufwärts ging. Dort stiegen sie ins Wasser und kamen lärmend auf sie zu.

Schon bald sah Andreas die ersten Fische heranflitzen und klatschte mit beiden Händen auf das Wasser, um sie in den Trichter hineinzuscheuchen. Es ging besser als erwartet, und es fingen sich immer mehr Fische in der Falle. Eyvind, Farald und Bjalfi packten sie und warfen sie ans Ufer, wo Sigrid im Gras saß. Sie tötete die Tiere mit einem scharfen Messer, und bei jedem Schnitt stellte sie sich vor, es wäre Eyvinds Kehle, in die ihre Klinge fuhr. Verdient hätte er es, dachte sie, nicht nur, weil er sie entführt und geschändet hatte, sondern auch wegen der Art und Weise, mit der er Andreas behandelte. Wenn dieser der Mann war, für den sie ihn hielt, würde er die Hiebe nicht vergessen und sie Eyvind bei passender Gelegenheit heimzahlen. Während ihre Gedanken wirbelten, schnitt sie weiter Fische auf und reichte sie weiter an Herjolf, der sie ausnahm und auf kleine Birkenstäbe spannte, damit sie in der Luft trocknen konnten.

Hrodar konnte nur zuschauen und verfluchte den Augenblick, in dem er blind vor Durst die Hände in das kochende Wasser des Geysirs gesteckt hatte.

Die reiche Beute hob die Laune der Männer. Kaum war der letzte Fisch gefangen und getötet worden, verzehrten sie einige davon roh. Nach dem Trockenfisch der letzten Tage war es ein Genuss.

Erst als alle satt waren, stand Eyvind auf und musterte die Fische, die übrig geblieben waren. »Wir können nicht warten, bis sie im Wind und in der Sonne getrocknet sind. Daher werden wir sie rasch essen und unsere übrigen Vorräte schonen. Wir haben noch einen weiten Weg vor uns.«

»Aber wir sind doch schon so weit gegangen«, wandte Bjalfi ein. »Wir müssten längst an der Küste sein!«

»Seid ihr nicht«, erklärte Farald. »Euer Führer hat euch ins Innere der Insel geführt. Wir könnten zwar versuchen, die Siedlungen im Südosten zu erreichen, doch wissen wir nicht, ob wir dort Freunde finden.«

»Wohl kaum, nachdem du dort jeden Weiberrock, der hübsch genug war, auf den Rücken gelegt hast«, spottete Bjalfi.

»Aber was sollen wir tun?«, fragte Alvidr.

Farald wechselte einen kurzen Blick mit Eyvind und wies dann nach Süden, wo über den Bergen ein weißer Schimmer zu erkennen war. »Wir gehen über das Eis. Auf die Weise kommen wir rascher voran, als wenn wir uns durch unwegsames Gelände schlagen müssten.«

Ein paar Männer hatten schon Gletscher in Norwegen kennengelernt und sahen nicht so aus, als sehnten sie sich danach, einen zu betreten. Farald erklärte Eyvind jedoch eindringlich, dass ihnen keine andere Wahl bliebe. Sie befanden sich schon zu tief im Innern der Insel und würden, um die Ostküste zu erreichen, etliche Schluchten und Berge überwinden müssen. Der Weg nach Süden war zwar weiter, nach Faralds Worten aber leichter zu bewältigen. Ungefährlich war jedoch auch er nicht, und so befahl Eyvind seinen Männern, ihre Ausrüstung noch einmal zu überprüfen.

»Wir haben den Fehler gemacht und die Trage liegen gelassen, nachdem Ketil gestorben ist. Jetzt könnten wir aus ihrem Holz einen Schlitten bauen«, setzte er mit verbissener Miene hinzu.

»Brauchen wir denn keine Laufbretter auf dem Gletscher?«, wollte Bjalfi wissen.

Farald schüttelte den Kopf. »Das Eis ist fest genug! Du musst nur achtgeben, dass du nicht in eine Gletscherspalte fällst. Man holt nur selten einen wieder heraus.«

Einige Männer lachten über den makabren Witz, während Hrodar Eyvind seine verkrümmten Finger entgegenstreckte.

»Wie soll ich damit über das Eis kommen? Mit diesen kaputten Krallen kann ich mich nirgends mehr festhalten.«

»Die Alte soll dir helfen!«, erwiderte Eyvind.

Er klang bedrückt, denn Hrodar war ein guter Krieger gewesen. In seinem jetzigen Zustand wurde er jedoch zunehmend zum Hemmschuh. Einen Augenblick lang überlegte er, den Mann zu töten, um nicht weiter mit ihm belastet zu sein. Doch wenn er das tat, wäre Herjolf der Nächste und – wenn Sigrids Knöchel nicht besser wurde – auch sie.

Eyvind ahnte nicht, dass es Sigrid besser ging, als sie sich anmerken ließ. Mittlerweile konnte sie bereits kleine Strecken nahezu schmerzfrei gehen, verbarg dies aber, weil es ihr bei einer möglichen Flucht einen Vorteil verschaffen sollte.

Nachdem alle Vorbereitungen für den Weitermarsch getroffen waren, befahl Eyvind den Aufbruch. Auf ihrem Weg sahen sie den Gletscher fast immer vor sich, und als sie am Abend lagerten, waren sie ihm ein gutes Stück näher gekommen.

6.

Aufgrund der schwindenden Vorräte befahl Eyvind, sie zu rationieren. Erneut traf es Hekja und die beiden Sachsen am härtesten. Der Kräuterfrau gelang es jedoch, etwas für sich abzuzweigen, wenn sie Hrodar fütterte. Diese Möglichkeit besaßen Andreas und Ailmar nicht, und so knurrten ihnen bald erneut die Mägen.

»Wenn das so weitergeht, schneide ich mir einen Arm ab und verspeise ihn!«, stöhnte Ailmar.

»Du wirst es roh tun müssen, zum Kochen haben wir nicht genug Holz«, spottete Hekja, reichte ihm aber ein kleines Stück Fisch, das sie unter ihrer Schürze verborgen hatte.

»Hier, ich will ja nicht so sein. Lass es keinen sehen, sonst bestimmt Eyvind einen anderen, der Hrodar füttern muss.«

»Hab Dank!«, flüsterte Ailmar.

Trotz seines nagenden Hungers teilte er den Fisch auf und streckte ein Stück Andreas zu.

»Du bist ein wahrer Freund«, flüsterte dieser beschämt, denn Sigrid hatte ihm zweimal ein kleines Stück von ihrer eigenen Ration zugesteckt. Es war nicht viel gewesen, doch er hatte nicht daran gedacht, es mit Ailmar zu teilen.

Sigrid spürte, dass es ihn bedrückte, und versetzte ihm einen leichten Rippenstoß. »Ihr seid beide gute Freunde, und das nicht nur füreinander, sondern auch für Hekja und mich!«

»Ich muss Sigrid zustimmen«, sagte Hekja. »Der Tag wird kommen, an dem wir Frauen ganz auf euch angewiesen sein werden. Es wird uns nicht leichtfallen, Eyvind zu entkommen. Doch wenn es gelingt, wären wir ohne euch beide schlecht dran.«

»Verlange aber nicht, dass ich dich heirate«, antwortete Ailmar.

Hekja lachte schallend. »Das wäre das Rechte! Nein danke, ich bin zu alt, um mich noch nach einem hitzigen Liebhaber zu sehnen. Aber wenn ihr beide mir ein Plätzchen bieten könntet, auf dem ich meine letzten Tage ohne Sorgen verbringen kann, würde es mich freuen.«

»Daran soll es nicht fehlen!«, versprach ihr Andreas, während Ailmar mit verkniffener Miene den Kopf schüttelte.

»Derzeit gehören uns gerade noch die Kleider, die wir am Leib tragen. Das Silber, das Andreas' Vater diesem mitgegeben hat, und die Münzen, die wir für unsere Pferde erhalten haben, sind in Eyvinds Beutel gewandert. Wenn ich das gewusst hätte, hätte ich meinen braven Braunen lieber verschenkt, als diesen Schurken damit zu bereichern.«

»Du solltest nicht versuchen, dir das Silber zurückzuholen. Das wäre zu gefährlich«, warnte ihn Sigrid. »Meine Verwandten werden uns genug geben, damit wir nach Norwegen zurückkehren können. Sind wir erst wieder bei meinem Vater, wird er euch für eure Treue belohnen.«

Sie sah Andreas an. Trotz der Strapazen sah er gut aus und hatte angenehme Manieren. Außerdem gefiel er ihr, und so hoffte sie, dass ihr Vater auf ihren Vorschlag, sie mit ihm zu verheiraten, eingehen würde. Hoffentlich geht auch Andreas darauf ein, wenn ich bereits schwanger sein sollte, dachte sie besorgt. Männer waren da eigen. Andererseits würde er durch die Heirat mit ihr der Nachfolger ihres Vaters und damit ein mächtiger Mann in Norwegen werden.

Jetzt verliere dich nicht in Träumen, schalt sie sich, als sie über einen Stein stolperte und nur deshalb nicht stürzte, weil Andreas und Ailmar sie festhielten.

Unterdessen blickte Hekja mit einer gewissen Besorgnis nach vorne. Der Gletscher war nicht mehr fern und reichte bereits von Horizont zu Horizont. Allerdings erstreckte er sich ein erkleckliches Stück in die Höhe und versprach einen harten Aufstieg.

»Morgen stecken wir mittendrin«, seufzte sie. »Es wird uns schwerfallen, denn unsere Kleidung ist für einen solchen Marsch nicht warm genug!«

Eyvind bereitete der Anblick des gewaltigen Eisschilds ebenfalls Sorge, und er fragte Farald mehrfach, ob es tatsächlich möglich sei, den Gletscher zu überqueren.

»Und ob! Die Bewohner des Nordostens der Insel gelangen über ihn zu den südlichen Siedlungen.«

»Warum fahren sie nicht an der Küste entlang?«, fragte Thorolf.

»Weil das Meer hier oft stürmisch ist und nicht jeder ein Schiff besitzt, das der rauen See trotzen kann. Ihr habt doch selbst erlebt, wie es euch gegen die Klippen geworfen hat.«

»Wenn die Einheimischen diesen Weg der See vorziehen, sehe ich nicht ein, weshalb wir uns davor fürchten sollen«, erklärte Eyvind und wies auf den Gletscher. »Wir sollten ihn dort vorne betreten. Da ist er flacher. Allerdings werden wir Herjolfs Trage wie einen Schlitten ziehen müssen.«

»Dann bekommt er einen ziemlich kalten Arsch«, warf Thorolf ein und brachte die Umstehenden zum Lachen.

Auch diesmal hatte sich die Gruppe weit auseinandergezogen.

Die Ersten waren bereits über den Abhang aus Eis bis zur oberen Kante geklettert, als Herjolfs Träger herankamen. Auf Faralds Anweisung wurde er mit einem Strick auf der Trage festgebunden und zwei andere Stricke an dieser angebracht, dann zogen mehrere Männer den Verletzten hoch.

Sigrid und ihre Begleitung erreichten den Eisschild als Letzte. Alle waren überzeugt gewesen, es würde auf dem Gletscher eisig kalt werden, doch so schlimm war es nicht. Da Eyvinds Krieger dort, wo der Eiswall zu steil in die Höhe ragte, Stufen in die Wand geschlagen hatten, kamen die vier rasch voran. Doch etwas Unerwartetes bereitete ihnen bald Probleme. Die Sonne spiegelte sich auf dem Gletscher und blendete sie. Schon bald tränten ihnen die Augen, und sie mussten achtgeben, nicht fehlzutreten.

Da es den meisten so ging, rief Farald die Gruppe auf einer flacheren Stelle zusammen. »Wir werden uns jetzt alle Tücher um den Kopf binden und für die Augen schmale Schlitze hineinschneiden!«

»Und wofür soll das gut sein?«, fragte Hrodar mürrisch.

»Damit wir besser sehen können. Die Isländer machen es so, wenn sie Gletscher bei Sonnenlicht überqueren«, erklärte ihm Farald.

»Dummes Zeug!«, rief Hrodar und wehrte ab, als Hekja mit einem Lappen zu ihm kam.

»Auch gut«, meinte diese und verwendete den Tuchstreifen für sich.

Die anderen fertigten sich Schneebrillen an, und als sie weitermarschierten, stellten sie fest, dass es auf diese Weise besser ging. Im Gegensatz zu ihnen konnte Hrodar seine Umgebung schon bald nicht mehr erkennen. Hekja musste mehrfach zugreifen, um ihn vor einem Sturz zu bewahren. Außerdem kamen sie nur langsam voran und verloren die Spitze des Zuges schließlich aus den Augen.

Sigrid, die beiden Sachsen und Hekja ärgerten sich, weil sie jetzt zusätzlich mit Hrodar belastet waren. Daher konnten sie nicht mehr so frei sprechen, und als sie an einer breiten Spalte im Eis vorbeikamen, war Hekja kurz davor, dem Verletzten einen Stoß zu geben.

Als sie zu den anderen aufschlossen, wollten diese gerade ihre Rast beenden. Hekja schüttelte mürrisch den Kopf. »So kann es nicht weitergehen! Ich bin eine alte Frau und soll einen kräftigen Mann wie Hrodar schleppen. Wenn ich das weiterhin tun muss, erreichen wir euren Übernachtungsplatz erst, wenn ihr am nächsten Morgen zum Aufbruch bereit seid.«

»Die Kräuterfrau hat recht! Einer seiner Freunde soll sich Hrodars annehmen und ihm helfen«, stimmte ihr Eyvind zu.

»Es geht nicht nur ums Helfen, sondern auch ums Führen«, erklärte Hekja. »Hrodar hat sich geweigert, sich ein Band vor die Augen zu binden. Inzwischen sieht er fast nichts mehr!«

»Ich sehe noch sehr gut!«, protestierte der Verletzte.

»Und wer steht direkt vor dir?«, fragte Farald scharf.

Hrodar kniff die Augen zusammen, sah aber nur Blitze und Schlieren und streckte die Hand aus, und sein Gegenüber zu berühren.

»Ich hatte dich gewarnt!«, fuhr Farald ihn an. »Bete, dass deine Blindheit über Nacht vergeht und du morgen wieder sehen kannst. Sonst binden wir dir einen Strick um die Brust und ziehen dich hinter uns her.«

»Wir haben keinen Strick mehr übrig, Bruder«, sagte Thorolf, während Eyvinds Miene immer düsterer wurde.

»Bindet ihm die Augen zu, und zwar ganz! Alvidr und Bjalfi sollen ihn führen. Ihr«, Eyvinds Zeigefinger stach auf Sigrid und ihre Begleiter zu, »ruht euch einen Augenblick aus und folgt uns dann. Die Spuren sind ja zum Glück gut zu erkennen. Wir anderen gehen weiter!«

»Und was ist mit mir? Darf ich nicht ausruhen?«, fragte Hrodar aufgebracht.

»Nein!«, gab Eyvind zurück und ging los.

»Komm schon!« Bjalfi und Alvidr packten Hrodar unter den Armen und zerrten ihn mit sich. Der Rest der Krieger folgte ihnen auf dem Fuß.

»Da gehen sie hin, und es wäre mir lieb, wenn ich sie niemals wiedersehen müsste«, stieß Hekja hervor und spie aus.

»Rätst du uns, zu fliehen?«, fragte Andreas.

Sigrid blickte sich um und schüttelte angesichts der Eismassen, die sie umgaben, den Kopf. »An dieser Stelle hat es keinen Sinn! Wir kennen hier weder Weg noch Steg und würden jämmerlich zugrunde gehen.«

Hekja nickte bedauernd. »Hier ist es wirklich übel! Zudem glaube ich nicht, dass Eyvind ausgerechnet auf den Teil seiner Beute verzichten wird, an dem ihm am meisten gelegen ist.«

»Trotzdem sollten wir es versuchen. Am besten, wir schlagen einen anderen Weg ein als Eyvind und seine Männer!« Andreas' Augen blitzten, doch Hekja winkte ab.

»Und verlaufen uns auf dem Gletscher, bis uns die Kälte in alle Knochen dringt und wir für immer von Eis und Schnee bedeckt werden! Auch wenn ich bereits ein altes Weib bin, würde ich gerne noch ein paar Jahre leben.«

»Möge der Heiland uns beschützen!«, sagte Sigrid traurig und stand auf.

Wie recht Hekja mit Eyvinds Einschätzung hatte, erkannten sie, als sie kurz vor dem Abend auf Thorolf trafen. Eyvind hatte ihn zurückgelassen, um auf die vier zu warten.

»Es ist ein elender Marsch, meint ihr das nicht auch?«, sagte er, als er auf sie zutrat.

»Das ist es, und ich weiß demjenigen wenig Dank, der mir in meinem Alter noch solche Beschwerden auferlegt!« Ganz so erschöpft, wie sie tat, war Hekja nicht, doch sie wollte ebenso wenig wie Sigrid, dass Eyvind und dessen Männer dies bemerkten.

»Ich helfe Sigrid an deiner Stelle«, bot Thorolf Andreas an. Dieser zögerte, doch da schob Sigrid ihn weg.

»Du bist zu erschöpft, um mich noch sicher führen zu können«, erklärte sie.

In ihrer Miene las Andreas das, was sie wegen Thorolfs Anwesenheit nicht zu sagen wagte: »Wenn wir fliehen, brauchst du all deine Kraft, also verausgabe dich nicht.«

Um Thorolf zu täuschen, hängte sie sich schwer an ihn und tat so, als wäre jeder Schritt eine Qual für sie.

Schließlich erreichten sie die Stelle, die Farald und Eyvind zum Nachtlager bestimmt hatten. Es gab ein wenig Fisch und Wasser. Einer der jüngeren Krieger hatte Schnee in seine Lederflasche gefüllt und versucht, diesen auf seinem Körper aufzutauen. Es war kaum mehr als ein Schluck geworden, dafür zierte ein großer, verfärbter Fleck seinen Bauch.

Hekja warf einen kurzen Blick darauf und zuckte mit den Achseln. »Du hast dir eine Erfrierung zugezogen, mein Lieber. Ich kann dir allerdings nicht helfen, da ich nichts mehr habe, was ich dir geben kann!«

»Sei froh, dass der Sack nicht tiefer gerutscht ist. Sonst hättest du jetzt gefrorene Eier«, rief Thorolf im gutmütigen Spott, während ein anderer vor Lachen kaum verständlich hinzusetzte: »Außerdem hätte er endlich einen Steifen in der Hose!«

»Wenn du willst, kannst du ein paar Beulen von mir haben«, fuhr der junge Krieger auf und wollte auf ihn losgehen. Drei Kameraden packten ihn und schoben ihn zurück. »Lass es gut sein! Morgen verspottest du ihn.«

»Wir sollten uns jetzt schlafen legen, und zwar so eng wie möglich, um uns gegenseitig zu wärmen«, forderte Eyvind seine Männer auf.

Sie breiteten ihre Decken aus. Diejenigen, die noch Schilde besaßen, versuchten, darauf zu schlafen, um der Kälte des Eises zu entgehen. Eyvind winkte Sigrid, zu ihm zu kommen. Obwohl sie wusste, dass sie ihm heute wohl kaum ihren Körper überlassen musste, so schmerzte dieser Befehl sie, denn er führte ihr und den anderen ihre Unfreiheit vor Augen.

Der schlechteste Part kam Hekja und den beiden Sachsen zu. Während die Norweger sich um Eyvind und Sigrid gruppierten, blieb ihnen nur der Platz am Rand übrig, und das an einer Stelle, an der der Wind kalt übers Eis strich.

»Wenn ich morgen früh nicht steif gefroren bin, habe ich mir die schlimmste Erkältung geholt«, jammerte Hekja und war dankbar, als Andreas und Ailmar sich so hinlegten, dass sie selbst ein wenig geschützt war.

7.

Am nächsten Morgen waren sie zwar nicht steif gefroren, aber allen war kalt, und Hekja klapperten sogar die wenigen Zähne.

»Jetzt wäre eine warme Morgensuppe recht«, stöhnte sie.

»Kalter Fisch tut's auch. Aber Vorsicht! Er ist über Nacht gefroren. Nicht, dass du damit deinen letzten Zahn ausbrichst«, riet Thorolf ihr grinsend.

»Habt ihr euch schon umgesehen?«, fragte Alvidr mit Angst in der Stimme.

»Was ist los?«, fragte Eyvind und erwartete, von Feinden bis zu wilden Tieren alles zu sehen. Doch er sah buchstäblich nichts. Über dem Gletscher lag eine Nebelwand, die so dicht war, wie er sie noch nie erlebt hatte.

»Wie sollen wir da erkennen, wohin wir laufen müssen?«, rief Alvidr entsetzt. »Hier kommen wir niemals lebend heraus! Wir hätten nicht auf Farald hören, sondern zur Küste zurückkehren sollen. Wenn dieser Nebel anhält, krepieren wir alle im Eis!«

»Tun wir nicht!«, antwortete Farald schroff und zog einen seltsam geformten Stein aus einem Beutel. Diesen hob er gegen den Himmel und bewegte ihn langsam hin und her. Schließlich hielt er inne und deutete auf eine Stelle am Himmel.

»Die Sonne steht dort! Daher müssen wir jetzt in diese Richtung gehen.« Seine Hand wanderte über den halben Horizont nach rechts.

»Bist du dir sicher?«, fragte Bjalfi zweifelnd.

»So sicher, dass ich jetzt weitergehen werde! Wenn ihr bleiben wollt, könnt ihr es tun.«

»Es bleibt keiner zurück!«, klang Eyvinds Stimme grollend auf.

»Diesmal bleiben wir zusammen! Wer Angst hat, den Anschluss zu verlieren, soll rufen. Die Vorderen bleiben dann stehen. Habt ihr verstanden?«

Alle nickten, auch wenn auf den Gesichtern Angst zu lesen war. Der zähe Nebel des Nordmeers war neben den Stürmen der schlimmste Feind des Seemanns. Schon so mancher hatte in ihm sein Ziel verfehlt und war nie mehr gesehen worden.

Farald und Eyvind gaben sich zuversichtlich, um den Männern Mut zu machen, dennoch wurde es ein Höllenmarsch. Im Nebel war es weitaus kälter als am Vortag in der Sonne, und so froren alle fürchterlich. Auch war es nicht einfach, einen geraden Weg zu finden, weil immer wieder Gletscherspalten und bizarre Eisformationen umgangen werden mussten. Farald stieß bei jedem Schritt den Schaft seines Speers vor sich in den Schnee, um zu verhindern, dass er die Gruppe in eine verdeckte Spalte führte. Außerdem benützte er mehrfach seinen geschliffenen Kristall, um trotz des Nebels den Lauf der Sonne zu verfolgen.

Die Männer murmelten etwas von Zauberkräften, die er wohl einsetzte. Als Sigrid dies hörte, schnaubte sie verächtlich. »Mein Vater besitzt selbst einen solchen Sonnenstein. Er wurde über viele Generationen in meiner Familie vererbt. Irgendwann hätte mein Sohn ihn erhalten sollen.«

»Dafür bräuchtest du erst einen Sohn«, spottete Hekja. »Doch kommt jetzt! Wir verlieren schon wieder den Anschluss.«

»Vielleicht sollte ich doch lieber selbst laufen. Dann hätten Andreas und Ailmar es leichter«, flüsterte Sigrid.

»Ich helfe dir gerne«, versicherte ihr Andreas.

Auch Ailmar nickte. »Ich tu's auf jeden Fall lieber, als mich mit Hrodar herumzuplagen. Fast könnten mir Alvidr und Bjalfi leidtun. Sie haben ihr Kreuz mit dem Kerl!«

Hekja zupfte Sigrid grinsend am Ärmel. »Dein Fuß sollte dich noch länger nicht tragen. In dem Augenblick, in dem du wieder selbst gehen kannst, werden Alvidr und Bjalfi Hrodar Ailmar und Andreas überlassen. Du bist leichter als er und auch ein angenehmerer Anblick.«

»Da hast du recht«, stimmte Andreas ihr zu. »Wie es aussieht, machen die anderen Rast. Wir haben sie gleich eingeholt.«

Wenig später erreichten sie eine kleine Senke, die der Nebel etwa zwei Mannslängen hoch verschont hatte. Es gab dort Schnee, sodass sie nicht auf dem blanken Eis Platz nehmen mussten, und es wurden gerade Vorräte ausgeteilt.

»Wir sollten bald auf ein Dorf stoßen, denn die Lebensmittel reichen nicht bis zur Küste«, erklärte Farald, während er auf seinem Trockenfisch herumkaute.

»Hier in diesem Eisland?«, fragte Bjalfi schroff.

»Dahinter! Mit etwas Glück müssten wir es morgen Abend hinter uns gebracht haben – oder spätestens übermorgen.«

Farald blickte Eyvind an. Immerhin war dieser der Jarl, und er hatte oft genug erlebt, wie Gefolgsleute, die zu einem gewissen Zeitpunkt mehr Einfluss als ihre Anführer besaßen, später von deren Zorn und Rachsucht verfolgt worden waren.

Eyvind begriff, dass er Stärke zeigen musste, und klopfte Farald auf die Schulter. »Unser Freund hier war lange genug auf Island, um es zu wissen. Wenn er sagt, wir werden übermorgen den Gletscher hinter uns gelassen haben, so wird dies auch so sein.«

»Und was ihm die isländischen Männer nicht mitgeteilt haben, das erfuhr er von deren Weibern und Töchtern bei einem innigen Beisammensein.« Bjalfis Spott klang noch ein wenig eingefroren, zeigte aber, dass sich die Stimmung langsam wieder hob.

Farald trat zu ihm und zauste ihn am Bart. »Mit den Frauen und Töchtern der Isländer habe ich wohl kaum über das Eisland gesprochen, sondern über andere Dinge.«

Erstes Lachen klang auf, und als sich die Krieger nach einer Weile schlafen legten, hatten ihre Ängste sich verflüchtigt.

Hekja, Andreas und Ailmar erhielten ihre Schlafplätze erneut am Rand. Da jedoch kein Wind blies, war es für sie leichter als in der letzten Nacht, und sie schliefen bald ein. Irgendwann erwachte Ailmar, weil jemand auf ihn trat. Er öffnete die Augen und erkannte im Zwielicht der nordischen Sommernacht Hrodar, der von einem seiner Betreuer nach außen geführt wurde.

»Der Kerl muss anscheinend pissen«, murmelte Ailmar und schief wieder ein. Als er am Morgen erwachte, erinnerte er sich daran, dass er Hrodars Rückkehr und die des anderen Mannes nicht bemerkt hatte.

Da waren sie wohl vorsichtiger und sind nicht auf mich getreten, dachte er und suchte sich einen Platz, um selbst Wasser zu lassen. Als er zurückkam, wurden ein paar Trockenfische als karges Frühstück ausgegeben. Ailmar musste den seinen mit Andreas und Hekja teilen. Dabei wäre es selbst für einen allein eine kleine Portion gewesen.

Da man weder ihm noch Andreas ein Messer anvertraut hatte, schnitt Hekja den Fisch entzwei und reichte ihnen ihren Anteil. »Mittlerweile wäre mir ein gastliches Haus willkommen, in dem nicht nur die Krieger, sondern auch die Sklaven gut zu essen erhalten und in einem warmen Stall schlafen können«, sagte sie seufzend.

»Wenigstens kommen wir heute besser voran als gestern, denn der Nebel ist bei Weitem nicht mehr so dicht. Ich glaube sogar zu sehen, wo die Sonne ist, und das ohne jenen Zauberstein, den Farald gestern benutzt hat«, antwortete Ailmar und biss ein Stück seines Fischanteils ab.

Da klang ein Ruf auf. »Wo ist Hrodar? Ich sehe ihn nirgends!«

»Was ist los?«, fragte Eyvind.

»Hrodar ist verschwunden!«, erklärte ihm Herjolf.

»Vielleicht stellt er eine Stange Wasser ins Eis!«

»Blind, wie er ist, würde er nicht einmal aus der Senke herauskommen«, wandte Thorolf ein.

»Weit kann er nicht sein. Seht euch mal um.«

Sofort eilten mehrere Krieger los, um Eyvinds Befehl zu befolgen. Bjalfi gehörte dazu, während Alvidr im Lager blieb und mit starrer Miene sein Bündel schnürte. Als Ailmar ihn so sah, erinnerte er sich an die Begebenheit in der Nacht. Er hatte nicht sehen können, wer Hrodar geführt hatte. Doch jetzt erschien ihm Alvidr wahrscheinlicher als Bjalfi. Der zeigte zwar manchmal eine scharfe Zunge, war aber ansonsten ein gutmütiger Mann. Alvidr hingegen traute er zu, den Verletzten zu einer Gletscherspalte geführt und hineingestoßen zu haben.

Kurze Zeit später kehrten die Suchenden mit Thorolf an der Spitze zurück.

»Habt ihr Hrodar gefunden?«, fragte Eyvind.

Der junge Krieger schüttelte den Kopf. »Nein, nur dieses Tuch hier! Es lag vor einer Gletscherspalte. Anscheinend wollte Hrodar dort in der Nähe Wasser lassen …«

»… und ist der Spalte zu nahe gekommen und hineingefallen!« In Eyvinds Stimme lag die Warnung, es auf sich beruhen zu lassen.

»Blind, wie er war, hätte Hrodar niemals dorthin gelangen können. Ihn muss jemand hingeführt und hineingestoßen haben. Doch wer kann es gewesen sein?«, fragte Farald leise.

»Wer kann es sagen?«, antwortete Eyvind. »Mit seinen Händen war Hrodar weder als Krieger noch als Sklave zu gebrauchen. Es ist daher besser, dass es so gekommen ist. Vorwärts!«

Hatte Eyvind zunächst leise gesprochen, so hallte das letzte Wort scharf und befehlend über die Senke. Er marschierte los, und knapp hinter ihm kam Farald. Diesem schlossen sich die anderen Krieger an. Sigrid, Hekja und die beiden Sachsen reihten sich wieder am Schluss ein. Vor ihnen zogen zwei Männer Herjolfs Trage wie einen Schlitten. Der Verletzte war mittlerweile schon so weit wieder auf dem Damm, dass er sich während der Rast im Lager selbstständig bewegen konnte. Da er nach hinten schaute, konnte er Sigrid und deren Begleiter beobachten und gelegentlich auch ein Wort mit ihnen wechseln.

In seiner Nähe verboten sich Gespräche über eine mögliche Flucht, aber da Herjolf bereits mehrmals auf Island gewesen war, versuchte Sigrid, ihm Informationen über ihre Verwandten zu entlocken. Die Männer, auf deren Hilfe sie hoffte, lebten Herjolfs Worten zufolge entweder im Norden der Insel oder im Westen. Dies war keine gute Nachricht, trotzdem schwor Sigrid sich, die Hoffnung nicht zu verlieren.

8.

Gegen Mittag löste sich der Nebel auf, und wenig später sahen sie in der Ferne das Meer. »Endlich!«, rief Thorolf und klopfte seinem Bruder lachend auf die Schulter. »Das hast du gut gemacht!« Danach traf sein Blick Eyvind, und er wurde wieder ernst. »Hättest du meinem Bruder nicht vertraut, wären wir niemals hierhergekommen.«

»Noch haben wir das Meer nicht erreicht«, erwiderte Eyvind. »Doch wie Farald es prophezeit hat, werden wir spätestens morgen Mittag das Eisfeld hinter uns bringen. Übermorgen sollten wir auf einen Hof treffen und dort in Suppe baden.«

»Ich esse sie lieber«, wandte Hekja trocken ein und hatte die Lacher auf ihrer Seite.

Auch Eyvind lachte und wirkte so gelöst wie seit Tagen nicht mehr. »Wir marschieren heute, solange wir können«, erklärte er. »Da die Sonne scheint, ist es nicht nötig, auf Nachzügler zu warten. Sie sollen uns so lange folgen, bis sie zu uns aufgeschlossen haben.«

»Weißt du, dass du ein Schinder bist?«, beschwerte sich Hekja. »Ich bin eine alte Frau und die beiden Sachsen mit Sigrid beschwert, nur weil du dein Messer nicht richtig werfen konntest. Eigentlich bist du uns dafür etwas schuldig!«

Dies zu sagen, war überaus mutig. Jeder Krieger hätte verstanden, wenn Eyvind Hekja ein paar Ohrfeigen oder Faustschläge verpasst hätte. Der musterte die Alte jedoch nur mit einem spöttischen Lächeln und ging weiter.

»Du solltest Eyvind nicht reizen«, riet Sigrid der alten Frau.

Hekja grinste jedoch nur spitzbübisch. »Wenn er ein übler Anführer ist, schlägt er mich. Sei es halt so! Ist er jedoch ein guter, wird er sich an meine Worte erinnern und uns für unsere Arbeit belohnen, sei es mit besserem Essen oder mit frischer Kleidung, in der wir bei der nächsten Eisüberquerung nicht mehr so frieren werden wie jetzt.«

Zwar hatten die anderen ebenfalls gefroren, doch Hekjas Bemerkung machte ihnen überdies klar, mit wie wenig man sich als Sklave zufriedengeben musste. Gutes Essen war für Sigrid und auch für die beiden Sachsen so selbstverständlich gewesen wie neue Kleidung. Doch das Leben einer Jarlstochter in Norwegen unterschied sich ebenso wie das eines sächsischen Adeligen und dessen Gefährten stark von dem einer einfachen Sklavin wie Hekja.

Andreas legte der alten Frau die rechte Hand auf die Schulter. »Wo auch immer ich mich ansiedeln werde, es wird ein Platz für dich übrig sein, an dem du genug zu essen hast und nicht mehr frieren musst.«

»Im Augenblick könntest du mir den Papst in Rom als Ehemann versprechen, denn derzeit steht weder das eine noch das andere in deiner Macht. Ich danke dir trotzdem und werde dich, sollte es tatsächlich dazu kommen, an diese Worte erinnern. Doch nun lasst uns aufbrechen! Die anderen sind uns schon ein ganzes Stück voraus«, sagte Hekja und stapfte los.

Andreas und Ailmar fassten unterdessen Sigrid unter. Da keiner hersah, benützte sie beide Füße. Sie kamen daher gut voran und schlossen bald zu Herjolf und dessen Betreuer auf. Von da an humpelte Sigrid erneut, und die beiden Sachsen hatten wieder mehr zu tragen.

Zunächst war es nur ein unbestimmtes Gefühl, doch am Nachmittag merkten alle, dass es abwärtsging. In nicht allzu weiter Ferne entdeckten sie kleine, grüne Flecken, die Grasland und damit vielleicht sogar Bauernhöfe versprachen.

»Ich glaube, wir schaffen es heute noch!« Eyvind reckte triumphierend die Faust, denn es hatte auf diesem Weg etliche Augenblicke gegeben, in denen er befürchtet hatte, gescheitert zu sein. Nun marschierte er mit neu erwachten Kräften weiter und freute sich darauf, sein Nachtlager abgesondert von den anderen im Gras aufzuschlagen und sich an Sigrid zu erfreuen.

Nach ein paar Hundert Schritten blieb er abrupt stehen und stieß einen wilden Schrei aus, der allen durch Mark und Bein fuhr.

»Was ist los?«, fragte Farald, der ein wenig hinter ihm zurückgeblieben war.

»Schau selbst«, antwortete Eyvind und wies auf einen mit Eistrümmern bedeckten See, der sich vor ihnen erstreckte. Von der Stelle, an der sie standen, brach das Eis fast hundert Schritte senkrecht in die Tiefe.

Farald, Thorolf und drei weitere Krieger kamen heran und blieben in der Nähe stehen. Plötzlich spürte Eyvind ein Zittern unter den Füßen.

»Schnell weg von hier!«, schrie er und rannte los.

Er schaffte es noch, sich in Sicherheit zu bringen, und Thorolf sprang ebenfalls aus der Gefahrenzone. Die anderen blieben jedoch einen Augenblick zu lange stehen. Ein schrilles Kreischen ertönte, und das Stück Eis, auf dem sie standen, brach ab und stürzte in die Tiefe. Farald sprang noch, doch er schaffte es nicht ganz und warf die Arme nach vorne. Einige Augenblicke lang sah es so aus, als würde er den Eisbrocken in die Tiefe folgen. Da waren Eyvind und Thorolf an der Kante, packten ihn an den Armen und zerrten ihn hoch. Für die drei anderen kam jede Hilfe zu spät.

»Gott im Himmel, warum tust du mir das an?«, schrie Eyvind voll verzweifelter Wut.

»Es nützt nichts, Gott anzuklagen!«, sagte Farald zu ihm. »Wir sollten besser zusehen, dass wir eine Stelle finden, an der wir dieses Todeseis verlassen können.«

Eyvind nickte mit verzerrter Miene. »Sprich mit mir ein Gebet für jene, die mit uns zusammen aufgebrochen sind, nun aber nicht mehr mit uns ziehen können. Danach verlassen wir diesen Ort. Sollen wir nach Osten oder nach Westen gehen?«

»Unser Ziel liegt im Westen. Also gehen wir in die Richtung!« Farald trat mehrere Schritte von der Abbruchkante weg, sah sich noch einmal um und brach auf. Mit hängenden Schultern folgten ihm seine Männer.

Sigrid war, als das Eis abbrach und drei von Eyvinds Gefolgsleuten in die Tiefe riss, nicht weniger erschrocken als die anderen. Nach einer Weile aber beruhigte sie sich und sah das Unglück, das Eyvind seit dem Überfall auf den Hof ihres Vaters verfolgte, als Strafe des Himmels an. Gott war erzürnt, weil er ihren Bräutigam erschlagen und sie geraubt hatte. Dieser Gedanke schenkte ihr Mut und die Hoffnung, ihr Schicksal bald in die eigenen Hände nehmen zu können.

9.

Nach einiger Zeit erreichten sie eine Gletscherzunge, die sanfter nach unten abfiel und auf felsigem Grund endete. Das Eis des Gletschers war jedoch immer noch steil genug, um dem, der darauf ausglitt, zu einer Rutschpartie zu verhelfen, bei der er sich die Knochen oder gar den Hals brechen konnte. Daher waren die Speere eine wertvolle Hilfe beim Abstieg. Herjolf wurde mitsamt seinem Tragschlitten abgeseilt, während Sigrid, Hekja und die beiden Sachsen sich selbst überlassen blieben. Ohne Hilfsmittel und nur auf ihre Hände angewiesen, taten sie sich schwer.

»Lasst mich los! Ich steige allein hinab. Ihr habt genug mit euch zu tun«, forderte Sigrid Andreas und Ailmar auf.

Andreas schüttelte den Kopf. »Wenn dir etwas zustößt, würde ich mir für immer Vorwürfe machen.«

»Daher stürzt du lieber mit mir zusammen ab, anstatt klug zu sein«, fuhr sie ihn leise, aber mit ziemlicher Schärfe an.

»Sigrid hat recht! Wir können sie nicht hinuntertragen. Stattdessen sollten wir die Riemen der Beutel, die Hekja und ich auf dem Rücken tragen, dazu verwenden, um uns gegenseitig zu unterstützen«, wandte Ailmar ein.

Andreas wollte widersprechen. »Aber …«

»Kein Aber! Ailmar hat recht«, erklärte Hekja resolut. »In den Beuteln ist nichts, das brechen kann. Werfen wir sie also getrost in die Tiefe und binden die Riemen zu einem Seil zusammen. An den heiklen Stellen kann einer von euch beiden uns Frauen und seinen Freund nach unten lassen!«

»Wir dürfen die Beutel nicht nach unten werfen. Wenn einer der

Krieger davon behindert wird und sich verletzt, töten sie euch!«, sagte Sigrid mahnend.

Andreas sah nach unten, wo Eyvind und Thorolf schon ein Drittel des Weges in die Tiefe geschafft hatten, und nickte. »Wir werden Sigrids Rat folgen und uns die Beutel zuwerfen. Zum Glück haben die anderen Stufen und Griffe ins Eis geschlagen, die uns helfen werden.«

»Dann steige als Erster hinab, sodass du den Frauen helfen kannst«, forderte Ailmar ihn auf und knotete die Riemen zusammen. Es war ein lächerlich kurzes Seil, aber es reichte, um eine gute Mannslänge nach unten zu kommen.

»Ihr müsst euch daran festhalten. Um es euch um die Brust zu binden, ist es zu kurz«, sagte Ailmar an die Frauen gewandt und reichte das andere Ende Andreas.

»Möge Gott uns beistehen«, flüsterte dieser mit bleichen Lippen und machte sich an den Abstieg.

Unter ihnen trieben einige Norweger Unfug und rutschten auf den Hosenboden ganze Stücke in die Tiefe. Schließlich wurde es Eyvind zu dumm.

»Wenn sich einer von euch Narren ein Bein oder einen Arm bricht, stecke ich ihn zu den Sklaven!«

Lachen antwortete ihm, denn nach unten hin wurde der Eishang flacher, und die Männer eilten dem festen Felsboden entgegen. Als Eyvind noch etwas sagen wollte, fasste Thorolf ihn an der Schulter. »Lass sie! Umso schneller vergessen sie, was uns alles zugestoßen ist.«

Eyvind nickte mit verkniffener Miene. Auf dieser Fahrt hatte er sein Schiff und die Hälfte der Mannschaft eingebüßt. Das waren schwere Verluste, doch wenn er sich davon beeinflussen oder gar aufhalten ließ, war er nicht mehr als ein lahmer, zahnloser Hund.

»Wir sollten zusehen, dass wir vom Eis kommen«, sagte er, setzte sich auf den Hosenboden und stieß sich ab. Auf dem Weg nach unten überholte er Bjalfi, der lachend dem Ende der Gletscherzunge entgegentrudelte.

Allerdings hatten die Männer eines übersehen: Auch hier gab es am Rand des Gletschers Wasser. Es war nicht tief, und so konnte keiner ertrinken. Doch als sie endlich festen Fels erreichten, waren alle durchnässt und von einem schwarzen Schlamm überzogen, der sie wie Mohren aussehen ließ.

»Teufel noch mal! Musste das jetzt auch noch sein?«, stöhnte Thorolf, während er sich auszog, um sich an einem sauberen Bach zu waschen. Dabei blickte er nach oben und schüttelte den Kopf.

»Ich weiß nicht, Eyvind. Wenn du Sigrid wirklich zu deinem ehelichen Weib machen willst, hast du ihr eben deutlich gezeigt, wie wenig dich ihr Wohlergehen kümmert!«

Eyvind sah jetzt ebenfalls nach oben und fluchte leise. In seinem Ärger über den Verlust seiner Männer hatte er Sigrid ganz vergessen. Sie kletterte gerade ein steiles Stück herab. Ailmar stand über ihr und sicherte sie mit einem jämmerlich kurzen Strick.

»Die Sachsen sind geschickt und wissen sich zu helfen«, meinte Thorolf anerkennend.

»Meinetwegen können sie sich die Hälse brechen«, stieß Eyvind hervor und setzte in Gedanken »solange nur Sigrid heil herunterkommt« hinzu.

Mit einem Mal schämte er sich, weil er nicht besser auf sie achtgegeben hatte. Dann aber zuckte er mit den Schultern. Sie war ein Weib und hatte zu gehorchen. Sollte sie es wagen, ihm deswegen Vorhaltungen zu machen, würde seine Hand ein paarmal kräftig auf ihrem Gesäß landen.

Mit einer schroffen Miene drehte er der Gletscherzunge den Rücken zu und blickte über das Land hinaus. Da erklangen fremde Stimmen. Drei Männer kamen winkend auf sie zu und blieben kurz darauf vor ihnen stehen.

»Gott zum Gruß! Wir haben euch die Eiswand herabklettern sehen. Ihr seid wohl über den Gletscher gekommen?«, fragte ihr Anführer.

»Das sind wir«, antwortete Eyvind. »Unser Schiff ist im Norden auf einen Felsen aufgelaufen und konnte nicht mehr ausgebessert werden. Da es dort keine Schiffe gab, haben wir uns zu Fuß auf den Weg nach Süden gemacht!« Er verschwieg, dass sie eigentlich weiter östlich zur Küste hatten gelangen wollen, wie auch ihren Führer Bjarni Helgason.

»Ich bin Ulfgeirr Grydirson. Mein Hof liegt nur einen halben Tag zu Fuß von hier im Tal«, stellte der Isländer sich vor. Er war ein hochgewachsener, breitschultriger Mann um die vierzig, doch seine Gesichtshaut wirkte bereits wie gewalktes Leder. Am auffälligsten war die lange, weiß schimmernde Narbe, die sich von der Stirn über die rechte Augenhöhle bis zur Wange zog. Das Auge fehlte und schien bereits vor langer Zeit ausgeschlagen worden zu sein.

»Ich bin Eyvind Erlingarson, der Norweger«, erklärte Eyvind und sah zu seiner Überraschung, wie sich das Gesicht des anderen zu einer freudigen Miene verzog.

»Du bist Eyvindur? Ich habe schon viel von dir gehört. Welche Freude, dich zu treffen! Sei mit deinen Männern mein Gast«, rief Ulfgeirr begeistert und umarmte ihn.

Eyvind erwiderte die Umarmung. »Ich danke dir und nehme deine Gastfreundschaft gerne an. Vielleicht kannst du mir weiterhelfen. Da ich mein Schiff verloren habe, benötige ich ein neues. Kennst du jemanden, der mir eines verkaufen wird? Ich habe genug Silber, um es bezahlen zu können.«

»Das wird schwierig sein. Da es auf Island kein gutes Holz gibt, um Schiffe zu bauen, müssen wir sie uns aus Norwegen holen. Wer eines besitzt, verkauft es daher ungern.«

»Aber Vater! Unser Gode ist doch mit einem neuen Schiff aus Norwegen zurückgekommen und will dafür eines seiner älteren hergeben«, wandte ein junger Bursche in Thorolfs Alter ein.

»Gut, dass du mich daran erinnerst, Djuri! Sobald wir beim Hof sind, werde ich einen Boten zu unserem Goden schicken. Soll sich einer deiner Männer das Schiff ansehen?«, wandte Ulfgeirr sich an Eyvind.

Dieser zeigte auf Farald. »Das wird Farald Agnarson machen.«

Ulfgeirr grinste breit. »Der Gode hat zwei hübsche Töchter, und von Farald Agnarson hört man so einiges.«

»Das sind alles Verleumdungen!«, erklärte Farald mit todernster Stimme.

»Das wird Raudur Jorgrimson gewiss bestätigen«, erwiderte Ulfgeirr mit dem Anflug eines Lachens. »Er sagte mir erst kürzlich, du würdest entweder seine Gunnlaug heiraten oder den nächsten Vollmond nicht mehr erleben.«

»Keine Sorge, Bruder! Wir werden Island vor dem nächsten Vollmond verlassen«, warf Thorolf lachend ein.

»Das werden wir.« Eyvind sah sich nach Sigrid um, die eben die letzten Schritte auf dem Eis tat und erschöpft auf dem felsigen Boden niedersank.

»Die Frauen werden den Weg zu Ulfgeirrs Hof nicht mehr schaffen«, erklärte Thorolf, der seinem Blick gefolgt war.

»Wir haben drei Pferde bei uns. Auf zweien können die Frauen sitzen, auf dem dritten euer Verletzter«, bot Ulfgeirr an.

Herjolf strahlte. »Auf einem Pferd zu sitzen, ist mir schon lieber, als wie ein erlegter Hirsch zu Tal getragen zu werden.«

»Wann können wir aufbrechen, Ulfgeirr? Unsere Mägen sind ziemlich leer, und wir sind der wenigen getrockneten Fische, die wir noch haben, mittlerweile wahrlich überdrüssig!« Eyvind hatte für sein Gefühl bereits zu viel Zeit verloren und wollte nicht noch mehr versäumen.

»Wir können gleich los«, erwiderte Ulfgeirr. »Was eure Mägen betrifft, so haben wir ein wenig Wegzehrung bei uns. Es ist nicht viel für jeden, doch ein Bissen Käse und ein wenig Brot wird es wohl sein, auch ein kleines Stück Wurst. Kommt mit zu unserem Lager! So weit werden die Frauen wohl noch laufen können.«

»Sigrid ist verletzt und muss getragen werden«, sagte Eyvind.

»Die Sachsen werden dazu nicht mehr in der Lage sein«, wandte Thorolf ein.

»Die haben zu gehorchen!«, erklärte Eyvind und schritt los.

10.

Ulfgeirrs Hof bestand aus einem Langhaus, in dem Menschen und Vieh untergebracht waren, und zwei mit dem Hauptgebäude verbundenen Nebengebäuden, die als Milchkammer und Badestube dienten. Wie Andreas und Ailmar es schon auf den Färöerjar gesehen hatten, bestanden die Wände aus breit aufgestapelten und mit Gras bewachsenen Torfschichten und trugen ein Dach aus Rasenstücken. Innen war das Haus mit Holz verschalt, und der Hochsitz in der Nähe des Feuers zeigte an, dass Ulfgeirr Grydirson ein wohlhabender und einflussreicher Mann in diesem Teil Islands war.

Während die Männer in die Halle geführt wurden und Met und gekochtes Hammelfleisch vorgesetzt bekamen, durften Sigrid und Hekja die Badestube benutzen. Ulfgeirrs Ehefrau begleitete sie und überwachte die Mägde, die warmes Wasser sowie Seife und Leintücher zum Abtrocknen brachten.

»Ihr habt ja einiges erlebt«, begann die Frau das Gespräch.

»Das kannst du laut sagen!«, erklärte Hekja und ließ sich mit einem wohligen Stöhnen in dem großen, mit warmem Wasser gefüllten Bottich nieder. »Tut das gut nach der Kälte des Gletschers!«, setzte sie zufrieden hinzu.

»Ich würde lieber frieren und frei sein«, sagte Sigrid bitter, um auszuloten, ob sie Ulfgeirrs Frau als Verbündete gewinnen konnte.

Diese sah sie erstaunt an. »Frei? Aber du bist doch Eyvinds Eheweib!«

»Ich bin seine Sklavin, denn er hat mich aus dem Haus meines Vaters geraubt. Auch hat er meinen Verlobten erschlagen und mich geschändet«, rief Sigrid erbittert.

Obwohl Tryggvi nicht der Mann gewesen war, den sie sich ersehnt hatte, so trauerte sie doch um ihn. Noch mehr aber kränkte es sie, dass Eyvind, anstatt um sie zu werben, ihren Widerstand mit Gewalt gebrochen hatte.

Ulfgeirrs Ehefrau hingegen zeigte Verständnis für ihren Entführer. »Eyvind ist ein junger, gesunder Mann, und daher halte ich es für verständlich, dass er das Weib, das er für sich haben will, auch besteigt.«

»Es geschah gegen meinen Willen!«, fuhr Sigrid auf.

»Du wirst dich daran gewöhnen! Spätestens dann, wenn dir die ersten Kinder um die Beine herumlaufen, ist das alles vergessen. Ich war auch nicht gerade glücklich, als mein Vater mich Ulfgeirr versprochen hat. Du hast ja die Narbe in seinem Gesicht gesehen. Mir grauste vor ihm, einäugig und so vernarbt. Aber ich habe mich daran gewöhnt, und heute würde mir etwas fehlen, besäße er auf einmal ein glattes Gesicht.«

Die Frau hörte sich nicht so an, als würde sie ihr helfen, dachte Sigrid enttäuscht. Trotzdem überlegte sie, ob sie sie nach ihren Verwandten fragen sollte. Sie traute es ihr jedoch zu, Eyvind mitzuteilen, was sie hatte wissen wollen, und schwieg lieber.

»Du wirst dich an ihn gewöhnen«, wiederholte die Frau. »Eyvind ist ein großer Krieger und ein ausnehmend hübscher Mann. Bei dem könnte sogar ich noch schwach werden.«

Sigrid dachte nicht daran, sich in ihre Lage einzufinden, sondern erinnerte sich an ihren Vater, den Eyvind auf der Schäre am Fjordausgang ausgesetzt hatte. Wieso hatte er ihn und damit auch sie und ihre gesamte Sippe so beschämen müssen? Obwohl ihr Vater der Jarl jener Gegend war, hatte Eyvind ihn behandelt wie einen Bauern, dem er eine Kuh aus dem Stall geraubt hatte.

Ich bin aber keine Kuh, fuhr es ihr durch den Kopf. Das wird Eyvind noch merken!

»Ich sehe nach, ob den Männern ordentlich aufgetragen wurde. Wenn ihr noch etwas braucht, dann ruft mich«, sagte Ulfgeirrs Frau und verließ die Badestube. Da auch die Mägde gingen, blieben Sigrid und Hekja allein zurück.

»Sieh mich nicht so an, als ob du mich fressen wolltest. Ich schmecke nicht besonders, sondern bin schon arg zäh«, sagte die alte Frau kichernd.

»Was meinst du?« Sigrid schrak aus ihren Gedanken hoch und

brauchte einen Augenblick, um Hekjas Bemerkung zu verstehen. »Meine Miene galt nicht dir!«

»Sondern Eyvind, will ich meinen! Ulfgeirrs Weib mag behaupten, was es will, doch du wirst nie so werden wie sie und dich mit einem Mann zufriedengeben, den du nicht magst.«

»Hätte Eyvind im Kampf gegen Magnus und Sigurd Slembe auf der Seite meines Vaters gestanden und in Ehren um mich geworben, wäre ich freiwillig sein Weib geworden. So aber geschah es unter Zwang. Daher bin ich in den Augen der anderen nicht mehr als seine Sklavin und Beischläferin.«

»Ich glaube nicht, dass du im anderen Fall glücklicher geworden wärst«, antwortete Hekja mit nachdenklicher Miene. »Du bist eine sehr selbstbewusste Frau, Sigrid Ulfarsdottir, und willst die Gefährtin deines Mannes sein, und nicht seine Magd. Es ist noch schlimmer, denn du willst die Gefährtin des Mannes sein, den du dir selbst aussuchst. Eyvind ist daher nichts für dich. Er ist ein guter Anführer – und das trotz des Pechs, das er auf dieser Reise hatte. Doch wie viele große Anführer lässt er nur seinen Willen gelten. Du hast gesehen, wie vorsichtig Farald ihm geraten hat, um nicht seinen Zorn zu erregen.«

»Weshalb hat er dann Einar nicht zurechtgewiesen, als es nötig gewesen wäre?«, fragte Sigrid bissig.

»Weil er, wie so viele große Anführer, einen Mann braucht, der jene Dinge für ihn tut, mit denen er sich selbst nicht die Hände schmutzig machen will. Solche Männer fühlen sich hoch in der Gunst ihrer Herren und werden im Lauf der Zeit selbstherrlich. Es wäre zwischen den beiden nicht mehr lange gut gegangen. Irgendwann hätte Einar die letzte Grenze überschritten, und dann wäre Eyvind nichts anderes übrig geblieben, als ihn zu erschlagen. Diese Entscheidung blieb ihm erspart, und da er sich mit einem Teil der Krieger bis hierher durchschlagen konnte, wird man ihn weiterhin für einen großen Anführer halten.«

Sigrid begriff, welch harte Erfahrungen die alte Frau in ihrem Leben hatte machen müssen, und bedauerte sie unwillkürlich. Es war gewiss schlimm für sie gewesen, all die Jahre als rechtlose

Sklavin zu leben. Nun war sie trotz ihres Alters noch aus ihrer gewohnten Umgebung herausgerissen und von ihrem letzten Herrn Eyvind zum Geschenk gemacht worden.

»Sollte uns die Flucht gelingen, werden wir beide zusammenbleiben!«, sagte sie und ergriff lächelnd Hekjas Hände.

»Du bist ein gutes Mädchen!«, antwortete die Alte gerührt.

Da sie auf dem Weg hierher die Ohren gespitzt hatte und wusste, dass Eyvind Island so rasch wie möglich wieder verlassen wollte, glaubte sie nicht, dass sich eine Gelegenheit zur Flucht ergeben würde. Sie fragte sich, wohin Eyvind segeln wollte, denn hinter Island gab es nicht mehr viel, und dass er König Inge und dessen Bruder herausfordern würde, wie Ulfgeirrs Knechte es annahmen, schien ihr nicht wahrscheinlich.

In der Halle stellte Ulfgeirr fast zur selben Zeit die Frage, die auch Hekja bewegte. »Wohin wirst du segeln, wenn du Island verlässt, Eyvind?«

Eyvind musterte seinen Gastgeber über den Rand seines Trinkbechers hinweg. »Das Ziel werde ich meinem Steuermann erst nennen, wenn wir an Bord sind. Ich will nicht, dass die Nachricht Norwegen erreicht, bevor es in meine Pläne passt.«

»Du willst doch nicht etwa sagen, dass nur du allein es kennst?«, rief Ulfgeirr ungläubig.

»Bram kennt es, und Farald kennt es auch. Beide werden darüber schweigen«, antwortete Eyvind gelassen.

»Sag bloß, deine Männer folgen dir, ohne zu fragen, in die Ungewissheit?«

»Meine Männer sind mir gefolgt, als ich für König Sigurd Magnusson gegen Harald Gilles Söhne Inge und Sigurd das Schwert ergriff, und sie folgen mir auch jetzt«, antwortete Eyvind selbstbewusst.

»Ich habe mir überlegt, ob ich nicht ein Schiff für meinen Djuri ausrüsten soll, damit er mit dir fährt. Da wüsste ich aber schon gerne, wohin es geht«, bohrte Ulfgeirr weiter.

»Ein weiteres Schiff und mehr Männer wären mir bei meinem Vorhaben willkommen, doch ich kann dafür nicht den Erfolg des

Ganzen aufs Spiel setzen.« Eyvind lächelte in einer Weise, dass es seinem Gastgeber kalt den Rücken hinablief. Gewohnt, mit seinen Nachbarn und sogar mit dem obersten Gesetzessprecher Islands von Gleich zu Gleich zu reden, ärgerte Ulfgeirr sich über die überhebliche Art seines Gastes. Er versuchte im Lauf des Abends noch mehrmals, Eyvind auszuhorchen, doch dieser berichtete zwar bereitwillig von dem misslungenen Aufstand gegen König Inge und von dem Überraschungsangriff auf Jarl Ulfars Gehöft, doch was das Ziel seiner Fahrt anging, blieb er verschlossen wie eine Auster.

11.

Ein paar Tage vergingen, in denen sich Eyvind und seine Gefährten von dem harten Marsch durch Island erholten. Trotz der Verluste, die sie hatten hinnehmen müssen, besserte sich ihre Stimmung. Sie hatten große Gefahren bewältigt, und so erschien ihnen nun alles möglich.

Da er nun Muße hatte, forderte Eyvind Sigrid erneut auf, die Nächte mit ihm zu verbringen. Sie nahm es hin wie ein Schicksal, das sie nicht ändern konnte. Um ihm jedoch nicht den Triumph zu bieten, ihrem Körper Lust zu bereiten, stellte sie sich jedes Mal vor, in Andreas' Armen zu liegen und von diesem liebkost zu werden. Ihr Leib ging bereitwillig auf diese Täuschung ein, sie selbst aber schämte sich und kämpfte gegen das Gefühl an, die beiden Männer miteinander zu betrügen.

Am Tage schloss sie sich, wenn es irgend ging, Hekja und den beiden Sachsen an. Als Eyvinds Sklaven wurden Andreas und Ailmar nicht so gut behandelt wie seine Krieger. Sie erhielten aber genug zu essen, und die kleinen Verletzungen, die sie sich unterwegs zugezogen hatten, wurden von Ulfgeirrs Ehefrau behandelt. Diese sorgte auch dafür, dass sich die letzten Striemen auf Andreas'

Rücken schlossen. Da sie zudem zu leichten Arbeiten angehalten wurden, behielten sie ihre Kräfte und wurden nicht so träge wie einige von Eyvinds Männern.

Ulfgeirrs Sohn Djuri und Farald Agnarson waren zum Gehöft des Goden aufgebrochen, um sich das Schiff anzusehen, das dieser verkaufen wollte, und bei Gefallen den Handel abzuschließen. In der Zwischenzeit sprach Eyvind immer wieder mit Ulfgeirr und dessen Besuchern, und es gelang ihm, einige Isländer davon zu überzeugen, sich ihm anzuschließen. Das Leben auf Island war hart, und wer zu wenig Land besaß, musste immer damit rechnen, dass eine Missernte oder ein Vulkanausbruch das Futter und damit auch die Tiere vernichten würde und sie dazu zwingen konnte, sich einem der großen Bauern oder Goden als Knecht oder im besten Fall als Pachtbauer unterzuordnen. Darauf hatten die wenigsten Lust.

Das Schiff, das Ulfgeirr für seinen Sohn in Aussicht gestellt hatte, füllte sich daher immer mehr, ohne dass es Eyvind mehr als ein paar Worte kostete. Eigentlich hatte Ulfgeirr Schiff und Sohn nur dann mitschicken wollen, wenn er das Ziel der Fahrt erfuhr. Nun begriff er jedoch, dass er nichts anderes mehr tun konnte, als seinen Segen zu Djuris Fahrt mit Eyvind zu geben.

Nicht zuletzt aus diesem Grund wünschte der Bauer sich, sein Gast würde samt seinen Männern endlich aufbrechen, damit dieser ihn nicht zu noch weiteren Zugeständnissen verleiten konnte. Doch an dem Tag, an dem er Eyvind darauf ansprechen wollte, wurden Reisende gemeldet, die sich seinem Hof näherten.

»Weiß man, wer es ist?«, fragte Eyvind mit einer gewissen Anspannung.

Der Schafhirte, der die Nachricht überbracht hatte, schüttelte den Kopf. »Nein, aber es sind mindestens zwanzig Leute, wahrscheinlich mehr. Fünf oder sechs von ihnen reiten!«

»Das hört sich nach unserem Goden an«, schloss Ulfgeirr aus diesen Worten.

»Kommt er in Frieden, oder sucht er Kampf?«, wollte Eyvind wissen. Mit seiner zusammengeschmolzenen Schar hatte er gegen eine überlegene Zahl einen harten Stand, und ob Ulfgeirr ihm gegen andere Isländer beistehen würde, erschien ihm zweifelhaft.

»Nehmt eure Waffen!«, befahl er Thorolf und den anderen Kriegern und gürtete sein Schwert. In den nächsten Minuten schwankte er, ob er seinen Gastgeber nicht gefangen nehmen und als Geisel verwenden sollte. Damit aber hätte er Feindschaft mit Ulfgeirr gesät, und davor schreckte er zurück.

Da stürmte Thorolf heran. »Farald ist bei ihnen, und ich glaube, auch Bram gesehen zu haben!«

»Bram?« Eyvind wunderte sich, denn er hatte erwartet, dass sein Stellvertreter mit der Flotte bereits weiter nach Westen zu dem vereinbarten Treffpunkt gesegelt war. Es erleichterte ihn jedoch, denn mit den Kriegern auf den Schiffen war er jedem Isländer überlegen.

»Es ist Bram!«, meldete Herjolf, der seine Verletzung mittlerweile überwunden hatte und trotz seines Alters scharfe Augen hatte. »Es sind noch zwei unserer Krieger unter ihnen. Die anderen kenne ich nicht. Sie können aber keine Feinde sein, da Bram und Farald Pferde erhalten haben.«

»Ruft alle zusammen!«, befahl Eyvind und drehte sich zu Sigrid um. »Bring mir meinen roten Umhang, Weib!«

»Ich bin nicht dein Weib, sondern deine Gefangene«, zischte Sigrid ihn an, ging aber, das Verlangte zu holen. Obwohl Eyvind nicht heftig zuschlug, wenn er sie züchtigte, so tat es trotzdem weh. Deswegen versuchte sie, Hekjas Rat zu beherzigen, sich wie eine Birke zu biegen, auch wenn sie dafür ihren Stolz bezwingen musste.

Hekja und die beiden Sachsen hielten sich im Hintergrund. Die kurze Hoffnung, vielleicht doch freizukommen, war durch die Nennung der Namen Bram und Farald erloschen.

»Weiß der Teufel, was daraus wird«, murmelte Andreas.

»Wenn das so weitergeht, verschleppt Eyvind uns noch weiter in die Fremde, und wir müssen zusehen, wie wir von dort wieder nach Hause kommen!«

Nun ärgerte Ailmar sich doch, weil sie es während des Marsches durch Island nicht gewagt hatten, zu fliehen. Ihm war jedoch klar, dass sie Sigrid und Hekja hätten zurücklassen müssen, und zumindest um der Jarlstochter willen hätte Andreas sich geweigert, es zu tun.

»Uns bleibt nur, auf den richtigen Zeitpunkt für die Flucht zu warten«, antwortete Andreas leise.

Unterdessen kehrte Sigrid just in dem Augenblick mit Eyvinds rotem Mantel zurück, als das Tor der Umfriedung geöffnet wurde und die neuen Gäste hereinkamen. Tatsächlich waren Farald und Bram bei ihnen sowie Asmod, der nach dem geglückten Überfall auf Ulfars Hof eines von dessen erbeuteten Schiffen übernommen hatte. Während er und Farald sich im Hintergrund hielten, trat Bram mit einem gekünstelt wirkenden Lachen auf Eyvind zu.

»Sei mir gegrüßt, Vetter! Wie ich hörte, hattest du auf deiner Fahrt nach Island wenig Glück. Immerhin hast du dein Schiff und etliche deiner Gefährten verloren.«

»Der Kerl hört sich so an, als würde er sich darüber freuen«, wisperte Hekja, während Andreas sich überlegte, ob Bram nicht ein Verbündeter sein könnte, mit dessen Hilfe er, Sigrid und Ailmar die Freiheit erringen konnten. Da aber musterte Bram Sigrid mit einem so begehrlichen Blick, dass der Sachse diesen Gedanken sofort wieder verwarf.

Eyvind bemerkte den Blick ebenfalls und streckte sich ein wenig, um auf Bram hinabschauen zu können. »Ich mag mein Schiff verloren haben und auch einige Krieger, dafür aber habe ich Ulfgeirr Grydirson als Verbündeten gewonnen. Er wird seinem Sohn ein Schiff mit reichlich Mannen ausrüsten. Dazu will ich ein weiteres Schiff kaufen. Somit habe ich auf dieser Fahrt mehr gewonnen als verloren.«

Thorolf und sein Bruder Farald grinsten, als Bram auf diese Weise zurechtgewiesen wurde. Auch wenn Farald genug Ehrgeiz besaß, einmal ein mächtiger Mann zu werden, so wusste er doch, dass sie, wenn sie ihr Ziel erreichen wollten, zusammenhalten mussten. Zudem war ihm Eyvind als Anführer lieber als sein anderer Vetter Bram. Aus dem Grund trat er vor und grinste Eyvind an.

»Ich habe das Schiff geprüft! Es ist das Silber wert, das der Gode dafür verlangt. Dein Einverständnis vorausgesetzt, habe ich den Kauf getätigt. Du musst nur noch zahlen.«

»Das werde ich!«, antwortete Eyvind grinsend und wandte sich Faralds hochrangigen Begleitern zu. Beide waren von ihren Pferden gestiegen. Einer davon strich das lange Gewand glatt, das ihn durch ein aufgenähtes Kreuz als einen Kirchenmann auswies. Der Zweite trug einen mit Polarfuchspelz verbrämten Mantel und eine Mütze aus dem gleichen Fell, Hosen aus blau gefärbter Wolle und einen handbreiten Gürtel, der mit Silberblech beschlagen war.

»Das sind Seine Eminenz, Bischof Magnús Einarsson von Skalholt, und der neue Gesetzessprecher Finnur Hallson«, stellte Ulfgeirr sie vor. Auch wenn er die beiden und ihre Begleiter nach bestem Wissen und Gewissen verköstigen musste, so konnte er sie sich damit verpflichten und zu gegebener Zeit seinen Vorteil daraus ziehen. Er neigte ehrfürchtig den Kopf vor dem Bischof, umarmte den Gesetzessprecher und hieß die beiden Männer willkommen.

»Wir danken dir!«, antwortete Finnur Hallson und musterte Eyvind über Ulfgeirrs Schulter hinweg. »Du bist also der Mann, der aus Norwegen geflohen ist, um der Strafe der königlichen Brüder Inge und Sigurd zu entgehen.«

Eyvind trat einen Schritt auf ihn zu. »Ich bin Eyvind Erlingarson, einst Jarl von Jervik, der für die wahren Könige Magnus und Sigurd Slembe das Schwert geführt hat. Die beiden Könige sind tot und ich geächtet, und daher suche ich eine neue Heimat!«

»Hier auf Island?« Diesmal sprach der Bischof, und er klang nicht gerade freundlich.

»Das sei dahingestellt! Auf jeden Fall erhebe ich Anspruch auf das Erbe, das meinem Eheweib Sigrid Ulfarsdottir nach Recht und Gesetz von ihrer Großmutter Krafla Lidsvaldsdottir zusteht.«

Auf Eyvinds Worte hin wechselten der Bischof und der Gesetzessprecher einen kurzen Blick, so als hätte er genau das ausgesprochen, was sie befürchteten. Bevor jedoch einer von ihnen etwas sagen konnte, trat Sigrid vor und warf Eyvind den Mantel vor die Füße.

»Ich bin nicht dein Eheweib«, rief sie erregt, »sondern deine Beute, die du aus dem Haus ihres Vaters geraubt hast!« Sie wandte sich an den Bischof und den Gesetzessprecher und streckte ihnen flehend die Arme entgegen.

»Helft mir, ihr guten Herren! Ich bin Sigrid, Tochter des Jarls Ulfar, und ich habe Verwandte auf Island, die mir beistehen werden.«

»Du bist mein Weib und wirst meine Söhne gebären!«, fuhr Eyvind sie an und hob die Hand, als wolle er sie schlagen.

Sigrid wich um kein Haarbreit zurück. »Ich bin deine Beute, nicht dein Weib! Du hast mich aus dem Haus meines Vaters geraubt wie ein Dieb und mich gegen meinen Willen zum Beischlaf gezwungen. Damit bin ich im Ansehen der Leute nicht mehr wert als eine Kebse, die du dir nehmen und die du verstoßen kannst, wie es dir beliebt. Dies aber ist Jarl Ulfars Tochter nicht würdig!«

»Ich würde diesem Weib mit der Rute beibringen, wer ihr Herr ist«, sagte Bram laut genug, dass alle um ihn herum es hören konnten.

Hekja schüttelte seufzend den Kopf. »Es gibt Pferde, die die Peitsche nur noch wilder macht, und es gibt Frauen, deren Hass mit jedem Schlag der Rute mehr geschürt wird.«

»Wenn er sie schlägt, wird er es bereuen!«, stieß Andreas leise hervor.

Sofort zog Ailmar ihn einen Schritt zurück. »Achte auf das, was du sagst! In dem Norweger kocht es, und ihm käme ein Opfer, an dem er seinen Zorn auslassen kann, gerade recht.«

»Du solltest den Rat deines Freundes beherzigen, Sachse«, sagte Hekja leise zu Andreas.

Dieser ballte die Fäuste und starrte Sigrid und Eyvind an, die kaum mehr als eine Handbreit voneinander entfernt standen. In beiden Gesichtern arbeitete es, und es war offensichtlich, dass Sigrid nur darauf lauerte, geschlagen zu werden, um das Mitleid des Bischofs und seiner Begleiter zu wecken.

Einen Augenblick wusste Eyvind nicht, wie er sich zu Sigrids Herausforderung stellen sollte. Sie dafür zu züchtigen, wäre das

Einfachste gewesen, würde sie aber in ihrem Widerstand bestärken. Daher lachte er kurz, schlang die Arme um sie und küsste sie auf beide Wangen.

»Was für ein temperamentvolles Weib du bist! Du wirst mir prachtvolle Söhne gebären!«

Er erntete dafür ein fröhliches Lachen seiner Männer. Nur Bram und Andreas sahen nicht so aus, als würden seine Worte ihnen gefallen.

Sigrid wurde so überrascht, dass sie sich ihm nicht entziehen konnte. Als Eyvind sie wieder losließ, fauchte sie wie eine gereizte Katze.

»Söhne willst du von mir haben? Ich schwöre dir, wenn ich bei dir bleiben muss, werde ich eine Tochter nach der anderen gebären und dich damit zum Gespött deiner Männer machen! Doch ich hoffe, dass es anders kommt.« Sigrid sah nun den Bischof und den Gesetzessprecher bittend an.

Finnur Hallson und der Bischof hatten die Flotte gesehen, mit der Bram und Asmod an der Küste erschienen waren. Die gut dreihundert Krieger, die darauf fuhren, reichten zwar nicht aus, einen Angriff auf ganz Island wagen zu können, aber in den Kämpfen zwischen zwei Sippen mochten sie den Ausschlag geben. Zusammen mit Eyvinds Forderung, ihm Sigrids Erbe zu überlassen, war dies eine ungute Angelegenheit. Sie hatten schon unterwegs beraten und waren zu einem Entschluss gekommen, der ihnen nun als der richtige erschien.

»Wenn du Sigrid Ulfarsdottir als dein Eheweib und ihre Kinder als die deinen anerkennen willst, so sei es«, antwortete Bischof Magnús mit unterdrücktem Grimm. »Was jedoch das Erbe von Sigrid Ulfarsdottir betrifft, so gibt es weitere Verwandte, die ebenfalls Ansprüche erheben. Wer berechtigt ist und welchen Teil der Einzelne bekommt, kann nur beim Althing entschieden werden. Der heurige fand vor wenigen Tagen sein Ende. Daher wirst du dich bis zum nächsten Jahr bescheiden müssen! Willst du die Zeit bis dorthin auf Island verbringen?«

Finnur Hallson sah Eyvind fragend an. Blieb dieser im Land,

würden er und die anderen Erbanwärter bis in das Frühjahr des nächsten Jahres hinein Verbündete suchen und das Ganze in einer Fehde enden, die große Teile Islands verheeren konnte.

»Warum solltest du bis zum nächsten Jahr warten, um deine Ansprüche durchzusetzen? Du hast Männer genug dafür, um es mit dem Schwert tun zu können«, stichelte Bram.

»Weil ich mich in Frieden mit den Verwandten meines Weibes einigen will«, antwortete Eyvind mit einem gewissen Ärger. »Außerdem will ich nicht auf Island bleiben. Da alles gesagt wurde, was gesagt werden sollte, brechen wir morgen zur Flotte auf und stechen umgehend in See. Im nächsten Jahr kehre ich zurück und vertrete meine Sache vor dem Thing!«

»Und wohin soll die Fahrt gehen?«, fragte Finnur Hallson, ohne eine bessere Antwort zu erhalten als Ulfgeirr Grydirson die Tage zuvor.

Sigrid begriff, dass es auf Island für sie keine Gelegenheit zur Flucht geben würde. Selbst wenn Bischof Finnur oder der Gesetzessprecher ihren Verwandten Nachricht von ihrem Schicksal zukommen ließ, waren diese nicht mehr in der Lage, Eyvind aufzuhalten und sie ihm abzufordern. Sie musterte ihren Entführer und sah, wie sein Blick nach Westen wanderte. Es gab ein weiteres Land am Rande der Welt, noch mehr vom Eis beherrscht als Island, und dort sollten Leute leben, die aus Island verbannt worden waren. War etwa Grönland mit seinen Eisbären und Gletschern Eyvinds Ziel? Wenn ja, würde es ihr noch schwerer fallen, ihm zu entkommen. Sich ihm auf Dauer zu beugen, war sie jedoch nicht bereit.

Fünfter Teil

Ingridur

1.

Die Flotte segelte tatsächlich weiter gen Westen. Sigrid zählte sechsundzwanzig Schiffe. Der größte Teil davon bestand aus Knorren mit bauchigen Rümpfen und hochgezogenen Bordwänden, die von Bug bis Heck zwischen zehn und fünfzehn Manneslängen maßen. Die kleineren waren offen und boten gerade Platz für zwei Dutzend Leute und ein paar Stück Jungvieh, während die größeren über ein Halbdeck im hinteren Teil verfügten und bis zu fünfzig Menschen mitsamt Besitz tragen konnten.

Die größten Schiffe waren das von Ulfar erbeutete Kriegsschiff und das von Bram. Beide erinnerten an die Drakkar, die Drachenschiffe der früheren Zeit, auch wenn sie etwas breiter waren als diese und höhere Bordwände aufwiesen. Die Steven an Bug und Heck überragten die der anderen Schiffe, und die vorderen trugen noch immer einen Drachenkopf. Sie waren um einiges länger als die Knorren. Allein mit Bram fuhren mehr als achtzig Menschen, darunter etliche Frauen, die er in Irland geraubt oder gekauft hatte. Wie viele Menschen insgesamt bei der Flotte waren, vermochte Sigrid nur zu schätzen. Es waren auf alle Fälle mehr als siebenhundert.

Die meisten Schiffe stammten aus Norwegen, zwei hatte der Färinger Bolverk ausgerüstet und eines Eskill von den Orkneyjar. Ulfgeirrs Sohn Djuri fuhr mit einem der beiden Schiffe aus Island. Raudur Jorgrimson, auf dessen Hilfe Eyvind gebaut hatte, fehlte jedoch, und dies machte er Farald zum Vorwurf. Die Stimmung zwischen den beiden wurde immer gereizter. Als schließlich auch Thorolf mit in den Streit hineingezogen wurde, verließ er Eyvinds Schiff und stieg auf das seines Bruders. Die beiden segelten jetzt hinten im Gros der Flotte, während Eyvinds und Brams Schiffe die Spitze bildeten.

Da Andreas und Ailmar an Bord mitarbeiten mussten, hatten Sigrid und Hekja viel Zeit, miteinander zu reden und über Eyvinds Pläne zu spekulieren. Da dieser sich zumeist vorne am Steven aufhielt, suchten die beiden Frauen sich mittschiffs einen Platz und blickten auf das Meer, das an dieser Stelle wie geschmolzenes Blei wirkte.

»Es ist kalt geworden«, sagte Hekja.

Sigrid nickte. »Ich habe vorhin ein Stück Eis im Wasser treiben sehen.«

»Dort vorne ist noch eines«, erklärte Hekja und wies in die Ferne.

»Das muss ein ziemlicher Brocken sein, denn von hier aus ist er jetzt schon größer als ein Fingernagel. Dabei ist er noch weit entfernt.«

Sigrid klang besorgt, denn ein Schiff, das gegen einen großen Eisblock stieß, war ebenso gefährdet, als würde es einen Felsen rammen.

»Es gibt noch mehr Eis dort drüben! Eyvind sollte den Kurs ändern, sonst fahren wir mitten hinein«, rief Hekja.

Angstvoll sah sie zu ihrem Anführer hin. Eyvind stand völlig ruhig am Bug und machte keine Anstalten, dem Steuermann Befehle zu erteilen. Nach Einars und Hrodars Tod hatten alle erwartet, er werde Bjalfi dazu ernennen, doch er hatte Alvidr gewählt. Dieser hatte es auf die beiden Sachsen abgesehen und scheuchte sie auf dem Schiff herum. Es war fast wie bei Einar und dem jungen Isländer Bjarni Helgason. Damals war Eyvind nicht eingeschritten und hatte es bitter bezahlen müssen. Nun fragte Sigrid sich, warum er erneut eine solche Situation zuließ. Andreas und Ailmar waren keine Knaben, sondern Krieger. Wenn Alvidr es zu übel trieb, war sein Leben keine Silbermünze mehr wert.

Legte Eyvind es etwa darauf an, dass die Sachsen und sein Steuermann aneinandergerieten, um Andreas als aufrührerischen Sklaven töten lassen zu können?, fragte sie sich und wandte sich Hekja zu. »Bitte Andreas, dass er sich von Alvidr um Gottes willen nicht provozieren lässt!«

»Das hat Ailmar ihm schon gepredigt«, antwortete diese grinsend. »Er hat …«

Zu mehr kam sie nicht, da Alvidrs Stimme im schroffen Ton erklang.

»Mach, dass du auf den Mast kommst, du verdammter Sachse! Wehe, dir entgeht ein Eisberg!«

Obwohl der Befehl für Andreas gedacht war, kletterte Ailmar an den Tauen, mit denen das Segel verstärkt worden war, nach oben.

»He, dich habe ich nicht gemeint!«, plärrte Alvidr los, erntete dafür aber bei seinen Kameraden Gelächter.

»Du sagtest nur Sachse! Da kann sich jeder der beiden angesprochen fühlen«, meinte Bjalfi und winkte Andreas zu sich. »Du kannst mir einen Becher Wasser bringen!«

»Du brauchst wohl einen hochherrschaftlichen Diener, was?«, brüllte Alvidr und wurde erneut ausgelacht.

Andreas brachte Bjalfi das Wasser und wurde dann von Herjolf aufgefordert, auch ihm den Becher zu füllen.

»Danach setzt du dich neben mich«, forderte der alte Krieger ihn auf. »Ich war in jungen Jahren mit König Nils im Sachsenland und würde gerne erfahren, was sich jetzt dort tut.«

»Sobald ich wieder Kräuter habe, werde ich Herjolf eine Salbe gegen sein Gliederreißen anrühren. Wenn er Andreas wie einen Freund behandelt, werden es auch die anderen tun«, flüsterte Hekja Sigrid zu.

»Und wenn es nur ist, um Alvidr zu ärgern«, antwortete diese mit leichtem Spott.

»He, ihr da unten! Rechts voraus sind etliche dieser schwimmenden Eishügel«, meldete sich Ailmar von der Spitze des Mastes.

»Wir drehen nach Südwesten ab! Gebt das zu den anderen Schiffen durch«, befahl Eyvind und blickte nach vorne.

Die von Hekja entdeckten Eisberge waren näher gekommen. Jeder von ihnen war höher als der höchste Mast, und ihre Größe übertraf alles, was die Männer bisher auf ihren Seefahrten gesehen hatten.

»Dort hinten müssen die Frostriesen hausen«, murmelte einer, der trotz christlicher Taufe noch an die alten Götter glaubte.

Brams Schiff war so nahe, dass er Eyvinds lauten Befehl hatte vernehmen können. »Wenn wir uns zu weit nach Süden halten, verfehlen wir die Landmarken und geraten vom Kurs ab«, rief er warnend herüber.

Diese Gefahr bestand, denn sie hielten, seit Island hinter ihnen zurückgeblieben war, einen Kurs, der sie leicht nach Südwesten führte. Eyvind überlegte kurz und blickte dann zu Ailmar hinauf.

»Gib acht und melde jeden Eisberg, dem wir uns auf weniger als drei Bogenschussweiten nähern!«

»Und wie soll ich das messen?«, rief der Sachse. »Eine Bogenschussweite geht ja. Da braucht nur einer zu schießen. Ich glaube aber nicht, dass jemand über Wasser gehen will, um die beiden anderen Schüsse zu tun!«

»Schwachkopf!«, bellte Alvidr und brachte damit sogar Eyvind zum Schmunzeln.

2.

Da die Schiffe den Kurs nur geringfügig geändert hatten, gerieten sie mitten in das Eisfeld hinein. Schon bald war es unmöglich, den von Eyvind befohlenen Abstand zu den Eisbergen einzuhalten. Die Schiffe drängten sich immer mehr zusammen, und die Mienen der Männer und Frauen an Bord verrieten ihre Angst. Vor allem die Frauen bekreuzigten sich und begannen zu beten.

Selbst Eyvind konnte seine Besorgnis nicht verbergen. Er ärgerte sich nun, weil er sich durch Brams Bemerkung hatte beeinflussen lassen. Wäre er seinem ersten Entschluss gefolgt und hätte sich südlicher gehalten, wären sie diesem Eisfeld entkommen. Nun mussten sie sich ihren Weg mitten durch die mächtigen Eisberge suchen. Als ein Stück seitlich vor ihnen zwei Eisberge gegeneinanderkrachten und ein knirschender Schlag über die aufgewühlten Wellen hallte, hielt Eyvind es auf seinem Platz am Bug nicht mehr aus.

»Hier muss ein Mann Ausschau halten, der diese Meere kennt!«, rief er und eilte zum Mast.

Alle glaubten, er wolle Alvidr nach oben schicken. Stattdessen kletterte er selbst hinauf und stupste, als er oben angekommen war, Ailmar an.

»Du kannst hinabsteigen und beim Schöpfen helfen, wenn es notwendig werden sollte!« Danach erteilte er Alvidr mit lauter, aber scheinbar gelassener Stimme seine Anweisungen.

Unterdessen erreichte Ailmar wieder das Deck und gesellte sich zu Sigrid und Hekja. »Habt ihr so etwas schon gesehen?«

»Nein! Ich habe zwar davon gehört, dass es schwimmende Berge aus Eis geben soll, doch zu Gesicht bekommen habe ich noch keinen!«, antwortete Sigrid schaudernd.

Hekja schüttelte ebenfalls den Kopf. »Ich auch nicht! Bei Gott, ich frage mich, was Eyvind hier will? Selbst Island ist schöner als die Küste, die dort vor uns auftaucht. Da gibt es doch nur Eis!«

Noch während sie es sagte, sahen sie, wie am Rand des Eises ein gewaltiges Stück abbrach und in die See stürzte.

»Haltet euch fest«, schrie Herjolf, da das Meer hohe Wellen zu schlagen begann.

»Richte den Bug genau darauf«, herrschte Eyvind Alvidr an. Dieser stemmte sich gegen das Ruder, brauchte aber Bjalfis Hilfe, um das Schiff so weit zu drehen, dass es den anrollenden Wellen den Bug zuwandte und nicht die Seite.

Diese trafen das Schiff wie der Schlag eines Riesenhammers. Ein paar Männer stürzten, Eyvind wurde beinahe von seinem Ausguck geschleudert und konnte sich gerade noch festhalten, und Alvidr erhielt von der Ruderpinne eine derartige Ohrfeige, dass er Blut und Zähne spuckte.

»Wir haben es überstanden!«

Erst Herjolfs Ausruf machte ihnen klar, dass die große Welle bereits hinter ihnen lag. Rasch drehten sie sich um und beobachteten, wie die anderen Schiffe der Flotte davon getroffen wurden. Brams Schiff schwankte wie ein betrunkener Matrose. Bei einem halben Dutzend anderer Schiffe schwappte Wasser über die Bordwand, und alle arbeiteten fieberhaft, um es wieder hinauszuschöpfen. Dem Geschrei nach musste es etliche Verletzte gegeben haben, doch keines der Schiffe war gesunken.

Da gellte Sigrids Schrei auf: »Seht dort!«

Ein Nachzügler hatte den Weg abgekürzt und fuhr nur wenige Speerlängen entfernt an einem Eisberg vorbei. Als diesen die Welle traf, war ein seltsames Klingen zu vernehmen. Gleichzeitig sahen alle, wie der Gipfel des Eisbergs schwankte, und das Ganze begann, sich um die eigene Achse zu drehen. Unter Wasser musste der Eisberg weitaus größer sein als oben, denn plötzlich wurde die Knorr vom Eis in die Höhe gehoben und schwebte kurz darauf in mehr als der dreifachen Masthöhe über der See.

Der Eisberg drehte sich weiter, und die Menschen auf dem Schiff schrien vor Todesangst. Mehrere Männer kletterten über die Bordwand, um ins Wasser zu springen. Da ging ein Ruck durch den Eisberg. Das Schiff verlor den Halt und rutschte, immer schneller werdend, nach unten. Jene, die es verlassen hatten, wurden vom Rumpf förmlich zerquetscht. Einen Herzschlag später schlug das Schiff mit dem Bug voran in die See und versank wie ein Stein.

»Gott sei ihren armen Seelen gnädig«, murmelte Hekja und schlug das Kreuz.

»Er ist verflucht! Gott hat Eyvind ob seiner Taten verflucht. Wenn er nicht einhält und Buße tut, werden alle sterben, die bei ihm sind«, flüsterte Sigrid mit bleichen Lippen.

Obwohl nichts mehr zu sehen war, wies Eyvind ein anderes Schiff an, so nahe wie möglich an den Eisberg heranzufahren und nach Überlebenden zu suchen. Das Ergebnis war ernüchternd, denn das Schiff hatte die verzurrte Ladung ebenso in die Tiefe gerissen wie auch die gut dreißig Mann, die darauf gewesen waren.

»Das war jetzt das zweite Schiff! Wie viele sollen wir noch verlieren?«, schrie Bram voller Wut herüber. Es klang wie eine Kampfansage.

Eyvind sah die anklagenden Blicke seiner Besatzung auf sich gerichtet und spürte, wie ihm Einar in dieser Situation fehlte. Dieser hatte sich stets ohne Wenn und Aber auf seine Seite geschlagen. Außerdem bedauerte er es, dass Thorolf aus Ärger auf ein Schiff am anderen Ende der Flotte übergewechselt war. Nun fehlte er hier. Obwohl Thorolf noch jung war, besaß er genug Einfluss auf die Männer an Bord, um die Situation mit einer geschickten Bemerkung wenden zu können. Jetzt musste er sich selbst verteidigen, und das hieß jedoch, Schwäche zu zeigen.

Da die norwegische Sprache der dänischen ähnlich war, hatten Andreas und Ailmar sich daran gewöhnt, diese zu verwenden. Andreas hatte daher Brams Ruf verstanden und fand ihn falsch und ungerecht. Obwohl er Eyvind zu hassen glaubte, trat er an die Bordwand.

»Die Leute auf dem untergegangenen Schiff hatten gegen Eyvinds Befehl verstoßen, sich von den Eisbergen fernzuhalten, und damit selbst ihr Schicksal heraufbeschworen.«

»So ist es!«, stimmten Bjalfi und Herjolf ihm zu.

Eyvind ärgerte sich, weil ein Sklave für ihn Partei hatte ergreifen müssen, bemerkte aber erleichtert, dass die Mienen seiner Männer sich entspannten.

»So lautete mein Befehl, und ich hatte gefordert, dass er weitergegeben wird«, erklärte er und wies auf eine Lücke zwischen den Eisbergen. »Wir sollten uns nicht den Kopf über etwas zerbrechen, das nicht mehr zu ändern ist, sondern unser Augenmerk nach vorne richten. Legt die Riemen aus und haltet auf diese Stelle dort zu. Mit Gottes Hilfe werden wir dem Eisfeld entkommen!«

Ein Blick über seine Männer zeigte Eyvind, dass er zur rechten Zeit Stärke gezeigt hatte. Ohne weitere Befehle abzuwarten, schoben sie die Riemen in die Dollen, und der alte Herjolf gab den Takt vor.

Auch die anderen Schiffe wurden nun gerudert. Auch wenn die meisten nicht mehr als sechs Riemenpaare ausbringen konnten, reichte es aus, um ihm und Brams Schiff folgen zu können. Eine gewisse Zeit flankierten noch die im Sonnenlicht schimmernden Eisberge ihren Weg, dann lag die See frei vor ihnen. Weiter im Westen erstreckte sich die Küste endlos von Nordost nach Südwest. Sie bestand aus einem Eisschild, der jenen, den sie auf Island überwunden hatten, an Größe weit übertraf. Nur selten waren Felsen zu sehen, die aus dem Eis emporragten, doch genau die boten Eyvind jene Landmarken, die er benötigte, um seinen Kurs zu setzen.

Unterdessen stellte Andreas fest, dass er durch sein Eintreten für Eyvind Achtung bei den Männern gewonnen hatte. Herjolf klopfte ihm auf die Schulter, als er diesen beim Rudern ablöste, und Bjalfi zwinkerte ihm grinsend zu.

»Gut gemacht, Sachse! Aus dir kann noch was werden.«

Was wohl?, fragte Andreas sich. Selbst wenn Eyvind ihm die Freiheit zurückgab, musste Sigrid weiterhin dessen Bettmagd bleiben. Gleich darauf schalt er sich einen Narren. War er frei, konnte er auch für sie die Freiheit erringen. Dazu aber musste er einen Weg finden, nach Hause zurückzukehren. Ohne ein Schiff und genügend Männer, die es zu bedienen und steuern wussten, war dies jedoch ein Ding der Unmöglichkeit.

3.

Bereits seit Stunden fuhren die fünf Schiffe einen Fjord hoch. Der Rest der Flotte war in einer Bucht an der Mündung des Fjords ins Meer zurückgelassen worden und sollte dort auf ihre Rückkehr warten. Eigentlich hatte Eyvind nur mit seinem eigenen Schiff weiterfahren wollen, doch Bram als sein Stellvertreter sowie Bolverk von den Färöerjar und Eskill, der Anführer der Männer aus Irland, Schottland und den Orkneyjar, hatten darauf gedrungen, mitzukommen. Da er die Männer brauchte, hatte Eyvind ihnen nachgegeben. Der Ärger darüber war ihm jedoch anzumerken. Als Sigrid ihm auf eine Frage hin eine spöttische Antwort gab, erhielt sie von ihm eine Ohrfeige, die sie auf ihr Hinterteil warf.

Ailmar packte Andreas gerade noch rechtzeitig, bevor dieser auf Eyvind losgehen konnte. »Sei kein Narr! Er ist wütend genug, dich über Bord werfen zu lassen.«

»Aber erst, nachdem er dir den Schädel eingeschlagen hat!«, setzte Hekja leise hinzu. »Ihm passt es nicht, dass er Bram und den anderen den Willen lassen musste. Es wird noch einigen Unfrieden unter diesen Männern geben.«

»Was ist das hier für ein Land?«, fragte Ailmar angesichts der flachen Küste, hinter der weiter im Osten mächtige Berge emporstrebten, die von einem weißen Dach aus Gletschereis gekrönt wurden.

»Das ist Grönland, das Ende der Welt«, erklärte Sigrid, die sich mit zornblitzenden Augen zu ihnen gesellt hatte. Sie wischte kurz über die Nase, und als sie die Hand ausstreckte, waren Blutspuren daran zu sehen.

»Wenn dies die Art ist, mit der Eyvind sein Weib behandelt, will ich lieber die Sklavin eines anderen Mannes sein«, stieß sie leise, aber zornig hervor.

»Thorolf sollte noch auf dem Schiff sein! Ihm ist es meist gelungen, Eyvind durch eine witzige Bemerkung zu beruhigen. Doch er hat es vorgezogen, seinem Bruder zu folgen.«

Hekja klang traurig, denn sie mochte den jungen Mann nicht nur wegen des mäßigenden Einflusses, den dieser auf Eyvind ausübte.

»Farald und Thorolf sind bei den anderen zurückgeblieben. Ich frage mich, weshalb sie nicht auch darauf gedrungen haben, mitzukommen. Immerhin führt Farald fast ebenso viele Männer an wie Bram und mehr als die Färinger und Isländer zusammen«, sagte Ailmar verwundert.

»Sie meiden Eyvind seit dem Streit«, warf Hekja ein.

Andreas strich sich nachdenklich über die Stirn und blickte nach hinten. »Ich wollte, Eyvind hätte sich nicht mit ihnen zerstritten. Er braucht sie, um Bram auf Dauer im Zaum zu halten.«

»Dir gefällt dieser Kerl ebenso wenig wie mir«, sagte Ailmar mit gekrauster Nase.

»Er ist allzu ehrgeizig! Nachdem Eyvind auf der Fahrt nach Island von Gott bestraft wurde, zeigt er deutlich, dass er sich für den besseren Anführer hält. Ich hasse ihn allein schon aus dem Grund, weil er Eyvind dazu bringt, ungerecht zu sein!«, rief Sigrid aus.

Sie blickte zu Brams Schiff hinüber. Dieser wagte es nicht, ihr Schiff zu überholen, hielt sich aber so an dessen Seite, dass die hoch aufragende Figur am Bug niemals hinter ihren Mast geriet. Eben blickte er herüber und machte eine obszöne Handbewegung in Sigrids Richtung.

Ihre Miene wurde starr. »Bram zeigt deutlich, dass er in mir nicht Eyvinds Ehefrau, sondern nur eine erbeutete Sklavin sieht.«

»Es heißt, er hätte alle Irinnen, die er gekauft oder geraubt hat, selbst beritten.« Hekja schüttelte es bei dem Gedanken, und sie blickte wieder nach vorne.

Dort teilte sich der Fjord, und Eyvind erteilte Alvidr den Befehl, in den rechten Seitenarm zu steuern. Sie bekamen nun einzelne, weit verstreute Gehöfte inmitten dürftigen Graslands zu Gesicht. Wie auf Island und den Färöerjar bestanden ihre Außenmauern aus Torfstücken und Grassoden, doch zu aller Überraschung wurde hier weitaus mehr Holz verbaut als auf den anderen Inseln.

»Irgendwo muss es hier Wälder geben«, schloss Andreas aus dieser Tatsache.

»Für mich sieht das Land noch trostloser aus als das, welches Ulfgeirr auf Island bewirtschaftet«, erwiderte Ailmar kopfschüttelnd.

»Und doch haben sie hier mehr Holz zur Verfügung«, antwortete Sigrid und zeigte auf mehrere Heuschober, die verstreut auf den Wiesen standen.

»Seltsam!« Hekja wackelte verwundert mit dem Kopf, sah dann aber ein weiteres Gehöft vor ihnen auftauchen. »Es sieht aus, als wäre das da unser Ziel«, sagte sie, als Eyvind den Befehl gab, darauf zuzuhalten.

Wenig später legte das Schiff an einem Bootssteg an. Da ein Schiff und zwei Boote den Rest des Steges einnahmen, musste

Bram seinen Drakkar an Eyvinds Schiff vertäuen und die drei anderen Schiffsführer die ihren an dem von Bram.

Mehrere Männer kamen von dem Gehöft herüber. Ihre Kleidung glich der der Isländer, doch die Knie der Hosen waren mit Leder verstärkt, und bei zweien bestanden auch die Jacken aus Leder.

»Du kommst spät, Eyvind. Ich hatte dich früher erwartet«, rief der Anführer, als er an Bord stieg und Eyvind umarmte.

»Eyvind wollte, bevor er hierherfuhr, noch in Norwegen rauben«, antwortete ihm Bram, der sich über die Bordwand geschwungen hatte und nun den Grönländer in die Arme schloss.

»Wir sind noch in der Zeit, die ich geplant habe«, erklärte Eyvind, ohne auf Brams Bemerkung einzugehen.

»Und hat sich deine Fahrt nach Norwegen wenigstens gelohnt?«, wollte der Grönländer wissen.

»Sind dir zwei feste Schiffe und das schönste Mädchen von Norwegen genug, Gamli Eirikson?«, antwortete Eyvind mit einer Gegenfrage.

»Zwei Schiffe sind immer gut, aber bei einem schönen Mädchen würde mir meine Jora mit der Schöpfkelle heimleuchten!« Gamli lachte und zwinkerte Eyvind fröhlich zu. »Wir sind zum Aufbruch bereit. Wenn du willst, kann es bereits morgen nach Vinland gehen.«

»Was ist Vinland?«, fragte Andreas verwundert.

Hekja zog unsicher die Schultern hoch. »Ich weiß es nicht!«

»In alten Sagen kommt der Name vor. Da heißt es, kühne Seefahrer wären immer weiter gefahren und hätten dabei Insel um Insel entdeckt«, erklärte Sigrid, die in der Halle ihres Vaters schon viel gehört hatte. »Es soll sich um ein Land handeln, in dem Milch und Honig fließen. Ich habe es stets für ein Märchen gehalten, denn je weiter die Seefahrer kamen, umso kahler wurde das Land. Denkt an die Färöerjar und an Island, und seht euch jetzt Grönland an.«

»Und doch haben sie hier mehr Holz, als sie eigentlich haben dürften«, sagte Andreas mehr für sich als für die anderen gedacht.

Ailmar nickte mit verkniffener Miene. »Wie es aussieht, werden wir in das Reich der Märchen und Sagen verschleppt. Weiß der Himmel, wie wir von dort den Weg in die Heimat finden können.«

»Mal den Teufel nicht an die Wand, mein Freund! Wir werden einen Weg finden ...«

»... und wenn du schwimmen und Sigrid auf deinem Rücken tragen musst«, warf Hekja mit einem keckernden Lachen ein. »Nein, mein Guter, dafür brauchst du ein Schiff und ein paar Leute, die mehr von der Seefahrt verstehen als du.«

Obwohl Sigrid das Gleiche dachte, ärgerte sie sich über Hekja, weil diese sich anhörte, als hätte sie sich damit abgefunden, für den Rest ihres Lebens Eyvinds Sklavin zu sein.

4.

Gamli Eirikson lud seine Gäste in sein Haus ein. Als Sklaven hätten Andreas und Ailmar vor der Tür bleiben müssen, doch Herjolf und Bjalfi nahmen sie einfach mit, und sie erhielten wie diese ein Trinkhorn in die Hand gedrückt. Als Ailmar den ersten Schluck trank, riss er die Augen auf.

»Das ist Wein! Und nicht einmal der schlechteste, den ich je getrunken habe.«

»Da staunt ihr Norweger, was?«, rief Gamli lachend. »Ich habe im letzten Jahr ein Schiff mit Walrosszähnen und feinsten Seehundfellen nach Björgvin gebracht und dort ein gutes Geschäft gemacht. Das Fass Wein konnte ich mir leicht davon kaufen. Und zu welcher Zeit hätte ich es besser anschlagen lassen sollen als an diesem Tag, an dem ich so hochgeachtete Gäste bewirten darf? Auf dein Wohl, Eyvind, und darauf, dass du unser Gespräch von damals nicht vergessen hast.«

»Er hätte es vergessen, wenn es den Königen Magnus und Sigurd Slembe gelungen wäre, Harald Gilles' Söhne Inge und Sigurd Haraldson zu besiegen!« Brams Einwand hallte misstönend durch den Raum. Für die beiden Sachsen war es offensichtlich, dass er Eyvind die freundschaftliche Beziehung zu Gamli neidete.

Andreas sah sich nach Sigrid um, doch die war zusammen mit Hekja von Gamlis Frau Jora in die Badestube gebracht worden und freute sich auf den Genuss eines warmen Bades, dessen Wasser nicht mit getrocknetem Schafsmist erhitzt werden musste wie in Ulfgeirrs Haus auf Island.

Eyvind zog es erneut vor, nicht auf Brams Bemerkung einzugehen. »Unsere Aussichten standen bereits im letzten Jahr schlecht, nachdem es uns nicht gelungen war, Jarl Ulfar und einige andere Landbesitzer auf unsere Seite zu ziehen. Daher habe ich den Plan mit Vinland niemals aus den Augen verloren, Gamli. Du hast mir berichtet, wie dein Ahne Leifur Eirikson versucht hat, dort zu siedeln, aber gescheitert ist, weil er zu wenig Männer bei sich hatte. Ich aber habe genug Männer.« Eyvind legte eine kurze Pause ein, drehte sich lächelnd zu Bram um und blickte dann seinen Gastgeber an. »Du hast gewiss von Farald Agnarson gehört, Gamli. Er stritt unter meinem Kommando, ebenso Asmod Sweinson, Herjolf Ketilson und Bram Halfdanarson! Sie werden mir auch nach Vinland folgen.«

»Du nennst große Namen, Eyvindur Erlingarson. Der Ruf von Asmodur, Faraldur, Herjolfur und Bramur ist bis in meine Halle gedrungen. Mit ihnen zusammen werden wir die Skrälinger in Vinland unterwerfen und das Land für uns erringen!« Gamli umarmte jeden der Genannten, der anwesend war. Während Asmod und Herjolf stolz darauf waren, von Eyvind hervorgehoben worden zu sein, ärgerte Bram sich sichtlich, weil er als Letzter genannt worden war.

»Es sind noch andere wackere Männer und Anführer dabei, wie Bolverk Ornolfson, Djuri Ulfgeirrson und Weitere, die zu nennen ich bis in die Nacht hinein bräuchte.« Eyvind lächelte zufrieden. Hatte er sich zuerst geärgert, die anderen Unteranführer mitnehmen zu müssen, war es ihm gerade deshalb gelungen, Bram auf eine Stufe mit diesen zu stellen. Jetzt war dieser Vetter noch einer von mehreren hochrangigen Kriegern, aber nicht mehr der Zweite nach ihm.

»Hast du an Frauen gedacht, Eyvindur Erlingarson? Auch Krieger werden einmal alt, und es braucht junge Burschen, um ihr Werk fortzusetzen«, fragte Gamli.

»Wir haben gut einhundert Frauen bei uns, alle in einem Alter, in dem sie noch etliche Kinder gebären können, und gut zwanzig Kinder. Dazu Kälber, Lämmer und einige Fohlen. Ich habe dir damals gut zugehört, mein Freund, und dafür gesorgt, dass uns das Schicksal gnädiger sein wird als jenen, die Vinland wieder verlassen mussten.« Eyvind klang zuversichtlich, und seine Männer schlugen mit Fäusten auf den Tisch.

»So ist es!«, rief Herjolf.

»Einhundert Weiber werden aber nicht für alle Männer reichen!«, wandte Bram ein. »Wir haben über dreihundert Krieger, gut zweihundert Siedler und noch einmal halb so viele Sklaven.«

»Die sollen besser Hand an sich legen«, rief Bolverk lachend.

Bram hieb wütend mit der Faust auf den Tisch. »Dann haben wir immer noch fünfmal so viele Männer wie Frauen! Willst du, dass die Männer sie teilen? Einige sind gewiss nicht dafür.«

»Die meisten Frauen haben Ehemänner, und die werden sie nicht anderen überlassen«, antwortete Eyvind mit scheinbarer Gelassenheit. »Doch auch die anderen Männer werden nicht zu kurz kommen. Wir werden den Skrälingern eine Anzahl an Weibern als Tribut abfordern. Später, wenn wir uns festgesetzt haben, holen wir Frauen aus Norwegen und weitere Siedler nach.«

»Genauso ist es!«, stimmte Gamli ihm zu. »Aber da du die Weiber der Skrälinger erwähnst: Sie sollen nicht gerade ein schöner Anblick sein.«

»Die Männer sollen sie ja auch nicht betrachten, sondern Kinder mit ihnen zeugen. Dort, wo es darauf ankommt, werden sie wohl normal gebaut sein«, warf Bjalfi spöttisch ein.

»Was das angeht, kannst du beruhigt sein! Du bekommst gleich eine Skrälingerin zu sehen. Saemundur Snorrason hat sie vor vier

Jahren von einer Holzfahrt mitgebracht. Damals war sie noch ein Kind. Jetzt ist sie schon etwas mehr …« Den Rest beschrieb Gamli mit Gesten und erntete damit Gelächter.

»Saemundurs Weib hat sie wie ein eigenes Kind aufgezogen und ihr auch einen richtigen Namen gegeben, der nicht ›Häschen im Schnee‹ oder so ähnlich bedeutet. Bringt Ingridur herein!« Den letzten Satz rief Gamli laut genug, damit er auch draußen verstanden werden konnte.

Gleich darauf wurde die Tür geöffnet, und zwei hochgewachsene Mägde führten ein widerstrebendes Mädchen herein. Erstaunte Rufe erklangen, denn sie trug ebenso wie die anderen Frauen Hemd, Kleid und Schürze aus Wolle, und ihr schwarz schimmerndes Haar war zu einem bis zu den Pobacken reichenden Zopf geflochten.

»Die sieht ja aus wie ein richtiger Mensch!«, entfuhr es Bjalfi.

Dies fanden auch die beiden Sachsen. Ingridur hatte zwar nicht die hohe, breite Gestalt der beiden Mägde, hätte jedoch weder in Venneby noch in Hammaburg als klein gegolten. Ihr Gesicht war rundlich, aber hübsch, und in den dunklen Augen lasen Ailmar und Andreas eine nur mühsam unterdrückte Wut.

»Ich habe sie Saemundur für drei Ballen Wolle abgekauft«, erklärte Gamli in einem Ton, der deutlich besagte, dass er diese Ausgabe erstattet haben wollte. »Es war gar nicht so leicht, denn Saemundurs Weib wollte sie nicht hergeben, und sie selbst hat sich gewehrt wie eine Wildkatze. Wir mussten sie binden, sonst wäre sie zu Saemundurs Hof zurückgelaufen.«

»Und wozu soll die Wilde gut sein?«, fragte Bram bissig.

»Wenn wir in Vinland siedeln, brauchen wir jemanden, der für uns übersetzen kann. Das Mädchen versteht mindestens zwei der Skrälingersprachen. Treffen wir auf Leute, die eine andere Sprache sprechen, macht dies auch nichts, denn die Skrälinger verwenden in dem Fall eine Art Zeichensprache, die Ingridur ebenfalls beherrscht.« Gamli war sichtlich stolz, das Mädchen gekauft zu haben.

Eyvind nickte zufrieden. »Das hast du gut gemacht! Wir können sie brauchen.«

»Und zwar im doppelten Sinne«, sagte Bram und bewegte das Becken anzüglich vor und zurück.

Gamli hob ermahnend die Hand. »Das solltet ihr lassen, denn die Kleine mag es nicht, wenn man ihr auf diese Weise zu nahe tritt. Ihr dürft sie euch durch eine solche Dummheit nicht zur Feindin machen. Schließlich sind wir auf sie angewiesen, wenn wir mit den Skrälingern verhandeln wollen.«

»Mit denen verhandeln wir auf diese Weise!« Bei diesen Worten zog Bram sein Schwert und warf es krachend auf den Tisch.

»Damit könnt ihr ihnen aber nicht beibringen, wie viele Felle und Weiber ihr als Abgaben von ihnen verlangt.« Gamli klang verärgert.

Da griff Eyvind ein. »Dem Mädchen wird nichts geschehen! Wer sie auf den Rücken zwingen will, wird mit dem Tode bestraft, gleichgültig, wer es ist.«

Ein warnender Blick traf Bram, der jedoch nichts erwiderte.

»Das ist eine kluge Entscheidung«, lobte Gamli und wandte sich der Skrälingerin zu. »Du siehst, du bist bei Herrn Eyvindur in guter Hut!«

Bisher hatte das Mädchen kein Wort gesagt, und es kniff auch jetzt nur die Lippen zusammen. Seine Miene war starr, und der Blick der Augen durch die halb geschlossenen Lider verschleiert.

Von Saemundurs Ehefrau war Ingridur bislang wie eine Haustochter gehalten worden, doch nun war sie eine Sklavin und sollte fremde Menschen in das Land führen, in dem sie geboren worden war. Es schien ihr unendlich lang her zu sein, seit ihre Mutter sie Schneehäsin genannt und sie mit den anderen Mädchen des Stammes gespielt hatte. Krieger eines fremden Stammes hatten sie und zwei weitere Mädchen geraubt. Was aus den beiden anderen geworden war, wusste sie nicht. Sie selbst war nach Norden gebracht worden und für ein Messer weiterverkauft worden.

Schließlich hatte Saemundur Snorrason sie für drei Messer erworben und in diese kalte Welt mitgenommen. Ihr ganzes Leben glitt in wenigen Augenblicken an ihr vorüber, und sie trauerte sowohl ihrer Mutter wie auch Saemundurs Ehefrau nach. Beide hatten sie gut behandelt, doch dazwischen war sie als Gefangene geschlagen worden und hatte für ihre Entführer arbeiten müssen. Wie würde es ihr nun ergehen?, fragte sie sich, während ihr Blick über die anwesenden Männer schweifte.

Deren Anführer blickte kalt wie Eis. Trotzdem wollte er sie beschützen, weil sie ihm nützlich war. Ein paar seiner Begleiter sahen so aus, als würden sie sie am liebsten in eine Ecke zerren und über sie herfallen, und zeigten deutlich ihren Ärger, weil ihr Herr es ihnen verboten hatte. Bei zwei Männern, die sich im Hintergrund hielten, glaubte sie hingegen, so etwas wie Mitleid zu erkennen. Sie unterschieden sich von den anderen durch ihre Kleidung und ihre Haartracht und schienen auch nicht besonders angesehen zu sein. Trotzdem streifte ihr Blick sie mehrmals.

»Ihr habt es gehört: Keiner von euch wird der Skrälingerin Gewalt antun!« Erneut klang Eyvinds Stimme volltönend durch die Halle. Er war verärgert, weil Bram, sein Kamerad in etlichen Schlachten, seit ihrem Aufbruch von den Orkneyjar seine Autorität immer wieder infrage stellte.

»Aber dann bleibt mir die erste Wahl bei den Weibern, die wir erbeuten!«, rief Bram, um nicht zu sehr zurückstecken zu müssen.

Da dies Eyvind gleichgültig war, nickte er. »So sei es!«

Danach wanderte sein Blick zu Andreas, glitt aber dann weiter zu Ailmar. »Du wirst dich um die Skrälingerin kümmern! Gib acht, dass sie dir nicht entkommt. Ich würde dich sonst ausweiden und den Fischen zum Fraß vorwerfen lassen! Und nun bring sie aufs Schiff.«

»Binde sie gut fest, Sachsenzwerg, damit sie dir nicht entfleucht«, spottete Bram und forderte Gamlis Mägde auf, ihm das Trinkhorn erneut zu füllen.

»Wer weiß, wann wir wieder Wein eingeschenkt bekommen«, meinte er lachend und stieß mit Eyvind an. »Auf Vinland und darauf, dass wir dort große Herren werden!«

»Darauf trinke ich!«, antwortete Eyvind und leerte das Horn in einem Zug.

5.

Ailmar hatte wahrgenommen, dass Eyvind zuerst seinen Freund mit der Bewachung des fremden Mädchens hatte betrauen wollen und erst dann auf ihn gekommen war. Anders wäre es ihm lieber gewesen, denn damit hätte Andreas eine Aufgabe erhalten, die ihn von Sigrid fernhielt. So aber war die wachsende Vertrautheit deutlich zu sehen. Wenn Andreas nicht achtgab, war er derjenige, welcher ausgeweidet und den Fischen zum Fraß vorgeworfen wurde. Vielleicht, dachte er, war dies auch Eyvinds Absicht, und er beschloss, seinem Freund noch einmal ins Gewissen zu reden.

»Komm mit!«, herrschte er Ingridur an und packte sie mit einem schmerzhaften Griff am Arm.

Sie folgte ihm ohne Gegenwehr. Da sie die Schiffe bereits gesehen hatte, wunderte sie sich nicht, dass er sie auf diese zuführte. Auf ihnen und um sie herum hielten sich viele Menschen auf, hauptsächlich Krieger, die alle mit Eisen bewaffnet waren. Diesen Männern würde ihr Stamm niemals standhalten können, sagte sie sich und überlegte verzweifelt, was sie tun konnte, um ihre Leute vor den eisenstarrenden Fremden zu bewahren. Ihre Möglichkeiten waren jedoch gering. Außerdem galt es erst einmal herauszufinden, was die Norweger wirklich vorhatten. Da ihr der Arm unter Ailmars Griff wehtat, blieb sie verärgert stehen.

»Du musst nicht um deine Eingeweide fürchten, denn ich werde nicht fliehen! Wohin sollte ich auch gehen? Der Einzige, den ich hier kenne, ist Saemundur, und der würde mich sofort zu Gamli zurückbringen.«

»Du kannst ja sprechen!«, rief Ailmar überrascht.

»Warum sollte ich nicht sprechen können? Ich habe einen Mund und eine Zunge.«

»Weil … äh, ich meine, du bist doch eine Skrälingerin.«

»Mit Skrälinger bezeichnen die Grönländer alle Bewohner der Lande im Westen und im Süden, gleichgültig, welchem Stamm sie angehören. Mit einigen treiben sie sogar Handel und holen Holz von dort.« Ingridurs Stimme klang scharf, weil Ailmar sie noch immer nicht losließ.

»Du weißt sehr viel«, rief dieser überrascht.

»Ich habe vier Sommer bei Saemundur gelebt und dabei vieles gelernt.«

Ingridur löste ihren Arm nun selbst aus Ailmars Griff und massierte ihn. »Du bist grob!«

»Es ist Eyvinds Befehl, auf dich aufzupassen, damit du uns nicht abhandenkommst«, erwiderte Ailmar mit einem misslungenen Grinsen.

Ingridur reckte die Nase hoch. »Ich sagte dir doch, dass ich nicht abhandenkomme!«

»Trotzdem darf ich dich nicht aus den Augen lassen. Ich heiße übrigens Ailmar und bin keiner dieser nordischen Klötze, sondern ein Sachse, wenn dir das etwas sagt.«

»Das sagt mir nichts«, antwortete Ingridur schnippisch.

»Ist auch ziemlich weit weg von hier. Wenn du von hier mit dem Schiff nach Island und weiter über die Färöerjar bis Norwegen fährst und dann noch das Dänenland durchquerst, kommst du in meine Heimat«, erklärte Ailmar.

Die beiden gingen weiter, wobei er sich damit begnügte, ihre Hand festzuhalten. Zwischen ihnen entspann sich eine Unterhaltung, deren größten Teil er bestritt, während Ingridur nur gelegentlich etwas antwortete.

Als sie Eyvinds Schiff erreichten, half er ihr an Bord und wies auf ein paar Decken, die zwischen mehreren Truhen ausgelegt waren. »Das ist mein Platz und der meines Freundes Andreas. Er wird auch für dich reichen müssen. Ach ja, Hekja ist auch noch bei uns. Du wirst sie bald kennenlernen. Das Schiff ist ziemlich vollgeladen, und so müssen wir mit dem Platz auskommen, den uns die Norweger überlassen.«

Da einige der Männer schliefen, sah Ingridur, dass auch diese eng nebeneinanderlagen.

»Ich werde damit auskommen«, sagte sie.

»Du hast hoffentlich nichts dagegen, wenn ich des Nachts eine Leine zwischen deiner Hand und der meinen befestige. Es ist wegen Eyvind, musst du wissen. Er soll sehen, dass ich meine Aufgabe gewissenhaft erledige.«

»Du willst mich festbinden?«, rief Ingridur empört.

Ailmar hob in einer verzweifelten Geste die Arme. »Nicht festbinden! Nur eine Leine! So lang wie meine ausgestreckten Arme.«

»Ich würde es nicht tun, Sachse!«, meinte einer der Männer, die an Bord geblieben waren. »Die Wilde ist glatt imstand, dich mit der langen Leine im Schlaf zu erdrosseln.«

Mehrere Männer brachen in wieherndes Gelächter aus, und Ingridur fragte sich, wie sie nur solche Narren sein konnten.

Wenig später erschienen Hekja und Andreas.

»Sigrid musste bei Eyvind im Haus bleiben«, berichtete Andreas grollend.

»Eyvind will sie so rasch wie möglich schwängern, weil er glaubt, er könne sie auf diese Weise zähmen. Außerdem würde ein Sohn als möglicher Nachfolger sein Ansehen bei den Männern erhöhen«, setzte Hekja hinzu und betrachtete dann Ingridur. »Das ist also die Wilde, die Eyvind mitnehmen will. Allerdings – so wild sieht sie eigentlich nicht aus, nur ein wenig fremdartig.«

Auch Andreas musterte das Mädchen jetzt genauer. »Mit ihrem schwarzen Haar und der leicht getönten Haut erinnert sie mich an jene sarazenische Tänzerin, die ich vor drei Jahren auf Kaiser Konrads Hoftag gesehen habe. Ingridurs Haar ist aber glatt, während das der Sarazenin wellig war und auch nicht ganz so dunkel.«

»Ingridurs Haar schimmert schwarz wie ein Rabenflügel«, sagte Hekja erstaunt und griff nach dem Zopf des Mädchens.

»Auf jeden Fall gehört sie jetzt zu uns«, sagte Ailmar leise.

»Wie meinst du das?«, fragte Andreas verwirrt.

»Sie ist genauso wie wir eine Gefangene und Sklavin der Norweger und damit eine mögliche Verbündete.«

Ingridur hatte den dreien zugehört, ohne sich einen Reim aus dem Gesagten machen zu können. Weshalb sollte sie für diese Leute eine Verbündete sein? Sie gehörten doch zu Eyvind, der ihrem Volk das Land wegnehmen und seiner Freiheit berauben wollte. Sie begriff jedoch, dass sie Freunde brauchte, um diese Reise unbeschadet zu überstehen. Hatten sie erst einmal die Jagdgründe ihres Volkes erreicht, konnte sie auf eigene Faust handeln.

»Ich bin Schneehäsin«, sagte sie in ihrer Sprache und wiederholte es dann in dem auf Grönland gebräuchlichen Dialekt.

Sie war jung genug in dieses Land gekommen, um ohne Akzent sprechen zu können, und hätte mit helleren Haaren und blauen Augen ein ganz normales Mädchen aus Grönland oder Island sein können.

»Ich glaube, wir bleiben besser bei Ingridur«, sagte Hekja mit einem schiefen Grinsen und stellte sich vor.

»Vielleicht kannst du mir sogar helfen«, sagte sie. »Ich bin nämlich in der Kräuterkunde bewandert und weiß, welche Pflanzen in meiner Heimat bei Wunden helfen und Krankheiten heilen. Doch bereits auf Island habe ich welche gesehen, die ich nicht kenne, und hier ist es genauso.«

»Ich werde dir Kräuter zeigen«, versprach Ingridur und lächelte zum ersten Mal, seit Ailmar und Andreas sie gesehen hatten.

Letzterer blickte in die Richtung des Gehöfts. »Wie lange wird Eyvind wohl hierbleiben?« Es schmerzte ihn, dass Sigrid diese Zeit über dessen Beischläferin sein musste.

Hekja wusste, was ihn quälte, fand sein Verhalten jedoch dumm, da es weder ihm noch der jungen Frau half.

»Ich glaube nicht, dass wir lange bleiben. Jora sagte nämlich, ihr Mann habe Eyvind bereits vor zwei Wochen erwartet. Es gilt jetzt, rasch zu handeln, bevor der Winter eintritt.« Dann versetzte sie Andreas einen Nasenstüber. »Du bist zwar ein guter Kerl, solltest dir aber das, was du denkst, nicht von der Stirn ablesen lassen. Wenn Eyvind in Zorn gerät, wirst du sein erstes Opfer sein.«

»Das sage ich ihm die ganze Zeit, aber es kümmert ihn nicht«, warf Ailmar ein.

Andreas senkte betrübt den Kopf. »Ich weiß, dass ihr recht habt und ich ein Narr bin. Doch mein Herz lässt sich nicht befehlen.«

»… und das schlägt für den norwegischen Turm!«, sagte Ailmar kopfschüttelnd.

Hekja fasste Andreas bei der Schulter und sah ihn zwingend an. »Dein Herz kannst du vielleicht nicht beherrschen, doch bei der Mimik deines Gesichts muss es möglich sein. Schau nicht mehr so oft zu ihr hin, wenn wir auf See sind. Sie gehört Eyvind, und solange er der Herr ist, wird sie das Lager mit ihm teilen.«

»Außerdem weißt du gar nicht, ob der Turm dich überhaupt mag«, spottete Ailmar und entging einer Ohrfeige, indem er sich blitzschnell bückte.

6.

Eyvind blieb nur so lange, wie Gamli Eirikson benötigte, um seine Habe auf sein Schiff zu laden. Im Gegensatz zu den anderen Siedlern, die nur Jungvieh bei sich hatten, nahm er eine trächtige Kuh mit sich, die umständlich an Bord geführt werden musste. Sie legten dafür das Schiff auf die Seite und stellten es dann ganz langsam wieder gerade.

Gamli stand dabei und verfluchte die Männer. »Nicht so schnell, ihr Trottel! Wenn meine Aldis sich die Beine bricht, breche ich die euren!«

»Das würde Eyvind aber gar nicht gefallen!«, rief Ailmar, der ebenso wie Andreas zu dieser schweißtreibenden Arbeit befohlen worden war.

»Im Augenblick liegt mir meine Kuh mehr am Herzen als Eyvindur«, antwortete Gamli und atmete auf, als das Schiff wieder aufrecht lag und über ein flaches Uferstück ins Wasser gezogen werden konnte.

»Du hättest zuerst die Kuh und danach den Rest einladen sollen. So ist das Boot entsetzlich schwer«, stöhnte Ailmar.

»Boot sagt er! Es gibt kein besseres Schiff in der ganzen Flotte, denn es wurde aus dem Holz gefertigt, das Saemundur Snorrason für mich von den Waldinseln geholt hat«, erwiderte der Grönländer erregt.

»Ist das das Land, in dem ihr euch ansiedeln wollt?«, fragte Ailmar, der jede Gelegenheit nutzte, um sein Wissen zu erweitern.

»Nein, das liegt noch einmal sechs bis acht Segeltage weiter im Süden«, antwortete Gamli und kehrte dann noch einmal zu seinem Hof zurück.

Andreas und Ailmar stiegen unterdessen auf Eyvinds Schiff und sahen ihren Anführer mit verärgerter Miene am Mast stehen.

»Was ist mit Gamli? Warum läuft er noch einmal zurück?«, herrschte er die beiden an.

»Das hat er uns nicht gesagt!«, antwortete Ailmar mit einer bedauernden Geste.

Bevor Eyvind etwas entgegnen konnte, mischte sich Bram ein. »Du bist selbst zwei Wochen später erschienen als verabredet und gönnst Gamli nicht einmal die Stunde, um sich von seinem Heim zu verabschieden.«

»Er hatte die zwei Wochen dafür Zeit!« Eyvind klang bissig, aber er beruhigte sich wieder.

Nachdenklich musterte er Gamlis Schiff, das noch mehr als die anderen Schiffe den alten Knorren glich, mit denen Ingólfur Arnarson nach Island und Eirikur Thorvaldsson nach Grönland gefahren waren, um dort als jeweils Erste zu siedeln. Mit jenen Schiffen hatte Leifur Eirikson Vinland erreicht. Nun war auch er unterwegs, um sich in einem fremden Land niederzulassen, und er hatte alles getan, damit es auch gelingen konnte.

»Welchen Kurs segeln wir? Folgen wir den Anweisungen von Leifur und Thorfinn Karlsefni?«, fragte Bram, der dies für das Beste hielt. »Du weißt, Leifurs Bruder Thorvald wählte einen anderen Weg und ist gescheitert.«

Eyvind wusste dies ebenso gut wie sein Vetter. Es galt jedoch, die Zeit, die er durch seinen Überfall auf Ulfars Hof verloren hatte, wieder einzuholen, damit sie noch vor dem Winter Häuser bauen und Vorräte anlegen konnten. Dies ging nur, wenn ihre

Schiffe durch das offene Meer pflügten und sich nicht vorsichtig zwischen Inseln hindurchtasten mussten.

»Ich habe mir Thorfinns und Leifurs Segelanweisungen genau erklären lassen, um meinen eigenen Kurs wählen zu können. Wir werden Vinland nicht verfehlen.«

»Unsere Vorräte reichen zwar für die Fahrt, aber nicht lange darüber hinaus. Wir dürfen keine Zeit verlieren«, drängte Bram.

»Das sagt der Mann, der mich wegen einer Stunde schalt, die ich Gamli Eirikson nicht gönnen wollte.« Eyvind lachte kurz und legte Bram die Hand auf die Schulter. »Es wird uns gelingen. Das schwöre ich dir! Doch eines muss allen klar sein: Es kann nur einen Anführer geben. Bezähme dich daher. Es ist zu deinem Besten!«

So direkt hatte Eyvind seinen Stellvertreter noch nie zurechtgewiesen. Bram kaute schwer an diesen Worten, konnte jedoch nichts dagegen einwenden.

»Du bist unser Jarl! Wir folgen dir, solange du uns gut und weise führst«, brachte er schließlich mühsam hervor.

Eyvind musste lachen. »Weise wäre es gewesen, dem Ruf von Sigurd Magnuson Slembe nicht zu folgen! Wir haben es aber getan und dadurch unsere Heimat verloren. Jetzt werden wir uns eine neue erobern, und die ist zu weit von Norwegen entfernt, als dass irgendein König uns folgen und bekämpfen könnte.«

»Gamli kehrt zurück! Wir können aufbrechen«, rief Bram und zeigte auf den Grönländer, der mit einer mächtigen Streitaxt über der Schulter herankam.

»Beinahe hätte ich die hier vergessen. Mein Ahne Ornolfur brachte sie aus Norwegen mit, als er sich auf Island und später hier auf diesem Hof niederließ. Jetzt nehme ich sie mit in ein neues Land«, rief der Grönländer fröhlich und stieg an Bord seines Schiffes.

»Wir brechen auf!«, befahl Eyvind und nahm seinen gewohnten Platz am Bug ein.

Bjalfi und Gloedir lösten die Leinen, die Ruderer stießen das Schiff mit den Riemen ab, und Alvidr steuerte es in den Fjord hinein. Brams Drakkar folgte ihnen wie der Schatten ihres eigenen Schiffes. Hinter ihnen gab es einen kurzen Wettstreit zwischen Gamlis und Bolverks Schiffen, den der Grönländer für sich gewann, und zuletzt schlossen sich Djuri Ulfgeirrson und das Schiff von den Orkneyjar an.

Die Strömung im Fjord war stärker als erwartet, und der Wind stand günstig. Daher wurden schon bald die Segel gesetzt und die Riemen eingeholt. Andreas und Ailmar war es recht, denn sie konnten sich zu Sigrid, Hekja und Ingridur gesellen. Auf ein Ärmelzupfen seines Freundes hin vermied Andreas es, sich neben Sigrid zu setzen, sondern nahm neben Hekja Platz.

»Wenn du ein bisschen auf Sigrid zurückst, kann ich mich neben dich setzen«, forderte Ailmar Ingridur auf und lehnte sich, als das geschehen war, gegen die Bordwand.

»Und wieder verlassen wir eine Küste. Weiß der Dreigeschwänzte, was am nächsten Ufer auf uns wartet«, sagte er und zwinkerte Ingridur zu.

Diese beschloss, ihn zu missachten, während Sigrid nicht wusste, ob sie erleichtert sein sollte, weil Andreas vorsichtiger geworden war, oder ihm den Mut wünschen, sich offen gegen Eyvind zu stellen. Im nächsten Moment schalt sie sich eine Närrin. Eyvind hatte bereits Ailmar gedroht, ihn ausweiden und an die Fische verfüttern zu lassen. Um wie viel härter würde er Andreas bestrafen, wenn dieser seinen Zorn erregen würde? Da war es besser, zu warten, bis sich eine Möglichkeit bot, Eyvind zu entkommen.

Bjalfi hatte Ailmars Bemerkung gehört und trat lachend neben ihn. »So ist es, mein Freund! Sobald wir die Flotte erreicht haben, geht es wieder hinaus auf die See. Dann liegt unser Leben und alles, was wir tun, in Gottes Hand.«

»Möge er uns beschützen in Gefahr und trösten in der Not«, flüsterte Ingridur und verriet damit, dass sie in den Jahren auf Grönland im christlichen Glauben unterwiesen worden war.

Im Stillen sprach Sigrid das Gebet mit und setzte ein »und gebe mir bald die Freiheit« hinzu.

7.

Ailmar warf einen kurzen Blick zum Bug, an dem Eyvind gerade noch schemenhaft zu erkennen war, und schüttelte den Kopf. »In seiner Haut möchte ich nicht stecken.«

»Der Nebel ist so dicht, dass man vom Heck aus den Bug nicht mehr sehen kann, geschweige denn die anderen Schiffe«, setzte Hekja mit düsterer Miene hinzu.

Eben legte Bjalfi die Hände wie einen Trichter vor den Mund und begann zu rufen. »Heja, hier ist Eyvinds Schiff auf Kurs. Gebt es weiter!«

»Ist er wirklich noch auf Kurs?«, klang Brams Stimme durch den Nebel, danach rief einer seiner Männer das nächste Schiff an. Dieses meldete sich und dann weitere. Die Stimmen der anderen verschluckte der Nebel.

»Vielleicht ist ein Teil der Schiffe nicht mehr bei uns, sondern längst abgetrieben worden«, sagte Hekja leise.

»Möge Gott, der Herr, unsere Schritte leiten!« Zum ersten Mal auf dieser Reise empfand Sigrid eine solche Angst, dass sie sich bis ins Mark erstarrt fühlte, und sie fragte sich verzweifelt, wo dies alles noch enden würde.

Ingridur hingegen betrachtete die Nebelwand wie einen Freund, der die Heimat ihres Volkes vor diesen Eindringlingen verbarg. Sollten die Schiffe sich auf dem Ozean verirren und nie wieder Land erreichen, so war es eben ihr Schicksal. Ihr Tod war ein geringer Preis, wenn sie dadurch den Menschen ihrer Heimat den Frieden erhalten konnte.

»Wie viele Schiffe haben sich gemeldet?«, fragte Eyvind Bjalfi.

»Es können sechzehn oder achtzehn sein. Die Rufe dringen nur schlecht durch den Nebel«, meldete der Krieger.

»Dann hätten wir bereits acht bis zehn Schiffe verloren!« Eyvind haderte mit seinem Schicksal. Sollte er nach dem misslungenen Aufstand in Norwegen auch diesmal scheitern? Er musste so viele Krieger und Siedler wie möglich an Land bringen, um sich dort festsetzen zu können. Zehn Schiffe weniger fielen dabei schwer ins Gewicht.

»Beten wir zu Gott, dass sie uns trotzdem folgen können«, sagte er und gab seinen Männern damit einen kleinen Einblick in das, was in ihm vorging.

Hekja betrachtete ihn nachdenklich. Auch wenn sie seine Gesichtszüge wegen des Nebels kaum wahrnehmen konnte, konnte sie seine Anspannung fühlen.

»Für ihn geht es um alles«, sagte sie. »Den Verlust von einem oder zwei Schiffen kann er verkraften. Fehlen aber mehr, so verliert er sein Ansehen, und die Leute werden ihn für einen schlechten Anführer halten.«

»Das würde Bram passen, denn er stichelt immer wieder gegen Eyvind, als wolle er dessen Stellung mit aller Macht untergraben!« Gegen seinen Willen empfand Andreas Mitleid mit ihrem Anführer.

»Eyvind mag launisch sein, aber er ist mir immer noch tausendmal lieber als Bram, der sich an seiner Stelle zum Anführer aufschwingen würde«, erklärte Hekja und stupste Sigrid an. »Für den wärst du wirklich nur eine Kebse, während Eyvind dich als Eheweib ansieht.«

»Was ich aber, da ich gegen meinen Willen geraubt wurde, nicht sein kann«, erwiderte Sigrid bissig. Doch auch sie begriff, dass die jetzige Situation für sie immer noch besser war, als wenn Bram die Führung übernehmen würde.

»Was meldet Farald?«, fragte Eyvind Bjalfi.

Farald war der Einzige in der Flotte, der diesen seltsamen Kristall besaß, mit dem er den Sonnenstand auch bei Wolken und Nebel halbwegs bestimmen konnte.

Erneut formte Bjalfi die Hände zum Trichter. »Heja, Farald, was sagt dein Zauberstein?« Er musste es lauter wiederholen, bevor aus dem Grau des Nebels Antwort kam.

»Es geht auf Mittag zu, und die Sonne steht zur linken Hand!«

Unwillkürlich hob Ailmar die Linke und blickte erneut zum Bug. »Das heißt, wir segeln jetzt nach Westen und nicht mehr nach Süden!«

»Wenn du das segeln nennst«, sagte Andreas und zeigte auf das schlaff am Mast hängende Segel.

Herjolf trat zu ihnen, das Gesicht von Sorge zerfurcht. »Wenn der Wind nicht auffrischt, werden wir rudern müssen. Das aber birgt die Gefahr, dass sich die Flotte zerstreut. Solange wir nur treiben, bleiben wir zusammen. Dies heißt aber nicht, dass wir nach Westen fahren. Die Strömung des Meeres kann uns genauso gut in die Gegenrichtung ziehen.«

»Dann kämen wir vielleicht in ein paar Tagen in Norwegen oder Irland an!«, sagte Andreas mit neu erwachender Hoffnung. In einem Land, das er kannte, würde er sich und Sigrid befreien und mit ihr fliehen können.

Doch da schüttelte Herjolf den Kopf. »Das Meer ist groß, und wohin es dich treibt, weiß nur Gott. Leifur Eiriksons Bruder Thorwald geriet auf seiner Fahrt nach Vinland in einen ähnlichen Nebel wie diesen und wurde durch Strömungen und Winde bis ins nördliche Grönland verschlagen.«

»Vielleicht verschlägt es uns auch dorthin«, meinte Ailmar.

Da schlug Hekja ihn leicht auf den Arm. »Seid ruhig und lauscht!«

Die anderen gehorchten überrascht. Auch Eyvinds Männer hielten still, dann klang ein triumphierender Ruf auf.

»Brandung voraus! Wir haben Land erreicht!«

»Wie wollen wir bei dem Nebel anlegen, ohne gegen eine Klippe zu prallen?«, fragte Hekja entsetzt, denn sie hatte den Schiffbruch an der Küste Islands nicht vergessen.

Es war jedoch, als wolle Gott sie für dieses Unglück entschädigen, denn vor ihnen löste sich der Nebel wie durch einen Zauber auf, und sie sahen eine flache Küste vor sich, die zum größten Teil bewaldet war, aber auch etliche Grasflecke aufwies, die Futter für ihr Vieh versprachen.

Vorne am Bug atmete Eyvind erleichtert auf. Es war ein Risiko gewesen, diesen Kurs zu nehmen, doch es war gelungen. Er drehte sich um und sah, wie sich ein Schiff nach dem anderen aus dem sich auflösenden Nebel herausschälte. Brams Schiff und das von

Farald kamen gleich hinter dem seinen, und als er zu zählen begann und Gamlis Knorr als sechsundzwanzigstes und letztes Schiff der Flotte ein ganzes Stück weiter hinten entdeckte, war er kurz davor, auf die Knie zu sinken und Gott zu danken.

»Wir warten, bis alle Schiffe zu uns aufgeschlossen haben. Dann suchen wir eine Bucht, in der wir ankern können, und schicken zwei Schiffe aus, die zwei Tage lang die Küste erkunden sollen. Sie sollen eine passende Stelle suchen, die uns Nahrung verspricht und leicht verteidigt werden kann.«

Eyvind sah seine Männer nicken, und selbst Bram, dessen Schiff längsseits kam, hatte an diesen Befehlen nichts auszusetzen.

Anders als die Siedler, Sigrid, Hekja und die beiden Sachsen, die ihre Erleichterung nicht verbergen konnten, empfand Ingridur eine große Enttäuschung. Die Fremden hatten tatsächlich die Küste erreicht. Doch war es wirklich das Land ihres Stammes? Sie sah sich um und suchte nach Landmarken, die ihr bekannt vorkamen, fand aber keine. Dies hatte allerdings nicht viel zu sagen, denn schon einen halben Tagesmarsch die Küste hinauf oder herunter konnte ihre Heimat beginnen.

Der Gedanke an Flucht, der sie seit ihrem Aufbruch aus Grönland nicht verlassen hatte, meldete sich fordernd. Doch bevor sie etwas wagen konnte, musste sie wissen, wo sie war. Es brachte weder ihr noch ihrem Stamm etwas, wenn sie unterwegs von Feinden entdeckt und gefangen genommen wurde. Ein entführtes Kind konnte man entweder selbst aufziehen oder verkaufen. Sie war jetzt jedoch alt genug, um auf den Rücken gelegt zu werden und Kinder zu gebären, die zu Feinden ihres Volkes erzogen wurden. Daher hatte sie vorerst keine andere Wahl, als weiterhin bei den bärtigen Fremden zu bleiben.

Ein Schatten fiel über Ingridur. Sie blickte auf und sah Eyvind vor sich.

»Kennst du diese Küste?«, fragte er.

Ingridur schüttelte den Kopf. »Nein! Ich muss erst Leute sehen, um sagen zu können, wo wir sind.«

»Bjalfi, steig auf den Mast und sieh zu, ob du etwas erkennen kannst«, befahl Eyvind dem Krieger. Dieser gehorchte und spähte angestrengt in die Ferne. Schließlich winkte er Eyvind zu.

»Vor der Küste liegen einige Inseln. Wir hatten Glück, dass wir nicht im Nebel auf eine aufgelaufen sind. Die Küste selbst erstreckt sich von Nordost nach Südwest. Südlich von uns gibt es eine Bucht, die groß genug für unsere Flotte sein könnte.«

»Siehst du Dörfer oder Städte?«, fragte Eyvind angespannt.

Bjalfi schüttelte den Kopf. »Nicht einmal eine Fischerhütte. Die Gegend hier scheint unbewohnt zu sein.«

»Vielleicht stecken die Leute in den Wäldern!«, warf Alvidr ein.

»Das mag sein. Wir segeln jetzt zu der Bucht, die Bjalfi entdeckt hat, und erkunden das Land. Gebt es an die anderen Schiffe weiter!«

Obwohl Eyvind wusste, dass seine Krieger noch vor dem Winter auf Beute und vor allem auf Sklavinnen hofften, war er im Augenblick froh, ungehindert an Land gehen zu können. Es gab genug Holz, um einen festen Stützpunkt errichten zu können, Wild schien reichlich vorhanden zu sein, und in den flachen Gewässern vor der Küste wimmelte es von Fischen.

»Es ist wirklich ein Land, in dem Milch und Honig fließen«, sagte er lächelnd und betrachtete Sigrid mit einem zufriedenen Blick. Noch wirkte ihre Miene abweisend, doch sobald seine Halle errichtet war und sie als seine Ehefrau die Führung der anderen Frauen übernehmen konnte, würde sich das ändern.

8.

Die Erkundung der Küste wurde Bram und Farald übertragen, denn deren Urteil vertraute Eyvind am meisten. Noch hatte er sich nicht entschieden, wo er sich ansiedeln wollte, begriff aber rasch, dass viele von denen, die mit ihm gekommen waren, am liebsten gleich an dieser Stelle Hütten gebaut und das Land gerodet hätten. Dabei war die Bucht hin zum Meer offen und die Schiffe damit jedem Sturm ausgeliefert. Wegen des flachen Strands war es auch nicht möglich, sie nahe genug ans Ufer zu bringen, um sie gut ausladen und sicher vertäuen zu können.

Trotzdem wollten alle den Boden ihrer neuen Heimat betreten. Sie mussten dafür über Bord steigen und bis zum Ufer waten. Die Männer konnten einfach ihre Schuhe, Stiefel und Hosen ausziehen und diese über dem Kopf tragen. Dagegen wagten es die Frauen nicht, sich unten nackt zu zeigen, sondern schürzten verzweifelt ihre Röcke. Da trotzdem ihre Beine bis zu den Oberschenkeln zu sehen waren, pfiffen die Männer bei den jüngeren Frauen anerkennend, während Hekjas magere Schenkel Gelächter hervorriefen.

»Was für eine elende Bande!«, schimpfte die alte Frau, als sie endlich das Ufer erreicht hatte.

»Du hättest ja auch einen der Männer bitten können, dich zu tragen, so wie Sigrid es tut«, verspottete sie Bjalfi.

»Dich vielleicht?«, giftete Hekja ihn an, drehte sich dann um und bemerkte zu ihrer Erleichterung, dass Sigrid klug genug gewesen war, Ailmar und nicht Andreas aufzufordern, sie an Land zu bringen. Der junge Sachse wankte unter ihrem Gewicht, schaffte es aber, Sigrid trocken am Ufer abzusetzen.

»Um wieder an Bord zu kommen, musst du dir jemand anderen suchen«, sagte er danach stöhnend.

»Du bist ein Schwächling, Sachsenzwerg! Ich werde Sigrid gerne hinübertragen.« Bjalfi grinste und machte sich auf den Weg zum Wald, um dessen Saum zu erforschen.

Ailmar wandte sich mit verkniffener Miene an Sigrid. »Ich bin wirklich nicht schwächlich, aber so ein langes Ding wie du hat eben sein Gewicht.«

»Ich danke dir!«, antwortete Sigrid lächelnd. »Ich wollte nicht vor allen Leuten meine Beine entblößen, und es hätte Eyvind gewiss missfallen, wenn ich Andreas darum gebeten hätte, mich zu tragen.«

»Schon gut«, wehrte Ailmar ab. »Ich trage dich auch wieder zurück. Aber jetzt will ich sehen, wo Ingridur bleibt. Sie will doch gewiss auch an Land.«

Er drehte sich um und sah, dass die junge Skrälingerin eben über Bord stieg. Diese raffte ebenfalls ihren Rock und zeigte dabei recht hübsche Beine.

»Es ist eine Schande, dass man die nicht auf den Rücken legen darf«, stieß Skeggi, einer von Bolverks Jungmannen, verärgert aus.

»Du kannst es versuchen, aber dann kastriert Eyvind dich und verfüttert deine Klöten an die Ferkel«, warnte Herjolf ihn.

»Warum so ein Getue um diese Wilde? Wir haben viel zu wenige Weiber dabei, und an die lassen uns die anderen Männer nicht ran!« Brams Gefolgsmann Brodir gesellte sich zu der kleinen Gruppe und starrte Ingridur ebenfalls begehrlich an.

»Das versteht ihr Knaben nicht! Das Mädchen ist wichtig, denn sie soll für uns mit Skrälingern reden. Behandeln wir sie schlecht, verrät sie uns und macht mit denen gemeinsame Sache.« Herjolf versuchte, es ihnen zu erklären, doch die beiden Burschen sahen in Ingridur nur ein weibliches Wesen, auf das niemand Anspruch erhoben hatte, und hätten sie am liebsten für sich selbst gefordert.

Als Herjolf bemerkte, dass seine Worte vergebens waren, wies er auf Ailmar. »Bevor ihr an die Kleine herankommt, müsstet ihr euch erst mit ihm auseinandersetzen.«

»Das ist doch nur ein Sklave!«, rief Skeggi verächtlich.

»Eyvind hat ihm die Skrälingerin anvertraut, und um seiner eigenen Eingeweide willen wird er sie mit aller Kraft verteidigen.«

Skeggi und Brodir waren ein und zwei Jahre jünger als Ailmar, überragten ihn aber bereits um mehr als einen Kopf.

»Mit diesem Hänfling werde ich mit Leichtigkeit fertig, selbst wenn du mir einen Arm auf den Rücken bindest!«, spottete Brodir.

»Meinst du? Ailmar, komm her!« Herjolf winkte den Sachsen zu sich und wies mit dem Kinn auf die beiden jungen Männer.

»Brodir und Skeggi sticht der Hafer, und sie würden deinen Schützling gerne zwischen den Schenkeln besuchen.«

»Eyvind hat befohlen, dass sie in Ruhe gelassen wird«, antwortete Ailmar zornig.

»Mir hat Eyvind nichts zu befehlen! Ich gehöre zu Bolverks Leuten«, erklärte Skeggi und machte einen Schritt auf Ingridur zu.

»Bolverk ist Eyvinds Gefolgsmann. Also wirst du seine Befehle befolgen!«, rief Ailmar scharf.

Der junge Färinger war inzwischen zu der Überzeugung gelangt, dass es wirklich besser war, Ingridur in Ruhe zu lassen. Sein Stolz ließ es jedoch nicht zu, vor einem Sklaven zurückzuweichen. Wütend versetzte er Ailmar einen Stoß.

»Aus dem Weg, Zwerg!«

Einen Augenblick später lag er auf dem Rücken, und Ailmar stemmte ihm den Fuß gegen die Brust.

»So viel zum Zwerg!« Ailmar wusste nicht, ob er zu viel riskiert hatte. Eyvind hatte ihm jedoch Ingridur anvertraut, und da durfte er sich von einem solchen Bürschchen nicht ins Bockshorn jagen lassen.

»Lass meinen Freund los!«, drohte Brodir und wollte sein Schwert ziehen. Da packte Herjolf sein Handgelenk mit einem eisenharten Griff.

»Wenn du kämpfst, dann ehrlich und nicht mit dem Schwert gegen einen waffenlosen Mann!«

»Mit dem werde ich auch so fertig!«, rief Ailmar wuterfüllt.

Eyvind war hinzugetreten und funkelte die beiden jungen Burschen zornig an. »Wir werden unsere neue Heimat nicht dadurch entweihen, indem wir ihren Boden mutwillig mit unserem eigenen Blut tränken. Daher werdet ihr ringen! Du gegen Ailmar und der Färinger gegen den anderen Sachsen. Solltet ihr gewinnen, erhaltet ihr das erste Anrecht auf eine der gefangenen Skrälingerfrauen.«

»Und was erhalten wir?«, fragte Ailmar.

»Schläge – wenn ihr verliert!«

Eyvind lächelte in einer Weise, dass es den beiden Sachsen kalt den Rücken hinunterlief. Ihnen war klar, dass ihr Anführer zumindest Andreas eine Niederlage wünschte. Allerdings war der Blick, mit dem er Ailmar musterte, auch nicht freundlicher. Es missfiel ihm anscheinend, dass dieser Sigrid hatte tragen müssen und sie daher in den Armen gehalten hatte.

Herjolf und Gloedir maßen den Kampfplatz aus und markierten seine Grenzen mit rasch abgeschnittenen Stecken. Inzwischen bemerkten auch andere, dass sich hier etwas tat, und eilten herbei. Die Männer von Eyvinds Schiff, die mit Andreas und Ailmar gefahren waren, feuerten die Sachsen an. Die Sympathien der meisten hingegen galten den beiden jungen Nordmännern.

Skeggi und Brodir hatten mittlerweile begriffen, dass sie es nicht mit Männern zu tun hatten, die in langen Jahren des Sklavendaseins ihren Mut und die Fähigkeit zum Kämpfen verloren hatten, sondern mit zwei Kriegern, die erst vor wenigen Wochen in Eyvinds Gewalt geraten waren. Entsprechend vorsichtig begannen sie und taten alles, um keinen Fehler zu begehen.

Als Herjolf das sah, lachte er schallend. »Was ist denn mit euch Helden los? Ich dachte, ihr wollt ringen und nicht tanzen!«

»Los jetzt! Werft sie zu Boden!«, forderten die Freunde der beiden diese auf.

Mit einem wütenden Zischen stürmte der Färinger auf Andreas los. Dieser wich ihm mit einer geschmeidigen Bewegung aus und stellte ihm ein Bein. Vom eigenen Schwung getragen, flog Skeggi durch die Luft und prallte außerhalb der Markierung auf den Boden. Er rappelte sich sofort wieder auf und wollte in das abgesteckte Geviert zurück, doch da packte Herjolf ihn am Kragen.

»Kennst du die Regeln nicht? Wer den Kampfplatz verlässt, hat verloren.«

»Dieses Schwein ist mir feige ausgewichen!«, rief der Färinger wütend und lenkte Ailmar damit für einen Augenblick ab.

Brodir witterte seinen Vorteil und schlang beide Arme um dessen Oberkörper. Einige Augenblicke standen die beiden Brust an Brust und versuchten, den anderen aus dem Gleichgewicht zu bringen. Da riss der Norweger das Knie hoch, um Ailmar zwischen den Beinen zu treffen. Zwar verfehlte er eine gewisse Stelle, aber es tat dennoch weh.

Einige Männer murrten wegen des hinterhältigen Stoßes, und alle glaubten, nun hätte Ailmar verloren. Dieser spürte, wie sein Gegner ihn niederreißen wollte, ging die Bewegung mit und schleuderte ihn über die Hüfte zu Boden. Bevor Brodir reagieren konnte, kniete der Sachse auf ihm und presste ihm die Arme nieder.

»Hast du jetzt genug, Großmaul?«, fragte er spöttisch.

»Lass ihn los!«, befahl Eyvind.

»Und du«, ein verächtlicher Blick galt Brodir, »kämpfst beim nächsten Mal ehrlich! Was die Skrälingerweiber betrifft, so könnt ihr irgendwann einmal eine alte Vettel bekommen und euch teilen. Mehr seid ihr im Augenblick nicht wert!«

Ailmar stand auf und rieb sich die getroffene Stelle. Auch sein Gegner erhob sich, blieb aber vor ihm stehen.

»Wir beide sind noch nicht fertig miteinander!«

»Wir auch nicht!«, schnaubte der Färinger Andreas an. »Ich lasse mich von keinem Sklaven schlagen!«

In dem Augenblick packte Eyvind die beiden und schlug ihre Köpfe zusammen, dass es nur so krachte. »Ihr werdet Frieden halten und meinen Befehlen gehorchen! Schwört das, oder ich werde euch eure Schädel so lange gegeneinanderhauen, bis sie platzen!«

Die beiden jungen Männer versuchten, sich Eyvinds Griff zu entwinden, doch er hielt sie wie mit Eisenklammern fest. Zwar wollte der Stolz die Burschen zwingen, sich nicht zu unterwerfen, aber sie begriffen schnell, wie ernst es Eyvind mit seiner Drohung war.

»Gib auf, Skeggi! Ich befehle es dir«, rief Bolverk, der seinen Gefolgsmann nicht verlieren wollte.

Der Schädel des jungen Mannes dröhnte, und vor seinen Augen tanzten Sterne, als er die Hand hob und stöhnend erklärte, den Schwur zu leisten. Einen Augenblick später versicherte auch Brodir, sich Eyvinds Willen unterwerfen zu wollen.

Dieser versetzte beiden einen Stoß und sah dann ernst in die Runde. »Lasst es euch eine Lehre sein! Hier in diesem Land kann nur einer befehlen, und das bin ich. Wer sich widersetzt, wird seine Strafe erhalten.«

Bolverk zeigte seinen Ärger deutlich. »So habe ich es mir nicht vorgestellt! Hier sollte jeder mit eigenem Gefolge auch sein eigener Herr sein.«

Hekja war ein wenig herumgewandert und hatte seine Worte vernommen. Als sie zu Sigrid zurückkehrte, wirkte ihre Miene ernst.

»Es wird noch böses Blut geben, das ist so sicher wie das Amen in der Kirche! Eyvind hätte allein mit seinen eigenen Leuten hierherkommen und all die Färinger, Isländer und Grönländer zu Hause lassen sollen.«

Sigrid hatte dem Ringkampf mit klopfendem Herzen zugesehen und gehofft, Andreas möge siegen. Im Augenblick aber beherrschte etwas anderes ihre Gedanken. Sie fasste nach Hekjas Hand und legte sie sich auf den Bauch. »Ich glaube, ich bin schwanger!«

Es klang so trüb, als müsse sie den Tod eines lieben Verwandten melden.

»Das war zu erwarten«, erwiderte Hekja achselzuckend. »Du bist eine gesunde junge Frau, und Eyvind hat nicht gezögert, das Feld zu besäen.«

»Es darf kein Sohn werden! Diesen Triumph gönne ich ihm nicht«, brach es aus Sigrid heraus.

»Ich habe dir bereits mehrmals das Pülverchen gegeben, welches einen Sohn verhindern soll. Aber ich kenne dazu noch ein paar Beschwörungen, die dafür sorgen können. Es besteht jedoch die Gefahr, dass du das Kind dabei verlierst.« Hekja klang mahnend, doch Sigrids Stolz war zu groß, um dem Schicksal seinen Lauf zu lassen.

»Dazu bin ich bereit! Er hat mich gegen meinen Willen geraubt und beschlafen, doch ich werde ihm nicht gegen meinen Willen Söhne gebären!«

Hekja hätte etliche Einwände vorbringen können, doch ein Blick in Sigrids Miene ließ sie davon absehen. Die Jarlstochter würde Eyvind ihre Entführung niemals verzeihen und alles tun, um ihre Freiheit wiederzuerlangen. Gebar sie ein Mädchen, konnte sie es mitnehmen, doch ein Sohn würde sie an diesen Mann binden. Daher verstand sie, weshalb Sigrid zu diesem Risiko bereit war.

9.

Die Nordländer hatten sich an der Landungsstelle so häuslich eingerichtet, als wollten sie für immer hierbleiben. Etliche Dutzend Männer waren mit Bjalfi auf die Jagd gegangen, andere stellten unter Alvidrs Aufsicht Fischfallen auf, und im umliegenden Wald erklangen Axtschläge, denn man benötigte viel Holz, um das erlegte Wild und die gefangenen Fische zu räuchern. Auch wenn sie alles mitnehmen mussten, um zu einer besseren Siedlungsstelle zu fahren, so war es nach Eyvinds Meinung gut, dass sie bereits damit begannen, Vorräte anzulegen. Der erste Winter im neuen Land würde bald kommen, und er würde hart werden.

»He, ihr da!«, herrschte er den Färinger Skeggi und die Umstehenden an. »Nehmt Sicheln und mäht Gras! Wir werden im Winter Heu brauchen.«

»Ich bin ein Krieger und kein Knecht«, brauste Skeggi auf.

Eyvind war mit zwei Schritten bei ihm. Zwar holte er nicht besonders aus, doch sein Schlag warf den Burschen zu Boden. »Dein Gedächtnis reicht wohl nicht weit, denn gestern hast du geschworen, meine Befehle zu befolgen. Wenn du dich noch einmal weigerst, wird es das letzte Mal sein.«

Skeggi sah zu ihm auf und betastete die Beule, die sich auf seinem Kinn bildete. Zu Hause war er einer der stärksten Kerle gewesen und hatte ältere und erfahrenere Männer beim Ringen besiegt. Diesen Orkan von einem Mann begann er jedoch zu fürchten.

»Ich mache Heu«, murmelte er und dachte sich dabei, dass er besser zu Hause geblieben wäre. Dort hatte er zwar auch hart arbeiten müssen, aber seine Stärke hatte ihm Anerkennung verschafft. Hier zählte er nach seiner Niederlage gegen die beiden Sklaven zu den geringsten Männern im Aufgebot.

Eyvind ging unterdessen zu den beiden Sachsen. »Ihr habt gestern gut gekämpft, denn weder Brodir noch Skeggi sind Hänflinge.«

»Sie waren zu ungestüm«, antwortete Andreas. »Uns hat man beigebracht, dass Kraft im Kampf nur dann von Nutzen ist, wenn der Verstand sie lenkt.«

»Einige von uns würden sagen, dies ist die Haltung von Feiglingen! Für sie ist der Berserker, der in den Reihen der Feinde wütet, noch immer der größte Held. Aus diesem Grund haben wir auch die Schlacht gegen die Jarle der Söhne von König Harald verloren. Ich hätte mir damals mehr Männer gewünscht, die ihre Kraft durch ihren Verstand leiten lassen würden.« Für einen Augenblick klang Eyvind bitter, und die beiden Sachsen begriffen, wie stark ihn diese Niederlage und der damit verbundene Verlust der Heimat schmerzten. Er lachte jedoch rasch wieder und legte ihnen die Arme um die Schultern.

»Ich brauche Krieger mit Verstand, um mir hier ein Reich zu schaffen. Es ist bedauerlich, dass mehrere meiner engsten Gefährten die Fahrt nach Island und die Überquerung des Hochlands nicht überstanden haben. Ich hatte sie alle mit Bedacht ausgewählt. Jetzt muss ich sie ersetzen. Schwört mir den Treueeid, und ihr seid keine Sklaven mehr, sondern Krieger in meiner Schar!«

Das Angebot kam so überraschend, dass Andreas und Ailmar es zuerst nicht begriffen. »Wir sollen Krieger sein?«, fragte Ailmar nach einer kurzen Pause.

Eyvind nickte. »So ist es! Ich brauche Männer, deren Loyalität allein mir und niemand anderem gehört. Die Männer von der schottischen und irischen Küste werden sich an Bram halten, die Färinger an Bolverk und die Isländer an ihre Anführer. Ihr habt keine Verpflichtungen den anderen gegenüber. Daher werdet ihr das tun, was ich euch befehle!«

Andreas begriff noch schneller als Ailmar, dass dies hieß, im Notfall auch Eyvinds Henker sein zu müssen, und alles in ihm stemmte sich dagegen, den Mann, der die Frau besaß, die er liebte, als Anführer anzuerkennen. Die Alternative aber hieß, weiterhin Sklave zu bleiben und der Rachsucht solcher Burschen wie Skeggi und Brodir hilflos ausgeliefert zu sein. Als Krieger hingegen hatte er das Recht, sich zur Wehr zu setzen. Zu seiner eigenen Überraschung kniete er vor Eyvind nieder und hob die Hand zum Schwur. »Ich werde dich als meinen Anführer anerkennen und deine Befehle befolgen. Mein Freund Ailmar wird dies ebenfalls tun!«

Ailmar zögerte einen Augenblick, beugte dann auch das Knie und hob die Hand. »Ich schwöre dir als meinem Lehnsherrn Treue!«

»Dann ist es gut! Herjolf, lass die Schwerter der beiden bringen. Sie gehören ab jetzt zu unserer Schar.« Der Befehl galt dem alten Krieger, doch der schüttelte bedauernd den Kopf.

»Das kann ich nicht! Eines der beiden Schwerter ging bei dem Schiffbruch verloren, und das andere hatte Einar sich als Beute ausbedungen. Es versank mit ihm im Schlammloch.«

»Dann gib ihnen zwei andere!«, beschied ihn Eyvind und ging weiter, um an einer anderen Stelle Befehle zu geben.

Herjolf winkte den beiden Sachsen, ihm zu folgen.

»Ihr habt es den beiden Grünschnäbeln gezeigt!«, sagte er anerkennend. »Allerdings werdet ihr euch vorsehen müssen, denn die Kerle sinnen auf Rache. Sollte es erneut zum Kampf kommen, dann lasst sie nicht am Leben. Burschen wie sie bringen nur Unfrieden ins Lager.«

»Bei so vielen Leuten, wie Eyvind sie übers Meer gebracht hat, gibt es immer welche, die gegen ihre Anführer aufbegehren«, sagte Ailmar nachdenklich.

Andreas nickte. »In unserer Heimat wird auch neues Land besiedelt. Die Grafen und Herzöge übereignen einem Mann ein Gebiet, und dieser sammelt Siedler, die ihm folgen. Die Gewichtung zwischen Frauen und Männern ist jedoch ausgeglichener und die Zahl der Krieger geringer als die der Bauern und Handwerker. Hier kommen auf eine Frau mehr als sechs Männer, und fast die Hälfte der Leute sind nicht Eyvind selbst, sondern einem anderen Anführer verpflichtet.«

»Wenn du weißt, wie man bei euch fremdes Land besiedelt, kannst du Eyvind vielleicht raten!«

Die beiden Sachsen spürten, dass Herjolf die Situation nicht gefiel. Doch sie mussten sie nehmen, wie sie war, und das Beste daraus machen.

Als sie zu den Schiffen zurückgingen, eilte Sigrid auf sie zu. Sie hatte gesehen, wie Andreas vor Eyvind das Knie gebeugt und Gefolgschaft geschworen hatte.

»Warum hast du dich Eyvind unterworfen?«, fragte sie bitter.

»Weil es besser ist, Krieger als Sklave zu sein«, antwortete Ailmar anstelle seines Freundes mit einem warnenden Unterton.

»Aber …« Sigrid verstand selbst nicht, weshalb sie enttäuscht war. Irgendwie verstand sie Andreas, wünschte sich aber, er würde sich an ihr ein Beispiel nehmen und sich weiterhin gegen Eyvind stellen. Dann aber schalt sie sich eine Närrin. Sie hatte zugelassen, dass Eyvind sie besteigen konnte, und jetzt trug sie sein Kind.

»Es tut mir leid! Ich wollte nicht …«, stammelte sie und lief davon.

»Was hat sie denn?«, fragte Andreas verdattert.

»Eine Stimmung, wie sie Weiber immer mal wieder überfällt. Darum ist das Leben mit ihnen auch so schwierig. Man sagt etwas, meint es aber ganz anders, als sie es auffassen, und wundert sich, dass einem der Kochlöffel an den Kopf fliegt.«

Herjolf lachte über die eigenen Worte und ging zu dem Zelt, in dem Eyvind Waffen aufbewahren ließ, um einen möglichen Angriff von Einheimischen rasch abwehren zu können.

»Die guten Schwerter sind bereits vergeben, daher kann ich euch von denen keines geben. Aber hier sind zwei Kurzschwerter. Die tun es am Anfang auch!«

Mit diesen Worten zerrte er zwei Schwerter samt Scheide und Gehänge aus einer Ecke und reichte sie den beiden.

Andreas nahm die Waffe mit gemischten Gefühlen entgegen. Nach Wochen der Sklaverei erschien ihm seine Zeit als jüngerer Sohn Hardos, des Herrn von Venneby, und Zögling von Ailmars Vater Aldebrand so fern, wie es seine Heimat von diesem Gestade aus war. Es schmerzte ihn, dass er ausgerechnet Eyvind Treue hatte schwören müssen. Thorolf oder Farald und selbst Bram wären ihm lieber gewesen. Dann aber zuckte er mit den Schultern. Auch als deren Gefolgsmann würde er Sigrid nicht befreien können. Wichtig war es, erst einmal die nächsten Wochen und Monate zu überstehen und zu hoffen, dass einmal die Gelegenheit kommen würde, um mit ihr zusammen übers Meer zu fliehen.

10.

Vier Tage, nachdem er zur Erkundung aufgebrochen war, kehrte Farald als Erster von seiner Fahrt zurück. Er betrachtete lachend das Lagerleben, das sich während seiner Abwesenheit entwickelt hatte, und umarmte dann Eyvind voller Begeisterung.

»Wir sind weiter im Süden auf mehrere unbewohnte Inseln gestoßen. Das Beste ist jedoch eine lang gestreckte Halbinsel, die zwar größtenteils bewaldet, aber leicht zu roden ist, und auf der es mehrere Hügel gibt, wo wir Wachttürme errichten können.«

»Und wie ist es mit einem Platz für die Siedlung?«, fragte Eyvind angespannt.

»Auch da haben wir etwas gefunden. Es handelt sich um einen flachen Hügel bei einem natürlichen Hafen, in dem all unsere Schiffe Platz finden. Ich habe Thorolf und sechs meiner Männer dort gelassen, damit sie sich genauer umsehen«, berichtete Farald zuversichtlich.

»Und wie ist es mit Skrälingern?«

»Wir haben keine entdeckt! Dabei haben wir gründlich nach ihnen oder wenigstens nach Spuren von ihnen gesucht. Das Land hier ist auf Meilen menschenleer.«

Für die Errichtung einer Siedlung war dies eine gute Auskunft, dennoch wäre es Eyvind anders lieber gewesen. Er hatte seinen Männern Skrälingersklavinnen für die Winternächte versprochen, doch wo es keine Skrälinger gab, gab es auch keine Weiber.

»Wie weit ist es? Kann man die Stelle zu Fuß erreichen?«, fragte er, weil er den Schiffsraum für die neu gewonnenen Vorräte nutzen wollte.

Farald überlegte kurz und nickte. »Wir könnten es versuchen. Es gilt zwar, einige Bäche zu überwinden, aber wir haben keinen Fluss gesehen, der uns behindern könnte.«

»Dann brechen wir auf, sobald Bram zurück ist«, erklärte Eyvind.

Da mischte Bolverk sich ein. »Was ist, wenn Bram einen besseren Siedlungsplatz entdeckt hat?«

»Dann müsste er schon sehr gut sein, um den meinen zu übertreffen!«, antwortete Farald übermütig. »Ich sagte doch, es gibt dort eine geschützte Bucht, die alle unsere Schiffe aufnehmen kann.«

»Trotzdem müssen wir vorher ein Thing abhalten. Wir sind freie Männer und keine Knechte. Wir wollen gehört werden!«

»So ist es!«, stimmte Gamli Bolverk zu. Beide waren Herren auf ihren eigenen Höfen gewesen und hatten sich niemandem beugen müssen. Auch wenn sie sich Eyvind angeschlossen hatten, bedeutete dies für sie nicht, auf ihre eigene Meinung zu verzichten.

Eyvind ärgerte sich noch über die Aufsässigkeit der beiden, da scharten sich etliche Männer um ihn und forderten ebenfalls eine Versammlung. Widerstrebend nickte er.

»Sobald Bram zurückkehrt, halten wir ein Thing ab. Danach ziehen wir zu dem Siedlungsplatz, der uns am besten erscheint.«

»So sei es!«, antwortete Bolverk zufrieden. Er hatte allen in Erinnerung gebracht, dass Eyvind zwar ihr Anführer, aber nicht ihr Herr war, und dies erschien ihm wichtig.

»Ich glaube, wir müssen nicht lange warten!«, meldete da Bjalfi. »Ich sehe im Norden ein Segel, und da hier wohl kaum viele Leute fahren, dürfte es Bram sein.«

»Er kommt früh genug, damit wir uns heute noch beraten und morgen aufbrechen können!«, rief Eyvind, der keine Zeit mehr verlieren wollte. Zwar hatte er einen Teil der zwei Wochen, die er später aufgebrochen war, wieder hereingeholt, doch es lag so viel Arbeit vor ihnen, dass jeder Tag wertvoll war.

Gefolgt von den meisten Männern, ging er zum Strand und sah zu, wie bei Brams Schiff das Segel geborgen wurde und es mit stetem Ruderschlag näher kam. Gut zwanzig Schritte vor dem Ufer lief es auf Grund. Bram sprang über Bord und watete an Land.

»Was habt ihr entdeckt?«, fragte Eyvind.

Bram verzog das Gesicht zu einer Grimasse. »Flaches Land, Wälder, etliche Inseln, Felsen, Vögel ...«

»Kann man dort siedeln?«, unterbrach Bolverk ihn, der lieber dort seinen Hof errichten wollte als an einer Stelle, die Eyvind bestimmte.

»Wenn wir nichts Besseres finden, werden wir es tun müssen. Ich würde mir aber lieber anhören, was Farald zu berichten hat.«

»Ich habe einen wirklich guten Platz gefunden, nämlich eine Bucht, wie geschaffen als Hafen für unsere Schiffe! Es gibt zwar viel Wald, aber auch genug Grasland zum Heumachen und eine Erde, die so fett ist, dass du nur ein Samenkorn hineinstecken musst, um ein ganzes Feld abernten zu können«, erklärte Farald mit leuchtenden Augen.

»Seid ihr auf Skrälinger getroffen?«, fragte Eyvind, den dies am meisten interessierte.

Bram schüttelte den Kopf. »Auf keinen Einzigen! Es muss aber welche in dieser Gegend geben, denn wir haben das gefunden.« Er reichte Eyvind eine Pfeilspitze aus Stein, an der noch ein Teil des Schaftes steckte, und ein Stück Holz, das zu einem Vogelkopf geschnitzt worden war.

»Die beiden Dinge müssen schon länger dagelegen haben«, schloss Eyvind aus den Sprüngen im Holz des Vogelkopfs und des Schaftstücks.

»Vermutlich haben die Bewohner dieses Land verlassen«, sagte Bram enttäuscht. »Dabei meintest du, wir könnten sie unterwerfen und uns unter ihren Weibern die aussuchen, die uns am besten gefallen.«

»Ja, was ist jetzt mit den Weibern? Sollen wir noch lange darauf warten?« Da sein Anführer zurückgekommen war, traute Brodir sich, Eyvind erneut herauszufordern.

»Wir werden ein Ding nach dem anderen erledigen«, antwortete dieser gereizt. »Wir ziehen jetzt zu der Stelle, an der Farald gutes Siedlungsland gefunden hat, und errichten dort unsere Festung. Die Bauern und Knechte sollen derweil Heu machen und Äcker anlegen. Außerdem brauchen wir Vorräte für den Winter. Wenn das geschehen ist, erkunden wir das Land. Irgendwo werden wir die Skrälinger schon finden. Sie können ja nicht alle verschwunden sein.«

Einige Männer lachten, während Bram herausfordernd fragte: »Und wenn doch?«

»Dann schicke ich dich im nächsten Frühjahr nach Irland, um einige Dörfer zu überfallen. Die Weiber, die du dabei erbeutest, werden wir an unsere besten Männer verteilen. Die anderen müssen sich eben ein Jahr länger gedulden.« Eyvind glaubte, damit alles gesagt zu haben, doch da schüttelte Bram den Kopf.

»Ich will nicht nach Irland fahren, sondern meinen eigenen Hof errichten.«

»Was soll das?«, fragte Eyvind scharf. »Wir waren uns einig, in der ersten Zeit zusammenzubleiben, bis wir wissen, ob die Skrälinger eine Gefahr für uns sind oder nicht.«

»Es gibt hier keine Skrälinger! Weshalb soll ich also mit meinen Leuten in einer deiner Hütten hausen, wenn ich auf meinem Hof leben kann?«

»Ich will auch meinen eigenen Hof«, rief Bolverk.

Gamli Eirikson war ebenfalls nicht bereit, in einer Siedlung unter Eyvinds Herrschaft zu bleiben. »Ich gebe doch nicht meinen Hof auf Grönland auf, um hier der Knecht eines anderen zu sein.«

»Seid vernünftig!«, rief Eyvind beschwörend, doch der Gedanke, eigenes Land zu besitzen, breitete sich wie ein Fieber unter den Männern aus. Selbst einige Krieger, die weder über Weiber noch Knechte verfügten, erhoben Ansprüche auf Land.

»Wenn das so weitergeht, zerfällt Eyvinds Gemeinschaft, noch bevor der erste Pfahl für eine Hütte gesetzt worden ist«, sagte Ailmar zu Andreas.

»Sie sind Narren!«, antwortete dieser. »Obwohl sie nicht wissen, was sie in diesem Land erwartet, verteilen sie bereits das Fell des Bären. Eyvind kann einem leidtun.«

»Er tut dir leid?« Sigrid war zu ihnen getreten. »Es ist seine Schuld! Er hätte nach Sigurd Slembes Niederlage nur sein eigenes Gefolge nehmen und hierherfahren sollen. Wenn er die Hälfte derer, die mit ihm gekommen sind, zu Hause gelassen hätte, wäre ihm viel Ärger erspart geblieben!«

Für sich aber sagte sie sich, dass sie Eyvind jeden Ärger gönnte.

11.

Ingridur fragte sich, ob diese Nordmänner wirklich so dumm sein konnten. Gleichzeitig ärgerte sie sich über die Art, wie diese jagten und fischten. Auch wenn viele Münder zu stopfen waren, durften sie nicht jedes Wild und jeden Fisch töten, die sie fanden. Damit erzürnten sie die Geister des Waldes und des Meeres und brachten diese dazu, die Tiere lange Jahre von hier fernzuhalten. Auch fand sie den Gedanken absurd, das Land könnte verlassen sein. Der Stamm, der hier lebte, befand sich um diese Jahreszeit im Binnenland, um seine Bohnen-, Mais- und Kürbisfelder zu bewirtschaften. Im Herbst würden sie die Fische aus ihren Süßwasserteichen herausholen, Wasservögel fangen und in den Wäldern auf die Jagd gehen. Ans Meer kamen sie erst wieder im Frühjahr, um Fische und anderes Meeresgetier zu fangen.

So war der Jahresablauf ihres Volkes und aller anderen, an die sie sich erinnern konnte. Mit einem Mal sehnte sie sich nach ihren Leuten. Doch wo mochte ihre Heimat liegen? Es konnte sowohl im Süden wie auch im Norden sein. Sich zu Fuß auf den Weg zu machen, war daher sinnlos. Zum einen dauerte es zu lange, bis sie ihren Stamm erreichte, und zum anderen bestand die Gefahr, dass sie in die verkehrte Richtung aufbrach und schließlich umkehren musste. Zwar wäre sie bei dem einen oder anderen Stamm gewiss willkommen, doch bei einigen würde sie versklavt werden. Um wirklich auf die Suche gehen zu können, bräuchte sie ein Boot, doch die plumpen Dinger, die die Nordmänner verwendeten, mussten mindestens von zwei Männern, besser noch von vieren gerudert werden. Sie hätte sich gerne eines der schlanken, leichten Boote aus Birkenrinde genommen, wie sie auch von ihren Leuten verwendet wurden. Aber die lagen gewöhnlich flussaufwärts in der Nähe der Dörfer, und solange sie nicht wusste, welches Volk hier lebte, konnte sie nicht wagen, es aufzusuchen.

In ihre Gedanken versunken, übersah Ingridur Schneehäsin, dass sich Skeggi ihr näherte. Er streckte die Hand aus und kniff ihr schmerzhaft in den Hintern. Mit einem Fauchen schnellte Ingridur herum und versetzte ihm eine Ohrfeige. Er starrte sie verdattert an, dann aber färbte sich sein Gesicht zornrot.

»Das hast du nicht umsonst getan, du Missgeburt!«, brüllte er und schlug mit beiden Händen auf sie ein.

Ingridur krümmte sich zusammen und hob die Arme schützend vors Gesicht, denn gegen die rohe Kraft des jungen Mannes kam sie nicht an.

Da erklang ein Schrei wie von einem wütenden Auerochsen. Ailmar stürmte heran, packte den Färinger am Kragen und am Hosenboden und riss ihn mit einem Ruck in die Höhe.

»Du feiger Hund!«, schrie er, während er den Kerl hoch über dem Kopf hielt und zum Ufer trug. »Mädchen wagst du zu verprügeln, nachdem du gegen Männer nichts erreichen kannst!«

Skeggi strampelte wild, musste aber hilflos zulassen, dass Ailmar ihn ins Wasser schleuderte. Als er prustend und keuchend wieder auf die Beine kam, stand Ailmar mit dem Schwert in der Hand am Ufer und sah ganz so aus, als wolle er ihn nicht mehr an Land lassen.

Da kam Eyvind heran und legte ihm die Hand auf den Schwertarm. »Lass dieses Bündel Elend! Ich habe Bolverk aufgefordert, Skeggi an die Leine zu legen, und er hat versprochen, es zu tun.«

Als Ailmar zurücktrat, stieg Skeggi mit mürrischer Miene an Land und verschwand. Eyvind hingegen blickte zu den Schiffen hinüber.

»Da du diesen Lümmel tragen konntest, wirst du auch Sigrid wieder aufs Schiff bringen können. Ich breche morgen mit sechs Schiffen auf, um die von Farald genannte Stelle zu erreichen. Der Rest der Flotte begleitet jene, die zu Fuß gehen.«

»Wer kommt mit dir?«, fragte Ailmar.

»Bram, Farald, Bolverk, Gamli und Eskill von den Orkneyjar. Alvidr und Bjalfi werden bei der Flotte bleiben und diese anführen! Es sollte keinem einfallen, hierbleiben oder auf eigene Faust woanders hingehen zu wollen. Nur gemeinsam sind wir stark. Wer dies missachtet, wird von mir und allen anderen keine Hilfe erhalten!«

Als sei damit alles gesagt, ging Eyvind wieder. Dafür gesellte sich Ingridur zu Ailmar.

»Ich danke dir«, sagte sie leise. »Dieser Schurke hätte mich übel verletzt. Mir tut jetzt schon einiges weh.«

»Dagegen helfen kühles Wasser und ein wenig Fett. Beides haben wir im Übermaß«, sagte Hekja und legte den Arm um die junge Skrälingerin.

»Komm mit! Und du …«, ihre andere Hand deutete auf Ailmar, »… gibst in Zukunft auf dich acht! Da die Gemeinschaft der Siedler zu zerfallen droht, schwindet auch Eyvinds Autorität über die anderen. Einige Kerle könnten versucht sein, dies auszunützen, und zwar sowohl bei Ingridur wie auch bei dir. Ich habe vorhin ein paar aus Brams Schiffsmannschaft belauscht. Sie meinten, da es hier keine Skrälinger gäbe, wäre Ingridur zu nichts anderem mehr nutze, als sie auf den Rücken zu legen.«

»Es sind Narren!«, antwortete Ingridur leise. »Nur weil sie keine Menschen hier sehen, heißt das noch lange nicht, dass es sie nicht gibt.«

Sechster Teil

Zwietracht

1.

Seefalke lächelte verächtlich, als die drei Fremden lärmend unter dem Baum vorbeigingen, auf dem er saß. Von jedem Knaben seines Volkes wäre er entdeckt worden, doch diese Leute hatten kein Gespür für ihre Umgebung. Was sie sagten, verstand er nicht, denn sie verwendeten eine Sprache, die er noch nie vernommen hatte.

Noch wusste Seefalke nicht, was er von diesen Eindringlingen halten sollte. Sie besaßen eigenartige Boote, weitaus größer als die seines Volkes, und errichteten ihre Häuser auf seltsame Weise aus behauenen Baumstämmen und Erde. Von der Form her ähnelten sie den Langhäusern, in denen seine eigenen Leute wohnten, waren aber weitaus plumper. Er fragte sich auch, weshalb der Eingang in diese Behausungen so niedrig war, dass man sich bücken musste, wenn man eintreten wollte.

Geschichten aus dem Norden kamen ihm in den Sinn. Die dortigen Stämme waren vor Jahrzehnten Fremden begegnet und hatten mit ihnen gehandelt. Seefalke kannte sogar eines der Messer, das ein Mann gegen mehrere Biberpelze eingetauscht hatte. Es war weitaus schärfer und widerstandsfähiger als das Messer aus Stein, das in seinem Gürtel steckte. Bei dem Gedanken sagte er sich, dass er seinem Stamm nicht nur von den Fremden berichten, sondern auch etwas mitnehmen sollte, was ihre Anwesenheit bezeugte.

Nachdem die drei Männer im Wald verschwunden waren, stieg Seefalke vom Baum und schlich näher auf die Siedlung zu. Auch hier zeigte sich die Dummheit der Fremden. Ihr Dorf stand auf einem Hügel und war den Stürmen, die im Herbst und im Winter über das Land brausten, hilflos ausgeliefert, während seine Leute auf Waldlichtungen lebten, wo sie vor den Winden geschützt waren.

Besonders verwunderte ihn, dass die Fremden Äcker anlegten, die ebenfalls den Stürmen ausgeliefert waren. Hier würden sie keinen Mais ziehen können und ihre Kürbisse klein bleiben.

Erneut sah er mehrere Männer auf sich zukommen und kletterte rasch auf den nächsten Baum. Die Fremden hatten Hacken bei sich, deren Blatt nicht quer zum Stiel stand, wie es sich gehörte, sondern längs. Vor allem schimmerten sie seltsam, und es dauerte ein wenig, bis er sie als Äxte erkannte. Die Männer suchten sich einen Baum in seiner Nähe aus und machten sich daran, ihn zu fällen. Dabei redeten sie viel und laut und lachten immer wieder.

Als sie einen zweiten und einen dritten Baum fällten und sich seinem Versteck näherten, erschrak er. Wenn sie ihre Äxte an den Baum legten, auf dem er saß, mussten sie ihn entdecken.

Obwohl der Herbsttag kühl war, begann Seefalke zu schwitzen und atmete erst auf, als die Holzfäller sich den bereits gefällten Bäumen zuwandten und diese von Ästen und Rinde befreiten. Wenig später legten sie ein Seil um einen der behauenen Stämme und zogen ihn in die Richtung ihres Dorfes. Kräftig sind sie ja, dachte Seefalke und schlich näher an die Siedlung heran.

Da vernahm er einen Laut, der ihm durch Mark und Bein ging. Ein Tier, wie er es noch nie gesehen hatte, war mit einer langen Leine an einen in den Boden geschlagenen Pflock gebunden und graste. Es besaß eine flache, von zwei Hörnern gekrönte Stirn, kurze, kräftige Beine mit je zwei Klauen, einen langen Schwanz mit einem Haarbüschel am Ende und einen immens dicken Bauch.

In seiner Nähe befanden sich noch andere, ebenso seltsame Tiere. Diese schienen noch sehr jung zu sein, denn sie waren um einiges kleiner als die Hornträgerin. Einige Tiere hatten oben auf dem Nacken lange Haare und hinten einen buschigen Haarschwanz.

Am liebsten hätte Seefalke eines dieser Tiere mitgenommen, musste sich aber sagen, dass die Fremden ihn mit so einem widerspenstigen Geschöpf bald einholen würden. Er huschte daher weiter und beobachtete das Treiben bei der Siedlung vom Schutz eines großen Busches aus. Dabei entdeckte er auch die ersten Frauen. Es waren Riesinnen, wuchtig gebaut, mit großen Gesichtern und hellem Haar, das sie wie Geister erscheinen ließ. Seefalke fand sie hässlich, sagte sich aber, dass sie zu den ungeschlachten Gestalten ihrer Männer passten.

Als guter Späher hatte Seefalke zählen gelernt. Daher wusste er bald, dass in dieser Siedlung um die dreihundert Männer lebten, aber nur siebzig Frauen. Bei den drei anderen Dörfern, die er in den letzten zwei Tagen erspäht hatte, war das Verhältnis zwischen Frauen und Männern noch schlechter gewesen. Für ihn gab es nur einen einzigen Schluss: Dieses fremde Volk hatte die meisten seiner Krieger hierhergeschickt, aber nur einen Teil der Weiber. Sobald die Dörfer fertig waren, würden die anderen nachkommen.

Der Gedanke gefiel ihm nicht. Zwar zählte sein Stamm weitaus mehr Köpfe, und die Männer hatten ihre kämpferischen Fähigkeiten in etlichen Stammesfehden erprobt. Ein Krieg mit diesen Fremden jedoch würde fürchterlich sein und sein Volk selbst im Falle eines Sieges so weit schwächen, dass ihre Nachbarn sie zwingen konnten, sich ihnen anzuschließen. Als eigener Stamm würden sie in diesem Fall erlöschen.

Seefalke beschloss, nichts zu riskieren. Als er in den Wald zurückkehrte, kam er an den gefällten Bäumen vorbei. Die Fremden hatten zwei weitere Stämme weggeschleppt, und dabei musste einer sein Messer verloren haben. Einen Augenblick lang zögerte Seefalke, dann hob er es auf und steckte es ein. Es musste als Beweis für die Anwesenheit dieser Eindringlinge genügen.

2.

Es war Eyvind nicht gelungen, die Siedlergemeinschaft zusammenzuhalten. Das scheinbare Fehlen von einheimischen Völkern hatte Bram und einige andere dazu gebracht, sich von ihm zu trennen und ihre Höfe an anderen Stellen zu errichten. Selbst sein Vorschlag, in der Nähe zu bleiben, war missachtet worden. Bis zu Brams Siedlung musste man fast einen ganzen Tag gehen, und unweit von ihm hatten sich die Siedler von den Orkneyjar und die Färinger niedergelassen. Der Grönländer Gamli und die Isländer hingegen hatten sich näher an Eyvind gehalten. Trotzdem war es ein Weg von zwei Stunden bis zu Gamlis Hof, und dieser hatte nur neun Männer und zwei Frauen bei sich.

Zu Eyvinds Erleichterung waren Farald und Thorolf bei ihm geblieben. Zwar wollten die Brüder später ebenfalls eigene Siedlungen gründen, aber ihnen ging es erst einmal darum, sich in diesem Land festzusetzen. Das hieß, Vorräte zu sammeln und Häuser zu errichten, die im Winter Schutz bieten konnten. Das größte Problem stellte die geringe Zahl an Frauen dar. Bei Eyvinds Ansiedlung handelte es sich zumeist um die Ehefrauen der Bauern und einige Mägde. Von den Ehefrauen waren nur wenige bereit, mit einem anderen Mann in den Büschen zu verschwinden, und die Mägde erwiesen sich als wählerisch.

Bram hingegen ließ seine irischen Sklavinnen reihum gehen. Das gefiel Eyvind ganz und gar nicht, doch er hatte nicht die Macht, ihn daran zu hindern. Stattdessen musste er sich mit Alvidr und dessen Forderungen herumschlagen. Auch heute redete dieser wieder heftig auf ihn ein. »Ich verstehe nicht, weshalb du Ingridur schonen willst! Da es hier keine anderen Wilden gibt, mit denen wir verhandeln können, ist sie als Übersetzerin wertlos. Also überlasse sie uns. Unsere Männer werden nicht verstehen, warum du sie ihnen verweigerst.«

»Ich habe ihr versprochen, dass sie nicht missbraucht wird«, antwortete Eyvind verärgert.

»Das sagt der Mann, der Sigrid gegen deren Willen auf den Rücken gelegt und ihr einen dicken Bauch gemacht hat!«, giftete Alvidr ihn an.

»Sigrid ist mein Weib!« In Eyvinds Stimme schwang eine Warnung mit, es nicht auf die Spitze zu treiben.

Alvidr war es jedoch leid, bei den Frauen, die ihr Ehegelübde nicht allzu ernst nahmen, betteln zu müssen, bis eine davon die Schenkel für ihn spreizte.

»Weißt du, ob die Skrälingerin nicht schon mit diesem Sachsen in die Büsche kriecht? Warum also versagst du sie uns?«

»Noch ist es möglich, dass wir auf Einheimische treffen«, antwortete Eyvind und sah dabei, wie Ingridur und Ailmar dem Wald zustrebten. Sollte sich zwischen den beiden tatsächlich ein Verhältnis entsponnen haben? Wenn ja, würde er die Skrälingerin Alvidr und dessen Freunden überlassen müssen. Längst bedauerte er, so viel mehr Männer als Frauen mitgenommen zu haben.

»Wenn wir bis zum Winter auf keine Alteinwohner getroffen sind, werden wir die Skrälingerin für uns fordern«, erklärte Alvidr mit Nachdruck.

»Sie ist noch sehr jung, und ich will sie nicht als Hure verschleißen. In unserer Situation benötigen wir jeden Frauenschoß, der ein Kind gebären kann. Und nun Schluss! Wolltest du nicht das Holzfällen überwachen?«

Alvidr zog grollend ab und sah kurz darauf, wie Bjalfi und andere Männer den nächsten Stamm zur Siedlung schleiften.

»Dafür könnten wir Pferde brauchen!«, stöhnte Bjalfi. »Aber es wird noch ein wenig dauern, bis unsere Fohlen so groß sind, dass wir sie einspannen können.«

»Wo sind die Skrälingerin und der Sachse?«, fragte Alvidr.

»Dort drüben! Ingridur zeigt ihm einige Bäume, die ein süßes Baumharz absondern, wenn man sie anritzt. Hekja hat ihnen befohlen, einige Töpfe davon zu sammeln. Sonst gibt es im Winter keinen Met, sagt sie.«

Alvidr blickte zu Ingridur hinüber, die eben die Rinde eines Baumes anschnitt und ein Gefäß darunter hielt, um den Saft aufzufangen. Vielleicht sollte er ihr trotz Eyvinds Verbot befehlen, mit ihm in einem Gebüsch zu verschwinden. Der Gedanke an Ailmar ließ ihn jedoch zögern. Der Sachse war zwar gut einen Kopf kleiner als er, aber ein geschickter Kämpfer. Vor allem würde er ohne Eyvinds direkten Befehl niemals zulassen, dass ein Mann der Skrälingerin zwischen die Beine fuhr.

»Zur Hölle mit ihnen!«, murmelte er.

Da stieß Gloedir, der mit anderen zusammen die Bäume zog, einen leisen Fluch aus. »Verdammt! Ich habe mein Messer verloren. Es muss irgendwo hier liegen.«

»Es kann dir auch auf dem Weg zur Siedlung aus der Scheide

gerutscht sein«, meinte Bjalfi, half aber mit, nach dem Messer zu suchen.

»Sieht so aus, als hättest du es doch auf dem Weg zum Dorf oder dort verloren«, sagte Alvidr schließlich.

»Dann müssen wir die ganze Strecke absuchen«, drängte Gloedir.

Alvidr lachte. »Du bist gut! Wir sind hier zum Arbeiten und nicht, um deine Dummheiten auszubügeln.«

»Wir halten die Augen auf, wenn wir den nächsten Stamm ziehen«, versprach Bjalfi, blickte dann zu Ingridur und Ailmar hinüber und winkte diesen, zu kommen.

»Gloedir hat sein Messer entweder hier oder auf dem Weg zum Hof verloren. Schaut, ob ihr es findet!«

»Was ist es für ein Messer?«, fragte Ailmar.

»Dummkopf, als wenn hier mehr Messer als dieses eine liegen würden«, schnauzte Alvidr ihn an.

»Es sieht so aus wie das meine«, erklärte ein anderer und zeigte Ailmar die Klinge.

»Also gut, suchen wir!« Ailmar warf Ingridur einen auffordernden Blick zu und sah sich um. Die junge Skrälingerin trat an seine Seite, während Bjalfi und sein Trupp den nächsten Stamm in Richtung der Siedlung schleppten. Alvidr schloss sich ihnen nach kurzem Zögern an.

Ingridur sah ihnen nach und schüttelte dann den Kopf. »Deine Leute sind seltsam, Sak'se. Warum bauen sie ihre Häuser aus so viel Holz, obwohl doch weitaus weniger auch genügen würde?«

»Sie sind es eben so gewohnt«, antwortete Ailmar, fand aber, dass es angesichts der Häuser auf Island und Grönland, die mit einem Minimum an festem Holz errichtet wurden, keine gute Antwort war.

»Eyvind und die meisten seiner Leute stammen aus Norwegen«, erklärte er daher. »Dort bauen sie feste Häuser, da die Winter kalt sind.«

»In meiner Heimat sind die Winter auch kalt, doch Äste und Rinde reichen aus, um schöne, warme Häuser zu bauen. Mein

Volk braucht nicht viele Bäume und lässt sie daher den Hirschen, Elchen und den anderen Tieren des Waldes als Heimat.«

Da Ingridur Schneehäsin in einer anderen Kultur aufgewachsen war, hatte sie bereits die Art der Grönländer als seltsam empfunden. Diese Eindringlinge hier würde sie jedoch niemals verstehen. Erkannten Eyvind und seine Leute denn nicht, wie sehr sie sich selbst schadeten, wenn sie den Wald rodeten und den Tieren die Heimat nahmen? Auch jagten und fischten sie auf eine Weise, als bräuchten sie alles auf einmal und müssten nicht an morgen denken. Sie schüttelte seufzend den Kopf und zeigte auf den Boden.

»Wir sollten das Messer suchen!«

»Das tue ich schon die ganze Zeit«, antwortete Ailmar.

Ingridur sah sich jetzt ebenfalls um. Plötzlich stutzte sie, trat auf einen Baum zu und berührte vorsichtig die Rinde. »Hier ist jemand hinauf- und wieder herabgeklettert«, sagte sie nachdenklich.

»Das war wohl Bjalfi. Der macht öfter so Scherze«, tat Ailmar ihre Bemerkung ab.

Ingridur schüttelte den Kopf. »Ich weiß, wie es aussieht, wenn Bjalfi oder einer der anderen Nordmänner auf einen Baum klettern. Da wäre die Rinde ganz anders zerkratzt. Der Mensch hier hat kaum Spuren hinterlassen!«

Jetzt kam Ailmar näher. Mehr als zwei leichte Kratzer an der Rinde konnte er nicht entdecken. »Das kann doch auch ein Wildtier gewesen sein«, sagte er und erntete erneut ein Kopfschütteln.

»Das dort ist zu hoch für ein Tier! Wäre ein Bär oder eine große Katze hochgeklettert, sähen die Spuren anders aus.« Ingridur kniete nieder und betrachtete den Waldboden. Ein Moospolster war leicht eingedrückt.

»Hier siehst du einen Fußabdruck. Wer ihn hinterlassen hat, trug einen leichteren Schuh als Bjalfi und die anderen Nordmänner.«

Ailmar bemerkte die leichte Delle im Moos, die mit etwas Fantasie als Fußstapfen angesehen werden konnte, und spürte, wie sich ihm die Nackenhaare aufstellten.

»Wenn du recht hast, ist dieses Land nicht leer!«

»Leer war das Land nie! Das Volk, das es bewohnt, hat sich nur an eine andere Stelle begeben und wird zurückkehren«, erklärte Ingridur.

»Das hätte Eyvind wissen müssen!« Es lag ein leichter Vorwurf in Ailmars Worten, doch Ingridur zuckte mit den Achseln.

»Er hat mich nicht gefragt.«

Dagegen konnte Ailmar nichts einwenden. Dem Glauben verhaftet, auf verlassenes Land gestoßen zu sein, hatte Eyvind sich nicht mehr um die junge Skrälingerin gekümmert. Dabei wäre es wichtig gewesen, von ihr mehr über das Leben und die Sitten der Völker zu erfahren, von denen die Berichte der Grönländer erzählten.

Ingridur folgte unterdessen der Spur zu einem weiteren Baum. »Auf diesem war der Fremde ebenfalls. Warte einen Augenblick!« Flink wie ein Eichhörnchen kletterte sie nach oben und stieß kurz darauf einen leisen Ruf aus.

»Von hier konnte er die Siedlung beobachten. Er hat es den Spuren nach länger getan. Anschließend muss er zu dem anderen Baum gegangen und auf diesen gestiegen sein.«

»Hast du eine Ahnung, was das für Leute sind?«, fragte Ailmar.

Ingridur kletterte vom Baum, bevor sie Antwort gab. »Nein, denn dafür müsste ich einen Gegenstand finden, den er verloren hat. Aber als guter Späher wird er das kaum getan haben. Wir sollten jetzt im Kreis gehen und nach weiteren Spuren suchen.«

»Und was ist mit Gloedirs Messer?«, fragte Ailmar.

»Ich nehme an, dass der Fremde es mitgenommen hat. Komm jetzt!« Ingridur ging los und betrachtete angespannt den Boden. Nach einer Weile blieb sie stehen und deutete auf ein Moospolster. »Hier hat er ebenfalls einen Fußabdruck hinterlassen. Wie es aussieht, kam er aus der Richtung der Siedlung und war auf dem Rückweg.«

»Sollen wir seiner Spur weiter folgen?«, fragte Ailmar.

Ingridur wiegte unschlüssig den Kopf. »Ein Stück vielleicht. Danach sollten wir zurückkehren und Eyvind davon berichten.«

Ailmar rieb sich erregt über die Stirn. Er kannte Eyvinds Absicht, die Skrälinger zu unterwerfen. Ohne Kampf würde dies jedoch nicht gelingen, und dieser Wald war kein guter Ort für einen Krieg gegen Leute, die hier jeden Baum und jeden Stein kannten.

»Was glaubst du, welches Volk hier lebt?«, fragte er.

»Das weiß ich noch nicht. Doch wenn Eyvind es bekriegen will, sollte besser nicht mein eigenes Volk in diesen Wäldern hausen, sondern eines, das mit ihm verfeindet ist«, antwortete Ingridur und hoffte doch, dass ihre Leute nicht zu weit entfernt lebten und sie Frieden zwischen ihnen und den Nordmännern schaffen konnte.

3.

Wo seid ihr so lange gewesen? Ihr habt wohl ein wenig die Büsche wackeln lassen, was?«, fuhr Alvidr Ingridur und Ailmar an, als diese zur Siedlung zurückkehrten.

»Ingridur hat Spuren von Einheimischen entdeckt. Denen sind wir gefolgt«, antwortete Ailmar verärgert.

»Einheimische? Dass ich nicht lache! Hier war schon seit Jahren niemand mehr! Ihr habt euch miteinander vergnügt, während unsere Schnäbel trocken bleiben.« Alvidr war voller Gift.

Da mischte Eyvind sich ein. »Ich nehme bei so etwas anderes als den Schnabel. Und jetzt gib Ruhe! Ich will hören, was die beiden zu berichten haben.«

»Danke, Herr! Alvidr meint es wirklich zu übel. Du hast mir befohlen, auf das Mädchen achtzugeben, und ich werde mit ihr nichts tun, von dem ich andere abhalten soll«, antwortete Ailmar und forderte Ingridur auf, zu berichten, was sie entdeckt hatten.

Als sie fertig war, begann Alvidr, schallend zu lachen. »Das ist doch alles Unsinn!«, rief er, als er sich etwas beruhigt hatte. »Du willst anhand von ein wenig abgeschabter Rinde und einem eingedrückten Moospolster erkannt haben, dass uns jemand beobachtet hat? Die Rinde kann ein Vogel angepickt haben, und über das Moos ist wahrscheinlich ein Biber oder sonst ein Tier gelaufen.«

Während Ingridur beleidigt eine Schnute zog, rieb Eyvind sich nachdenklich die Schläfe. »Wir dürfen die Sache trotzdem nicht auf die leichte Schulter nehmen. Ingridur meint, dass dieser Späher Gloedirs Messer mitgenommen hat. Da es bislang nicht gefunden worden ist, kann dies durchaus möglich sein.«

Alvidr blickte seinen Anführer spöttisch an. »Du wirst doch nicht etwa glauben, was diese Wilde da zusammenfaselt?«

»Es zu missachten, wäre gefährlich. Wo, meinst du, sind diese Leute derzeit?« Eyvinds letzter Satz galt Ingridur.

Sie wies in Richtung des Binnenlands. »Dort! Sie ernten jetzt ihre Felder ab und werden bald in den Wäldern jagen. Wenn nach dem Winter der Schnee schmilzt, kommen sie hierher, um am Meer zu fischen.«

»Wie weit, glaubst du, sind sie von hier entfernt?«, fragte Eyvind weiter.

»Drei Tage, oder vier.«

»Vielleicht sollten wir einen Trupp losschicken, um sie zu suchen«, schlug Andreas vor.

Eyvind überlegte kurz und schüttelte den Kopf. »Wir brauchen jede Hand, um die Siedlung fertigzustellen und genügend Vorräte zu beschaffen.«

»Es muss ja kein ganzes Heer sein, nur zwei oder drei Männer«, wandte Bjalfi ein.

»Ich wäre auch gerne dabei, um mein Messer zurückzuholen!«, rief Gloedir dazwischen. Bisher hatte er gehofft, es in den nächsten Tagen auf dem Weg zwischen dem Wald und der Siedlung wiederzufinden. Zu hören, dass ein Skrälinger es an sich genommen haben könnte, ärgerte ihn.

Erneut schüttelte Eyvind den Kopf. »Drei Männer sind zu wenig. Die Skrälinger würden uns für schwach halten und eher zum Kampf bereit sein, als sich uns zu unterwerfen. Wir warten bis zum Frühjahr. Wenn sie dann kommen, stehen wir mit unserer gesamten Macht gegen sie. Es ist nur ärgerlich, dass wir nun auch noch einen Schutzwall errichten müssen, damit die Skrälinger nicht in die Siedlung eindringen können.«

»Muss das sein?«, stöhnte Bjalfi, der genau wusste, dass ihnen damit noch mehr Arbeit aufgelastet wurde.

Eyvinds Blick suchte unterdessen Thorolf. »Such dir einen Gefährten aus und melde den anderen Siedlern, was Ingridur herausgefunden hat.«

»Dafür werden wir ein paar Tage unterwegs sein. Wir hätten doch ein paar ausgewachsene Pferde von Island mitnehmen sollen«, antwortete Thorolf mit einem schiefen Grinsen.

»Hast du Angst, dir die Sohlen durchzulaufen?«, spottete Alvidr, der sich ärgerte, dass Eyvind nicht ihm diesen Auftrag erteilt hatte. Er hätte Bram, Gamli, Bolverk und den anderen schon gesagt, was von dieser Meldung zu halten war. Seiner Meinung nach wollte die Wilde sich nur wichtigmachen, und dieser Narr Eyvind war darauf hereingefallen.

»Wenn du nichts dagegen hast, nehme ich Andreas mit«, erklärte Thorolf.

»Warum ihn und nicht seinen sächsischen Freund, der die Spuren ebenfalls gesehen hat?«, wollte Eyvind wissen.

»Weil wir dann auch Ingridur mitnehmen müssten, die sich keine zehn Schritt von Ailmar entfernt. Das aber wäre nicht klug, denn Bram hat in seinem Lager trotz seiner Irinnen im Vergleich weniger Frauen als wir!«

Thorolf lächelte, doch alle begriffen, dass er Brams Männern zutraute, über jede Frau herzufallen, die so unvorsichtig war, sich ihrer Ansiedlung zu nähern.

»Ich bemerke Anzeichen von Verstand bei dir«, meinte Eyvind in gutmütigem Spott und nickte. »Nimm den Sachsen mit! Den vermissen wir hier am wenigsten.«

Auch wenn Sigrids Schwangerschaft mittlerweile unübersehbar war, ärgerte er sich jedes Mal, wenn die beiden miteinander sprachen. Er hatte schon überlegt, Andreas zu Djuri und den Isländern zu schicken, damit aber hätte er offen gezeigt, dass er sich Sigrids nicht sicher fühlte.

Unterdessen war Andreas zu Ailmar getreten. »Habt ihr wirklich Spuren gefunden?«, fragte er.

»Ingridur behauptet es, und ich habe noch nie erlebt, dass sie lügt.«

»Du bist dir also nicht sicher?«

»Was sie sagt, klingt schlüssig, und sie zeigte mir auch, was sie gesehen hat!« Ailmar klang ein wenig scharf, denn ihm passte es nicht, dass sein Freund Zweifel an ihrer Entdeckung anmeldete. »Außerdem«, fuhr er fort, »erklärte sie mir, wie die Leute hier leben. Anders als wir bleiben sie nicht fest an einem Platz, sondern ziehen mehrmals im Jahr weiter. Allerdings kehren sie immer an die gleichen Orte zurück. Hier an der Küste sollen sie im Frühjahr erscheinen.«

»Das klingt seltsam, ist aber möglich.« Andreas dachte kurz nach und zog seinen Freund näher an sich. »Wenn ich weg bin, so halte ein Auge auf Sigrid! Sie ist seltsam geworden, seit sie schwanger ist.«

»Seltsam?« Ailmar lachte hart auf, denn er kannte Sigrids Wutanfälle, bei denen einem Mann schon einmal ein Trinkhorn oder ein anderer Gegenstand nachfliegen konnte. Selbst Eyvind war davor nicht gefeit. Aber er konnte nichts dagegen unternehmen, weil Hekja ihn gewarnt hatte, dass Sigrid durch Schläge ihr Kind verlieren könnte.

»Ich kann sie verstehen! Immerhin ist sie von dem Mörder ihres Verlobten vergewaltigt und geschwängert worden. Sie tut mir leid«, setzte er leise hinzu.

»Mir auch! Am meisten aber ärgert mich, dass ich überhaupt nichts für sie tun kann. Ich darf nicht einmal mehr mit ihr reden, ohne dass Eyvind vor Wut zu schnauben beginnt!« Andreas verzog das Gesicht und bat dann seinen Freund, ihm genau zu berichten, was er und Ingridur entdeckt hatten.

4.

Sigrid wusste selbst nicht, weshalb sie so leicht die Fassung verlor. Eine andere Frau hätte sich vielleicht in die Verhältnisse gefügt und Eyvind als ihren Ehemann angesehen. Doch dies ließ ihr Stolz nicht zu. Immer, wenn er davon sprach, bald einen Sohn in den Armen zu halten, höhnte sie, dass es eine Tochter werden würde. Sie wusste, wie sehr er sich darüber ärgerte, und freute sich über den heimlichen Spott seiner Männer, weil es ihm nicht gelang, ihrer Herr zu werden. Um ihn noch mehr zu ärgern, ging sie jetzt auf Andreas, Ingridur und Ailmar zu und lauschte dem Bericht der Skrälingerin. Als Ingridur fertig war, machte Andreas eine ärgerliche Handbewegung.

»Eyvind hätte hier nicht ohne gründliche Erkundung siedeln dürfen. Weder wissen wir, was für Menschen hier leben, noch, wie viele es sind.«

»Er wurde aus Norwegen verbannt und musste damit rechnen, von den Anhängern der Könige Inge und Sigurd bis nach Island verfolgt zu werden«, wandte Ailmar ein.

»Das mag alles sein! Er hätte jedoch alle Siedler zusammenhalten und eine Stadt errichten sollen, so wie es in den östlichen Marken des Heiligen Römischen Reiches geschieht. Noch besser wäre es gewesen, erst einmal auf einer der vorgelagerten Inseln zu siedeln und von dort aus dieses Land zu erkunden. Da die Skrälinger nach Ingridurs Worten keine großen Schiffe besitzen, hätten wir uns dort mit Leichtigkeit festsetzen können.«

»Wollen wir uns überhaupt hier festsetzen?«, fragte Sigrid bissig. »Ich zumindest habe den Vorsatz nicht aufgegeben, in meine Heimat zurückzukehren.«

»Verzeih!«, bat Andreas. »Ailmar und ich haben das auch nicht. Aber wir können kein Schiff stehlen und damit losfahren.«

Sigrid lächelte schmerzlich. »Verzeih du mir, dass ich dich angefahren habe! Im Augenblick ist uns der Weg nach Hause verwehrt. Aber es werden bessere Tage kommen.«

»Wollen wir es hoffen.« Andreas berührte kurz ihren Arm und erwiderte ihr Lächeln. Beide achteten nicht darauf, dass Eyvind zu ihnen hersah und die Fäuste ballte.

»Ihr solltet heute noch aufbrechen«, rief er Thorolf missgelaunt zu.

Obwohl dies hieß, unter Umständen mindestens einmal im Wald unter freiem Himmel übernachten zu müssen, nickte dieser. »Komm, Andreas! Lass dir von Hekja ein wenig Mundvorrat geben, damit uns die Mägen nicht zu früh knurren, und dann geht es los.«

Andreas sah Sigrid entsagungsvoll an. »Also dann, bis bald!«

»Bis bald!«, antwortete sie und wischte sich eine Träne aus den Augenwinkeln.

Mit einem Mal überfiel sie die Angst wie ein Fieber. Wenn hier wirklich Skrälinger lebten, würde es zum Krieg kommen, und sie traute es Eyvind zu, mit Andreas so zu verfahren, wie König David es mit Uriah, dem Ehemann der Bathseba, getan hatte. In den Nächten, in denen sie wach lag und ihr Kind spürte, hasste sie Eyvind voller Inbrunst, weil sie von ihm schwanger war und nicht von dem Mann, den sie liebte. Manchmal glaubte sie, es würde ihr niemals gelingen, Andreas ihre Liebe zu beweisen. Eyvind bewachte sie ständig, sodass sie nicht in der Lage war, mehr als ein paar belanglose Worte mit Andreas zu wechseln. Und nun musste er das Dorf verlassen, um die anderen Siedler zu warnen. Dabei konnten schon Dutzende oder gar Hunderte Skrälinger in den Wäldern lauern und jeden töten, auf den sie trafen.

Auch Ailmar war besorgt. »Gib auf dich acht!«, bat er Andreas. »Nicht, dass dich die Skrälinger abfangen.«

»Das sollen sie tunlichst unterlassen!« Andreas machte sich für den Marsch bereit und verließ dann zusammen mit Thorolf die Siedlung.

Kaum waren sie fort, trat Eyvind zu Sigrid. »Musst du mich vor allen Leuten zum Narren machen?«, fuhr er sie zwar leise, aber mit ziemlicher Schärfe an.

»Andreas ist der Sohn eines guten Freundes meines Vaters.

Auch war er dessen Gast und mir hochwillkommen. Du hingegen bist mit dem Schwert in der Hand in das Haus meines Vaters eingedrungen, hast meinen Verlobten ermordet und mich geraubt. Soll ich dir dafür dankbar sein?«, rief sie voller Zorn.

»Du trägst meinen Sohn!«

»Ich trage meine Tochter! Du hast mit dem Kind nicht mehr zu tun als ein Frauenschänder, der einem Weib Gewalt angetan hat.«

Es war eines der vielen Duelle, die sie seit Wochen ausfochten und bei denen keiner auch nur einen Fingerbreit nachgeben wollte. Eyvind erwartete von Sigrid, dass sie endlich ihren Widerstand aufgeben und sich fügen würde, während sie ihm jedes seiner Worte übel zu nehmen schien.

»Du wirst mir gehorchen und den Platz hier einnehmen, den ich für dich bestimmt habe!«, erklärte er grollend.

»Ich werde den Platz einnehmen, den mein Vater und der Mann, dem er mich anvertraut, für mich bestimmen werden«, antwortete Sigrid mit fester Stimme.

»Das sind doch Hirngespinste! Norwegen ist fern, und hier bin ich der Herr. Alle haben mir zu gehorchen!«, fuhr Eyvind auf.

»So wie Bram und Bolverk?«, fragte Sigrid höhnisch, da die beiden sich am heftigsten gegen Eyvinds Autorität auflehnten.

Für einen Augenblick sah es so aus, als wolle er sie trotz Hekjas Warnung schlagen. Sigrid wandte ihm das Gesicht zu, bereit, den Hieb hinzunehmen, ohne mit der Wimper zu zucken. Doch gerade diese Geste hielt ihn auf.

Eyvind stieß einen Fluch aus und fasste sie dann unter dem Kinn. »Wenn die Skrälinger kommen, werden auch Bram und Bolverk sich glücklich schätzen, meinen Befehlen gehorchen zu dürfen! Den Berichten zufolge, die ich über sie gehört habe, sind es harte Krieger.«

»Vielleicht besiegen sie dich!«, stichelte Sigrid weiter.

»Das wird nicht geschehen! Ich habe die besten Kämpfer Norwegens hierhergebracht. Wir werden selbst einem zehnfach überlegenen Feind trotzen.« Nach diesen Worten ließ Eyvind sie los und ging.

»Dieser Mann ist mir ein Rätsel«, murmelte Hekja, die hinzugetreten war, um Sigrid notfalls beistehen zu können. »Immer, wenn ich glaube, du hättest ihn so weit gereizt, dass er dich verprügelt, tut er es doch nicht. Inzwischen glaube ich sogar, dass er dich nicht aus Ruhmsucht geraubt hat, sondern weil er dich liebt.«

»Dieser Mann weiß nicht, was Liebe ist!«, fauchte Sigrid.

Hekja lachte auf ihre Greisenart. »Vielleicht weiß er das eher als du! Wenn du so weitermachst, bringst du noch beiden Männern Unglück, Eyvind und Andreas.«

»Du bist eine alte Unke!« Trotz ihrer heftigen Antwort klang Sigrid unsicher.

Alle hatten erwartet, als Gefährtin des Anführers würde sie die anderen Frauen anführen und ihnen die Arbeit zuteilen, die zu erledigen war. Damit aber hätte sie sich Eyvinds Willen gebeugt, und das wollte sie nicht. Stattdessen hatte sie diese Aufgabe Hekja überlassen. Als Sklavin hatte diese jedoch nicht das Ansehen, freien Frauen befehlen zu können. Daher lag einiges in der Siedlung im Argen. Nun schämte sie sich deswegen, denn dieses Verhalten war Jarl Ulfars Tochter unwürdig.

Ihr Rang war der höchste unter den Frauen, und es gab keine, die sie hätte ersetzen können. Auch wenn es sie schmerzte, Dinge zu tun, die Eyvind zugutekamen, durfte sie ihre Gefährtinnen nicht vergessen. Sie musste an Hlif und ihre anderen Mägde denken. Eyvind hatte diese auf Brams Forderung hin mehreren von dessen Männern überlassen.

»Ich hätte Eyvind vorschlagen sollen, dass Hlif, Sibba, Olaug und meine anderen Mägde hier bei uns bleiben und mich unterstützen dürfen, wenn ich im Gegenzug die Herrschaft über die Frauen übernehme«, murmelte sie und wandte sich wieder Hekja zu.

»Also gut!«, sagte sie. »Ich werde mich in meine Pflichten fügen. Allerdings fordere ich einen Gefallen von dir. Du hast von einem Zauber gesprochen, der dafür sorgt, dass ein Weib nur Töchter bekommt.«

»Ich habe dir doch bereits dieses Pulver gegeben, damit es so kommt«, wandte Hekja ein.

»Das genügt mir nicht!«, erklärte Sigrid mit dunkler Stimme. »Ich forderte absolute Gewissheit!«

»Wenn Eyvind davon erfährt, wird es uns beiden schlecht ergehen!« Noch während sie es sagte, begriff Hekja, dass Sigrid eher bereit war, alles zugrunde gehen zu lassen, als Eyvind den Triumph eines Sohnes zu gewähren.

Mit einem Seufzer senkte sie den Kopf. »Da du es willst, werde ich die alten Götter beschwören, damit dein Schoß ein Mädchen gebiert. Das ist allerdings Heidenwerk.«

Hekja wirkte unsicher, denn die Priester wurden rasch zornig, wenn sie den Verdacht hegten, jemand könnte noch die Asen Odin, Thor oder in diesem Fall die Göttinnen Frigg und Freya anrufen. Dann aber lachte sie über sich selbst. Hier gab es keinen Priester. Unter all den Menschen und Dingen, die er für die Besiedlung brauchte, hatte Eyvind einen Mann Gottes als am wenigsten wichtig erachtet.

»Wir machen es!«, versprach sie. »Es darf uns aber um Gottes willen keiner dabei ertappen.«

Sigrid lächelte zufrieden. Auch wenn sie in Zukunft den Haushalt so führen würde, wie es der Tochter eines Jarls zukam, so wollte sie Eyvind nicht den Triumph gönnen, seinen Männern einen Sohn zeigen zu können.

5.

Andreas fand es eigenartig, wie sehr sich Gefühle wandeln konnten. Waren sie gestern noch unbeschwert in der Umgebung der Siedlung umhergeschweift, so achteten Thorolf und er nun auf jedes möglicherweise verräterische Geräusch um sich herum.

»Der Teufel soll die Skrälinger holen!«, rief Thorolf nach einer Weile. »Bis heute Mittag waren wir überzeugt, dass es hier keine

Skrälinger gibt, und jetzt erwarten wir, hinter jedem Busch einen zu sehen.«

»Das Land hätte besser erforscht werden müssen«, antwortete Andreas.

»Und wie? Ingridur sagte, die Skrälinger würden sich drei Tagesmärsche im Binnenland aufhalten. So weit wären wir niemals vorgedrungen!«

»Wir hätten Spuren ihrer Anwesenheit entdecken können.«

Thorolf blieb stehen. »Ihr Sachsen mögt eure Bedenken haben, doch wir Nordmänner handeln nach unserem Gefühl. Auf diese Weise siedelte Ingolf Arnarson sich auf Island und Erik Thorvaldsson auf Grönland an, ohne dass es zu Problemen gekommen wäre.«

»Ihr wusstet, dass es hier Menschen gibt, denn ihr kanntet die Berichte der Grönländer! Eyvind hat Ingridur mitgenommen, doch anstatt ihr Wissen auszunützen, habt ihr beschlossen, dass es hier keine Skrälinger gibt und ihr das Mädchen daher nicht braucht.«

»Sachse, wenn wir hier je einen Gesetzessprecher benötigen, werde ich dich vorschlagen. Du bedenkst jede Seite, als wäre sie deine eigene«, erklärte Thorolf kopfschüttelnd. »Was bringt es, über das Vergangene zu jammern? Wir müssen uns der Situation so stellen, wie sie jetzt ist!«

»Ist das nicht ein wenig kurz gedacht?«, fragte Andreas. »Wir sollten mehr über die Skrälinger wissen, um mit ihnen verhandeln zu können.«

Thorolf sah ihn erstaunt an. »Was heißt hier verhandeln? Wir unterwerfen sie, so wie wir in Halogaland die Fenni unterworfen haben. Sie werden Abgaben entrichten und uns einige Weiber überlassen müssen.«

»Wenn es Krieger sind, werden sie ihre Frauen verteidigen!« Andreas befand sich schon etliche Monate bei den Nordleuten, begriff aber noch immer nicht, mit welcher Arglosigkeit diese an viele Dinge herangingen.

»Bei der Besiedlung der Slawengebiete im Heiligen Römischen

Reich meiden unsere Lokatoren deren Dörfer und legen ihre Städte abseits davon an. Vor allem aber lassen sie die Hände von deren Weibern, und die sind wirklich hübsch. Ich habe ein paar Wagrierfrauen gesehen, nach denen würdest du dir die Hände abschlecken.«

»Wagrier, Pommorzen und wie sie alle heißen, sind Leute wie wir. Die Skrälinger hingegen sind Wilde«, antwortete Thorolf verächtlich. »Außerdem sollten wir jetzt schneller gehen, sonst erreichen wie Djuris Hof heute nicht mehr und müssen doch im Wald übernachten.«

»Höre ich Angst vor den Wilden aus deinen Worten?«, fragte Andreas grinsend und bückte sich blitzschnell, um dem Schlag zu entgehen, zu dem Thorolf angesetzt hatte.

»Verfluchter Sachse!«, schimpfte dieser und musste lachen. »Du bist mir als Weggefährte trotzdem um vieles lieber als Alvidr und einige andere, denn mit dir zu reden ist nie langweilig. Erzähle mir von den Siedlungen, die in deiner Heimat gegründet werden. Vielleicht kann man einen Teil des Wissens auch hier brauchen.«

Sie gingen weiter. Obwohl sie ihre Unterhaltung fortsetzten, blickten sie sich immer wieder forschend um. Von den Skrälingern war keine Spur zu entdecken, und doch kam ihnen das Land anders vor als in den letzten Tagen.

Da sie rasch gingen und keine Pause einlegten, erreichten sie Djuris Hof kurz vor Sonnenuntergang. Im Gegensatz zu Eyvind, der seine Siedlergruppe trotz ihrer größeren Zahl beisammengehalten und ein großes Dorf hatte errichten lassen, hatten die Isländer im Abstand von bis zu einer halben Stunde Weges gesiedelt. Teilweise bewohnten nur fünf oder sechs Männer einen Hof. Diesen gegen eine Schar zu allem entschlossener Skrälinger zu verteidigen, schien unmöglich.

Nicht nur Andreas schüttelte den Kopf. Auch Thorolf fand, dass die Isländer unvorsichtig gehandelt hatten. Er begrüßte Djuri und dessen Leute, nahm den Becher, den man ihm reichte, und bat dann, die Anführer der einzelnen Höfe zusammenzurufen.

»Doch nicht noch heute!«, rief Djuri verwundert. »Es ist gleich dunkel. Bis meine Knechte überall waren und die Nachbarn gekommen sind, ist Mitternacht vorüber.«

»Dann wirst du den anderen die Nachricht übermitteln müssen. Andreas und ich werden morgen früh wieder aufbrechen«, erklärte Thorolf mit Nachdruck.

»Was gibt es so Wichtiges, dass ihr nicht einmal einen Tag bleiben könnt?«

»Wir haben erfahren, dass es in dieser Gegend noch immer Skrälinger gibt und diese spätestens im Frühjahr wieder ans Meer kommen werden.«

Auf Thorolfs Worte hin blieb es eine gewisse Zeit still. Schließlich winkte Djuri mit einem Lachen ab. »Bis dorthin haben wir noch viel Zeit.«

»Täusche dich nicht! Der Herbst ist bald zu Ende, und der Winter vergeht schneller, als du denkst«, wandte Andreas ein.

»So ist es«, stimmte Thorolf ihm zu. »Ihr solltet eure Höfe aufgeben und zu Eyvinds Siedlung zurückkehren. Wir werden sie mit einem Wall schützen, damit wir den Skrälingern gegenüber im Vorteil sind.«

Djuri Ulfgeirrson kratzte sich am Kopf und sah sich in seinem Heim um. Es war kein großes Haus, nur so lang wie fünf Männer und gut zwei breit. Im Gegensatz zum Haus seines Vaters bestand es zur Gänze aus Holz, und er fühlte sich wohl darin. Der Gedanke, es aufzugeben und sich Eyvinds Siedlung anzuschließen, gefiel ihm gar nicht.

»Wir haben bereits die Wintersaat ausgebracht«, sagte er, um seinen Widerstand anzudeuten.

»Die könnt ihr auch von der Siedlung aus ernten«, schlug Thorolf vor.

»Nicht, wenn wilde Tiere oder Skrälinger, falls es diese tatsächlich geben sollte, alles zerstören!« Nun verteidigte Djuri seine Ansichten schon hartnäckiger.

»Er wird nicht kommen«, raunte Andreas Thorolf zu.

Dieser kaute verärgert auf den Lippen herum. »Du hast nur vier Knechte bei dir«, sagte er schließlich zu Djuri. »Zu fünft könnt ihr euch gegen eine Horde Skrälinger niemals durchsetzen. Nur wenn wir alle zusammenstehen, wird uns das gelingen.«

»Es ist wichtig, dass ihr euch Eyvind anschließt«, erklärte nun auch Andreas. »Wenn euch die Skrälinger überfallen und töten, schwächt es unsere Seite. Außerdem würden sie dabei Waffen erbeuten, mit denen sie weitere Siedler töten können.«

Bei diesen beschwörenden Worten zog Djuri den Kopf ein, und auf seinem Gesicht arbeitete es. »Ich werde mit den anderen reden«, sagte er nach einer kurzen Pause.

»Ihr müsst euch rasch entscheiden«, drängte Andreas.

Da legte Thorolf ihm die Hand auf die Schulter. »Lass Djuri Ulfgeirrson und den anderen Zeit, sich daran zu gewöhnen. Sie werden die richtige Entscheidung treffen!«

»Gebe es Gott!«, antwortete Andreas. Er begriff aber, dass er an dieser Stelle nicht mehr ausrichten konnte.

6.

Als Andreas und Thorolf Djuri Ulfgeirrson verließen, nahmen sie die Hoffnung mit, dieser werde sich die Sache überlegen und seine Nachbarn dazu überreden, sich Eyvind anzuschließen. Ihr nächstes Ziel lag fast eine Tagesreise entfernt, und sie mussten beinahe die ganze Strecke durch dichten Wald gehen.

Bolverks Hof zählte zu den größeren, denn er hatte nach Eyvind und Bram die drittmeisten Siedler. Ebenso wie die Isländer hatte auch der Färinger nicht die geringsten Anstalten zum Schutz seiner Siedlung unternommen. Sein Hof war größer als sein altes Gehöft auf den Färöerjar und lag in einer Mulde, die einen gewissen Schutz vor dem Wind bot. Dazu hatte er so viel Wald gerodet, als wolle er im Frühjahr etliche Dutzend Morgen Land unter den Pflug nehmen.

Der Eingang in seine Halle war niedrig, und so mussten Andreas und Thorolf sich tief bücken, um nicht mit dem Kopf am Türbalken anzuschlagen. Innen stand Skeggi und deutete mit einem höhnischen Grinsen einen Schwerthieb an. Wie es aussah, hatte er seine Niederlage gegen Andreas weder vergessen noch vergeben.

Bolverk empfing sie auf seinem Hochsitz thronend wie ein König. Seit er sich hier angesiedelt hatte, hielt er kaum noch Kontakt zu Eyvind und sah daher dessen Boten neugierig entgegen.

»Ich grüße dich, Bolverk«, begann Thorolf, um von Skeggi sofort unterbrochen zu werden.

»Das heißt Jarl Bolverk Ornolfson!«

»Hier gibt es noch keine Jarle, sondern nur Siedler. Wie das Land einmal geordnet werden soll, muss noch bestimmt werden«, antwortete Thorolf verärgert.

»Da sind Jarl Bram, Jarl Eskill und ich anderer Meinung«, erklärte Bolverk von oben herab.

»Hier wachsen die Jarle wohl wie Pilze im Wald«, spottete Andreas.

»Du! Mit dir bin ich noch nicht fertig!«, brüllte Skeggi und zog sein Schwert. Keinen Augenblick später trat ihm Thorolf zwischen die Beine, und er taumelte jaulend in die Ecke.

»In deiner Halle wurde ich schon einmal höflicher empfangen!«, erklärte Thorolf schneidend. »Auch wenn du, Bram, und einige andere euch jetzt Jarle nennt, so seid ihr doch nur Bauern, die Jarl Eyvind Gefolgschaft geschworen haben.«

Der Hieb saß. Bolverk krallte die Rechte in seinen bis zur Brust reichenden Bart und suchte nach einer passenden Antwort. Einige seiner Männer hatten zu ihren Waffen gegriffen, wussten aber nicht, ob sie Thorolf und Andreas angehen sollten oder nicht. Immerhin war Eyvind ihr Anführer während der Überfahrt gewesen, und noch hatte sich die Siedlergemeinschaft nicht aufgelöst.

»Du hättest den armen Skeggi nicht so hart in die Eier treten sollen«, tadelte einer der Männer Thorolf.

Dieser warf dem verkrümmt in einer Ecke kauernden Burschen einen verächtlichen Blick zu. »Wer das Schwert gegen mich zieht und so das Gastrecht bricht, hat es nicht besser verdient!«

»Er wollte ja nicht auf dich losgehen, sondern auf den Sachsen«, antwortete der Färinger, begriff aber selbst, wie schwächlich diese Ausrede war.

Unterdessen beschloss Bolverk, dem Wortgeplänkel ein Ende zu machen. »Weshalb hat Eyvind euch geschickt?«, fragte er.

»Wir sind gekommen, um dich zu warnen«, erklärte Thorolf mit ernster Stimme. »Wir haben Spuren von Skrälingern entdeckt, die uns beobachtet haben.«

»Glaubst du etwa, wir zittern vor denen?«, rief einer von Bolverks Männern lachend. »Ich sage dir, was ich mit diesen Skrälingern mache. Ich schneide sie in Stücke und fresse sie roh!«

Schallendes Gelächter antwortete ihm, und einige Männer schlugen mit den Messergriffen im Takt auf den Tisch. Die meisten von ihnen waren zumindest einen Teil ihres Lebens Krieger gewesen, und zwei von ihnen hatten sogar das sagenumwobene Miklagard gesehen. Jetzt hier nur als Knechte zu arbeiten, war ihnen zu langweilig, und sie sehnten sich nach einer Herausforderung, in der sie zeigen konnten, wer sie waren.

»Ihr solltet die Gefahr nicht auf die leichte Schulter nehmen!«, brüllte Thorolf gegen den Lärm an. »In einem hat Andreas nämlich recht: Wir dürfen uns nicht zersplittern und es den Skrälingern ermöglichen, unsere Höfe und Siedlungen einzeln anzugreifen.«

Bolverk gebot seinen Leuten Ruhe und sah Thorolf von oben herab an. »Ich glaube, mein Heim wohl verteidigen zu können.«

»Du vielleicht! Aber was ist mit deinen nächsten Nachbarn? Keiner von ihnen verfügt auch nur über ein Viertel der Männer, die du mitgenommen hast.«

Diesem Argument konnte auch Bolverk sich nicht entziehen. Er kaute auf den Spitzen seines Bartes herum und wies dann nach Norden. »Wir suchen morgen Bram auf und besprechen es mit ihm. Er ist schließlich unser Anführer.«

»Als Eyvinds Stellvertreter!« Thorolf lächelte, doch Andreas spürte die Wut in ihm. Niemand von ihnen hatte erwartet, dass Bolverk sich so schnell und so offen gegen Eyvind stellen würde.

Eine Antwort erhielt Thorolf nicht. Aber rasch erfuhren er und Andreas, wie wenig sie in diesem Haus galten. Sie bekamen als Letzte zu essen, und der Schlafplatz, den man ihnen zuwies, lag am Ende der Halle auf nacktem Boden, auf den nur zwei Schaffelle geworfen worden waren.

Nach einem kargen Frühstück ging es am nächsten Morgen weiter zu Brams Siedlung. Sie war die zweitgrößte nach Eyvinds Dorf und größer als die umliegenden Siedlungen zusammengenommen, welche die Färinger, die Männer von den Orkneyjar und die von den schottischen Inseln gegründet hatten. Es war offensichtlich, dass Bram sich zu deren Oberherrn aufschwingen und dadurch in Konkurrenz zu Eyvind treten wollte.

Thorolf musterte das halbe Dutzend Langhäuser, die aus viel Holz und mit nur wenigen Rasenstücken errichtet worden waren, und fluchte leise. »Auch Bram hat nicht die geringsten Vorkehrungen getroffen, seinen Hof vor Skrälingern zu schützen!«

Andreas lächelte nachsichtig, denn bis zu Ingridurs Warnung war dies auch bei Eyvinds Siedlung nicht geschehen. Nun aber galt es, Bram die Nachricht zu überbringen, dass dieses Land doch nicht so menschenleer war, wie alle angenommen hatten.

Bram überwachte gerade den Bau eines Schuppens, als er die beiden mit Bolverk und mehreren Färingern herannahen sah. In aller Ruhe erteilte er seinen Leuten noch einige Anweisungen und wandte sich dann erst den Gästen zu.

»Sei mir willkommen, Bolverk!«, grüßte er, um dem Verbündeten zu zeigen, dass seine Unhöflichkeit nicht diesem galt.

»Ich danke dir, Bram. Thorolf und der Sachse sind mit einer Nachricht von Eyvind gekommen. Man will bei dessen Lager einen Skrälinger entdeckt haben«, antwortete Bolverk, obwohl es Thorolfs Recht gewesen wäre, dies mitzuteilen.

Bram hob kurz die rechte Augenbraue. »Es gibt sie also doch!«, sagte er zufrieden und sprach Thorolf direkt an. »Habt ihr den Kerl gefangen?«

»Nein, wir haben nur seine Spuren entdeckt.« Eigentlich hatte Thorolf zugeben wollen, dass sie das alles nur von Ingridur wussten, doch die Art, mit der Bolverk und Bram ihn empfangen hatten, kränkte ihn, und so schränkte er seine Auskunft auf das Notwendigste ein.

»Es gibt sie also doch!«, wiederholte Bram und grinste. »Dann wissen wir wenigstens, wo wir die Weiber für den Winter herbekommen.«

»Wir sollten versuchen, mit den Einheimischen zu einer friedlichen Übereinkunft zu gelangen«, wandte Andreas ein, »denn wir wissen weder, wie viele es sind, noch, welche Völker sich noch in der Nähe befinden.«

»So spricht nur ein sächsischer Feigling!«, höhnte Brodir, der vor einigen Wochen ebenso wie Skeggi von Andreas und Ailmar besiegt worden war und dies ebenfalls nicht verwunden hatte.

»Seit wann ist kluges Verhalten feige?«, fragte Andreas scharf.

Da kam Bram auf ihn zu und legte ihm beide Arme auf die Schultern. »Wir sind in dieses Land gekommen, um es mit dem Schwert in der Hand zu unterwerfen, und das werden wir auch tun.«

»Bevor man das Schwert zieht, sollte man wissen, gegen wen man kämpfen will«, wandte Andreas ein.

»So ist es!«, stimmte Thorolf ihm zu.

Selbst Bolverk schien dies einzusehen, doch Bram lachte nur. »Wir sind stark genug, um ein paar Wilde niederwerfen zu können, und etwas anderes sind diese Skrälinger nicht. Ihnen wird es nicht anders ergehen als den Fenni in Halogaland!«

»Du vergisst, dass Eyvind unser aller Anführer ist. Ohne seinen Befehl wird keiner das Schwert gegen die Skrälinger ziehen!« Thorolf wurde schärfer, denn Streit und Uneinigkeit stellten die schlimmsten Gefahren für die Siedler dar.

Bram winkte ab. »Eyvind mag dein Anführer sein, aber er ist nicht der meine und nicht der von Bolverk und den anderen, die hier in dieser Gegend siedeln. Wir folgen keinem Mann, der nicht einmal in der Lage ist, das Weib zu zähmen, welches seine Brut trägt.«

Für Thorolf bedeutete dies zweierlei. Zum einen wollte Bram

sich mit seinen Anhängern offen von Eyvind abspalten, und zum Zweiten musste es einen Zuträger in dessen Siedlung geben. Andernfalls hätte er nicht wissen können, dass Sigrid sich immer noch sträubte, Eyvind zu gehorchen. Mit einer gewissen Verzweiflung versuchte er, den Schaden so gering wie möglich zu halten.

»Wir sind fremd in diesem Land, Bram, und sollten daher zusammenhalten. Später, wenn die Skrälinger besiegt und uns untertan sind, können wir immer noch sagen, dieser Teil ist Eyvinds Reich, dieser Brams, jener Bolverks ...«

»Und das Faralds und das Thorolfs, wolltest du sagen«, fiel ihm Bram spöttisch ins Wort. »Dies würde bedeuten, dass wir alle erst einmal Eyvinds Macht stärken, bis er so groß wie ein König ist und wir ihm alle gehorchen müssen. Nein, Thorolf Agnarson, dazu bin ich nicht bereit!«

»Und ich auch nicht!«, rief Bolverk, der im Grunde weder Eyvind noch Bram über sich sehen wollte.

»Wir können uns mit Eyvind verbünden, wenn es sein muss, aber zu unseren Bedingungen«, fuhr Bram fort.

»Ihr verfügt über weniger als ein Viertel aller Siedler! Das gilt auch für die Krieger, zudem liegen eure Höfe weit verstreut. Damit könnt ihr euch nicht gegen einen entschlossenen Feind halten«, beschwor Thorolf die beiden.

»Wir sind eher ein Drittel und alles kühne Männer und kaum Sklaven!« Bram streifte Andreas mit einem verächtlichen Blick, während Bolverk eifrig nickte.

»Sage Eyvind, dass wir den Bach, der im Süden bei den zwei Schären ins Meer mündet, als Grenze zwischen seinem und unserem Gebiet ansehen!«, erklärte Bram.

»Diese Forderung ist eine Frechheit, denn dadurch würdet ihr mehr als die Hälfte der Halbinsel für euch beanspruchen«, antwortete Thorolf mühsam beherrscht.

»Bevor ihr Land fordert, das ihr erst in Jahrzehnten unter den Pflug nehmen könntet, solltet ihr erst einmal dafür sorgen, das zu behalten, was ihr jetzt habt!« Andreas' Stimme hatte ebenfalls an Schärfe gewonnen.

»Eyvind mag sich vor Pfeilspitzen aus Stein fürchten. Wir tun es nicht«, erklärte Bram und wies auf eine einfache Hütte. »Ihr könnt in einem unserer Schuppen schlafen und morgen zu Eyvind zurückkehren.«

Es war für Thorolf ein Schlag ins Gesicht. Seine und Faralds Mutter, Brams Mutter und Eyvinds Mutter waren Schwestern gewesen. Als Verwandter hätte ihm in Brams Halle ein Ehrenplatz gebührt, doch sein Vetter behandelte ihn wie einen x-beliebigen Knecht.

»Ich ziehe die Kronen der Bäume als Dach für die Nacht deinem Schuppen vor, Sohn meiner Tante. Möge der Tag kommen, an dem du dich wieder besinnst, was du deiner Sippe schuldig bist. Komm, Andreas, wir gehen!«

»Sehr gerne.« Andreas zeigte ebenfalls deutlich, was er von Brams Gastfreundschaft hielt, der ihnen weder etwas zu essen noch zu trinken hatte anbieten lassen.

»Ich halte dich nicht auf, Eyvinds Knecht«, antwortete Bram und wandte sich an Bolverk. »Du wirst deinen jetzigen Hof aufgeben und dich bei mir ansiedeln! Das werden auch Eskill und die anderen tun.«

»Aber ist das wirklich nötig?«, hörten Andreas und Thorolf Bolverk noch sagen, als sie gingen. Brams Antwort vernahmen sie nicht mehr.

Dennoch musste Thorolf grinsen. »Es wird Bram nicht leichtfallen, Bolverk und den Rest hier auf Dauer für sich zu gewinnen. Er hat die Saat der Zwietracht gesät, und diese wächst von allen Pflanzen am schnellsten!«

»Aber er schwächt unsere Schlagkraft gegen die Skrälinger«, sagte Andreas grollend.

»Das tut er! Und dafür soll ihn der Teufel holen, und auch dafür, dass er uns um das Nachtmahl und ein anständiges Lager gebracht hat!« Thorolf fluchte und verließ Brams Siedlung, ohne sich noch einmal umzuschauen.

7.

Es wurde tatsächlich ein Nachtlager im Wald mit Wasser aus einer Quelle als einziger Labe. Andreas und Thorolf waren kräftig genug, um auf eine Mahlzeit verzichten zu können. Trotzdem wurmte es den Norweger, von Bram gegen alle Regeln der Gastfreundschaft behandelt worden zu sein. Während sie an ihrem kleinen Lagerfeuer den Geräuschen des nächtlichen Waldes lauschten, ergriff Thorolf einen Zweig und stocherte damit im Feuer herum.

»Bram ist ein Narr!«, sagte er knurrig.

»Weshalb tut er das?«, fragte Andreas. »Du, Farald, Eyvind und er seid doch Vettern. Auch dachte ich, er wäre Eyvinds Freund von Jugend an.«

»Was ihm die Verwandtschaft gilt, hast du heute gesehen. Ich glaube, ich lerne Bram erst jetzt richtig kennen – und auch das, was ihm seine Freundschaft zu Eyvind wert ist«, antwortete Thorolf nachdenklich. »Die beiden wuchsen auf benachbarten Höfen auf, wobei Eyvind den Vorteil hatte, Jarl Erlings Sohn zu sein. Brams Vater war dessen bevorzugter Gefolgsmann. Daher war es kein Wunder, dass Bram sich an Eyvind hielt. Später schlossen sich beide dem Thronanwärter Sigurd Magnusson Slembe an. Bram mag gehofft haben, dieser werde ihn ebenso wie Eyvind zum Jarl ernennen. Doch Sigurd Slembe scheiterte, und damit waren beide geächtet. In jenen Stunden entwarf Eyvind den großen Plan, Vinland zu erobern, und sammelte Sigurd Slembes vertriebene Anhänger um sich. Auch Bram folgte ihm, doch ich glaube, dass dieser schon damals plante, sich von Eyvind zu trennen und sein eigenes Reich zu errichten.«

»Es ist dumm, etwas zu begehren, was man nicht kennt, und sich dann auch noch zu schwächen, bevor man es hat«, wandte Andreas ein.

Thorolf nickte mit bedrückter Miene. »Das ist es ganz gewiss! Es ist wie ein Feuer, das Männer verzehrt. Wenn ich daran denke, wie Bram sich auf den Orkneyjar verhalten hat, so war er schon damals davon befallen. Der Grund ist wahrscheinlich Sigrid.«

»Wieso?«

»Eyvind hat eine Frau hoher Abkunft mitgebracht, während Bram sich mit irischen Sklavinnen begnügen muss. Hätte Sigrid sich in ihr Schicksal gefügt und wäre aus freien Stücken Eyvinds Eheweib geworden, so hätte dieser genug Ansehen erworben, um zu verhindern, dass Bram ihm Siedler abspenstig machen könnte. Zudem hatten wir Pech auf der Fahrt nach Island und verloren das Schiff und gute Männer. Das konnte Bram ausnützen, um das Vertrauen einiger in Eyvind zu erschüttern. Erinnere dich, dass Bram dessen Pech immer wieder zur Sprache gebracht hat.«

Thorolf legte ein Stück Holz nach. Anschließend warf er einen Blick auf den nächtlichen Wald, doch bis auf die Geräusche ihnen bekannter und unbekannter Tiere blieb alles ruhig.

»Bram nutzt alles aus, um Eyvinds Ansehen zu schmälern. Anstatt hervorzuheben, dass unsere Flotte trotz der Unterschiedlichkeit ihrer Schiffe heil die Küste dieses Landes erreicht hat, hat Bram den Verlust jenes Schiffes herausgestellt, das zu nahe an den Eisberg herangefahren ist.«

»Obwohl Eyvind gerade dies verboten hatte!«

Thorolf nickte. »So ist es! Er machte Eyvind auch den Nebel zum Vorwurf, obwohl wir trotzdem Land erreicht haben, und bestand darauf, dass mehrere Siedlungen gegründet wurden, obwohl es klüger gewesen wäre, uns erst einmal an einer Stelle festzusetzen.«

Sie schwiegen eine Zeit lang nachdenklich und kamen dann auch auf die Skrälinger zu sprechen. Sie waren sich einig, dass es keine bessere Lösung gab, als erst einmal Frieden mit ihnen zu halten.

»Das wird Bram jedoch nicht tun und uns damit voraussichtlich in harte Kämpfe verwickeln«, sagte Thorolf bedauernd und erklärte, müde zu sein.

»Sollen wir abwechselnd Wache halten?«, fragte Andreas.

»Wozu? Ich habe hier noch kein Tier entdeckt, das uns gefährlich werden kann. Hier scheint es nichts Größeres zu geben als diese seltsamen Vögel, die so gut schmecken, und dazu Hirsche und Füchse.«

»Laut Ingridur soll es auch Bären und Wölfe geben«, wandte Andreas ein.

»Hast du schon einen gesehen?«, fragte Thorolf, worauf Andreas verneinte.

»Na also! Und vor den Skrälingern haben wir, wenn wir Ingridur Glauben schenken wollen, bis zum Frühjahr unsere Ruhe.«

8.

Seefalke blieb am Rand der Lichtung stehen und blickte auf das Dorf seines Stammes. Hier verlief das Leben so, wie er es gewohnt war. Die großen, aus Holz und Rinde errichteten Langhäuser boten Platz für nahezu tausend Menschen. Ein palisadenähnlicher Zaun sorgte für den Schutz vor wilden Tieren und übermütigen Feinden. Um den Zaun herum erstreckten sich die Felder, die in dieser Zeit fleißig abgeerntet wurden. Heuer war der Mais besonders gut gediehen, und auch der Anblick der Kürbisse versprach ein Festmahl. Außerdem eigneten sich diese als Gefäße für alles Mögliche, und man konnte Gesichter hineinschneiden, um die Kinder zu erfreuen.

Beim Anblick der fleißigen Frauen und Kinder auf den Feldern dachte Seefalke an das, was er am Meer gesehen hatte. Die Lebensweise jener Eindringlinge war ihm so fremd, dass er an seiner Erinnerung zu zweifeln begann. Würde man ihm hier überhaupt glauben?, fragte er sich. Menschen, die große Teile des Waldes abholzten, um aus den Stämmen unbequeme Häuser zu errichten, und die das Wild in ihrer Umgebung ausrotteten und damit deren Geister und die des Waldes beleidigten, konnten sich seine Freunde gewiss nicht vorstellen.

Und doch musste er alles berichten. Wenn der Stamm im Frühjahr ans Meer zog, würden sie den Fremden begegnen. Mit diesem Gedanken ging er weiter und traf bald auf einen Freund.

»Du bist lange ausgeblieben, Seefalke«, rief ihm dieser neugierig zu.

»Ich war am Meer, Kürbiskopf«, antwortete Seefalke.

Der Name seines Freundes war diesem verliehen worden, weil er die besten Kürbisköpfe zu schnitzen wusste. Er war nicht nur ein großer Freund der Kinder, sondern auch ein kluger Mann, auf dessen Rat Krähenflügel, der Sachem des Stammes, mehr Wert legte als auf die Worte der meisten.

»Am Meer? Wolltest du die Fische zählen, die wir im Frühjahr fangen wollen, Seefalke?«, fragte Kürbiskopf lachend, sah dann aber die ernste Miene seines Freundes und fasste ihn am Arm. »Sind etwa feindliche Stämme in die Wälder eingedrungen?«

»Ich war nicht in den Wäldern, sondern an der Küste. Dort sind seltsame Leute aufgetaucht. Erinnerst du dich an die Erzählungen, die aus dem Norden zu uns gelangt sind, von Frauen mit Brüsten groß wie Kürbisse und von Männern, die im ganzen Gesicht behaart sind?«

»Aber das sind doch Märchen!«, wehrte Kürbiskopf ab.

»Das sind sie leider nicht! Genau solche Leute habe ich gesehen, und das hier habe ich bei ihnen gefunden.« Seefalke zog das Messer aus dem Gürtel und zeigte es seinem Freund.

Kürbiskopf betrachtete staunend die Klinge aus Stahl. Schließlich prüfte er mit dem Daumen die Schneide und zuckte zusammen, als diese mit Leichtigkeit seine Haut ritzte, sodass Blut heraustrat.

»Bei den Ahnen meiner Mutter, was ist das?«, rief er verblüfft.

»Die Fremden haben viele solche Messer. Einige sind sehr lang!« Seefalke deutete mit den Händen die Ausmaße einer Schwertklinge an.

Sein Freund sah ihn ungläubig an. »So etwas gibt es nicht!«

»Ich habe sie gesehen! Sie besitzen auch große Beile mit solchen Klingen.« Erneut nahm Seefalke die Hände zu Hilfe, um die Größe anzuzeigen.

»Und das alles aus diesem seltsamen Stein?« Kürbiskopf musterte erneut die Klinge, gab sie dann seinem Freund zurück und wies auf das Langhaus im Zentrum des Dorfes.

»Komm mit! Das muss Krähenflügel erfahren.«

Die beiden gingen weiter und trafen unterwegs auf junge Frauen, die ihnen fröhlich zuwinkten.

»Wird es im Herbst eine erfolgreiche Jagd, Seefalke?«, fragte ein hübsches Ding, das in einen knielangen Lederrock und ein Hemd aus gewebtem Bast gekleidet war und eine Kette aus hellen Muscheln in ihr langes, schwarzes Haar geflochten hatte.

Kürbiskopf lächelte, denn alle wussten, dass Akazienblüte ihre Decke liebend gerne mit Seefalke teilen würde. Doch noch zog der junge Mann es vor, im Langhaus der Jünglinge zu wohnen.

»Es wird eine gute Jagd, Akazienblüte! Aber jetzt muss ich weiter und mit Krähenflügel sprechen.« Seefalke drängte sich an ihr vorbei und eilte mit langen Schritten auf das große Langhaus zu.

Kürbiskopf folgte ihm auf dem Fuß, und nach kurzer Überlegung schloss Akazienblüte sich ihnen an. Auch ihre Begleiterinnen machten kehrt und folgten den beiden Männern. Andere bekamen ebenfalls mit, dass Seefalke mit einer wichtigen Nachricht zurückgekehrt sein musste, und strömten auf die Gruppe zu.

Der Eingang zum Langhaus stand offen, und Seefalke trat ein. Hier wohnte nicht nur ihr Sachem Krähenflügel, sondern auch dessen gesamte Sippe, und so liefen ihm mehrere kleine Kinder vor die Füße. Mit einem nachsichtigen Lächeln hob Seefalke eines nach dem anderen auf und stellte es ein Stück beiseite, damit er zur Stirnseite des Gebäudes gelangen konnte. Dort saß Krähenflügel, das Oberhaupt ihres Stammes, auf dem Fell eines weißen Hirsches und blickte ihm mit unbewegter Miene entgegen. Er war ein großer, hagerer Mann, dessen Haare bereits den Schnee des Alters trugen. An Weisheit kam ihm keiner im ganzen Stamm gleich.

»Du bist lange ausgeblieben, Seefalke. Deine Augen müssen daher Unbekanntes gesehen haben«, sagte er, als der junge Mann vor ihm stehen blieb.

»Zeige ihm das Messer!«, forderte Kürbiskopf seinen Freund auf.

Seefalke tat es und erklärte, dass er es an der Küste gefunden habe. »Es hat Fremden gehört, die dort gelandet sind. Ich habe sie von der Höhe des Berges mit den drei Steineichen aus gesehen und mich auf den Weg gemacht, um mehr über sie zu erfahren.«

Der Sachem musterte das Messer, dann Seefalke und schließlich wieder das Messer. »In meiner Jugend bin ich weit nach Norden gezogen und habe dabei etliche Völker kennengelernt. Ein Mann besaß ein solches Messer. Es sah so aus, als hätte man es auf die Hälfte seiner einstigen Breite zusammengeschliffen, dennoch schnitt es gut. Dieses hier müsste noch besser schneiden.«

»Das tut es auch«, erklärte Kürbiskopf mit einem säuerlichen Lächeln und wies seine leicht gespaltene Daumenkuppe vor.

»Du sagst, du hättest es von Fremden erhalten?«, fragte der Sachem.

»Nicht erhalten, sondern gefunden. Einer der Fremden hatte es im Wald verloren«, erklärte Seefalke.

»Hast du mit diesen Fremden gesprochen?«, fragte der Sachem weiter.

Seefalke schüttelte den Kopf. »Ich habe sie nur aus dem Verborgenen heraus beobachtet. Auch hätte ich nicht mit ihnen reden können, denn sie verwenden eine Sprache, die nichts mit unserer Sprache oder der unserer Nachbarn gemein hat.«

»Vielleicht verstehen die Fremden oder wenigstens einer von ihnen unsere Sprache«, sagte Krähenflügel nachdenklich.

Seefalke hätte nicht zu sagen vermocht, ob es ein Tadel für ihn war, weil er nicht versucht hatte, Kontakt zu den Fremden aufzunehmen, oder nur eine Feststellung.

»Die Art, wie sie sich benahmen, hielt mich davon ab, mich ihnen zu nähern«, erklärte er und berichtete, wie viele Bäume diese Leute gefällt hatten, um ihr Dorf zu errichten.

»Auch haben sie so viel Wild getötet, dass der Wald auf eine halbe Tagesreise leer gefegt ist«, setzte er mit zorniger Miene hinzu.

»Warum sollten sie das tun? Es wird Jahre dauern, bis die Geister des Waldes das Wild zurückkehren lassen.« Kürbiskopf wusste immer noch nicht, ob das, was sein Freund berichtet hatte, der Wahrheit entsprach. Doch Seefalke hatte noch nie gelogen. Warum sollte er es ausgerechnet jetzt tun?, dachte er und war ebenso wie die anderen gespannt darauf, was Krähenflügel sagen würde. Dieser überlegte lange mit geschlossenen Augen. Als er sie wieder öffnete, wirkte seine Miene ernst.

»Es sind viele Männer mit vielen Messern?«, fragte er Seefalke.

»Ich habe mehr als zehn mal zehn Männer gezählt, und das sechs mal, aber nur wenige Frauen!«

»Vielleicht haben sich die Frauen im Dorf aufgehalten«, warf Akazienblüte ein.

Seefalke schüttelte den Kopf. »Ich habe ihr Hauptdorf lange genug beobachtet. Wären mehr Frauen dort gewesen, hätte ich sie sehen müssen.«

»Ihr Hauptdorf? Haben sie mehr als eines?«, wollte Kürbiskopf wissen.

»Ich habe ihr großes Dorf gesehen, ein etwas kleineres und mehrere sehr kleine«, berichtete Seefalke. »Die ganz kleinen Dörfer liegen immer in der Nähe eines der größeren.«

»Vielleicht erwarten sie weitere Leute ihres Volkes?«, meinte Kürbiskopf grübelnd.

»Möglich ist es!« Der Sachem nickte. »Wir werden heute im Rat darüber sprechen. Mein Vorschlag wird sein, eine Abordnung zu den Fremden zu entsenden, um in Erfahrung zu bringen, mit welchen Absichten sie gekommen sind. Wollen sie in Frieden mit uns dort leben, sollten wir ihnen helfen, sich dort einzufinden.«

»Und wenn sie keinen Frieden wünschen?«, fragte Kürbiskopf.

Krähenflügels Gesicht wurde ernst. »Kampf ist das letzte Mittel! Sie haben gute Waffen, und viele von uns würden sterben. Dies aber könnte den einen oder anderen Stamm in unserer Nachbarschaft dazu bringen, in unsere Wälder vorzudringen und sie zu seinen Jagdgründen zu machen.«

Diese Aussicht erschreckte alle. Zwar kam es gelegentlich zu kleineren Scharmützeln mit einem anderen Stamm, doch nur selten wurde ein Krieg mit solcher Härte geführt, dass der unterlegene Stamm seine Eigenständigkeit verlor und vom Sieger aufgesogen wurde.

9.

Nachdem Sigrid sich entschlossen hatte, die Führung der Frauen zu übernehmen, wurde das Leben in der Siedlung leichter. Ihr gehorchten die Frauen, und sie setzte diese nach ihren Fähigkeiten ein, sodass weitaus mehr Arbeit geleistet wurde.

Eyvind hätte daher zufrieden sein können. Doch ausgerechnet zu diesem Zeitpunkt brachten Thorolf und Andreas die Nachricht, dass Bram, Bolverk und deren Freunde ihm die Gefolgschaft verweigerten. Verärgert rief er seine engsten Getreuen zu sich und hielt mit ihnen Rat. Außer Thorolf und dessen Bruder Farald zählten auch Asmod, Bjalfi, Herjolf und Alvidr dazu. Außerdem wies Eyvind Andreas an zu bleiben.

»Was soll der Sklave dabei?«, fragte Alvidr eifersüchtig.

»Andreas ist kein Sklave mehr, sondern zählt zu meinen Kriegern. Außerdem ist er der Sohn eines Häuptlings und hat bereits Männer angeführt. Daher habe ich ihn in den Rat berufen«, erklärte Eyvind mit eisiger Stimme.

»Das ist eine weise Entscheidung. Andreas war mein Begleiter und hat Klugheit und Mut bewiesen«, lobte Thorolf die Entscheidung seines Anführers.

»Trotzdem ist es euch nicht gelungen, Bram und Bolverk zu überzeugen«, stichelte Alvidr.

»Vielleicht hättest du gehen sollen«, spottete Farald und nahm das Trinkhorn entgegen, das Sigrid ihm reichte.

Auch die anderen erhielten eines. Als sie es Andreas reichte, flammte ihr Blick leicht auf. Ihr gefiel es, dass die Brüder Farald und Thorolf ihn als gleichwertigen Mann anerkannten, denn mittlerweile waren ihr die beiden sympathisch, und sie gab viel auf ihr Urteil.

»Berichtet noch einmal genau, was ihr sowohl bei Djuri Ulfgeirrson wie auch bei Bolverk und Bram erlebt habt. Thorolf soll anfangen!«, befahl Eyvind, trank einen Schluck von dem Trank, welchen die Frauen anstelle von Met brauten, und verzog das Gesicht. Da niemand Honig gefunden hatte, mussten sich die Siedler an einen Ersatz gewöhnen, der aus Beeren und Ahornsaft vergoren wurde.

Als Thorolf mit seinem Bericht fertig war und erklären wollte, warum seiner Meinung nach Bram und Bolverk so handelten, hob Eyvind die Hand.

»Darüber werden wir im Anschluss sprechen. Jetzt soll Andreas berichten, was ihm aufgefallen ist.«

Andreas trank einen Schluck und begann zu erzählen. Zum größten Teil deckten sich seine Aussagen mit denen von Thorolf, doch er hatte mehr im Hintergrund gestanden und dadurch einige Bemerkungen von Brams Gefolgsleuten und von den Färingern aufgeschnappt, die Thorolf entgangen waren. Die Versammelten hörten ihm aufmerksam zu, und Farald hob mehrmals die Hand, als wolle er ihn unterbrechen, senkte sie aber wieder und verschob das, was er sagen wollte, auf später.

Andreas schloss mit einer bedauernden Geste. »Es tut mir leid, dass ich keine bessere Nachricht bringe, doch Bram und Bolverk müssen von Anfang an geplant haben, sich von dir zu trennen und eigene Herrschaften zu errichten.«

»So sehe ich das auch«, stimmte Farald ihm zu. Danach atmete er tief durch und sah Eyvind durchdringend an. »Bram hat mit Thorolf auch uns beide beleidigt, indem er das Gesetz der Gastfreundschaft gebrochen und die Sippenbande missachtet hat.«

»Was sollen wir deiner Ansicht nach tun? Etwa das Schwert ziehen und gegen ihn und seine Anhänger zu Feld ziehen?«, fragte Eyvind bedrückt.

»Wir kennen viele Männer, die mit ihm gezogen sind. Die meisten sind vernünftig und lassen mit sich reden. Berufe ein Thing ein und lade Brams und Bolverks Männer dazu. Vielleicht können wir den Zerfall unserer Gemeinschaft noch verhindern.«

»Faralds Rat ist gut«, erklärte Herjolf, »denn jeder von uns hat dort Freunde. Sie werden einsehen, dass wir uns in diesem Land nur gemeinsam behaupten können.«

Alvidr schüttelte unwirsch den Kopf. »Bislang haben wir nur die Behauptung des Skrälingerweibs, dass es hier andere Skrälinger geben könnte. Damit werdet ihr weder Bram noch dessen Anhänger überzeugen.«

Zu Eyvinds Leidwesen hatte er recht. Ohne einen Beweis für die Existenz der Skrälinger war ein Thing sinnlos. Nun bedauerte er, dass er in der Gewissheit, als Anführer anerkannt zu sein, darauf verzichtet hatte, ihnen einen Treueeid für die Zeit nach der Ankunft in diesem Land abzunehmen. Dann dachte er daran, wie Bram Thorolf behandelt hatte. Ein Mann, der gegen das Gastrecht verstieß und Sippenbande missachtete, würde wahrscheinlich auch einen geleisteten Schwur brechen.

Er fragte sich, was er je an Bram gefunden hatte. Als Kinder hatten sie miteinander gespielt und später als junge Burschen ihre ersten Kämpfe ausgefochten. Immer war er der Anführer gewesen und Bram sein Gefolgsmann. Selbst als sie Sigurd Magnusson Slembe gefolgt waren, um Harald Gilles' kindliche Söhne vom Thron zu stoßen, hatte er einen höheren Rang eingenommen als Bram und dies als selbstverständlich angesehen. Weshalb kündigte der ihm ausgerechnet jetzt die Gefolgschaft auf?

Eyvind wusste, dass er sich keine Zweifel anmerken lassen durfte, und forderte Thorolf daher auf, zu erklären, was er von dem Ganzen hielt. Dieser tat es ausführlich und wurde dabei so drastisch, dass Alvidr unruhig auf der Bank hin und her rutschte.

»Siehst du das nicht zu krass?«, unterbrach er Thorolf schließlich. »Ich kenne Bram als wackeren Mann, und ich glaube, keiner unter uns kann ihm etwas Böses nachsagen. Er wird enttäuscht sein, weil Eyvind seine Versprechungen nicht einhalten konnte.«

»Welche Versprechungen?«, rief Farald erregt dazwischen.

»Laut Eyvind sollte es in Vinland Skrälinger geben, die wir unterwerfen und deren Frauen wir uns nehmen könnten. Doch sind wir hier überhaupt in Vinland? Eyvind ist nicht Leifur Eiriksons und Thorfinn Karlsefnis Segelanweisungen gefolgt, sondern aufs Geratewohl gesegelt. Vinland kann daher Hunderte Meilen von hier entfernt sein, und – was noch schlimmer ist – niemand weiß, wie wir von hier nach Grönland oder Island gelangen.«

»Ich traue mir zu, den Weg zu finden«, rief Farald empört.

»Ich auch!«, erklärte sein Bruder.

»Bram würde ihn auch finden, und ich erwarte von meinem Steuermann, dass er es ebenfalls tut«, erklärte Eyvind und bedachte Alvidr mit einem vernichtenden Blick.

Dieser schrumpfte sichtlich und wagte nichts mehr zu sagen, während Farald, Thorolf, Herjolf, Asmod und Bjalfi ein heftiges Streitgespräch begannen, wie sie sich Bram und den anderen Abtrünnigen gegenüber verhalten sollten.

»Notfalls müssen wir sie mit Schwertern zum Gehorsam zwingen«, schlug Bjalfi vor.

»Und schwächen damit uns selbst! Wir würden Krieger im Kampf verlieren und könnten uns der Gefolgschaftstreue der Besiegten nicht sicher sein. Das wäre keine gute Vorbedingung, um gegen die Skrälinger zu bestehen.«

Es waren die ersten Worte, die Andreas außer seinem Bericht von sich gab, doch den anderen war klar, dass er recht hatte.

»Kampf ist sinnlos!«, stimmte ihm Herjolf zu. »Entweder wir überzeugen Bram und dessen Leute, oder wir müssen unseren eigenen Weg gehen.«

Andreas schüttelte den Kopf. »Das wird uns nicht gelingen! Für die Skrälinger sind Brams Männer und wir eins. Wenn Bram einen Krieg anzettelt, müssen wir ihn ebenfalls ausfechten.«

»Was würdest du vorschlagen?«, fragte Eyvind angespannt.

»Wir wissen weder, wie groß dieses Land ist, noch, wie viele Skrälinger es gibt. Als wir an der Küste entlangfuhren, haben wir etliche Inseln gesehen. Ich würde eine passende Insel auswählen und dort einen Stützpunkt errichten. Ein paar Skrälinger, die möglicherweise dort leben, könnten uns nicht daran hindern, sondern müssten sich unterwerfen. In den nächsten Jahren könnten wir die Umgebung erforschen, und wenn wir stark genug sind, weitere Siedlungen gründen.«

»Das ist alles schön und gut, aber dafür ist es zu spät!«, wandte Farald ein. »Wir sitzen hier und müssen zusehen, dass wir uns in diesem Land halten.«

»Was uns ohne das Wissen, was uns hier erwartet, und ohne Aussicht auf Nachschub aus der Heimat sehr schwerfallen wird«, rief Andreas beschwörend.

»Sobald wir genug Land gewonnen haben, werde ich weitere Siedler aus Norwegen und von den Inseln holen!«, erklärte Eyvind.

Ihm war klar, dass Andreas' Einwendungen richtig waren. Tatsächlich wäre es besser gewesen, die erste Siedlung auf einer der Inseln zu errichten, denn dort hätten Bram und Bolverk sich nicht von der Hauptgruppe der Siedler trennen können. Nun aber war es dafür zu spät. Er musste mit der jetzigen Lage zurechtkommen, auch wenn er im Augenblick nicht wusste, wie er diese meistern sollte, falls die Skrälinger tatsächlich kamen.

»Es ist noch sehr viel Arbeit zu leisten! Daher können wir keine Leute entbehren, die weiter ins Land vorstoßen. Um jedoch nicht blind zu bleiben, werde ich Ailmar und Ingridur aussenden, die Umgebung zu erkunden. Vielleicht entdecken sie einen Beweis für die Anwesenheit der Skrälinger, der Bram dazu bringt, sich wieder meiner Führung zu unterstellen.«

Eyvind hoffte, damit genug veranlasst zu haben. Nun galt es, die Siedlung in einen Zustand zu versetzen, in dem sie gegen einen Angriff verteidigt werden konnte. Außerdem musste sie vergrößert werden, um die Isländer und notfalls auch die Gruppen von Bram, Bolverk und den anderen abtrünnigen Anführern aufnehmen zu können.

Eyvind streckte Sigrid sein Trinkhorn hin und sah zufrieden zu, wie sie es füllte.

»So machen wir es!«, erklärte er und gab seinen Getreuen Anweisungen, was in den nächsten Tagen zu tun war. Er bezog auch Andreas mit ein, der zwar kein eigenes Gefolge hatte, aber über genug Verstand und Wissen verfügte und sagen konnte, wie ein Verteidigungswall aussehen musste.

»Dein Freund soll morgen früh mit der Skrälingerin aufbrechen und sich umsehen. Ich erwarte sie, wenn sie nichts Auffälliges entdecken, in zwei bis drei Wochen zurück«, sagte er noch und hob dann sein Horn. »Auf uns und unseren Erfolg!«

Andreas wechselte einen kurzen Blick mit Sigrid, bevor auch er sein Trinkhorn ergriff. Sie sollte wissen, dass sein Ziel auch in dieser Situation noch immer ihrer beider Freiheit war.

10.

Als Ingridur und Ailmar sich am nächsten Morgen zum Aufbruch bereit machten, folgten ihnen etliche neidische Blicke. Alvidr spie sogar wütend aus. »Während wir uns die Knochen krumm schinden müssen, um Eyvinds Befehlen zu gehorchen, können die beiden im Wald spazieren gehen und jederzeit bocken, wenn ihnen danach ist«, schimpfte er.

»Als Eyvinds Steuermann müsste dir eigentlich eines der Weiber zur Verfügung stehen«, meinte sein Freund Gloedir.

»Ich bin Eyvinds Vetter und habe ebenfalls keine Bettgefährtin, doch ich beklage mich nicht!« Thorolf wollte die Männer zur Ordnung rufen. Auch wenn es zu wenige Frauen in der Siedlung gab, so galt es unter allen Umständen, die Disziplin aufrechtzuerhalten.

»Wieso schickt Eyvind den Sachsen mit der Wilden los? Er hätte einen von uns nehmen sollen!« Anstatt sich zufriedenzugeben, bohrte Gloedir weiter.

Thorolf trat neben ihn und versetzte ihm lachend einen Klaps auf die Schulter. »Du würdest wahrscheinlich die ganze Zeit nicht von der Wilden herunterkommen und dadurch nicht in der Lage sein, dich umzusehen.«

Der Hinweis auf seine Potenz brachte den anderen dazu, zu grinsen. »Ich würde es ihr schon besorgen! Aber es gibt auch noch einige andere, die einen strammen Knüppel zu schätzen wissen.«

Einige seiner Kameraden lachten, denn sie wussten, dass Gloedir gelegentlich bei der Ehefrau eines Bauern zum Zug kam.

Ohne etwas von dem kleinen Wortgeplänkel mitzubekommen, verließen Ailmar und Ingridur die Siedlung und schritten wacker aus. Im Wald war bereits ein schönes Stück gerodet, und noch immer hallten Axtschläge zu ihnen herüber.

Nach einer Weile sprach Ingridur Ailmar an. »Was denkst du, Sak'se?«

»Was soll ich denken?«, antwortete Ailmar.

»Ist Eyvind ein guter oder ein schlechter Mensch?«

»Du stellst Fragen!«, rief Ailmar lachend. »Aber wenn du es genau wissen willst: Da er Sigrid, Andreas und mich gefangen genommen und in dieses ferne Land verschleppt hat, ist er für uns ein schlechter Mensch.«

»Das meine ich nicht! Er lässt zu viel Holz schlagen und zu viel Wild töten. Damit beleidigt er die Geister des Waldes und der Tiere.«

»Der Wald ist dafür da, damit man sein Holz für Häuser und zum Kochen verwenden kann, und das Fleisch des Wildes, um den Hunger zu stillen«, antwortete Ailmar.

»Es wird viele Jahre dauern, bis dort wieder Bäume wachsen, und im nächsten Jahr wird es hier kaum jagdbares Wild geben, weil die Geister des Waldes die Tiere fernhalten werden.« Eine Träne rann Ingridur über die Wange.

Auch wenn Ailmar den Grund für ihre Traurigkeit nicht begriff, nahm er ihre Hand. »Nächstes Jahr werden wir Korn ernten und müssen nicht so viel Wild töten. Außerdem wird es Schweine geben und Hühner. Dann kann der Wald sich erholen.«

»Meinst du wirklich?« Ein scheues Lächeln stahl sich auf Ingridurs Lippen, und sie wies nach vorne. »Wie weit sollen wir gehen?«

»Laut Eyvind können wir bis zu drei Wochen ausbleiben. Ich schlage vor, dass wir einen großen Bogen schlagen. Vielleicht treffen wir auf deine Leute.«

Ingridur schüttelte erregt den Kopf. »Das hier sind nicht meine Leute! Dieses Land ist mir fremd.«

»Dann wollen wir hoffen, dass die Bewohner friedlich sind«, meinte Ailmar und dachte, dass Eyvinds, aber auch Brams und Bolverks Absichten den Skrälingern gegenüber alles andere als friedlich waren.

Sie unterhielten sich noch eine Weile, gingen dann aber schweigend nebeneinanderher und sahen sich ständig um. Der Wald, durch den sie gingen, war alt. Gelegentlich hatten die Zeit oder ein Sturm einen morschen Giganten gestürzt, und sie mussten um diesen herumgehen oder über ihn klettern. Von Zeit zu Zeit trafen sie auf Bäche und Quellen, an denen sie ihren Durst stillen konnten. Zu Mittag aßen sie ein wenig getrockneten Fisch, der Ailmar an ihren Marsch durch Island erinnerte, und überschritten am Nachmittag die Grenze, bis zu der Eyvinds Männer sich vorgewagt hatten.

Obwohl sie sich aufmerksam umschauten, entdeckten sie nichts Auffälliges. Ingridur hatte es nicht anders erwartet. Auch wenn der Späher bereits sein Dorf erreicht hatte, würde es noch eine gewisse Zeit dauern, bis sein Sachem und der Rat eine Entscheidung träfen. Wahrscheinlich entsandte man eine Abordnung zu der Siedlung, die in Erfahrung bringen sollte, was es mit diesen seltsamen Fremden auf sich hatte. Diesen hier im Wald zu begegnen, war genauso wahrscheinlich, wie einen Pfeil auf Geratewohl in die Luft zu schießen und zu erwarten, auf diese Weise einen Hirsch zu treffen.

Trotzdem wählte sie das Nachtlager mit Bedacht. Es war eine von Gebüsch gedeckte Stelle an einem kleinen Fluss, der ihnen Trinkwasser und einige Fische bot, die Ingridur mit der bloßen Hand fing. Ailmar versuchte es ebenfalls, doch er langte immer daneben.

»Diese elenden Biester mögen mich nicht!«, rief er enttäuscht.

»Du stellst dich zu ungeschickt an«, antwortete Ingridur lachend. »Fische sind klug und lassen sich nur von klugen Menschen fangen. Aber mach dir nichts daraus. Wir haben genug.«

»Aber was ist morgen?«

»Da fangen wir neue.« Ingridur bat in Gedanken die Geister der Fische um Vergebung, weil sie diese hatte fangen müssen, um ihren und Ailmars Hunger zu stillen, nahm dann das Messer und begann, die Fische auszunehmen. In der Zwischenzeit entzündete Ailmar ein Feuer, doch kaum brannte es, schüttelte seine Begleiterin heftig den Kopf, entfernte die meisten Holzstücke und richtete die übrigen so, dass sie eine kleine Flamme nährten.

»Das ist genug!«, erklärte sie, steckte den ersten Fisch auf einen abgeschnittenen Zweig und trieb diesen so in die Erde, dass die Beute über dem Feuer briet.

Ailmar beobachtete sie und fand sie sehr geschickt. Auch war sie ein hübsches Ding. Zwar war sie noch jung, seiner Schätzung nach knapp sechzehn Jahre alt, aber durchaus in der Lage, in einem Mann Sehnsucht nach intimer Zweisamkeit zu erwecken. Allerdings reagierte sie auf gewisse Anspielungen harsch und war rasch dabei, einem Mann, der ihr an den Hintern fasste, eine Ohrfeige zu geben.

Als sie später die Decken auslegten, auf denen sie schlafen wollten, ließ sie mehr als eine Armlänge Platz zwischen sich und ihrem Begleiter. Ailmar bedauerte es, wollte aber das freundschaftliche Verhältnis zu ihr nicht dadurch gefährden, indem er aufdringlich wurde.

In seinen Gedanken verstrickt, konnte er lange nicht einschlafen. Bisher hatten Frauen in seinem Leben nur eine nebensächliche Rolle gespielt. Doch seit einiger Zeit verspürte er eine heftige Sehnsucht nach Wärme und Zweisamkeit und fragte sich, wie es in den nächsten Wochen und Monaten noch werden sollte. Es gab einfach zu viele Männer im Lager und zu wenige Frauen. Für Ingridur würde es daher nicht leicht werden, sich Alvidr und dessen Freunden zu entziehen.

Ich werde ihr beistehen, so gut ich kann, schwor er sich und wusste gleichzeitig, dass er, obwohl er vom Sklaven zum Krieger erhoben worden war, in Eyvinds Schar den letzten Platz einnahm und nur wenig bewirken konnte.

Endlich schlief er ein und durchlebte einen wilden Albtraum, in dem Andreas und er Sigrid und Ingridur gegen Scharen von Nordmännern verteidigten und am Ende immer unterlagen.

11.

Für das Frühstück fing Ingridur erneut mehrere Fische und briet sie über einem kleinen Feuer. Ailmar wollte sich waschen und stieg in den Fluss. Als er sich bückte, um die Füße zu waschen, sah er es vor der großen Zehe seines rechten Fußes seltsam glänzen. Er griff danach, wühlte ein wenig im Schlamm und hielt kurz darauf ein taubeneigroßes Stück Gold in der Hand. Zuerst wollte er es nicht glauben. Er biss hinein und starrte dann auf seine Zahnabdrücke.

»Es ist wirklich Gold!«, stieß er triumphierend hervor und suchte weiter.

Er grub zunächst nur winzige Stückchen aus, die zu klein waren, um sie mit Händen greifen zu können. Dann stieß er auf einen zweiten, gut daumenlangen Klumpen und auf einen dritten ähnlicher Größe und begriff, dass das Gold hier in der Biegung des Flusses angeschwemmt worden war.

»Dein Fisch ist fertig!«, rief Ingridur, doch Ailmar achtete nicht darauf.

Er grub und wühlte und holte immer mehr Goldbrocken aus dem sandigen Grund. Die meisten wiesen die Größe zwischen einer Erbse und einer Haselnuss auf, doch er fand auch mehrere Stücke, die sich mit einem Hühnerei messen konnten.

»Was machst du da?«, fragte Ingridur verwundert, da er nicht zum Essen kam.

»Das ist Gold! Verstehst du? Gold!«, rief er begeistert.

Ingridur schüttelte den Kopf. »Das verstehe ich nicht.«

»Was für ein ungeheurer Schatz!«, erklärte Ailmar und brach in ein sich überschlagendes Lachen aus. »Ich bin reich, verstehst du? Reich!« Er grub weiter, fand aber nur noch einige kleinere Stückchen und etwas Goldsand, den er mit einem Tuch sammelte. Danach füllte er seine Ausbeute in einen Beutel und sah mit leuchtenden Augen, dass dieser größer war als ein Kinderkopf.

Ohne den Fisch, den Ingridur ihm hinhielt, zu beachten, eilte er zur nächsten Biegung des Flusses und begann dort, den Sand mit bloßen Händen zu durchwühlen. Als Erstes holte er einen weiteren hühnereigroßen Goldbrocken heraus. Die weitere Ausbeute übertraf die der ersten Stelle um fast das Doppelte. Zuletzt war sein Beutel mit so viel Gold gefüllt, dass er annahm, dieser werde beim Transport platzen.

»Ich muss eine Decke darum legen, dann wird es gehen«, murmelte er.

»Warum tust du das?«, fragte Ingridur erneut.

Jetzt erst nahm Ailmar sich die Muße, ihr richtig zu antworten. »Dieses Gold macht mich reich! Ich kann mir in meiner Heimat alles dafür kaufen: Land, eine Burg, Hörige …«

»Bringt es dich auch in deine Heimat zurück?«, fragte Ingridur bissig.

Der Einwand ernüchterte Ailmar, doch er war nicht bereit, seinen Traum von Reichtum so schnell aufzugeben. »Ich werde einen Teil des Goldes Eyvind geben, damit er Andreas und mich nach Hause bringen lässt!«

»Wird dein Freund ohne die große Frau mit dem hellen Haar gehen?«

»Wahrscheinlich nicht«, gab Ailmar bedrückt zu und bedauerte, dass Andreas so viel Gefallen an Sigrid gefunden hatte, obwohl diese einem anderen Mann gehörte und dessen Kind trug.

»Was nützt dir also dieses Gold?«, fragte Ingridur weiter.

»Es wird meinen Stand in Eyvinds Schar erhöhen!« Es war kein besonders erstrebenswerter Gedanke, denn in der ganzen Siedlung gab es weder für Gold noch für gute Worte etwas zu kaufen. Vielleicht war Eyvind für einen Teil des Goldes bereit, ihm Ingridur zu überlassen, dachte Ailmar. Doch auch das Wort ihres Anführers würde das Mädchen nicht dazu bringen, ihn als ihren Herrn anzuerkennen. Er wusste, wie die Männer Eyvind hinter dessen Rücken verspotteten, weil Sigrid sich ihm gegenüber so abweisend gab. Wie würden sie erst lachen, wenn er von Ingridur statt Küsse Ohrfeigen erhielt?

Ingridur sah unterdessen auf den aufgewühlten Fluss, dessen trübes Wasser sich nur langsam aufhellte.

Schließlich packte sie Ailmar bei den Armen. »Was werden die Nordmänner tun, wenn du ihnen das Gold zeigst?«, fragte sie scharf. »Sie werden kommen und die Flüsse durchwühlen, um an dieses verfluchte Gold zu gelangen. Was nützt es euch dann, wenn ihr es habt? Das Wasser der Flüsse wird schmutzig und ist nicht mehr zu trinken, die Fische werden ebenso verscheucht wie das Wild und die Geister des Waldes erzürnt, weil ihr ihre Gaben so achtlos behandelt!«

Ihre Stimme wurde immer lauter, und zuletzt schlug sie mit beiden Fäusten auf Ailmar ein.

Dieser wich vor ihr zurück, sah sie an und dann den mit Gold gefüllten Beutel. Welchen Wert besaß sein Fund noch, wenn alle Nordmänner nach Gold suchten? Kaufen konnte man in diesem vermaledeiten Land dafür nichts, und er wollte Ingridurs Freundschaft nicht verlieren.

»Du hast recht! Dieses Gold ist von Übel«, rief er, packte den Beutel und schleuderte ihn ins Wasser.

Im ersten Augenblick war Ingridur zufrieden, dachte dann aber, dass Ailmar damit wahrscheinlich seine Zukunft in der Heimat zerstörte, und sprang dem Gold hinterher. Nach kurzem Tasten entdeckte sie den Beutel, schleppte ihn mit Mühe ans Ufer und baute sich vor Ailmar auf.

»Schwöre mir, dass du niemandem etwas von dem Gold erzählst, auch Andreas nicht! Wir werden es verstecken. Du solltest es dir erst holen, wenn du in die Heimat zurückkehren kannst.«

Der Gedanke, sich dann von Ailmar trennen zu müssen, tat ihr auf einmal weh, und sie spürte, dass ihr die Tränen kamen.

»Das verspreche ich dir«, antwortete Ailmar, der froh war, sowohl ihre Freundschaft wie auch das Gold behalten zu können.

Siebter Teil

Die Skrälinger

1.

Ingridur und Ailmar waren bereits mehrere Tage unterwegs und hatten keinerlei Spuren von Skrälingern gefunden. Mit einem Mal aber legte das Mädchen den Zeigefinger auf die Lippen. Dann fasste sie Ailmar am Arm und zog ihn hinter einen Busch. Erst in dem Augenblick bemerkte er die Menschen, die sie bereits entdeckt hatte.

An der Spitze schritt ein älterer Mann in einem bis zu den Knien reichenden Hemd aus Wildleder. Darunter trug er Hosen und leichte Schuhe aus dem gleichen Material. Ein Gesteck aus Federn zierte den Kopf, dazu hielt er in der einen Hand eine Art Federwisch und in der anderen einen seltsamen Stab mit einem seitwärts ragenden Knauf. Siebzehn weitere Männer begleiteten ihn. Diese waren mit ledernen Hosen bekleidet, welche nur aus Beinröhren bestanden. Gemächt und Hintern hatten die Männer mit ledernen Lappen bedeckt, und die Oberkörper der meisten waren nackt.

Ailmar fiel auf, dass die Haut der Männer rot schimmerte. Das Gesicht ihres Anführers jedoch war nur von der Sonne dunkel gefärbt und hätte einem Mann aus seiner Heimat gehören können.

Zu der Gruppe zählten auch zwei Frauen. Eine von ihnen war etwas älter als Ingridur und ein ansehnliches Ding, die andere hatte bereits das mittlere Alter erreicht und war von gedrungener Statur. Beide waren mit bis über die Knie reichenden Hemden aus Wildleder bekleidet, ihre Füße steckten in leichten Schuhen, und die langen Haare wurden von geflochtenen Bändern gehalten. Während die Frauen netzartige Beutel trugen, hielten die Männer Bögen in den Händen und hatten die Köcher auf den Rücken geschnallt.

»Sind das deine Leute?«, fragte Ailmar leise und erntete ein ebenso leises »Scht!« von ihr.

Ingridur hatte bereits festgestellt, dass die Fremden einem anderen Stamm angehörten als dem ihren, denn die Stickereien, mit denen die Kleider der Frauen verziert waren, sahen anders aus.

Zudem fehlte der schwarze Strich auf Stirn und Brust, den die Männer ihres Stammes auf die rote Farbe malten. Der Anblick deutete auf ein Volk südlich ihres eigenen hin. Doch wie weit im Süden diese lebten, wusste sie nicht.

Die Fremden wanderten in etwa zwanzig Schritten Entfernung an ihnen vorbei. Ein junger Mann blickte mehrfach in ihre Richtung, doch er entdeckte sie nicht. In der Hinsicht war Ingridur froh, Ailmar bei sich zu haben und nicht einen der trampelhaften Nordmänner. Von denen hätte sich keiner lange genug still verhalten, sondern sie durch ein Geräusch verraten.

»Waren das deine Leute?«, fragte Ailmar erneut, als die Gruppe längst wieder vom Wald verschluckt worden war.

Ingridur schüttelte den Kopf. »Nein! Dieses Volk ist mir unbekannt, und ich bin froh, dass sie uns nicht bemerkt haben. Die Frauen, die sie bei sich haben, verraten mir zwar, dass sie mit den Nordleuten verhandeln wollen. Aber wenn sie uns gesehen hätten, wären wir gefangen genommen und zu ihrem Dorf gebracht worden. Dort hätten sie uns gezwungen zu berichten, was es mit Eyvinds Leuten auf sich hat, und das wäre für uns beide mit Schmerzen verbunden gewesen.«

»Was tun wir jetzt?«, fragte Ailmar. »Wenn die Skrälinger zuerst auf Bram und dessen Leute treffen, wird es mit Gewissheit nicht friedlich ausgehen.«

»Ich nehme an, dass sie zuerst zur großen Siedlung gehen wollen und damit zu Eyvind kommen«, erklärte Ingridur. »Wir sollten uns beeilen und einen Bogen schlagen, um sie zu überholen. Sobald wir Eyvind von ihrem Erscheinen berichtet haben, kann er ihnen entgegengehen und sie empfangen.«

»Dann sollten wir die Beine in die Hand nehmen«, meinte Ailmar.

»Aber so können wir doch nicht gehen!«, antwortete Ingridur und begriff erst dann, dass sie wieder einmal einer seiner seltsamen Bemerkungen aufgesessen war.

2.

Zu Eyvinds Verwunderung kehrten Ingridur und Ailmar lange vor der Zeit zurück, die er ihnen gegeben hatte, und brachten augenscheinlich wichtige Neuigkeiten mit sich. Eyvind rief rasch seine Vertrauten zusammen und empfing die beiden in der Halle seines Hauses.

»Ihr kommt früh!«

»Wir kommen vor allem hungrig, denn wir haben die letzten beiden Tage nicht mehr gegessen als ein paar Beeren und Nüsse, die wir unterwegs finden konnten«, erklärte Ailmar.

Eyvind wandte sich an Sigrid und Hekja, die in der Nähe für das noch Ungeborene nähten. »Bringt etwas zu essen und Met!«

»Für mich Wasser«, bat Ingridur.

»Ich hätte nichts gegen Met.« Ailmar grinste und blickte dann Andreas an. Wie gerne hätte er ihm von dem Goldfund berichtet, doch er hatte Ingridur Stillschweigen versprochen und würde sich daran halten. Zudem war ihm klar, dass das Gold angesichts der Skrälinger, die sie gesehen hatten, nicht mehr wichtig war.

Eyvind wartete, bis die beiden etwas gegessen und getrunken hatten, und beugte sich dann neugierig vor. »Weshalb seid ihr bereits nach neun Tagen zurückgekommen?«

»Wegen der Skrälinger!«, antwortete Ailmar und sah, wie es die anderen riss.

»Was?«

»Wie viele?«

»Werden sie uns angreifen?«

Mehr als ein halbes Dutzend Fragen prasselten auf ihn und Ingridur ein, und es dauerte einige Augenblicke, bis Eyvind seine Getreuen zur Ruhe gebracht hatte.

»Lasst Ailmar und Ingridur reden!«, befahl er mehrfach mit wachsender Lautstärke.

Ingridur fand es seltsam, dass er sie auf einmal bei dem Namen nannte, den ihr die Grönländer verliehen hatten, während er sie sonst meistens als die Skrälingerin bezeichnete. War es, um sie dazu zu bewegen, sich ihm und seinen Leuten verbundener zu fühlen als ihrem eigenen Volk? Auch wenn die Gruppe, die auf dem Weg hierher war, nicht zu ihrem Stamm gehörte, so standen diese ihr weitaus näher als diese Waldmörder, die den Wert einer Frau nur danach bemaßen, ob man sie auf den Rücken legen konnte oder nicht.

Da Ailmar sie auffordernd ansah, begann sie zu berichten. »Wir haben zwanzig Leute gezählt, achtzehn Männer und zwei Frauen. Das heißt bei diesen Stämmen, dass sie mit friedlichen Absichten kommen.«

»Wirklich? Habt ihr beide sie gesehen? Oder warst nur du es, und der Sachse plappert dir nach?«, fragte Alvidr mit einem Gemisch aus Eifersucht und Ärger.

»Wir haben alle beide die Fremden gesehen«, antwortete Ailmar. »Es waren ein älterer Mann …«

»… der Sachem des Stammes!«, unterbrach Ingridur ihn.

»Was ist der Sachem?«, fragte Alvidr.

»Ihr Anführer, so wie Eyvind der eure ist!« Ingridur verriet mit diesen Worten, dass sie die Nordmänner nicht als ihre Leute ansah. Doch zu Menschen, die die Geister der Wälder beleidigten, wollte sie nicht zählen.

»Eyvind führt aber mehr als siebzehn Mann an«, warf Bjalfi ein.

»Es ist eine Abordnung ihres Volkes und nicht das Volk selbst!«, erwiderte Ingridur in belehrendem Tonfall.

»Weißt du etwas über sie?« Zum ersten Mal mischte sich Andreas ins Gespräch ein.

Ingridur schüttelte den Kopf. »Diese Menschen sind mir unbekannt. Ich weiß nicht einmal, ob ich ihre Sprache verstehe.«

»Trotzdem weißt du, was bei diesen Völkern Sitte und Brauch ist. Wie würdest du handeln, wenn du an unserer Stelle wärst?«

Erneut stellte Andreas eine wichtige Frage, die Eyvind hätte äußern müssen, doch dieser starrte nur nachdenklich vor sich hin. Eine kühne Kriegstat konnte sein Ansehen auch bei Bolverks und Brams Gefolge wieder erhöhen, doch ein Kampf gegen diese Abordnung barg die Gefahr in sich, in einen Konflikt mit einem Gegner zu geraten, über dessen Stärken er nichts wusste. Eyvind bereute längst die markigen Worte, mit denen er Bram und die anderen dazu bewegt hatte, ihm nach Vinland zu folgen. Nur ein Narr landete an einer Küste und griff sofort an, ohne in Erfahrung gebracht zu haben, wen er vor sich hatte. Er wusste jedoch, dass seine Männer ihn an diesen Aussagen maßen und er dieses Land mit dem Schwert in der Hand erobern musste.

»Aber nicht heute und morgen«, murmelte er.

»Was sagst du?«, wollte Farald wissen.

»Ich bin der Ansicht, dass wir uns mit den Skrälingern vorerst friedlich einigen sollten.«

Eyvinds Worte verblüfften seine Getreuen. Während Andreas zustimmend nickte, schüttelte Alvidr den Kopf. »Wie willst du an Weiber kommen, wenn du mit diesem Gesindel Frieden hältst?«

»Bevor wir einen Krieg mit ihnen beginnen, müssen wir mehr über dieses Volk erfahren«, belehrte ihn Eyvind. »Zudem will ich vorher unseren Nachschub von Island her gesichert sehen. Mit Kolbjorn von den Orkneyjar und Raudur Jorgrimson stehen Männer bereit, unsere Reihen zu verstärken. Sie müssen jedoch wissen, wie man zu uns gelangt.«

»Bist du deshalb diesen Weg gesegelt, um Aufschub zu erhalten?«, fragte Farald.

Eyvind schüttelte den Kopf. »Nein, ich wählte ihn, um Zeit aufzuholen. Nur wissen die anderen jetzt nicht, wo sie uns finden können.«

»Sie müssen doch nur lange genug die Küste entlangsegeln, um hierherzugelangen«, wandte Thorolf ein.

»Wir wissen nicht, was zwischen hier und den Gebieten liegt, die Leif Erikson und Thorfinn Karlsefni erreicht haben. Wie es aussieht, sind wir ein ganzes Stück weiter südlich angelandet.« Eyvind klang ein wenig schuldbewusst, da er sich nicht an die Segelanweisungen der ersten Erkunder gehalten, sondern einen eigenen Kurs gewählt hatte.

Bjalfi sah die anderen auffordernd an. »Auf jeden Fall ist es gutes Siedlungsland, und wir sind stark genug, es zu halten!«

»So ist es!«, stimmte Eyvind ihm zu. »Daher werden wir auch mit den Skrälingern verhandeln. Ingridur wird für uns übersetzen.«

»Was ist, wenn sie zuerst auf Bram und dessen Leute treffen? Dieser würde die Männer versklaven und die Frauen seinen Gefolgsleuten überlassen«, fragte Thorolf.

»Sie werden hierherkommen! Diese Siedlung ist weitaus größer als die von Bram, und der Sachem wird mit dem großen Häuptling sprechen wollen, nicht mit dem kleinen«, erklärte Ingridur.

»Wollen wir hoffen, dass du recht hast«, antwortete Eyvind. »Und wo, meinst du, sollen wir sie empfangen?«

»Doch wohl hier in deiner Halle, damit sie sehen, dass du ein mächtiger Mann bist«, schlug Alvidr vor.

Ingridur schüttelte den Kopf. »Das Haus ist nicht gut! Es ist zu viel Holz verbaut, und damit wurden die Geister des Waldes beleidigt. Empfange den Sachem am Rande des Waldes und verhandle dort mit ihm!«

Ihr Rat gefiel nicht allen. Alvidr widersprach heftig, und auch die Brüder Thorolf und Farald zogen abwehrende Mienen. Doch Ingridur erklärte ihnen, dass bei ihrem Volk Verhandlungen zumeist unter freiem Himmel abgehalten würden, damit die Geister der Erde, des Wassers und der Luft Zeugen wurden und jene bestraften, die Abmachungen brachen.

»Das ist heidnischer Aberglaube!«, rief Alvidr schnaubend.

»Die Leute sind es so gewohnt, und darauf sollten wir Rücksicht nehmen!« Andreas' Appell verfing allerdings nur bei Eyvind und den Brüdern Farald und Thorolf.

»Warum sollen wir auf diese Leute Rücksicht nehmen?«, fragte hingegen Bjalfi. »Immerhin wollen wir dieses Land erobern. Je schneller und härter wir zuschlagen, umso besser ist es.«

Andreas schüttelte erregt den Kopf. »Zuschlagen gegen einen Feind, von dem wir nichts wissen und der hier jeden Weg und Steg kennt, ist Wahnsinn!«

»So sehe ich es auch«, stimmte Ailmar ihm zu. »Ich habe diese Leute gesehen. Sie wirkten auf mich nicht so, als wären sie leicht ins Bockshorn zu jagen.«

»Ihr Sachsen seid Feiglinge!«, höhnte Alvidr. »Wir Norweger sind aus einem anderen Holz geschnitzt. Wenn wir das Schwert in die Hand nehmen, siegen wir!«

»So wie letztens, als ihr das Schwert für Sigurd Slembe ergriffen habt?« Andreas wusste, dass er Eyvind mit dieser Anspielung reizen konnte, wollte aber Alvidrs Behauptung nicht unbeantwortet lassen.

Eyvind kaute auf seinem Schnurrbart herum und überlegte. »Wann werden diese Skrälinger kommen?«, fragte er Ingridur.

»Sie werden heute den Rand des Waldes erreichen und dort ihr Nachtlager aufschlagen. Morgen, wenn die Sonne drei Handbreit über dem Horizont steht und sie die Geister friedlich gestimmt haben, werden sie den Wald verlassen.«

»Dann werden wir um dieselbe Zeit die Siedlung verlassen. Siebzehn Männer sollen mich begleiten, dazu Sigrid und Ingridur!« Eyvind hatte seine Entscheidung getroffen und hoffte, dass sie ihm zum Guten ausschlagen würde.

Obwohl sie sich im Hintergrund hielten, hatten Sigrid und Hekja Ingridurs und Ailmars Bericht aufmerksam gelauscht. Während Hekja eher neugierig auf die Skrälinger war und auf die Kampfkraft der Nordmänner und auf Eyvind als Anführer vertraute, fand Sigrid sich als Opfer widerstrebender Gefühle wieder.

Das Kind, das sie trug, schürte in ihr den Wunsch nach Frieden und einem sicheren Ort, an dem sie gebären konnte. Andererseits aber hoffte sie, Eyvind würde scheitern und sein Vorhaben, hier ein eigenes Reich zu errichten, aufgeben müssen. Wenn sie dann nach Island zurückkehren mussten, konnte sie sich unter den Schutz ihrer dortigen Verwandten begeben.

Ihre Blicke suchten Andreas, der neben Eyvind stand und ihm Vorschläge machte, wie dieser mit den Skrälingern verhandeln sollte. Warum hilft er unserem Feind, wo er sich doch ebenso nach Freiheit wie nach mir sehnt?, fragte sie sich und dachte, dass sie die Männer wohl nie ganz begreifen würde.

3.

Eyvind hatte erwogen, eine Wache im Wald zu postieren, die ihm die Ankunft der Fremden melden sollte. Doch falls diese entdeckt würde, bestand die Möglichkeit, dass die Fremden zurückwichen und sich Brams Siedlung zuwandten. Auch war zu befürchten, dass sie seine Männer gefangen nehmen würden, um mehr über ihn und seine Siedlung zu erfahren. Daher verzichtete er darauf, schärfte aber den Wachtposten in der Siedlung ein, besonders aufmerksam zu sein.

Der nächste Morgen kam, ohne dass eine Nachricht über die Skrälinger zu ihm gelangt wäre. Eyvind beobachtete den Waldrand scharf, doch dort sah alles so aus wie immer. Hatte Ingridur sich geirrt, und die Skrälinger waren gar nicht bis hierher gekommen?, fragte er sich. Vielleicht hatte ihr Weg sie doch zu Brams Siedlung geführt? Dann waren sie entweder schon tot oder gefangen, oder aber sein abtrünniger Stellvertreter verhandelte mit ihnen, um das meiste Land in dieser Gegend für sich zu gewinnen.

Da trat Ingridur ein. »Es ist Zeit, wir sollten aufbrechen!«

»Aber unsere Wachen haben bis jetzt niemanden entdeckt«, wandte Eyvind ein.

»Ich weiß, dass sie kommen!« Ingridur klang drängend, denn wenn die Nordmänner sich nicht an die Vereinbarung hielten, würde es schwer sein, eine Verständigung herbeizuführen.

Eyvind wunderte sich, weil sie sich so sicher schien. Da Ingridur die Menschen dieser Weltgegend jedoch kannte, vertraute er ihr und gab den Befehl zum Aufbruch.

Neben Farald, der nun als sein Stellvertreter galt, begleiteten ihn dessen Bruder, die beiden Sachsen, Herjolf, Bjalfi, Asmod und unter anderem auch Alvidr und Gloedir. Da die Fremden Ingridurs Bericht zufolge bewaffnet waren, glänzte auch Eyvinds Schar in vollem Waffenschmuck mit Schwertern, Äxten, Speeren und den runden Schilden aus Lindenholz, die mit Leder und Metallbeschlägen verstärkt worden waren.

Sigrid und Ingridur gingen am Ende der Gruppe, beide in sauberen Kleidern. Während Ingridur ein helles Lederband in ihr rabenschwarzes Haar eingeflochten hatte, glänzte auf Sigrids Brust ein Schmuckstück aus drei handtellergroßen Silberscheiben, und ihr in der Sonne golden schimmerndes Haar trug einen fingerbreiten Reif aus dem gleichen Metall.

So, als hätten sie darauf gewartet, verließen die Skrälinger den Wald und kamen der Gruppe entgegen. Zuvorderst ging Krähenflügel, den federgeschmückten Stab erhoben. Ihm folgte Seefalke mit dem gefundenen Messer im Gürtel und nach ihnen Kürbiskopf und der Rest der Abordnung. Ihre Mienen wirkten ernst und ihre Bewegungen getragen. Während die Nordmänner keine Formation einhielten, sondern einander zu überholen trachteten, marschierten sie im Gänsemarsch. Erst, als sie die andere Gruppe fast erreicht hatten, stellten sie sich abwechselnd rechts und links von ihrem Anführer auf.

Krähenflügel, der Sachem seines Stammes, musterte Eyvind eindringlich. Der fremde Anführer war zwei Handbreit größer als er und wirkte wuchtiger. Seine Hautfarbe war hell, auch wenn Gesicht und Hände von der Sonne gebräunt worden waren. Am fremdesten erschienen dem Sachem die blauen, an Eis gemahnenden Augen des Nordmanns, das fahle Haar, das unter seiner Mütze hervorquoll, und die helle Behaarung auf Wangen und Kinn. Eyvinds Miene war unbewegt, und Krähenflügel begriff, dass er ein guter Anführer sein musste. Von seinen Begleitern fielen ihm die beiden Sachsen, Farald, Thorolf und Alvidr auf. Die ersten vier wirkten neugierig, dem Letzten konnte er die Abneigung von der Stirn ablesen.

Schließlich musterte Krähenflügel auch die beiden Frauen. Er hatte Mühe, seine Überraschung zu verbergen, als er ein Mädchen aus dem eigenen Volk entdeckte, das allerdings die gleiche Tracht trug wie die blonde Riesin neben ihr. Diese war unzweifelhaft schwanger und würde Ende des Winters ihr Kind gebären.

Auch Eyvind und seine Leute musterten die Ankömmlinge. Die rote Farbe, mit der sich die Männer mit Ausnahme ihres Anführers bemalt hatten, verwunderte sie, ebenso die Federn, mit denen sie sich schmückten.

»Sie sehen aus wie Hähne«, raunte Alvidr Bjalfi zu, während Gloedir Seefalke unverwandt anstarrte.

»Der Kerl hat mein Messer!«, sagte er aufgebracht und wollte auf Seefalke zugehen, um es sich zurückzuholen.

»Bleib hier!«, befahl Eyvind ihm zwar leise, aber scharf. Dann winkte er Ingridur zu sich. »Sieh zu, ob du mit ihnen reden kannst.«

Ingridur atmete tief durch und hob dann die rechte Hand zum Gruß. »Ich bin Schneehäsin aus dem Volk, das am rauschenden Fluss mit den vielen Fischen und dem Wald der großen Vögel lebt«, sagte sie in ihrer Stammessprache.

Der Sachem lauschte und antwortete in seiner Sprache, von der Ingridur jedoch nur einzelne Worte bekannt vorkamen. Als er begriff, dass sie ihn nicht verstand, verwendete er eine andere Sprache. Auch von dieser waren ihr einzelne Worte bekannt, aber sie erschlossen ihr nicht den Sinn des Gesagten.

Nun versuchte sie es in der Sprache eines Nachbarstamms, die sie nur mühsam sprechen konnte. Als sie feststellte, dass der Sachem auch diese nicht verstand, wechselte sie über in die Zeichensprache, mit der die unterschiedlichen Völker an der Küste und im Binnenland sich verständigten. Zu ihrer Erleichterung antwortete Krähenflügel mit den ihr bekannten Gesten.

Ailmar und Andreas sahen fasziniert, Eyvind und die Brüder abwartend und Alvidr und einige andere misstrauisch zu, wie Ingridur dem Sachem erklärte, dass die Nordmänner weit über das Meer gekommen seien, um hier an dieser Küste eine neue Heimat zu finden.

Da das Gespräch nur mit Gesten geführt wurde, dauerte es lange, und Eyvind nutzte die Zeit, die Fremden eingehend zu mustern. Den Berichten der Grönländer zufolge sollten die Skrälinger ein jämmerlich schwaches Volk sein. Aber diese Leute sahen alles andere als jämmerlich und schwach aus. Die Männer waren fast so groß wie seine Leute, zwar nicht so breit gebaut, aber sie wirkten kräftig und geschmeidig. Auch die Frauen sahen nicht so abstoßend aus, wie ihm berichtet worden war. Daher fragte er sich, ob er tatsächlich Vinland erreicht hatte oder an einer anderen Küste gelandet war. Die Fremden trugen gut gearbeitete Kleidung. Einem der Männer hing eine Kette mit den größten Bärenkrallen um den Hals, die er je gesehen hatte, während die Frauen sich mit Halsketten aus Grassamen und Körnern geschmückt hatten.

Eyvind richtete sein Augenmerk nun auf die Waffen der Skrälinger. Sie waren einfach, aber nicht primitiv. Derjenige, in dessen Gürtel Gloedirs Messer steckte, besaß einen Streitkolben aus Holz, in den ein glatt geschliffener, etwas über gänseeigroßer Stein als Schlagkopf eingelassen war. Dazu trug er wie die anderen Krieger einen federgeschmückten Bogen und einen Köcher mit knapp zwei Dutzend Pfeilen. Auch wenn die Spitzen aus Stein sein sollten, würden sie verletzen und töten.

»Frage ihn, wie viele Völker hier leben«, unterbrach Eyvind Ingridur.

Diese stutzte einen Augenblick und stellte dann die Frage mithilfe der Zeichensprache. Ohne es zu wissen, brachte sie Krähenflügel in eine Zwickmühle. Im weiteren Umkreis gab es ein gutes Dutzend anderer Stämme. Ein Teil davon zählte mit ihnen zu einem Bund, andere waren mit ihnen verfeindet und würden es sofort ausnützen, wenn sie erfuhren, dass sein Volk im Krieg mit Fremden lag. Es war daher besser, dachte er, mit diesen Leuten in Frieden zu leben und sie vielleicht sogar als Verbündete gegen die Feinde zu gewinnen.

Der Sachem hob die rechte Hand und wies die fünf Finger vor. »Diese Völker Brüder«, erklärte er in seiner Sprache und unterstrich es mit den entsprechenden Zeichen.

Ingridur wusste nicht, ob er damit meinte, dass sein Stamm fünf befreundete Stämme hatte oder es mit seinem eigenen fünf waren. Als sie dies Eyvind und den anderen erklärte, winkte der Jarl ab.

»Ob ein Stamm mehr oder weniger, ist uns gleichgültig. Ich würde gerne wissen, wie groß diese Völker sind.«

Ingridur stellte dem Sachem auch diese Frage. Nach einem Blick auf die Siedlung wies der Anführer der Skrälinger auf diese und dann in die Richtungen, in der Seefalke weitere Dörfer der Fremden ausgemacht hatte.

»Mein Volk hat dreimal so viele Männer wie jene, die mit ihren großen Kanus über das Meer gekommen sind. Brudervölker sind noch größer!« Krähenflügel hielt es für besser, die eigene Stärke etwas zu übertreiben, bis er mehr über die Absichten der Fremden in Erfahrung gebracht hatte.

Für Eyvind hieß dies, dass sie im Fall eines großen Krieges gegen gut zehntausend feindliche Krieger stehen konnten. Selbst bei der Hälfte würde es schwer sein, sie niederzukämpfen. Es schien ihm daher besser, Andreas' Rat zu folgen und für ein friedliches Nebeneinander zu sorgen, bis die eigene Position gestärkt worden war.

»Sage dem Skrälinger, dass wir das Land bis zu einem Tagesmarsch weit von der Küste für uns beanspruchen. Wenn er es uns überlässt, werden wir Frieden halten!«, wies er Ingridur an.

Diese hob beschwichtigend die Hand. »Das wird er nicht verstehen. Das Land ist für alle da, die hier leben. Sie werden es mit uns teilen, es euch aber niemals allein überlassen.«

»Wir sollten zuhauen und diese Kerle gefangen nehmen!«, stieß Alvidr erregt hervor und ließ Akazienblüte nicht aus den Augen. »Was sagt ihr zu der da?«, fragte er. »Auch wenn sie mit dem rundlichen Gesicht, den schwarzen Haaren und den dunklen Augen fremdartig aussieht, ist sie ein hübsch aussehendes Stück Weiberfleisch, das ich gerne unter mir spüren würde.«

»Beherrsch dich!«, fuhr Eyvind ihn an. »Ich will nicht wegen eines brünstigen Hurenbocks den Frieden mit diesen Leuten aufs Spiel setzen.«

»Du hast uns Skrälingerweiber versprochen!«, beschwerte sich Gloedir erregt.

»Bis jetzt forderst du viel, gibst aber selbst wenig!«, warf Alvidr Eyvind vor.

Die Skrälinger nahmen das undisziplinierte Verhalten der Fremden schockiert wahr. Während sie ihre Verhandlungsposition im

Rat besprochen hatten und nie auf den Gedanken gekommen wären, davon abzuweichen, stritten diese Leute sich offen.

Eyvind spürte, dass er den anderen ein wenig entgegenkommen musste, und trat neben Ingridur. »Sage den Skrälingern, dass wir zu wenige Frauen besitzen und welche brauchen. Vielleicht haben sie Feinde, gegen die wir ihnen helfen können. Dafür wollen wir deren Weiber bekommen.«

Es fiel Ingridur nicht leicht, dies in Zeichensprache zu übersetzen. Sie war zehn Jahre alt gewesen, als sie ihrem Stamm geraubt worden war, und kannte einige Begriffe nicht. Daher behalf sie sich, indem sie ihre Gesten durch Worte begleitete. Auch wenn sie eine andere Sprache verwendeten als ihr Volk, so gab es doch Ähnlichkeiten.

Erneut befand sich Krähenflügel in einer Zwickmühle. Zwar gab es Feinde, doch einen Krieg gegen diese konnte er nur in Absprache mit den verbündeten Stämmen beginnen. Auch war es unmöglich, den unterlegenen Völkern die Frauen wegzunehmen und den Fremden zu geben. Einige konnten sie vielleicht fordern, aber niemals so viele, wie diese Männer brauchten.

»Ich werde sehen, ob ich in unserem Volk und unseren Brudervölkern Frauen finde, die bereit sind, die Weiber deiner Männer zu werden«, antwortete er ausweichend.

Eyvind begriff, dass er nicht mehr erreichen konnte, und nickte. »So soll es sein!«

Alvidr, Gloedir und zwei andere Männer murrten, doch die meisten waren damit zufrieden. Unterdessen erklärte der Sachem, dass er mit den befreundeten Stämmen sprechen würde, um auch sie für den Frieden zu gewinnen, und äugte dann begehrlich auf Eyvinds Dolch.

Ingridur bemerkte den Blick und stupste Eyvind an. »Er erwartet ein Geschenk!«

Nach kurzer Überlegung löste Eyvind seinen Dolch vom Gürtel, nahm einem seiner Männer eine leichte Axt ab und reichte beides Krähenflügel.

Dieser nahm sie zufrieden entgegen und winkte Akazienblüte

und Mondträgerin zu sich. Als diese ihre Bündel öffneten, kamen mehrere Kürbisse, ein Lederbeutel mit Maiskörnern und einer mit einem grob geschnittenen braunen Kraut zum Vorschein, welches einen stechenden Geruch verströmte.

»Was ist das für ein Zeug?«, fragte Farald misstrauisch.

»Du wirst gleich sehen, wozu es dient«, antwortete Ingridur und deutete auf Krähenflügel.

Der Sachem nahm von einem anderen Mann einen unterarmlangen Stab entgegen, der einen Kopf aus gebranntem Ton besaß. Darin befand sich eine Öffnung, in die er ein wenig von dem braunen Kraut stopfte. Eine der Frauen reichte ihm einen glimmenden Baumschwamm, den sie in einem kleinen Tongefäß bei sich getragen hatte. Damit brannte er das Kraut an, führte den ebenfalls ausgehöhlten Stab an die Lippen und sog daran.

Die Norweger sahen fasziniert zu, wie plötzlich Rauch aus seinem Mund drang und er diesen in alle vier Himmelsrichtungen sowie nach oben und nach unten blies.

»Dies ist das Zeichen für die Geister der Erde und des Himmels, des Meeres, der Flüsse und Bäche und der Wälder und Tiere, dass Frieden herrschen soll zwischen deinem Volk und dem unseren«, übersetzte Ingridur die Zeichen, die er danach machte. Dann streckte er Eyvind die Pfeife hin.

»Du musst es ihm nachmachen«, forderte Ingridur diesen auf.

Eyvind nahm die Pfeife, sog mit Todesverachtung daran und hatte sofort das Gefühl, als platze ihm die Brust. Mit äußerster Selbstbeherrschung vermied er es zu husten und blies den Rauch etwas schwächlich in die gewiesenen Richtungen. Als er Krähenflügel die Pfeife zurückgab, spürte er, wie es in seinen Gedärmen rumorte.

Da vorläufig alles geklärt schien, verabschiedete sich der Sachem mit seinem Gefolge und kehrte in die Wälder zurück. Im Dorf der Fremden übernachten wollte er angesichts des Holzes, das dafür verschwendet worden war, nicht.

Eyvind wartete ungeduldig ab, bis die Fremden gegangen waren, dann eilte er hinter einen Busch. Als er nach einer Weile wieder zurückkam, war seine Gesichtsfarbe wieder normal. Seine Augen blitzten jedoch vor unterdrücktem Zorn.

»Eher werde ich diesem Skrälinger die Hand abhacken, als noch einmal diesen Teufelsrauch in die Lunge saugen!«

»Es ist eine heilige Handlung für diese Völker. Sie zu verweigern, ist gleichbedeutend mit der Aufforderung zum Krieg«, erklärte ihm Ingridur, wurde dann aber von Gloedir beiseitegedrängt.

»Dieser Skrälinger hat noch immer mein Messer! Du hättest es zurückfordern müssen! Bram hätte es getan, aber du ...«

»Wenn es dir nicht passt, dann geh zu Bram und schließe dich ihm an!«, brüllte Eyvind den Mann an.

»Du hast mit den Skrälingern Frieden geschlossen. Doch was werden Bram und die anderen tun?«, fragte Farald.

Auch wenn sein Zorn noch nicht verraucht war, wurde Eyvind ruhiger. »Bram, Bolverk und die anderen haben auf ihren eigenen Siedlerstellen entweder die Möglichkeit, den Frieden zu akzeptieren, den ich geschlossen habe, oder aber sie stehen allein gegen die gesamten Skrälinger.«

»Du willst sie doch nicht im Stich lassen?«, rief Alvidr entsetzt.

Eyvind wandte sich mit einem bösen Lächeln zu ihm um. »Bram und Bolverk haben mir Gefolgschaft zugesagt und mich dennoch im Stich gelassen. Weshalb also sollte ich ihnen helfen, wenn sie gegen meinen Willen handeln?«

Da begann Farald zu lachen. »Du bist ein Fuchs, Eyvind! Bram und seine Anhänger sind allein zu schwach, um auf eigene Faust Krieg führen zu können. Sie müssen dir gehorchen – und wenn es sie noch so schmerzt!«

4.

Brams geheimnisvoller Zuträger musste rasch gehandelt haben, denn bereits am Abend des nächsten Tages erschienen Bram und Bolverk samt einem Dutzend anderer Anführer bei der Siedlung. Alle waren höchst erregt und riefen Eyvind Schmährufe entgegen. Als dessen Männer es sich nicht gefallen lassen wollten und zu den Waffen griffen, gebot Eyvind ihnen Einhalt.

»Es wird kein Blut zwischen Brüdern vergossen.«

»Bist du noch unser Bruder? Oder nicht eher derjenige, der sich mit diesen elenden Skrälingern verbrüdert hat, Vetter?«, fragte Bram, rot vor Zorn.

»Ich habe Frieden mit ihnen geschlossen, bis wir mehr über sie wissen. Ingridur sagt, sie gehören einem Bund von fünf oder sechs Stämmen an, die zusammen zehntausend Krieger aufbringen können. Nur ein Narr legt sich ohne genügend Vorbereitung mit einer solchen Streitmacht an.«

Bram nickte zwar unwillkürlich, aber umso mehr ärgerte es ihn, dass er weniger über die Skrälinger wusste als Eyvind. Auch wenn ihn hauptsächlich die Wut über dessen eigenmächtige Friedensvereinbarung hierhergetrieben hatte, war er im Grunde hergekommen, um mehr über die Skrälinger zu erfahren.

»Wir sollten ein Thing abhalten«, schlug er vor.

Eyvind nickte. »Das ist meine Absicht! Ich hätte dir morgen einen Boten geschickt, in der Hoffnung, dass du ihn besser behandeln würdest als deinen eigenen Vetter.«

Dieser Vorwurf traf. Bram hatte sich bereits selbst gescholten, weil er seinem jüngsten Vetter die Gastfreundschaft verweigert hatte. Damit hatte er Thorolf und auch dessen Bruder dazu gebracht, sich noch enger Eyvind anzuschließen. Auch hatte er mittlerweile begriffen, dass es ein Fehler gewesen war, sich so rasch von diesem zu trennen. Er hätte abwarten sollen, bis er mehr Anhänger gefunden hatte. So war Eyvinds Übergewicht einfach zu groß, um sich auf Dauer gegen ihn durchsetzen zu können. Mit diesen bitteren Gedanken wandte er sich an drei seiner Begleiter.

»Kehrt in unsere Festung zurück und holt die freien Männer zum Thing! Sie sollen selbst hören, was Eyvind uns über die Skrälinger berichten kann.«

»Es werden auch Farald, Thorolf, Alvidr, Bjalfi und einige andere sprechen, und nicht alle waren mit dem Frieden einverstanden«, erklärte Eyvind mit leisem Spott. Er fragte sich, wer von seinen Leuten die Nachricht vom Auftauchen der Skrälinger zu Bram gebracht hatte. Von seiner engeren Schar konnte es keiner gewesen sein, denn dessen Fehlen wäre aufgefallen. Einer der einfachen Krieger oder gar ein Bauer konnte sich jedoch in die Büsche schlagen und eine Botschaft überbringen. Eyvind ahnte, dass die Auseinandersetzung mit Bram weitergehen würde, doch vorerst hatte er sich als Oberhaupt aller Siedler durchgesetzt – und das war das Wichtigste. Sollte ihm das Abkommen mit dem Skrälinger-Sachem noch zu ein paar Dutzend Weibern verhelfen, würden auch Alvidr und Gloedir zufrieden sein. Einen Augenblick überlegte er, ob er Ingridur nicht seinem Steuermann überlassen sollte. Allerdings war das Mädchen als Vermittlerin zu den Skrälingern zu wertvoll, um es zu verärgern. Daher verwarf er diesen Gedanken und umarmte Bram wie einen lange vermissten Freund.

Bolverk, Gamli und einige andere Krieger, die gehofft hatten, sowohl aus seinem wie auch aus Brams Schatten heraustreten und große Herren werden zu können, verzogen das Gesicht. Doch auch ihnen war bewusst, dass sie ohne Eyvinds und ohne Brams Unterstützung auf verlorenem Posten standen.

»Glaubst du an zehntausend Skrälingerkrieger?«, fragte Bolverk Eskill von den Orkneyjar. Dieser zuckte mit den Achseln.

»Und wenn es nur tausend wären, sind sie für uns allein zu viel.«

»Tausend könnten wir, wäre Eyvind ein Mann, mit Leichtigkeit besiegen«, antwortete Bolverk grollend.

»In der offenen Feldschlacht gewiss. Da würde ich auch die

dreifache Zahl nicht fürchten. Wenn sie sich jedoch im Wald verstecken und mit ihren Pfeilen auf uns schießen, sieht die Sache schon anders aus.«

Bolverk bedachte den Mann von den Orkneyjar mit einem verächtlichen Blick. »Sie haben nur Pfeilspitzen aus Stein. Die würden an unseren Kettenhemden, Helmen und Schilden zerschellen!«

»Wenn du es so sagst!«, spottete Eskill und trat auf Eyvind zu, um ihn in die Arme zu schließen.

»So gefällt es mir schon besser. Endlich sind wir wieder eins«, sagte er.

Eyvind lächelte nachsichtig. Ganz so war es zwar nicht, doch er war auf bestem Weg dazu, dies zu erreichen.

5.

Die Nachricht von Brams Ankunft hatte alle bis auf Sigrid und Hekja dazu bewogen, die Halle zu verlassen und nach draußen zu eilen. Sigrid wollte ebenfalls hinaus, da fasste die alte Frau sie am Arm.

»Hast du dich mit deinem Schicksal abgefunden, oder willst du Eyvind immer noch nur Töchter gebären?«

Sigrids Augen flammten zornig auf. »Er hat mich geraubt und als Beute genommen. Wie sollte ich ihm daher den Triumph gönnen, Söhne für ihn auszutragen?«

»Dann sollten wir die Gelegenheit nutzen und eine weitere Beschwörung vornehmen«, erklärte Hekja und schob Sigrid in die Kammer des Gehöfts, die Eyvind als Milchkammer hatte einrichten lassen, obwohl es in der Siedlung bislang außer Gamlis Kuh Aldis nur Jährlinge gab.

»Was würde ich für ein wenig Käse geben!«, seufzte Sigrid angesichts der leeren Gefäße. Es gab zwar genug Fisch und Fleisch zu essen, aber sie sehnte sich nach Dingen, die sie aus der Heimat gewohnt war.

Hekja kannte die Launen einer Schwangeren und ging nicht darauf ein. Stattdessen forderte sie Sigrid auf, sich mit dem Rücken zur Wand zu stellen, legte die Hände auf deren vorgewölbten Bauch und begann leise, aber mit Nachdruck zu sprechen. »Frigg, du Große, Odins Weib, steh uns bei und lass Sigrid Ulfarsdottir mit einer Tochter niederkommen! Sif, Weib des Thor, stehe Sigrid bei, auf dass ihre Wünsche sich erfüllen, und du, Freya Goldhaar, sorge für eine gute Schwangerschaft und dafür, dass Sigrid, wenn ihre Zeit gekommen ist, ein schönes Mädchen in den Armen halten kann!« Dabei knetete Hekja leicht Sigrids Leib und stieß die letzten Worte hastig hervor, da sich draußen etwas rührte.

Als die beiden die Milchkammer verließen, sahen sie Eyvind mit Bram, Bolverk und deren Begleitern hereinkommen, während Alvidr bereits am Tisch saß und ihnen unfreundlich entgegensah.

»Weib, hole Met!«, befahl Eyvind.

Sigrid gehorchte, ohne ein Wort zu sagen. Durch ihre Schwangerschaft war sie ihres Widerstands müde geworden, und so hatte sich eine gewisse Gewohnheit zwischen ihnen eingestellt, ohne dass sie innerlich Frieden mit Eyvind geschlossen hatte.

Während Sigrid die Trinkhörner füllte, wackelte Hekja mit dem Kopf. »Es ist nicht mehr viel Met da, Eyvind. Wenn ihr so weitertrinkt, werdet ihr bald dürsten müssen.«

»Wenn es keinen Met und keine Weiber gibt, wird das ein harter Winter!«, prophezeite Bolverk.

»Vielleicht solltest du ein Schiff nach Island entsenden, um Met oder wenigstens die wichtigsten Zutaten dafür zu holen«, schlug Hekja vor.

»Dafür ist es zu spät im Jahr«, antwortete Eyvind schroff. »Ich werde im Frühjahr mehrere Schiffe losschicken. Sie sollen die Küste entlangfahren, bis sie Grönland erreichen, und von dort aus nach Island segeln.«

Unterdessen teilte Sigrid mit ein paar Mägden zusammen den Beerenmet aus. Bram und seine Männer hatten schon länger auf ein solches Getränk verzichten müssen und tranken es voller Begeisterung. Die meisten zeigten sich zufrieden, weil sie wieder zu Eyvind zurückgekehrt waren. Bolverk gehörte nicht dazu, war aber der Erste, der sein Trinkhorn ein zweites Mal füllen ließ.

Da einige nicht bis zum Thing warten wollten, um mehr über die Skrälinger zu erfahren, rief Eyvind nach Ingridur, damit sie berichten sollte. Ihr ewiger Schatten Ailmar kam mit ihr, und Andreas folgte ihnen auf dem Fuß. Sigrid reichte den beiden Sachsen ebenfalls Trinkhörner und schenkte ihnen ein. Beide lehnten sich mit dem Horn in der Hand gegen die Wand und hörten Ingridur zu.

Bram und Bolverk murrten ein wenig, als sie hörten, dass sich nur zwanzig Skrälinger gezeigt hätten, wagten es aber nicht, Eyvind zu kritisieren, weil er mit diesen Frieden geschlossen hatte.

»Sie wissen Leder gut zu bearbeiten, und sie verfügen über einfache, aber wirksame Waffen«, warf Farald ein.

»Was für Waffen?«, wollte Bram wissen.

»Jeder der Krieger führte Bogen und Pfeile mit sich, einige hatten zusätzlich Speere mit Spitzen aus Stein und andere Keulen mit eingebetteten Steinen als Schlagkopf. Auch sah ich noch ein paar weitere Dinge, die dazu geeignet sind, einem Feind das Lebenslicht auszublasen«, antwortete Farald freundlich.

»Pah! Einer von uns ist zehn von denen wert«, tat Bolverk seine Worte ab.

Farald begann, leise zu lachen. »Wenn du meinst! Ich halte es auf jeden Fall für klüger, vorerst mit ihnen Frieden zu halten, als einen Krieg gegen einen Gegner anzuzetteln, von dem ich weder weiß, wie stark er ist, noch, wo ich ihn entscheidend schlagen kann.«

»Genauso ist es!«, erklärte Eyvind und streckte Sigrid sein Horn hin. »Weib, ich habe Durst!«

Nur Hekjas rascher Griff verhinderte, dass Sigrid ihm den restlichen Met über den Kopf schüttete. Auch wenn sie sich mit ihrem Schicksal abgefunden zu haben schien, so war sie immer noch die Tochter Jarl Ulfars und wollte mit Achtung behandelt werden, und nicht wie eine Magd.

»Nimm dich zusammen!«, raunte Hekja ihr zu. »Wenn du so

etwas tust, ist Eyvind gezwungen, dich zu bestrafen, wenn er sein Ansehen bei seinen Männern nicht ganz verlieren will.«

Zu anderen Zeiten wäre dies Sigrid ganz recht gewesen, doch wegen der so überraschend aufgetauchten Skrälinger war es besser, wenn er die Siedler anführte. Nein, ist es nicht, sagte etwas in ihr. Was ist, wenn es ihm gelingt, sich hier festzusetzen? Dann muss ich für immer seine Bettmagd bleiben.

Wütend füllte sie Eyvinds Trinkhorn und sah dann Andreas mit funkelnden Augen an. Er könnte ruhig mehr tun, damit wir unsere Freiheit erringen, schoss es ihr durch den Kopf. Gleichzeitig packte sie die Angst. Was war, wenn er sie jetzt, da sie Eyvinds Kind im Bauch trug, nicht mehr wollte? Mit einem Mal kämpfte sie gegen die Tränen an und wünschte sich, all das hier wäre nur ein Traum, und sie würde am Morgen im Haus ihres Vaters erwachen.

6.

Das Thing versammelte alle freien Männer, die mit Eyvind gekommen waren. In den Tagen davor hatten Bram, Bolverk, Djuri Ulfgeirrson und die Anführer der restlichen Siedlungen und Höfe jeden, der die Skrälinger gesehen hatte, über diese ausgefragt. Es gefiel ihnen, dass deren Weiber trotz ihrer schwarzen Haare ansehnlich waren. Gleichzeitig spotteten sie über die primitiven Waffen der Skrälinger.

Ailmar hörte ihnen eine Weile zu und winkte dann Ingridur zu sich. »Ich bräuchte deine Hilfe, um ein paar Narren zu zeigen, dass sie welche sind.«

»Ich helfe dir gerne.«

Ingridur lächelte, denn er war immer freundlich zu ihr. Obwohl sie wusste, dass er sie begehrte, blickte er sie nicht so an, als sei er ein hungriger Wolf und sie ein Hirschkalb, das er am liebsten sofort fressen wollte.

Ailmar besorgte sich ein Stück Holz und schnitzte eifrig daran herum. Dabei fragte er Ingridur immer wieder, ob es so richtig sei. Als sich schließlich die Männer auf der Wiese vor der Siedlung zum Thing versammelten, setzte er sich neben Andreas, während die Frauen ein Stück weiter hinten Platz nahmen und den Knechten und Sklaven nichts anderes übrig blieb, als die Versammlung von weiter draußen zu verfolgen.

Zuerst sprachen Farald, Thorolf, Bjalfi und Alvidr über die Begegnung mit den Skrälingern. Während die Brüder eine gewisse Achtung vor den Skrälingern zeigten, nannte Alvidr sie primitive Wilde mit unbrauchbaren Waffen, die, wenn man mehr über sie erfahren hatte, leicht zu unterwerfen seien.

»Das wollte ich hören!«, rief Bolverk dazwischen. »Auch wenn ich verstehe, dass Eyvind erst einmal Frieden geschlossen hat, müssen wir sie uns so bald wie möglich untertan machen.«

Alvidr nickte eifrig. »Ich habe zuerst auch nicht begriffen, weshalb Eyvind sich auf Verhandlungen mit ihnen eingelassen hat. Aber er ist klüger als wir und weiß genau, dass uns der Sieg leichter fällt, wenn diese Primitiven an Frieden glauben.«

Ingridur schüttelte erregt den Kopf. »Der Mann ist ein Narr! Wenn die Nordmänner den Frieden brechen, werden die Stämme dieser Gegend sich blutig dafür rächen.«

Sigrid schauderte es, denn in ihren Träumen sah sie immer wieder Blut. Zwar behauptete Hekja, dies wäre bei vielen schwangeren Frauen üblich, da eine Geburt mit Blut verbunden sei, doch in Gedanken sah sie immer wieder ihren Verlobten Tryggvi Thorgilson und vernahm seine klagende Stimme. Die Erscheinung war so lebensecht, dass sie Angst hatte, Tryggvis Geist könnte ihnen hierher gefolgt sein, um seine Rache zu fordern.

Unterdessen verhöhnte Brams Gefolgsmann Brodir die primitiven Waffen der Skrälinger und erklärte, dass sie einem Nordmann nicht einmal die Haut ritzen könnten. Während Andreas verächtlich abwinkte, sprang Ailmar auf und holte eine armlange Keule mit Steinkopf aus der Decke, in die er sie gewickelt hatte.

»Die Waffen der Skrälinger mögen einfach sein, doch ich halte sie für wirksam. Oder ist eure Norwegerhaut dick genug, um den Schlag mit einem solchen Ding ohne Schaden hinnehmen zu können?« Er hob die Keule hoch über den Kopf, damit alle sie sehen konnten.

»Wo hast du die Waffe gefunden?«, fragte Eyvind verwundert.

»Ich habe sie nach Ingridurs Anweisungen gefertigt«, erklärte Ailmar und reichte ihm die Keule.

Eyvind betrachtete sie und schwang sie ein paarmal durch die Luft. Als er sie zurückgab, wirkte seine Miene ernst.

»Ich würde diese Waffe nicht unterschätzen«, sagte er.

»Hast du etwa Angst vor diesen rot angemalten Wilden?«, fragte Bram spöttisch. »Ich sage dir, jeder von uns, der ein Schwert in der Hand hält, ist einem mit einer Keule bewaffneten Wilden weit überlegen.«

»Wir können es ja ausprobieren«, schlug Brodir vor und bedachte Ailmar mit einem herausfordernden Blick. »Oder bist du zu feige dazu?«

Seit er und Skeggi in der Auseinandersetzung mit Ailmar und Andreas Prügel bezogen hatten, lauerte Brodir auf eine Gelegenheit, es den beiden Sachsen heimzahlen zu können. Nun hatte er Ailmar so in die Enge getrieben, dass dieser sich ihm entweder mit einer schlechteren Waffe stellen oder sich als Feigling offenbaren musste.

»Ich bin dafür«, erklärte Bolverk, während Bram sich verärgert auf die Lippen biss. Zwar mochte er die beiden Sachsen ebenfalls nicht, doch ein ungleicher Kampf würde seinem Gefolgsmann keine Ehre eintragen.

Ailmar wog die Steinkeule in der Hand. Er hatte sie bereits probehalber ein paarmal geschwungen, aber nie daran gedacht, einen ernsthaften Kampf damit ausfechten zu müssen. Wenn er jetzt kniff, würde er jedoch alles Ansehen verlieren und vielleicht sogar wieder zum Knecht zurückgestuft werden. Daher trat er nach vorne und hob die Waffe.

»Ich bin bereit!«

Die Ruhe, mit der Ailmar sich zum Kampf stellte, verunsicherte

Brodir. Er nahm daher nicht nur sein Schwert, sondern auch einen Schild, um einen möglichen Keulentreffer abwehren zu können. Einige von Eyvinds Männern murrten, da Ailmar nur die Keule trug, und Bram ärgerte sich über seinen Gefolgsmann, dem ein Sieg unter diesen Umständen nur Verachtung einbringen würde.

»Geht es auf Tod und Leben oder nur, bis einer von beiden aufgibt?«, fragte er Eyvind.

»Der Kampf endet, wenn einer nicht mehr in der Lage ist, weiterzukämpfen«, erklärte Eyvind mit eisiger Stimme.

Brodir stellte sich Ailmar gegenüber und hob Schwert und Schild. »Jetzt wirst du bezahlen, Sachse!«, sagte er leise.

Ailmars Miene blieb unbewegt. Er wusste, dass er schnell sein musste, um keinen Schwerthieb davonzutragen, der ihn außer Gefecht setzte und möglicherweise zum Krüppel machte. Gleichwohl wollte er dem anderen nicht die Ehre des ersten Schlags gönnen und griff an.

Die Steinkeule hieb hart gegen den Schild und trieb Brodir einen Schritt zurück. Dann aber stürmte er wütend vorwärts und schwang sein Schwert. Ailmar wich geschickt aus, war mit einer kurzen Drehung direkt vor ihm, packte den Rand des Schilds mit der linken Hand und riss ihn nach unten. Gleichzeitig schlug er mit der Keule zu und traf Brodirs Rechte, die eben das Schwert hochriss. Mit einem Aufschrei ließ der Norweger Schwert und Schild fallen, sank auf die Knie und fasste sich mit der Linken an die rechte Hand.

»Meine Finger! Sie sind gebrochen. Verflucht sollst du sein! Ich …« Der Rest ging in ein verzweifeltes Heulen über.

Bram erwürgte in Gedanken seinen Gefolgsmann, während Herjolf, Bjalfi und einige andere Ailmar hochleben ließen. Der Rest der Männer stand wie erstarrt. Alle hatten erwartet, dass Brodir mit Leichtigkeit siegen würde, doch dieser hatte seinem Gegner nur wenige Augenblicke standgehalten.

Unterdessen zwängte Hekja sich durch die Männer. Mit Ingridurs Hilfe hatte sie in den letzten Wochen ihre Vorräte an Arzneipflanzen erneuert und dadurch ihren Rang als Kräuterfrau gefestigt. Nun fuhr sie Brodir an, ihr die verletzte Hand zu zeigen.

»Ich werde ein Krüppel sein, und das wegen dieses elenden Sachsen!«, stöhnte dieser ebenso verzweifelt wie hasserfüllt.

»Ich würde eher sagen, durch deine eigene Dummheit«, antwortete Hekja gelassen und begann, die Hand zu untersuchen. Ihre Miene wurde ernst. »Es sieht nicht gut aus! Die beiden vorderen Glieder des Mittelfingers sind zerquetscht. Ich werde sie dir abschneiden müssen, sonst kannst du die Hand nicht mehr benützen. Die anderen Finger sind zwar geprellt, aber nicht gebrochen. In ein paar Wochen kannst du damit wieder zugreifen.«

»Tu, was nötig ist!«, wies Bram die Alte an und befahl zweien seiner Männer, Brodir in Eyvinds Halle zu bringen, damit Hekja ihr blutiges Werk vollbringen konnte.

»Wenn ihr noch Beerenmet habt, so gebt dem armen Kerl ein oder zwei Hörner davon zu trinken«, wies er sie noch an und bat Ailmar, ihm die Kampfkeule zu reichen.

Er schwang sie ein paarmal durch die Luft und forderte anschließend einen seiner Männer auf, ihm einen Schild entgegenzuhalten. Dieser tat es mit verkniffener Miene.

Bram wartete einen Augenblick, holte aus und schlug zu. Die Keule traf mit einem heftigen Knall auf den Schild, und dessen Träger stürzte zu Boden. Rasch setzte Bram ihm einen Fuß auf die Brust und deutete einen zweiten Hieb auf dessen Kopf an. Danach reichte er die Keule Ailmar zurück.

»Du hast uns an ein eisernes Gesetz des Krieges erinnert, Sachse. Man soll nie seinen Feind unterschätzen!«

Es klang zornig, doch im weiteren Verlauf des Things stellte er sich auf Eyvinds Seite. Der Überraschungsangriff auf die Skrälinger, von dem Alvidr gesprochen hatte, blieb ihm jedoch im Gedächtnis.

7.

Das Thing endete mit einem überragenden Erfolg für Eyvind. Das hatte er nicht zuletzt Ailmars Demonstration mit der Steinkeule zu verdanken, und er ernannte nun auch ihn zu einem seiner Unteranführer. Damit hob er Ailmars Ansehen, doch der Sachse freute sich mehr darüber, dass Ingridurs Augen leuchteten, als sie ihn zu seinem Sieg über Brodir beglückwünschte.

Sie hatte Adlerfedern im Wald gefunden und zwei davon in Leder gefasst. »Gib mir deine Keule«, forderte sie ihn auf, und als er es tat, befestigte sie die Federn daran.

»Da du deinen Feind nicht getötet hast, darfst du die Federn nicht am Kopf tragen, aber an deiner Waffe werden sie jedem verraten, dass du ein kühner Krieger bist«, erklärte sie, als sie ihm die Keule zurückgab.

»Ich hatte Glück«, erklärte Ailmar.

»Glück und Geschick sind die Pfosten des Erfolgs«, antwortete Ingridur lächelnd. »Du hast beides! Möge es immer so sein.«

»Das hoffe ich auch.« Andreas war zu den beiden getreten und umarmte Ailmar. »Mir ist fast das Herz stehen geblieben, als dieser Hundesohn dich herausgefordert hat. Hätte er dich getötet, hätte ich ihn so lange gereizt, bis er sich meiner Klinge gestellt hätte.«

»Zum Glück kam es nicht dazu«, antwortete Ailmar. »Auf jeden Fall mussten Bram und seine Anhänger beim Thing zurückstecken und Eyvind erneut als ihren Anführer anerkennen.«

»Ja, das mussten sie!« Andreas klang nicht gerade glücklich. Immerhin besaß Eyvind die Frau, die er begehrte, und solange er an der Macht war, bot sich keine Gelegenheit, ihm Sigrid wegzunehmen.

Ailmar war klar, welche Gefühle seinen Freund bewegten, und gleichzeitig froh, dass dieser sich inzwischen besser beherrschen konnte. Zudem brauchte Eyvind mittlerweile Andreas, da dieser die meiste Erfahrung mit Verteidigungswerken besaß. Die Nordmänner hatten zwar mit den Skrälingern Frieden geschlossen, doch Eyvind hielt einen Festungswall um die Siedlung für notwendig.

»Sigrid hofft, dass Eyvind sie verstoßen wird, wenn sie statt eines Sohnes eine Tochter gebiert«, fuhr Andreas leise fort.

Ailmar glaubte nicht, dass es dazu kommen würde. Zwar würde Eyvind enttäuscht sein, aber hoffen, dass das zweite Kind ein Junge werde. Um sie einem anderen Mann zu überlassen, war Sigrid von zu hoher Geburt. Eyvind war daher gezwungen, sie zu behalten, selbst wenn sie sechs Töchter hintereinander zur Welt brachte. Er konnte sich höchstens eine Beischläferin nehmen, um von ihr den Sohn zu erhalten, den er sich so dringend wünschte. Allerdings gab es bei den Siedlern derzeit nur eine Frau, auf die noch kein Mann Anspruch erhob, und das war Ingridur. Der Gedanke, Eyvind oder ein anderer könnte diese für sich fordern, gefiel Ailmar ganz und gar nicht.

»Der Teufel soll Eyvind dafür holen, dass er uns ans Ende der Welt verschleppt hat«, brach es aus ihm heraus.

»Das würde uns wenig helfen«, klang Hekjas Stimme auf. »Ich habe Farald sagen hören, dass Eyvind wahrscheinlich der Einzige ist, der einen Kurs von hier bis nach Island setzen kann. Er selbst würde höchstens versuchen, sich an der Küste entlang nach Norden zu tasten, in der Hoffnung, irgendwann auf Grönland zu treffen.«

»Das müsste uns doch auch gelingen«, wandte Andreas mit neu erwachter Hoffnung ein.

Hekja lachte hart auf. »Willst du etwa ein Schiff stehlen, Sigrid mit an Bord nehmen und fliehen? Vergiss das rasch wieder! Dafür verstehst du zu wenig von Schiffen, und du wirst hier niemanden finden, der dir dabei helfen würde.«

»Aber es muss einen Weg geben!«, erwiderte Andreas, der nicht bereit war, aufzugeben.

Anders als er zögerte Ailmar. Im Grunde war es gleichgültig, ob er in der Heimat Hardos Gefolgsmann war oder hier einer von Eyvinds Leuten. Wenn dessen Siedlung gedieh, konnte er hier sogar höher aufsteigen als dort. Aber er begriff, wie unglücklich sein Freund hier war, und nickte lächelnd.

»Es wird einen Weg geben, und wir werden ihn finden.«

Dabei bemerkte er den traurigen Ausdruck, der bei seinen Worten über Ingridurs Gesicht huschte, und wünschte sich, sie erst einmal trösten und dann bei ihrer Flucht mitnehmen zu können.

8.

Die Tage vergingen, ohne dass die Siedler etwas von den Skrälingern sahen oder hörten. Für Djuri Ulfgeirrson, Bolverk und die anderen kleinen Anführer lieferte der Friedensschluss mit den Skrälingern einen willkommenen Anlass, ihre Höfe nicht aufzugeben. Auch wenn Eyvind es lieber gesehen hätte, wenn sich alle bei seinem Dorf ansiedeln würden, war er mit der Situation zufrieden, denn sie schwächte Bram mehr als ihn. Dieser hatte viel von seinem Einfluss verloren und musste sich mit den Siedlern in seinem eigenen Dorf begnügen.

Das Abkommen mit den Skrälingern verleitete sie dazu, nicht so viel für ihre Sicherheit zu arbeiten, als vielmehr das Land um ihre Höfe zu roden. Selbst Eyvind musste zulassen, dass die Arbeit an dem Palisadenzaun mit weniger Nachdruck betrieben wurde, als es wünschenswert gewesen wäre. Den Siedlern ging es darum, möglichst viele Äcker für die Winterfrucht zu gewinnen und andere für die Frühjahrsaussaat vorzubereiten. Nach Andreas' Ansicht besaßen sie nicht genug Saat für all die gerodeten Stellen, doch als er dies vorbrachte, winkte Eyvind ab.

»Wir werden nach der ersten Ernte noch weitaus mehr Felder anlegen. Warum also sollen wir das Land nicht roden, wenn wir die Zeit dafür haben?«

»Es wäre besser, das Holz für den Schutzwall zu verwenden

und nicht für Kornspeicher und Scheuern, die im nächsten Jahr noch nicht gebraucht werden«, antwortete Andreas.

Eyvind machte eine Geste, die überlegen wirken sollte. »Die Männer müssen erkennen, dass wir an morgen denken. Der Frieden mit den Skrälingern verschafft uns die Zeit dafür.«

»Was ist eigentlich mit den Dingen, die sie uns mitgebracht haben? Es waren Samen dabei. Vielleicht können wir sie brauchen«, warf Ailmar ein.

Eyvind musste sich erst daran erinnern, wo er die Gaben des Sachems hingetan hatte, und befahl dann Sigrid, sie zu holen.

»Ich glaube nicht, dass dieses Zeug für uns nütze ist«, erklärte er mit einem schiefen Blick auf die Kürbisse und die Maiskörner. Danach wies er auf den Beutel mit dem Tabak. »Und was dieses Teufelszeug betrifft, so werft es auf den Mist!«

Ingridur wedelte abwehrend mit der Hand. »Das darfst du nicht tun! Wenn du den Sachem das nächste Mal triffst, erwartet er, dass du die heilige Pfeife damit stopfst und als Erster den Rauch in die sechs Richtungen bläst!«

»Ich soll das Zeug noch einmal einsaugen?«, rief Eyvind aufgebracht. »Beim letzten Mal hat es mein Gedärm in eine solche Unordnung gebracht, dass ich schnellstens in die Büsche musste, um mich zu erleichtern.«

»Es geht um den Frieden! Die Menschen, die hier leben, erwarten, dass er nach ihren Riten geschlossen wird. Sonst gilt er nicht«, erklärte Ingridur beharrlich.

»Wir haben ihn doch geschlossen«, entgegnete Eyvind verwundert.

»Er gilt bis zu eurem nächsten Zusammentreffen. Dann muss er erneuert werden. Bis dorthin hat der Sachem sich auch mit den befreundeten Stämmen abgesprochen, und der Frieden wird auf diese ausgedehnt.«

Eyvind schüttelte unwirsch den Kopf. »Der Teufel soll diese Skrälinger holen! Wir sollten sie wirklich in eine Falle locken, so viele wie möglich niedermachen und den Rest versklaven.«

Ingridur verstand die Nordmänner nicht. Die Skrälinger hatten ihnen angeboten, hier leben zu können, und das trotz großer Bedenken, da die Siedler mit ihrem Tun die Geister des Waldes gegen sich aufbrachten. Deren Strafe erfolgte bereits, denn es gab kaum mehr Wild in der Umgebung der Siedlungen, und es würde auch so schnell keines zurückkommen.

Da Eyvind die Geschenke der Skrälinger so gering achtete, nahm Ingridur sie an sich und brachte sie in die Kammer, die sie mit Hekja teilte. Dort höhlte sie die Kürbisse aus und sammelte die Samen. Aus dem Fleisch der Kürbisse kochte sie eine Suppe, die sie am Abend Andreas, Ailmar und Hekja vorsetzte.

Diese betrachteten den gelblichen Brei misstrauisch, zogen dann aber doch ihre Löffel aus den Gürteln und begannen zu essen.

»Es schmeckt ungewohnt, ist aber genießbar«, fand Ailmar.

»Auf unserem Weg durch Island wären wir froh darum gewesen«, sagte Hekja mit einem leisen Lachen. »Erinnert ihr euch noch an den zähen Trockenfisch, in den wir damals beißen mussten?«

Ailmar nickte grinsend. »Und ob ich das tue! Doch selbst davon hatten wir nicht genug. Bei Gott, hatte ich damals Hunger.«

»Nicht nur du!« Hekja fand, dass es sich mit etwas Warmem im Bauch recht angenehm darüber reden ließ, wie sie damals gedarbt hatten.

Im Gegensatz zu Andreas und Sigrid hatte sie sich mit ihrem Schicksal ausgesöhnt. Sie war zu alt, um von einem der Männer als Beischläferin gefordert zu werden, und ihr Ansehen als Kräuterfrau verhalf ihr zu einem guten Leben. Anders als sie wurden die Irinnen, die in Brams Lager lebten, jede Nacht von einem Mann zum anderen weitergereicht. Man ließ sie nicht einmal in der Zeit ihres Mondflusses in Ruhe, sondern forderte sie auf, sich vorher zwischen den Beinen zu waschen. Da war es kein Wunder, dass die armen Dinger von einer Freiheit träumten, die sie hier wohl nie mehr erhalten würden.

Hekja schüttelte diesen Gedanken ab, da er sie traurig stimmte, und erzählte eine Geschichte aus ihrer Jugend. »Auch wenn man es mir heute nicht mehr ansieht, so bin ich damals recht hübsch gewesen und war für mehrere Jahre die Beischläferin eines mächtigen Mannes.«

Sie schönte ihre Lebensgeschichte ein wenig, denn so bedeutend war ihr Herr nicht gewesen, und seine Frau hatte sie wie Dreck behandelt. Die Zeit, die seitdem vergangen war, milderte jedoch die Erinnerung, und sie konnte über Ereignisse lachen, die ihr damals die Tränen in die Augen getrieben hatten.

»Ich gehe noch einmal ins Freie«, erklärte Ingridur nach einer Weile.

»Ich komme mit.« Ailmar stand auf und nahm sein Schwert an sich. Da es zu wenige Frauen in der Siedlung gab, kam es gelegentlich vor, dass eine von ihnen von einem der Männer in eine Ecke geschleift und vergewaltigt wurde. Zwar hatte Eyvind dies verboten, musste aber auf seine Gefolgsleute Rücksicht nehmen, die noch immer den versprochenen, aber nicht erhaltenen Skrälingerinnen nachtrauerten.

Als die beiden die Siedlung verließen, sahen sie einen Schatten hinter sich herschleichen. »Alvidr«, flüsterte Ailmar und prüfte, ob er sein Schwert schnell genug ziehen konnte.

Alvidr kam jedoch nicht näher, sondern lauerte darauf, ob die beiden sich unzüchtigen Betätigungen hingaben. Doch danach war ihnen nicht. Ingridur blickte zum Himmel hoch und musterte die Sterne.

»Es wird kalt werden!«, prophezeite sie.

Ailmar lächelte, denn die letzten Tage waren so warm gewesen, dass die Männer ihre Arbeit mit bloßem Oberkörper verrichtet hatten. Allerdings stammte das Mädchen aus diesen Landen, und da war es möglich, dass sie die Anzeichen besser deuten konnte. Er versuchte, sich zu erinnern, welcher Monat derzeit war, und kam auf Ende Oktober. In zwei Monaten würde bereits das Fest der Geburt Christi gefeiert werden. Plötzlich packte ihn die Sehnsucht nach zu Hause. Ob sein Vater und seine Geschwister an ihn dachten? Hatten sie erfahren, dass Jarl Ulfars Hof überfallen und Andreas und er verschleppt worden waren? Den alten Hardo würde diese Nachricht gewiss schmerzen, während Andreas' Bruder jubilieren dürfte. Ailmar hatte nie viel von Kord gehalten, doch die Art, wie er sich des Bruders entledigt hatte, war ein Schurkenstück sondergleichen gewesen.

»Woran denkst du, Sak'se?«, fragte Ingridur.

»An zu Hause. Und daran, dass dort noch eine Rechnung beglichen werden muss.«

Es klang so hart, dass sie nicht in der Haut desjenigen stecken wollte, dem Ailmars Zorn galt.

Wenig später kehrten sie zu Alvidrs Enttäuschung wieder in das Haus zurück und wünschten einander gute Nacht. Da Alvidr Hekjas Stimme aus einem anderen Raum vernahm, überlegte er, ob er Ingridur folgen und sie gewaltsam auf den Rücken legen sollte. Ailmars Schlafplatz war jedoch zu nahe an Ingridurs Kammer. Wenn sie schreien würde, hatte er den zornigen Sachsen am Hals, und der würde wenig Federlesens mit ihm machen. Daher drehte er sich grummelnd um und suchte ein Haus auf, in dem einige Bauern mit ihren Weibern lebten. Eines davon, sagte er sich, würde vielleicht bereit sein, ihm ein wenig Wärme zu schenken.

9.

Ingridurs Prophezeiung bewahrheitete sich, denn am nächsten Morgen war das Land von einem dicken, weißen Pelz bedeckt. Es war daher nicht mehr möglich, weitere Felder anzulegen. Stattdessen mussten erst einmal der Schnee geräumt und Wege zwischen den einzelnen Häusern angelegt werden. Während dies geschah, blickte Eyvind zum Wald hinüber.

»Wir können immer noch Bäume fällen und die Stämme für die Verwendung im Frühjahr vorbereiten.«

»Sie sollten dafür verwendet werden, den Palisadenwall fertigzustellen, bevor die Skrälinger zum Fischfang erscheinen.« Zwar glaubte Andreas nicht daran, dass die Skrälinger die Siedlung angreifen würden, doch er hatte gelernt, dass die offen gezeigte Fähigkeit zur Abwehr der Bereitschaft zum Frieden dienlich war.

»Im Frühjahr müssen wir als Erstes die Aussaat ausbringen«, antwortete Eyvind. »Wir haben viele Mäuler zu stopfen, und das Wild ist rar geworden.«

»Thorolf und ich werden uns Laufbretter zimmern und damit jagen gehen, so wie wir es im Winter aus der Heimat gewohnt sind«, erklärte Farald und betrachtete fasziniert die dicke Schneedecke.

»Das wird lustig!«, rief sein Bruder. »Lass uns anfangen. Gutes Holz gibt es genug.«

»Was sind Laufbretter?«, fragte Ailmar.

Thorolf sah ihn erstaunt an. »Kennst du das nicht? Es sind schmale Latten, die man an die Schuhe schnallt und damit über den Schnee fährt!«

»Das möchte ich sehen!« Ailmar lachte kurz, sah aber dann, dass Ingridur ihm winkte.

»Kannst du mir Weidenzweige besorgen, etwa so dick wie mein Zeigefinger? Lederstreifen habe ich bereits«, bat sie ihn.

»Was willst du denn damit machen?«, fragte er verwundert.

»Schneeschuhe!«, gab sie knapp Antwort und versetzte ihm einen Stoß. »Mach schon! Wenn ich damit fertig bin, können auch wir jagen gehen.«

Die Neugierigen, die sich um die Gruppe gesammelt hatten, verliefen sich langsam. Während einige wie Herjolf und Alvidr in die Wärme der Häuser zurückkehrten, stapfte Bjalfi mit seinen Holzfällern in Richtung Wald, um weitere Bäume zu schlagen. Thorolf und sein Bruder holten sich mehrere schmale Bretter und schnitzten in einem Schuppen daran herum. Unterdessen kämpfte Ailmar sich durch den knietiefen Schnee zu einem nahe gelegenen Teich, um Weidenruten zu schneiden. Da Eyvind die Arbeit am Palisadenwall hatte einstellen lassen, hatte Andreas keine Aufgabe mehr und folgte seinem Freund.

»So viel Schnee auf einmal gibt es bei uns nicht«, meinte er mit verkniffener Miene, während er die Ruten, die Ailmar ihm reichte, zu einem Bündel schnürte.

»In manchen Jahren gibt es bei uns überhaupt keinen Schnee«, antwortete Ailmar nachdenklich. »Eigentlich dachte ich, Eyvind hätte uns weit nach Süden geführt. Daher müsste es auch hier weniger Schnee geben. Diese Menge verwundert mich.«

Andreas sah auf die weiße Fläche, die sie umgab, und schüttelte den Kopf. »Es ist wirklich ein seltsames Land!«

»Laut Ingridur liegt ihre Heimat weiter nördlich, und von dort aus soll ein Schiff mehr als eine Woche bis Grönland brauchen. Und doch hat es hier in einer Weise geschneit, dass es kaum zu glauben ist. Wir haben doch noch Oktober!«

»Aber nicht mehr lange«, antwortete Andreas, der ebenfalls nicht genau wusste, ob es nun der fünfundzwanzigste oder dreißigste Tag des Monats war. Den November, davon war er überzeugt, hatten sie noch nicht erreicht.

»Ich glaube, das ist genug«, sagte Ailmar, der unterdessen ein zweites Bündel Weidenruten geschnitten hatte.

Zufrieden mit ihrer Ausbeute, machten sie sich auf den Heimweg und unterhielten sich weiter über den plötzlichen Wintereinbruch und darüber, welche Überraschungen dieses Land noch für sie bereithalten würde.

Als sie die Siedlung erreichten, sahen sie, dass Thorolf eine schmale Latte über ein Feuer hielt und deren Spitze dann leicht aufbog.

»Was habt ihr denn da?«, fragte Thorolf, als er die beiden mit ihren Weidenbündeln auf dem Rücken entdeckte.

»Ingridur will Schneeschuhe anfertigen«, gab Ailmar zur Antwort.

»Schneeschuhe aus Weidenruten? Das will ich sehen!« Thorolf probierte aus, wie seine Latte über den Schnee glitt. »So gefällt es mir! Jetzt brauche ich noch ein zweites Laufbrett, dann geht es hinaus in den Wald. Dort dürfte genug Schnee liegen, um Hirschen und anderem Wild den Weg zu erschweren. Farald und ich werden über den Schnee schweben und die Biester erwischen. Es ist sicher nicht schlecht, unsere Vorräte noch ein wenig aufzufrischen«, sagte er zufrieden.

»Das wollen wir auch tun«, antwortete Ailmar und eilte weiter, um Ingridur die Weidenruten zu bringen.

Die junge Skrälingerin erwartete sie in ihrer Kammer mit einem Messer in der Hand. »Alvidr ist eben hier herumgeschlichen, und so wollte ich vorbereitet sein«, erklärte sie mit deutlicher Verachtung für Eyvinds Steuermann.

»Sollte Alvidr oder ein anderer Mann dir etwas antun, wird er seine nächste Mahlzeit an der Tafel des Teufels einnehmen.«

Ailmars Stimme klang so hart, dass es Alvidr, der sich noch immer in der Nähe herumtrieb, kalt den Rücken hinunterlief. Auch Eyvind, dessen Kammer sich nebenan befand, hörte es und begriff, dass der junge Sachse nicht bereit sein würde, das Mädchen einem anderen Mann zu überlassen. Er ärgerte sich darüber, denn Alvidr war sein Steuermann, und er hätte ihn gerne belohnt. Allerdings hatte auch Bjalfi gute Arbeit geleistet, ebenso Farald, Thorolf, Asmod und Andreas. Teilen konnte er Ingridur nicht, und so war es vielleicht besser, noch eine Weile zu warten, ehe er eine Entscheidung über ihr Schicksal traf.

10.

Ingridur arbeitete geschickt und flink. Zuerst hatte sie vier Schneeschuhe für sich und Ailmar anfertigen wollen, sich dann aber entschieden, auch für Andreas welche zu schnüren. Die beiden Sachsen sahen ihr zu und fragten sich, ob diese fragilen Gebilde überhaupt etwas bewirken konnten. Jedes bestand aus einem ovalen Ring, der aus Weidenruten geformt war, und einem Geflecht aus Lederbändern dazwischen.

Schließlich betrachtete Ingridur stolz ihr Werk und forderte die zwei auf, sich für den Weg in den Wald zu rüsten. »Nehmt Bogen und Speer mit! Es mag sein, dass die Geister des Waldes uns gewogen sind.«

»Du glaubst an Geister?«, fragte Andreas. »Dabei dachte ich, du wärst auf Grönland zur Christin geworden.«

Ingridur drehte sich mit einem Schulterzucken zu ihm um. »Auf Grönland werde ich wieder Christin sein. Doch das hier ist das Land meiner Jugend, und ich achte die Gebräuche meines Volkes.«

»Das sind doch Heiden!«, antwortete Andreas verächtlich.

»Lass sie!«, bat Ailmar. »Denke daran, was wäre, wenn du als Christ mit zehn Jahren deiner Heimat entrissen und von Sarazenen gezwungen worden wärst, ein Anhänger Mohammeds zu werden.«

»Das ist etwas anderes«, brummte Andreas, sagte aber nichts mehr zu dem Thema.

»Kommt jetzt!«, forderte Ingridur sie auf und zog einen Schaffellmantel über.

Ailmar und Andreas besorgten sich ebenfalls warme Kleidung, nahmen Bogen und Speer an sich und verließen mit dem Mädchen zusammen die Siedlung. Die Schneeschuhe trug Ingridur in den Armen.

Bjalfi, der eben mit seinem Trupp einen Baumstamm durch den Schnee herangeschleift hatte, sah sie und lachte. »Was wollt ihr denn mit den Dingern? Für den Schnee braucht ihr Laufbretter, wie Thorolf und Farald sich welche gemacht haben. Seht ihr, die sind bereits beim Wald.«

Die Blicke der drei folgten Bjalfis Fingerzeig und entdeckten die Brüder, die gerade hinter dem Waldsaum verschwanden. Es war deutlich zu erkennen, dass sie rasch vorwärtskamen.

»Lasst sie ziehen«, erklärte Ingridur und teilte die Schneeschuhe auf. Sie zeigte Ailmar und Andreas, wie sie diese an ihren Füßen befestigen sollten, und stapfte los. Zwar kam sie nur im Schritttempo voran, doch zur Verwunderung der anderen sanken sie mit ihren Schneeschuhen kaum ein.

Als Ailmar ihr folgen wollte, fiel er zuerst vornüber, begriff aber rasch, wie er sich bewegen musste, und stellte fest, dass er auf diese Weise recht gut vorankam. Die Schneeschuhe waren leicht, und so fiel ihm dies kaum schwerer als auf trockenem Boden.

Andreas kam nicht so gut damit zurecht und blieb ein Stück hinter ihnen zurück. Nach einer Weile aber gewöhnte auch er sich an diese seltsame Art des Gehens und erreichte den Waldrand kaum später als Ingridur und sein Freund. Ohne wirklich darauf zu achten, folgten sie den schmalen Spuren, die Farald und dessen Bruder hinterlassen hatten.

Obwohl die beiden Sachsen Jagdwaffen mitgenommen hatten, war es mehr ein Spaziergang auf Schneeschuhen. Durch die Bewegung blieben sie warm und atmeten die reine, kalte Luft. Es war eine Wohltat nach den Gerüchen im Langhaus, auch wenn dieses zum Teil in kleine Kammern aufgeteilt worden war und man nicht gemeinsam mit allen Bewohnern in der großen Halle schlafen musste. Dennoch war das Langhaus hellhörig, und sie genossen es daher, hier draußen endlich allein zu sein und über das reden zu können, was sie bewegte.

Andreas bedauerte, dass Sigrid nicht bei ihnen war. Noch machte ihre Schwangerschaft sie nicht so unbeholfen, dass sie keine Freude mehr an einem solchen Ausflug empfinden konnte. Als er das jedoch aussprach, schüttelte Ailmar den Kopf. »Eyvind würde es nicht zulassen und seinen Groll an dir auslassen. Auch wenn er dich zu einem seiner Unteranführer ernannt und dir den Bau der Befestigung übertragen hat, beäugt er dich und Sigrid noch immer misstrauisch.«

»Eyvind ist ein seltsamer Mensch«, warf Ingridur ein. »Er ist klug, doch er benutzt seinen Verstand nicht. Auch müsste er Alvidr besser im Zaum halten. Dieser zwingt immer wieder einen der Bauern, ihm seine Frau zu überlassen.«

»Du solltest stets eine Waffe bei dir tragen«, riet ihr Ailmar.

»Ich habe eine Waffe«, antwortete Ingridur mit einem Lächeln, das dem, der sie belästigen sollte, nichts Gutes versprach.

»Dort ist ein Hase«, rief Andreas und ergriff seinen Bogen. Sein erster Pfeil verfehlte das Tier, doch der zweite traf.

»Wenigstens haben wir eine Beute erlegt und sind nicht umsonst aufgebrochen«, meinte Ailmar.

Doch auch er kam noch zum Schuss. Zwar trafen sie auf kein Großwild, erlegten aber zwei weitere Hasen und einen der Vögel, die so groß wurden wie die Schwäne der Heimat, aber weitaus besser schmeckten. Während die Männer scherzhaft miteinander stritten, wer von ihnen den größten Hasen erlegt hätte, blickte Ingridur besorgt zum Himmel. Bei ihrem Aufbruch hatte herrlicher Sonnenschein geherrscht. Jetzt jedoch wirkte der nördliche Horizont grau und seltsam stumpf. Außerdem war der leichte Wind vollkommen eingeschlafen.

»Wir sollten umkehren, denn ich fürchte, es wird ein Schneesturm kommen«, sagte sie.

»Ein Schneesturm? An diesem wunderschönen Tag?«, fragte Ailmar verwundert.

Doch als auch er nach Norden blickte, kniff er die Augen zusammen. Aus dem grauen Fleck am Himmel war ein tiefschwarzer geworden, der sich rasend schnell ausbreitete.

»Wir sollten uns beeilen!«, rief er und schlug die Richtung zur Siedlung ein. Zunächst kamen sie gut voran. Plötzlich aber traf sie der erste Windstoß und warf Andreas um. Mit einem leisen Fluch rappelte er sich wieder auf und stapfte hinter den beiden anderen her.

Nach einer Weile begann der Wald zu rauschen. Schnee rieselte von den Bäumen und stäubte sie ein. Nicht weit entfernt sahen sie einen Elch in panischer Flucht rennen. Gleichzeitig wurde der Wind stärker und brachte die Kronen der Bäume zum Schwingen. Ganze Ladungen Schnee kamen herab und zwangen sie zu raschen Ausweichbewegungen.

»In welcher Richtung ist die Siedlung zu finden?«, fragte Andreas, da Wind und Schnee ihre, aber auch Thorolfs und Faralds Spuren verweht hatten.

»Dort!«, antwortete Ingridur und wies mit dem Arm nach vorne. »Wir werden sie aber nicht rechtzeitig erreichen.«

Sie sah sich um und führte die beiden Freunde zu einem leichten Hügel, an dessen Südende sich eine Schneewehe gebildet hatte.

»Grabt!«, forderte sie ihre Begleiter auf und begann, ein Loch in den Schnee zu wühlen.

Ailmar und Andreas begriffen zwar nicht, was sie vorhatte, taten es ihr aber gleich. Unterdessen war der Himmel überall schwarz geworden. Der Wind peitschte die Bäume, deren Stämme unter der Belastung ächzten, und überschüttete sie mit Eisnadeln, die auf der blanken Haut wie Feuer brannten.

Nach einer Weile erschien Ingridur das Schneeloch groß genug, und sie wollte hineinschlüpfen. Da hörten sie durch das Tosen des Sturms verzweifelte Stimmen.

»... nur wüsste, wo die Siedlung liegt. Wir haben uns verirrt!«

»Thorolf und Farald!« Andreas sprang auf und begann zu rufen: »Hier sind wir! Kommt her! Wir graben uns einen Unterschlupf.«

»Wenn das nicht der verrückte Sachse ist, der Eyvind wegen Sigrid Kopfschmerzen bereitet, will ich den Rest meines Lebens Wasser trinken«, kam es erleichtert zurück.

»Wo seid ihr?«, fragte Farald. Obwohl sein Bruder und er keine zwanzig Schritte von den dreien entfernt war, sah er sie in dem immer stärker wirbelnden Schnee nicht.

Andreas stand ganz auf und winkte. Gleichzeitig stießen er und Ailmar Rufe aus, damit die Brüder sich orientieren konnten. Kurz darauf tauchten diese vor ihnen auf, weiß vor Schnee und mit vereisten Bärten.

»Gott sei Dank, dass wir euch finden! Wir glaubten uns schon verloren«, rief Thorolf erleichtert.

»Wir müssen das Loch vergrößern«, erklärte Ingridur und begann verbissen zu arbeiten.

Die vier Männer halfen ihr kräftig, und nach einiger Zeit war das Loch groß genug, sodass alle hineinkriechen konnten. Als sie drinnen waren, begann Ingridur, an den Rändern des Loches Schnee anzuhäufen, sodass eine Höhle entstand.

»Wir müssen uns fest aneinanderdrängen, um uns gegenseitig zu wärmen!«, sagte sie schließlich. »Außerdem müssen wir wach bleiben und zusehen, dass unsere Schneehöhle nicht zugeweht wird. In meiner Kindheit ist dies zweien aus meinem Volk passiert. Sie wurden später tot in dem zusammengebrochenen Loch gefunden!«

Ingridurs Warnung ließ die vier Männer zusammenzucken. »Wir geben acht!«, versprach Ailmar, und die anderen nickten dazu.

»Es wäre nicht der erste Schneesturm, den ich überstanden habe«, erklärte Farald, um seine Angst zu überspielen.

»Das ist erst der Anfang«, erklärte Ingridur mit einem nachsichtigen Lächeln. »Der eigentliche Sturm wird bald beginnen, und er kann bis zu zwei Tage dauern. Seht zu, dass eure Hände und Füße warm bleiben, sonst erfrieren sie euch und müssen abgeschnitten werden.«

»Oh Gott, nur das nicht!«, antwortete Andreas erschrocken und steckte die Hände unter den Mantel. Die anderen folgten seinem Beispiel und warteten besorgt darauf, wie der Sturm sich entwickeln würde.

11.

Thorolf und Farald hatten in Norwegen bereits den einen oder anderen Wintersturm erlebt. Doch es war etwas anderes, in einem festen Langhaus zu sitzen und Met zu trinken, während draußen der Wind über das Land pfiff, als diesen Sturm aller Stürme in einer kleinen Schneehöhle zu überstehen – ohne ein Feuer, das wärmte, und ohne das Wissen, wie lange das Unwetter toben würde.

Längst waren sie zu einem eng aneinandergekauerten Bündel geworden, aus dem nur hie und da ein Arm herausragte, um ein Loch in den Schnee zu bohren, der vom Wind um sie herum angehäuft wurde. Dies war überlebenswichtig, damit Luft hereinkam und sie atmen konnten. Thorolf sprach alle Gebete, die er kannte, und musste den Spott seines Bruders ertragen, ob er Pfaffe werden wolle.

Ihr größter Feind war jedoch nicht die Kälte, sondern die Müdigkeit. Zwar versuchten sie, abwechselnd zu wachen und zu schlafen, doch irgendwann fielen allen die Augen zu. Nach einer Weile erwachte Ingridur und rang nach Atem. Um sie herum war es dunkel, doch ein Gefühl sagte ihr, dass es Tag sein musste. Sie tastete die Höhlung ab und stellte fest, dass sie eingeschneit waren.

»Wir brauchen Luft!«, stöhnte sie und kämpfte gegen ihre Schwäche an. Wo hatte sie die Öffnung gelassen?, fragte sie sich und stieß, als sie die Stelle gefunden zu haben glaubte, den Arm durch den Schnee. Als sie bereits bis zu den Schultern eingedrungen war und noch immer nicht ins Freie kam, erfasste sie für einen Augenblick Panik. Sie zwang sich mühsam zur Ruhe und versuchte es erneut, diesmal schräg nach oben. Auch hier hatte sie fast schon den ganzen Arm in den Schnee gesteckt, als ihre Hand auf keinen Widerstand mehr stieß. Rasch vergrößerte sie das Loch und spürte, wie ihr frische, kühle Luft ins Gesicht strich. Sie atmete mehrfach kräftig durch und grub weiter. Schließlich konnte sie nach draußen sehen und begriff, dass der Blizzard vorübergezogen war. Die Sonne schien so strahlend, als wolle sie für den Sturm entschädigen, und das Land um sie herum lag unter einer dicken, weißen Decke begraben.

»Aufstehen, ihr Faulpelze! Ich glaube, wir können uns zur Siedlung durchschlagen«, rief sie und stupste Ailmar an.

Dieser rappelte sich mühsam auf und starrte sie an. »Ich habe geträumt, dass wir beide alt und grau auf unserer Burg sitzen und unseren Enkeln zusehen.«

»Um zu Enkeln zu kommen, braucht es zunächst Kinder, und da sticht dich wohl der Hafer, was?«, spottete Farald, der als Nächster erwacht war. Er wurde allerdings rasch ernst. »Meinetwegen könntest du das Mädchen haben. Es wäre auch besser für den Frieden im Lager, wenn es in festen Händen wäre. So lauert eine ganze Schar darauf, Ingridur zu benutzen.«

»Ich werde die Decke mit niemandem gegen meinen Willen teilen«, erklärte Ingridur mit eisiger Stimme.

»Auch mit Ailmar nicht?«, fragte Thorolf, der nun ebenfalls wach geworden war.

»Auch mit …« Ingridur brach ab, denn von allen, die im Lager waren, mochte sie Ailmar am liebsten. Auf einmal ärgerte sie sich, weil er nicht eifriger um sie warb, sondern sich noch immer so benahm, als wäre er nur ihr Leibwächter.

Als Letzter meldete sich Andreas. »Haben wir es wirklich überstanden?«

»Sieht so aus! Nur habe ich nicht die geringste Ahnung, wo die Siedlung liegen könnte«, antwortete Thorolf.

»Wir müssen in diese Richtung«, erklärte Ingridur und grub sowohl die Schneeschuhe wie auch ihre Jagdbeute aus.

Farald starrte die steif gefrorenen Hasen und den Truthahn an und verzog das Gesicht. »Wir hatten eine Hirschkuh erlegt, mussten sie aber zurücklassen, als der Schneesturm begann. Ich wüsste nicht, wie wir sie finden sollten.«

»Wir können sie nicht suchen, denn wir sind ausgehungert und ausgekühlt und müssen so rasch wie möglich ins Warme und etwas essen. Sonst werden wir doch noch ein Opfer der Sturmgeister«, sagte Ingridur drängend.

»Weiß der Kuckuck, wo unsere Laufbretter sind«, stöhnte Thorolf nach einem Blick auf die weiße Landschaft, die so ganz anders aussah als vor dem Sturm.

Ingridur kniff die Augen zusammen und sah die Spitze eines Laufbretts aus einer Schneewehe ragen. Sie zog dieses heraus und benützte sie, um nach den anderen zu suchen. Zwar fand sie nur ein weiteres Laufbrett, doch die Brüder waren damit zufrieden.

»So geht es doch leichter, als wenn wir uns durch den Schnee kämpfen müssten«, meinte Thorolf. Sein Bruder nickte mit ernster Miene.

»Ich weiß nicht, ob wir es ohne die Bretter schaffen würden. Mein Magen grummelt, und ich spüre, dass meine Kraft nicht lange reichen wird.«

»Wir sollten aufbrechen!«, schlug Ailmar vor. »Mein Magen hängt in den Kniekehlen. Mich wundert, dass mir das nicht schon früher aufgefallen ist.«

»Die Angst vor dem Sturm hat den Hunger vertrieben«, antwortete Ingridur und befestigte die Schneeschuhe an den Füßen.

Schon bald folgten sie ihr in die Richtung, die sie einschlug. Von den vier Männern hätte keiner sagen können, wohin sie gehen mussten, doch Ingridur ließ sich nicht beirren.

Nach einer Weile erreichten sie den Rand des Waldes und suchten nach der Siedlung. Rauch, der aus den Löchern unter den Dächern quoll, wies ihnen den Weg. Es kostete sie ihre letzten Kräfte, um das Dorf zu erreichen. Als sie dort ankamen, schollen ihnen überraschte Rufe entgegen.

»Seid ihr es wirklich oder nur eure Geister?«, rief Herjolf überrascht.

»Komm her und entscheide danach, ob dir ein Geist eine so wundervolle Ohrfeige geben kann«, antwortete Farald bissig.

»Ihr seid wirklich vom Himmel gesegnet! Wir glaubten euch bereits verloren. Immerhin seid ihr vor drei Tagen aufgebrochen«, berichtete Herjolf, während er jeden von ihnen umarmte.

»Drei Tage?«, rief Thorolf. »Da ist es kein Wunder, dass mir der Magen so höllisch knurrt!«

Er erhielt Gelächter zur Antwort. Mehrere Siedler kamen ihnen entgegen und brachten sie zu Eyvinds Langhaus. Dort sah Eyvind sie an und schüttelte den Kopf.

»Wie es aussieht, wollte der Teufel euch nicht haben! Ich freue mich, dass ihr es überstanden habt.«

Ein schroffer Unterton lag in seiner Stimme, denn er hatte Sigrids Sorge um Andreas bemerkt und ärgerte sich, weil ihr der Sachse immer noch mehr galt als er.

Sigrid war während des Schneesturms vor Angst um Andreas beinahe gestorben und musste jetzt alle Selbstbeherrschung aufbringen, um ihm nicht voller Freude über seine Rückkehr um den Hals zu fallen. Damit er die Tage und Nächte im Freien besser überstehen sollte, füllte sie Beerenmet in einen Kessel und legte den Schürhaken in die Flamme. Nach einer Weile holte sie das Schüreisen wieder heraus, klopfte die Asche ab und steckte es in den Topf.

Der Met brodelte ein wenig und wurde warm. Nachdem Sigrid ihn in mehrere Trinkhörner gefüllt hatte, trat sie auf Andreas zu und reichte ihm das erste.

»Möge er dir munden«, sagte sie mit einem Lächeln, das Eyvind Falten des Zorns auf die Stirn trieb. Auch Ailmar und die beiden Brüder erhielten warmen Met und dankten ihr dafür. Ingridur nahm jedoch nur einen Schluck und reichte ihr Horn an Ailmar weiter.

»Ich wärme mich lieber am Feuer«, erklärte sie.

»Nichts da! Ihr kommt alle ins Schwitzbad«, erklärte Hekja und schwang einen Beutel mit durchdringend riechenden Kräutern.

»Dagegen habe ich nichts«, sagte Farald, der sich bis in die Knochen hinein kalt fühlte. Er folgte der alten Frau, und Ailmar, Andreas und Thorolf taten es ihm gleich, während Ingridur zögerte.

Da fasste Sigrid sie am Arm. »Du musst dich aufwärmen, und mir tut ein Schwitzbad ebenfalls ganz gut!«

Eyvind schnaubte, als er es hörte, und beschloss, ebenfalls ein Schwitzbad zu nehmen. Immerhin wollte er wissen, was die fünf während des Sturms im Wald erlebt hatten, zudem wollte er seinen Anspruch auf Sigrid ein für alle Mal klarstellen.

12.

Die Luft in der Badestube war voller Dampf. Trotzdem stellten alle fest, dass Sigrid auch in der Schwangerschaft eine schöne Frau war. Bei ihrem Anblick spürte Farald, dass er schon zu lange keine zärtliche Stunde zu zweit mehr erlebt hatte, und überlegte, welche Frau in der Siedlung ihm dazu verhelfen konnte. Diejenigen, derer Alvidr sich bediente, wollte er nicht haben, und so wanderte sein Blick weiter zu Ingridur. Diese war gerade am Erblühen. Ihre Hüften begannen, sich zu runden, und ihre Brüste, die bei der Abreise von Grönland noch recht klein gewesen waren, hatten an Umfang zugenommen. Zudem war ihre leicht gebräunte Haut hell genug, um auch in seiner Heimat nicht aufzufallen. Nur ihr schwarz schimmerndes Haar und die dunklen Augen deuteten zusammen mit den leicht hochstehenden Wangenknochen auf eine fremde Abkunft hin.

Noch während er überlegte, ob er Eyvind bitten sollte, sie ihm zu überlassen, erinnerte er sich an ihren Ausspruch, dass sie mit niemandem gegen ihren Willen die Decke teilen würde, und gab den Gedanken auf. Er hatte bislang noch bei keiner Frau Gewalt anwenden müssen und wollte dies auch weiterhin nicht tun. Es wäre auch übel gehandelt, dachte er, denn immerhin verdankten sein Bruder und er der jungen Skrälingerin das Leben. Ohne sie hätte der Sturm sie im Wald umgebracht.

Während Andreas Sigrid bewunderte und mit dem Schicksal haderte, das sie ihm entzog, musterte Ailmar Ingridur und überlegte, ob er sie nicht doch dazu bewegen konnte, die Decke mit ihm zu teilen. Bevor ein anderer sie bekam, würde er sie für sich fordern, schwor er sich, und wenn er seinen Anspruch mit der Waffe in der Hand vertreten musste.

Achter Teil

Missverständnisse

1.

Die Norweger waren lange, harte Winter gewohnt. Dieser aber übertraf alle Befürchtungen. Er hatte früh begonnen und schien nicht enden zu wollen. Am schlimmsten waren die peitschenden Schneestürme, die immer wieder übers Land jagten und es tagelang unmöglich machten, auch nur den der großen Siedlung am nächsten gelegenen Hof zu erreichen.

Als der Februar endete und alle hofften, im März würde es endlich wärmer, raste noch einmal ein gewaltiger Blizzard die Küste herab und zwang alle, sich in ihren Häusern zu verkriechen.

Die im Herbst gesammelten Vorräte gingen ebenso zur Neige wie das Heu für die Tiere. Zwar hatte Eyvind verboten, das für die Zucht vorgesehene Vieh zu schlachten, da so rasch wie möglich größere Herden heranwachsen sollten. Doch nun blieb ihm nichts anderes übrig, als einige der schwächeren Tiere töten zu lassen. Das Fleisch reichte jedoch nicht für alle, und so schauten viele begehrlich zu den Ställen, in denen sich das Vieh befand, das Eyvind unbedingt durch den Winter bringen wollte.

Als drei Männer entgegen seiner Befehle ein Jungschaf töteten, war Eyvind außer sich vor Zorn. Er ließ die Männer festnehmen und trotz der schneidenden Kälte im Freien mit nackten Oberkörpern an Pfähle binden.

»Ihr seid Abschaum!«, schrie er die drei an. »Ihr habt geschworen, die Gesetze unserer Gemeinschaft zu befolgen und mir als eurem Jarl zu gehorchen. Stattdessen tötet ihr ein Schaf, das wichtig war, um rasch viele Schafe züchten zu können.«

»Was nützen uns zehn Schafe im nächsten Jahr, wenn unsere Kinder vor Hunger weinen und unsere Weiber aus Schwäche vom Kind kommen?«, antwortete einer der Bauern rebellisch.

»Egil hat recht!«, rief einer der Komplizen. »Wir dürfen kein Korn mahlen, weil es für die Aussaat benötigt wird, und auch keine Tiere schlachten. Sollen wir denn Schnee fressen? Etwas anderes bleibt uns nicht mehr übrig!«

Die Siedler hatten im Herbst reichlich Vorräte eingelagert, die aller Erfahrung nach bis weit ins Frühjahr hätten reichen sollen. In den langen Wintermonaten war jedoch fast alles aufgebraucht worden, sodass Eyvind befohlen hatte, die Nahrungsmittel zu rationieren. Mit der Überwachung hatte er Alvidr beauftragt, und dieser hatte seine Macht missbraucht, um Frauen zu zwingen, sich ihm und seinen Freunden hinzugeben, wenn sie den vollen Anteil von ihm erhalten wollten. Jenen Frauen, die sich verweigerten, teilte er so wenig zu, dass deren Familien dem Hungertod nahe waren.

»Du bist ein schlechter Anführer, Eyvind!«, erklärte Egils Freund. »Weshalb bekommt jeder deiner Krieger mehr zu essen als bei uns eine ganze Familie, obwohl wir und nicht sie das Korn und das Vieh mitgebracht haben?«

»So ist es!«, stimmte ihm einer der umstehenden Männer zu.

Einer zeigte anklagend auf Alvidr. »Er verlangt von unseren Weibern, dass sie für ihn und seine Freunde die Beine spreizen, wenn sie Nahrung für sich und die Kinder wollen. Ist das deine Gerechtigkeit?«

Einige von Eyvinds engsten Getreuen, darunter auch Bjalfi, zogen die Köpfe ein, denn Alvidr hatte ihnen für kleine Gefälligkeiten Frauen zugeführt. Nun zu hören, dass diese dazu gezwungen worden waren, bedrückte sie.

Alvidr hingegen trat mit frecher Miene vor Eyvind. »Ich musste es um des Friedens in der Siedlung willen tun. Unsere Krieger sind junge, kräftige Männer, die nicht lange ohne ein Weib bleiben können. Hätte ich ihnen nicht gelegentlich eine Beischläferin besorgt, hätte sich so mancher Krieger ein Weib mit Gewalt genommen. Dann wäre es zu Mord und Totschlag gekommen!«

Eyvind ärgerte sich über seinen Steuermann und ebenso über sich selbst, weil er diesen mit der Verteilung der Vorräte beauftragt hatte. Andererseits wusste auch er, dass das eklatante Missverhältnis zwischen Frauen und Männern Gewalttaten Vorschub geleistet hätte. Es wäre jetzt das Klügste, statt Alvidr Farald oder Thorolf die Aufsicht über die Vorräte zu überlassen und bei den drei Bauern Gnade zu üben. Seine Wut war jedoch zu groß.

»Wärt ihr ehrliche Männer, wärt ihr zu mir gekommen und hättet euch beschwert! Stattdessen habt ihr gegen meinen ausdrücklichen Befehl gehandelt und ein Schaf getötet. Aus diesem Grund verstoße ich euch aus unserer Gemeinschaft. Bindet sie los und jagt sie aus der Siedlung!«

»So, wie sie jetzt sind?«, fragte Egils Frau entsetzt.

Eyvind nickte. »Genau so!«

Die Frau trat auf ihn zu und spie ihn an. »Du bist nicht der, für den wir dich gehalten haben. Wir verlassen deine Gemeinschaft mit Freuden und schließen uns einem besseren Anführer an, möge es Bram sein, Bolverk oder der Isländer Djuri!«

Nach diesen Worten drehte sie sich um und eilte zu dem Langhaus, in dem sie mit ihrer Familie ein Kämmerchen bewohnt hatte. Eine der beiden anderen Bäuerinnen folgte ihr, während die Letzte zögerte. Als ihre halbwüchsigen Kinder ebenfalls in dieses Haus gingen, überwand sie sich und trat ebenfalls ein.

Wenig später kamen die drei Frauen samt ihren Kindern wieder heraus, alle so vollgepackt, dass sie es kaum tragen konnten. Ohne Eyvind noch eines Blickes zu würdigen, schritten sie hinter den drei Männern her, die inzwischen losgebunden worden waren. Draußen vor der Siedlung reichten sie diesen warme Kleidung und setzten ihren Weg fort.

»Das war ein Fehler von Eyvind«, stieß Andreas erregt hervor, »denn die Bauern waren im Recht! Die Schuld liegt allein bei Alvidr. Dieser Schurke missbraucht seine Macht, wo er nur kann.«

Ailmar nickte. »Solange der Frieden mit den Skrälingern hält, braucht Eyvind die Bauern mehr als die Krieger. Es ist daher falsch, sie so zu benachteiligen.«

»Du kennst Eyvind immer noch nicht«, warf Sigrid bitter ein. Sie war nun im achten Monat schwanger und entsprechend schwerfällig geworden. Der harte Winter hatte auch ihr zugesetzt, obwohl sie mehr zu essen erhielt als die anderen Frauen. Aber auch sie spürte ein nicht endendes Nagen im Magen.

»Wie meinst du das?«, fragte Andreas.

»Eyvind wollte hier als Eroberer einziehen und nicht als Siedler«, erklärte Sigrid ihm. »Er hat seinen Männern Sklavinnen versprochen, die sie hier fangen würden. Doch als wir hier gelandet sind, waren die Skrälinger weit weg, und er hatte keine Zeit, nach ihnen zu suchen und sie niederzukämpfen, weil zuerst Vorräte gesammelt werden mussten.«

»Auf jeden Fall war es falsch, mit Alvidr den Bock zum Gärtner zu machen. Eyvind überließ ihm zu viel Macht, und er missbrauchte sie. Es gärt unter den Bauern, vor allem unter jenen, deren Weiber sich aus Hunger und Sorge um ihre Lieben für Alvidr und dessen Kumpane hingelegt haben!« Ailmar war so aufgebracht, dass er seiner Stimme keine Zügel anlegte.

Auf Eyvinds Gesicht erschien ein verbissener Ausdruck, während Alvidr Ailmar mit einem hasserfüllten Blick bedachte. Einige Bauern hingegen nickten zustimmend, und selbst Farald, der während des Winters durchaus die eine oder andere Gespielin gefunden hatte, schlug Ailmar anerkennend auf die Schulter.

»Ich gebe dir recht! Alvidr ist ein alter Ziegenbock und hat falsch gehandelt.«

Eyvinds Miene verdüsterte sich noch mehr. »Will hier einer meinen Richtspruch anzweifeln?«, fragte er scharf.

»Ein offenes Wort muss erlaubt sein!«, erklärte Farald. »Wir sind dir alle freiwillig gefolgt, die Bauern ebenso wie die Krieger.«

»Bei den Bauern stimmt das nicht«, antwortete Alvidr heftig. »Die wären liebend gerne daheim auf ihren Höfen geblieben und hätten einem neuen Jarl gehorcht. Wir mussten sie mit gezogenen Schwertern aus ihren Hütten holen und auf die Schiffe treiben.«

Die umstehenden Bauern murrten, denn die meisten waren Eyvind gerne in jenes Land gefolgt, in dem angeblich Milch und Honig fließen sollten, und andere hatten sich ihm angeschlossen, weil ihre Höfe durch Erbteilung zu klein geworden waren. Jetzt mit den paar wenigen, die tatsächlich gezwungen worden waren, gleichgestellt zu werden, empörte sie.

Sigrid, Andreas und Ailmar bemerkten den Riss, der zunehmend die Gemeinschaft spaltete. Auch Eyvind spürte ihn, begriff aber, dass es gefährlich für ihn sein würde, sich gegen seine Krieger zu stellen. Diese bildeten in der Siedlung die Mehrheit, und er würde sich niemals gegen sie durchsetzen können. Zudem bestand die Gefahr, dass sie ihm die Treue aufsagten und sich Bram oder einem anderen Anführer anschlossen. Er ärgerte sich zudem darüber, dass auch Farald, der bei Kriegern und Bauern gleichermaßen beliebt war, sich gegen ihn gestellt hatte. Mit einer heftigen Bewegung wies er mit der Hand auf ihn und die beiden Sachsen.

»Da der Sturm abgeflaut ist, müssen wir uns einen Überblick über die anderen Siedlungen verschaffen. Ihr werdet heute noch aufbrechen!«

»Wenn es dein Befehl ist, befolgen wir ihn«, antwortete Farald kühl und wandte sich weitaus freundlicher an Andreas und Ailmar. »Kommt, wir machen uns fertig!«

Die drei gingen zu Eyvinds großem Langhaus, in dem auch sie wohnten. Ingridur folgte ihnen mit einer Miene, die deutlich zeigte, dass sie mit ihnen gehen würde.

Eyvind überlegte, das Mädchen zurückzuhalten, sagte sich dann aber, dass er damit nur noch mehr Zwietracht säen würde, und ließ es sein. Stattdessen wandte er sich an Sigrid.

»Du solltest ins Haus gehen. Hier ist es zu kalt für dich!«

Sigrid spürte bei ihm eine gewisse Sorge um sie, die ihr bei einem anderen Mann gefallen hätte. Gleichzeitig ärgerte sie sich über ihn, weil er sie und all die anderen durch seine Pläne in diese Lage gebracht hatte. Sie wandte sich daher schroff ab und ging zu einer Vorratshütte. Als sie deren Tür öffnete, schüttelte sie den Kopf.

»Wenn der Winter noch länger andauert, wird hier der Hunger die Herrschaft übernehmen und keinen mehr verschonen!« Ihr Blick galt Alvidr, der durch seine Stellung als Hüter über die Vorräte stets genug zwischen die Zähne bekommen hatte. Sie hielt es für falsch, die Krieger zu bevorzugen. Hätten diese sich ein wenig eingeschränkt, wäre noch genug Rauchfleisch und Trockenfisch übrig gewesen, um verzweifelte Taten wie das heimliche Schlachten jenes Schafs zu verhindern.

2.

Während Farald seine Laufbretter benutzte, stapften Ingridur, Andreas und Ailmar auf Schneeschuhen hinter ihm her. Zu ihrem Glück war der Sturm abgeflaut, und sie erreichten Djuris Siedlung noch bei Tageslicht. Die Nachrichten, die sie dort erfuhren, waren jedoch nicht gut. Die Isländer hatten mehrere Todesfälle durch Krankheit zu vermelden und weitere nur knapp vermeiden können.

»Trotz Eyvinds Verbot mussten wir einen Teil der mitgebrachten Tiere schlachten, um nicht zu verhungern. Mit einem so langen und harten Winter konnte keiner rechnen«, erklärte Djuri Ulfgeirrson entschuldigend.

»Den hat keiner vorhergesehen«, stimmte Farald ihm zu. »Dabei müssten wir dem Sonnenstand nach weit genug im Süden sein, sodass es solche Winter nicht geben dürfte. Wie sieht es bei den anderen Bauern in eurer Nähe aus?«

»Außer meiner Siedlung gibt es noch vier Gehöfte, die Isländer erbaut haben. Ich habe immer wieder Boten zu ihnen geschickt und kann berichten, dass sie den Winter bisher ähnlich gut oder schlecht überstanden haben wie wir. Die Kälte darf aber nicht mehr lange andauern, sonst werden wir alle verhungern.«

Farald warf einen besorgten Blick zum Himmel. Als Ingridur dies sah, lächelte sie. »Die Kälte ist gebrochen! Ich sehe an den Zweigen der Bäume, dass der Schnee zu schmelzen beginnt.«

»Gebe Gott, dass du recht hast«, antwortete Farald und lobte Djuri für sein besonnenes Verhalten.

»Auch wenn es Eyvind nicht gefallen wird, dass ihr die meisten Tiere geschlachtet habt, ist es besser, Vieh aus Island nachzuholen, als Menschen verhungern zu lassen«, setzte er hinzu und erklärte, dass sie am nächsten Morgen weiterziehen würden.

So geschah es auch. Nach einem herzlichen Abschied von den Isländern machten Farald, Ingridur und die beiden Sachsen sich auf den Weg zur nächsten Siedlung. Auch hier war alles in Ordnung, nur erklärte einer der Bauern, dass sich ein Mann samt Frau und Knecht kurz vor dem Wintereinbruch von ihnen getrennt hatte, um weiter im Wald eine Hütte zu bauen und Land zu roden.

»Seitdem haben wir nichts mehr von Ole gehört. Vielleicht könntet ihr bei ihm vorbeischauen. Es ist kein großer Umweg, wenn ihr zu Bolverk und seinen Färingern weiterwollt«, erklärte er zuletzt.

Farald blickte zur Sonne hoch und fand, dass sie die Strecke noch schaffen konnten. »Wir werden auf diesem Hof übernachten«, sagte er und zog mit Ingridur und den beiden Sachsen weiter.

»Es wird wärmer«, sagte Ailmar nach einer Weile und zog seine Fäustlinge aus.

»Das wird es«, bestätigte Farald. »Möge Gott es geben, dass der Winter endet. Er dauerte bereits viel zu lange.«

Sie setzten ihren Weg schweigend fort. Dank einer genauen Wegbeschreibung erreichten sie kurz vor Sonnenuntergang die Stelle, an der Ole seine Blockhütte errichtet hatte.

Aus der Öffnung unter dem Dachfirst drang Rauch und verriet, dass dort kräftig eingeheizt wurde. Die vier freuten sich bereits auf eine warme Stube, als ein grässlicher Schrei ertönte.

»Was ist das?«, rief Andreas erschrocken. Noch bevor jemand Antwort darauf geben konnte, wurde die Tür aufgerissen, und eine Frau stürzte kreischend heraus. Für das kühle Wetter war sie viel zu dünn angezogen, und sie trug auf dem Kopf weder Mütze noch Tuch.

Ein Mann folgte ihr, in der Hand eine blutige Axt. »Bleib stehen, du dumme Kuh!«, schrie er ihr nach. »Jetzt haben wir Fleisch und müssen nicht mehr hungern!«

Anstatt anzuhalten, wurde die Frau noch schneller und rannte auf die Gruppe um Ingridur zu.

»Helft mir!«, schrie sie schon von Weitem. »Mein Mann ist verrückt geworden und hat den Knecht erschlagen, um ihn aufzuessen. Er wird auch mich umbringen und fressen!«

»Er wird niemanden mehr umbringen und vor allem keinen Menschen essen«, antwortete Farald mit eisiger Stimme.

Er streifte seine Laufbretter ab und schritt mit dem Schwert in der Hand voran.

Der Bauer musterte ihn mit schräg gelegtem Kopf. Schließlich hob er drohend die Axt. »Dies hier ist mein Hof, und was hier geschieht, bestimme ich!«, brüllte er Farald an.

Dieser hob sein Schwert und streckte es ihm entgegen. »Du hast deinen Knecht getötet und dein Weib bedroht.«

»Das geht dich nichts an!«, schrie Ole mit Schaum vor dem Mund. Im nächsten Augenblick riss er die Axt hoch und griff Farald an. Mit einer geschmeidigen Bewegung wich dieser ihm aus und schlug selbst zu. Der Bauer stürzte wie ein gefällter Baum und blieb im sich rot färbenden Schnee liegen.

»Er hätte seine Nachbarn nicht verlassen sollen, denn sie hätten ihm geholfen. So hat er seinen Tod selbst verschuldet«, erklärte Farald grimmig.

Während Ingridur versuchte, die aufgelöste Frau zu beruhigen, betraten Farald, Ailmar und Andreas die Hütte. Ein kräftiges Feuer schürte einen großen Kessel mit Wasser, aus dem eine menschliche Hand herausragte. In der Ecke lag der Knecht, und in seinen gebrochenen Augen war noch immer das Entsetzen zu lesen, das ihn erfasst hatte.

Voller Wut stieß Farald den Kessel um und deutete auf den Toten. »Solange Schnee liegt, können wir ihn nicht begraben, und ich will auch nicht, dass ihn die wilden Tiere fressen. Wir werden daher ein Gestell bauen und ihn zur Siedlung bringen.«

»Und den Bauern?«, fragte Ailmar.

»Den schaffen wir morgen in die Hütte und verbrennen ihn mit ihr. Er hat kein christliches Begräbnis verdient!«

Faralds Stimme klang so hart, dass weder Andreas noch Ailmar einen Einwand vorbrachten. Da sie die Nacht in der Hütte verbringen mussten, räumten sie diese so weit auf, dass sie sich ohne Ekel schlafen legen konnten, und holten dann die Frau herein. Den Bauern ließen sie neben der Hütte liegen.

Vorräte gab es keine. Zwar hatten sie etwas Mundvorrat bei sich, doch niemandem war zum Essen zumute. Ein wenig davon gaben sie der Frau, die ihre Portion trotz des Schreckens, der sie noch immer schüttelte, rasch verschlang.

Am nächsten Morgen beschloss Farald, zu Eyvinds Dorf zurückzukehren und die übrigen Siedlungen erst später aufzusuchen. Den toten Knecht nahmen sie mit. Vorher aber schleiften sie den Bauern in die Hütte und zündeten diese an. Als sie aufbrachen, schlugen hinter ihnen die Flammen so heftig empor, als wollten sie das, was hier geschehen war, so rasch wie möglich von der Erde tilgen.

3.

Eyvind nahm Faralds Bericht mit unbewegter Miene entgegen und befahl, den Knecht zu der Grube zu bringen, in der bereits andere Tote darauf warteten, begraben zu werden. Einen Augenblick überlegte er, die Frau Farald zu überlassen. Dann aber dachte er an Faralds Vorwürfe, und so winkte er Alvidr zu sich.

»Sorge für das Weib und weise ihr einen Platz zu«, befahl er.

Alvidr betrachtete die Frau. Sie war nicht mehr ganz jung und vom Grauen gezeichnet, sah aber immer noch ansehnlich genug aus, um ihn zu reizen. In einer Gesellschaft, in der an Frauen Mangel herrschte, war eine eigene Beischläferin ein hohes Gut. Daher winkte er die Frau zu sich und führte sie in die Kammer, die er mit mehreren seiner Freunde teilte. Wenn diese ihm genügend Gefälligkeiten erwiesen, würde er diesen vielleicht erlauben, sich ihrer ebenfalls zu bedienen.

Farald ahnte, was der Bäuerin drohte. Da Eyvind dies jedoch gutzuheißen schien, konnte er ihr nicht helfen. Daher drehte er sich zu Ailmar und Andreas um.

»Wir ziehen morgen früh los, um die restlichen Siedlungen aufzusuchen.«

»Ich komme mit«, erklärte sein Bruder, dem es in der Siedlung zu langweilig geworden war.

»Ich ebenfalls!« Ingridur ließ ebenfalls keinen Zweifel daran, dass sie die anderen erneut begleiten würde.

Am liebsten hätte auch Sigrid erklärt, dass sie mitkommen würde. Doch selbst, wenn Eyvind sie hätte gehen lassen, war sie durch ihre Schwangerschaft zu schwerfällig geworden und würde die anderen nur behindern. Mit einem gewissen Schaudern dachte sie an das, was Farald und seine Begleiter berichtet hatten. Der Hunger trieb Menschen zu verzweifelten Taten. Hier in der Siedlung war nur ein Schaf getötet worden, doch jener Bauer hatte seinen Knecht erschlagen, um sich endlich wieder satt essen zu können. Auch wenn sie dies unbegreiflich fand, gab sie Eyvind die Schuld daran. Hätte er die Menschen, mit denen er hier siedeln wollte, klüger ausgewählt, wäre dies wohl nicht geschehen.

Eyvind musterte unterdessen das kleine Rinnsal, das vom Schmelzwasser gebildet zwischen den Häusern dahinlief, und atmete tief durch. »Wie es aussieht, geht der Winter zu Ende. Wenn es getaut hat, werden wir mit der Aussaat beginnen.«

»Das wird das Beste sein«, stimmte Herjolf ihm zu. »Sonst wird auch noch das letzte Getreidekorn gegessen oder verfüttert, und es gibt im Herbst nichts zu ernten.«

»Wir sollten, sobald der Schnee geschmolzen ist, Leute in den Wald schicken, die nach Essbarem suchen«, schlug Andreas vor.

»Das wird geschehen«, erwiderte Eyvind.

Er war jedoch verstimmt, weil ausgerechnet Andreas diesen Vorschlag gemacht hatte und nicht er. Überhaupt war die gesamte Besiedlung anders verlaufen, als er es erwartet hatte. Er war mit genug Kriegern in dieses Land gekommen, um ganze Stämme primitiver Wilder zu unterwerfen. Doch die Skrälinger, auf die sie getroffen waren, schätzte er als harte Gegner ein, die bei einem Krieg die Weite ihres Landes zu ihrem Vorteil nutzen würden. Alvidr, Gloedir und Bjalfi, aber auch Bram und Bolverk wollten dies jedoch nicht einsehen, und das barg Gefahren für die Zukunft ihrer Landnahme in sich.

Eyvind überlegte, ob er die anderen um sich sammeln und einen überraschenden Schlag gegen die Skrälinger führen sollte, um diese unter seine Herrschaft zu zwingen. Seine Krieger würden ihm mit Begeisterung folgen, um an skrälingische Sklavinnen zu kommen. Doch wusste er genug über ihre Umgebung, um ein solches Wagnis eingehen zu können? Vielleicht war es besser, damit bis zum Sommer oder gar den Herbst zu warten und die Zeit zu nutzen, vorher mehr über die Völker in der Nachbarschaft in Erfahrung zu bringen.

Unwillkürlich sehnte er sich in die Heimat zurück, in der er Freund und Feind hatte auseinanderhalten und mit kühnen Taten Ruhm erwerben können. Er dachte mit einem wehmütigen Lächeln an seinen Überfall auf Ulfars Gehöft. Zu Hause würde er jetzt mit einem Horn oder Becher Met in einer frohen Runde sitzen und sich für diese Tat bewundern lassen. Hier aber interessierte sie im Grunde niemanden mehr.

Ganz stimmt das nicht, fuhr es ihm durch den Kopf. Er hatte mit diesem Streich Sigrid gewonnen, und diese würde in wenigen Wochen seinen ersten Sohn gebären. Als Tochter eines Jarls und Nachkommin mehrerer Könige verlieh sie ihm ein Ansehen, das weder Bram noch Farald je erringen konnten. Es waren zwar die beiden Männer, die sich am besten zu behaupten wussten, doch auch sie würden sich mit Bäuerinnen oder Sklavinnen begnügen müssen, und ihren Söhnen würde das Ansehen fehlen, das seine und Sigrids Söhne dereinst auszeichnen würde.

Da Bjalfi auf ihn zukam und fragte, welche Arbeiten nach der Schneeschmelze als Erstes getan werden sollten, schüttelte Eyvind diese Gedanken ab und erteilte seine Befehle. Zum ersten Mal überkam ihn das Gefühl, dass der Sachse Andreas sich an seiner Stelle leichter tun würde. Dieser war in einem Land aufgewachsen, in dem sein Vater erst hatte Fuß fassen müssen, und wusste daher, was für Siedler in einem fremden Land wichtig war.

4.

Innerhalb weniger Tage wich der Winter dem Frühling, und es wurde so warm, dass die Männer im Freien mit bloßem Oberkörper arbeiten konnten. Inzwischen hatten Farald und seine Begleiter die übrigen Siedlungen aufgesucht. Die einen waren halbwegs und die anderen nur schlecht über den Winter gekommen. Überall waren Siedler Krankheiten erlegen und andere verhungert. Beim Vieh sah es böse aus, denn außer Gamlis Kuh Aldis hatten nur wenige Tiere überlebt.

Auch die Einigkeit der Siedler, die im Herbstthing beschlossen worden war, hatte den Winter nicht überdauert. Bolverk hatte die aus der großen Siedlung vertriebenen Bauern bei sich aufgenommen und erklärte offen, dass Eyvind als Anführer ungeeignet sei.

So weit wagte Bram sich nicht vor, doch auch er hatte seine Absicht, Eyvind als Anführer abzusetzen, nicht aufgegeben. Sowohl er wie auch Eyvind und Bolverk betrachteten Farald voller Misstrauen. Wenn es einen Mann gab, der mehr Rückhalt bei den Siedlern finden würde als sie, so war er es.

Dann aber änderte sich die Lage innerhalb kürzester Zeit, denn die Skrälinger tauchten auf. Sie erschienen zunächst in kleinen Gruppen, und dann kam Krähenflügels gesamter Stamm samt Weibern und Kindern an die Küste. Ihre Zahl übertraf die der nordischen Siedler um mehr als das Dreifache, doch nur Ingridur erkannte, dass es sich nicht nur um die Angehörigen eines Stammes handelte. Mindestens ein Drittel der Ankömmlinge gehörten nicht zu Krähenflügels Leuten, sondern waren von befreundeten Völkern geschickt worden, um sich diese seltsamen Fremden anzusehen.

Während den Neusiedlern der lange, harte Winter mit seinen zuletzt kargen Rationen die Kraft aus den Knochen gesogen hatte, sahen die Skrälinger nicht so aus, als hätten sie Hunger leiden müssen. Zwar war kaum einer fett, aber fast alle wirkten frisch und kraftvoll und begrüßten den Frühling mit einer Fröhlichkeit, um die Eyvinds Siedler sie beneideten.

Die Skrälinger errichteten einfache Hütten aus Zweigen und Rinde und machten sich dann daran, Fischfallen von einer Größe zu errichten, wie sie die Nordmänner noch nicht gesehen hatten. Sie hatten auch etliche Boote bei sich, um in der Bucht fischen zu können. Als Bjalfi eines davon näher betrachtete, schüttelte er den Kopf.

»Das Ding besteht nur aus ein paar Ruten und Birkenrinde. Eine höhere Welle, und es zerbricht!«

»Die halten mehr aus, als du denkst«, erwiderte Ailmar und wies auf ein Kanu, das eben von einer Welle hochgehoben wurde und wie ein Stück Kiefernrinde darauf schwamm.

»Nahe am Ufer mag es ja noch gehen, aber ich würde mich damit niemals aufs offene Meer hinauswagen«, antwortete Bjalfi.

Ailmar hingegen beobachtete das Boot länger und überlegte. Den Berichten nach, die er von den Norwegern gehört hatte, gab es auf dem Weg von Grönland nach Vinland nur wenige Stellen, an denen man das Land länger als einen Tag lang nicht sah. Island lag zu weit entfernt, um eine Fahrt mit einem solchen Boot wagen zu können. Doch sie konnten in Grönland ein Schiff finden, das sie bis nach Norwegen brachte. Von dort in die Heimat war es dann nur noch ein Katzensprung.

Ingridur kam an seine Seite. »Deine Gedanken weilen jenseits des Meeres«, sagte sie mit einem gewissen Bedauern.

»Dort liegt meine Heimat!«

»Meine liegt weiter im Norden, nur weiß ich nicht, wie weit es bis dorthin ist«, sagte Ingridur traurig.

»Sollten wir die Möglichkeit finden, Eyvind zu verlassen, könnten wir dich hinbringen«, schlug Ailmar vor. Dies gefiel ihm zwar nicht, denn er wäre lieber mit Ingridur zusammengeblieben, doch so, wie er sich nach seiner Heimat sehnte, würde auch sie es tun. Einen Augenblick überlegte er, bei ihr zu bleiben und die Gebräuche ihres Volkes zu erlernen. Zu Hause wartete jedoch sein Vater auf ihn und der alte Hardo auf Andreas. Diese durften nicht ohne Nachricht über den Verbleib ihrer Söhne bleiben.

Noch während er daran dachte, trat einer der Skrälinger auf Ingridur zu und begrüßte sie in der Zeichensprache. Ailmar hatte sich von ihr einige Gesten erklären lassen, war aber der Einzige geblieben. Keiner der Nordmänner hatte sich für diese Art der Verständigung interessiert, und zu Ailmars Enttäuschung war Andreas ebenfalls nicht auf Ingridurs Angebot eingegangen, ihm die wichtigsten Gesten zu zeigen.

Ailmar versuchte zu verstehen, was der Skrälinger, der nun mit Ingridur Gesten austauschte, von ihr wollte. Er stellte sich ihr als »Kürbiskopf« vor und erklärte, im Auftrag seines Sachems gekommen zu sein, um eine Zusammenkunft mit den Anführern der Fremden zustande zu bringen.

»Fragst du Eyvind, ob er dazu bereit ist?«, bat Ingridur Ailmar.

»Ihm wird nichts anderes übrig bleiben«, antwortete er. »Es ist besser, Frieden mit den Einheimischen zu halten, als das Schwert zu schwingen, wie Alvidr es am liebsten täte.«

Er berührte Ingridur kurz an der Schulter und eilte los, um Eyvind aufzusuchen. Dieser hatte wahrgenommen, dass Kürbiskopf sich an Ingridur gewandt hatte, und wartete bereits ungeduldig auf Nachricht.

»Es ist im Augenblick besser, mit den Skrälingern zu verhandeln. Bevor wir sie angreifen, brauchen wir dringend Verstärkung aus Island und von den anderen Inseln, vielleicht sogar aus Norwegen selbst«, erklärte er, nachdem Ailmar seine Botschaft ausgerichtet hatte. Er legte die Hand schwer auf Ailmars Schulter. »Sage dem Skrälinger, dass ich in drei Tagen mit seinem Häuptling sprechen werde. Such dir ein paar Begleiter aus und hole Bram, Bolverk und die anderen Unteranführer hierher. Gamli Eirikson soll seine Kuh mitbringen. Sie hat ja inzwischen gekalbt.«

»Das Kalb hat aber nicht überlebt«, wandte Ailmar ein.

»Sie gibt Milch, das reicht. Wir müssen den Skrälingern zeigen, dass wir ihnen überlegen sind. Während sie auf elende Weise Wild jagen müssen, um an Fleisch zu gelangen, züchten wir Kühe und Schafe und leben daher viel besser als sie.«

Um Ailmars Lippen zuckte der Anflug eines Lächelns. Bis die Herden so groß waren, dass sie ihnen genug Fleisch liefern konnten, würden noch Jahre vergehen. Sie konnten nur hoffen, dass die Felder ausreichend Getreide trugen, sodass sie nicht noch einmal einen solchen Hungerwinter wie diesen erleben mussten. Auch deswegen hatte er vor, zusammen mit Andreas, Sigrid und Ingridur in dem Augenblick, in dem sich ihnen eine Gelegenheit dazu bot, Eyvinds Siedlung zu verlassen und mit einem Boot nach Grönland aufzubrechen.

Vorerst aber war Eyvinds Wort Gesetz. Daher suchte er Andreas, Thorolf und Farald auf und erklärte ihnen, dass sie die Anführer zusammenrufen sollten.

»Eyvind will also erneut verhandeln. Dies ist klug, wird aber nicht allen gefallen«, erklärte Farald.

»Wenn Bram und Bolverk sehen, wie viele Skrälinger sich hier eingefunden haben, werden auch sie einsehen, dass ein Angriff sinnlos ist«, sagte Andreas.

»Hoffen wir es!« Farald schlug vor, dass sich jeder von ihnen einen Gefährten suchen und mit diesem zu einer der größeren Siedlungen gehen sollte. »Auf diese Weise bringen wir unsere Botschaft rascher an den Mann«, setzte er hinzu.

Alle machten sich auf den Weg. Während Farald Bram und Thorolf Bolverk aufsuchen wollten, wurde Andreas zu Gamli geschickt.

»Bringe aber die Kuh mit! Eyvind will sie den Skrälingern zeigen«, erklärte ihm Ailmar. Er selbst würde Djuri Ulfgeirrson und die anderen Isländer holen. Noch wusste er nicht, wen er als Begleiter mitnehmen sollte. Da trat Ingridur für die Wanderung gerüstet an seine Seite.

»Solltest du nicht besser hierbleiben, wenn der Sachem mit Eyvind sprechen will?«, fragte Ailmar sie.

Das Mädchen schüttelte so heftig den Kopf, dass ihre Haare aufstoben. »Ich habe Krähenflügel gesagt, dass Eyvind in drei Tagen mit ihm sprechen wird. Bis dorthin werden seine Leute fischen!« Damit fasste sie Ailmar unter und machte ihm deutlich klar, dass sie nicht zurückbleiben würde.

5.

Die Anführer der Nordmänner hatten einigen Aufwand betrieben, um möglichst eindrucksvoll zu dem Treffen zu erscheinen. Sie prunkten mit feiner Wolle, bestem Leinen und prachtvollen Pelzen. Ihre Kettenhemden waren in langer Arbeit glänzend poliert worden, Helme und Schwerter ebenso. Einige wie Bolverk hatten sich sogar Halsketten aus Silber umgelegt.

Welche Wirkung sie damit auf die Skrälinger erzielten, war an deren unbewegten Gesichtern nicht abzulesen. Feine Pelze besaßen diese ebenfalls und dazu geschmeidiges Leder von einer Güte, die die Gerber der Nordmänner nicht erreichen konnten. Ihre Hauben und Stirnbänder waren mit Adlerfedern verziert, die Halsketten mit den Krallen von Adler, Bär und Wolf, und so boten sie einen stattlichen Anblick. Viele Männer hatten die Oberkörper oder wenigstens die Gesichter rot gefärbt, und ihre Messer aus Stein hatten kunstvoll geschnitzte Griffe.

Es sind zwei grundverschiedene Welten, die hier zusammentreffen, durchfuhr es Ailmar, der sich mit Andreas im Hintergrund halten musste, während Eyvind und dessen hochrangige Anführer auf die Skrälinger zutraten. Ingridurs Aufgabe war es, zwischen den beiden Gruppen zu dolmetschen. Zwar hatte sie mittlerweile einige Worte der hier gebräuchlichen Stammessprache aufgeschnappt, verwendete aber die Zeichensprache, weil sie sich damit sicherer fühlte.

Zunächst galt es, die Begrüßung der beiden Anführer zu übersetzen. Der Sachem Krähenflügel bot Eyvind und dessen Leuten an, das Land mit ihnen zu teilen, sofern sie sich ihrer Stammesföderation anschlossen. Während des Winters hatte Krähenflügel Boten zu den verbündeten Stämmen geschickt und deren Anführer um ihren Rat gebeten. Nun besaß er genug Rückhalt, um trotz aller Verbindlichkeit fest auftreten zu können.

Eyvind und seine Leute hatten an diesem Angebot zu kauen.

»Das gefällt mir nicht!«, rief Bolverk grimmig. »Wir sind in dieses Land gekommen, um hier zu herrschen, und nicht, um uns diesen Wilden unterzuordnen.«

»Sei ruhig!«, fuhr Bram ihn an. »Die Skrälinger sind so überraschend erschienen, dass wir keine Vorkehrungen für einen Kampf treffen konnten. Jetzt unsere Krieger zu sammeln und anzugreifen, wäre sinnlos. Diese Wilden würden es bemerken und sich in die Büsche schlagen. Dann aber können wir keinen Schritt durch die Wälder gehen, ohne dass uns ihre Pfeile um die Ohren fliegen.«

»Aber Eyvind hat gesagt …«, begann Bolverk aufs Neue, wurde jedoch von Bram unterbrochen.

»Wir werden kämpfen, wenn wir bereit dazu sind. Jetzt sind wir es nicht.«

Ingridur hütete sich wohlweislich, das kurze Gespräch für Krähenflügel zu übersetzen. Erst als Eyvind zu sprechen begann und erklärte, in guter Nachbarschaft mit den Skrälingern leben zu wollen, tat sie es wieder.

Fürs Erste war Krähenflügel zufrieden. Wie es aussah, wünschten die Fremden wirklich nur, sich hier in Frieden niederzulassen. Er bot Hilfe an und versprach Nahrungsmittel, da er an einigen der Männer und Frauen die Spuren des Hungers bemerkte. Obwohl die Nordleute im Winter gedarbt hatten und der nächste Winter nicht besser zu werden drohte, ärgerten Eyvind und seine Begleiter sich darüber. Als Tribut wären ihnen Nahrungsmittel willkommen gewesen, doch als Geschenk verpflichteten die Gaben zur Dankbarkeit. Die Skrälinger danach anzugreifen hieß, gegen Sitte und Brauch zu handeln.

Eyvind schob diesen Gedanken beiseite und winkte Gamlis Knecht heran. Dieser führte die Kuh zu ihnen und band sie an einen Pflock, den er in weiser Voraussicht hatte einschlagen lassen. Zum ersten Mal zeigten sich die Skrälinger überrascht. Einige deuteten auf das gefleckte Tier, und andere schüttelten verwundert den Kopf. Keiner von ihnen schien zu wissen, wie sie die Kuh einordnen sollten. Ihr Körperbau war zu plump für einen Hirsch, auch trugen die Hindinnen kein Geweih. Die Kuh hingegen hatte

Hörner, die an einen Bison erinnerten, war aber zu klein, um eine Bisonkuh zu sein, und wies auch nicht deren Buckel auf.

Während die Skrälinger sich leise darüber unterhielten, was für ein Tier dies sein mochte, trat Sigrid zu der Kuh. Als ranghöchste Frau in der Siedlung war es ihre Aufgabe, sie zu melken und dem Anführer der Fremden die Milch anzubieten. Hekja begleitete sie mit zwei Tonschalen in der einen Hand und einem Schemel in der anderen. Sie stellte den Schemel so hin, dass die Schwangere sich setzen und den Euter erreichen konnte.

Es war für Sigrid aufgrund ihrer Leibesfülle nicht leicht, die Kuh zu melken. Währenddessen dachte sie daran, wie oft sie sich in den letzten Monaten nach einem Becher Milch oder einem Stück Käse gesehnt hatte. Jetzt die frische Milch zu riechen und nicht gleich davon naschen zu können, kam fast einer Folter gleich. Sie beherrschte sich jedoch, füllte die beiden Schalen und reichte diese Hekja. Dann stand sie ächzend auf, nahm die Schalen wieder an sich und trat damit auf Krähenflügel zu. Dieser hatte ihr fassungslos zugesehen, denn noch nie hatte er gehört, dass man eine Hindin oder eine Bisonkuh melken konnte.

»Sag ihm, dass die Milch uns Nordmännern Kraft gibt und stark macht«, forderte Eyvind Ingridur auf.

Nachdem dies geschehen war, nahm er eine der Schalen von Sigrid entgegen. Auch er hatte monatelang auf Milch verzichten müssen und trank sie nun voller Genuss, während Sigrid förmlich das Wasser im Mund zusammenlief und sie sich regelrecht zwingen musste, die zweite Schale an Krähenflügel weiterzureichen.

Der Sachem nahm an, dass dies eine ähnliche rituelle Bedeutung habe wie das Rauchen der Friedenspfeife. Daher ergriff er die zweite Schale und würgte die weiße Flüssigkeit mit Todesverachtung hinunter.

Wenig später war das Treffen vorbei. Beide Seiten hatten ihren Willen zum Frieden bekundet, doch die Nordmänner waren nicht bereit, sich auf Dauer daran zu halten. Ingridur überlegte daher, ob sie Krähenflügel warnen sollte. Wäre es ihr eigener Stamm gewesen, hätte sie es getan. Aber dieser Stamm war ihr fremd, und sie wusste nicht, wie diese Krieger handeln würden. Entschlossen sie sich zum Kampf, so schwebten Ailmar und jene, die sie ebenfalls mochte, in höchster Gefahr. Daher entschied sie sich dafür abzuwarten und gesellte sich zu Ailmar.

»Dem Sachem hat die Milch nicht geschmeckt«, meinte dieser mit einer gewissen Bissigkeit.

Auch er sehnte sich nach einem Schluck warmer Milch, musste aber zusehen, wie Bolverk, Bram und ein paar andere Anführer sich den Rest teilten, den Hekja nun molk. Auch bemerkte er, wie Bolverk Sigrid grob beiseiteschob, als diese eine Schale Milch haben wollte, und musste an sich halten.

Schließlich reichte Thorolf der Schwangeren die seine. »Hier! Trink, damit dein Kind gesund zur Welt kommen kann«, sagte er lächelnd, obwohl ihm der Verzicht auf die Milch sichtlich schwerfiel.

Eyvind sah, wie Sigrid die Milch gierig verschlang, und ärgerte sich, weil er nicht darauf geachtet hatte, dass sie als eine der Ersten von der Milch erhielt. Nun würde sie ihm dies zusätzlich zu den vielen Dingen, die sie ihm immer wieder vorwarf, ebenfalls übel nehmen.

Unterdessen setzte Ailmar sein Gespräch mit Andreas fort. »Wie lange wird es dauern, bis es hier genug Kühe gibt, um alle zu versorgen?«, fragte er.

»Auf jeden Fall zu lange für uns«, antwortete Andreas.

Sigrid hatte sich mit der mittlerweile leeren Schüssel zu ihnen gesellt. »Ich will fort von hier«, sagte sie leise. »Dieses Land macht mir Angst!«

6.

Krähenflügel hatte seinen Stamm seit fast zwei Jahrzehnten weise geführt und hätte sich auf seine alten Tage eine leichtere Aufgabe als das Auftauchen dieser seltsamen Fremden gewünscht. Diesen galten die Geister des Waldes nichts und ebenso wenig die der Erde, denn sie brachten diese auf, bis sie nackt unter dem Himmel lag und diesem ihr Leid klagte. Dazu besaßen sie Waffen, die fast von selbst schnitten, und sie wirkten ganz so, als wüssten sie damit umzugehen. Seine Krieger waren mutig und geschickt, wenn es galt, Wild oder einen Feind zu beschleichen. Wenn die Fremden jedoch ihr Dorf angriffen und die Frauen und Kinder bedrohten, bedeutete dies einen Kampf Mann gegen Mann, und den scheute er.

»Wir müssen zusehen, dass der Friede mit diesen Leuten hält«, sagte er an diesem Abend zu Kürbiskopf, Seefalke und Bärenhaut, die zu seinen engsten Vertrauten zählten. Er sprach noch weiter, presste sich dann aber den linken Unterarm gegen den Leib.

»Was hast du?«, fragte Kürbiskopf besorgt.

»Meine Eingeweide schmerzen auf einmal, dass es kaum zu ertragen ist!«, stöhnte Krähenflügel.

»Ich werde Mondträgerin holen. Ihre Kräuter werden dir helfen!«, rief Seefalke und verließ die kleine Hütte.

Wenig später kehrte er mit der untersetzten Frau zurück, die sie bei ihrer ersten Begegnung mit den Fremden begleitet hatte. Krähenflügel hatte sich unterdessen hingelegt, da die Schmerzen schier unerträglich geworden waren. Als Mondträgerin ihn ansprach, konnte er nur noch unter großen Mühen antworten.

Die Frau sah besorgt zu Kürbiskopf und Seefalke auf. »Diese Krankheit kenne ich nicht und weiß auch nicht, welche Kräuter dagegen helfen könnten.«

»Gib Krähenflügel alles, was ihm Linderung verschaffen kann!«, forderte Kürbiskopf sie auf.

Die Frau tat, was sie vermochte, doch statt sich zu erholen, ermattete der Sachem immer mehr und stöhnte zuletzt trotz aller Selbstbeherrschung so sehr, dass es selbst außerhalb der Hütte zu hören war. Besorgt versammelten sich die Mitglieder des Stammes vor seiner Hütte, und einige steckten sogar den Kopf hinein, um zu sehen, was ihrem verehrten Anführer fehlte.

»Haben die Fremden Krähenflügel vergiftet?«, fragte Bärenhaut seinen Freund Kürbiskopf.

»Deren Anführer hat doch auch davon getrunken«, wandte Akazienblüte ein.

»Aber aus einer anderen Schale!«

Der Vorwurf stand im Raum, und er festigte sich mehr und mehr, je schlechter es dem Sachem ging. Als Mitternacht vorüber war, trat Kürbiskopf mit ernster Miene aus der Hütte.

»Krähenflügel hat sich zu den Geistern seiner Ahnen gesellt. Sein letzter Wunsch war, dass wir Vorsicht gegenüber den Fremden walten lassen und nicht als Erste den Kampf beginnen sollen.«

»Sie sind abgrundtief böse!«, brach es aus Akazienblüte heraus. »Sie haben die Geister des Waldes, der Erde und des Meeres erzürnt. Nie haben wir hier so wenige Fische gefangen wie in diesem Frühjahr.«

»Wir haben schon weniger gefangen«, wandte Kürbiskopf ein. »Doch ist die Fischjagd nicht mehr so einfach wie zu den Zeiten, in denen noch keine Fremden an den Ufern lebten.«

»Uns hat einer dieser Fremdlinge gestern von einem Strandstück vertrieben und die Fische, die wir bereits gefangen hatten, an sich genommen«, beschwerte sich einer der Männer.

»Noch verstehen sie unsere Sitten und Gebräuche nicht, doch wenn sie lange genug hierbleiben, werden auch sie erkennen, was richtig und was falsch ist«, antwortete Kürbiskopf, der Krähenflügels Vermächtnis unter allen Umständen erfüllen wollte.

Sein Ansehen war groß genug, um die aufgebrachten Gemüter zu beruhigen. Eines aber war ihm klar: Von diesem Tag an würden er und seine Stammesgefährten die Fremden mit noch wachsameren Augen betrachten.

7.

Am nächsten Tag zogen sich die Skrälinger ein Stück von den Siedlungen zurück und mieden den Kontakt zu den Nordmännern. Dennoch kam es schon zwei Tage später zum nächsten Zwischenfall.

Bram hatte, während er auf den Orkneyjar auf Eyvind gewartet hatte, eine Fahrt nach Irland unternommen, dort mehrere Dörfer überfallen und etliche Frauen verschleppt. Nach dem Streit im Herbst hatte er die meisten davon für sich und seine Gefolgsleute behalten und nur ein paar davon Freunden wie Bolverk überlassen. Da die Zahl seiner Krieger die der Irinnen weit übertraf, waren die Frauen von einem zum anderen weitergereicht worden. Als der Hunger hinzukam, hatten einige von ihnen den Winter nicht überstanden. Andere hatten Fehlgeburten erlitten, und der Rest war in einem so elenden Zustand, dass ihnen alles besser dünkte, als länger in der Gewalt von Bram und seinen Männern zu bleiben.

Drei Irinnen, die noch etwas mehr Kraft und Mut als der Rest besaßen, verließen heimlich Brams Siedlung und eilten zum nächstgelegenen Lager der Skrälinger. Diese wussten zunächst nichts mit den mageren Frauen mit ihren verfilzten Haaren und den abgetragenen Kleidern anzufangen. Schließlich reichten ein paar Frauen den Irinnen aus Mitleid etwas zu essen und scheuchten sie dann zu einem Bach.

»Was soll das?«, fragte Bridget, die Anführerin der drei.

Mondträgerin machte ihr mit Gesten klar, dass sie sich ausziehen und baden sollten. Zuerst zierten sich die Irinnen, gaben dann aber dem freundlichen Drängen nach und stiegen ins Wasser. Während sie sich wuschen, brachten Skrälingerfrauen Kleider für sie und zogen sie ihnen über, nachdem die Irinnen sich abgetrocknet hatten. Es war ungewohnt für die drei, Leder auf der Haut zu spüren, doch erschien dies ihnen besser als ihre alten, oftmals geflickten Kleider. Diese waren in einem üblen Zustand und stanken so erbärmlich, dass Mondträgerin sie ins Feuer warf.

Bram und seine Männer hatten jedoch nicht die Absicht, auf ihre Beischläferinnen zu verzichten, und eilten, kaum dass sie die drei Irinnen an ihren rötlich blonden Haaren erkannt hatten, herbei und forderten diese lautstark zurück. Nur die Tatsache, dass sich mehrere Hundert Skrälinger in der Nähe aufhielten und die eigenen Verbündeten zu weit entfernt waren, um ihnen zu helfen, verhinderte, dass sie zu den Schwertern griffen.

Schließlich kam Kürbiskopf hinzu. Um den Willen der Nordmänner zu verstehen, brauchte er Ingridur nicht als Übersetzerin. Ein Blick auf die drei erbärmlich aussehenden Weiber brachte ihn fast dazu, die Herausgabe zu verweigern. Er hatte Krähenflügel jedoch geschworen, den Fremden nicht aus geringfügigem Anlass einen Grund zur Feindschaft zu geben. Daher wies er Mondträgerin an, die drei Frauen an Bram und dessen Begleiter zu übergeben.

Als die Irinnen das erkannten, kreischten sie entsetzt auf. Bridget lief auf den Wald zu, um sich dort zu verstecken, kam aber nicht weit, denn mehrere von Brams Männern rannten ihr nach und fingen sie ein.

»Das sind keine guten Menschen«, sagte Mondträgerin zu Kürbiskopf.

Dieser nickte bedrückt. »Das sind sie nicht! Aber sie sind nun einmal hier, und wir müssen zusehen, wie wir mit ihnen zurechtkommen. Es waren ihre Frauen. Wir können ihnen nicht vorschreiben, wie sie diese zu behandeln haben.«

»Ich will keinem von denen allein begegnen«, wandte Akazienblüte ein, der die gierigen Blicke der Nordmänner nicht entgangen waren.

»Das sollt ihr auch nicht! Haltet euch von den Fremden fern.«

In Kürbiskopfs Stimme schwang eine Warnung mit, die jedoch weniger den eigenen Frauen als den Nordmännern galt. Auch ihm gefiel es nicht, wie diese Akazienblüte und einige andere Frauen musterten.

»Ei'wind ist ein besserer Mann als dieser«, erklärte er und erwiderte den zornigen Blick, den Bram ihm bei der Nennung von Eyvinds Namen zuwarf, mit Festigkeit.

8.

Danach herrschte einige Tage Ruhe. Die Skrälinger stellten den Fischen abseits der Siedlungen nach und ließen sich nur selten in deren Nähe sehen. Doch Marderklaue, einer der jüngeren Krieger des hiesigen Stammes, war nicht damit zufrieden. Er hatte das von Seefalke gefundene Messer in Händen halten und damit schneiden dürfen. Nun juckte es ihn in den Fingern, ein ebensolches Messer zu besitzen. Er verließ daher heimlich seine Gefährten und schlich sich zu Eyvinds Siedlung. Dort hatten die im Frühling benötigten Arbeiten begonnen, und so achtete niemand auf den Jüngling, der zudem jede Deckungsmöglichkeit ausnützte, um ungesehen in das Dorf eindringen zu können.

Mit einem prüfenden Blick suchte er ein in der Nähe liegendes Langhaus aus und huschte dorthin. Er lauschte, ob etwas zu hören war, und betrat, als alles still blieb, das Haus. Gleich hinter dem Eingang fand er ein Kurzschwert, das dessen Besitzer dort abgelegt hatte. Marderklaue griff staunend nach der Waffe. Ein so großes Messer hatte er noch nie gesehen. Mit dieser Beute würde er sogar einen so angesehenen Krieger wie Seefalke übertrumpfen, dachte er und wollte das Langhaus wieder verlassen. Doch als er aus der Tür trat, sah er sich einem Nordmann gegenüber.

»He, was machst du denn hier?«, fragte dieser rau.

Marderklaue schubste den Mann weg und rannte auf das Tor der Siedlung zu.

»Haltet den Kerl auf!«, brüllte der übertölpelte Mann hinter ihm her.

Einige Augenblicke lang sah es so aus, als würde der junge Krieger entkommen. Doch da schleuderte Bjalfi ihm einen Stock zwischen die Beine. Marderklaue stolperte, verlor das Gleichgewicht und schlug zu Boden. Sofort stürzten sich mehrere Nordmänner auf ihn und rangen ihn nieder.

»Seht her! Der Kerl hat ein Schwert gestohlen!«, rief Gloedir, der den Verlust seines Messers noch immer nicht verwunden hatte.

»Das ist Asmods Kurzschwert! Der Bursche wollte damit verschwinden«, erklärte Bjalfi und musterte den Skrälinger grimmig. Ihn ärgerte es ebenso wie etliche andere, dass sie Frieden halten mussten, anstatt die Wilden niederzukämpfen.

»Was machen wir mit dem Kerl? Aufhängen?«, fragte Gloedir rachsüchtig.

»Wir müssen warten, was Eyvind entscheidet«, wandte Herjolf ein, der zusammen mit Andreas und Ailmar hinzugekommen war.

»Der lässt ihn doch bloß laufen!«, erwiderte Gloedir schnaubend.

»Das ist wahrscheinlich besser. Oder wollt ihr euch die Skrälinger mit Gewalt zum Feind machen?«, fragte einer der Bauern aus Eyvinds Gefolge. Ihm lag mehr daran, sein Land in Ruhe bewirtschaften zu können, als sich mit den Skrälingern, die sich bislang als friedlich erwiesen hatten, herumschlagen zu müssen.

Rasch bildeten sich zwei Gruppen. Die eine wollte den jungen Dieb aufhängen, die andere ihn freilassen. Ein Wort gab das andere, und es kam zum Streit. Nur Eyvinds Erscheinen verhinderte, dass Andreas und Gloedir aufeinander losgingen.

»Was ist hier los?«, fragte Eyvind ärgerlich.

»Der Kerl hier hat Asmods Kurzschwert gestohlen. Er muss bestraft werden!«, erklärte Bjalfi fordernd.

»Ich halte es für klüger, ihn freizulassen und seinem Anführer zu sagen, dass er dafür sorgen soll, dass so etwas nicht mehr passiert«, sagte Andreas, der für die Gegenseite sprach.

Eyvind befand sich im Zwiespalt. Ein toter Skrälinger konnte eine Blutfehde nach sich ziehen. Zum anderen durfte er sich seinen Männern gegenüber nicht als schwach und nachgiebig zeigen. Er musterte den jungen Skrälinger, der ihn trotzig anstarrte, und entschied von einem Augenblick zum anderen.

»Versetzt ihm eine kräftige Tracht Prügel, damit er weiß, was es heißt, uns bestehlen zu wollen, und jagt ihn dann davon!«

Gloedir hatte darauf gehofft, dem Skrälinger die Schlinge um den Hals legen zu können. Diesen zusammenzuschlagen, bereitete ihm jedoch ebenfalls Freude. Seine Kameraden halfen ihm dabei, und es war schließlich Bjalfi, der sie stoppte.

»Es ist genug! Wenn ihr ihn weiter verprügelt, stirbt er, und ihr habt gegen Eyvinds Gebot gehandelt.«

Gloedir und seine Freunde ließen den Skrälinger los. Dieser fiel zu Boden, spuckte einen ausgeschlagenen Zahn und Blut aus und kämpfte sich mühsam auf die Beine. Sein Blick war verschleiert, doch als Bjalfi ihn ansah, erschrak er über den Hass in dessen Miene.

»Verschwinde jetzt!«, befahl er dem Skrälinger und wies in Richtung Wald.

Marderklaue setzte sich mühsam in Bewegung und presste sich den Arm gegen die Seite. Obwohl er mehrere Rippen geprellt oder angebrochen haben musste, gab er keinen Laut von sich.

»Ihr hättet nicht so hart zuschlagen dürfen. So habt ihr ihn fast umgebracht«, schalt Bjalfi die anderen.

»Ich wollte, er würde krepieren«, antwortete Gloedir wuterfüllt.

In dem Augenblick stürmte Ingridur heran. »Weshalb habt ihr das getan?«, fragte sie empört.

Gloedir sah sie von oben herab an. »Der Kerl hat gestohlen und seine gerechte Strafe erhalten!«

»Gerechte Strafe? Ihr hättet ihn fesseln und seinen Anführer rufen sollen. Dieser hätte ihn für sein Ungeschick bestraft. So habt ihr ihn auf üble Weise verprügelt und dadurch große Schande über ihn gebracht.«

»Wir bestrafen Diebe lieber selbst«, spottete Gloedir.

»Das begreifst du nicht!«, erwiderte Ingridur aufgebracht. »Es gilt als kühn, Fremden etwas zu stehlen. Wird man jedoch dabei erwischt, verlachen einen noch die Knaben und Mädchen. Dies ist Strafe genug. Einen Krieger zu schlagen, wie ihr es getan habt, bedeutet Schmach und Beschämung für ihn. Er kann diese nur dadurch abwaschen, indem er die Männer, die ihm das angetan haben, tötet!«

Gloedir machte eine obszöne Handbewegung. »Was kümmert

es mich, was dieser Wilde denkt und will, und was kümmert mich dein Geschwätz! Du bist doch selbst eine Wilde! Eyvind hätte dich längst uns überlassen sollen. Dann hätten wir wenigstens den Winter über etwas zum Stoßen gehabt. Eigentlich frage ich mich, weshalb ich Eyvinds Erlaubnis abwarten soll.«

Bei den letzten Worten packte Gloedir Ingridur und wollte sie zu dem Haus zerren, das er sich mit ein paar Dutzend Kriegern teilte. Er kam genau zwei Schritte weit, dann war Ailmar heran und schleuderte ihn mit einem geschickten Griff zu Boden.

Ingridur kam frei und wich zweien seiner Kameraden aus, die sie aufhalten wollten. Dafür stand Ailmar gegen drei Männer, und die sahen ganz so aus, als wollten sie ihn ebenso zusammenschlagen wie den gefangenen Skrälinger.

Ailmar wehrte einen Mann mit wilden Schwingern ab, trat einem Zweiten gegen das Knie, sodass dieser zu Boden ging. Gleichzeitig stürzte Ingridur sich auf den Dritten und fuhr ihm mit den Fingernägeln durchs Gesicht. Doch die Vorteile lagen bei ihren Gegnern.

Da kamen Andreas, Thorolf und Farald ihnen zu Hilfe. Während Andreas seinem Freund beistand, der von zwei Männern gegen eine Hauswand gedrückt wurde, packte Farald einen Stock und brachte Gloedir zu Fall.

»Aufhören! Oder wollt ihr, dass Eyvind heute Abend das Urteil über euch sprechen muss?«, brüllte er die Kerle an.

»Der da hat angefangen!«, stieß Gloedir wütend hervor und zeigte auf Ailmar.

»Gloedir wollte Ingridur in seine Hütte zerren, und ich bin nur Eyvinds Befehl gefolgt, sie zu beschützen!«, rief Ailmar.

Er sah ganz so aus, als wolle er die Keilerei fortsetzen. Dabei färbte sich die Umgebung seines linken Auges bereits blau, und von der Augenbraue tropfte Blut.

»Kümmere dich um ihn!«, wies Farald Ingridur an und wandte sich Gloedirs Freunden zu. »Ich nahm an, ihr wäret Krieger! Doch so, wie ihr euch heute aufgeführt habt, würde ich euch nicht in meiner Schar haben wollen.«

Es war eine Ohrfeige aus Worten, denn Farald galt als guter Anführer, und so mancher gab ihm heimlich den Vorzug vor Eyvind. Auch wenn Gloedir abwehrend knurrte, so senkten seine Kameraden die Köpfe.

»Wir wollten nur Gloedir helfen«, brachte einer hervor.

»Vier Männer gegen einen! Bei Gott, seid ihr mutig!« Die Verachtung in Faralds Stimme war deutlich.

Gloedir griff zum Dolch, doch nachdem Faralds eisiger Blick auf ihm ruhte, ließ er die Waffe so schnell los, als wäre sie heiß geworden.

»Geht an eure Arbeit!«, befahl Farald.

»Wir sind Krieger und keine Knechte!«

»Ihr seid Siedler wie wir alle hier. Wenn du glaubst, dich auf die faule Haut legen zu können, wirst du rasch begreifen, dass es niemanden gibt, der dir etwas zu essen in den Mund stopft«, erklärte Farald.

Diese Worte brachten die Männer dazu, sich zu trollen. Selbst Gloedir verschwand hinter der Hütte. Mit einem Kopfschütteln sah Farald ihnen nach.

»Ich hoffe, die Kerle machen keinen weiteren Ärger, sonst müsste ich doch noch das Schwert ziehen.«

»Sie haben den Gefangenen, der Asmods Kurzschwert stehlen wollte, übel verprügelt. Dies war keine gute Tat, denn er wird euch hassen – und seine Freunde ebenso«, erklärte Ingridur.

»Da er gestohlen hat, musste er bestraft werden«, antwortete Farald.

»Es gilt als kühne Tat, Dinge aus dem Lager eines anderen Stammes zu holen!« Ingridur seufzte, denn selbst die Nordleute, die sie Freunde nannte, interessierten sich einfach nicht für die Sitten und Gebräuche der Skrälinger. Dabei hätte dieses Wissen etliche Missverständnisse verhindern können.

»Soll das heißen, dass die Skrälinger Stehlen als kühne Tat ansehen?« Andreas' Ansicht von Habe und Besitz glich der Faralds. Wer etwas nahm, was ihm nicht gehörte, musste dafür bezahlen.

»Gilt es nicht bei euch als eine kühne Tat, in das Haus eines anderen Mannes einzudringen und dessen Tochter zu rauben?«

Ingridurs Frage blieb unbeantwortet, denn allen war klar, dass sie Sigrid und Eyvind meinte. Selbst Ailmar sah sich außerstande, ihr den Unterschied zwischen Eyvinds Überfall auf Ulfars Gehöft und dem Diebstahl eines Schwertes zu erklären.

9.

In den nächsten Tagen blieb alles friedlich, aber es war eine trügerische Ruhe. Marderklaue hatte die Schläge nicht vergessen und spann mit seinen Freunden Rachepläne. In Eyvinds Siedlung verfolgte Gloedir Ingridur und Ailmar mit rachsüchtigen Blicken. Da Alvidr seine neue Beischläferin vorerst für sich behielt und er keine Bäuerin oder Magd mehr erpressen konnte, sich für ihn hinzulegen, wollte Gloedir die junge Skrälingerin haben. Das einzige Hindernis war dieser verfluchte Sachse.

Während er nachdachte, wie er diesen aus dem Weg räumen konnte, erinnerte er sich an den Färinger Skeggi und Brams Gefolgsmann Brodir, die ebenfalls noch eine Rechnung mit Ailmar zu begleichen hatten. Unter einem Vorwand machte er sich auf den Weg zu Bolverks Siedlung und hatte Glück, dort auch Brodir anzutreffen, den Bram als Bote geschickt hatte.

»Ich freue mich, euch zu sehen«, sagte er zu den beiden, nachdem er Bolverk begrüßt hatte.

Skeggi und Brodir sahen einander grinsend an. Als Jungmannen von einem erfahrenen Krieger wie Gloedir so angesprochen zu werden, war eine Ehre.

»Du bist gewiss nicht ohne Grund gekommen?«, fragte Skeggi neugierig.

»Damit hast du recht«, erklärte Gloedir und kam auf Ailmar und Ingridur zu sprechen.

»Was ist dieses Weib schon anderes wert, als auf den Rücken gelegt zu werden?«, setzte er hinzu und machte eine kurze Pause. »Der Sachse bewacht sie jedoch wie ein Drache seinen Schatz!«

»Und du traust dich nicht, den Drachen zu töten«, rief Brodir lachend.

»Würde er wie ein Mann kämpfen, hätte ich keine Furcht vor ihm. Ihr habt doch selbst erlebt, dass er auf eine Weise kämpft, die ihm nur Loki beigebracht haben kann! Wir sind selbst zu viert nicht mit ihm fertiggeworden.« Es tat Gloedir weh, sich selbst abwerten zu müssen, doch er brauchte die Unterstützung der beiden jungen Männer.

Brodir und Skeggi verzogen die Gesichter, als sie hörten, dass Ailmar sich gegen vier Männer behauptet haben sollte.

»Ich weiß nicht, ob wir das Ganze nicht besser ruhen lassen sollten«, sagte Skeggi nachdenklich. »Dieser Sachse ist ein zu geschickter Kämpfer.«

»Willst du nicht sehen, ob ihn ein Pfeil treffen kann?«, fragte Gloedir mit gerade genug Spott, um den Ehrgeiz des Jüngeren anzustacheln.

Brodir winkte ab. »Da alle unsere Pfeile kennen, würde man uns eines heimtückischen Mordes beschuldigen.«

»Auch dann, wenn ihn ein Skrälingerpfeil trifft?«, fragte Gloedir lauernd.

Skeggi sah ihn verwirrt an. »Aber wie kommen wir an einen Skrälingerpfeil?«

»Gut zwei Stunden von hier entfernt befindet sich eines ihrer Lager. Wir gehen hin, holen uns einen oder zwei Pfeile, und dann hat uns der Sachse zum letzten Mal beschämt!«

Bolverk zwinkerte Gloedir zu. »Eyvind hat die beiden Sachsen zu Kriegern und Unteranführern ernannt und sie sich damit verpflichtet. Wenn einer oder gar alle beide wegfallen, schwächt das Eyvinds Stellung.«

»Viele von uns hätten gerne Bram oder dich als Anführer, denn Eyvind zaudert uns zu sehr. Wenn es nach ihm geht, verbringen wir noch einen weiteren Winter ohne Weiber!«

Gloedir traf mit diesen Worten einen wunden Punkt. Bolverk hatte nur seine eigene Frau von den Färöerjar mitgebracht, und die war im Winter verstorben, ebenso wie eine der beiden Irinnen, die er von Bram erhalten hatte. Die andere war vom Hunger ausgemergelt. Abhilfe hätten die Frauen der Bauern bringen können, die sich ihm zunächst anschließen wollten. Als deren Männer jedoch begriffen hatten, dass sie ihre Frauen mit ihm und seinen Gefolgsleuten teilen sollten, waren sie weitergezogen, um sich abseits einen eigenen Hof zu errichten.

»Wenn du Eyvind als Anführer ablösen willst, sollten wir dieses Skrälingerdorf aufsuchen«, schlug Gloedir vor.

Bolverk nickte. »Ich komme mit – und auch der größte Teil meiner Männer!«

Ihm war gerade noch rechtzeitig eingefallen, dass es besser war, mit einer gewissen Stärke aufzutreten, als nur zu viert zu den Skrälingern zu gehen. Zwar gab es auch in seiner Siedlung genug zu tun, doch keiner seiner Männer riss sich darum, zurückzubleiben und zu arbeiten.

Ein älterer Knecht erhielt schließlich den Befehl, das Dorf zu bewachen. Danach brach Bolverk mit Gloedir und achtzehn Kriegern auf. Mit diesen, so nahm er an, würde er bei den Skrälingern Eindruck machen.

Unterwegs herrschte gute Stimmung. Die Männer, von denen keiner älter war als fünfunddreißig, hatten das eintönige Leben und vor allem den Mangel an Frauen satt.

»Ich sehe nicht ein, warum wir nicht ein paar Skrälingerinnen auf den Rücken legen und durchziehen sollen«, tönte Skeggi.

Gloedir dachte an Ingridur und spürte, wie ihm das Blut in die Lenden schoss. Sie war ein hübsches Ding, aber bei den Skrälingern gab es einige Frauen, die ihn mindestens ebenso reizten. »Eyvind hat die Sache falsch angefangen. Wir hätten die Wilden, die im Herbst zu uns gekommen sind, gefangen nehmen und zwingen müssen, sich uns zu unterwerfen«, erklärte er.

»Ich hätte es so gemacht!«, antwortete Bolverk, um seinen Anspruch auf die Führerschaft zu bekräftigen.

Die Reden wurden immer ausschweifender, und zuletzt hatten alle vergessen, dass sie nur deshalb zu den Skrälingern gehen wollten, um ein paar Pfeile zu holen. Stattdessen geisterten deren Frauen in den Köpfen herum. Als sie das Lager fast erreicht hatten, klagte Gloedir zuletzt Eyvind an, viel zu nachsichtig mit diesen Wilden umzugehen.

»Wisst ihr noch, wie er versprochen hat, er werde Vinland unterwerfen und die Skrälinger zwingen, uns Tribut und Weiber zu überlassen? Doch was hat er davon gehalten? Gar nichts!«, stichelte er.

»Eyvind ist ein schlechter Anführer! Er muss abgesetzt werden«, stimmte Bolverk ihm zu und meinte dabei, sich selbst zum Anführer aufzuschwingen.

Hätten sie sich einem belebten Lager genähert, wären sie trotz allem vorsichtiger gewesen. Bei diesem aber waren die meisten Frauen und Männer am Ufer beim Fischen, und so trafen sie nur zwei Greise und sechs Frauen an, von denen drei bereits ein ehrwürdiges Alter erreicht hatten.

Einer der Ureinwohner kam den Färingern entgegen, begrüßte sie in der Zeichensprache und fragte nach ihrem Begehr. Da mehrere Pfeilköcher herumlagen, hätte Gloedir nur darauf zeigen und ihm mit Gesten klarmachen müssen, dass er ein paar Pfeile haben wollte. Stattdessen starrte er eine der jüngeren Frauen an, die in ihrer fremdartigen Tracht einen besonderen Reiz auf ihn ausübte.

Auch Bolverk betrachtete die Frauen und fand, dass es an der Zeit war, sich als entschlossener Anführer zu zeigen. »Los, fangt die Weiber und nehmt sie mit. Wenn wir wieder zu Hause sind, kann heute jeder seinen Schwengel rühren!«

»Warum sollen wir bis zu Hause warten?«, rief Skeggi voller Gier.

Er stieß den alten Mann zur Seite, packte eine der jüngeren Frauen und riss sie zu Boden. Zunächst begriff sie nicht, was er wollte, doch als er ihren ledernen Rock hochschlug, wehrte sie sich wie eine Wildkatze und schrie, so laut sie konnte.

Skeggi versetzte ihr einen Faustschlag, der sie halb betäubte, löste seinen Hosengurt und schob sich zwischen ihre Beine.

Neben ihm hatte Bolverk die Hübscheste der Frauen unter sich gezwungen, während Gloedir ebenfalls auf einer der Jüngeren lag. Brodir und zwei weitere von Bolverks Männern wollten nicht warten, bis ihre Kameraden fertig waren, sondern vergingen sich an den alten Frauen.

Einer der Männer wollte fliehen. Zwar hätte es wenig Mühe gemacht, ihn einzufangen, doch ein Färinger holte mit dem Speer aus und traf ihn in den Rücken.

»War eh zu alt, um noch von Nutzen zu sein«, meinte er und schob sich nach vorne, um als Nächster über eine der Frauen herfallen zu können.

Einer seiner Kameraden erschlug den zweiten Greis und wartete, bis Gloedir ihm die Frau überließ, die er eben geschändet hatte.

10.

Im Hauptlager kochte es. Noch war in aller Munde, dass einer der Ihren von den Fremden übel zugerichtet worden war, da erschien ein Bote aus dem von Bolverk überfallenen Lager und berichtete, dass zwei alte Männer tot und sechs Frauen, darunter die im Stamm sehr angesehene Lieblicher Duft, verschwunden seien.

Kürbiskopf war wie vor den Kopf geschlagen. Bisher hatte er alles getan, um Frieden zu halten. Sollte es ihm so gedankt werden? Da er jedoch nicht im Jähzorn den Kriegspfeil abschießen wollte, versammelte er eine stattliche Schar um sich und wies in die Richtung von Eyvinds Siedlung. »Wir gehen dorthin und fordern Genugtuung! Erhalten wir sie, wird weiterhin Frieden sein, wenn nicht, verlassen wir das Meeresufer und werden die Fremden mit der Hilfe der Geister unserer Ahnen besiegen.«

»Wie sollen wir uns an den Fremden rächen, wenn wir uns zurückziehen?«, fragte Marderklaue zornig.

»Schweig!«, fuhr Bärenhaut ihn an. »Kürbiskopf weiß, was er spricht. Solange die Frauen und Kinder bei uns sind, können wir nicht kämpfen, denn sie würden in Gefahr geraten. Wir müssen sie zunächst in Sicherheit bringen! Dann erst können wir die Kriegskeulen schwingen.«

»Bärenhaut spricht die Wahrheit!«, sagte Kürbiskopf. »Auch müssen ein neuer Sachem und der Anführer im Krieg bestimmt werden, bevor wir den Kampf beginnen können.«

»Ich wollte, es wäre schon morgen so weit«, stieß Marderklaue voller Hass hervor.

Mondträgerin hatte ihn verbunden und ihm ein Kraut gegeben, das die Schmerzen lindern sollte. Obwohl er sich elend fühlte, nahm er seinen Speer und schloss sich der Gruppe an, mit der Kürbiskopf die Fremden aufsuchen wollte.

Sie gingen schweigend und hintereinander. Die Frauen, die sonst anzeigen sollten, dass sie in friedlicher Absicht kamen, fehlten diesmal. Noch war Kürbiskopf nicht bereit, gegen Krähenflügels Vermächtnis zu verstoßen, aber der heimtückische Überfall und der Raub der Frauen mussten gesühnt werden. Gegen sein Gefühl hoffte er, dass Eyvind dazu bereit wäre. Bei seinen Begleitern gingen die Meinungen auseinander.

Die jüngeren Krieger drängten in der Hoffnung zum Krieg, sich darin auszeichnen zu können. Anders als sie dachten die älteren, erfahreneren Männer an die furchtbaren Waffen der Fremden und hätten diese beim Kampf gegen feindliche Stämme lieber auf ihrer Seite gesehen. Doch auch sie wollten, dass jene, die das Lager überfallen und Lieblicher Duft und die anderen Frauen weggeschleppt hatten, ausgeliefert wurden.

Unterwegs schlossen sich weitere Einheimische an, und so waren es schließlich gut sechshundert Männer, die eine Pfeilschussweite vor Eyvinds Siedlung anhielten und schweigend darauf warteten, ob die Fremden den Mut und die Ehre besaßen, sich zu ihren Untaten zu bekennen.

Eine so große Menge an Skrälingern hatten Eyvind und dessen Männer noch nie auf einmal gesehen, und noch nie in so angespannter Stimmung. Eyvind rief nach seinen engsten Gefolgsleuten und befahl ihnen, mit mehr als der Hälfte aller Krieger mit ihm zu kommen.

»Ich will mich nicht überraschen lassen«, erklärte er Farald, den er notgedrungen wieder als seinen Stellvertreter eingesetzt hatte.

»Es ist klug, vorbereitet zu sein. Nur wundert es mich, dass die Skrälinger wegen der Prügel, die einer der Ihren erhalten hat, in einer so zornigen Stimmung erscheinen«, antwortete Farald und winkte seinen Bruder sowie die beiden Sachsen zu sich.

»Gebt auf Alvidr und Gloedir acht. Ich traue den beiden nicht!«, raunte er ihnen zu und reihte sich hinter Eyvind ein.

Wenig später standen sich Eyvind und Kürbiskopf Aug in Aug gegenüber. Die grüßende Handbewegung unterblieb diesmal. Stattdessen wartete Kürbiskopf, bis Ingridur erschienen war, um zu übersetzen.

Obwohl sie geübt hatte, tat Ingridur Schneehäsin sich diesmal schwer. Dann aber sah sie Eyvind erschrocken an.

»Er sagt, deine Männer hätten ein Lager seines Stammes überfallen, zwei alte Männer getötet und sechs Frauen verschleppt!«

»Unmöglich!«, entfuhr es Eyvind. Dann aber dachte er an Bram und daran, dass dieser es darauf angelegt haben konnte, den Krieg mit den Skrälingern zu beginnen.

»Sage Kürbiskopf, dass ich von diesem Überfall nichts weiß«, erklärte er Ingridur.

Diese tat es, spürte aber, dass sie auf Unglauben stieß. »Übergib uns die Schuldigen, damit wir sie für ihre Tat bestrafen können«, forderte Kürbiskopf schroff.

Auf weniger durfte er sich nicht einlassen, wenn er nicht wollte, dass Teile seines Stammes auf eigene Faust den Krieg begannen.

Eyvind kniff die Augenbrauen zusammen, als Ingridur ihm dies erklärte. »Welche Strafe würden die Männer erhalten?«

»Den Männern werden so lange Wunden zugefügt, bis sie ihnen erliegen.«

Ingridurs Antwort brachte Eyvind in die Zwickmühle. Auch wenn die meisten seiner Leute den Überfall verurteilten, würden sie niemals zulassen, dass er einige ihrer Freunde den Wilden und einem grauenvollen Tod überließ.

»Erkläre Kürbiskopf, ich werde mich dieser Sache annehmen. Er wird die Weiber zurückbekommen, und wir werden für die Toten Wergeld bezahlen!« Weiter, sagte Eyvind, konnte er nicht gehen.

Kürbiskopf verfolgte die Zeichen, mit denen Ingridur zu ihm sprach, mit eisiger Miene. Es kostete sie Mühe, den Begriff Wergeld zu übersetzen, und sie erklärte deshalb, dass er und sein Volk als Entschädigung für die Toten Geschenke erhalten würden, darunter auch Messer aus Eisen, die weitaus besser seien als ihre aus Stein.

»Wir warten drei Tage, dann kommen wir wieder«, antwortete Kürbiskopf, ohne sich festzulegen, ob er auf seinen Forderungen bestand oder bereit war, sich für die Tat entschädigen zu lassen. Danach drehte er sich um und ging. Seine Männer folgten ihm, doch die freundliche Neugier, mit der sie die Siedler früher betrachtet hatten, war kaltem Zorn gewichen.

11.

Was machen wir jetzt?«, fragte Farald, als sie sich in Eyvinds Langhaus zur Beratung versammelten.

»Wir müssen erst einmal herausfinden, was wirklich geschehen ist. Würdest du Bram aufsuchen und ihn auffordern, hierherzukommen?«

Sigrid, die Eyvind bei diesen Worten scharf beobachtete, entdeckte einen Ausdruck in seinen Augen, den sie als Angst deutete. Der kühne Held, der in Norwegen nichts und niemanden gefürchtet hatte, wirkte verunsichert. Zu jedem anderen Zeitpunkt hätte sie dies gefreut, doch da die Geburt ihres ersten Kindes kurz bevorstand, war es der denkbar schlechteste Augenblick für Eyvind, Schwäche zu zeigen.

Auch Farald nahm Eyvinds Mienenspiel wahr und machte sich Sorgen. In ihrer jetzigen Lage benötigten sie einen Anführer, der den Männern Mut machte und sie im Kampf leiten konnte. In letzter Zeit aber schwankten Eyvinds Stimmungen immer stärker. An einem Tag konnte er aufbrausend und verletzend sein und am nächsten der beste Freund.

»Ich werde zu Bram reiten«, erklärte er und schüttelte dann über sich selbst den Kopf. Das letzte Mal hatte er auf Island auf einem Pferd gesessen. Es erschien ihm so fern wie in einem anderen Leben.

»Was willst du reiten?«, fragte sein Bruder anzüglich.

»Nicht das, was du denkst!« Farald versetzte Thorolf einen leichten Backenstreich und erhob sich.

Da hielt Herjolf ihn fest. »Warte noch! Ich will Gloedir etwas fragen.«

Gloedir ruckte unruhig auf der Bank hin und her. »Was willst du von mir?«

»Ich habe dich vorgestern nicht gesehen. Gestern Nachmittag bist du aus der Richtung von Brams Lager gekommen. Weißt du etwas über die Skrälingerfrauen?«

»Ich weiß nichts«, brummte Gloedir und kehrte ihm den Rücken zu.

Herjolf wechselte einen beredten Blick mit Farald. »Beeile dich! Wenn die Skrälinger in drei Tagen wiederkommen, müssen wir die Antwort kennen.«

»Wie kann die Antwort anders lauten als das Schwert?«, brüllte Alvidr und schlug mit der Faust auf den Tisch. »Ich bin dieses Lebens überdrüssig! Wir wühlen im Dreck wie Schweine, fällen Bäume, bis uns die Schwarte kracht, und draußen laufen genug Skrälinger herum, um für uns die Arbeit tun zu können. Dazu gibt es so viele Weiber bei ihnen, dass jeder von uns sich drei als Beischläferinnen halten könnte.«

Zustimmende Rufe wurden laut, und Eyvind begriff erneut, dass er zu viele Männer des Schwertes mitgenommen hatte, denen die harte Arbeit wenig schmeckte. Es würde schwer sein, die Krieger im Zaum zu halten, und möglicherweise war es dafür auch schon zu spät.

Mit einem Mal sprang er auf. »Thorolf, Andreas, Ailmar, Bjalfi! Ruft alle Anführer zusammen. Sagt ihnen, sie sollen die Einzelhöfe und kleinen Siedlungen verlassen und sich uns anschließen. Wenn es zum Kampf kommt, wären sie sonst die ersten Opfer.«

»Wir richten es aus«, versprach Bjalfi.

Zwar hatte auch er zum Angriff auf die Skrälinger gedrängt, doch der hätte erst nach sorgfältiger Vorbereitung erfolgen sollen – und nach Möglichkeit überraschend für diese. Doch wie es jetzt aussah, würde es ganz anders kommen.

Nicht lange, da waren Sigrid und Eyvind allein zurückgeblieben. Eyvind sah seine junge Frau auffordernd an. »Du solltest mir Glück wünschen und dafür beten, dass wir entweder den Frieden erhalten können oder über die Skrälinger siegen.«

»Du wolltest die Skrälinger doch von Anfang an unterwerfen«, wandte Sigrid mit herber Stimme ein.

»Es geht jetzt nicht darum, was ich wollte, sondern, was ich kann«, fuhr Eyvind auf. »Wären das hier Inseln wie die Färöerjar oder Island, hätte ich ohne Zögern das Schwert gezogen. Doch solange ich nicht weiß, wie groß dieses Land ist und was hinter den Wäldern noch alles steckt, sagt mir der Verstand, dass ich warten muss. Farald und Bram sind im letzten Herbst mehrere Tage lang an der Küste nach Norden und Süden gesegelt, und das Land nahm kein Ende. Es macht mir Angst, vielleicht einen Zwerg zu sehen, der sich als schlafender Riese erweist.«

»Wenn Ingridur recht hat, gibt es hier viele Stämme, und das Land erstreckt sich endlos um uns. Sie sprach von gewaltigen Seen weiter im Inneren und von mächtigen Strömen. Willst du das alles erobern? Es wäre klüger gewesen, Andreas' Rat zu folgen und erst einmal auf einer der vorgelagerten Inseln zu siedeln. In etlichen

Jahren, wenn die Versorgung gesichert gewesen wäre, hättest du deine Hand nach dem Festland ausstrecken können.« Sigrid freute sich, dies Eyvind sagen zu können. Sie verhehlte damit auch nicht, dass sie Andreas für einen besseren Anführer hielt als ihn.

Der Hinweis auf Andreas fachte Eyvinds Zorn bis zur Weißglut an. Mit einem Schritt war er bei ihr und schlug ihr ins Gesicht. Es tat ihm hinterher sofort leid, doch bevor er eine Entschuldigung stammeln konnte, drehte Sigrid sich um und verschwand trotz ihrer Körperfülle so schnell wie ein Blitz.

Draußen rieb sie mit der Hand über die getroffene Stelle und verfluchte Eyvind in Gedanken. Er hatte sie aus der Sicherheit des väterlichen Hofes entführt und in dieses ferne Land verschleppt. Ausgerechnet hier aber zeigte er in einem Augenblick Schwächen, in dem es auf Stärke ankam. Andreas hatte mehr als ein Mal davor gewarnt, die Skrälinger zu reizen. Doch nicht einmal das hatte Eyvind verhindern können.

12.

Als Eyvind von Bolverks Tat erfuhr, kannte seine Wut keine Grenzen mehr. Er schickte einen Boten los, der den Färinger holen sollte, und war danach so ungenießbar, dass ihm selbst seine engsten Gefolgsleute Alvidr und Bjalfi aus dem Weg gingen. Auch Sigrid ließ sich nicht mehr sehen.

Bolverk nahm sich Zeit. Doch als er endlich erschien, brach Eyvinds Zorn mit aller Kraft durch.

»Du verfluchter Hund! Euch Färinger müssen irgendwelche versoffenen Schurken mit Schafen gezeugt haben, denn euren Verstand habt ihr von diesen Ahnmüttern geerbt! Ich sollte euch, wie von den Skrälingern gefordert, diesen überlassen, damit sie euch auf ihre Weise hinrichten.«

Bolverk wurde blass und sah Bram Hilfe suchend an. Dieser

wünschte den Färinger ebenfalls in die Hölle, doch der stand gegen Eyvind und damit auf seiner Seite.

»Wir sind in dieses Land gekommen, um uns die Skrälinger untertan zu machen. Weshalb also wirfst du Bolverk vor, dass er damit angefangen hat?«

»Wir haben Frieden mit den Skrälingern geschlossen und müssen ihn halten, bis wir mehr über dieses Land erfahren haben«, erklärte Eyvind weiß vor Zorn. »Außerdem bin ich euer aller Anführer. Bolverk hat gegen meinen Befehl gehandelt und uns in eine elend schlechte Lage gebracht.«

»Du kannst ihn dennoch nicht den Wilden ausliefern! Kein einziger Mann würde dies verstehen und dir noch folgen.« Brams Stimme klang zwingend, aber auch voll heimlicher Genugtuung. Wenn es ihm gelang, die Männer gegen Eyvind aufzuwiegeln, konnte er diesen Abend als Sieger beenden.

Da trat Farald dazwischen. »Wir können uns keinen Streit leisten, sondern müssen einig sein. Bolverks Handeln war unüberlegt und dumm. Wir können ihn trotzdem nicht den Skrälingern überlassen, sondern bieten diesen die Rückgabe der Frauen und eine gewisse Entschädigung für ihre toten Greise an. Gehen sie darauf ein, ist es gut, wenn nicht, werden Bolverk und seine Männer in der ersten Reihe kämpfen.«

»Der Rat ist gut.« Auch wenn Bram in Farald einen Konkurrenten sah, hielt er es für besser, dessen Vorschlag zu folgen. Eines aber stand jetzt bereits fest: Bolverks Hoffnungen, der Anführer aller Siedler zu werden, hatten sich mit seinem Überfall ein für alle Mal zerschlagen. Hätte Eyvind diesen Angriff befohlen, wäre dies ihrer Ansicht nach richtig gewesen. Bolverk hingegen verfügte nur über eine winzige Gefolgschaft und hätte nur durch kühne und durchdachte Taten aufsteigen können. Aber das, was er getan hatte, war töricht und feige gewesen.

Eyvind nickte nun ebenfalls. »So machen wir es! Nehmen die Wilden die Entschädigung an, soll es so sein, wenn nicht, werden die Schwerter sprechen.«

Jubel klang auf. Da sie in ein Land gekommen waren, in dem sie die Herren sein wollten, passte es den wenigsten Kriegern, die Arbeit von Knechten verrichten zu müssen. Die Begeisterung steigerte sich so sehr, dass Eyvind in Gedanken die Zahl der Geschenke, die er den Skrälingern als Entschädigung anbieten wollte, immer mehr verringerte und sich sagte, dass Kampf wohl doch die bessere Entscheidung war.

»Wenn die Wilden unseren Vorschlag ablehnen, werden wir alle vorgeschobenen Siedlungen aufgeben. Deren Bewohner müssen sich in die beiden Hauptsiedlungen zurückziehen.«

Eyvinds Befehl war auch in Brams Sinn, denn damit mussten sich Bolverk und die Männer der Orkneyjar und der Färöerjar ihm unterordnen.

»Das machen wir!«, rief er und grinste, als er Bolverks und Eskills säuerliche Gesichter wahrnahm. Dabei war ihm klar, dass die Zahl der Skrälinger größer war, als sie zunächst erwartet hatten, und sie daher dringend Verstärkung aus Island und vielleicht sogar Norwegen brauchten.

»Einer von uns beiden sollte so bald wie möglich in See stechen und nach Island fahren, um dort Krieger zu werben und Nachschub zu besorgen. Der andere sollte hier den Kampf gegen die Skrälinger führen«, sagte er zu Eyvind.

Alle spürten, dass er diesen zur Seefahrt zwingen und selbst das Kommando an Land übernehmen wollte.

»Wäre es nicht besser, Farald nach Island zu schicken?«, wandte Herjolf ein, der Bram ungern als Feldherrn über sich sehen wollte.

»Raudur Jorgrimson würde sich freuen, den Mann, der seine Tochter verführt hat, im nächsten Moor zu versenken.«

Einige Männer, die Faralds Ruf bei Frauen kannten, lachten zu Brams Worten, während Eyvind verärgert das Gesicht verzog.

»Warum fährst du nicht, Bram?«, fragte Herjolf.

»Weil, wie ich zugeben muss, Eyvind der bessere Seefahrer ist!«, antwortete Bram.

»Er ist allerdings auch der bessere Anführer im Kampf. Was ist uns also wichtiger, Eyvind auf See oder Eyvind hier?«, fragte Herjolf.

Er hatte bereits Eyvinds Vater Erling die Treue gehalten und wollte keinem geringeren Mann dienen. Mit seinen Worten setzte er eine heftige Redeschlacht in Gang, die damit endete, dass man erst nach dem Treffen mit den Skrälingern entscheiden wollte, wer fuhr und wer blieb.

13.

Am Mittag des nächsten Tages erschien Kürbiskopf erneut mit sechshundert Männern vor Eyvinds Siedlung. Alle waren bewaffnet, und ihre Mienen drückten Entschlossenheit aus. Sigrid, die sich mit Hekja bei den anderen Frauen aufhielt und die Schar von dem noch unvollständigen Wall aus beobachtete, verspürte ein ungutes Gefühl, das sich noch steigerte, als zwei Knechte die Gaben, die Eyvind als Entschädigung für angemessen hielt, auf mehreren Decken ausbreiteten. Es handelte sich um einige Schaffelle, einen kleinen Ballen Wollstoff sowie ein halbes Dutzend Messer, zwei kleine Beile und eine Axt. In Norwegen hätte ein solches Wergeld als Beleidigung gegolten und die Fehde nur noch mehr angeheizt. Jetzt fragte sie sich, wie die Skrälinger es aufnehmen würden.

Kürbiskopf verfolgte Ingridurs Zeichen. Eine Auslieferung der Schuldigen lehnten die Fremden ab, boten aber die Dinge, die vor ihnen lagen, als Ersatz an. In einer anderen Situation hätte er sich über solche Geschenke gefreut. Jetzt aber standen das Blut zweier Männer und das Leid der geraubten Frauen zwischen ihnen und den Fremden, und die waren mit diesen Kleinigkeiten nicht zu bezahlen. Auch hatten die Fremden Lieblicher Duft und deren Gefährtinnen nicht mitgebracht. Kürbiskopf wartete daher, bis Ingridur Eyvinds Worte übersetzt hatte, und stellte dann seine eigenen Forderungen.

»Gib uns für jeden Mann und jede Frau ein solches Messer wie diese, dazu so viele kleine Äxte, wie zehn Männer Finger an den Händen haben, und so viele große Äxte, wie fünf Männer Finger an den Händen haben, und schenk jeder der entführten Frauen und den Verwandten der beiden erschlagenen Männer fünf solche Felle und einen Ballen von diesem Geflecht, dann wird zwischen uns und euch Frieden bleiben.«

Die Forderung war unannehmbar. Zum einen besaßen die Siedler selbst nicht so viele Messer, wie er forderte, zum anderen würde selbst ein Bruchteil davon die Kampfkraft der Skrälinger auf gefährliche Weise erhöhen.

Eyvind schüttelte daher den Kopf. »Das hier ist das Äußerste, was wir euch geben werden.«

»Es waren deine Männer, die unsere Greise getötet und unsere Frauen verschleppt und unter sich gezwungen haben«, erklärte Kürbiskopf mit eisiger Stimme. »Gebt uns die Schuldigen und bekennt damit, dass ihr unsere Sitten achtet, oder überlasst uns so viele Messer und kleine und große Äxte, wie ich gefordert habe!«

»Nein!« Eyvind sprach es laut genug aus, damit es alle hören konnten. Für die Übersetzung brauchte Ingridur nur ein Zeichen. Als Eyvind weitersprechen wollte, wandte Kürbiskopf sich ab und ging. Seine Krieger folgten ihm auf dem Fuß.

»Das sieht nicht gut aus«, murmelte Hekja bedrückt.

Sigrid nickte. »Wenn es zum Kampf kommt, können wir keine Vorräte sammeln und werden im nächsten Winter erneut hungern müssen.«

Bei diesen Worten zogen die Frauen um sie herum die Köpfe ein. Wenn die Nahrung knapp wurde, waren sie und die Kinder die Ersten, die darunter leiden mussten. Im Gegensatz zu den Männern war keine von ihnen für den Kampf, und sie hätten Bolverk und seine Gefolgsleute geopfert, um weiterhin in Frieden leben zu können.

Eyvinds Überlegungen galten jedoch bereits der kommenden Schlacht. »Morgen früh will ich jeden Mann in Waffen sehen. Wir greifen das größte Lager der Skrälinger an!«

»Und wer bewacht die Siedlungen?«, fragte Andreas. »Auch

sind die meisten Einzelhöfe noch nicht geräumt. Wir brauchen Zeit, um uns auf den Krieg vorzubereiten.«

Mit einer verächtlichen Geste wandte Eyvind sich ihm zu. »Ihr Sachsen seid feige und verbergt dies hinter allen möglichen Bedenken! Da dir die Sicherheit des Lagers so wichtig ist, wirst du mit deinem Freund und einigen alten Männern hierbleiben, um es zu bewachen.«

Alvidr und andere Krieger lachten. Ihnen waren Andreas und Ailmar schon lange ein Dorn im Auge. Nun aber schien es, als wäre ihr Einfluss geschwunden.

»Was Eyvind macht, ist dumm«, stöhnte Sigrid und griff sich an den Leib. »Es tut auf einmal so weh!«

Hekja tastete ihren Leib ab und wackelte bedenklich mit dem Kopf. »Das Kind will kommen! Es hat sich wirklich die richtige Zeit dafür ausgesucht.«

14.

Kürbiskopf hatte bis zuletzt gehofft, die Fremden würden einlenken und die Schurken ausliefern. Stattdessen hatten sie ihn mit ein paar lächerlich geringen Geschenken abspeisen wollen.

»Warum tun sie das?«, fragte er Seefalke.

»Sie sind so anders als wir und passen nicht zu uns«, antwortete der junge Krieger.

»Wenn es zum Kampf kommt, wird er hart werden, und wir werden viele Männer verlieren, die uns später bei Kriegen gegen andere Stämme fehlen werden.« Kürbiskopf fühlte sich mutlos, wusste aber, dass er vor seinen Leuten Stärke zeigen musste. »Wir werden noch heute unsere Lager abbrechen und uns in die Wälder zurückziehen!«

»Das ist nicht gut, denn wir haben noch nicht genug Fische gefangen«, wandte Bärenhaut ein.

»Uns trifft das weniger als die Fremden, denn unsere Krieger werden im Wald auf sie warten und die Bäume und die Tiere rächen, deren Geister sie beleidigt haben! Sie werden jedes Wild, das sie erbeuten, mit eigenem Blut bezahlen.«

Es erschien Kürbiskopf besser, die Fremden auf diese Weise zu bekämpfen, als sie offen anzugreifen. Diese verfügten über die besseren Waffen, also mussten er und die Seinen geschickter handeln.

In ihre Lager zurückgekehrt, machten sie sich daran, Kürbiskopfs Vorschläge in die Tat umzusetzen. Noch war er nicht als Sachem eingesetzt, doch es erschien allen als sicher, dass die Wahl auf ihn fallen würde. Außerdem trauten sie ihm zu, sie im Krieg klug zu führen.

Um vor Überraschungsangriffen sicher zu sein, sandte Kürbiskopf Späher aus, die sie warnen sollten. Eine Gruppe unter Seefalkes Führung überwachte Eyvinds Siedlung und eine andere, die aus Bärenhaut und seinen Freunden bestand, die von Bram. Einige Krieger hielten die kleineren Siedlungen und Einzelhöfe unter Beobachtung. Kürbiskopfs Anweisung war eindeutig. Die Späher sollten jedem Kampf aus dem Weg gehen und sich bei Gefahr zurückziehen.

Zu den Kriegern, die Gamlis Hof im Auge behielten, gehörte auch Marderklaue. Zwei seiner Freunde und ein Mann aus einem anderen Stamm waren bei ihm. Den ganzen Nachmittag tat sich nichts. Dann aber beobachteten sie, wie Gamli Eirikson aus der Richtung von Eyvinds Siedlung kam und sein Haus betrat. Dort erteilte er seiner Frau und seinen Knechten den Befehl, alles zusammenzupacken, was sie tragen konnten.

»Wir werden noch heute zu Eyvinds Hof aufbrechen, denn dort sind wir sicherer als hier«, setzte er grimmig hinzu.

Draußen weidete seine Kuh so weit das Gras ab, wie die Leine es erlaubte, mit der sie an einem in die Erde geschlagenen Pfosten befestigt war. Marderklaues Blick traf immer wieder auf dieses seltsame Tier, das weder Hirsch noch Bison war, und er fühlte seinen Hass wachsen. Die Milch dieses Geschöpfs hatte Krähenflügel vergiftet und ihn das Leben gekostet.

»Seht ihr dieses Biest?«, fragte er seine Kameraden.

Diese nickten. »Es sieht seltsam aus«, meinte einer.

»Es hat Krähenflügels Tod verschuldet! Man sollte es dafür töten«, schlug Marderklaue vor.

»Kürbiskopf sagte, wir sollen nicht kämpfen!«, warnte ihn der Mann aus dem benachbarten Stamm.

»Es ist kein Kampf, dieses Vieh zu erstechen«, rief Marderklaue und hob seinen Speer. »Wenn keiner von euch es machen will, werde ich es tun!«

Einer seiner Gefährten folgte ihm, als er loslief. Marderklaue schlich vorsichtig auf die Kuh zu, immer bereit, auszuweichen, wenn sie ihn angreifen sollte. Das Tier fraß zunächst jedoch weiter und glotzte ihn dann aus großen, braunen Augen an. Es machte keinen angriffslustigen Eindruck, doch der junge Krieger schätzte, dass seine Hörner schreckliche Waffen sein konnten. Mit ein paar Schritten war er neben der Kuh und rammte ihr seinen Speer in den Leib.

Das Rind stieß ein grässliches Brüllen aus, das beide Krieger erschreckt zurückweichen ließ. Um nicht als Feigling zu gelten, sprang Marderklaues Freund auf die Kuh zu und stieß ihr seinen Speer in die Brust. Das Tier röchelte und kippte zu Boden.

»Ist das Ungeheuer wirklich tot?«, fragte Marderklaue und stieß noch einmal mit dem Speer zu. Danach wandte er sich mit einem zufriedenen Gesichtsausdruck an seinen Gefährten. »Damit ist Krähenflügels Tod gerächt!«

»Dafür müssten der Mann und die Frau sterben, die Krähenflügel das Gift überreicht haben«, erwiderte sein Freund voller Hass.

Da erscholl auf einmal ein wütender Schrei. Gamli Eirikson hatte durch die offene Tür gesehen, wie die beiden Krieger seine Kuh getötet hatten, und stürmte mit einer riesigen Streitaxt in der Hand aus dem Haus.

»Euch Gesindel zeige ich es!«, schrie er voller Zorn.

Der Anblick des rasenden Hünen mit dem wild wuchernden Bart und dem im Abendlicht rot schimmernden Axtblatt war zu viel für die beiden jungen Krieger. Sie wandten sich zur Flucht, doch während Marderklaues Gefährte rasch einen gewissen Vorsprung vor Gamli gewann, konnte Marderklaue wegen seiner verletzten Rippen nicht richtig durchatmen und blieb schließlich röchelnd stehen.

Die Streitaxt schwebte bereits über ihm, als seine Begleiter die Bögen spannten und schossen. Zwei Pfeile schlugen in Gamlis Brust ein. Obwohl die Spitzen nur aus Stein waren, verletzten sie den Mann tödlich. Er blieb stehen, als wäre er gegen eine Mauer gerannt, und kippte dann langsam nach hinten. Aus dem Haus erklang das Kreischen seiner Frau Jora. Seine Knechte kamen mit Speeren bewaffnet heraus, wagten es aber nicht, den Fliehenden zu folgen.

Marderklaue betrachtete den Toten und begriff, dass ihn dessen wasserblaue Augen für den Rest seines Lebens verfolgen würden. »Kommt rasch!«, rief er seinen Gefährten zu und eilte keuchend davon.

Hinter ihm blieb Gamli Eirikson zurück, der in dieses Land gekommen war, um hier ein besseres Leben zu führen als auf den kargen Wiesen von Grönland, und der als Erster der Nordmänner den Tod im Kampf gefunden hatte.

Neunter Teil

Geburt und Tod

1.

Eyvind war es gelungen, über Nacht zwei Drittel aller waffenfähigen Männer um sich zu versammeln. Es fehlten nur die Bewohner der vorgeschobenen Höfe, die noch geräumt werden mussten, sowie ein Teil von Brams Männern, die dieser zur Sicherung der eigenen Siedlung zurückgelassen hatte. Auch Eyvind bestimmte eine kleine Schar zur Verteidigung seiner Siedlung und unterstellte sie Herjolf. Dieser murrte zwar, weil er nicht zurückbleiben wollte, fügte sich aber.

»Wollen wir hoffen, dass die Skrälinger nicht genauso denken wie du und uns ihrerseits angreifen. Gegen sechshundert bis tausend Wilde kommen wir paar Männer nicht an«, sagte er zu Eyvind.

Dieser erwog, noch ein paar Krieger mehr zurückzulassen, kam dann aber zu dem Schluss, dass sein Angriff die Skrälinger von Attacken abhalten würde, und klopfte dem alten Mann auf die Schulter. »Keine Sorge! Wenn hier ein Skrälinger auftaucht, kannst du mich einen Narren nennen.«

»Ich muss es hoffentlich nicht im Himmelreich tun«, antwortete Herjolf besorgt und trat beiseite, um Eyvind und dessen Schar den Weg freizugeben.

Als diese die Siedlung verlassen hatten und auf den Waldrand zuhielten, gesellte Herjolf sich zu Andreas und Ailmar. »Hoffentlich haben sie Erfolg, sonst stehen uns unangenehme Monate bevor!«

»Und das alles wegen Bolverk und seinen hirnlosen Färingern! Der Teufel soll die Kerle holen«, fluchte Andreas.

»Das Kommando führst natürlich du«, fuhr Herjolf fort. »Eyvind war ein Narr, dass er es dir nicht gleich übertragen hat. Ich mag ein alter Schlagetot sein, doch was das Drumherum betrifft, kennst du es besser als ich.«

»Was ich weiß, hat Ailmars Vater Aldebrand mir beigebracht«, sagte Andreas leise und horchte zu Eyvinds Langhaus herüber, doch von dort kam kein Laut.

»Du denkst an die Frau, was?«, fragte Herjolf. »In ihren Adern fließt gesundes Blut, und sie wird gewiss leicht gebären. Man sagt, Harald Schönhaar zählt zu ihren Ahnen. Damit ist sie von edlerer Abkunft als Eyvind und wird ihn immer hassen, weil er sie wie eine Magd geraubt und nicht nach Recht und Sitte zum Weib genommen hat.«

»Eyvind ist ein Schurke«, stieß Andreas ebenso zornig wie verzweifelt hervor. »Wenn ich nur daran denke, wie er Sigrids Mägde Olaug, Sibba und wie sie hießen, den anderen Siedlungen überlassen hat!«

»Er dachte gewiss nicht, dass sie so übel behandelt werden, wie es dann geschah. Ihm ging es darum, dass sie nicht bei Sigrid bleiben und mit dieser zusammen Pläne aushecken können«, erklärte Herjolf.

»Welche Pläne?«, fragte Andreas bitter. »Wir befinden uns in einem Land, von dem wir nicht wissen, wo es liegt, und haben nicht den Hauch einer Ahnung, wie wir in die Heimat zurückkehren könnten.«

Ailmar legte die Arme um beide und schüttelte den Kopf. »Es war falsch von Eyvind, Sigrid von denen, die sie kennt, zu trennen. Von Hekja weiß ich, dass sie oft an sie denkt und verzweifelt ist, weil sie ihnen nicht helfen kann. Hätte er sie bei Sigrid gelassen, wäre sie vielleicht bereit gewesen, ihn als Ehemann anzuerkennen. So aber zeigte er ihr allzu deutlich, dass sie seine Beute ist.«

»Ich fürchte, da hast du recht«, bekannte Herjolf. »Vielleicht wäre dann auch Alvidrs verderbliches Treiben unterbunden worden. So aber wird so mancher Bauer, den Eyvind in sein Aufgebot gesteckt hat, sich fragen, ob er jenen Kriegern, denen sein Weib zu Diensten sein musste, wirklich beistehen soll, wenn der Feind sie angreift.«

Unterdessen sah Andreas Ingridur aus dem großen Langhaus kommen und eilte zu ihr. »Was ist mit Sigrid? Geht es ihr gut?«, fragte er angespannt.

»Hekja sagt, beim ersten Kind dauere es immer länger«, antwortete Ingridur. »Ich soll frisches Wasser holen und erhitzen.«

»Ihr wollt Sigrid doch wohl nicht kochen?«, witzelte Herjolf, der Andreas gefolgt war.

»Natürlich nicht!« Ingridur lachte leise und ging weiter.

Im Langhaus saß Sigrid auf einem Stuhl und fragte sich, wie lange sie diesen Schmerz noch ertragen musste. Nie hätte sie gedacht, dass es so wehtun würde, ein Kind zu gebären. Am liebsten hätte sie laut geschrien und geweint, doch dies war der Tochter eines Jarls und der Nachfahrin von Königen unwürdig. Daher biss sie die Zähne zusammen, als die nächste Wehe kam, und krallte die Finger in das harte Holz des Stuhls.

»Es sieht aus, als würde es bald weitergehen«, erklärte Hekja, nachdem sie Sigrids Unterleib und die Scham abgetastet hatte.

»Ich hätte nichts dagegen«, antwortete die Gebärende mit zusammengebissenen Zähnen.

Hekja lachte kurz auf. »Das glaube ich dir gerne! Es ist nun einmal nicht leicht, neues Leben in die Welt zu setzen. Die Männer haben den einfacheren Part. Sie schieben ihren Zumpf in dich hinein und schwängern dich. Dann schauen sie zu, wie dir der Bauch wächst und das Kind schließlich ans Licht der Welt drängt. Wenn eine Frau das durchgemacht hat, vergönnt sie den Männern die Wunden, die sie einander schlagen, damit diese auch mal Schmerzen ertragen müssen.«

Sigrid spürte, dass ihre Freundin aus der Erfahrung ihrer langen Sklavenzeit sprach, in der sie ihren Herren stets zu Diensten hatte sein müssen und die Mutter mehr als eines Kindes geworden war. Einem Ehemann hingegen, dachte sie, wünschte man keine Wunde, denn es war seine Aufgabe, die Frau und ihr Kind zu beschützen. Eyvind mochte sich ein Dutzend Mal der Ihre nennen, doch er war es nicht. Er hatte sie geraubt, gegen ihren Widerstand benützt, und auch wenn sie nun sein Kind gebar, so sprach sie ihm jedes Recht daran ab. Dafür hätte ihr Vater sie ihm in Ehren übergeben müssen. Trotzdem fragte sie sich, ob ihr Hass auf ihn immer noch groß genug war, um ihm eine Verletzung oder gar den Tod zu wünschen, oder hatten sich ihre Gefühle im Lauf der Monate abgestumpft?

Der Gedanke, dass Bram Eyvind als Anführer folgen würde, brachte sie dazu, ihrem Entführer trotz allem Glück zu wünschen. Bram würde sie für sich fordern, in ihr aber nicht mehr als eine Konkubine sehen. Eyvind bemühte sich wenigstens, ihr das Gefühl zu vermitteln, seine Ehefrau zu sein. Eine weitere Wehe verjagte jegliche andere Überlegung und ließ nur Gedanken an das Kind zu, das ihren Leib verlassen wollte.

»Pressen!«, hörte sie Hekjas Stimme wie aus weiter Ferne.

Für Augenblicke schien es, als würde ihr Unterleib von innen zerrissen. Danach war es vorbei. Sigrid sank nach hinten und starrte auf das schleimig blutige Bündel in Hekjas Armen.

»Geschafft!«, sagte die Alte erleichtert und sah sich das Neugeborene genauer an. »Es ist ein Mädchen!«

2.

In seinem Eifer, die Skrälinger zu bekriegen, hatte Eyvind ganz vergessen, dass Sigrid zur selben Zeit sein Kind gebären würde. Ihm ging es darum, Kürbiskopfs Stamm so zusammenzuschlagen, dass diese keine Gefahr mehr für ihre Siedlungen darstellten. Außerdem brauchten sie dringend Weiber, um die Krieger mit Beischläferinnen zu versorgen. Diese machten sich sonst erneut an die Frauen der Bauern heran und sorgten für Unruhe.

Mit der Kampfmoral seiner Männer konnte er zufrieden sein. Der Tod des beliebten Gamli Eirikson hatte ihre Wut entfacht, und sie brannten darauf, ihn an den Wilden zu rächen.

»Wann erreichen wir das Lager?«, fragte Bram.

Eyvind deutete auf eine Stelle, an der der Wald lichter wurde. »Dort hinten haben sie es aufgeschlagen. Wir werden es in Kürze erreichen!«

»Mich wundert, dass wir noch keine Wachen oder Späher gesehen haben«, erklärte Bjalfi mit einem unguten Gefühl.

»Ich habe zwei gesehen! Sie zu verfolgen, wäre sinnlos gewesen«, erklärte Thorolf.

»Selbst, wenn sie ihre Leute warnen, werden wir sie überrennen. Fast jeder unserer Krieger hat Helm und Kettenhemd und zusätzlich einen Schild. Sie sind uns niemals gewachsen!« Eyvind gab sich zuversichtlich. Immerhin waren sie Männer des Nordens und ihre Kampfeslust in den meisten Ländern Europas gefürchtet.

»Weiter!«, befahl er und beschleunigte seinen Schritt. Die Männer folgten ihm wie ein Wurm aus Stahl und Eisen.

Endlich lag die Lichtung, auf der Kürbiskopfs Leute ihr Hauptlager aufgeschlagen hatten, vor ihnen. Die Hütten standen ordentlich in Reih und Glied, von einigen Feuerstellen stieg Rauch auf, und in der Nähe sahen sie eine Gruppe von Kriegern, die eben ihre Bögen spannten.

»Zum Angriff!« Eyvind zog sein Schwert und schlug es rhythmisch gegen den Schild. Die anderen Nordmänner folgten seinem Beispiel, und so hallte es wie eine gewaltige Trommel durch den Wald. Das Lager kam näher, und die Männer begannen zu rennen.

»Arrar! Arrar!«, erscholl ihr Kampfruf, und sie stürmten in das Dorf.

Bis zu dem Augenblick hatten sie außer den paar Bogenschützen keine weiteren Skrälinger gesehen.

»Sie haben sich in die Büsche geschlagen!«, rief Thorolf.

»Dann treibt sie heraus!« Eyvind riss die Tür der nächsten Hütte auf.

Das Ding war leer und fast alles, was sich darin befunden haben musste, verschwunden. Es dauerte einen Augenblick, bis Eyvind begriff, dass die Skrälinger seinen Angriff vorausgesehen und sich zurückgezogen hatten. Oder war es noch schlimmer? Griffen sie eben seine Siedlung an, die von viel zu wenigen Männern verteidigt wurde?

Besorgt verließ er die Hütte und sah, wie seine Männer die Hütten niederrissen und voller Wut zurückgelassene Gegenstände ins Feuer warfen.

»Lasst das!«, brüllte er. »Wir müssen so schnell wie möglich zur Siedlung zurück.«

Alle begriffen, was er meinte. Jene Männer, die Frauen und Kinder hatten, wurden bleich, andere fluchten.

Bram aber rief seine Männer zu sich. »Kommt mit!«, befahl er ihnen und eilte im Laufschritt davon.

Zu seinem Ärger bemerkte Eyvind, dass beinahe ein Drittel aller Krieger sich Bram anschlossen und diesem folgten. Selbst aus seiner Siedlung waren mehrere darunter. Wie es aussah, hatte er durch diesen Fehlschlag deren Achtung verloren. Nun galt es für ihn, nicht auch noch den Rest einzubüßen. Nach einem letzten Blick auf die wenigen Skrälinger, die anzugreifen und zu verfolgen sinnlos gewesen wäre, wandte er sich um und trabte los.

Die Anspannung war kaum zu ertragen, und der Gedanke, den Gegner unterschätzt und einen nicht wiedergutzumachenden Fehler begangen zu haben, brannte wie Feuer in Eyvind. Über diesen Gedanken wurde er immer schneller, sodass ihm zuletzt nur noch ein paar Dutzend Krieger zu folgen vermochten.

Als die Siedlung in Sicht kam und alles so aussah wie bei ihrem Abmarsch, verlor er die Angst vor der Katastrophe und wurde langsamer. Bjalfi schloss zu ihm auf und blickte mit schiefer Miene hinüber.

»So klug sind die Skrälinger also doch nicht, dass sie diesen Vorteil genutzt hätten.«

»Ich weiß nicht, ob es ein Vorteil gewesen wäre«, antwortete Farald. »Dies hier ist eine Halbinsel, und unsere Siedlungen liegen an der Spitze. Hätten die Skrälinger angegriffen, wären wir in ihrem Rücken gewesen und hätten sie jederzeit abfangen können.«

Auf Eyvind wirkten diese Worte, als würde ihm ein Kübel Eiswasser über dem Kopf ausgeleert. Daran hätte er auch selbst denken können. So aber hatte er sich unsicher gezeigt und damit Bram und auch Farald einen Vorteil verschafft.

»Vielleicht haben die Skrälinger Brams Siedlung angegriffen, denn die liegt weiter im Land als die unsere, oder sie nehmen sich erst die kleinen Siedlungen und Einzelhöfe vor«, wandte Alvidr ein.

Eyvind hoffte geradezu, dass es so war. Wenn Bram geschwächt wurde, brauchte ihn dieser und musste ihn als Oberherrn anerkennen. »Wir werden es erfahren. Jetzt kehren wir erst einmal in die Siedlung zurück und beraten dort unsere nächsten Schritte.«

»Hoffentlich mit mehr Erfolg als bisher«, murmelte Farald.

Eyvind vernahm es und fluchte leise. In dieser Situation war es wichtig, dass einer befahl und die anderen gehorchten. Widerstand war verderblich. Mit diesem Gedanken ging er auf die Siedlung zu und wurde von dem alten Herjolf empfangen.

»Ihr seid schon zurück! Habt ihr die Skrälinger so rasch zu Paaren getrieben?«

»Sie waren verschwunden! Da Eyvind befürchtete, sie könnten die Siedlung angreifen, haben wir uns beeilt, zurückzukehren«, erklärte Farald. Sein Lächeln gefiel Eyvind nicht. Es war fast, als mache sich sein Vetter über ihn lustig.

Da klang erneut Herjolfs Stimme auf. »Beinahe hätte ich es vergessen, Eyvind! Du bist vor wenigen Stunden Vater einer Tochter geworden.«

Es war der nächste Guss Eiswasser für Eyvind. Ein Sohn aus Sigrids Schoß, der seine Abkunft auf König Harald Schönhaar zurückführen konnte, hätte sein Ansehen bei seinen Männern gehoben. Nun aber glaubte er gar, spöttisches Gelächter zu hören, weil ihm nicht einmal das gelungen war.

»Was soll ich mit einer Tochter? Ich will sie nicht sehen!«, schnauzte er Herjolf an und wies auf die noch unfertigen Verteidigungsanlagen. »An die Arbeit, Männer! Der Wall und die Palisade müssen fertig sein, bevor die Skrälinger auf den Gedanken kommen, uns anzugreifen!« Er hatte es kaum gesagt, da begriff er, dass er erneut Schwäche gezeigt hatte. Seinen Kriegern stand der Sinn danach, im freien Feld zu kämpfen, und nicht, sich hinter Wall und Graben zu verstecken.

3.

Sigrid war vor Erschöpfung eingeschlafen, schreckte aber hoch, als die Tür heftig zugeschlagen wurde. Verwundert öffnete sie die Augen, sah Hekja mit zornweißem Gesicht vor sich stehen und fragte matt, was denn los sei.

»Eyvind ist vollkommen verrückt geworden!«, schrie die Alte. »Er will das Kind nicht anerkennen und erlaubt auch nicht, dass es bei dir bleibt und du es nährst.«

»Das darf doch nicht wahr sein!« All die Monate hatte Sigrid sich gefragt, wie es sein würde, das Kind eines Mannes auszutragen, den sie hasste, und geglaubt, auch seine Brut hassen zu müssen. Doch als sie in die Wiege schaute, die Herjolf den Winter über geschnitzt hatte, verspürte sie eine solche Verbundenheit mit ihrem Kind, dass sie bereit war, Eyvind bis zum Äußersten zu trotzen.

»Meine Tochter bleibt hier!«, erklärte sie mit zornbebender Stimme.

»Davon würde ich abraten!«, wandte Hekja ein. »Eyvind ist denkbar schlechtester Laune, und ich habe Angst, er könnte in seinem Zustand der Kleinen etwas antun. Ich bin mit Ingridur übereingekommen, dass wir das Kind in unsere Kammer nehmen. Du kannst jederzeit kommen und es stillen.«

Sigrid brauchte einen Augenblick, um über diesen Vorschlag nachzudenken. Schließlich nickte sie widerwillig. »Es wird das Beste sein, denn ich will nicht, dass er meinem Kind etwas antut.«

»Das ist ein kluger Entschluss, meine Liebe. Warte ab, bis Eyvind hereingekommen ist und dich begrüßt hat. Danach bringe ich dich zu deiner Tochter.«

Hekja lächelte erleichtert, weil Sigrid besonnen genug war, ihren Rat anzunehmen. Sorgsam hob sie die Wiege auf und trug sie hinaus. Auch wenn ihre und Ingridurs Kammer ebenfalls im großen Langhaus lag, so erschien ihr diese weit genug von Eyvinds Schlafstätte und der Halle entfernt, in der er sich häufig aufhielt, sodass das Kind ihn nicht stören würde.

Sigrid sah mit tränenfeuchten Augen zu, wie ihre Freundin mit der Kleinen die Kammer verließ. Obwohl ihre Tochter weniger als zwanzig Schritte von ihr entfernt untergebracht werden würde, packte sie der Schmerz eines schweren Verlusts. Nur Augenblicke später vernahm sie auch Eyvinds Stimme. Er schien tatsächlich sehr zornig zu sein.

»Diese verfluchten Feiglinge! Sie wagten es nicht, sich uns zu stellen, sondern sind geflohen.«

Wie es aussah, war seinem Angriff wenig Erfolg beschieden, dachte sie. Als einziges überlebendes Kind ihres Vaters wusste sie genug über Kriegstaktiken und Schlachten, um sagen zu können, dass Eyvind in einer schlechten Ausgangsposition war. Nach alledem, was sie von Ingridur gehört hatte, waren die Skrälinger weitaus beweglicher als der schwerfällige Heerhaufen, den er aufzustellen vermochte. Auch konnten sie als Meister des Bogens den Nahkampf weitestgehend vermeiden.

So leicht, wie Eyvind Erlingarson gedacht hatte, war es wohl doch nicht, Vinland zu erobern, fuhr es ihr durch den Kopf. Gleichzeitig verfluchte sie ihre Hilflosigkeit, die sie als Konkubine an ihn band.

Da hörte sie, wie Eyvind weitersprach. »Sigrid wird mir den Sohn gebären, denn ich von ihr will!«

Täusche dich nicht, dachte sie. Wenn es nach mir geht, wirst du in einigen Jahren auf etliche Töchter blicken, aber auf keinen einzigen Sohn.

Dann aber schüttelte sie den Kopf. Sie wollte keine Kinder mehr von Eyvind haben, sondern nur noch welche von Andreas. Der sächsische Edelmann war mutig, aber nicht so prahlerisch wie der ehemalige Jarl von Jervik, dem sie jetzt zu eigen war. Sobald es ging, würde sie mit Andreas zusammen fliehen. Sie durfte aber auch jene Frauen und Männer nicht vergessen, die mit ihr zusammen vom Hof ihres Vaters verschleppt worden waren. Nun ärgerte sie sich, weil sie nicht vorgegeben hatte, sich Eyvind unterzuordnen. Vielleicht hätte er ihr dann erlaubt, Hlif und ihre anderen Vertrauten zu sich zu holen. So aber hatte Eyvind die Frauen von ihr ferngehalten und ihr jede Möglichkeit genommen, sich mit den Menschen auszutauschen, mit denen sie zumeist sogar aufgewachsen war. Wurde der Druck durch die Skrälinger jedoch zu groß, musste er auch ihre Mägde hierherholen.

In der Halle bedauerte Eyvind, dass es derzeit nicht einmal Beerenmet gab. Wasser und die Kräuteraufgüsse, die die Frauen zubereiteten, waren keine Getränke für einen Mann. Da war es kein Wunder, dass seine Krieger aufbegehrten und sich einen anderen Anführer wünschten, auch wenn dieser ihnen ebenfalls keinen Met verschaffen konnte.

Mit grimmiger Miene setzte er sich auf seinen Hochsitz und musterte seine Vertrauten. Der Erste war Farald, sein Vetter, und neben diesem saß Bjalfi, der immer zu ihm gehalten hatte. Farald mochte hinter Weiberröcken her sein, trotzdem verehrten ihn die Männer. Faralds Bruder Thorolf war noch zu jung, um ernst genommen zu werden, doch in ein paar Jahren würde dies anders sein. Im Gegensatz zu diesem war Alvidr kein Mann, der die Männer hinter sich versammeln konnte. Zudem hatte Eyvind ihn in Verdacht, sich im Zweifelsfall auf Brams Seite zu stellen. Bei Gloedir war es ebenso. Aus diesem Grund beschloss Eyvind, die beiden Sachsen wieder mehr in seine Pläne einzubeziehen.

Sie hatten kein Gefolge und konnten ihm daher nicht gefährlich werden, aber als Krieger waren sie anerkannt. Auch wenn es ihn kränkte, dass Sigrid mehr für Andreas übrighatte als für ihn, mussten die beiden treu zu ihm stehen, denn Bram war zuzutrauen, sie wieder zu Knechten zu machen. Allerdings waren die Sachsen gut Freund mit Farald und Thorolf geworden. Er würde daher wachsam bleiben und verhindern müssen, dass sie sich Farald enger anschlossen, als es gut für ihn war. Auch wenn Farald derzeit noch auf seiner Seite zu stehen schien, mochte er doch irgendwann einmal versuchen, ihn als Anführer zu verdrängen.

Du musst stark sein, stark, stark, stark!, rief er sich zur Ordnung und sah im nächsten Augenblick Hekja durch die Halle kommen.

»He du, komm her!«, forderte er sie auf.

Die Alte schlurfte heran.

»Es hätte kein Mädchen sein dürfen! Ich brauche einen Sohn!«, rief Eyvind erbittert.

»Gott wollte nicht, dass es ein Sohn wird«, antwortete Hekja.

Alvidr bedachte sie mit einem heimtückischen Blick. »Wollte Gott es nicht, oder wollten Sigrid und du es nicht?«

»Was können wir Weiber schon tun, um das Geschlecht eines Kindes zu bestimmen? Wir müssen es hinnehmen, wie es kommt«, sagte Hekja mit einem Lächeln.

»Lass dich von dieser Hexe nicht täuschen, Eyvind«, fuhr Alvidr fort. »Ich habe sie einmal beobachtet, wie sie ihre Hände auf Sigrids Leib legte und Beschwörungen murmelte. Es waren keine christlichen Worte. Es kam die Heidengöttin Frigg darin vor!«

»Stimmt das?«, schrie Eyvind Hekja an.

Die alte Frau überlegte verzweifelt, was sie antworten sollte. In seinem Zustand war Eyvind zu allem fähig, auch dazu, das Kind zu töten.

»Alvidr irrt sich!«, sagte sie vorsichtig. »Oder besser gesagt, er muss sich verhört haben. Ich habe nur die Heilige Jungfrau angefleht, Sigrid eine gute Schwangerschaft und eine leichte Geburt zu schenken.«

»Glaub ihr nicht!«, hetzte Alvidr weiter. »Ich habe es genau gehört. Es war von Frigg und Freya die Rede, und dass es eine Tochter sein soll!«

Das Letzte reimte er zusammen, um die Alte zu treffen, die seine Autorität niemals anerkannt hatte.

Eyvind war durch den fehlgeschlagenen Angriff enttäuscht und wütend. Zudem haderte er damit, dass immer mehr Männer sein Können als Anführer anzweifelten, und dann hatte Sigrid statt des erhofften Sohnes eine Tochter geboren. Er packte die alte Frau und schüttelte sie. »Was hast du getan?«

»Ich habe gar nichts getan!«, presste Hekja hervor.

»Lüge nicht!«, schrie Eyvind und versetzte ihr einen heftigen Stoß.

Hekja verlor das Gleichgewicht, stürzte und schlug mit dem Nacken hart gegen die Tischkante. Ein Knacken ertönte, aber erst, als die alte Frau verkrümmt am Boden liegen blieb und sich nicht mehr rührte, begriffen Eyvind und die Umstehenden, dass sie tot war.

Das wollte ich nicht!, durchfuhr es Eyvind. Sigrid wird mich dafür nur noch mehr hassen.

Nach außen hin aber musste er sich unerschütterlich geben. »Was musste sie auch meinen Zorn erregen? Sagt Andreas und Ailmar, sie sollen die Alte begraben«, erklärte er und befahl einer Magd, ihm zu essen zu bringen.

Die Frau gehorchte zitternd, während seine Männer eine gewisse Zeit brauchten, um ihre wirbelnden Gedanken wieder einzufangen. Dann aber eilten sie nach draußen. Bjalfi sah sich nach den beiden Sachsen um und winkte sie zu sich.

»Ihr sollt Hekja begraben. Sie ist eben gestorben!«

»Was?«, rief Andreas erschrocken. »Gerade war sie doch noch gesund und munter.«

»Eyvind hat ihr einen Stoß versetzt, dadurch ist sie gegen die Tischkante gefallen. Es war keine Absicht«, verteidigte Bjalfi seinen Jarl matt.

»Ich bringe ihn um!« Andreas griff zum Schwert, wurde jedoch von Ailmar festgehalten.

»Mach keinen Unsinn! Selbst wenn du Eyvind tötest, gewinnen wir nichts, denn dann wird Bram der neue Anführer, und bei dem haben weder Sigrid noch wir etwas zu lachen.«

»Ailmar hat recht!«, mischte sich Thorolf ein. »Eyvind mag jetzt zornig sein, doch er wird sich wieder beruhigen. Bram hingegen würde uns ins Verderben führen.«

Mühsam kämpfte Andreas seine Wut nieder. »Ihr habt ja recht! Doch ich mochte die alte Hekja und werde sie sehr vermissen.«

»Das werden wir alle«, sagte Thorolf. »Erinnert ihr euch noch, wie wir mit ihr gemeinsam Island durchquert haben? Sie verlor nie den Mut, auch nicht, als Einar sie aus Bosheit ins Wasser gezogen hat.«

»Einar, Hrodar, Ketil, Gamli … wie viele müssen für Eyvinds Traum noch sterben?«, murmelte Alvidr und gesellte sich zu seinen Freunden um Gloedir.

»Eyvind ist wie Hiob!«, sagte er mit einer beredten Geste zum Langhaus. »Gott hat ihn verworfen und wird uns mit ihm zusammen bestrafen.«

»Das ist doch Unsinn!«, antwortete einer der Männer, doch überzeugt klang es nicht.

4.

An Hekjas Begräbnis nahmen alle Frauen der Siedlung teil. Selbst Sigrid hatte sich aus dem Wochenbett hochgequält und stand nun etwas abseits von den anderen. Ihr schönes Gesicht wirkte wie aus Stein gemeißelt. Nur eine dünne Tränenspur auf den Wangen verriet ihre Trauer. In ihrem Innern aber kochte es. Hekja war ihr in den Monaten ihrer Gefangenschaft zu einer treuen Freundin geworden, und es bedrückte sie, dass sie der Grund für deren Tod war. Ihr Hass galt jedoch nicht nur Eyvind, der Hekja getötet hatte, sondern mehr noch Alvidr. Von den Mägden hatte sie erfahren, dass er die Kräuterfrau beschuldigt hatte, den erhofften Sohn durch Hexerei verhindert zu haben.

Alvidr war für so viel Unruhe in der Siedlung verantwortlich, dass sie ihn längst hätte aufhängen lassen. Doch wie schon bei Einar hielt Eyvind zu seinem Steuermann, obwohl dieser es nicht verdiente. Sie blickte zu den Männern hin, die Hekja ebenfalls das letzte Geleit gaben. Die beiden Sachsen hatten das Grab geschaufelt und Thorolf seinen Mantel gespendet, damit die Tote darin eingewickelt werden konnte. Bei dem Gedanken dachte Sigrid daran, wie der junge Krieger Hekja auf Island diesen Mantel gegeben hatte, damit sie nicht friere. Er war ein guter Mann, und das war auch Herjolf, der neben ihm stand. Mit seinem besonnenen Wesen hatte zudem Farald ihre Achtung errungen. Er stand genauso am Grab wie Bjalfi und etliche andere Nordmänner.

Alvidr, Gloedir und Asmod Sweinson fehlten jedoch ebenso

wie Eyvind. Sigrid war froh darüber, denn sie hätte sich nicht zurückhalten können, Eyvind ihren Hass ins Gesicht geschrien und ihm erklärt, welch jämmerliche Gestalten er und seine engsten Vertrauten seien. Während Alvidr ein Schuft war, fiel Asmod, der Führer des zweiten Schiffes, zwar nie auf, doch sie wusste, dass er hinterrücks schlecht über Farald und die beiden Sachsen redete. Dabei war Farald mit einer eigenen Schar in dieses Land gekommen und hatte im Gegensatz zu Bram und Bolverk der Vernunft gehorcht und seine Männer Eyvind unterstellt.

Faralds Gefolgsleute waren vollzählig erschienen. Daher war der Riss, der sich durch die Siedlung zog, deutlich zu erkennen. Eyvind hatte das Vertrauen vieler Männer verloren und würde, wenn ihm nicht bald eine erfolgreiche Tat gelang, irgendwann als Anführer abgesetzt werden.

Vorne sprach Andreas ein lateinisches Gebet und nahm dann die Schaufel zur Hand, um das Grab zu schließen.

»So wie du gepredigt hast, hättest du Pfaffe werden sollen, Sachse«, sagte Thorolf im bitteren Spott.

»Hier wird ein Kämpfer bald mehr wert sein als zehn Prediger, es sei denn, diesen würde es gelingen, die Skrälinger durch ein Wunder zum christlichen Glauben zu bekehren«, erwiderte Ailmar bissig.

»Ich glaube nicht, dass uns das helfen würde, denn unterwerfen würden sie sich uns trotzdem nicht.« Herjolf schüttelte den Kopf und seufzte. »Wir können nicht einmal einen Becher Met auf Hekjas Eintritt ins Himmelreich trinken. Was für ein elendes Begräbnis!«

»Hekja wird uns fehlen, denn sie hat gewusst, mit welchen Kräutern die Frauen aus den Beeren, die hier wachsen, und süßem Baumsaft eine Art Met brauen können. Noch schlimmer ist ihr Verlust, wenn es zum Krieg mit den Skrälingern kommt. Es gibt keine Frau unter uns, die sie als Kräuterfrau und Heilerin ersetzen kann!«, erklärte Thorolf und packte nun ebenfalls eine Schaufel.

Ailmar neben ihm tat es ihm gleich, und so war das Grab bald gefüllt. Danach stieß Thorolf die Schaufel in den Boden und blickte zur Siedlung hinüber.

»Ich wüsste gerne, was Eyvind jetzt denkt und plant!«

»Wir werden es früh genug erfahren«, antwortete sein Bruder.

»Hoffen wir, dass es das Richtige ist«, warf Herjolf ein.

»Ailmar und ich haben lange mit Ingridur über die Kampfweise der Skrälinger gesprochen«, erklärte Andreas, »und was wir erfuhren, verheißt nichts Gutes. Sie werden den offenen Kampf vermeiden, uns aber immer wieder aus dem Hinterhalt angreifen. Mein Vorschlag wäre daher, diese Siedlung aufzugeben und uns auf eine der vorgelagerten Inseln zurückzuziehen. Leben dort bereits Menschen, werden sie nicht so zahlreich sein, als dass wir sie nicht niederkämpfen könnten. Wenn wir diese Siedlung mehrere Jahre lang ausbauen und Nachschub und Verstärkung aus Island und Norwegen holen, wird es uns gelingen, hierher zurückzukehren und dieses Land zu erobern.«

»Das hört sich vernünftig an, doch bezweifle ich, dass Eyvind darauf eingehen wird«, antwortete Farald und sagte sich, dass er an dessen Stelle Andreas' Vorschlag in Erwägung ziehen würde.

5.

Eyvind war erfahren genug, um zu wissen, dass Untätigkeit den besten Mann zermürben konnte. Doch während er noch überlegte, was er unternehmen sollte, erschien Bram mit seiner gesamten Schar vor seiner Siedlung. Offensichtlich hatte er jeden Mann bewaffnet. Darunter waren auch einige, die gleich Sigrid, Andreas und Ailmar bei Eyvinds Überfall auf Jarl Ulfars Hof verschleppt worden waren.

»Wo ist Eyvind?«, fragte Bram mit lauter Stimme. »Hat er sich aus Angst vor den Skrälingern in seinem Langhaus verkrochen und weint, weil seine Sklavin ihm nur eine Tochter geboren hat?«

»Was soll das Gerede?«, fuhr Farald ihn an.

»Genau das, was es soll!« Bram lachte schallend und klopfte auf sein Schwert. »Ich bin gekommen, um euch aufzufordern, euch mir anzuschließen. Wir werden die Skrälinger verfolgen. Mit Weibern und Kindern kommen sie nicht schnell voran. In drei Tagen haben wir sie eingeholt, schlagen sie und erbeuten genug Weiber, sodass jeder von uns zufrieden sein kann.«

Bram blickte Eyvinds Gefolgsmänner auffordernd an. Farald, Thorolf, die beiden Sachsen, Herjolf und Bjalfi traten unwillkürlich einen Schritt zurück. Einige andere drängten sich jedoch nach vorne. Zu ihnen gehörte Gloedir. Alvidr zögerte noch. Wenn er Eyvind verließ, würde er seinen Rang als dessen Steuermann verlieren. Andererseits konnte er in Brams Gefolge zu einem von dessen Unteranführern aufsteigen und einen großen Hof mit etlichen Sklaven und Knechten für sich fordern.

»Was meinst du?«, fragte er Asmod.

»Ich kommandiere Eyvinds zweites Schiff, und das will ich weiterhin tun«, antwortete dieser.

»Dann bleib eben!« Alvidr spie aus und setzte sich in Bewegung. Einige Freunde folgten ihm, dafür entschieden sich mehrere, die Bram hatten folgen wollen, doch bei Eyvind zu bleiben, denn sie mochten Alvidr nicht.

Obwohl es Bram gelang, fast ein Viertel von Eyvinds Kriegern für sich zu gewinnen, war sein Gefolge trotz der bewaffneten Bauern und Knechte immer noch geringer als das seines Konkurrenten. Er nannte die zurückbleibenden Männer laut Feiglinge und zählte missmutig seine Schar. Sie war kleiner, als er gehofft hatte. Trotzdem musste er mit ihr gegen die Skrälinger ziehen. Es nicht zu tun, würde dazu führen, dass ihn viele Männer verließen und sich Eyvind anschlossen.

Dieser trat nun aus dem Tor der Siedlung und musterte die buntscheckige Truppe, die Bram auf die Beine gestellt hatte. »Ich dachte einmal, du würdest Verstand besitzen. Dies war jedoch ein Irrtum«, sagte er laut genug, damit alle ihn hören konnten.

»Das musst ausgerechnet du sagen! Dich hat doch seit dem

Überfall auf Jarl Ulfars Hof das Glück verlassen«, gab Bram beißend zurück. »Meine Männer und ich sind es leid, einem zweiten Hiob zu folgen. Jetzt handeln wir auf eigene Faust!«

»Ja, das tun wir!«, rief Brodir, um seinen Anführer zu unterstützen.

»Was versprichst du dir davon?«, fragte Eyvind mit eisiger Miene. »Du schwächst nur unsere Gemeinschaft! Um mit den Skrälingern fertigzuwerden, müssen wir zusammenstehen.«

»So sehe ich es auch!«, stimmte Farald Eyvind zu. »Außerdem ist Eyvind ein weitaus besserer Anführer als Bram.«

»Vielleicht in deinen Augen!«, sagte Andreas leise, denn er war nicht bereit, Eyvind Hekjas Tod zu verzeihen. Und doch war auch ihm klar, dass Bram die schlechtere Lösung darstellte.

»Wenn ihr nicht mitkommen wollt, dann bleibt eben hier«, schrie Bram. »Glaubt aber nicht, dass ihr von uns auch nur ein einziges Skrälingerweib bekommt!«

»Zuerst müsst ihr welche fangen!«, warf Ailmar spöttisch ein, erhielt aber keine Antwort.

Er wusste von Ingridur, dass Bram und dessen Schar im Wald überraschenden Angriffen der Skrälingerkrieger ausgesetzt sein würden.

Bram rief noch einmal Eyvinds Männer auf, ihm zu folgen. Zwei, drei lösten sich zögernd aus der wartenden Menge, und als sie loszogen, zählte Andreas etwas mehr als zweihundert Krieger, die mit ihm gingen.

»Hoffentlich sehen wir die meisten wieder«, sagte er nachdenklich.

»Um einige von denen würde ich nicht trauern. Aber um die Bauern und Knechte, die Bram mitgenommen hat, tut es mir leid.« Ailmar schüttelte den Kopf und kehrte in die Siedlung zurück.

6.

Seefalke bemerkte als Erster, dass Brams Schar seinen Leuten folgte, die sich bis zu ihrem Dorf im Binnenland zurückziehen wollten. Die Zahl der feindlichen Krieger wäre im Grunde nicht erschreckend gewesen, allerdings übertrafen deren Waffen alles bisher Gekannte.

Die Fremden marschierten rasch, und Hindernisse wie umgestürzte Bäume oder Gestrüpp fielen ihren Äxten und Beilen zum Opfer, ohne sie lange aufhalten zu können. Zu Seefalkes Verwunderung sandten sie jedoch keine Späher aus, sondern folgten einfach den Spuren, die Kürbiskopf und seine Leute hinterlassen hatten.

Als Seefalke die Strecke überschlug, die seine Gruppe am Tag zurücklegte, und die, welche die Fremden bewältigten, kam er zu dem Schluss, dass es knapp für sie ausgehen könnte. Es war keinesfalls gut, diese Krieger so dicht hinter den Frauen und Kindern zu wissen.

Seefalke beschloss daher, die Beobachtung des Trupps abzubrechen und vorauszueilen. Auch wenn es Kürbiskopf und einigen älteren Männern nicht gefiel, würden sie kämpfen müssen, damit ihre Familien rechtzeitig in den Schutz des befestigten Dorfes gelangten.

Unterwegs traf Seefalke auf die kleine Kriegertruppe, welche die Kolonne nach hinten absicherte, und machte sie auf die Verfolger aufmerksam. Schließlich stand er vor Kürbiskopf, der den Rückzug bislang geleitet hatte, und erstattete ihm Bericht.

Kürbiskopf hörte ihm zu, ohne ihn zu unterbrechen. »Du sagst, die Zahl der Feinde beträgt etwa zwanzigmal die Zahl der Finger beider Hände?«, fragte er, als Seefalke alles berichtet hatte.

Dieser bejahte.

»Dann sind es weniger, als ich erwartet habe!« Kürbiskopf atmete auf, sagte sich dann aber, dass damit nichts gewonnen war. Die Fremden, die übers Meer gekommen waren, hatten die restlichen Krieger wahrscheinlich zurückgelassen, um ihre Dörfer zu schützen. Er hätte es nicht anders gemacht. Allerdings waren zweihundert Feinde leichter zu bekämpfen als die doppelte Zahl, daher legte er Seefalke mit dem Anflug eines Lächelns die Hand auf die Schulter.

»Du bist das Auge und das Ohr des Stammes! Sei jetzt auch sein Arm. Ich überlasse dir einhundert Krieger. Setze mit ihnen den Feinden zu, so gut ihr könnt, doch bleibt vorsichtig. Wir dürfen uns keine größeren Verluste leisten, denn wir haben mehr Feinde als nur die Männer mit den Haaren im Gesicht.«

»Wir werden sie aufhalten, bis alle Frauen und Kinder in Sicherheit sind«, versprach Seefalke. »Sollten sie trotzdem bis zu unserem Dorf vordringen, werden du und die übrigen Krieger weniger Feinde vor euch sehen, als uns jetzt noch folgen.«

»Das hoffe ich doch!« Kürbiskopf nickte Seefalke kurz zu und wandte sich an die Frauen und Kinder, die mit müden Gesichtern vorwärtsstapften. »Wir müssen noch schneller sein und werden heute und morgen je eine Stunde länger gehen, bevor wir unser Nachtlager aufschlagen.«

»Du mutest uns zu viel zu!«, beschwerte sich Akazienblüte. »Alle sind erschöpft, und die Ersten werden bald nicht mehr laufen können.«

»Sie müssen!«, antwortete Kürbiskern mit einem traurigen Lächeln. »Die Fremden verfolgen uns, und ihr wisst, was sie den Frauen angetan haben, die in ihre Hand gefallen sind.«

»Ja, das wissen wir allerdings!«, rief Mondträgerin und spie aus. »Sie haben unsere Schwestern immer und immer wieder vergewaltigt und die drei Älteren schließlich umgebracht. Mir blutet das Herz bei dem Gedanken, dass wir sie nicht retten konnten.«

»Unsere Späher haben das Lied vernommen, mit dem Lieblicher Duft den Geistern des Windes ihr Leid geklagt hat!« Kürbiskopf atmete schwer, denn so übel wie Lieblicher Duft und ihre Gefährtinnen war noch keine Frau seines Stammes von einem Feind behandelt worden.

»Wir werden die noch Lebenden befreien und jene, die ihnen

dies angetan haben, dafür bezahlen lassen«, schwor er sich und trieb die Schar der Frauen und Kinder weiter voran. Zwar zweifelte er nicht daran, dass Seefalke und dessen Krieger den Vormarsch der Fremden verlangsamen konnten, dennoch wollte er das Hauptdorf so rasch wie möglich erreichen, um dort alles für die Verteidigung vorbereiten zu können.

Unterdessen machte Seefalke sich auf den Rückweg. Er hatte seinen Bogen bei sich, und im Köcher befanden sich zwanzig Pfeile mit besonders scharfen Steinspitzen. Zudem steckte das erbeutete Messer in seinem Gürtel und neben ihm die Kriegskeule mit dem eiförmigen Stein als Schlagkopf. Mochten die Fremden auch ihre seltsamen Metallkleider tragen: Er war gerüstet.

7.

Bram und seine Männer waren schon den zweiten Tag unterwegs, ohne einen einzigen Skrälinger gesehen zu haben. Doch ihre Spuren waren deutlich zu erkennen. Dabei waren es nicht deren weiche Schuhe, deren Abdrücken sie folgen konnten, sondern die Rillen, die die Stangenschleifen hinterließen. Die Skrälinger verwendeten große Hunde als Zugtiere für diese Schleifen, und in Gedanken spottete Bram darüber. Was konnte ein Hund schon ziehen? Er hätte die Viecher zum Kampf abgerichtet und auf seine Feinde gehetzt. Aber so viel Geist konnte man von den Wilden nicht erwarten.

»Was meinst du? Wie weit sind sie uns noch voraus?«, fragte ihn Bolverk.

»Wir sind einen Tag und zwei Nächte nach ihnen aufgebrochen, haben aber bereits gut aufgeholt. Mit etwas Glück erreichen wir sie morgen Abend«, antwortete Bram.

Er begriff jedoch bald, dass diese Einschätzung zu voreilig gewesen war. Die Skrälinger waren schneller geworden, und es würde mindestens noch einen weiteren halben Tag dauern, bis sie zu ihnen aufgeschlossen hatten.

»Dort ist einer!« Brodirs Ruf ließ Bram herumschnellen. Dadurch entging er dem Pfeil, der auf ihn abgeschossen worden war. Statt seiner wurde Bolverk getroffen. Zuerst sah er erschrocken drein, merkte dann aber, dass der Pfeil sein Kettenhemd nicht durchschlagen hatte, und lachte auf. »Da seht ihr, was die Pfeile der Skrälinger wert sind! Drauf auf sie, Freunde, und zeigt es ihnen!«

Auf diesen Ruf hin stürmten zwei Dutzend Männer auf die Stelle zu, von der sie beschossen worden waren. Mit ihren Kettenhemden und den Eisenwaffen belastet, waren sie jedoch zu schwerfällig, um die flinken Skrälinger fangen zu können. Diese liefen ein Stück davon, wandten sich dann um und schossen rasch je drei Pfeile auf die Nordmänner ab. Diesmal zielten sie nicht mehr auf die Rüstungen, sondern auf die ungeschützten Beine und trafen zweimal.

Einer von Brams Kriegern sank nieder, während der Zweite stehen blieb und verständnislos auf den Pfeilschaft starrte, der knapp über dem Knie aus dem Oberschenkel herausragte.

»Ist es schlimm?«, fragte Bram, als er zu ihnen aufgeschlossen hatte.

»Es geht schon! Snerri hat es schlimmer erwischt«, antwortete der Verletzte.

»Genau in den Knöchel«, stöhnte Snerri. »Verflucht! Musste das sein?«

»Vier Leute sollen sich um die beiden kümmern und sie notfalls tragen«, befahl Bram und sah sich um.

Dieser Wald war ihm unheimlich, denn er war weitaus dichter als die Wälder in seiner Heimat Norwegen, und es wuchs genügend Gebüsch, in dem die Feinde sich verbergen und ihre Pfeile abschießen konnten. Ein paar seiner Männer hatten ebenfalls Pfeil und Bogen mitgenommen. Bram rief sie zu sich und wies auf den Wald.

»Haltet euch in Deckung der anderen und schießt sofort, wenn irgendwo ein Blatt wackelt!«

Brodir und Skeggi gehörten zu den Bogenschützen, und sie waren auf Ruhm aus, um ihre beschämenden Niederlagen gegen die beiden Sachsen vergessen zu machen. Damit Bram es würdigen konnte, blieben sie in dessen Nähe. Da flogen erneut Pfeile auf die Nordmänner zu.

»Dort!«, rief Skeggi und schoss auf gut Glück. Ein halb unterdrückter Schrei ertönte, und ein Skrälinger stürzte aus einem Gebüsch heraus.

»Vorwärts!«, rief Bram und stürmte los.

Zwei Freunde des getroffenen Skrälingers verließen die Deckung der Büsche, packten den Verletzten unter den Armen und schleppten ihn mit sich. Schon bald war abzusehen, dass sie, derart belastet, den Nordmännern nicht entkommen würden. Zornerfüllt blieben sie stehen, ließen ihren Kameraden los und schossen je einen Pfeil auf die herankommenden Feinde ab. Danach rannten sie so schnell in unterschiedliche Richtungen davon, dass Brams Männer sie bald aus den Augen verloren.

Bram stand neben dem verletzten Skrälinger und stieß ihm die Klinge in den Leib. Als er sich umdrehte, sah er Bolverk am Boden liegen. Das Kettenhemd des Färingers war von einem einfachen Schmied gefertigt worden und hatte dem aus kurzer Entfernung abgeschossenen Pfeil nicht standgehalten.

»Was ist mit ihm?«, fragte Bram Skeggi, der mit entsetzter Miene neben seinem Anführer kniete.

»Er atmet nicht mehr!«

»Dann ist er tot.« Auch wenn es um jeden Mann, der fiel, schade war, so bedauerte Bram das Ende des Färingers nicht. »Nehmt ihn mit! Wir begraben ihn während der Nachtrast«, erklärte er und sah dann, wie Skeggi mit weit aufgerissenen Augen auf ihn starrte.

»Du bist auch verletzt!«

Bram sah an sich herab und entdeckte erst jetzt den Pfeil, der in Höhe der Hüfte in sein Panzerhemd eingeschlagen hatte. Zwar hatte dessen Spitze die Ringe gespalten, dabei aber viel an Wucht verloren, sodass er nur etwas mehr als daumenbreit ins Fleisch eingedrungen war. Trotzdem merkte Bram im Weitergehen, dass ihn die Wunde behinderte.

»Nur nichts anmerken lassen!«, befahl er sich, war aber trotzdem froh, als er den Befehl zum Lagern geben konnte.

»Wir entzünden drei große Feuer und gruppieren uns darum herum«, wies er seine Männer an. »Sollten die Skrälinger auf den Gedanken kommen, uns angreifen zu wollen, sollen sie in die Flammen schauen!«

»Das ist ein guter Vorschlag«, stimmte Eskill von den Orkneyjar ihm zu. Auch er war über Bolverks Tod nicht allzu traurig, denn dieser war ein harter Konkurrent um den zweiten Platz nach Bram gewesen.

8.

Das Lager der Fremden war geschickt angelegt, dachte Seefalke. Die hellen Flammen blendeten ihn und seine Kameraden und machten es ihnen unmöglich, die schlafenden Feinde sicher auszumachen. Trotzdem dachte er nicht daran, auf einen Angriff zu verzichten. Noch war es nicht so weit, doch als er durch eine Lücke in den Baumkronen zum Himmel schaute, zeigten ihm die Sterne, wie die Nacht immer mehr verrann. Als im Osten der erste Schein der Morgendämmerung zu erahnen war, stand er auf und ahmte den Ruf eines Falken nach.

Innerhalb weniger Augenblicke sammelten sich seine Krieger um ihn. »Wir greifen an! Aber ohne die Bögen! Die verwenden wir erst auf dem Rückzug. Zuerst müssen Speere und Kriegskeulen ihr Werk verrichten«, erklärte er.

»Ich habe drei Wachen gezählt. Was machen wir mit denen?«, fragte Bärenhaut.

Statt einer Antwort klopfte Seefalke auf sein Messer und zeigte auf sich selbst, auf Bärenhaut und einen dritten Mann.

Die beiden nickten. Mit Gesten erklärte er ihnen, wer welche Wache übernehmen sollte, und glitt dann leiser als eine Schlange vorwärts.

Wegen seiner Verletzung schlief Bram in dieser Nacht schlecht. Immer wieder wachte er durch die Schmerzen auf und verfluchte den Skrälinger, der auf ihn geschossen hatte. Als der Morgen nahte, gab er es auf, noch einmal einschlafen zu wollen, und sah sich um. Die drei Lagerfeuer brannten so hoch wie von ihm befohlen. Auf seine Wachen konnte er sich verlassen, dachte er und wollte die Runde zu den drei Männern machen. Da sah er eine Bewegung bei einem Busch und war mit einem Schlag hellwach.

»Zu den Waffen! Der Feind greift an!«

Dies war der Augenblick, in dem Seefalke überlegte, sein Vorhaben abzubrechen. Doch da war Bärenhaut bei dem ihm zugeteilten Wachmann, packte diesen und stieß ihm das Messer in die Kehle. Nun gab es für die anderen Krieger kein Halten mehr. Mit weit hallendem Kriegsschrei stürzten sie sich auf die Feinde. Seefalke hechtete auf die Nachtwache zu, die er erledigen wollte, und riss den Mann zu Boden. Im Ringen konnte er sich mit dem bärenstarken Kerl nicht messen, doch er war flinker als dieser. Bevor der sichs versah, hatte Seefalke Gloedirs Messer gezogen und zugestochen.

Dem dritten Krieger gelang es nicht mehr, den ihm zugewiesenen Wächter zu überraschen. Dieser schnellte herum und schwang sein Schwert. Es drang tief in den Leib des Angreifers ein und löschte seine Lebensflamme aus.

Unterdessen war der Kampf im vollen Gange, und Seefalke begriff voller Schrecken, dass seine Krieger nur wenig ausrichten konnten. Anders wäre es gewesen, wenn sie die Fremden im Schlaf hätten überraschen können. Doch so hatten diese nach ihren Waffen greifen und sich seinen Männern entgegenstemmen können. Zwar trafen deren Speere und Kriegskeulen hie und da einen Feind, doch die eigenen Verluste überwogen die der anderen bei Weitem.

»Zurückziehen!«, schrie er. »Zurückziehen!«

Dem größten Teil seiner Krieger gelang es, im Dunkel des Waldes zu verschwinden. Eine kleine Gruppe aber wurde von den Fremden umzingelt und niedergemacht.

Jubelnd und siegessicher folgten Brams Männer den fliehenden Feinden. Doch nun traten die Bögen in Aktion. Zwar hatten die Nordmänner in ihren Kettenhemden geschlafen, auf kurze Entfernung durchtrennten die Steinspitzen der Pfeile jedoch das Kettengeflecht. Auch wenn es nur wenige Tote gab, musste Bram wenig später erkennen, dass sich die Zahl seiner Verletzten vervierfacht hatte.

»Wie viele von denen haben wir erwischt?«, fragte er Eskill.

»Zwölf sind tot.« Eskills harte Miene zeigte an, dass keiner der verletzt gefangenen Skrälinger überlebt hatte.

»Das wird sie lehren, uns zu fürchten«, meinte Skeggi. Er hatte erneut einen der Angreifer getötet und fühlte sich so gut wie lange nicht.

»Macht euch zum Aufbruch bereit! Wir marschieren heute so lange, wie es hell ist.« Bram wollte nicht, dass die Skrälinger sich erneut sammeln und angreifen konnten. Auch wenn sie nur primitive Waffen besaßen, waren sie brandgefährlich.

Auch seine Männer hatten begriffen, dass ihr Feldzug kein Honigschlecken sein würde. Einige bedauerten, dass nicht Eyvind sie anführte, da sie ihm mehr zutrauten als Bram, andere hingegen schimpften auf die bei Eyvind zurückgebliebenen Männer und nannten sie Feiglinge. Zu denen gehörte Alvidr, der vor zwei Tagen noch Eyvinds Steuermann gewesen war und bei Bram bislang nur zu den einfachen Kriegern zählte.

Nach einem kargen Frühstück ging es weiter. Bis Mittag blieb alles ruhig, dann aber flogen erneut Pfeile heran. Nun bewiesen die Skrälinger, dass auch sie gelernt hatten. Sie vermieden den Nahkampf, und da sie nicht nur bessere Bogenschützen waren, sondern sich auch in guter Deckung hielten, erzielten sie mehr Treffer als die Nordmänner.

Als Brams Schar am Abend lagerte, wirkten die Mienen seiner Gefolgschaft eher bedrückt als hoffnungsvoll. »Wie viele Verluste haben wir?«, fragte Bram, als Brodir ihm ein Stück Speck und einen geräucherten Fisch als Abendessen brachte.

»Wir haben bisher elf Tote und einundzwanzig Verletzte zu beklagen. Sieben davon müssen getragen werden«, berichtete der junge Krieger.

»Wir sollten die Schwerverletzten zurücklassen. Sie behindern uns nur«, schlug Skeggi vor.

»Damit die Wilden sie auf grausame Weise umbringen?«, fuhr Bram auf. Doch auch er wusste, dass sie auf diese Weise die fliehenden Frauen der Skrälinger nicht würden einholen können. Bram rang noch einige Stunden mit sich, und als er am nächsten Morgen mit eingefallenen Wangen und blutunterlaufenen Augen aufwachte, war sein Entschluss gefasst.

»Jeder, der nicht mehr laufen kann, wird getötet. Das ist bedauerlich, aber es geht nicht anders.«

Seine Männer sahen ihn entsetzt an. Zwar waren sie wilde Krieger und wussten, dass es für einen dem Tode nahen Krieger gnädiger war, rasch zu sterben, als unter Qualen zu krepieren. Brams Befehl betraf jedoch nicht nur die beiden Männer, für die keine Hoffnung mehr bestand, sondern auch diejenigen, die wegen ihrer Beinverletzungen nur im Moment nicht laufen konnten.

»Muss das wirklich sein?«, fragte Eskill, weil zwei seiner Freunde zu diesen Männern zählten.

»Lass uns Krücken fertigen!«, forderte einer der Verletzten. »Solange ihr euch mit den Wilden herumschlagt, haben wir die Möglichkeit, zur Küste zurückzukehren.«

»Das ist ein guter Vorschlag!«, rief Eskill.

Bram dachte nach. Es würde die Zahl derer, die trotzdem getötet werden mussten, auf fünf verringern. Ob die anderen durchkamen, war nicht seine Sache.

»Gut! So machen wir es! Aber beeilt euch, sonst holen wir die Skrälingerweiber nie ein. Ihr wollt doch mal wieder Weiberfleisch unter euch spüren?«, erklärte er drängend.

Einige Männer lachten, doch die meisten blieben stumm. Mehrere gingen daran, geeignete Äste abzuhacken und Krücken für ihre Freunde daraus zurechtzuschneiden. Als es ans Abschiednehmen ging, verspürten nicht wenige eine tiefe Niedergeschlagenheit, denn für die meisten schien Brams Feldzug unter einem schlechten Stern zu stehen.

Die Aufgabe, die fünf Männer zu töten, die zu schwer verletzt waren, um den Rückweg antreten zu können, wurde schließlich Skeggi und Brodir übertragen, da es kein anderer übernehmen wollte. Obwohl sie zu den jüngsten Kriegern gehörten, hatten sie mit ihrem großen Maul die älteren und erfahreneren Männer zu oft gereizt.

9.

Gegen seinen Willen bewunderte Seefalke die Fremden. Anstatt sich wie erhofft von ihren Verletzten aufhalten zu lassen, hatten sie diese entweder fortgeschickt oder getötet. Damit würden sie wieder schneller sein, und es bestand die Gefahr, dass sie zu den Frauen und Kindern aufschlossen. Diese wurden zwar von einer beachtlichen Schar von Kriegern geschützt, doch wenn es zum Kampf kam, würden viele von ihnen verletzt werden oder sterben.

»Was sollen wir tun?«, fragte Bärenhaut besorgt.

»Wir greifen sie an, und zwar immer und immer wieder!«, antwortete Seefalke. Er wusste, dass er damit ein großes Risiko einging, doch war ein gewisses Opfer an Kriegern vertretbar, wenn dadurch weiterer Schaden vom Stamm abgehalten wurde.

Sie ließen den Fremden kaum die Zeit, ihre Marschordnung einzunehmen, dann deckten sie diese mit Pfeilen ein. Obwohl sie aus guter Deckung heraus schossen, waren sie beim Rückzug doch gelegentlich zu sehen und wurden gejagt. Brams Bogenschützen hatten bald die letzten Pfeile verschossen und sammelten nun die der Feinde, obwohl diese für ihre Bögen kaum geeignet waren. Dennoch trafen sie gelegentlich und fügten Seefalkes Männern

Verluste zu. Die eigenen Verluste mehrten sich jedoch, und Bram sah sich immer wieder gezwungen, die Tötung von Verletzten anzuordnen.

»Sie werden dafür bezahlen!«, drohte er den Skrälingern in hilfloser Wut an. Seine Wunde machte ihm zu schaffen, und seine Zuversicht auf einen Sieg schwand mit jedem Toten und Verwundeten, den er hinnehmen musste.

Gegen Nachmittag wurden die Angriffe noch heftiger, und es kam gelegentlich sogar zum Nahkampf. Vorauseilende Nordmänner wurden jeweils von zwei oder drei Skrälingern angegriffen, und die Verluste auf beiden Seiten hielten sich die Waage. Doch Bram wusste, dass jeder seiner Leute, der ausfiel, für ihn dreimal schwerer wog als die Verluste der Feinde.

»Wir hätten auf Eyvind hören und erst einmal Frieden mit den Wilden halten sollen. In einigen Monaten, vielleicht auch erst im nächsten Jahr hätten wir sie dann überraschend angreifen und unterwerfen können. So aber bluten wir in diesen verfluchten Wäldern aus«, sagte er schwer atmend in einer Kampfpause.

»Was willst du tun?«, fragte Eskill angespannt.

»Wir müssen unseren Vormarsch abbrechen und zur Küste zurückkehren!«

Sosehr es Bram auch schmerzte, Eyvind als Verlierer unter die Augen zu treten, blieb ihm nichts anderes übrig, als aufzugeben. Ohne seine Verletzung hätte er vielleicht anders entschieden, und es war auch nicht jeder seiner Männer damit einverstanden. Dennoch folgten sie ihm, als er kehrtmachte und in die Richtung zurückging, aus der sie gekommen waren.

Einige Pfeilschussweiten entfernt atmete Seefalke erleichtert auf. Er hatte genauso wie seine Männer fast alle Pfeile verschossen und hätte beim nächsten Angriff in den Nahkampf gehen müssen.

Bärenhaut trat neben ihn und schüttelte den Kopf. »Sie ziehen tatsächlich ab! Das habe ich nicht erwartet. Was hat sie so mutlos werden lassen?«

»Die Geister des Waldes und die der Tiere, die sie abgeschlachtet haben, haben sie erschreckt. Dabei hätten sie nur noch bis zu jenem Hügel vordringen müssen, um unsere Frauen und Kinder zu sehen.« Bei dem Gedanken, wie knapp ihre Familien dem Verhängnis entgangen waren, wurde Seefalke beinahe schwindlig. Es mussten wirklich höhere Mächte zu ihren Gunsten gewirkt haben.

»Was machen wir jetzt? Verfolgen wie sie und greifen sie unterwegs an?«, fragte Bärenhaut.

Seefalke warf einen Blick auf seine Männer. Alle waren bis zum Äußersten erschöpft, denn sie hatten zwei Nächte lang nicht mehr geschlafen. Auch er spürte die Müdigkeit wie einen Felsblock auf sich lasten und schüttelte den Kopf.

»Lass sie ziehen! Sie haben mehr geblutet als wir und werden es sich überlegen, ob sie noch einmal in den Wald eindringen sollen.«

»Wir müssen sie vernichten!«, rief sein Freund erbittert. »Wenn sie an der Küste bleiben, werden sie noch mehr Bäume fällen und die Geister des Waldes beleidigen. Auch besteht die Gefahr, dass sie weitere Krieger ihres Volkes hierherholen und uns mit größerer Macht angreifen.«

»Du sprichst aus, was ich denke, Bärenhaut«, sagte Seefalke leise. »Wir werden diese Fremden bald aus unseren Jagdgründen vertreiben. Dafür aber brauchen wir mehr Krieger, als unser Stamm allein aufbringen kann. Unsere Brudervölker müssen uns helfen.«

»Das wird dauern, denn die einzelnen Stammesräte werden beraten und Einwände bringen.« Bärenhaut klang zornig, denn er hatte Freunde unter den Schwertern und Äxten der Nordmänner sterben sehen, und alles in ihm schrie nach Rache.

Seefalke lächelte seinem Freund begütigend zu. »Kürbiskopf weiß, dass wir rasch handeln müssen, und wird das Seine dazu tun, damit es bald geschieht.«

»Und was machen wir bis dorthin?«, wollte Bärenhaut wissen.

»Wir senden Späher aus, um die Fremden zu beobachten und vor einem erneuten Angriff gewarnt zu sein. Das aber sollen nicht die Krieger machen, die mit uns gekämpft haben, sondern Männer, die mit Kürbiskopf und den Frauen gezogen sind. Sobald wir zu ihnen aufschlossen haben, werde ich diesen Vorschlag unterbreiten.«

Seefalke warf noch einen letzten Blick in die Richtung, in der ihre Feinde verschwunden waren. Es war nichts mehr von ihnen zu sehen, doch gelegentlich klang noch jenes durchdringende Geräusch zu ihm her, mit dem Eisen gegen Eisen schlug.

10.

Nach dem Abrücken von Brams Schar war es in Eyvinds Siedlung still geworden. Nicht wenige Männer fragten sich, ob sie feige gehandelt hatten, weil sie zurückgeblieben waren. Andere haderten mit Eyvind, weil dieser sich nicht an dem Vormarsch beteiligt hatte, und der Rest wartete gespannt darauf, wie sich Bram und seine Krieger schlagen würden.

Sigrid hatte andere Sorgen. Zwar ließ Eyvind sie nach der Geburt ihrer Tochter in Ruhe, erklärte aber gleichzeitig deutlich, dass er übers Jahr einen Sohn von ihr erwartete. Nach Hekjas Tod kam zu ihrer aus Stolz geborenen Abneigung gegen ihn brennender Hass hinzu. Sie hatte die alte Kräuterfrau wie eine Mutter geliebt, und der Gedanke, dass diese durch Eyvinds Schuld ums Leben gekommen war, glühte wie Feuer in ihr. Vorerst aber ging es um ihr Kind. Da Eyvind das Mädchen nicht um sich haben wollte, war es bei Ingridur untergebracht worden. Die kleine Hilde brauchte die Milch der Mutter, und dies hieß für Sigrid, sie in regelmäßigen Abständen zu stillen.

Dies tat sie auch an diesem Tag und schaute argwöhnisch auf, als es draußen unruhig wurde. Dann hörte sie, wie eine Frauenstimme nach ihr fragte. Kurz darauf wurde die Tür geöffnet, und drei Frauen kamen herein. Sie steckten in schmutzigen Kleidern und verströmten einen Geruch, bei dem es Sigrid den Magen umdrehte. Trotzdem stieß sie einen Jubelruf aus.

»Hlif! Olaug! Sibba! Ihr seid es wirklich! Wo sind die anderen?«

Hlif, eine hochgewachsene Frau um die dreißig, die nur eine halbe Handbreit kleiner war als Sigrid, senkte betrübt den Kopf. »Wir sind die Einzigen, die noch leben! Dagrun und Katla starben an Hunger und Svana bei der Niederkunft mit einem totgeborenen Kind.«

»Möge unser Herr im Himmel ihren Seelen gnädig sein«, flüsterte Sigrid betroffen. Die Tatsache, dass es den Frauen, die gleich ihr vom Hof ihres Vaters entführt worden waren, so schlecht ergangen war, steigerte ihren Hass auf Eyvind noch mehr. Er hatte jene auf dem Gewissen, die gestorben waren, und war auch an den Qualen der anderen schuld.

»Seid mir willkommen!«, sagte sie zu den dreien und betrachtete sie kopfschüttelnd. »Ihr seht aus, als bräuchtet ihr dringend ein Schwitzbad und saubere Kleider. Ingridur soll dafür sorgen.«

Sie rief nach Ingridur, doch als diese eintrat, wichen die drei Mägde erschrocken zurück.

»Vorsicht, Herrin, das ist eine Wilde!«, rief Hlif.

»Stellt euch nicht so an!«, tadelte Sigrid die Frauen. »Ingridur ist mir durch die Monate eine treue Freundin geworden, und sie beschützt mein Kind vor Eyvinds Zorn.«

»Aber sie ist doch eine Skrälingerin«, wandte Olaug ein.

Da Hlif und ihre Kameradinnen gleich nach dem Überfall von ihrer Herrin getrennt und auch später von dieser ferngehalten worden waren, hatten sie Ingridur Schneehäsin nur von ferne gesehen und sie für ein Mädchen aus dem eigenen Volk gehalten.

»Ingridur ist christlich erzogen worden, und ich vertraue ihr meine Tochter an. Das muss euch genügen!« Jetzt klang Sigrid scharf.

Die Mägde starrten Sigrid erschrocken an. »Wir sagen schon nichts«, sagte Hlif mit einem schiefen Blick auf Ingridur.

»Dann folgt ihr zur Badestube!«, befahl Sigrid und widmete sich wieder ihrer Tochter.

»Kommt mit!« Ingridur ging den dreien voraus und schürte in der Badestube das Feuer an. »Es wird eine Weile dauern, bis das Wasser heiß genug ist. Ihr könnt inzwischen eure Kleider ablegen und sie einweichen. Ich hole etwas anderes für euch.« Sie verließ den Raum, und die drei Mägde blieben allein zurück.

»Sollen wir ihr wirklich vertrauen?«, fragte Sibba. Sie war die Ängstlichste von ihnen und zuckte bei jedem Geräusch zusammen.

»Es wird uns nichts anderes übrig bleiben! Oder willst du die Herrin beleidigen?«, fragte Hlif.

»Bei Gott, nein!« Olaug atmete tief durch und sprach Ingridur an, als diese zurückkam.

»Ihr müsst uns verstecken! Wir sind von den Höfen geflohen, in denen man uns gefangen gehalten hat. Vorher war das unmöglich, doch nachdem Bram fast alle Männer mitgenommen hat, haben wir es gewagt.«

»Ich werde sehen, was ich tun kann! Bei der Langen da«, Ingridur wies auf Hlif, »ist es am schwierigsten. Es gibt hier außer Sigrid keine Frau, die annähernd so groß ist. Du solltest dich daher möglichst wenig sehen lassen. Am besten, ich bringe euch in meiner Kammer unter! Seit Hekjas Tod bewohne ich sie allein mit der kleinen Hilde, und das ist nicht gut.«

Zwar hatte Ailmar einen Riegel für Ingridur angebracht, doch roher Gewalt konnte auch der nicht widerstehen. Daher war sie froh, jemanden um sich zu wissen.

Den dreien war es nicht recht, die Nächte im selben Raum wie die Skrälingerin zu verbringen, doch der Gedanke, sonst wieder in die Gewalt von Bram und dessen Freunden zu geraten, ließ sie nachgeben.

»Dann machen wir es so«, erklärte Hlif.

»Ich werde euch vorerst Arbeiten zuweisen, die ihr in der Kammer erledigen könnt«, fuhr Ingridur in ihren Überlegungen fort.

Hlif, Olaug und Sibba sahen einander verblüfft an. Die Arbeit anzuweisen, war das Recht der Hausfrau oder deren oberster Magd. Wie es aussah, hatte die Skrälingerin trotz ihrer Jugend und Fremdartigkeit das Vertrauen ihrer Herrin erworben.

»Ich danke dir«, sagte Hlif mit dem Anflug eines Lächelns und zog sich aus.

Ingridur bemerkte etliche blaue Flecken an ihr und die Spuren älterer Verletzungen. »Bram und seine Männer sind Narren, euch so zu behandeln! Wartet, ich werde eine Salbe holen, damit ihr eure Schrammen versorgen könnt.«

»Das werden wir nach dem Bad tun«, erklärte Hlif und dachte, dass die kleine Skrälingerin vielleicht doch eine Freundin werden konnte.

11.

Die Rückkehr von Bram und seiner Schar kam überraschend und versetzte viele Zurückgebliebene in Angst. Obwohl sie nicht mehr angegriffen worden waren, hatte Bram weitere Männer verloren. Verwundete waren gestorben, weil sie nicht richtig versorgt worden waren, und auch von den Verletzten, die auf eigene Faust den Rückweg angetreten hatten, hatte nur die Hälfte durchgehalten.

Während des demütigenden Marsches war Brams Hass auf Eyvind immer höher aufgeflammt, und als er mit bleicher, verzerrter Miene auf diesen zutrat, funkelten seine Augen wie in Fieberglut.

»Es ist deine Schuld!«, stieß er hervor. »Du Feigling hast mich und meine Männer im Stich gelassen. Wärst du mitgekommen, hätten wir die verdammten Wilden besiegt!«

»Berichtet!«, forderte Eyvind Bram und dessen Unteranführer mühsam beherrscht auf.

Da Bram nicht in der Lage dazu war, übernahm Eskill von den Orkneyjar diese Aufgabe.

Als er fertig war, schüttelte Andreas den Kopf. »Dieser Vorstoß war unsinnig! Es hätte auch nichts gebracht, ihn mit mehr Männern zu unternehmen. Eskills Worten entnehme ich, dass die Skrälinger Brams Trupp nur mit einem kleinen Teil ihrer Krieger zurückgeschlagen haben. Wären wir alle mitgezogen, hätten sich noch mehr Krieger gegen uns gewandt und noch verbissener gekämpft. Selbst wenn wir gewonnen hätten, wären unsere Verluste so hoch gewesen, dass wir uns gegen die Verbündeten dieses Stammes nicht mehr hätten halten können. Auch bezweifle ich, dass uns das jetzt noch gelingt. Daher wiederhole ich meinen Vorschlag, diese Siedlungen aufzugeben und uns auf eine der Inseln vor der Küste zurückzuziehen. Dort können wir uns festsetzen und vor allem Nachschub aus Island holen.«

»Wir sollten darüber nachdenken«, sagte Herjolf angesichts der erschöpften und mutlosen Männer, mit denen Bram aus dem Wald zurückgekommen war.

Eyvind begriff, dass es der beste Rat war, dennoch sträubte sich alles in ihm, diese Gegend wie ein geprügelter Hund mit eingezogenem Schwanz zu verlassen. Auch vielen seiner Krieger gefielen Andreas' Worte nicht. Sie waren in dieses Land gekommen, um die Skrälinger zu unterwerfen. Auch wenn diese stärker gewesen waren, als sie erwartet hatten, so waren sie als Nordmänner nicht bereit, vor ein paar mit Holzkeulen und steinernen Pfeilspitzen bewaffneten Wilden zu weichen.

»Warum sollen wir diese günstige Stellung aufgeben?«, wandte Asmod ein. »Die Häuser sind fest, der Wall und die Palisade fast fertig. Wir sollten sie vollenden und das Land bis zum Waldrand mit unseren Schwertern sichern!«

»Wir können Schneisen in den Wald schlagen und das Unterholz roden, damit diese Wilden sich nicht heimlich anschleichen können!« Bjalfi war bei Eyvind zurückgeblieben, empfand aber angesichts der toten und verwundeten Freunde Scham und Schuldgefühle.

Im Gegensatz zu Bjalfi hatte Alvidr sich Bram angeschlossen, ohne dabei etwas zu gewinnen. Wenn sie jetzt diese Gestade verließen, würde er nicht einmal mehr Eyvinds Steuermann sein, sondern von diesem wie der letzte Krieger behandelt werden. Daher trat er auf Andreas zu und versetzte diesem einen Stoß.

»Dir quillt die Feigheit aus allen Öffnungen deines Körpers, Sachse! Wir sind Krieger und gewohnt zu siegen. Wollt ihr euch auf einer elenden Insel einsperren lassen und Knechtsarbeit tun?«, fragte er die Männer mit lauter Stimme.

»Es wäre klüger!«, rief einer der Bauern.

»So ist es! Hier wissen wir nicht einmal, ob wir genug ernten können, um den nächsten Winter ohne Hunger zu überstehen«, stimmte ihm ein zweiter Bauer zu.

Trotz der Verluste, die Brams Truppe erlitten hatte, waren die Krieger in der Überzahl. Die Schmach, vor ein paar mit Steinkeulen bewaffneten Wilden weichen zu müssen, brachte die meisten dazu, sich auf Alvidrs Seite zu stellen. Dazu kam die Sehnsucht nach Frauen. Einige Männer schämten sich dafür, wie sie die Sklavinnen und auch viele Bäuerinnen im letzten Winter behandelt hatten, und wünschten sich endlich Skrälingerfrauen, damit jeder von ihnen zufriedengestellt wurde.

Schließlich hob Eskill den Arm. »Obwohl wir uns zurückziehen mussten, haben wir den Skrälingern große Verluste beigebracht. Sie werden einige Zeit brauchen, um ihre Wunden zu lecken. Daher sollten wir erst einmal den Palisadenwall fertigstellen. Wir haben immerhin die Wintersaat ausgebracht und teilweise bereits das Sommergetreide und andere Pflanzen gesät. Warten wir bis zur Ernte und entscheiden uns dann.«

»Das sollten wir tun!«, rief Djuri aus Island.

Die meisten Anführer und Krieger stimmten diesem Vorschlag zu, und sogar etliche Bauern, die vorhin noch für einen baldigen Aufbruch gewesen waren, schwenkten um.

Bis zuletzt hatte Andreas gehofft, die anderen überzeugen und damit Sigrid und ihre Tochter in Sicherheit bringen zu können. Nachdem die Entscheidung fürs Bleiben gefallen war, schüttelte er enttäuscht den Kopf.

»Der Starrsinn dieser Leute lässt mich verzweifeln! Bis zur Ernte warten heißt, auch den nächsten Winter hier verbringen zu müssen. Die Zeit danach reicht nicht aus, um auf eine Insel überzusetzen und dort alles für die Überwinterung vorzubereiten. Dabei wäre es klüger, das, was an Saatgut noch vorhanden ist, an einer Stelle auszubringen, an der es auch aufwachsen und reifen kann!«

»Du glaubst also nicht, dass uns die Einheimischen in Ruhe lassen, so wie die meisten es hier erhoffen?«, fragte Ailmar.

»Wir haben doch beide mit Ingridur gesprochen und von ihr gehört, wie ihre Leute kämpfen. Sie werden uns zusetzen, bis uns nichts anderes übrig bleibt, als überstürzt auf die Schiffe zu steigen und fortzusegeln. Bis dorthin werden noch viele Opfer zu beklagen sein. Es ist auch jetzt schon schlimm genug. Sieh dir die Verwundeten an, die mit Bram gezogen sind! Da Hekja uns als Heilerin fehlt, werden noch weitere von ihnen sterben, und es werden nicht die Letzten sein.«

Während Andreas enttäuscht in das Langhaus zurückging, schlugen Ailmars Gedanken andere Wege ein. Wenn sein Freund recht behielt und sie von hier fliehen mussten, würde das Gold, das er bei dem kleinen Waldfluss versteckt hatte, für immer verloren sein. In seinen Träumen hatte er sich bereits als hohen Herrn gesehen, der über eine eigene Burg und viel Land gebot. Doch wenn er ohne das Gold nach Hause zurückkehrte, würden Andreas und er froh sein müssen, wenn ein Burgherr sie als Krieger in seine Dienste nahm.

Er sonderte sich von den anderen ab und überlegte, was er tun sollte. Wenn es im Wald von Skrälingern wimmelte, war der Versuch, das Gold holen zu wollen, zu gefährlich. Zudem wusste er nicht, wo genau die Stelle lag, und würde daher suchen müssen.

Nicht lange, da fiel ein Schatten auf ihn. Ingridur hatte bemerkt, dass ihn etwas bedrückte, und fragte ihn, ob sie ihm helfen könne.

»Ich glaube nicht!«, antwortete Ailmar brummig. »Ich dachte an das Gold, das wir im Wald zurückgelassen haben. Wir hätten es damals mitnehmen sollen. So ist es weg, und ich stehe mit leeren Händen da.«

»Du glaubst, du könntest es jetzt nicht mehr wagen zu holen?«, fragte Ingridur und rieb sich kurz über die Stirn. »Wenn wir rasch handeln, müsste es gehen! Wir werden aber beide Mokassins tragen müssen. Keine Sorge, ich habe auch welche für dich gefertigt. Du musst auf alles verzichten, was Geräusche macht.«

»Du willst, dass wir trotz der Skrälinger in den Wald gehen?«

Ingridur nickte. »Jetzt ist es noch möglich. Der Kriegshäuptling des Stammes wird erst einmal Späher aussenden, um die Siedlungen zu überwachen. Diese können wir umgehen. Wenn du jedoch nicht den Mut dazu hast …«

Bei dem Gedanken an das Gold wäre Ailmar dem Mädchen bis in die Hölle gefolgt. »Wann brechen wir auf?«

»Kurz vor Sonnenuntergang! Wir sagen, dass ich Kräuter suchen muss, um die Verletzten zu versorgen.«

»In der Nacht?«, sagte Ailmar ungläubig.

»Am Tag ist es der Skrälinger wegen zu gefährlich«, antwortete Ingridur lächelnd. »Keine Sorge, ich werde unterwegs genug Pflanzen finden.«

»Dann soll es so sein!« Erleichtert umarmte Ailmar das Mädchen und drückte ihm einen Kuss auf die Wange. »Du bist die Beste!«, erklärte er, als er sie wieder losließ.

Zu ihrer Verwunderung spürte Ingridur, dass ihr seine Umarmung gefallen hatte, und wünschte sich, er würde es wieder tun.

12.

Viele hegten nun die Hoffnung, die ernste Lage würde Eyvind und Bram dazu bringen, wieder wie einst Schulter an Schulter zu kämpfen, doch dieser Wunsch erfüllte sich nicht. Bram war weder bereit, Eyvind als seinen Anführer zu akzeptieren, noch wollte er auf seine Siedlung verzichten. Nach einem heftigen Streit mit Eyvind zog er mit seinen Leuten ab. Ein knappes Drittel der Krieger folgte ihm. Dazu zählten auch einige, die ihm nicht in die Wälder gefolgt waren und sich nun deswegen schämten. Eyvind, Andreas und Farald sahen ihnen erbittert nach.

»Das sind Narren!«, stieß Andreas hervor. »Allein können sie gegen die Skrälinger niemals bestehen – und uns fehlen sie!«

»Ich schlage vor, dass Asmod und ich je ein Schiff nehmen und die Inseln erkunden«, sagte Farald, der ebenfalls wenig Hoffnung sah, sich an dieser Stelle halten zu können.

»Du und Andreas, ihr redet mir zu viel von Rückzug! Noch sind wir nicht besiegt«, rief Eyvind abwehrend.

Andreas hielt seine Wut nur mühsam im Zaum. In seinen Augen war verletzter Stolz ein schlechter Ratgeber, und sowohl Bram wie auch Eyvind handelten aus diesem Gefühl heraus.

Die Siedler waren in drei Lager gespalten. Die einen wären am liebsten bereits am nächsten Morgen aufgebrochen, um sich auf einer Insel niederzulassen. Andere wiederum glaubten, sich unter Eyvind hier festsetzen zu können, während der Rest sich fragte, ob nicht doch ein gemeinsames Vorgehen von Eyvind und Bram den Sieg bringen würde.

Auf jeden Fall machte es der Abzug von Brams Leuten Sigrid leicht, ihre drei Mägde bei sich zu behalten. Ingridur und Ailmar profitierten ebenfalls davon, denn sie konnten die Festung leichter verlassen, als sie angenommen hatten. Der Wächter auf dem Holzturm, den Eyvind auf Andreas' Rat hin hatte errichten lassen, sah sie zwar gehen, glaubte aber, Eyvind habe sie mit einem Auftrag losgeschickt, und vergaß sie über dem Gespräch mit einem Freund, der ihm bei der Wache Gesellschaft leistete.

Ingridur wusste, dass ihr Vorhaben nicht ungefährlich war. Um Ailmars willen war sie jedoch bereit, es zu wagen. Er hatte auf ihren Wunsch hin das Gold bei dem Bach zurückgelassen, doch wenn er in seine Heimat zurückkehrte, brauchte er es. Wie mochte das Leben dort sein?, fragte sie sich, während sie an seiner Seite dem Wald zustrebte. Waren seine Leute ähnlich wie Eyvinds Siedler? Sie glaubte es nicht. Auf Grönland waren die Menschen trotz gelegentlicher Streitereien miteinander ausgekommen. Daher nahm sie an, dass die Sak'sen, wie sie Ailmars Stamm nannte, mehr den Grönländern ähnelten als Männern wie Alvidr, Bolverk oder Bram.

»Woran denkst du?«, fragte Ailmar.

»An deine Heimat und wie es dort wohl aussehen mag«, antwortete Ingridur.

»Sie ist anders als hier, dicht besiedelt mit Dörfern und Höfen, und es gibt sogar einige Städte dort, wie Ribe oder das etwas weiter entfernte Hammaburg. Wenn ich es dir nur zeigen könnte!«

Die Sehnsucht in seinen Worten tat Ingridur gut, denn sie spürte, dass sie nicht allein seiner Heimat, sondern auch ihr galt. »Wenn Eyvind sich auf eine Insel zurückzieht, so wie Andreas es vorgeschlagen hat, werdet ihr meine Heimat nicht mehr finden können. Bei Eyvinds Leuten will ich aber nicht bleiben!«

»Wenn du willst, nehme ich dich mit nach Hause und sorge für dich«, versprach Ailmar.

Ingridur lächelte versonnen. »Das würde mir gefallen!«, sagte sie und wies nach vorne. »Von nun an müssen wir vorsichtig sein und zusehen, dass wir feindliche Späher eher entdecken als diese uns.«

Sie erreichten den Waldrand und eilten weiter, wobei sie die Deckung der Büsche geschickt ausnutzten. Dabei achtete Ingridur sorgfältig auf die Vogelstimmen. Auch wenn die feindlichen Krieger diese nachmachen konnten, so glaubte sie doch herauszuhören, welche aus einer gefiederten Kehle kamen und welche nicht. Zu beider Erleichterung entdeckten sie zunächst nichts.

Ailmar merkte rasch, wie stark er auf Ingridur angewiesen war. Es gab mehrere Bäche in dieser Gegend, und er hätte nicht zu sagen vermocht, in welchem er das Gold gefunden hatte. Als er schon annahm, sie würden die Stelle nie mehr finden, fasste Ingridur ihn am Arm und zog ihn hinter einen Busch.

»Wir sind ganz nahe!«, flüsterte sie ihm ins Ohr. »Doch ausgerechnet hier treibt sich ein Späher der Feinde herum.«

»Wo?«, fragte Ailmar und wollte sich umsehen. Mit überraschender Kraft drückte Ingridur ihn nieder.

»Vorsicht! Nicht, dass er uns entdeckt!«

»Der Teufel soll ihn holen!«, murmelte Ailmar.

»Das wird er wohl kaum tun! Daher müssen wir zwei zusehen, wie wir den Mann überlisten können. Er scheint noch sehr jung zu sein.«

Ingridur wies auf einen Busch, vor dem ein Skrälinger im Schein eines kleinen Feuers saß und seine Pfeile sortierte. Jetzt sah Ailmar ihn auch.

»Das ist der Bursche, den Gloedir und dessen Freunde so übel zusammengeschlagen haben. Der ist aber schnell wieder auf die Beine gekommen.«

»Man merkt ihm an, dass er verletzt ist, und das könnte uns zugutekommen«, erklärte Ingridur und entwarf mit knappen Worten ihren Plan.

»Aber das ist zu gefährlich für dich«, wandte Ailmar ein.

»Nicht, wenn du rasch und entschlossen handelst! Sei aber leise! Er besitzt einen Bogen und du nicht.«

13.

Obwohl ihn die Rippen noch schmerzten, wenn er tiefer atmen musste, hatte Marderklaue sich als Späher gemeldet. Sein Auftrag war es, die kleinere der beiden Siedlungen zu überwachen. Er war jedoch nicht so rasch vorangekommen, wie er es gewohnt war, und beschloss, den Rest der Nacht an diesem Bach zu verbringen. Seiner Umgebung schenkte er wenig Beachtung, denn er nahm nicht an, dass die Fremden so weit ausschwärmen würden.

Mit einem Mal vernahm er ein Geräusch und schreckte hoch. In dem schwachen Licht des Mondes, das durch das Blätterdach drang, entdeckte er einen Schatten, der am Ufer des Flusses herankam. Es war ein Mensch. Marderklaue warf seine Lederdecke über die brennenden Zweige, um das Feuer zu ersticken, und nahm den Bogen zur Hand.

Da blieb die Person an einer helleren Stelle stehen, und er stellte fest, dass es sich um eine Frau handelte. Im nächsten Augenblick zuckte er zusammen. Es war jenes Mädchen aus einem verwandten Stamm, das den Fremden als Übersetzerin diente. Wenn er sie fing und zu seinen Leuten brachte, würde sein Ansehen wieder steigen. Kürbiskopf, Seefalke und auch andere hatten es ihm übel genommen, dass er jenes seltsame Tier und dessen Herrn getötet und den Krieg mit den Fremden damit unausweichlich gemacht hatte. Daher war er um die Möglichkeit froh, die ihm diese junge Frau bot. Vielleicht konnte er sie sogar behalten, überlegte er, während er den Bogen ablegte und vorsichtig auf Ingridur zuschlich.

Er streckte schon die Hände aus, um sie zu packen. Da vernahm er ein Rascheln und wollte herumfahren, doch es war zu spät. Jemand fasste mit beiden Händen nach seiner Kehle und drückte zu. Marderklaue versuchte sich noch zu verteidigen, doch seine Arme waren auf einmal zu schwach dazu, und er versank in einem schwarzen Loch.

»Hast du ihn?«, fragte Ingridur angespannt.

Ailmar nickte, obwohl die Geste in dem schwachen Licht kaum zu erkennen war. »Ich habe ihn! Ich glaube aber, es ist noch etwas Leben in ihm. Was machen wir? Soll ich ihn abstechen?«

Im Kampf hätte Ailmar keine Bedenken gehabt, einen Gegner zu töten. Etwas anderes war es jedoch, es bei einem hilflosen Gefangenen zu tun.

»Fessele ihn!«, sagte Ingridur. »Danach holen wir das Gold und kehren zur Siedlung zurück.«

»Wenn wir ihn gefesselt hier liegen lassen, wird er umkommen«, wandte Ailmar ein.

»Seine Freunde werden ihn finden«, antwortete Ingridur, doch Ailmar war mit dieser Lösung nicht zufrieden. Dennoch fesselte er ihn, damit dieser nicht zu früh entkam, und folgte Ingridur zum Versteck des Goldes.

Im Dunkel der Nacht hätte Ailmar über den Beutel mit dem Gold stolpern können und ihn nicht gefunden. Ingridur führte ihn jedoch zielgerichtet zu der Stelle, an der sie ihn zurückgelassen hatten. Als er ihn an sich nahm, bemerkte er erst, welches Gewicht das Gold hatte.

»Mit der Last werden wir uns ganz schön schwertun«, stöhnte er. Ihm kam ein Gedanke. Er schleppte den Beutel zu der Stelle, an der Marderklaue sein Lagerfeuer angezündet hatte, und zog die Lederdecke vom Feuer weg. Ein wenig Glut war geblieben. Ingridur blies es an und legte mehrere Zweige nach. Dabei sah sie Ailmar forschend an.

»Was hast du vor?«

»Für die lange Strecke ist das Gold für uns beide zu schwer. Unser skrälingischer Freund wird uns daher tragen helfen!«

»Wenn du ihn bis zur Siedlung bringst, werden sie ihn töten«, wandte Ingridur ein.

»Dann wäre es ein Feind weniger, gegen den wir kämpfen müssten!« Ailmar lachte gepresst und fuhr fort: »Er soll uns bis zum Waldrand begleiten. Danach kann er gehen.«

»Das ist eine weise Entscheidung«, fand Ingridur und machte sich daran, Marderklaues Lederdecke in drei Teile zu schneiden und das Gold in die daraus geformten Beutel zu verteilen.

Als alles gut verstaut war, holte Ailmar ihren Gefangenen und forderte Ingridur auf, diesem beizubringen, was er tun sollte. Gesund und im Vollbesitz seiner Kräfte hätte Marderklaue sich geweigert, doch er war zu zermürbt, um Widerstand leisten zu können. Er ließ es zu, dass Ailmar ihm den schwersten der drei Beutel auf den Rücken band und seine Fußfesseln löste.

»Auf geht's, du rot bemalter Krieger!«, forderte Ailmar ihn auf und nahm den zweitschwersten Beutel an sich.

Ingridur packte den dritten und gab auf dem Rückweg genau auf Marderklaue acht, damit dieser nicht ins Dunkel der Nacht entwich. Das niederdrückende Gewicht auf seinem Rücken verhinderte jedoch jeden Gedanken an Flucht, und so schleppte der junge Krieger das Gold bis zum Waldrand.

Als sie diesen erreichten, war es bereits heller Tag.

»Wenn wir jetzt zur Festung gehen, sehen alle, dass wir etwas Schweres bei uns haben, und werden wissen wollen, was das ist. Daher sollten wir bis zum Anbruch der Nacht warten«, schlug Ingridur vor.

»Aber dann werden sie uns vermissen! Und solltest du dich nicht um Hilde kümmern?«, wandte Ailmar ein.

»Ich habe Hlif gebeten, das zu übernehmen. Was uns beide betrifft: Jeder wird denken, dass Eyvind uns als Späher losgeschickt hat, und der wird uns gewiss nicht vermissen!«

Ingridur klang so bestimmt, dass Ailmar sich überzeugen ließ. Während der Wartezeit bedienten sie sich an der Wegzehrung, die Marderklaue für seinen Spähgang mitgenommen hatte, und banden diesen mit dem Rücken an einen Baum. Als es dämmerte, verteilte Ailmar das Gold neu und löste Marderklaues Fesseln.

»Sag ihm, dass er verschwinden kann. Aber er soll sich hier nicht mehr blicken lassen«, forderte er Ingridur auf.

Als sie es tat, sah sie das Erstaunen auf dem Gesicht des jungen Kriegers.

Marderklaue hatte erwartet, zu Tode gemartert zu werden, und war daher verwundert, dass man ihn gehen ließ. Nach einem letzten Blick auf Ingridur und Ailmar lief er los, um zu der Stelle zu gelangen, an der er von den beiden überrascht worden war. Er würde dort seinen Bogen und sein Messer holen und anschließend in der Nähe der kleineren Siedlung seinen Spähposten beziehen. Das, was er eben erlebt hatte, würde er für sich behalten, um in der Achtung seiner Stammesbrüder nicht noch tiefer zu sinken.

Unterdessen schritten Ingridur und Ailmar mit dem Gold belastet auf Eyvinds Siedlung zu. Beiden war ein wenig mulmig zumute, denn die drei schweren Beutel, von denen Ailmar zwei und Ingridur einen trug, waren kaum vor den Augen anderer zu verbergen.

14.

Bereits kurz nach dem Rückzug von Brams Schar hatten Kürbiskopf, Seefalke und Bärenhaut mit den Anführern der verbündeten Stämme Kriegsrat gehalten. Der Zorn auf die Fremden war groß, dennoch riet Kürbiskopf davon ab, einen Angriff auf die Siedlungen zu wagen.

»Es würden zu viele der Unseren sterben und es den feindlichen Stämmen leicht machen, unsere Völker aus Teilen unserer Jagdgründe zu vertreiben«, erklärte er.

Seefalke schüttelte den Kopf. »Wir können die Fremden nicht in Ruhe lassen. Was ist, wenn sie weitere Krieger nachholen? Es wird dann unmöglich sein, sie zu besiegen.«

»Dieser Gedanke beschäftigt mich bereits seit Tagen«, antwortete Kürbiskopf mit ernster Stimme. »Ich bin jedoch zu einer Lösung gekommen. Um zu uns zu gelangen, benötigen die Fremden ihre großen Kanus. Diese liegen in der Nähe ihres großen Dorfes am Ufer. Von dort können sie jederzeit losfahren, um weitere Fremde zu holen. Das darf nicht geschehen!«

»Du planst also keinen Angriff auf das Dorf selbst, sondern auf die großen Kanus«, entfuhr es Seefalke. Als er darüber nachdachte, fand er den Gedanken gut. »Es könnte gelingen! Wir dürfen allerdings nicht vom Land aus angreifen, sondern müssen über das Wasser kommen. Mit unseren Kanus sind wir schneller als die Fremden und können uns, wenn deren Flotte brennt, ohne Verluste absetzen.«

»Genau das werden wir tun!«, sagte Kürbiskopf mit einem angespannten Lächeln. »Unterdessen bereiten wir den großen Kriegszug gegen die Fremden vor. All unsere verbündeten Stämme werden uns zu Hilfe eilen. Damit wird es uns möglich sein, unsere Verluste in Grenzen zu halten.«

»Das ist gut!« Seefalke erhob sich und griff zu seinem Messer aus Stahl. »Ich werde jetzt aufbrechen und so viele Krieger sammeln, wie in unsere Kanus passen. In zwei Nächten werden die großen Kanus der Fremden brennen.«

»Die Geister des Waldes, des Wassers und der Luft seien mit dir, Seefalke!« Kürbiskopf hob die Hand zum Gruß und sah zu, wie der junge Krieger das Haus verließ.

»Sollte ich nicht mit Seefalke gehen?«, wandte Bärenhaut ein, dem es nicht gefiel, untätig warten zu müssen, während sein Freund in den Kampf zog.

Kürbiskopf hob die Hand. »Du wirst alle unsere Verbündeten

aufsuchen und ihnen von den Fremden berichten, Bärenhaut. Zeige ihnen die Waffen, die wir erbeutet haben. Es sind zwar nur wenige, doch sie werden den Kriegern beweisen, wie gefährlich der Feind sein kann!«

Unterdessen rüstete sich Seefalke für den Schlag gegen die Flotte der Nordmänner. Da trat Akazienblüte auf ihn zu.

»Willst du erneut kämpfen?«

Seefalke nickte. »Es geht nicht anders.«

»Du wirst doch hoffentlich nicht verletzt werden oder gleich …« Akazienblüte brach ab und senkte den Kopf, damit er nicht sah, wie ihr die Tränen in die Augen stiegen.

Seefalke betrachtete sie nachdenklich und fand, dass sie eine schöne Frau war. Auch war sie geschickt in allen Dingen, die eine Frau wissen und können musste. Ein Gedanke schlich sich in seinen Kopf, den er vor wenigen Wochen noch verworfen hätte.

»Wenn die Fremden besiegt sind, werde ich dich fragen, ob du die Decke mit mir teilen willst!«, sagte er leise.

Über Akazienblütes Gesicht huschte ein Lächeln. »Du wirst die gleiche Antwort erhalten, die ich dir jetzt gebe: Ich werde die Decke mit dir teilen!« Sie umarmte ihn kurz und lief fort.

Seefalke sah ihr nach, rief dann die Männer zu sich, die ihn begleiten sollten, und machte sich mit ihnen auf den Weg zum Meer.

15.

Das Licht des Mondes schien für Seefalke fast zu hell, als sein Kanu sich den Schiffen der Fremden näherte. Er wusste, dass die Flotte bewacht wurde, doch der erwartete Alarmruf unterblieb. Wie es aussah, hatten die Fremden zwar Augen, konnten aber nicht mit ihnen sehen.

»Vorsicht!«, mahnte er, als einer seiner Männer das Paddel zu laut ins Wasser tauchte. Das Glück war jedoch mit ihm, denn die

Männer, denen Eyvind die Obhut über die Flotte anvertraut hatte, rechneten nicht mit einem Angriff vom Wasser aus. Daher saßen sie auf Eyvinds Schiff zusammen und unterhielten sich.

Kein Geräusch verriet die einheimischen Krieger, als diese die ersten Schiffe erreichten und hineinstiegen. Einige waren mit Planen abgedeckt, andere hatten den Winter ungeschützt überstehen müssen. Seefalke wusste, dass es nicht genügte, die äußeren Schiffe anzuzünden. Dafür lag die Siedlung zu nahe, und die Fremden würden wenigstens einen Teil ihrer Flotte retten können.

Er schlich daher weiter von Schiff zu Schiff auf die Stimmen der Wächter zu. In Gedanken schüttelte er den Kopf über deren Sorglosigkeit, die ihm seine Aufgabe erleichterte. Da spürte er eine Hand auf der Schulter.

»Töten wir die Fremden auf dem großen Kanu am Ufer?«, fragte einer seiner Krieger.

»Nein, die Flotte geht vor«, raunte Seefalke und gab seinen Männern den Wink, mit Fett getränktes Reisig auf den Schiffen zu verteilen.

Noch immer bemerkten die Wachen nichts. Doch plötzlich drehte einer sich um. »Habt ihr das auch gehört?«

»Was?«

»Da war was! Achtung, da ist einer der verdammten Skrälinger!«

Die Norweger sprangen auf und stiegen rasch auf das nächste Schiff, um den Mann zu jagen.

Seefalke sah, dass bereits auf den meisten Schiffen Reisigbündel lagen, und erteilte den Befehl, auf die Kanus zurückzukehren. Dies geschah in fliegender Hast. Die ersten Krieger paddelten bereits auf die See hinaus, als auch Seefalke sein Kanu erreichte. Zusammen mit drei anderen Kanus hielt er keine dreißig Schritt vor dem äußersten Schiff an, während die restlichen Kanus in die Nacht entschwanden.

»Die haben wir vertrieben«, rief einer der Wächter triumphierend.

Da ließ Seefalke die kleinen Tongefäße öffnen, die mit Glutschwämmen gefüllt waren. Diese wurde angeblasen und die vorbereiteten Brandpfeile entzündet.

Die Nordmänner jubelten noch, als ihnen kleine Blitze entgegenzuckten. Einige trafen nur Schiffsplanken, ohne diese in Brand setzen zu können. Andere hingegen schlugen in die fettgetränkten Reisigbündel ein und entzündeten diese. Ehe sichs Eyvinds Wachen versahen, standen mehr als ein Dutzend Schiffe in Flammen.

»Wir müssen löschen!«, brüllte der Anführer und packte einen Eimer. Die Schiffe lagen jedoch zu eng vertäut, um so ohne Weiteres ans Wasser gelangen zu können. Zudem flogen weitere Brandpfeile auf die Schiffe. Einige Bogenschützen zielten sogar auf die Norweger. Diesen blieb nichts anderes übrig, als sich bis zum Ufer zurückzuziehen und voller Entsetzen zuzusehen, wie ihre Schiffe ein Opfer der Flammen wurden.

16.

Ingridur und Ailmar hatten die Siedlung fast erreicht, als zu ihrer Rechten auf einmal der Horizont hell aufflammte.

»Was ist das?«, rief Ailmar erschrocken. Gleichzeitig hörten sie Schreie und Alarmrufe aus der Siedlung und sahen, wie viele in Richtung des Feuers losrannten.

»Die Schiffe! Die Skrälinger müssen sie angegriffen und in Brand gesteckt haben«, gab Ailmar sich selbst Antwort.

Da packte Ingridur ihn bei der Schulter und schüttelte ihn. »Wir müssen das ausnutzen und dein Gold hineinbringen. Ist es erst einmal versteckt, kannst du den anderen folgen.«

Obwohl es Ailmar drängte, die schwere Last abzuwerfen und zur Bucht zu laufen, nickte er. »Wir müssen schnell sein!«

Um zu zeigen, wie ernst er es meinte, stürmte er so wild los, dass Ingridur ihm kaum zu folgen vermochte.

Als sie die Siedlung erreichten, achtete niemand auf sie, und so konnten sie das Gold in die Kammer bringen, die Ailmar mit Andreas teilte. Dort warf er die beiden Beutel auf sein Bett, packte seine Waffen und rannte davon. Ingridur sah ihm kopfschüttelnd nach und übernahm es, das Gold zu verstecken.

Unterdessen folgte Ailmar den Nordmännern und erreichte die Bucht als schneller Läufer noch vor etlichen anderen. Als er auf die Flotte starrte, wollte er seinen Augen nicht trauen. Die meisten Schiffe brannten lichterloh. Nur am Ufer waren zwei vor den Flammen verschont geblieben. Es konnte aber nicht lange dauern, bis auch sie in Brand gerieten.

»Wir müssen sie retten«, hörte Ailmar Eyvind ganz in seiner Nähe rufen. »Kappt die Leinen zu den anderen Schiffen und schiebt sie beiseite!«

Andreas schüttelte den Kopf. »Dafür sind die brennenden Schiffe zu nahe. Wir müssen diese beiden an Land ziehen. Bringt rasch Seile und kappt die Leinen, die sie mit den brennenden Schiffen verbinden.«

»Wir sollten versuchen, ein paar Schiffe zu retten, indem wir Bodenplanken durchschlagen, sodass sie sinken«, schlug Farald vor.

»Wir machen beides! Andreas soll mit einem Teil der Männer die unversehrten Schiffe und Beiboote an Land ziehen, der Rest kommt mit mir und versucht, so viele Schiffe zu versenken, wie es uns möglich ist.«

Nicht jedem Mann gefiel Eyvinds Befehl, hieß er doch, auf die brennenden Schiffe vorzudringen und dort der Hitze und den Flammen standzuhalten. Ailmar hingegen zog entschlossen sein Schwert, stieg an Bord eines der noch nicht brennenden Schiffe und trennte die Leinen durch, die sie mit anderen verbanden. Herjolf band unterdessen lange Seile an Steven und Mast und rief Andreas und dessen Leuten zu, dass sie ziehen könnten.

»Wir beide holen uns das andere Schiff«, meinte er zu Ailmar und stieg als Erster über.

Es war eine fürchterliche Arbeit, das Schiff an Land zu ziehen. Immer mehr Männer legten sich in die Seile und atmeten auf, als sich der Rumpf endlich bewegte.

»Wir hätten Holzrollen gebraucht, dann wäre es schneller gegangen«, stöhnte einer.

»Vielleicht hätten wir noch ein paar andere Schiffe, die nicht so stark brennen, ebenfalls ans Ufer ziehen und die Feuer darauf löschen können«, rief Andreas und befahl, das Schiff noch ein Stück weiter zu ziehen, damit es so weit von der brennenden Flotte entfernt war, dass es nicht mehr in Gefahr geriet. Sie zogen auch das zweite Schiff an Land und nahmen sich bereits die noch intakten Beiboote vor, als Eyvind und Bjalfi neben ihnen auftauchten. Bjalfis sonst so stattlicher Vollbart war beinahe bis zum Kinn abgeflammt.

»Wir sind gescheitert!«, stieß Eyvind hervor, während er ein Seil packte und mit daran zog. »Zwei Schiffe konnten wir noch versenken, doch für die anderen kamen wir zu spät.«

Er schwieg einen Augenblick und starrte in die Ferne. Danach schüttelte er sich und wandte sich mit bitterer Miene zu Andreas um. »Ich hätte klüger sein und deinen Vorschlag annehmen sollen, zunächst auf einer Insel zu siedeln. Mit nur noch zwei Schiffen aber ist das unmöglich. Jetzt müssen wir hierbleiben und standhalten.«

»Du solltest Farald nach Island schicken, damit er Hilfe holt«, riet Andreas.

Eyvind schüttelte resignierend den Kopf. »Wen sollen wir um Hilfe bitten? Diejenigen Isländer, die dazu bereit wären, sind zu schwach, um eine Unterstützung zu sein, und die Ratgeber der Könige Inge und Sigurd werden sagen, dass Eyvind Erlingarson nur das bekommt, was ihm zusteht.«

Zehnter Teil

Abenddämmerung

1.

Die Stimmung in Eyvinds Siedlung war schlecht, denn der Verlust der Schiffe hatte allen gezeigt, wie überraschend die Skrälinger zuschlagen konnten. Außerdem war es unmöglich geworden, die Siedlung aufzugeben und sich auf eine Insel zurückzuziehen. Nicht wenige seiner Gefolgsleute forderten Eyvind auf, er solle die beiden letzten Schiffe nach Island schicken und dort Nachschub und Verstärkung holen lassen. Bram, der zwei Tage nach dem Brand der Flotte bei Eyvind erschien, sprach sich ebenfalls dafür aus.

Eyvind musterte ihn mit einem verzerrten Lächeln. »Ich würde es gerne tun, wenn ich einen Sinn darin sehen würde. Männer wie Kolbjorn von den Orkneyjar und Raudur Jorgrimson aus Island würden jedoch nur kommen, um bereits befriedetes Land zu besiedeln, aber nicht, um gegen Tausende von Skrälingern zu kämpfen. Niemand von den Inseln würde das!«

»Du musst doch etwas tun!«, drängte Bram.

Eyvind sah ihn verärgert an. »Bolverk war dein Gefolgsmann, als er mit seinem Angriff auf das Skrälingerlager diesen Krieg entfachte. Außerdem hast du durch deine sinnlose Verfolgung der sich zurückziehenden Skrälinger deren Gegenschlag herausgefordert und uns damit die Flotte gekostet. Sage mir daher nicht, was ich zu tun habe!«

»Aber …«, begann Bram, wurde jedoch sofort von Bjalfi unterbrochen.

»Eyvind spricht die Wahrheit! Hättet ihr auf ihn gehört und euch nicht von uns abgespalten, hätten wir immer noch Frieden mit den Skrälingern und könnten uns in Ruhe darauf vorbereiten, sie zu unterwerfen. So aber stecken wir bis zum Hals in der Scheiße!«

»Du hättest die Schiffe besser bewachen müssen!« Bram gab nicht auf.

»Auf jeden Fall steht uns eines der beiden unversehrten Schiffe zu«, rief Alvidr in der Hoffnung, von Bram nach Island geschickt zu werden und damit dieser bedrohlichen Situation entkommen zu können.

Einige Männer erhoben sofort Widerspruch.

»Die beiden Schiffe haben wir gerettet. Weshalb sollten wir euch eines davon überlassen?«, fragte Bjalfi grimmig, während Herjolf mit der Faust auf den Tisch schlug und rief, er sehe nicht ein, jene, die an ihrer Lage die Schuld trügen, auch noch zu belohnen.

Ein Wort gab das andere, und zuletzt trennten sich Brams Anhänger und die von Eyvind im Streit. Andreas sah den abziehenden Kriegern nach und bemerkte die Blicke, die diese in Richtung der beiden Schiffe warfen.

»Wir werden die Schiffe mehr vor Brams und Alvidrs Begehrlichkeit schützen müssen als vor den Skrälingern!«

»Sie sollen es wagen, die Hände danach auszustrecken!«, erklärte Eyvind grimmig.

Doch auch er wusste, wie begehrt die Schiffe waren, stellten sie doch das einzige Mittel dar, mit dem man diese Gestade verlassen konnte.

»Vielleicht schicke ich Thorolf nach Island. Auch wenn Raudur Faralds Kopf fordert, so ist er vielleicht doch bereit, Männer um sich zu sammeln und uns beizustehen«, überlegte Eyvind laut.

Als Ailmar dies hörte, fragte er sich, ob er von seinem Goldfund berichten sollte. Die Kunde davon würde Hunderte Männer aus Island dazu bringen, Eyvinds Ruf zu folgen, und weitere würden aus Norwegen, Dänemark und England kommen. Mit ihnen würden sie die Skrälinger besiegen und dieses Land in Besitz nehmen können. Dann aber dachte er daran, dass Ingridurs Verwandte hier lebten und von der Woge, die er in Gang setzen mochte, ebenfalls hinweggeschwemmt würden. Daher biss er sich auf die Lippen und schwieg.

Unterdessen war Eyvind zu einem Entschluss gelangt. »Wir werden abwarten, was sich in den nächsten Wochen tut. Es ist noch zu früh im Jahr, um das Nordmeer zu befahren.« Es war eine

Ausrede, und die anderen wussten das. Um diese Zeit landeten auf Island bereits Schiffe an oder fuhren von dort ab.

»Weshalb willst du die Schiffe hierbehalten?«, fragte Farald.

»Sollte es nötig sein, werde ich beide Schiffe mit Kriegern auf eine der Inseln schicken, damit sie diese erobern, und, so dies geschehen ist, die Frauen und Kinder nachholen lassen.«

»Der Rest steht dann geschwächt gegen die Skrälinger!«, widersprach Bjalfi, doch Eyvind antwortete mit einer wegwerfenden Handbewegung.

»Wenn sich Bram und seine Männer uns wieder anschließen, stehen wir nicht schlechter da als jetzt.«

Andreas empfand Eyvinds Erklärung als allzu zuversichtlich, denn der Riss zwischen den beiden Gruppen ging tief. »Ich hielte es für besser, mit der Eroberung der Insel so rasch wie möglich zu beginnen, damit die Frauen und Kinder dorthin geschafft werden können«, erklärte er.

Einige Männer nickten, doch Eyvind schüttelte verärgert den Kopf. »Bevor ich den Befehl dazu gebe, will ich wissen, wie es hier weitergeht. Wir können nicht fast die Hälfte unserer Krieger losschicken, wenn die Gefahr besteht, dass die Skrälinger uns in der Zwischenzeit angreifen.« Das Argument war nicht von der Hand zu weisen, trotzdem schüttelte Andreas den Kopf.

»Wenn wir wie ein Kaninchen auf die Schlange starren, vergeben wir jede Möglichkeit, unser Schicksal selbst zu bestimmen. Sende wenigstens ein Schiff aus, das die Inseln in der Nähe erforschen soll, damit wir wissen, welche für uns geeignet ist.«

Eyvind schlug mit der Faust auf den Tisch. »Ein Schiff ist zu wenig. Wird die Besatzung angegriffen und übermannt, besäßen wir nur noch ein Schiff und würden damit die Möglichkeit verlieren, genug Krieger auf eine Insel zu bringen, um diese zu unterwerfen!«

»Das ist richtig«, warf Bjalfi ein, sodass sich schließlich alle Eyvinds Willen beugten.

2.

In den nächsten beiden Wochen ließ sich kein Skrälinger sehen, daher schöpften Eyvind und seine Siedler Hoffnung, auch weiterhin in Ruhe gelassen zu werden. Von Bram hörten sie in der Zeit nichts. Zwar trafen sich einzelne befreundete Krieger aus beiden Gruppen gelegentlich bei einem Hügel, der etwa in der Mitte zwischen den beiden Siedlungen lag, doch diese Gespräche hatten keinen Einfluss auf die allgemeine Lage. Sowohl Eyvind wie auch Bram befestigten ihre Siedlungen, Eyvind war dabei im Vorteil, da er über mehr Männer verfügte und zudem auf Andreas' Wissen zurückgreifen konnte.

Während die Arbeiten an dem Palisadenwall fortschritten, kam Andreas zu Eyvind und wies auf die schwindenden Vorräte an Baumstämmen hin. »Wir müssen wieder Holz schlagen, sonst können wir die Befestigung nicht vollenden.«

»Bjalfi und seine Leute sollen morgen damit beginnen«, antwortete Eyvind und erteilte Bjalfi, der zu seinem Steuermann aufgerückt war, die entsprechenden Befehle.

Am nächsten Tag marschierte Bjalfi mit zwanzig Mann los. Doch kaum hatten sie den Wald erreicht, wurden sie mit Pfeilen beschossen. Einige Männer fielen, und die anderen ergriffen die Flucht.

Bjalfi war ebenfalls von einem Pfeil getroffen worden, hielt sich aber noch auf den Beinen, als er Eyvind Rede und Antwort stehen musste.

»Was war los?«, fragte dieser scharf.

»Skrälinger haben auf uns geschossen!«

»Wie viele waren es?«, fragte Eyvind weiter.

Bjalfi antwortete mit einem Schulterzucken. »Das wissen wir nicht. Wir haben nur ihre Pfeile gesehen, und das waren nicht wenige. Fünf von uns sind tot, drei weitere ebenso wie ich verwundet.«

Eyvind ballte verärgert die Faust. An Bjalfis Stelle hätte er die

Skrälinger angegriffen, anstatt vor ihnen zu fliehen. Es war bekannt, dass diese den Nahkampf mieden, selbst wenn sie in der Überzahl waren. Ein energischer Gegenstoß hätte sie daher vertreiben können.

»Nimm fünfzig Mann und dringe in den Wald ein«, befahl er Bjalfi.

Obwohl er verwundet war, wollte Bjalfi nicht als Feigling gelten und folgte dem Befehl. Eyvind sah zu, wie er seine Schar sammelte. Spät am Abend kehrten Bjalfi und seine Krieger unversehrt zurück. Auf ihrem Weg hatte sich kein einziger Skrälinger sehen lassen, und sie waren auch nicht beschossen worden.

»Morgen fällt ihr die notwendigen Stämme«, erklärte Eyvind. »Zwanzig Mann sollen arbeiten, vierzig weitere diese absichern.«

»Ich kann nicht beide Gruppen anführen«, wandte Bjalfi ein.

»Kümmere du dich um die Bäume. Die Krieger, die euch schützen sollen, wird Andreas übernehmen.«

Kaum hatte Eyvind dies gesagt, erinnerte er sich an die Geschichte von König David, Bathseba und deren Ehemann Uriah, dem Hethiter. Er hatte es nicht verwunden, dass Sigrid, die sein Kind geboren hatte, für den jungen Sachsen nach wie vor mehr übrighatte als für ihn. Vielleicht wird es besser, wenn Andreas tot ist, dachte er. Gleichzeitig aber fürchtete er, dass Sigrid ihm die Schuld daran geben und ihn noch mehr hassen würde als bisher. Manchmal verfluchte er sich selbst, weil er ausgerechnet sie hatte haben wollen.

Ulfar hatte sie ihm einst versprochen, um ihn auf die Seite der Söhne von Harald Gilles zu ziehen, doch er hatte sich für deren Konkurrenten Sigurd Slembe und Magnus entschieden. Daraufhin hatte Ulfar die Verlobung für aufgelöst erklärt und sich Tryggvi Thorgilson als Schwiegersohn ausgesucht. Eyvind glaubte zwar nicht, dass Sigrid diesen geliebt hatte, trotzdem stand Tryggvi noch als Toter zwischen ihnen. Um wie viel schlimmer würde es bei Andreas sein?

Eyvind ärgerte sich, dass ihm diese Gedanken ausgerechnet jetzt kamen, wo er so vieles andere zu überlegen hatte. Als er aufblickte, sah er, dass seine Gefolgsleute die Halle verlassen hatten. Er war allein, und dies im doppelten Sinne des Wortes. Es gab niemanden mehr, mit dem er seine Sorgen teilen konnte, ohne dass es als Zeichen der Schwäche aufgefasst wurde. Dabei war er noch lange nicht besiegt. Bram mochte eine Schlappe gegen die Skrälinger erlitten haben, doch er selbst hatte den Kampf noch nicht einmal begonnen.

3.

Andreas wollte die Siedlung verlassen, als sich Sigrid aus dem Schatten des Palisadenwalls herausschälte. Sie trug ihre Tochter auf dem Arm und sah bedrückt aus. Bevor er sichs versah, fasste sie mit ihrer freien Hand nach seinem rechten Arm.

»Eyvind ist ein Schurke, dir diesen Auftrag zu erteilen. Sei bitte vorsichtig! Wer soll Klein Hilde und mich beschützen, wenn du nicht mehr bist?«

»Hab keine Sorge!«, antwortete Andreas lächelnd. »Ich habe nicht vor, mich umbringen zu lassen.«

»Ich wünschte, wir könnten dieses Land verlassen. Bisher hat es uns nur Unglück gebracht«, sagte Sigrid mit zuckenden Lippen.

»Nicht nur.« Andreas strich Klein Hilde sanft über die Wange. Auch wenn Eyvind der Vater war, so war sie doch in erster Linie Sigrids Tochter und dadurch mit ihm verbunden. »Wir werden unsere Freiheit erringen, Sigrid, das schwöre ich dir, und wenn ich Eyvind dafür eigenhändig umbringen muss.«

Es war nur ein Flüstern, doch es zauberte ein Lächeln auf Sigrids Lippen. Insgeheim hatte sie schon an Andreas gezweifelt, da er sich doch immer wieder Eyvinds Launen beugte. Dann aber schalt sie sich als selbstsüchtig. Immerhin hatte Andreas Schläge in Kauf genommen, weil er sie hatte befreien wollen. Damals war er noch ein Jüngling mit mehr Herz als Verstand gewesen. Mittlerweile war er zum Mann gereift und würde die erste Gelegenheit zur Flucht nutzen.

»Ich liebe dich!«, sagte sie ebenso leise wie er eben und drückte seinen Arm. Ihn auf die Wange oder gar den Mund zu küssen, wagte sie nicht. Eine Gelegenheit zur Flucht war zu kostbar, um sie durch eine Unbesonnenheit aufs Spiel zu setzen.

Andreas lächelte ihr und Klein Hilde noch einmal zu und ging weiter. Da tauchte Ailmar neben ihm auf.

»Ich werde mit dir kommen!«

»Das wirst du nicht«, antwortete Andreas. »Du bist für Ingridurs Sicherheit verantwortlich, und sie ist als Skrälingerin jetzt mehr gefährdet als jemals zuvor. Zudem musst du auf Sigrid und ihr Kind achtgeben. Ich fürchte, dass Eyvind immer mehr ein Opfer seiner Launen wird, und will nicht, dass den beiden etwas zustößt.«

Ailmar gefiel es nicht, Andreas allein gehen zu lassen, doch er billigte dessen Beweggründe. »Ich werde Sigrid und Hildchen wie meinen Augapfel hüten, wünschte mir aber, ich könnte trotzdem etwas für dich tun.«

»Das kannst du: Suche mir zwanzig Mann zusammen, die mit Pfeil und Bogen umgehen können. Nur mit Schwertern allein können wir uns der Skrälinger kaum erwehren.«

»Das mache ich!«, versprach Ailmar und eilte los.

Andreas suchte jene Männer aus, denen er zutraute, bei einem Überraschungsangriff kühlen Kopf zu bewahren. Als dann noch einundzwanzig Bogenschützen hinzukamen, nickte Herjolf zufrieden.

»Möge Gott mit euch sein!«, verabschiedete er die kleine Schar. Obwohl er bereits Eyvinds Vater Jarl Erling gedient hatte, wünschte er sich, der junge Sachse wäre ihr Anführer. Ihm traute er mehr zu als Eyvind, der sich immer mehr von seinen Gefühlen treiben ließ und dabei oft falsche Entscheidungen traf.

Während der alte Krieger sich Gedanken machte, wie es weitergehen sollte, verließ Andreas mit zwanzig Holzfällern und vierzig Kriegern die Siedlung. Waren die Krieger guter Stimmung und lauerten nur darauf, Skrälinger zu bekämpfen, zogen die anderen besorgte Mienen. Sie dachten an den Angriff auf Bjalfis Leute, der einigen ihrer Freunde das Leben gekostet hatte, und fürchteten, es könne ihnen genauso ergehen.

Andreas suchte eine Stelle aus, die weiter von der Siedlung entfernt lag, sich aber seiner Meinung nach besser verteidigen ließ, und stellte Posten auf.

»Gebt auf alles acht!«, forderte er sie auf. »Bewegt sich auch nur ein Blatt, dann schießt. Es ist besser, ihr gebt zehnmal falschen Alarm, als wenn ihr es einmal nicht tut und wir dadurch Verluste erleiden.«

Die Männer teilten sich auf, und dann begann das Warten. Unterdessen wurden die ersten Bäume gefällt, entastet und Richtung Siedlung geschleift. Es war eine harte Arbeit, da ihnen Zugtiere fehlten. Irgendwann trat einer der Holzfäller auf Andreas zu: »Ein paar deiner Männer könnten uns helfen, die Stämme zur Siedlung zu bringen!«

»Das ist gegen den Befehl und gegen mein Gefühl. Wir wissen zu wenig über die Skrälinger und über den Wald, um eure Schildwache schwächen zu können«, antwortete Andreas.

»Das ist doch nur eine Ausrede, damit sich die Kerle faul gegen einen Baum lehnen können!«, schimpfte der Holzfäller und drehte sich um. Im nächsten Augenblick schlug ein Pfeil an der Stelle ein, an der er eben noch gestanden war. Während er erblassend zurückzuckte, gellte Andreas' Ruf durch den Wald.

»Dort oben auf diesem Eichenbaum muss er sein!«

Sofort schossen fünf, sechs seiner Bogenschützen ihre Pfeile ab. Die meisten flogen ins Gebüsch, doch mindestens einer traf. Ein Schrei ertönte, dann fiel ein Skrälinger aus den Ästen.

Einer von Andreas' Männern wollte zu ihm hin, doch da hielt Andreas ihn auf. »Nicht! Du bietest sonst seinen Freunden die Gelegenheit, dich zu treffen.«

Das verstand der Mann und grinste angespannt. »Nichts für ungut, Andreas! Das will ich lieber nicht riskieren.«

»Ich auch nicht«, antwortete Andreas und suchte den Wald

nach Spuren ab. Irgendwo wackelte ein Zweig. Sofort gab er Befehl, auf diesen Baum zu schießen. Sie trafen zwar nicht, erschreckten den Skrälinger, der darauf saß, so sehr, dass dieser aus zu großer Höhe vom Baum sprang und sich ein Bein brach. Als er fortkriechen wollte, erledigte ihn ein Pfeil.

»Schon der Zweite! So kann es weitergehen«, meinte einer der Männer anerkennend.

Auf der anderen Seite begriff Seefalke, dass er auf diese Weise nicht weiterkam. Für einen direkten Angriff auf die Holzfäller war seine Schar zu schwach, und mit Einzelaktionen gerieten sie in Gefahr, entdeckt und getötet zu werden. Daher gab er das Zeichen zum Abrücken und beschloss, sich erst mit Kürbiskopf zu beraten.

Andreas' Aktion verschaffte der Siedlung für einige Tage Ruhe. Frieden aber gab es trotzdem keinen. Zwei Männer, die sich heimlich mit Freunden aus Brams Siedlung hatten treffen wollen, wurden von den Skrälingern abgefangen und des Nachts außerhalb des Scheins der Wachfeuer abgelegt. Die zerfleischten Körper der beiden zeugten von den Qualen, die sie vor ihrem Tod hatten erleiden müssen. Hatten die Skrälinger erwartet, damit Angst zu erzeugen, erreichten sie das Gegenteil. Eyvinds Norweger, denen sich Djuri und die anderen Isländer angeschlossen hatten, schworen ihnen blutige Rache.

»Wir können uns auf Dauer nicht nur hinter dem Palisadenwall der Siedlung verstecken«, erklärte Andreas bei der nächsten Beratung.

»Was schlägst du vor?«, fragte Farald.

»Wir wissen, dass uns die Skrälinger beobachten. Das können sie aber nicht von einem weit entfernten Dorf aus tun, sondern sie müssen in der Nähe ein Lager aufgeschlagen haben. Wir sollten es ausfindig machen und angreifen!«

Farald schüttelte den Kopf. »Die Skrälinger sind im Wald geschickter als wir und würden uns ausmachen, lange bevor wir sie entdecken.«

»Wenn wir so vorgehen würden, wie ihr es gewohnt seid, ja«, stimmte ihm Andreas zu. »Ich dachte hingegen an eine Schar von sechs oder sieben Mann, die nachts von einem Boot hinter den Skrälingern an Land gebracht werden und sich diesen aus einer Richtung nähern, die sie nicht erwarten.«

Nach diesen Worten war es erst einmal still. Dann nickte Farald. »Ich komme mit.«

»Nein!« Eyvinds Stimme klang wie ein Peitschenhieb. Er besann sich jedoch und rang sich ein Lächeln ab. »Ich brauche dich für etwas anderes, Farald. Nachdem keine Boten mehr auf dem Landweg zu Bram durchkommen, wirst du mit einem der Boote, die wir noch haben, die Halbinsel umrunden und dich Brams Siedlung von der anderen Seite nähern. Bringe ihn dazu, sich uns anzuschließen. Zusammen sind wir stark genug, um uns gegen die Skrälinger zu behaupten. Auf sich allein gestellt, wird er untergehen.«

Einige seiner Männer klopften bejahend auf den Tisch, denn sie sahen in Brams Abspaltung den Grund für die jetzige Lage. Anders als sie waren Andreas und Farald nicht davon überzeugt, dass Bram sich Eyvind beugen würde. Trotzdem widersprach der Norweger dem Befehl nicht.

»Ich werde sechs Ruderer und ein Boot nehmen.«

»Ich fahre mit einem halben Dutzend Männer mit einem anderen Boot nachts die Küste hoch, suche die Wachtposten der Skrälinger und erledige sie«, erklärte Andreas und überging damit Eyvinds Autorität, der diese Aktion erst hätte erlauben müssen.

4.

Etwa zu der gleichen Zeit saß Seefalke auf einem Baum und beobachtete Brams Siedlung. Sie wirkte unordentlicher als das größere Dorf. Zwar hatte man auch hier eine Palisade errichtet, doch diese ragte aus dem ebenen Boden heraus und nicht aus einem aufgeschütteten Wall. Sie war auch nicht vollständig geschlossen, weil Brams Holzfäller von ihnen aus dem Wald vertrieben worden waren.

Die Palisade stellte daher ein Hindernis dar, das nach Seefalkes Einschätzung gut zu überwinden war. Von den Hütten und Häusern dahinter waren einige wie die des Anführers mit Grassoden gedeckt. Die Mehrzahl bestand allerdings nur aus Holz, und das wollte Seefalke sich zunutze machen.

In Brams Siedlung lebten außer Lieblicher Duft noch zwei weitere gefangene Frauen. Ebenso wie die versklavten Irinnen mussten sie tagsüber hart arbeiten und in der Nacht die schwitzenden Leiber der Männer auf sich ertragen. Bridget, die mit zwei Gefährtinnen vor einigen Wochen Zuflucht bei den Skrälingern gesucht hatte, aber zurückgegeben worden war, hatte nicht vergessen, dass deren Frauen sie gut behandelt hatten, und tat alles, um sich mit den Skrälingerinnen zu verständigen.

Bram hatte alle vorgeschobenen Höfe aufgegeben und die Bewohner um sich gesammelt. Eskill von den Orkneyjar galt als sein Stellvertreter, und dessen Ehefrau überwachte die Arbeit der Sklavinnen. Wegen ihres harschen Wesens war sie rasch mit Strafen bei der Hand, und sie verachtete die Irinnen und die Skrälingerinnen gleichermaßen.

Bridget gelang es, das Vertrauen von Lieblicher Duft zu gewinnen. Zwar war die Verständigung schwierig, doch sie einte ein Ziel: Sie alle wollten diesen Männern entkommen, die es als ihr Recht ansahen, jede von ihnen zum Beischlaf zu zwingen.

Mit Gesten deutete Lieblicher Duft an diesem Abend an, dass ihre Leute sich unweit der Siedlung aufhielten. Bridget brauchte einen Augenblick, um sie zu verstehen, dann verzog sie das Gesicht vor Hass.

»Das ist die Gelegenheit, auf die ich so lange gewartet habe! Wenn die Kerle sich müde gerammelt haben, werden wir heimlich verschwinden.«

»Wie willst du das schaffen?«, fragte ihre Freundin. »Draußen stehen Wachen!«

»In den letzten drei Tagen kam in der Nacht Nebel auf, und ich glaube nicht, dass es heute anders sein wird. Wenn wir leise sind, können wir die Siedlung durch die Lücke in der Palisade verlassen, ohne dass uns einer der Wächter entdeckt«, antwortete Bridget.

»Aber wie kommen wir bis zum Wald, wenn wir ihn wegen des Nebels nicht sehen können?«

»Wir kennen die Richtung, in der der Waldsaum uns am nächsten liegt. Außerdem löst sich der Nebel bei Tagesanbruch rasch auf. Wir müssen nur weit genug von der Siedlung weg sein, damit uns Bram und dessen Schurken nicht mehr einholen können.«

»Glaubst du wirklich, dass wir bei den Skrälingern willkommen sind?«, fragte eine der Frauen, die bei Bridgets Flucht zurückgeblieben waren.

»Wir bringen ihre Frauen zurück! Daher sind sie uns zu Dank verpflichtet. Zum anderen bekommen wir von ihnen genug zu essen und müssen nicht jede Nacht ein halbes Dutzend brünstiger Kerle ertragen.«

Bridgets Worte überzeugten die Frauen. Diese waren es leid, bei karger Kost hart arbeiten und zudem Freiwild für Brams Krieger sein zu müssen. Zudem hatten sie erlebt, wie bei ihrer Gefangennahme Ehemänner, Brüder und andere Verwandte erschlagen worden waren. Der Hass einte sie mit den Skrälingerinnen, und sie sehnten den Augenblick herbei, an dem sie die Siedlung hinter sich lassen konnten.

Noch war Tag, und Eskills Frau hatte Bridget etliches an Arbeit aufgehalst. Als sie mit einem schweren Korb beladen aus dem Haus trat, kam Skeggi auf sie zu und packte sie am Arm.

»Stell den Korb ab und leg dich bereit. Mir ist nach einem kleinen Stößerchen zumute!«

Mit einem kaum mehr beherrschbaren Zorn im Herzen gehorchte Bridget. Der junge Mann wälzte sich auf sie und bearbeitete sie so keuchend, dass sein Speichel ihr Gesicht nässte. Ihr wurde übel, und sie musste ihren Mageninhalt zwingen, unten zu bleiben. Sie war froh, als Skeggi endlich von ihr abließ. Er stand auf, blieb einen Augenblick über ihr stehen und griff sich wohlig an sein schrumpfendes Glied.

»So gefällt es mir!«, sagte er.

Mir aber nicht, dachte Bridget und kämpfte sich auf die Beine, um mit ihrer begonnenen Arbeit weiterzumachen. Sie war noch nicht weit gekommen, als Eskills Frau erschien.

»Du bist ja noch nicht fertig, du faules Ding! Dir werde ich zeigen, was es heißt, zu trödeln«, rief die Frau, nahm einen Stock und zog ihn Bridget über.

Diese stöhnte vor Schmerz und krümmte sich, um weiteren Schlägen zu entgehen. Eskills Frau hörte jedoch nicht eher auf, bis ihr Arm lahm wurde, und trieb dann Bridget an die Arbeit. Diese weinte vor Schmerz und Wut, als sie den schweren Korb aufhob. Da trat Lieblicher Duft auf sie zu und zog sie kurz an sich. Die tröstende Geste tat Bridget gut. Spätestens um Mitternacht liegt dieses Leben hinter uns, und wir sind frei, dachte sie, war aber trotzdem froh, als Lieblicher Duft ihr bei der Arbeit half.

Die Stunden vergingen. Im Westen versank die Sonne hinter den Wäldern, und an mehreren Stellen innerhalb der Siedlung flammten die Wachfeuer auf. Der Nebel, auf den Bridget so sehr gehofft hatte, blieb jedoch aus. Nun mussten die Frauen Bram und seine Männer beim Abendessen bedienen. Einige Kerle suchten sich bereits diejenigen aus, die für sie nach dem Essen die Beine breitmachen sollten. Auch Bridget traf es. Diesmal forderte Brodir ihre Dienste. Sie ertrug ihn, wie sie vorher seinen Freund Skeggi ertragen hatte. Danach kam der nächste Mann und ließ ihr nicht einmal die Zeit, aufzustehen und sich zu waschen.

Bridget fragte sich, was in den Köpfen dieser Kerle vorging. Draußen lauerten die Skrälinger auf sie, die Vorräte schrumpften stark, aber die Männer taten nichts, um diesen Zustand zu beenden. Was würde sein, wenn das letzte Getreidekorn, der letzte Stockfisch und das letzte Stück Rauchfleisch verzehrt worden waren?

Als die Männer sich endlich schlafen legten, schlich Bridget zu dem Raum, in dem die Skrälingerfrauen über Nacht eingesperrt wurden, und schob den primitiven Riegel zurück.

»Ich bin es! Ihr könnt herauskommen«, sagte sie leise, obwohl sie wusste, dass keine der Frauen sie verstand. Es war jedoch in der Dunkelheit wichtig, dass die Skrälingerinnen begriffen, dass kein Mann gekommen war, den um diese Zeit noch der Schweif juckte.

Jemand berührte ihren Arm. Bridget nahm an, dass es Lieblicher Duft war, und machte dieser klar, dass sie mit ihr kommen sollte. Die sagte etwas zu ihren Gefährtinnen und folgte dann Bridget bis zur Tür des großen Langhauses. Dort warteten bereits die anderen Irinnen auf sie.

»Ist endlich der Nebel gekommen?«, fragte eine ängstlich.

Bridget öffnete die Tür und atmete auf. Es gab Nebel, und er war so dicht, dass selbst das nächstgelegene Wachfeuer nur als verzerrter Fleck zu erkennen war. Die Männer, die sich dort befanden, wurden von der Nebelwand verborgen.

Aus Angst, ihre Stimme könnte gehört werden, zog Bridget die ihr am nächsten stehende Frau zu sich heran. »Wir halten uns einander an den Röcken fest, damit keine den Anschluss verliert. Mach dies auch Lieblicher Duft und ihren Freundinnen klar!«, flüsterte sie so leise, dass die andere sie kaum verstehen konnte. Die Frau begriff jedoch, was sie tun sollte, und gab es mit Gesten weiter.

Lieblicher Duft schloss zu Bridget auf und zwängte sich zwischen diese und die nächste Irin. Ihre Hand wies in eine Richtung seitlich des Wachfeuers. Es dauerte einen Augenblick, bis Bridget begriff, dass sich dort eine der Lücken im Palisadenzaun befinden musste. Entschlossen setzte sie sich in Bewegung und führte die Gruppe dorthin. Keine der Frauen wagte, laut zu atmen oder gar etwas zu sagen.

Bridget entdeckte die Palisade erst, als sie kaum mehr als eine Armlänge vor ihr auftauchte. Noch während sie überlegte, ob sie sich jetzt nach rechts oder nach links wenden sollte, drängte Lieblicher Duft sie nach rechts. Schon nach wenigen Schritten erreichte sie die Lücke, passierte diese und befand sich kurz darauf im Freien.

Um den Weg zum Waldsaum zu finden, brauchte sie erneut die Hilfe von Lieblicher Duft. Als sie sich nach wenigen Schritten umdrehte und zurückschaute, hatte der Nebel die Siedlung und deren Wachfeuer vollkommen verschluckt.

»Ich glaube, jetzt haben wir es geschafft«, sagte Bridget erleichtert. »Dem Herrn im Himmel sei Dank! Ich bin heute ganz wund geritten worden.«

»Nicht nur du!«, fauchte eine ihrer Begleiterinnen. »Meine Scheide brennt wie Feuer, und eine der Skrälingerinnen blutet sogar.«

»Der Teufel soll diese Schurken holen!« Bridget spie aus und ging weiter.

Nach einer Weile lichtete sich der Nebel, und sie sahen im fahlen Licht des Mondes den Wald ganz nahe vor sich. Mit einem Mal hielt Lieblicher Duft sie auf und stieß einen Laut aus, der einem Vogelruf glich. Sie hatte kaum geendet, als eine Antwort kam. Nur wenig später sahen sie mehrere Skrälinger Krieger mit Fackeln in den Händen auf sich zukommen. Diese betrachteten die gemischte Gruppe erstaunt und sprachen dann Lieblicher Duft an. Was diese antwortete, konnte Bridget nicht verstehen. Die Geste aber, mit der der junge Mann sie an sich zog, war jedoch beredt genug. Die Krieger wechselten ein paar Worte und forderten die Frauen auf, mit ihnen zu kommen.

5.

Seefalke starrte die Frauen an und wusste nicht so recht, was er mit ihnen anfangen sollte. Da drängte Lieblicher Duft sich zu ihm durch. Sie war die Frau eines seiner Freunde und hatte großen Einfluss auf die anderen Frauen im Stamm.

»Sie sind unsere Freundinnen! Ohne sie hätten wir nicht entkommen können«, sagte sie und deutete auf die Irinnen.

Seefalke verzog das Gesicht, sagte sich dann aber, dass dies eine Sache für die Ratsversammlung war. Immerhin waren drei der

Frauen schon einmal zu ihnen geflohen, aber wieder zurückgegeben worden. Nach dem, was Lieblicher Duft und deren Leidensgefährtinnen angetan worden war, hielt er es für einen Fehler, so gehandelt zu haben.

»Gebt ihnen etwas zu essen, damit sie ihre Angst verlieren, und uns auch. Wir mussten in letzter Zeit viel Hunger leiden«, fuhr Lieblicher Duft fort.

»Macht das!«, forderte Seefalke ein paar der umstehenden Männer auf und wandte sich wieder Lieblicher Duft zu. »Berichte mir alles, was du über das Dorf der Fremden weißt!«

Lieblicher Duft war die Tochter und auch die Frau eines angesehenen Kriegers und wusste, was Seefalke hören wollte. Während sie berichtete, formte sich in seinem Kopf ein Plan.

»Wie viele Krieger hat Kürbiskopf uns bislang geschickt?«, fragte er seinen Freund und Stellvertreter Bärenhaut, da immer wieder kleine Gruppen eintrafen und die Zahl sich daher laufend erhöhte.

»Bisher haben wir fünfzigmal die Zahl der Finger eines Mannes«, erklärte Bärenhaut.

Sie waren damit Bram und dessen Männern nicht ganz dreifach überlegen. Einen direkten Angriff auf die Siedlung hätte er mit dieser Zahl nicht geführt. Nun aber wurde ihm klar, was sie tun mussten, um erfolgreich gegen dieses Dorf der Fremden vorzugehen.

»Ich will alle Krieger beim ersten Morgengrauen in Pfeilschussweite vor dem Lager der Fremden sehen, und zwar mit Brandpfeilen«, wies er Bärenhaut an und kehrte ans Lagerfeuer zurück.

Die Irinnen aßen ebenso wie Lieblicher Duft und deren Freundinnen heißhungrig den Maisbrei, den Akazienblüte und Mondträgerin zubereitet hatten. Die beiden hatten die Krieger begleitet, um etwaige Wunden zu versorgen. Nun saßen sie in der Nähe und betrachteten die geflohenen Frauen mitleidig.

»Sorgt für sie!«, bat Seefalke seine Begleiterinnen und nahm Bogen, Pfeilköcher und Kriegskeule an sich.

»Du willst angreifen?«, fragte Akazienblüte besorgt.

»Wir müssen die Fremden in dem kleineren Lager töten, bevor sie sich mit ihren Gefährten im großen Lager zusammenschließen können«, antwortete Seefalke ernst und brach auf.

Brams Siedlung lag noch im Nebel, und das erleichterte es ihnen, die gewünschte Position einzunehmen. Während der nächsten Stunden trafen immer mehr Krieger ein. Seefalke ging von Schar zu Schar, um ihnen seinen Plan zu erläutern. Der einzige Punkt, den er nicht beherrschen konnte, war der Nebel, denn der Angriff war erst möglich, wenn dieser sich zu lichten begann. Seefalke hoffte, dass es nicht erst geschehen würde, wenn der Feind wach war und seine Verteidigungspositionen einnehmen konnte.

Das Warten wurde zur Qual. Im Osten schimmerte es bereits hell, als sich die Konturen der Siedlung endlich aus dem Nebel herausschälten. Seefalke nahm einen der vorbereiteten Brandpfeile, steckte ihn an der Fackel an, die einer der Krieger vor ihm in die Erde gesteckt hatte, und spannte den Bogen.

Sein Pfeil schnellte von der Sehne und schlug wenig später in einem der mit Holzstücken gedeckten Häuser ein. Noch bevor ein Alarmruf erklang, wurden Dutzende weiterer Brandpfeile abgeschossen. Sie waren mit fettgetränkten Hirschhaaren umwickelt, die das trockene Holz der Hütten in Brand setzten.

Einer der Wächter sah, dass mehrere Gebäude in Flammen aufgingen, und schrie entsetzt: »Feuer! Wir müssen löschen!«

Türen wurden aufgerissen, und Brams Männer strömten teilweise noch halb nackt ins Freie. Sie sahen die brennenden Hütten, suchten nach Eimern und wollten am Bach Wasser holen. Die Ersten, die es versuchten, wurden ein leichtes Opfer der Pfeile.

Als die Sonne im Osten als rote Scheibe über den Horizont stieg, hob Seefalke den rechten Arm und stieß einen gellenden Kriegsruf aus. Dieser wurde von fast fünfhundert Kehlen aufgenommen, und so hallte es wie das Geheul ebenso vieler Teufel durch die Siedlung. Bevor Brams Männern klar wurde, dass ein Angriff im Gang war, stürmten die ersten Krieger durch die Lücken im Palisadenzaun.

Der Wachtposten, der vorhin nur Feueralarm gegeben hatte, erkannte seinen Irrtum und schrie, dass sie angegriffen würden. Er brachte seinen Satz nicht einmal zu Ende, weil Seefalkes Kriegskeule ihm den Schädel zerschmetterte.

Bram brüllte seine Wut laut hinaus. Genau wie Ulfar von Eyvind hatte er sich von den Skrälingern überlisten lassen. Die meisten seiner Männer waren nur unzureichend bewaffnet, und kein Einziger trug ein Kettenhemd oder einen Helm. Dabei standen sie gegen einen zahlenmäßig überlegenen Feind, der mit Speer und Keule ebenso gut umgehen konnte wie mit Pfeil und Bogen.

»Bildet eine Schlachtreihe! Die am besten Bewaffneten nach vorne«, brüllte er und hieb einem Skrälinger, der sich zu weit vorgewagt hatte, mit einem Gewalthieb den rechten Arm ab. Noch bevor der begriff, was mit ihm geschehen war, sauste Brams Schwert erneut auf ihn nieder und löschte sein Leben aus.

Bram empfand eine grimmige Befriedigung dabei und nahm sich den nächsten Skrälinger vor. Auch dieser fiel, ebenso ein dritter und vierter. Die Wunde, die er sich vor einigen Tagen zugezogen hatte, war zwar noch nicht verheilt. Doch im Moment spürte er sie nicht einmal, es war, als könnte niemand diesen nordischen Hünen aufhalten.

Eine solche Kampfeswut waren die Skrälinger nicht gewohnt und wichen zurück.

»Nehmt die Bögen!«, rief Seefalke und zog einen Pfeil aus dem Köcher.

Als er schoss, war Bram nur mehr wenige Schritte von ihm entfernt. Der Pfeil traf den Nordmann in die Brust, dennoch schritt dieser weiter und schwang sein Schwert. Jeder Hieb bedeutete den Tod eines Skrälingers. Brams Leute fassten dadurch Mut und verteidigten sich heftiger. Immer wieder mussten die Angreifer zurückweichen, und für eine gewisse Zeit sah es so aus, als könnten die Verteidiger siegen.

Von wachsendem Entsetzen erfüllt, schoss Seefalke einen zweiten Pfeil ab. Bram zuckte zusammen, als die Spitze durch seine Nasenwurzel drang. Dennoch gab er nicht auf.

Seefalke wollte schon vor ihm zurückweichen, aber es war ihm klar, dass er seine Krieger mit sich reißen und sein Plan dadurch scheitern würde. Er warf den Bogen weg, unterlief Brams schwerfällig gewordenem Schwerthieb und schwang seine Kriegskeule mit aller Kraft.

Der Schlag hallte misstönend durch die Siedlung. Bram blieb so abrupt stehen, als wäre er gegen eine Hauswand gerannt. Das Schwert entglitt ihm und fiel zu Boden. Er stand noch, wankte aber bereits. Mit widerwilliger Bewunderung starrte Seefalke ihn an. Einen solchen Krieger hatte er noch niemals erlebt. Da stürmte Bärenhaut heran und rammte Bram den Speer in den Unterleib.

»Verflucht sollt ihr sein«, rief dieser mit lauter Stimme und streckte beide Arme nach oben. »Odin, ich komme!«

In diesem Land hatte Bram ganz verdrängt, dass er christlich getauft und erzogen worden war und die alte Religion nur noch in Sagen und Märchen weiterlebte.

Ein weiterer Speerstich brachte ihn endlich zu Fall. Seefalke wollte es kaum glauben, doch der Nordmann war tatsächlich tot. Nun wendete sich das Blatt. Brams Männer wichen zurück, und die Ersten, unter denen sich Alvidr befand, wandten sich zur Flucht. Andere warfen die Waffen weg und hoben die Hände. Zu ihnen gehörten Gloedir und Skeggi, während Brodir auf der Flucht von zwei Skrälingern eingeholt und niedergerissen wurde.

Eskills Frau und deren Magd wurden im hintersten Winkel eines Hauses entdeckt und nach draußen geschleppt. Etliche Nordmänner, die sich ebenfalls in den Hütten verkrochen hatten, teilten ihr Schicksal.

Vereinzelt verteidigten Brams Krieger noch die Eingänge einiger Hütten. Nachdem mehrere von Seefalkes Kriegern dabei ums Leben gekommen waren, beendete dieser die verlustreichen Attacken und befahl, auch diese Häuser in Brand zu stecken. Als die Nordmänner vom Feuer getrieben herauskamen, wurden sie mit Pfeilen erledigt.

6.

Die Sonne stand bereits im Zenit, als alles vorüber war. Die meisten Nordmänner waren tot, ein Dutzend gefangen und der klägliche Rest hatte in Richtung von Eyvinds Siedlung fliehen können. Seefalke überlegte, ob er sie verfolgen lassen sollte. Die Gefahr, dass diese Männer auf eine überlegene Schar aus dem großen Dorf der Fremden treffen konnten, war jedoch zu groß.

»Es ist ein großartiger Sieg«, erklärte Bärenhaut und wies auf die große Zahl der toten Feinde, die von ihren Kriegern zusammengetragen wurden.

Seefalke nickte und betrachtete die Siedlung. Bis auf Brams Langhaus waren alle Häuser niedergebrannt.

»Schafft die Toten dort hinein und zündet das Haus an«, befahl er.

Er empfand keinen Hass auf die Fremden. Diese hatten tapfer gekämpft und wären unüberwindbar gewesen, wenn er sie nicht hätte überraschen können. Nicht zuletzt deshalb fühlte er eine große Erleichterung, dass sein Plan gelungen war. Die große Siedlung der Fremden zu vernichten, würde ihnen weitaus schwerer fallen, und ihm graute bei dem Gedanken an die Opfer, die das kosten würde.

Erst einmal galt es, diesen Sieg zu vollenden. Seefalke hatte einen Boten zu den Frauen geschickt. Lieblicher Duft und ihre Gefährtinnen sollten zusehen können, wie die Letzten derer, die ihnen so übel mitgespielt hatten, bestraft wurden. Mit einem verächtlichen Blick musterte er ihre Gefangenen. Während ihre Gefährten tapfer gestorben waren, hatten sie ihre Waffen weggeworfen und damit Schande über sich gebracht.

Kurz darauf trafen die Frauen ein und verhöhnten die Gefangenen. Lieblicher Duft zeigte auf Gloedir, Brodir und Skeggi. »Diese drei gehören zu jenen, die uns überfallen, gefangen genommen und vergewaltigt haben«, erklärte sie hasserfüllt.

»Sie werden dafür leiden!«, versprach Seefalke.

»Die beiden Weiber müssen auch bestraft werden«, fuhr Lieblicher Duft fort. »Sie haben uns geschlagen und eingesperrt – und uns ausgelacht, wenn uns die Männer auf den Rücken gezwungen haben.«

»Es sind Miststücke, die in der Hölle braten sollen!«, rief Bridget, die anhand der Gesten von Lieblicher Duft begriff, worum es ging.

Seefalke überlegte kurz und rief zehn seiner Krieger zu sich, die sich im Kampf ausgezeichnet hatten. »Nehmt die beiden Weiber, schafft sie ein wenig beiseite und macht mit ihnen, was ihre Männer Lieblicher Duft und ihren Gefährtinnen angetan haben.«

Die Krieger nickten grimmig. Je zwei packten Eskills Frau und deren Magd und trugen sie ein Stück von den brennenden Häusern weg. Bridget und Lieblicher Duft folgten ihnen und sahen zu, wie die beiden nackt ausgezogen und auf den Boden gezwungen wurden. Eskills Frau schrie gellend auf, als der Erste der Krieger sich zwischen ihre Beine zwängte, und flehte um Gnade.

»Die hätten wir auch gerne erhalten!«, rief Bridget unversöhnlich und wandte sich ab.

Unterdessen trat Bärenhaut auf Seefalke zu. »Was ist mit den anderen Gefangenen? Nehmen wir sie mit und martern sie in unserem Dorf?«

Seefalke schüttelte den Kopf. »Sie würden uns nur behindern, wenn die Krieger des großen Dorfes uns verfolgen sollten. Tötet sie! Die drei, die Lieblicher Duft genannt hat, bindet auf Stangen, aber so, dass ihre Füße darüber hinausragen, und entzündet das Wachfeuer neu!«

Die Nordmänner verstanden nicht, was er sagte, doch als die Streitkolben auf die Schädel der ersten Gefangenen niedersausten, begriffen sie, dass es keine Rettung für sie gab. Zuletzt lebten nur noch Gloedir, Skeggi und Brodir. Diese starrten wie versteinert auf die Krieger, die sie bis auf die Haut auszogen und auf je zwei leicht übermannslange Stangen banden. Dann wurden sie zu dem neu aufflammenden Feuer geschleift, und man legte sie so hin, dass ihre Füße gerade nicht mehr von den Flammen erfasst wurden. Trotzdem war es heiß, und die drei Nordmänner versuchten, die Beine anzuziehen. Doch diese waren zu fest an die Stangen gebunden.

Mit der Hitze kam der Schmerz. Skeggi stöhnte als Erster und flehte um Gnade. Da trat Bridget zu ihm und spie ihm ins Gesicht.

»Du warst einer der Schlimmsten! Meine Scheide brennt jetzt noch, so hast du mich zugerichtet! Jetzt spürst du am eigenen Leib, wie es ist zu brennen.«

»Du kannst nicht so grausam sein! Rette mich! Ich schwöre dir, ich tue alles, was du willst. Ich bringe dich sogar in deine Heimat zurück!«, versprach Skeggi verzweifelt.

»Ihr habt meinen Vater erschlagen und meine Mutter ebenfalls, weil sie euch zu alt erschien, und dann auch meinen Verlobten! Wohin soll ich in Irland noch gehen? Ich habe dort niemanden mehr«, antwortete Bridget und trat beiseite.

Skeggi begann vor Schmerz zu heulen. »Das ist unmenschlich, was ihr tut!«

Er erhielt keine Antwort mehr. Stattdessen legten die Krieger noch ein paar Scheite nach und schoben Brodir, auf dessen Seite das Feuer nicht so richtig brannte, näher an die Flammen heran. Es dauerte nicht lange, dann kreischte auch er vor Schmerz.

»Bei Gott, was seid ihr zwei für elende Feiglinge!«, stieß Gloedir hervor, obwohl auch er selbst am liebsten seine Qual hinausgebrüllt hätte.

Diesen Triumph wollte er den Skrälingern jedoch nicht gönnen. Stattdessen dachte er daran, dass er sich für den falschen Anführer entschieden hatte. So leicht wie Bram hätte Eyvind sich niemals übertölpeln lassen. Auch waren Bjalfi, Herjolf, Farald und Thorolf, aber auch die beiden Sachsen ehrenhaftere Männer und bessere Freunde als Brodir und Skeggi. Gloedir begriff nicht mehr, warum er sich von Eyvind losgesagt und Bram angeschlossen hatte.

Der Schmerz in den Füßen wurde zu groß, um noch klar denken zu können. Es roch nach verbranntem Fleisch, ohne dass er sagen konnte, ob es von ihm kam oder von den beiden anderen. Endlich konnte auch er den Schmerz nicht mehr unterdrücken, doch sein Stöhnen ging im Geheul der beiden anderen unter. Als Letztes flehte er Jesus Christus an, ihm seine Sünden zu vergeben, und bat jene, die er in seinem Leben gekränkt hatte, in Gedanken um Verzeihung.

Irgendwann erlosch das Geschrei, und Gloedir begriff, dass auch er bald vor seinem himmlischen Richter stehen würde.

7.

Als Andreas und fünf weitere Krieger das Boot bestiegen, schloss Thorolf sich ihnen an. Eyvind ärgerte sich, weil sein junger Vetter sich dem Sachsen unterordnete. Damit untergrub dieser sein Ansehen weiter. In der Siedlung wurde bereits darüber gesprochen, dass Andreas Vorschläge gemacht hatte, welche die Siedler hätten retten können, und man trug es ihm nach, dass er diese missachtet hatte.

Während Eyvind, zwischen Stolz und Pflicht zerrissen, in sein Langhaus zurückkehrte, ruderten Andreas und seine Begleiter in die aufkommende Nacht hinein. Andreas schätzte, dass das Lager der Skrälinger Späher höchstens eine Stunde Fußmarsch vom Dorf entfernt lag. Daher wollte er ein Stück dahinter anlegen und sich von dort auf die Suche machen. Die Männer waren für diese Aufgabe gut gerüstet. Weder klirrte Metall, noch wurden sie durch sperrige Waffen wie lange Speere oder die großen Streitäxte behindert. Jeder trug Pfeil und Bogen bei sich sowie Kurzschwert und Dolch als Nahkampfwaffen.

»Wir halten uns ein Stück vom Ufer weg, damit die Skrälinger uns nicht aus Zufall entdecken und uns auflauern können«, wies Andreas die Männer an.

Thorolf, der an der Ruderpinne saß, lenkte das Boot weiter in die Bucht hinaus.

»Wir dürfen das Boot nicht verlieren. Wir haben nur noch sechs weitere und dazu die beiden großen Schiffe. Bei glatter See könnten wir den größten Teil der Siedler aufladen und bis zur nächstgelegenen Insel fahren«, setzte Andreas hinzu.

»Die Schiffe und Boote werden so überfüllt sein, dass jede noch so kleine Welle über die Bordwand schlagen kann«, wandte Thorolf ein.

»Ich würde es nur im äußersten Notfall riskieren, zum Beispiel, wenn die Skrälinger bereits dabei sind, unseren Palisadenwall zu überwinden«, antwortete Andreas.

Thorolf verzog das Gesicht zu einem freudlosen Grinsen. »Wenn es so weit ist, kommen wir nicht mehr zu den Schiffen!«

»Wir sollten sie auch nicht dort lassen, wo sie jetzt sind. Der Bach, dem wir unser Wasser entnehmen, mündet nur gut hundert Schritte entfernt ins Meer. Wenn wir ihn ein wenig ausgraben und die Schiffe dort verankern, liegen sie vom Wald aus gesehen hinter der Siedlung und können weitaus besser geschützt werden.«

Andreas hegte diesen Gedanken schon seit Tagen, hatte ihn aber noch nicht vorgebracht, weil ihm die Arbeit am Palisadenwall wichtiger erschienen war. Nun aber war dieser so gut wie fertig, und man konnte das neue Vorhaben angehen.

Thorolf nickte. »Das ist ein guter Vorschlag! Dort, wo die beiden Schiffe und die Ruderboote jetzt liegen, sind sie durch Angriffe der Skrälinger gefährdet. Wir müssten mindestens fünfzig Krieger – und wahrscheinlich noch mehr – als Wache einsetzen, um sie zu beschützen.«

Andreas war froh, dass Thorolf auf seiner Seite stand, und gab den Befehl, wieder näher aufs Ufer zuzuhalten. »Viel weiter sollten wir nicht fahren. Ich habe vorhin einen leichten Lichtschein gesehen. Es mag sein, dass unsere Freunde nahe am Ufer lagern.«

»Ich habe auch etwas bemerkt, glaubte aber, mich getäuscht zu haben. Doch da du es auch gesehen hast, wird es wohl stimmen!« Thorolf schwang die Ruderpinne herum und sah, dass das Ufer rasch näher kam. Wenig später lief das Boot auf dem flachen Strand auf, und die Männer sprangen über Bord.

»Seid leiser!«, tadelte Andreas sie und stieg ebenfalls aus. »Bindet das Boot dort an den Baum«, befahl er und ging in die Richtung, in der er das Feuer vermutete. Der Mond, der bislang von Wolken verborgen worden war, stand nun hell am Himmel.

»Kein Laut, auch nicht, wenn ihr über eine Wurzel stolpert oder in ein Dornengebüsch greift!«, befahl Andreas.

Wenig später schloss Thorolf zu ihm auf. »Wir müssten bald da sein«, sagte er leise.

Da hob Andreas die Hand, und die Männer blieben stehen. »Seht ihr das?«, flüsterte er und wies mit der Rechten nach vorne.

Keine fünfzig Schritt vor ihnen brannte ein Feuer und beleuchtete zwei Gestalten, die dort saßen und sich unterhielten.

»Besonders wachsam sind sie ja nicht«, meinte Thorolf spöttisch.

Das Glück war mit ihnen, denn Seefalke hatte Marderklaue und dessen Freunde an diese Stelle geschickt, um Eyvinds Siedlung zu beobachten. Zwei von ihnen befanden sich am Waldrand und behielten die Fremden im Auge, acht schliefen hier im Lager, und Marderklaue hatte mit einem Freund zusammen die Wache übernommen. Beide ärgerten sich, weil Seefalke sie nicht zu der Schar geholt hatte, mit der er Brams Siedlung angreifen wollte. Dabei achteten sie während ihres leise, aber erregt geführten Gesprächs nicht so auf ihre Umgebung, wie es nötig gewesen wäre.

Andreas, Thorolf und deren Begleiter kamen fast bis zum Feuer und entdeckten nun auch die schlafenden Krieger. Als Andreas sich zu seinen Männern umdrehte, sah er, dass diese ihre Kurzschwerter in der Hand hielten. Mit Pfeilen auf Schlafende zu zielen, hielten sie für ehrlos. Kurz fragte er sich, welchen Unterschied es machte, sie mit Schwertern niederzumachen, vertrieb diesen Gedanken und stürmte los.

Marderklaue riss noch seine Kriegskeule hoch, doch da war Andreas heran und schwang sein Schwert mit aller Kraft. Der zweite Wachtposten fiel Thorolf zum Opfer, während die anderen Nordmänner die aus dem Schaf geschreckten Skrälinger niedermachten. Nur die beiden Krieger, die ein ganzes Stück vom Lager entfernt Eyvinds Siedlung unter Beobachtung hielten, konnten fliehen.

»Das ging verdammt leicht«, sagte Thorolf, als es vorbei war.

»Auf jeden Fall wissen die Skrälinger jetzt, dass auch wir hart und überraschend zuschlagen können«, antwortete Andreas und gab den Befehl, zum Boot zurückzukehren.

8.

Farald war kurz nach Andreas mit einem Boot und sechs Ruderern aufgebrochen, musste aber um die Spitze der Halbinsel herumfahren und kämpfte dort gegen die Strömung an, die sie auf das Meer hinausziehen wollte.

»Das war eine verfluchte Schinderei!«, stöhnte einer der Männer, als sie endlich die Halbinsel umrundet hatten.

Farald hob den Kopf. »Sei still!«, befahl er und lauschte. »Wenn das keine Skrälinger sind, will ich Eyvind als Knecht dienen«, setzte er leise hinzu.

Jetzt vernahmen auch seine Begleiter die wilden Rufe, mit denen Seefalkes Krieger Brams Siedlung angriffen. Kurz darauf loderten Flammen am Horizont auf.

»Was tun wir jetzt?«, fragte einer der Männer besorgt.

Farald deutete auf eine kleine Insel, die schräg vor ihnen lag. »Wir verstecken uns dort und warten ab.«

»Sollen wir nicht Bram und seinen Männern zu Hilfe eilen?«

»Brams Siedlung liegt noch weiter landeinwärts als unsere. Wenn wir jetzt planlos drauf zu rudern, könnten wir auf die Skrälingerschar treffen, die die Siedlung umzingelt hat und uns mit Freuden zur Hölle schicken würde«, gab Farald zur Antwort.

Das leuchtete allen ein. Farald lenkte das Boot zur Insel und verbarg es hinter mehreren über das Wasser ragenden Zweigen. Brams Siedlung lag jenseits eines Hügels und war von ihrem Platz aus nicht zu sehen. Aber der Himmel darüber leuchtete rot.

»Was mag da vorgehen? Bram hat doch fast zweihundert Krieger bei sich. Das müsste selbst für eine mehrfache Übermacht der Skrälinger reichen«, sagte einer der Männer, als es allmählich leiser wurde.

»Sollten wir nicht nachsehen?«, fragte ein Kamerad.

Farald wies auf den Hügel. Auf seiner Höhe standen zwei Männer. Selbst auf diese Entfernung war zu erkennen, dass es sich um Skrälinger handelte.

»Ich glaube nicht, dass es gesund wäre, dies zu tun«, meinte er.

»Aber Bram und seine Männer können doch nicht gegen die Skrälinger verloren haben«, rief einer seiner Begleiter verständnislos.

»Anscheinend doch!« Farald verzog das Gesicht, da der Wind Brandgeruch mit sich trug.

Das Warten wurde zur Qual. Zuletzt fragte Farald sich, ob er ein Feigling war, weil er der Vorsicht den Vorzug gab. Als er jedoch seine Männer musterte, sah keiner von ihnen so aus, als sehne er sich danach, so rasch wie möglich zu Brams Siedlung zu kommen.

Nach einer Weile war erneut Schreien zu vernehmen. Es konnte nur aus einer oder zwei Kehlen stammen, klang jedoch so schaurig, dass es den Männern kalt den Rücken hinunterlief.

Erst spät am Nachmittag, als lange nichts mehr zu hören gewesen war, gab Farald den Befehl, aufzubrechen. Er hielt das Boot lange auf dem Meer und steuerte erst das Ufer an, nachdem sich einige Zeit kein einziger Skrälinger hatte sehen lassen. Beim Anlanden blieb alles still. Einige Nordmänner bekreuzigten sich, und keiner machte Anstalten, auszusteigen. Farald überlegte schon, allein loszugehen, befürchtete aber, dass die anderen dann sofort zur eigenen Siedlung zurückrudern würden. Da er den Weg dorthin nicht über Land zurücklegen wollte, sah er seine Begleiter streng an.

»Zwei bleiben im Boot! Die anderen kommen mit mir.«

»Sollten wir nicht alle gehen?«, fragte einer der Männer.

Farald schüttelte den Kopf. »Das Boot muss bewacht werden! Wenn wir es verlieren, müssen wir zu Fuß gehen, und ihr wisst, dass unterwegs die Skrälinger lauern.«

Das überzeugte die Männer. Zwei blieben im Boot, während die anderen Farald folgten. Entsetzen und Grauen überfielen sie beim Anblick von Brams Siedlung. Alle Häuser und Hütten waren niedergebrannt worden. Helme und Rüstungen, mit denen die Skrälinger nichts hatten anfangen können, lagen herum, doch zunächst fanden sie keine einzige Leiche.

»Vielleicht konnte sich Bram mit seinen Leuten zu unserer Siedlung durchschlagen«, meinte einer der Männer voller Hoffnung. Da stieß einer seiner Kameraden einen gellenden Schrei aus.

»Bist du verrückt geworden«, schalt Farald ihn.

»Sieh dort!«, erwiderte der Mann und wies auf ein niedergebranntes Feuer.

Dort lagen drei gefesselte Männer, deren bis auf die Knochen verbrannten Füße und Unterschenkel in der noch rauchenden Asche steckten.

»Es sind Gloedir, der Färinger Skeggi und Brodir! Bei Gott, seht euch die Beine an. Sie sind bis über die Knie verbrannt!« Der Mann, der es sagte, würgte bei diesen Worten und wandte sich ab.

Farald zwang sich, die drei Toten anzusehen. »Wie es aussieht, haben ihnen die Skrälinger die Füße bei lebendigem Leib gebraten. Wahrscheinlich waren es ihre Schreie, die wir als Letztes gehört haben!«, erklärte er mühsam beherrscht.

»Aus der Asche von Brams Langhaus ragen verbrannte Knochen!«, meldete einer seiner Männer.

Farald blickte hin und begriff, dass die meisten von Brams Kriegern dort ihr Ende gefunden haben mussten. »Hoffentlich hat es meinen Vetter ebenfalls erwischt! Warum musste dieser Narr unsere Gemeinschaft sprengen? Wären wir einig geblieben, sähe die Sache jetzt anders aus.«

Seine Begleiter nickten, und niemand von ihnen dachte noch daran, dass sie mit der Absicht in dieses Land gekommen waren, die Skrälinger zu unterwerfen und einen Teil von deren Frauen für sich zu fordern.

»Wir hätten Andreas' Rat folgen und auf einer der Inseln siedeln sollen«, sagte einer der Männer leise.

»Das wäre alles nicht geschehen, wenn nicht dieser verfluchte Bolverk die Skrälinger angegriffen, mehrere von ihnen umgebracht und die Weiber verschleppt hätte«, schimpfte einer seiner Kameraden.

»Soviel ich weiß, gehörten Gloedir, Skeggi und Brodir zu denen, die es getan haben. Das war wohl die Strafe dafür«, sagte Farald leise. Er schüttelte sich kurz und bückte sich nach einer Schaufel, die wie etliche andere Werkzeuge von den Skrälingern verschmäht worden war.

»Wir können die drei trotzdem nicht einfach so liegen lassen. Begraben wir sie und kehren nach Hause zurück.«

»Mein Zuhause ist Norwegen«, murmelte einer und hörte sich dabei nicht so an, als erwarte er, es noch einmal wiederzusehen.

9.

Bei seiner Rückkehr in die Siedlung hatte Andreas seinen Überfall auf die zehn Späher und deren Tod als Erfolg gesehen. Doch als Farald mit der Nachricht erschien, dass Brams Siedlung zerstört war und die meisten seiner Krieger den Tod gefunden hatten, senkte er betroffen den Kopf.

Eyvind selbst wollte nicht glauben, dass sein Vetter besiegt oder gar tot sein konnte. Daher brüllte er Farald an, aus Neid Lügen zu erzählen. »Bram ist ein gewaltiger Krieger! Der lässt sich nicht von ein paar Wilden besiegen.«

»Dann nimm ein Boot, fahre hin und überzeuge dich selbst«, antwortete Farald bitter.

»Hört auf zu streiten!«, wandte Andreas ein. »Wenn wir jetzt nicht einig sind, ergeht es uns wie Bram.«

»Ich glaube nicht an seinen Tod!«, rief Eyvind uneinsichtig.

»Aber ich glaube Farald«, sagte Herjolf leise. »Wenn du einem Mann Neid vorwerfen willst, so tu es bei Bram. Farald ist bei uns geblieben, obwohl du ihm wahrlich genug Grund geliefert hast, sich von dir zu trennen. Bram aber dachte schon bei unserem Aufbruch von den Orkneyjar daran, wie er sein eigener Herr werden könnte. Er hat die Spannungen in unserer Gruppe geschürt und alles getan, um dir so viele Männer wie möglich abspenstig zu machen. Denke nur an Gloedir oder an Alvidr. Sie hatten dir Gefolgschaft geschworen und diesen Schwur unter Brams Einfluss gebrochen.«

Eyvind sah aus, als wolle er den alten Krieger wegen dieser Worte schlagen. In den Mienen der anderen las er jedoch, dass diese genauso dachten. Er setzte sich und legte den Kopf auf die Hände. Wie frohgemut war er von Ulfars Hof aufgebrochen, und wie elend sah die Lage jetzt aus, dachte er verzweifelt.

»Wir sollten Andreas' Vorschlag folgen, so viele Leute wie möglich auf die Schiffe laden und zu einer der Inseln fahren. Mit etwas Glück können wir den größten Teil unserer Siedler retten«, schlug Thorolf vor.

»Und der Rest?«, fragte Eyvind bitter.

»Muss warten, bis er geholt wird!«

Eyvind schüttelte den Kopf. »Es würde zu lange dauern, bis wir die Insel besetzt haben. In der Zwischenzeit metzeln die Skrälinger unsere zurückgebliebenen Freunde nieder. Ich lasse keinen Einzigen meiner Männer im Stich.«

»Das musst du auch nicht.« Andreas klinkte sich ein. »Warum graben wir den Bach hinter der Siedlung nicht tiefer aus und holen die Schiffe? Dort, wo sie jetzt sind, können wir sie bei einem weiteren Angriff nicht schützen. Hier aber könnten sie uns die Flucht ermöglichen.«

Eyvind überlegte kurz und nickte. Er musste die Männer beschäftigen, damit ihnen nicht die Zeit blieb, über Brams Schicksal und das seiner Siedler nachzudenken. Noch während er hoffte, seinem Vetter könnte mit einer erklecklichen Schar die Flucht gelungen sein, stürzte Bjalfi herein und wies aufgeregt in die Richtung von Brams Siedlung.

»Einige Krieger kommen auf uns zu!«

»Bram und seine Männer?«, fragte Eyvind, doch Bjalfi schüttelte den Kopf.

»Bram ist nicht dabei. Es sind weniger als ein Dutzend, und wie es aussieht, führt Alvidr sie an.«

Eyvind wollte es nicht glauben, doch als kurz darauf das kleine Häuflein Überlebender hereingeführt wurde, musste auch er erkennen, dass Bram und mit ihm eine große Zahl an Kriegern von den Skrälingern überlistet und niedergemacht worden waren.

»Wie konnte das passieren?«, fragte er fassungslos.

Alvidr verzog das Gesicht zu einer Grimasse. »Der Narr von einem Wächter rief Feueralarm, anstatt den Angriff zu melden. Als wir aus den Häusern kamen, um zu löschen, waren die Skrälinger da. Kaum einer von uns trug eine Waffe bei sich. Es war das reinste Abschlachten!«

Es schien Eyvind, als greife eine eisige Hand nach seinem Herzen. Mit dem gleichen Trick hatte er Jarl Ulfar, Tryggvi Thorgilson und die beiden Sachsen aus dem Haus gelockt und gefangen genommen.

Der Gedanke, dass Bram, mit dem er von Kindheit an vertraut gewesen war und mit dem er in etlichen Kämpfen Seite an Seite gestanden hatte, nun nicht mehr neben ihm stehen würde, schmerzte wie eine Wunde. Trotz ihres Zerwürfnisses hatte er gehofft, sich wieder mit ihm einigen zu können. Doch nun war Bram tot, und er steckte in einer Situation, die er selbst seinem schlimmsten Feind nicht wünschte. Er brauchte nur Farald, Thorolf und Herjolf anzusehen, um zu erkennen, dass sie das Vertrauen in ihn verloren hatten.

Sie waren längst unzufrieden mit ihm und würden, wenn sie sich auf eine der Inseln zurückzogen, einen neuen Anführer wählen. Er war jedoch zu hoch gestiegen, um sich noch einmal einem anderen Mann unterordnen zu können. Sein Schicksal würde sich hier entscheiden. Entweder gelang es ihm, die Siedlung zu halten, oder er ging kämpfend unter.

»Bram war ein Narr, sich überlisten zu lassen. Bei uns wird dies den Skrälingern nicht gelingen«, erklärte er mit fester Stimme.

»Als Erstes werden wir den Bach ausgraben und die Schiffe und Ruderboote hierherholen.« Der Vorschlag stammte zwar von Andreas, doch Eyvind tat so, als hätte er diesen Gedanken schon länger gehegt.

Andreas und Farald waren zu froh, dass er ihnen für dieses Vorhaben freie Hand ließ, um dies anzumerken.

Sigrid hatte sich über Andreas' glückliche Rückkehr gefreut und war stolz darauf gewesen, weil er sich als kühner Anführer erwiesen hatte. Als Farald jedoch von Brams Untergang und dem seiner Siedlung berichtet hatte, lief es ihr kalt über den Rücken. Die Angst packte sie, weniger um sich selbst als um ihre Tochter. Sie wollte Hilde nicht geboren haben, um zu erleben, dass diese bereits nach wenigen Tagen das Leben verlor.

»Wir sollten zu einer der Inseln fahren und zusehen, dass wir uns dort ansiedeln«, sagte sie leise zu Ingridur.

Diese wiegte unschlüssig den Kopf. »Es wäre klug gewesen, hätte Eyvind es von Anfang an getan. So aber wollte er die hier lebenden Menschen unterwerfen und hat seine Hände dabei in Blut getaucht. Dies werden Kürbiskopfs Krieger nicht vergessen und alles daransetzen, um uns zu vernichten!«

»Auf einer Insel könnten wir uns besser verteidigen als hier«, entgegnete Sigrid. »Auch haben die Skrälinger gewiss nicht so viele Boote, um eine ausreichende Anzahl an Kriegern hinter uns herschicken zu können.«

Ingridur war anderer Ansicht, doch sie wollte das Wenige an Hoffnung, das Sigrid noch besaß, nicht zerstören.

10.

In Seefalke wuchs die Wut auf die Fremden, als er vom Tod der Späher erfuhr, die Eyvinds Siedlung unter Beobachtung halten sollten. Es erhöhte nicht nur seine Verluste, sondern zeigte ihm auch, dass es dort Anführer und Männer gab, die sich mit ihm und seinen Kriegern messen konnten.

»Was tun wir als Nächstes?«, fragte Bärenhaut.

Am liebsten hätte Seefalke gesagt, er wisse es nicht. Seine Krieger erwarteten jedoch Entscheidungen von ihm, und so wies er in die Richtung, in der die Schiffe der Fremden gelegen hatten.

»Wir müssen ihre Beweglichkeit auf dem Wasser ein für alle Mal unterbinden. Daher greifen wir ihre großen Kanus an und verbrennen diese samt den kleineren Booten!«

Bärenhaut hob abwehrend die Hand. »Die Späher, die überlebt haben, berichten, dass die Fremden damit begonnen haben, den Bach hinter ihrem Dorf auszugraben, und dort liegen nun all ihre großen und kleinen Kanus. Um diese angreifen zu können, müssten wir entweder mit genug Kanus und Kriegern die widrige Strömung an der Spitze der Halbinsel überwinden oder vom Wald aus an dem befestigten Dorf vorbei zur Küste vorstoßen. Dann aber haben wir die Fremden im Rücken.«

Letzteres war bei der Zahl der Krieger, über die die Eindringlinge noch verfügten, zu gefährlich. Ein Angriff über das Wasser würde bei den Strömungsverhältnissen nicht ohne Lärm vonstattengehen und die Feinde auf sie aufmerksam machen.

»Das ist nicht gut«, erwiderte Seefalke, »denn solange sie Boote besitzen, können sie uns immer wieder gefährlich werden. Ich hoffe, dass Kürbiskopf bald erscheint. Er wollte etliche Hundert Krieger von unseren Bruderstämmen mitbringen.«

»Auch mit ihnen würde ein Angriff auf das Dorf der Fremden sehr blutig werden, denn wir können nicht damit rechnen, auch diese zu überraschen«, wandte Bärenhaut ein.

»Das Dorf der Fremden greife ich nur an, wenn mir die Gelegenheit günstig erscheint«, antwortete Seefalke und kniff die Augen zusammen, um nachzudenken.

»Eine Möglichkeit, ihnen zu schaden, gibt es«, sagte er nach einer Weile. »Wir werden in den nächsten Nächten die Felder zerstören, die sie angelegt haben.«

Bärenhaut nickte zufrieden, obwohl sie beide wussten, dass diese Aktion keine direkte Auswirkung auf den Kampf besaß. Die seltsamen Feldfrüchte, welche die Fremden hier angepflanzt hatten, konnten ohnehin erst im Herbst geerntet werden. Bis dorthin musste der Kampf entschieden sein, weil sonst zu viele Hände bei der Jagd und der Ernte auf den eigenen Äckern fehlen würden. Es war jedoch besser, etwas zu tun, als darauf zu starren, was der Feind unternahm.

Bärenhaut wartete, bis es dunkel war, dann brach er mit dreihundert Kriegern auf und näherte sich vorsichtig den Feldern, die Eyvinds Bauern angelegt hatten. Um keinen Gegenstoß durch die Fremden zu riskieren, mussten sie leise sein und gleichzeitig so viel von den wachsenden Halmen ausrupfen oder niedertrampeln, wie es nur ging.

Der Mond half ihnen dabei, sich zurechtzufinden. Irgendwann bemerkten Eyvinds Wachen, dass sich draußen etwas tat, und schlugen Alarm. Anders als bei Bram kamen die Männer gerüstet und bewaffnet aus den Häusern. Eyvind hörte sich an, was sein Wächter zu melden hatte, und befahl dann, in geschlossener Formation auszurücken.

Thorolf, Farald, Andreas, Ailmar und Bjalfi reihten sich hinter ihm ein, während Alvidr zwar auch bewaffnet erschien, aber vor Angst zitterte. Von Farald hatte dieser erfahren, wie sein Freund Gloedir ums Leben gekommen war. Während die anderen Krieger Eyvind folgten, drückte er sich immer tiefer in den Schatten eines Langhauses und krallte die Finger in die Grassoden, mit denen das tief hängende Dach gedeckt war. Noch nie hatte er ein solches Grauen gespürt wie in diesem Augenblick, und gleichzeitig verachtete er sich, weil er nicht in der Lage war, mit seinen Kameraden zu gehen.

Eyvind hatte verboten, Fackeln anzuzünden. Auch durften die Männer nicht reden und mussten ihre Waffen festhalten, damit nichts klapperte. Auf diese Weise kamen sie leise voran, und es gelang ihnen, die Skrälinger zu überraschen. Erst als die Nordmänner keine zwanzig Schritte mehr entfernt waren, wurde einer von Bärenhauts Kriegern auf sie aufmerksam. Sein Warnruf kam gerade noch rechtzeitig, um den meisten seiner Freunde die Flucht zu ermöglichen. Er und ein gutes Dutzend anderer wurden jedoch von Eyvinds Männern überrannt und niedergemacht.

In seinem Eifer befahl Eyvind die Verfolgung des Haupttrupps. Doch Seefalke kam Bärenhaut mit seinen restlichen Kriegern zu Hilfe. Pfeile prasselten auf die Nordmänner nieder und zwangen sie, sich mit ihren Schilden zu decken. An ein Eindringen in den Wald war unter diesen Umständen nicht zu denken, und so gab Eyvind voller Zorn den Befehl zum Rückzug.

Ihn tröstete nur, dass sie im Vergleich zu den eigenen Verlusten mehr als die vierfache Zahl an Skrälingern getötet hatten. Allerdings gab es etliche Verletzte unter seinen Kriegern, und das wog die Verluste der Skrälinger beinahe wieder auf.

Bis zu Eyvinds Befehl zur Umkehr hatte Ailmar wacker gekämpft und war genau wie Thorolf, Farald und sein Freund Andreas ohne eine Schramme davongekommen. Als er sich umschaute, vermisste er Alvidr unter den Kriegern. Zwar konnte dieser durch einen Pfeil verletzt oder gar getötet worden sein, doch er glaubte nicht daran.

Das feige Aas wird sich doch nicht etwa in der Siedlung verkrochen haben?, dachte er und bekam es mit der Angst zu tun, kannte er doch Alvidrs Hass auf Ingridur. Wie er den Kerl einschätzte, würde der die Gelegenheit nutzen und über die junge Skrälingerin herfallen. Bei dem Gedanken begann er zu rennen, wie er noch nie in seinem Leben gerannt war, und flog förmlich auf die Siedlung zu.

Dort hatte Alvidr sich in Eyvinds Langhaus geschlichen und sich zunächst in seiner alten Kammer versteckt. Weiter vorne hörte er Sigrid mit Ingridur und ein paar anderen Frauen reden. Als es still wurde, streckte Alvidr vorsichtig den Kopf zur Tür hinaus und sah, dass Sigrid mit Hlif und Olaug die Vorratskammer überprüfte und Sibba nach draußen ging, um Wasser vom Bach zu holen. Doch wo war Ingridur?

»Die Skrälingerin ist an allem schuld! Sie hat uns alle an die Wilden verraten!«

Beim Klang der eigenen Stimme zuckte Alvidr zusammen.

Nicht, dass ihn jemand hörte! Unterdessen erklärte Sigrid, sich eine der Vorratshütten ansehen zu wollen. Als Olaug und Hlif ihr auch dorthin folgten, grinste Alvidr. Wenn Ingridur sich im Haus aufhielt, würde sie ganz alleine sein. Damit gehörte sie ihm! Zuerst würde er ihr zwischen die Schenkel fahren, bis sie vor Schmerzen schrie, und ihr dann mit Genuss die Kehle durchschneiden.

Mit verzerrter Miene tastete er nach seinem Dolch. Er würde seine Freunde an diesem verräterischen Biest rächen. Bis die anderen Frauen oder gar Eyvind und die Krieger zurückkehrten, würde es für Ingridur zu spät sein.

Klein Hildes quengelnde Stimme und die sanften Laute, mit denen Ingridur das Kind beruhigte, wiesen Alvidr den Weg. Er öffnete vorsichtig die Tür zu der Kammer, die Ingridur mit Sigrids Mägden teilte, fand sie nur mit dem Kind darin vor und trat zufrieden ein.

Ingridur blickte auf. »Warum bist du nicht bei den anderen Kriegern?«, fragte sie, als sie ihn erkannte.

»Weil ich etwas anderes vorhabe«, antwortete Alvidr mit einem zufriedenen Glucksen und streckte die Hand nach ihr aus.

Ingridur begriff seine Absicht und legte das Kind in sein Bettchen, damit es nicht zu Schaden kam und sie die Hände für den Kampf frei hatte. Gegen den entfesselten Krieger kam sie jedoch nicht an. Er packte sie und schleuderte sie durch die Kammer. Bevor sie sich wieder aufraffen konnte, war er über ihr und drückte sie mit seinem Gewicht zu Boden. Um sie am Schreien zu hindern, stopfte er ihr ein Stück Tuch, das als Windel für das Kind gedacht war, in den Mund, presste ihre Handgelenke mit einer Hand zusammen und zwang ihre Schenkel auseinander. Mit der freien Hand zerriss er ihren Rock, bis ihr Unterleib nackt vor ihm lag, löste dann seinen Gürtel und holte sein Glied aus der Hose. Dabei dachte er, dass er das Mädchen schon längst unter sich hatte spüren wollen. Aber der Kleinere der beiden verdammten Sachsen war ihm jedes Mal in die Quere gekommen. Doch nun schlug Ailmar sich draußen an der Seite von Eyvind und den anderen Kriegern mit den Wilden herum.

»Jetzt spieße ich dich auf, du Miststück, und wenn ich damit fertig bin, folgst du Bram und den anderen in die Hölle!«, sagte er und brachte sein Glied in Stellung.

Da weiteten sich Ingridurs Augen. Sie riss überraschend den Kopf hoch und traf Alvidr mit der Stirn mitten im Gesicht. Seine Nase begann zu bluten und er selbst zu fluchen. Im nächsten Augenblick fühlte er, wie ihn jemand bei den Schultern packte, mit unwiderstehlicher Wucht hochriss und wie ein Bündel Lumpen zur Tür hinauswarf.

Es war Ailmar. Er keuchte vom schnellen Lauf, doch seine Wut verlieh ihm die Kräfte eines Riesen. Bevor Alvidr wieder auf die Beine kam, traf ihn ein Fußtritt und schleuderte ihn erneut zu Boden. Alvidr rappelte sich auf, riss sein Schwert aus der Scheide und stürmte auf Ailmar zu. Mit einer blitzschnellen Bewegung zog dieser die eigene Waffe und nützte den Schwung aus, um einen harten Hieb gegen Alvidr zu führen. Dessen Klinge ging ins Leere, während die Ailmars tief ins Fleisch schnitt.

Einen Augenblick stand Alvidr noch aufrecht, dann brach er in die Knie. »Verfluchter Sachse! Du …«, stöhnte er, fiel zu Boden und tat seinen letzten Atemzug.

Unterdessen kamen sowohl Sigrid und Hlif wie auch Eyvind, Andreas und Farald herein. Ailmar atmete tief durch und sah Eyvind offen ins Gesicht. »Du kannst sagen, was du willst, aber er hat sein Schicksal verdient!«

Ingridur zerrte den Lappen aus ihrem Mund und spie Alvidr an. »Er wollte mich vergewaltigen und danach umbringen«, erklärte sie unversöhnlich.

Eyvind atmete mehrfach tief durch und wies dann auf den Toten. »Schafft ihn hinaus und verscharrt ihn irgendwo. Er war zu feige, gegen Krieger zu kämpfen!«

Mit diesen Worten drehte er sich um und ging.

Während Andreas und Farald Alvidrs Leichnam nach draußen brachten, sah Ingridur Ailmar mit leuchtenden Augen an. Wieder einmal war er rechtzeitig erschienen, um sie zu retten. Sie fühlte Dankbarkeit und Vertrauen, aber auch große Zuneigung zu ihm, wie sie sie noch zu keinem anderen Menschen empfunden hatte. Er war ein Mann, wie es keinen Zweiten gab, dachte sie, und sie spürte eine Sehnsucht danach, ihm dies auch zu beweisen. So, als wäre dies ein Befehl, meldete sich auch ihr Leib mit dem Wunsch nach inniger Nähe, während sie bei Alvidr nur Abscheu gespürt hatte. Verwirrt über sich selbst, trat sie zu Ailmar und fasste nach seinen Händen.

»Ich danke dir! Wenn du es willst, werde ich in Zukunft die Decke mit dir teilen.«

»Und ob ich will!«, antwortete Ailmar und gab ihr einen Kuss.

11.

Am nächsten Morgen zeigte sich das ganze Ausmaß von Bärenhauts Aktion. Die Felder waren so verwüstet, dass höchstens jeder zehnte Halm zur Reife kommen würde. Doch selbst das erschien unsicher, da die Skrälinger die Felder jederzeit erneut heimsuchen konnten.

Eyvind spürte, dass viele ihn auch dafür verantwortlich machten, und sann verzweifelt über einen Ausweg nach. Sein Vorhaben stand auf Messers Schneide. Um Erfolg zu haben, brauchte er einen entscheidenden Sieg. Auch wenn es nicht gelang, die Skrälinger zu unterwerfen, so mussten sie dazu gebracht werden, ihm dieses Land bis weit in den Wald hinein zu überlassen. Doch ein Angriff, wie er ihn diese Nacht geführt hatte, würde ins Leere stoßen, weil sich die Skrälinger rascher zurückziehen würden, als sie ihnen folgen konnten. Es musste etwas anderes sein, sagte er sich, und langsam formte sich eine Idee.

Da kam Sigrid zusammen mit Hlif und Olaug herein. Die Gesichter der drei Frauen wirkten ernst.

»Ich habe eben unsere Vorräte überprüft. Sie reichen nur noch für gut zwei Wochen. Danach müssen wir von dem leben, was wir im Meer oder im Wald erjagen können«, erklärte Sigrid.

Im Wald zu jagen, war wegen der Skrälinger unmöglich, und das Meer gab auf Dauer nicht genug her, um alle Menschen in der Siedlung versorgen zu können. Eyvind fasste daher einen Entschluss, der ihn schmerzte.

»Wir werden alle Zuchttiere, die wir noch haben, schlachten und später neue aus Island holen.«

»Das reicht auch nicht für lange. Was willst du danach tun, vielleicht Menschen schlachten und essen?«, fuhr Sigrid auf.

»Mir wird schon etwas einfallen«, antwortete Eyvind gereizt. »Gehe jetzt und schicke mir Farald! Ich habe einen Auftrag für ihn.«

Sigrid lag auf der Zunge zu fragen, ob er endlich eingesehen hatte, dass sie die Siedlung aufgeben und sich auf eine der vorgelagerten Inseln zurückziehen mussten, doch angesichts seiner grimmigen Miene verkniff sie es sich. Sie verließ zusammen mit ihren Mägden das Langhaus. Sie fand Farald im Gespräch mit seinem Bruder, Andreas, Ailmar, Herjolf und Bjalfi.

»… muss die Führerschaft abgeben, sonst führt er uns noch ins Verderben«, hörte sie Farald sagen.

Bjalfi schüttelte den Kopf. »Die Krieger werden ihn nicht im Stich lassen, nicht jetzt, da er in Not ist. Es wäre unehrenhaft.«

»Sie sterben wohl lieber!«, stieß Ailmar erregt hervor. Da er sich Ingridurs Liebe nun sicher war, wollte er sie an einen Ort bringen, an dem sie gefahrlos leben konnten.

»Kündigt ihr in Sachsen euren Anführern die Gefolgschaft auf, nur weil sie das Unglück verfolgt?«, fragte Bjalfi scharf.

»Lass es!«, riet Andreas Ailmar, als dieser etwas darauf erwidern wollte. »Bjalfi hat recht.«

»Eyvind will Farald sehen!«, mischte sich Sigrid in die erregte Unterhaltung.

»Dann werde ich mir anhören, was er will.« Farald atmete tief durch und trat in Eyvinds Langhaus. Sein Anführer erwartete ihn auf seinem Hochsitz thronend in der Halle.

»Der Bach, den wir ausgraben, eignet sich für mehr als nur die beiden Schiffe und die paar Kähne, die wir noch haben. Bei dem

Überfall auf die Flotte wurden mehrere Schiffe versenkt, damit ihre Rümpfe vor dem Feuer geschützt wurden. Nimm dir genug Männer und sieh nach, ob noch einer davon zu brauchen ist. Sollte das der Fall sein, dann hebt ihn und bessert die Schäden aus. Anschließend zieht ihr ihn zum Bach und bringt einen Mast an. Wenn es mehr als ein Schiff ist, wäre es noch besser, denn wir werden bald so viele wie möglich brauchen!«

Als Farald das hörte, atmete er auf. »Das ist ein guter Vorschlag! Wenn wir genug Schiffe für alle haben, können wir zu einer der Inseln fahren. Noch verfügen wir über genug Krieger, um sie erobern zu können.«

Eyvind drehte den Kopf zur Seite, damit Farald sein Gesicht nicht sehen konnte. Ein Rückzug kam für ihn nicht infrage. Er hielt es jedoch für besser, die anderen in dem Glauben zu lassen, er wäre dazu bereit, um sie zur Arbeit anzuspornen.

»Macht rasch!«, sagte er und streichelte gedankenversunken den Griff seines Schwertes.

12.

Thorolf tauchte wie ein Seehund aus dem Wasser auf und winkte seinem Bruder zu. »Zwei Schiffsrümpfe sind noch in Ordnung, darunter auch der große Drakkar, der Bram gehört hat. Wenn wir die Ruderboote vollladen und von den Schiffen ziehen lassen, müssten wir alle mitnehmen können!«

»Wir müssten dann sehr viele Dinge zurücklassen, die wir auf der Insel dringend benötigen«, wandte Herjolf ein.

»Wir werden genau auswählen müssen, was unbedingt nötig ist und was nicht.« Andreas lächelte, denn wenn sie diese Gestade verließen, würden Sigrid und ihre Tochter in Sicherheit sein.

»Wir sollten anfangen! Da wir keine Winde einsetzen können, wird es hart genug werden«, sagte Farald und ließ sich von seinem

Bruder genau erklären, wie der nächste der zwei Rümpfe im Wasser lag.

Thorolf und zwei junge Männer erhielten die Aufgabe, Seile an den Rümpfen zu befestigen. Das war eine Arbeit, die unter Wasser anstrengend und gefährlich war. Am Ufer standen sechzig Mann bereit, um die Rümpfe aufs Trockene zu ziehen. Ein Bauer, der als geschickter Zimmermann galt, hatte bereits Planken vorbereitet, mit denen die zerschlagenen ersetzt werden sollten. Allen war bewusst, dass die Skrälinger ihnen nicht viel Zeit zur Bergung und Instandsetzung der Rümpfe lassen würden. Daher mussten sie diese noch am selben Tag zu dem künstlich gegrabenen Hafen bei der Siedlung bringen.

Während Thorolf und seine Mitstreiter die Seilenden packten und mit ihnen tauchten, legten Andreas und die anderen Rundhölzer aus, damit die Schiffe an Land gezogen werden konnten.

»Es wird uns nicht leichtfallen, da die Rümpfe mit Wasser gefüllt sein werden. Notfalls müssen wir noch ein paar Planken zerschlagen, damit das Wasser schneller abläuft«, sagte Farald, als sein Bruder wieder auftauchte und ihnen zurief, dass die Seile befestigt seien.

»Zieht, Kerle! Denkt daran: Auf dem Schiff könnte gerade noch Platz für euch sein«, feuerte Farald die Männer an.

Diese zogen, bis ihnen schier die Sehnen platzten. Zunächst tat sich nichts, dann aber machte das Schiff einen Sprung. Kurz darauf lag es an Land, und das Wasser lief aus den geborstenen Planken.

»Gut gemacht!«, lobte Farald, während der Zimmermann an Bord stieg, um die Schäden zu begutachten.

»Der schwimmt bald wieder«, sagte er nach einer Weile und machte sich an die Arbeit.

Thorolf und die anderen Taucher befestigten unterdessen die Seile an dem anderen Rumpf. Obwohl dieser weiter vom Ufer entfernt lag, ging es leichter, da hier mehr Planken durchschlagen waren und das Wasser schneller herauslaufen konnte. Mastfuß und Steuerruder waren bei beiden Rümpfen in Ordnung, und es gab genug gerettete Riemen, um sie, nachdem sie abgedichtet waren, wieder ins Wasser schieben und bis zum neuen Hafen rudern zu können. Um die starke Strömung zu überwinden, brauchten sie dennoch die Männer am Ufer, die die beiden Rümpfe an Seilen um die Landspitze herumzogen.

Am Abend dieses Tages versammelten sich Farald, Andreas, Ailmar, Thorolf, Herjolf und Bjalfi bei Eyvind und erwarteten, dass dieser den Befehl gab, die Siedlung aufzugeben.

»Morgen werdet ihr die Masten anbringen und Segel anschlagen«, begann Eyvind auch, wie sie erwartet hatten.

»Es ist eine harte Arbeit, aber wir werden es schaffen«, versprach Farald.

»Gut so!« Eyvind atmete tief durch und musterte dann jeden der Männer einzeln. »Morgen Abend müssen alle vier Schiffe bereit sein, ebenso die Ruderboote. Sobald es dunkel ist, werden alle Krieger bis auf zwanzig an Bord steigen und die Halbinsel hochrudern.«

»Aber …«, platzte Andreas heraus, verstummte jedoch unter Eyvinds zornigem Blick.

»Was hast du vor?«, fragte Farald mit scharfer Stimme.

»Im Wald befinden sich höchstens fünf- bis sechshundert Skrälinger. Solange wir sie von hier aus angreifen, können sie uns ausweichen und uns ins Leere laufen lassen. Daher werden wir in ihrem Rücken landen und sie von hinten angehen. Mit etwas Glück können wir sie umschließen und zusammenschlagen. Danach sind wir die Herren in diesem Land!«

Eyvind sprach so überzeugend, dass Bjalfi und einige andere zustimmend auf die Tische schlugen. Sogar Farald schien im Zweifel zu sein, ob Eyvind nicht doch recht hatte.

Da sprang Andreas erregt auf. »Falls es misslingt, werden ihnen unsere Schiffe in die Hände fallen. Damit sind jene, die hier in der Siedlung zurückbleiben, zum Untergang verdammt!«

»So ist es!«, stimmte Ailmar seinem Freund zu.

Auch Farald nickte nun. »Wir dürfen die Schiffe nicht riskieren!«

Mit einem grimmigen Schnaufen würgte Eyvind die Antwort, die ihm auf der Zunge lag, hinunter, denn die Schiffe waren einfach zu wichtig. Mindestens eines, am besten zwei waren für die Fahrt nach Island notwendig, um Nachschub holen zu können. Inzwischen musste das Thing über Sigrids Erbanspruch entschieden haben. Entweder erhielt er auf Island Land, das er in Zukunft als Stützpunkt verwenden konnte, oder wenigstens genug Silber, um dort Vorräte und Zuchttiere zu erwerben.

»Wenn wir an unserem Ziel angelangt sind, werden je fünf Mann auf den Schiffen bleiben und sie hierher zurückbringen. Die Boote werdet ihr mit Seilen an den Schiffen befestigen und hinter euch herziehen. Du, Farald, bist dafür verantwortlich. Such dir die Leute dafür aus. Ach ja, du wirst auch die beiden Sachsen dafür nehmen.«

Eyvind sagte es mit schiefer Miene, denn Andreas hatte sich als zu guter Krieger und Unteranführer erwiesen, und er wollte nicht, dass dessen Ruhm den seinen übertraf.

Zu anderen Zeiten hätte Farald sich dagegen verwahrt, auf den Schiffen zurückbleiben zu müssen, doch nun war sein Vertrauen zu Eyvind geschwunden. Für sein Gefühl wollte sein Vetter mit dem Kopf durch die Wand. Wenn dieser Kampf in einer Niederlage endete, würden ihnen die Krieger fehlen, um auch nur eine der Inseln besetzen zu können. Umso wichtiger war es für die Überlebenden, die Schiffe nicht zu verlieren.

13.

Seefalke hatte von seinem Aussichtspunkt am Waldrand beobachtet, wie die beiden Schiffe gehoben wurden, und hätte am liebsten angegriffen, um dies zu verhindern. Die große Zahl feindlicher Krieger hielt ihn jedoch zurück.

Missmutig kehrte er in sein Lager zurück und sah zu seiner Erleichterung, dass Kürbiskopf eingetroffen war, und er hatte mehr als achthundert Krieger der verbündeten Stämme mitgebracht.

»Du kommst zur rechten Zeit, Kürbiskopf! Jetzt können wir die Fremden vernichten. Ich greife mit meiner Schar die Schiffe an und locke die Feinde aus ihrer Siedlung, sodass du sie mit deinen Kriegern im Rücken fassen kannst!«

Kürbiskopf hatte die Mahnung der anderen Stammesoberhäupter im Ohr, nicht zu viel zu riskieren, und schüttelte den Kopf. »Ich halte es für voreilig, gleich alle unsere Krieger einzusetzen. Die Fremden sind fürchterliche Gegner, und sie besitzen entsetzliche Waffen. Obwohl du die Bewohner des kleineren Dorfes überraschen konntest, musstest du schwere Verluste hinnehmen. Bei einem offenen Kampf gegen die Krieger des großen Dorfes würden diese noch viel größer sein. Das aber würde unseren Feinden nützen. Unsere Verbündeten haben bereits Späher abgefangen, die auf dem Weg hierher waren. Die Stämme im Westen würden die Fremden nur zu gerne als Verbündete gewinnen, um uns aus unseren Jagdgründen vertreiben zu können.«

»Umso rascher müssen wir sie vernichten!«, rief Seefalke aus.

»Rasch ja, aber mit Bedacht! Sobald genug Kanus hier sind, werden wir die Schiffe der Fremden trotz der widrigen Strömungen vom Wasser aus angreifen. Haben sie erst einmal jede Möglichkeit verloren, in ihre Heimat zurückzukehren, um von dort weitere Krieger zu holen, werden sie sich nicht mehr lange halten können. Lieblicher Duft hat berichtet, dass ihre Vorräte bald erschöpft sind. Wenn sie uns dann angreifen, werden wir sie in die Wälder locken und dort vernichten.«

Auch wenn dieser Plan langwieriger war, so würden die zu erwartenden Verluste geringer sein, und das war auch in Seefalkes Sinn.

»Du hast klug gesprochen, Kürbiskopf! Die Fremden werden uns wie lahme Hirsche in die Hände fallen und sterben.«

»Was machen wir mit den Weibern?«, fragte Bärenhaut.

»Wir nehmen sie gefangen und teilen sie unter unseren verbündeten Stämmen auf. Da ihre Männer unsere Krieger töteten, ist es nur recht und billig, wenn aus ihren Schößen neue Krieger für uns erwachsen.«

»Wer mag schon ein so großes Weib mit Brüsten wie Kürbisse?«, spottete Bärenhaut.

»Die Kinder, die es dort gibt, nehmen wir ebenfalls mit und erziehen sie zu Mitgliedern unserer Stämme«, fuhr Kürbiskopf fort, ohne auf die Bemerkung einzugehen. Er hatte Bridget in sein Langhaus aufgenommen und mittlerweile festgestellt, dass das Zusammensein mit einer hochgewachsenen Frau mit großen Brüsten durchaus erregend sein konnte. Das würden auch jene bald merken, denen er die Frauen der Fremden anvertraute.

Elfter Teil

Der letzte Kampf

1.

Auf Eyvinds Befehl hin wurden die Vorbereitungen für den Überraschungsangriff getroffen. Die Krieger gingen erst nach Einbruch der Dunkelheit an Bord der Schiffe und Ruderboote und waren während der Fahrt an der Halbinsel entlang so leise, dass Eyvind hoffte, die Skrälinger überraschen zu können. Das war Andreas mit einer Handvoll Kriegern gelungen, und er wollte dem Sachsen beweisen, dass er es mit einem ganzen Heer aufnehmen konnte.

Als sie jedoch hinter dem Rücken der Skrälinger anlandeten und in den Wald eindrangen, bemerkte Eyvind rasch, dass es etwas anderes war, dies mit einem halben Dutzend Männer zu tun als mit den vielen Kriegern, die er anführte. Immer wieder stolperte einer über eine Wurzel oder über einen Busch, und so mancher mühsam unterdrückte Fluch drang an sein Ohr.

»Seid leise!«, befahl er und überlegte, wie weit der Feind noch entfernt sein mochte. Irgendwo vor ihnen entdeckte er einen schwachen Lichtschein und hielt darauf zu. Da tauchte vor ihm ein Skrälinger auf und starrte ihn in der Dunkelheit wie versteinert an. Bevor der Mann einen Warnschrei ausstoßen konnte, traf ihn Eyvinds Klinge.

Der Krieger sank stöhnend zu Boden. Das machte weitere Skrälinger auf sie aufmerksam. Ein gellender Ruf erscholl und wurde an anderer Stelle aufgenommen.

Mit einem zornigen Laut wies Eyvind mit dem Schwert nach vorne, ohne darauf zu achten, dass nur die Krieger direkt neben ihm es bei dem nächtlichen Dunkel sehen konnten.

»Vorwärts, drauf auf sie und keine Gnade!«, brüllte er und stürmte los.

Zunächst half ihnen das Überraschungsmoment. Die Skrälinger schreckten aus dem Schlaf hoch und wussten im ersten Augenblick nicht, was um sie herum geschah.

Eyvind hatte sich an die Spitze seiner Krieger gesetzt und

schwang sein Schwert. Wo er auf einen Skrälinger traf, tötete er ihn. Doch mit einem Mal gingen ihm die Gegner aus. Da sie flinker waren als die gepanzerten Nordmänner, gelang es ihnen, sich zurückzuziehen und die Angreifer aus der Ferne mit Pfeilen einzudecken.

Die Kettenhemden und Schilde der Nordmänner hielten stand, doch immer wieder traf ein Pfeil eine ungeschützte Stelle, und die Ersten von Eyvinds Kriegern starben.

»Weiter! Drängt sie zurück!«, rief Eyvind und rannte hinter den Skrälingern her, die kurz warteten, schossen und dann ein Stück weiterrannten, um dieses Spiel zu wiederholen. Nicht immer waren sie schnell genug, denn einige Male wurden eine Gruppe oder zumindest Einzelne eingeholt und niedergemacht. Allmählich glichen sich jedoch die Verluste aus. Eyvind fluchte wüst, als wieder etliche Skrälinger vor ihm davonliefen, ohne dass er sie einholen konnte.

»Teilt euch auf! Wir müssen sie zusammendrängen«, befahl er den Männern, die sich noch um ihn gesammelt hatten. Andere Krieger seines Heeres kämpften unweit von ihm allein auf sich gestellt. Wenn sie im Nahkampf auf Skrälinger trafen, so hatten diese ihren Schwertern und Äxten nichts entgegenzusetzen. Doch ihre Pfeile trafen und fällten einen Nordmann nach dem anderen.

Als Eyvind sich über einen Gefallenen beugte, sah er, dass ein Pfeilschaft aus dessen Kehle ragte.

»Wir müssen sie zusammendrängen!«, rief er erneut, begriff aber im nächsten Moment, dass dies unmöglich war, denn die Feinde waren schier überall. Unzählige Pfeile prasselten auf ihn und seine Männer nieder, und auch wenn neun davon fehlgingen, brachte der zehnte den Tod.

Thorolf tauchte neben ihm auf. »Das sind keine fünf- oder sechshundert, Eyvind, sondern sehr viel mehr!«, berichtete er erregt.

»Das sage ich auch!« Bjalfi hatte bisher tapfer neben Eyvind gekämpft, doch jetzt schien der ganze Wald mit Skrälingern gefüllt.

»Wir greifen weiter an!« Es war für Eyvind die einzige Möglichkeit, den Feind doch noch zu besiegen. Die anderen gehorchten, weil sie hofften, sich auf diese Weise zu ihrer Siedlung durchschlagen zu können.

Die Aufteilung der Nordmänner lohnte sich an einigen Stellen, an denen es ihnen gelang, die Skrälinger in der Dunkelheit zu überraschen. Andernorts aber wurden Eyvinds Männer abgedrängt und so lange mit Pfeilen beschossen, bis der Rest von der feindlichen Übermacht förmlich erdrückt werden konnte.

Eyvind vernahm durch das Geschrei und Geheul immer wieder Thorolfs Stimme. Dieser führte seine Schar gut und sorgte dafür, dass sie sich mit ihren Schilden gegen die feindlichen Pfeile schützten. Auch Bjalfi tat sein Bestes. Und doch war Eyvind schmerzlich bewusst, dass er aus Ehrgeiz und übermäßigem Stolz mit Farald und Andreas auf seine beiden fähigsten Unteranführer verzichtet hatte.

Mit ihnen an meiner Seite würde es anders aussehen, fuhr es ihm durch den Kopf. Gleichzeitig verfluchte er sein Pech, anstatt auf die Krieger, die Brams Siedlung zerstört hatten, auf eine weit größere Schar getroffen zu sein. Hätte er zuerst die kleinere Gruppe vernichten können, wäre der Sieg auch über die restlichen Feinde möglich gewesen. Doch selbst dann, wenn drei Skrälinger für einen seiner Krieger fielen, so wandelte sich das Zahlenverhältnis mehr und mehr zu seinen Ungunsten.

Da sah er einen Trupp direkt vor sich, der eben einige seiner Männer niedergemacht hatte, und griff an. Ein Krieger, der einen Streifen aus Bärenfell um die Schultern trug, wollte seinen Angriff mit dem Speer parieren. Eyvind wischte diesen mit einer kurzen Bewegung des Schwertes beiseite und rammte die Klinge nach vorne.

Mit einem Aufstöhnen sank der Krieger nieder. Im nächsten Augenblick pfiff Eyvinds Klinge erneut heran und trennte ihm den Kopf vom Rumpf. Eyvinds Männer töteten mehrere Skrälinger, der Rest wandte sich zur Flucht.

»Es wird bald hell«, meldete Bjalfi, der sich mit seinen Männern erneut Eyvind angeschlossen hatte.

»Wir müssen bald am Waldrand sein«, setzte ein anderer hoffnungsvoll hinzu.

Im Schein der Morgendämmerung blickte Eyvind sich um. Von den Feinden sah er nur noch die Pfeile, die auf sie abgeschossen wurden. Dafür vernahm er immer wieder Thorolfs Stimme, die seine Männer aufforderte, Disziplin zu wahren, und wandte sich in diese Richtung.

»Gleich haben wir den Waldrand erreicht. Danach müssen wir uns nur noch nach hinten decken«, rief Thorolf, als Eyvinds Schar zu der seinen aufgeschlossen hatte.

Ein neuer Pfeil schlug in Eyvinds Schild ein. Wütend hieb er den Schaft ab und reckte sein Schwert in die Höhe. »Kommt zu mir! Wir haben den Ring der Feinde durchschlagen!« Wie das klang, dachte er, nach Sieg und der bevorstehenden Vernichtung der Feinde. Dabei hatten sie die Schlacht verloren und konnten sich nur noch in die Siedlung retten.

Thorolf tauchte neben ihm auf. Ihm folgten weniger als zwanzig Mann. Als Eyvind sein eigenes Gefolge zählte, waren es kaum mehr.

»Stoß ins Horn, damit unsere Männer wissen, dass sie sich hier sammeln sollen!«, rief er in der Hoffnung, dass noch jemand das Signal geben konnte.

Augenblicke später erklang ein Stierhorn in einem grollenden Ton und erschreckte die Skrälinger so sehr, dass es einigen versprengten Nordmännern gelang, sich um Eyvind zu sammeln.

»Bildet einen Keil mit der Spitze nach hinten, damit ihr euch nur umzudrehen braucht, wenn die Feinde kommen«, rief Eyvind und reihte sich als Letzter hinten ein. Sollten sie angegriffen werden, wollte er als Erster sein Schwert schwingen.

»Ich hoffe, du bist dir im Klaren darüber, dass wir alle verloren sind, wenn es Farald und den anderen nicht gelungen ist, die Schiffe heil zur Siedlung zurückzubringen!« In Thorolfs Stimme schwang die Angst mit, die Strömung könnte die mit viel zu wenigen Ruderern bemannten Schiffe erfasst und aufs offene Meer hinausgezogen haben.

2.

Farald wusste um die Gefahr, die den Schiffen durch die starke Strömung drohte, und hielt, nachdem sie Eyvind und die Krieger abgeladen hatten, auf die Bucht zu, die ihnen als erster Hafen gedient hatte. Als Andreas das merkte, winkte er erregt.

»Wenn wir dort anlegen, werden die Skrälinger die Schiffe ebenso zerstören wie die anderen!«

»Nicht, wenn Eyvind siegt«, antwortete Farald, winkte dann aber ab. »Er ist ein Narr, diesen Nachtangriff zu wagen! Dafür wissen wir zu wenig über unsere Feinde. Aber um dich zu beruhigen: Wir werden zwar die Bucht anlaufen, die Schiffe aber, sobald der Morgen graut, ebenso wie letztens die gehobenen Rümpfe um die Landzunge ziehen und in dem neu gegrabenen Hafen vertäuen.«

»Aber wer soll sie ziehen? Wir sind nur vierzig Mann, und davon sind etliche zu alt für so schwere Lasten«, wandte Ailmar ein.

Farald verzog das Gesicht zu einem freudlosen Lachen. »Entweder sind dann Eyvinds Krieger zurück, oder die Frauen müssen es übernehmen. Es ist auf jeden Fall besser, als die Schiffe zu verlieren.«

»Das ist wohl wahr«, gab Andreas zu und steuerte das ihm anvertraute Schiff in das Kielwasser von Faralds Knorr. Ailmar und Herjolf folgten ihm mit den beiden anderen Schiffen.

In der Siedlung hatte in dieser Nacht niemand schlafen können. Als einige bemerkten, dass sich in der Bucht etwas tat, kamen sie herbei. Sie waren erleichtert, dass es sich um die eigenen Schiffe und nicht um feindliche Boote handelte, und so rannte einer zurück, um es in der Siedlung zu melden.

Als Sigrid hörte, dass Andreas zurückgekehrt war, eilte sie zur Bucht. Hlif und andere Frauen folgten ihr mit Fackeln, während Ingridur Klein Hilde in einem Gestell auf den Rücken geschnallt trug.

»Wie steht es im Kampf?«, fragte Sigrid besorgt.

Andreas zuckte mit den Achseln. »Wir wissen es nicht, denn wir haben Eyvind und die anderen Krieger ein Stück weiter oben an Land gesetzt.«

»Wir haben ein Schreien und Heulen gehört, als wenn alle Teufel aus der Hölle gekrochen wären«, berichtete Sigrid.

»Es ist immer noch zu hören«, warf Ingridur ein und senkte kurz den Kopf. »Den Kriegsrufen zufolge scheinen die Skrälinger zu siegen!« Es fiel ihr schwer, dies zuzugeben, doch seit sie wusste, dass Ailmar sie liebte – und sie ihn! –, fühlte sie sich ihm und seinen Leuten mehr verbunden als mit Kürbiskopf und dessen Stamm.

»Das ist nicht gut!«, rief Sigrid erbleichend. »Wir dürfen die Schiffe nicht hierlassen. Wenn die Skrälinger kommen und sie verbrennen, sind wir alle verloren.«

»Sie sollen auch nicht an dieser Stelle bleiben«, beruhigte Farald sie. »Wir werden eines nach dem anderen um die Landspitze rudern. Um zu verhindern, dass die Strömung eines davon erfasst und aufs Meer hinauszieht, müsst ihr Frauen sie an Seilen festhalten und um die Landspitze ziehen.«

»Wir sind bereit!« Sigrids Augen blitzten, als sie sich zu den anderen Frauen umdrehte und sie aufforderte, Seile zu holen.

»Da wir die beiden geretteten Schiffe neu takeln mussten, haben wir nicht mehr viel Tauwerk«, wandte Herjolf ein, um dann, als er die enttäuschten Gesichter um sich herum sah, hinzuzusetzen, dass es dafür wohl reichen werde.

Farald nickte verkniffen. »Wir müssen rasch handeln! Wenn die Skrälinger siegen, werden sie als Erstes die Schiffe angreifen. Es mag sein, dass wir noch heute alles an Bord bringen müssen, was wir brauchen, um rasch fliehen zu können.«

»Auch dazu sind wir bereit!« Da es nun darauf ankam, zeigte Sigrid, dass sie Jarl Ulfars Tochter war und sowohl schnell als auch bedacht handeln konnte. Die Seile wurden rasch befestigt, und dann ging es los. Sigrid zog selbst mit, und das tat auch Ingridur neben ihr. Sie trug Hildchen so geschickt, dass sie beide Hände frei hatte.

Die Frauen mussten sich mit aller Kraft in die Seile legen, als das Schiff die Landspitze querte und von der Strömung erfasst wurde.

Etliche Augenblicke sah es so aus, als würden sie unterliegen. Dann war es geschafft, und wenig später konnte Farald das Schiff in dem ausgehobenen Hafen befestigen.

»So, und jetzt das nächste!«, rief er fordernd.

So manche Frau stöhnte, als sie das hörte, doch keine gab auf.

Mit dem nächsten Schiff ging es leichter, doch beim dritten gab es Probleme. Es hatte drei der Ruderboote im Schlepp, allerdings war das Tau, mit dem sie befestigt waren, zu schwach und riss. Herjolf sah den von der Strömung rasch davongetragenen Booten nach und fluchte zum Gotterbarmen.

Da griff Farald ein. »Beruhige dich, alter Brummbär! Die drei Boote sind ein geringer Preis, wenn wir dafür die großen Schiffe behalten!«

»Es ärgert mich trotzdem!«, antwortete Herjolf und atmete auf, als das Schiff die Landspitze umrundet hatte und kurz darauf in dem kleinen Hafen lag.

Als Letztes wurde Ailmars Schiff eingeholt. Es war das kleinste und wurde trotz der beiden angehängten Boote rasch um die Landspitze geschafft. Nachdem es ebenfalls am Steg vertäut lag, sah Farald die um ihn versammelten Frauen und Männer an.

»Ich weiß, dass ihr hart gearbeitet habt und erschöpft seid. Doch wenn wir fliehen müssen, brauchen wir Werkzeug und Vorräte. Wir müssen daher weitermachen. Bedenkt, es geht um unser aller Leben!«

Sigrid nickte und teilte die Frauen in Gruppen ein, die alles, was benötigt wurde, aus der Siedlung holen und auf die Schiffe schaffen sollten. Zunächst half Ingridur eifrig mit. Dann aber erinnerte sie sich an Ailmars Gold, das sie mit so viel Mühe in die Siedlung gebracht hatten. Auch wenn sie nicht wusste, was man damit anfangen konnte, wollte sie es nicht zurücklassen. Da es für sie allein zu schwer war, verteilte sie es auf vier Ledersäckchen und rief Hlif, Olaug und Sibba zu sich.

»Diese Beutel gehören Ailmar, und er will sie mitnehmen. Wir bringen sie daher auf sein Schiff!«

Die drei Norwegerinnen packten die Beutel und hoben sie auf.

Verwundert über das Gewicht, sah Hlif Ingridur an. »Was hat Ailmar hier eingepackt, Steine?«

»Ich glaube, die wären leichter«, meinte Sibba stöhnend.

Die drei Frauen folgten Ingridur jedoch ohne Widerworte und waren froh, als die Beutel an Bord verstaut waren.

3.

Inzwischen war es Tag geworden. Die Kampfgeräusche aus dem Wald waren fast verstummt, und zur Erleichterung aller strömten keine Horden aus dem Wald, um die Siedlung anzugreifen.

»Vielleicht hat Eyvind doch gewonnen«, hoffte Herjolf.

Da zeigte Andreas mit einem leisen Ausruf auf den Waldrand. Dort tauchte eine Schar Nordmänner auf. Entsetztes Stöhnen erklang, als sie erkannten, dass es weniger als einhundert waren. Sie bildeten einen Keil, dessen Spitze nach hinten zeigte, und wandten sich immer wieder um. Im Wald blieb jedoch alles still.

»Sie werden nicht verfolgt!« Andreas wagte nicht, auf einen Sieg zu hoffen, dafür hatten die Kriegsrufe zu triumphierend geklungen. Neben ihm atmete Farald erleichtert auf, als er seinen Bruder entdeckte. Ailmar und Herjolf öffneten unterdessen das Tor der Siedlung und ließen die Männer ein.

Thorolf trat auf seinen Bruder zu und umarmte ihn schweigend. Bjalfi liefen die Tränen über die Wangen, als er den mit Skrälingerpfeilen gespickten Schild und sein Schwert fallen ließ. Als Letzter kam Eyvind herein. Über und über mit Blut bespritzt, glich er mehr dem Kriegsgott eines primitiven Volkes als einem christlichen Fürsten. Einen Augenblick lang blieb er vor Andreas und Farald stehen.

»Es waren keine fünfhundert Skrälinger, sondern mehr als zweitausend! Sie waren einfach überall und uns an jeder Stelle an Zahl weit überlegen.«

Danach ging er weiter, ohne nach links oder rechts zu sehen, und trat in sein Langhaus.

»Das ist also das Ende aller Hoffnungen«, sagte Farald mit stockender Stimme.

»Vielleicht kommen noch mehr unserer Leute!«, sagte Ailmar und blickte zum Wald hinüber.

Doch Thorolf schüttelte den Kopf. »Wem es bis jetzt nicht gelungen ist, aus dem Wald herauszukommen, der wird es nie mehr tun!«

»War es so schlimm?«, fragte Herjolf.

Thorolf drehte sich mit einer müden Bewegung zu ihm um. »Es war noch viel schlimmer!«

»Wir sind dabei, alles für die Flucht vorzubereiten«, berichtete ihm Andreas. »Sobald wir angegriffen werden, können wir in See stechen.«

Thorolf blickte in Richtung des Waldes und wischte sich über sein blutverschmiertes Gesicht. »Es wundert mich, dass sie uns nicht verfolgen!«

Da trat Djuri Ulfgeirrson, neben Farald und Eyvind der Letzte der Anführer, die von Island aus aufgebrochen waren, auf die Gruppe zu.

»Meine Leute und ich fordern eines der Schiffe für uns. Wir bleiben nicht länger in diesem verfluchten Land, sondern wollen in unsere Heimat zurück!«

»Wenn wir aufbrechen, tun wir es gemeinsam – und zwar nach Island!« Es fiel Farald schwer, dies zu sagen.

Bjalfi schüttelte zuerst empört den Kopf, schwieg dann aber ebenso wie die anderen Norweger. Einige von ihnen weinten sogar, und der Rest sah aus, als würden ihnen sämtliche Zähne auf einmal gezogen.

Andreas musterte sie nachdenklich. Die Männer waren in der festen Überzeugung hierhergekommen, sich festsetzen und über die Skrälinger herrschen zu können. Ihre Verachtung für die Wilden, wie sie die Menschen hier nannten, hatte sie verleitet, falsche Entscheidungen zu treffen, und aus diesem Grund waren sie gescheitert. Zudem hatte ihre Gefolgschaftstreue zu Eyvind sie verleitet, Kämpfe auszutragen, die von vorneherein sinnlos waren. Es hätte einiges anders gemacht werden können, doch sie hatten seine Ratschläge immer wieder verworfen. Nun hatten sie bitter dafür bezahlt.

Einige Männer waren trotzdem seine Freunde geworden, und nicht jeder von diesen war mit Eyvind aus dem Wald zurückgekehrt. Andreas empfand Trauer um die Toten und Mitleid mit den Überlebenden, wusste aber, dass diese Gefühle ihn nicht daran hindern durften, zu tun, was nötig war.

»Du sagst, wir segeln nach Island?«, fragte er Farald.

»Es ist die einzige Möglichkeit, die ich erkennen kann«, antwortete dieser. »Wir haben nicht die Vorräte, um einen weiteren Siedlungsversuch wagen zu können, zumal wir keinen Platz kennen, wo dies möglich wäre. Ich hätte mich im letzten Sommer gegen Eyvind durchsetzen und die Umgebung erkunden sollen. Wenn wir jetzt bei einer Insel an Land gehen, wissen wir nicht, ob sie unbewohnt ist oder tausend Skrälinger auf uns warten. Eine bewohnte Insel können wir nach den Verlusten, die wir erlitten haben, nicht mehr erobern, und die Zeit, eine unbewohnte zu suchen, haben wir nicht.«

»Was wird Eyvind dazu sagen?«

»Es geht nicht mehr um Eyvind und seinen Stolz, sondern um die Frauen und Kinder, die mit uns gekommen und oftmals schlecht behandelt worden sind. Wir sind es ihnen schuldig, sie in Sicherheit zu bringen.« Faralds Tonfall ließ keinen Zweifel daran, dass er sich auch gegen Eyvind durchsetzen wollte.

Andreas fühlte, wie ihn jemand am Arm fasste. Es war Sigrid, und ihre Miene wirkte entschlossen. »Ich werde nicht zu Eyvind zurückkehren! Er hat mir nach Hildes Geburt nicht mehr beigewohnt, und so bitte ich dich, mir und meiner Tochter Schutz zu gewähren!«

Es war die Aufforderung, notfalls das Schwert gegen Eyvind zu ziehen. Andreas hatte es ihr einmal versprochen, und er war mehr denn je dazu bereit.

4.

Eyvind saß auf seinem Hochsitz und blickte auf die leeren Bänke am Tisch. In ihm war nur noch Bitterkeit. Sein großer Plan war gescheitert, und er hatte viele Gefolgsleute in einen sinnlosen Tod geführt.

»Ich bin aufgebrochen, um König von Vinland zu werden«, sagte er leise, für niemand anders als sich selbst bestimmt. »Gott hat mich mehrfach vor meiner Überheblichkeit gewarnt, doch ich war nicht bereit, seine Zeichen zu erkennen. Als mein Schiff an Islands Küste gescheitert ist, hätte ich einhalten sollen, und das erst recht, als gute Männer bei der Durchquerung Islands starben. Gott bewies mir seine Macht, indem er den Eisberg drehte und ein weiteres Schiff vernichtete. Doch all diese Zeichen habe ich missachtet, um mir eine Krone aufs Haupt zu setzen, die nun zur Dornenkrone geworden ist.«

Eyvind wusste zuletzt nicht, wie lange er von Selbstvorwürfen gequält in seiner Halle gesessen hatte. In der gesamten Zeit war niemand hereingekommen. Stattdessen vernahm er draußen die Stimmen von Farald, Andreas und Sigrid, die die Leute anwiesen, die Schiffe mit allen wichtigen Utensilien zu beladen. Kurz erwog er, sich wie von Andreas vorgeschlagen auf einer der Inseln anzusiedeln. Dafür aber reichten die Vorräte nicht aus, und er wusste auch nicht, ob er seine mutlos gewordenen Männer noch einmal dazu bringen konnte, gegen eine an Zahl überlegene Schar Skrälinger zu kämpfen. Das Einzige, was ihnen noch blieb, war zu versuchen, Island zu erreichen.

»Will ich das?«, fragte er sich. »Will ich überleben? Die Leute werden auf mich zeigen und sagen, das ist Eyvind, der Gescheiterte, der Mann, der König sein wollte und von einer Horde Wilder mit Waffen aus Stein vertrieben worden ist.«

Eyvind lachte laut und grässlich, während es in seinem Kopf wie Feuer brannte. Er, der Sohn Jarl Erlings und selbst Jarl von Jervik, der an der Seite von Sigurd Magnusson Slembe um die

Macht in Norwegen gekämpft hatte, war nicht bereit, sein Haupt vor geringeren Männern zu beugen und diese als seine Herren anzuerkennen.

Nach diesem Entschluss hob er seine Waffen auf und reinigte sie. Der Schild war wieder brauchbar, nachdem er die Steinspitzen der Skrälingerpfeile mit einer Zange herausgezogen hatte. Sein Schwert musste er nur ein wenig nachschleifen und das Kettenhemd und den Helm vom Blut reinigen. Nachdem dies getan war, wechselte er seine Kleidung und rüstete sich erneut zum Kampf. Er hatte König werden wollen, und nun blieb ihm nichts anderes übrig, als wie ein König zu sterben.

Beim Verlassen der Halle sah er, wie Sigrid bei seinem Anblick in Ingridurs Kammer verschwand. Die Verachtung, die er auf ihrem Gesicht gesehen hatte, schmerzte ihn, und so folgte er ihr.

Außer Sigrid waren nur Ingridur und Hilde in der kleinen Kammer. Die Skrälingerin packte das Kind und wich bis zur Wand zurück, während Sigrid sich wie eine Henne, die ihre Küken gegen einen Habicht verteidigen will, dazwischen stellte.

»Ich will meine Tochter sehen!«, sagte er leise.

Etwas in seiner Stimme rührte Sigrid, und sie trat beiseite. »Zeige ihm Hilde!«, wies sie Ingridur an. Diese tat es mit einem gewissen Zögern.

Eyvind betrachtete das Kind, das seit seiner Geburt schon ein Stück gewachsen war, und schämte sich, es damals abgelehnt zu haben. In seinen Gedanken tauchte auch Hekja auf, die durch seine Schuld ums Leben gekommen war. Mein Gott, warum hast du mich so geschlagen?, dachte er und wandte sich tief durchatmend Sigrid zu.

»Ich habe dich geliebt, und ich liebe dich immer noch!« Nach diesen Worten drehte er sich um und ging.

Sigrid sah ihm nach und kämpfte mit ihren Gefühlen. Vielleicht hätte sie doch ihren Stolz bekämpfen und sich Eyvind unterordnen sollen, dachte sie. Immerhin war ihr Leib bereit gewesen, ihn nicht nur zu ertragen, sondern auch ein wenig Gefallen daran zu finden. So aber hatte sie ihn mit ihrem Trotz gereizt und damit zu Handlungen verleitet, die für alle verderblich gewesen waren.

Unterdessen überquerte Eyvind den freien Platz vor seinem Langhaus und trat auf das Walltor zu. Bjalfi sah ihn und lief ihm nach.

»Was hast du vor?«, fragte er.

»Ich werde kämpfen!«, antwortete Eyvind.

»Warte einen Augenblick. Ich hole rasch meine Waffen!« Bjalfi wollte gehen, doch Eyvind hielt ihn fest. »Diesen Kampf werde ich allein ausfechten. Du bleibst hier und kehrst mit den anderen in die Heimat zurück.«

»Ich bin dir immer gefolgt, und nun stößt du mich zurück!«, rief Bjalfi unter Tränen.

»Ich danke dir für deine Treue! Aber ich habe sie nicht verdient, ebenso wie ich die Treue all unserer Gefährten nicht verdient habe, die dort drüben im Wald ihr Leben ließen. Ich will mich zu ihnen gesellen, auf dass keiner sagen kann, Eyvind habe seine Männer in den Tod geführt, diesen aber selbst gefürchtet.«

Eyvind umarmte Bjalfi, öffnete das Tor und schritt hinaus.

Für einen Augenblick überlegte Bjalfi, ihm trotzdem zu folgen. Er begriff jedoch, dass Eyvind allein sein wollte. Daher schloss er das Tor, setzte sich daneben und ließ seinen Tränen freien Lauf.

Eyvind ging unterdessen auf den Wald zu und drang in diesen ein. Sofort erklangen Vogelstimmen, die natürlich sein konnten, es aber nicht mussten. Er achtete nicht darauf, doch tiefer im Wald hoben Kürbiskopf und Seefalke die Köpfe.

»Die Fremden können doch nicht so verrückt sein, uns noch einmal anzugreifen?«, fragte Kürbiskopf verwirrt.

»Was sie auch immer tun, es ist mit dem Verstand nicht zu ermessen«, antwortete Seefalke und lauschte den Signalen erneut. Dann aber schüttelte er den Kopf. »Es wird nur ein feindlicher Krieger gemeldet! Diese Leute sind wirklich nicht zu verstehen.«

»Was willst du tun?«, fragte Kürbiskopf.

»Ich werde mir diesen Mann ansehen.« Seefalke nahm Bogen, Köcher und Kriegskeule an sich und brach auf. Mehrere Dutzend

Krieger folgten ihm, und zuletzt entschloss sich auch Kürbiskopf, mitzukommen.

Die Vogelrufsignale der Späher wiesen ihnen den Weg. Trotzdem dauerte es eine Weile, bis sie Eyvind entdeckten. Dieser schritt ungeachtet der Pfeile, die auf ihn abgeschossen wurden, vorwärts. Teils fing er sie mit dem Schild auf. Andere prallten von seinem Helm oder von seinem Kettenhemd ab, und selbst die mit kleinen Metallplättchen besetzten Hosen hielten den auf weitere Entfernung abgeschossenen Pfeilen stand.

Mehrere junge Krieger, die nach Kriegsruhm dürsteten, verständigten sich, ihn gemeinsam anzugreifen. Doch auch zu fünft waren sie dem erfahrenen Kämpfer nicht gewachsen. Eyvinds Schwert traf einen nach dem anderen, und es ging so schnell, dass keiner von ihnen zurückweichen und fliehen konnte.

»Das ist kein Mensch, sondern ein böser Geist, der uns schaden will!«, rief Kürbiskopf voller Grauen.

Seefalke nahm seinen Bogen, legte einen Pfeil auf und zog die Sehne so weit zurück, wie es ging. Der Pfeil schnellte los und schlug gegen Eyvinds Hüfte. Zwar drang er nicht durch das feste Kettengeflecht des Panzerhemds, doch seine Wucht war groß genug, um ihm Schmerz zuzufügen. Als Eyvind weiterging, hinkte er, forderte sie aber mit weit hallender Stimme heraus: »Ihr verfluchten Skrälinger, kommt her, damit ich euch den Garaus machen kann! Der Teufel soll euch holen! Oder zieht ihr das dunkle Reich der Hel vor, Heiden, die ihr seid?«

Zwar verstanden ihn Seefalkes Krieger nicht, doch sein Tonfall reizte sie, und diesmal stürmten acht Krieger gleichzeitig auf ihn los. Mit einem schrillen Lachen schwang Eyvind sein Schwert. Zwar musste er ein, zwei Hiebe hinnehmen, aber dann lagen die Feinde tot vor ihm.

Seefalke grauste es bei dem Anblick. Als Eyvind in seine Richtung stapfte, drängte alles in ihm danach, sich umzudrehen und zu fliehen. Doch wenn er das tat, würden seine Krieger es ebenfalls tun und es nie mehr wagen, hierher zurückzukommen.

»Der in der Nacht errungene Sieg darf nicht wertlos sein«,

stieß Seefalke hervor und schoss in rascher Folge mehrere Pfeile auf Eyvind ab. Zwei gingen fehl, ein weiterer traf Eyvind in den Unterschenkel des bereits verletzten Beines. Der Norweger sank in die Knie, richtete sich aber sofort wieder auf und kam wie ein fleischgewordenes Verhängnis auf Seefalke zu. Dieser zog einen weiteren Pfeil aus seinem Köcher, wartete diesmal aber mit dem Schuss, bis Eyvind direkt vor ihm stand. In dem Augenblick, in dem dieser mit dem Schwert zum Schlag ausholte, ließ er den Pfeil von der Sehne. Die Spitze traf Eyvinds rechtes Auge und drang tief in seinen Kopf ein. Trotzdem stand er noch immer, und Seefalke begriff, dass er dem Schwert nicht mehr entkommen würde.

Da hechtete Kürbiskopf heran und rammte Eyvind mit voller Wucht. Der Norweger stürzte zu Boden, und ehe er sich wieder erheben konnte, schwang Seefalke seine Kriegskeule mit aller Kraft. Der Stein traf Eyvinds Helm und drückte ihn tief ein. Mit einem hörbaren Seufzen sank der einstige Jarl von Jervik nieder. Das Schwert entglitt seiner Hand, und als Seefalke ihn vorsichtig mit dem Ende seiner Kriegskeule berührte, stellte er fest, dass der Mann, der zum Geist dieses Krieges geworden war, sein Ende gefunden hatte.

»Ich danke dir!«, sagte er zu Kürbiskopf. »Hättest du ihn nicht niedergeworfen, wäre ich jetzt tot.«

»Was für ein gewaltiger Geisterkrieger!«, rief Kürbiskopf aus. »Wäre jeder seiner Männer wie er gewesen, hätten sie uns und alle verbündeten Stämme besiegt.«

»Noch gibt es etliche der Fremden. Wir sollten ihr Dorf stürmen und sie alle töten! Sonst werden sie zu ebensolchen Kriegergeistern wie ihr Häuptling«, schlug Seefalke vor und warf einen Blick in die Richtung, in der er Eyvinds Siedlung wusste.

Kürbiskopf nickte mit verkniffener Miene. »Wir haben bereits viele Krieger verloren, doch wenn unser Volk weiter bestehen soll, muss dieser letzte Kampf erfolgreich sein.«

»Wenn der morgige Tag graut, greifen wir an. Mögen die Geister unserer Ahnen mit uns sein und wir uns ihrer würdig erweisen! Wenn die Sonne erneut aufgeht, darf kein Fremder mehr am Leben sein«, antwortete Seefalke mit entschlossener Stimme.

Die Krieger, die ihn hörten, nickten. In den Kämpfen gegen die Fremden hatten sie zu viele Freunde verloren, und deren Geister schrien nach Rache.

5.

In der Siedlung nahmen nur wenige von Eyvinds Verschwinden Notiz. Den Menschen lag das eigene Schicksal näher am Herzen als das ihres Anführers, der sie in diese katastrophale Lage geführt hatte. Andreas, Farald, Ailmar, Thorolf, Herjolf und Bjalfi hatten alle Hände voll zu tun, um die vor Trauer und Angst halb wahnsinnigen Frauen zu beruhigen. Zum Glück gelang es Sigrid, sich durchzusetzen und sie an die Arbeit zu treiben. Keiner wusste, wie lange ihnen die Skrälinger noch Zeit ließen, und so schafften sie alles an Bord der Schiffe, was für die Seereise nötig war.

Ein Schiff forderte Djuri für sich und die übrigen Isländer. Aber da noch Platz darauf war, mussten sie weitere Siedler an Bord nehmen. Farald übernahm das größte Schiff, und ihm schlossen sich Sigrid und Andreas an. Als es auch Ailmar tun wollte, hielt Ingridur ihn auf und zeigte auf das Schiff, das nun von Thorolf geführt wurde.

»Wir fahren darauf mit!«

»Aber du musst dich doch um Hilde kümmern, und die braucht noch die Milch ihrer Mutter«, wandte Ailmar ein.

»Ich habe Hilde Hlif übergeben«, antwortete Ingridur. Da zu viele um sie herumstanden, konnte sie Ailmar nicht wissen lassen, dass sie sein Gold auf Thorolfs Schiff versteckt hatte. Irgendwie müsste er das doch begreifen, dachte sie. Doch seine Gedanken galten wohl anderen Dingen.

Das letzte Schiff wurde Bjalfi übertragen, der noch immer zweifelte, ob er richtig gehandelt hatte, indem er Eyvind alleine hatte ziehen lassen.

Allen war bewusst, dass es für sie nur ein Ziel gab, nämlich Island. Nur dort konnten sie hoffen, Hilfe zu erhalten.

Der Tag verging für die Menge an Arbeit viel zu schnell. Am Abend waren die Frauen und Männer nach der letzten, durchwachten Nacht zu erschöpft, um sofort aufbrechen zu können. Farald beschloss daher, ihnen in dieser Nacht noch Ruhe zu gönnen, wies aber alle an, sofort zu den Schiffen zu eilen, wenn Alarm geblasen wurde.

»Ich weiß, dass auch ihr müde seid«, sagte er zu den Männern, denen die erste Wache zufiel. »Ihr dürft jedoch nicht einschlafen!«

»Vor allem dürfen wir nicht vergessen, die Sanduhr zu drehen«, mahnte einer von ihnen.

»Wenn die Sanduhr dreimal durchgelaufen ist, weckt ihr eure Ablösung. Aber gebt gut acht!«

»Keine Sorge, Farald, das tun wir!«, versprach der Wächter, packte einen Armvoll Holz und ging damit zu den Wachfeuern vor dem Palisadenwall.

Aus Vorsicht schickte Farald die Kinder und ihre Mütter auf die Schiffe, damit sie dort schlafen sollten. Nur Sigrid blieb in der Siedlung zurück. Die kleine Hilde hatte sie in Hlifs Obhut gegeben, weil Ingridur darauf bestanden hatte, auf dem anderen Schiff mitzufahren. Da ihre Tochter auf ihre Milch angewiesen war, musste sie sie bei sich behalten.

»Wir sollten alle auf den Schiffen schlafen. Auch wenn ein Teil der Weiber bereits an Bord ist, werden wir uns schwertun, alle an Bord zu bringen«, prophezeite Bjalfi düster.

Ingridur schüttelte energisch den Kopf. »Die Feinde werden erst im Morgengrauen angreifen. Sie fürchten die Nachtgeister, denn sie glauben, dass diese ihnen den Weg zu den Geistern ihrer Ahnen versperren werden. Wir sollten daher kurz vor der Morgendämmerung an Bord gehen und aufbrechen!«

»Hoffentlich stimmt das auch«, gab Bjalfi zu bedenken.

»Ingridur hat sich bis jetzt noch nie geirrt«, wies Ailmar ihn zurecht.

»Sollten sie uns eher angreifen, werden uns die Wachen warnen! Bis dorthin aber will ich die Festung halten. Die Skrälinger sollen merken, dass wir noch hier sind und wachen. Sonst kommen sie in der Nacht, zünden alles an und greifen dann im Licht der brennenden Festung die Schiffe an. Wir würden herbe Verluste erleiden, bis wir in See stechen, wenn überhaupt!«

Farald fühlte die Erschöpfung nicht weniger als die anderen und sehnte sich danach, ein paar Stunden zu schlafen. Dennoch durfte er die Vorsicht nicht außer Acht lassen. Um aber auf eine rasche Flucht vorbereitet zu sein, schlug er sein Nachtlager im Freien auf.

Andreas hielt dies ebenfalls für das Beste und brachte Decken für sich und Sigrid. Diese legte sich zu ihm, doch als er sie an sich heranziehen wollte, sträubte sie sich.

»Lass mich bitte mit meinen Gedanken ins Reine kommen, bevor wir Mann und Frau werden«, bat sie. »Ich fühle mich schlecht, weil ich Eyvind nicht die Gefährtin war, die ich ihm hätte sein sollen.«

»Er stand von Anfang an zwischen uns. Soll er es auch weiterhin tun, obwohl er mittlerweile tot sein dürfte?«, fuhr Andreas auf, senkte dann aber den Kopf. »Es tut mir leid! Ich wollte dich nicht anschreien.«

»Ich fühle mich so zerrissen«, flüsterte Sigrid unter Tränen. »Ein Teil von mir sehnt sich nach dir, während ein anderer Teil sich schuldig fühlt und glaubt, Eyvind die Ehre erweisen zu müssen, die einem toten Ehemann zusteht.«

»Wenn ich etwas für dich tun kann, dann sage es mir«, bat Andreas.

»Nimm mich so in die Arme, wie du eine Schwester in die Arme nehmen würdest, nicht wie eine Geliebte. Ich könnte es jetzt nicht ertragen. Später aber soll dir mein Leib gehören.«

»Ich werde warten«, versprach Andreas und legte sanft den Arm um sie.

Ingridur und Ailmar blieben in einer Kammer des Langhauses, waren aber viel zu müde, um an andere Dinge zu denken. Ailmar schlief rasch ein, während Ingridurs Gedanken sie noch eine Weile wach hielten. Wenn sie morgen diese Küste verließen, würde sie ihre Heimat nie wiedersehen, fuhr es ihr durch den Kopf. Das tat ihr so weh, dass sie am liebsten weggelaufen wäre und sich auf die Suche nach ihren Leuten gemacht hätte.

Im nächsten Augenblick wurde sie sich Ailmars Körper bewusst, der sich an sie geschmiegt hatte, und vernahm seine leisen Atemzüge. Er wird in Zukunft deine Heimat sein, sagte sie zu sich selbst, um sich Mut zu machen, und dämmerte langsam weg. Seltsame Träume quälten sie, und sie sah Seefalke und dessen Krieger, wie sie die letzten Nordmänner niedermetzelten und dabei auch Ailmar nicht verschonten.

In dem Augenblick schreckte sie hoch und brauchte einige Augenblicke, um ihr rasendes Herz zu beruhigen. Sie stand vorsichtig auf, um Ailmar nicht zu wecken, und trat nach draußen. Im Osten entdeckte sie den ersten hellen Schimmer und vernahm die Vogelrufe, mit denen die hiesigen Stämme sich verständigten. Sie waren nicht mehr fern, und es war noch nicht Alarm gegeben worden. Rasch kehrte sie in das Haus zurück und weckte Ailmar.

»Es ist Zeit zu gehen!«, sagte sie, als er sich schlaftrunken aufrichtete.

»Zu gehen? Weshalb …«, begann er, da er glaubte, zu Hause zu sein. Dann erst begriff er, dass dies nur ein Traum gewesen war, und fluchte leise. »Es ist also so weit!«

»Seefalkes Krieger sind bereits nahe«, drängte Ingridur.

Ailmar hatte in seinen Kleidern geschlafen, daher musste er nur seine Waffen an sich nehmen. Ohne sich noch einmal umzusehen, verließ er das Langhaus.

Die Wachtposten standen auf dem Palisadenwall und starrten zum Waldrand hinüber, der sich dunkler als das Land davor abzeichnete.

»Habt ihr etwas gehört?«, fragte er.

Die Männer schüttelten den Kopf. »Nur ein paar Vögel haben geschrien.«

»Diese Vögel trugen nicht ihre eigenen Federn!« Mit diesen Worten ergriff Ailmar das Stierhorn, setzte es an den Mund und blies mit aller Kraft hinein. Ein tiefer, weithin hallender Ton erklang und drang bis in die Träume des letzten Schläfers vor.

»Auf zu den Schiffen, wenn ihr am Leben bleiben wollt!«, rief Ailmar den Menschen zu, die aus den Häusern strömten.

»Greifen sie an?«, fragte Andreas.

»Ingridur sagt, sie seien schon ganz nahe!« Ailmar hatte es kaum gesagt, als wilde Schreie zu hören waren und fast gleichzeitig Trommeln ertönten.

»Rasch an Bord!«, schrie Farald und scheuchte einige Frauen, die kopflos umherirrten, in die entsprechende Richtung.

Andreas fasste Sigrids Hand. »Geh bitte! Ich bleibe hier, um notfalls den Rückzug zu decken.«

»Du darfst nicht sterben!«, flehte Sigrid. »Ich könnte es nicht ertragen, zum zweiten Mal einen Mann zu verlieren, der das Recht auf meine Liebe besitzt!«

Hlif kam mit dem Kind auf dem Arm und zupfte Sigrid am Kleid. »Komm, Herrin, bitte!«

»Geh du auch!«, forderte Ailmar Ingridur auf, als Sigrid mit den Frauen zu den Schiffen eilte.

»Einen Augenblick!« Ingridur lauschte den Trommeln und wies auf die große Bucht. »Sie kommen nicht nur auf dem Land, sondern auch auf dem Wasser. Es müssen viele Kanus sein, und mit denen wollen sie uns den Fluchtweg über die See abschneiden!«

»Das sollen sie bleiben lassen«, knurrte Herjolf und starrte nach vorne. »Es ist so dunkel wie in Lokis Arsch. Man sieht rein gar nichts!«

»Sie sind dort!« Ingridur wies auf eine Stelle, die in etwa fünfhundert Schritte von dem Palisadenwall entfernt lag.

Jetzt entdeckten auch Ailmar, Andreas und Farald die Angreifer. Sie kamen nur langsam näher, so als wollten sie die ersten Sonnenstrahlen am Horizont abwarten.

Ein Blick zurück verriet Farald, dass fast alle die Schiffe bestiegen hatten. »Kommt! Heute ist ein Tag zum Segeln, nicht zum Kämpfen«, rief er und rannte los.

Andreas folgte ihm. Bei den Schiffen angekommen, hob Thorolf noch eine junge Frau an Bord seines Schiffes, stieg dann selbst ein und wartete, bis Ailmar und Ingridur es ihm gleichgetan hatten. Dann löste er die Leine und stellte sich ans Ruder.

»Setzt das Segel!«, rief er, während Ailmar und einige Kameraden das Schiff mit ihren Riemen vom Ufer abstießen.

Da zu wenige Männer an Bord waren, mussten die kräftigsten Frauen beim Rudern helfen. Sie bemühten sich, im Takt zu bleiben, und schafften es, ihr Schiff als Zweites nach Faralds Drakkar aus dem kleinen Hafen zu lenken. Unterdessen wurde es rasch heller, und sie sahen mehrere Dutzend Kanus mit raschen Paddelschlägen herankommen. Diese trotzten sogar der starken Strömung, die ihnen so große Schwierigkeiten bereitet hatte.

»Sie werden uns umkreisen und von allen Seiten mit Pfeilen beschießen!«, rief Thorolf besorgt.

»Haltet die Schilde über euch oder verwendet Decken zum Schutz!«, wies Ailmar die Menschen an Bord an und nahm selbst seinen Bogen zur Hand. Obwohl er sich für einen guten Schützen hielt, wusste er, dass er mit den Angreifern nicht mithalten konnte. Auch war ein einziger Bogen gegen mehrere Dutzend nicht mehr als eine trotzige Geste.

Da hallte Faralds Stimme dröhnend zu ihnen her. »Wir nützen die Strömung aus und fahren über sie hinweg. Gebt es weiter!«

»Tu das!«, bat Thorolf Ailmar und steuerte die Knorr in das Kielwasser des Schiffes seines Bruders.

Ailmar rief Faralds Worte Bjalfi zu, dessen Schiff direkt hinter ihnen war, und von diesem erfuhr es Djuri Ulfgeirrson, der Mühe hatte, seine Knorr vom Ufer frei zu halten.

Auf dem führenden Schiff reichte Andreas den Frauen Decken, die sie mit den Armen über sich halten sollten. Es war nur ein schwacher Schutz gegen Pfeile, mochte aber den einen oder anderen ablenken.

Es war die Absicht der Angreifer gewesen, die Mündung des ausgegrabenen Baches zu blockieren, doch dafür kamen sie zu spät. Als Erster erreichte Farald die offene See und zog das Steuer herum, um in die Strömung zu gelangen.

»Wir könnten es schaffen, denn der Wind bläst günstig«, rief er nach einem Blick zum prall gefüllten Segel.

Die ersten Pfeile zuckten heran, doch noch reichte der primitive Schutz durch die Decken aus, um Verluste zu vermeiden.

»Rudert, so schnell ihr könnt«, rief Farald den Männern und Frauen an den Riemen zu. Ein Pfeil schlug gegen seinen Helm, ein zweiter prallte von seinem Kettenhemd ab. Dann sah er die ersten Kanus vor sich und stieß einen wilden Ruf aus.

Der Bug des Schiffes traf das Kanu an der Spitze und fuhr darüber hinweg. Ein anderes streiften sie nur, doch die dünne Haut aus Birkenrinde riss auf, und die Insassen stürzten ins Wasser. Ein weiteres Kanu sank, als es gegen das Schiff prallte, dann waren sie durch.

Hinter ihnen steuerte Thorolf sein Schiff leicht versetzt in die Kanuflottille hinein und brachte fünf davon zum Kentern. Der Pfeilbeschuss ließ nach, und als Bjalfis und Djuris Schiffe heranrauschten, paddelten die Skrälinger in den letzten unversehrten Kanus verzweifelt zur Seite, um nicht auch noch versenkt zu werden.

»Das ist gerade noch gut gegangen«, rief Ailmar aufatmend, während Ingridur mit brennenden Augen auf das Ufer starrte, das immer weiter hinter ihnen zurückblieb. In ihrem Herzen fühlte sie einen tiefen Schmerz, weil sie die Gestade ihrer Heimat niemals wiedersehen würde.

6.

Sie hatten überlebt und waren auf See. Während die meisten Menschen an Bord der vier Schiffe Gott und allen Heiligen dankten, stand Farald vor dem Problem, einen Kurs zu wählen, der sie in bewohnte Gebiete brachte. Er überlegte, ob er nach Norden steuern sollte, um Grönland zu suchen. Dafür aber stand der Wind zu schlecht, während die Strömung sie nach Nordosten trieb. In dieser Richtung, so hoffte er, würden sie auf Island oder die Färöerjar treffen.

»Achtet auf die Seevögel, und sagt mir, woher sie kommen und wohin sie fliegen«, erklärte er den Umstehenden.

»Glaubst du, sie werden uns führen?«, fragte Andreas verwundert.

Farald nickte mit verkniffener Miene. »Es sollte so sein! Ich versuche, den Kurs nachzuvollziehen, den Eyvind auf dem Herweg genommen hat, um abschätzen zu können, wo Island liegt, aber es fällt mir nicht leicht.«

»Hoffentlich gelingt es dir«, antwortete Andreas, der nicht auf dem Meer scheitern wollte, nachdem es ihnen gelungen war, den Menschen von Eyvindsland zu entkommen.

»Das hoffe ich auch!« Farald lachte freudlos und blickte zur Sonne empor. »Allerdings benötigen wir sehr viel Glück, um eine Landmarke zu finden. Daher hoffe ich auf die Vögel. Einige Arten kehren immer wieder an Land zurück. Diesen müssen wir folgen.«

Sigrid hatte sich unterdessen an Bord umgesehen und kam mit ernster Miene auf die beiden zu. »Ein Teil unserer Wassersäcke wurde von Pfeilen getroffen und ist ausgelaufen. Hlif, Olaug und ich haben versucht, so viel Wasser zu retten wie möglich. Doch selbst wenn wir es rationieren, wird es höchstens noch für drei Tage reichen.«

»Wie ist es mit den anderen Schiffen?«, fragte Farald erschrocken.

Als sie zu Thorolf hinüberriefen, musste auch er zugeben, dass ein Teil ihrer Wasservorräte durch Pfeile verloren gegangen war. Bei Bjalfis Schiff war es ähnlich. Nur Djuris Wassersäcke waren heil geblieben. Er führte aber nicht genug mit, um den anderen aushelfen zu können. Daher würden sie selbst bei sparsamstem Verbrauch in fünf Tagen den letzten Becher Wasser trinken können.

»Wenn wir dann nicht bald auf Land treffen, werden es viele von uns bedauern, nicht von den Pfeilen der Skrälinger getötet worden zu sein«, prophezeite Farald bitter.

Die Erleichterung, die die Menschen nach der gelungenen Flucht erfasst hatte, wich bald dem Durst und der Sorge, elend verschmachten zu müssen. Zu allem Unglück schlief am vierten Tag auch der Wind ein, und die Schiffe dümpelten in der Strömung.

»Sollten wir nicht besser die Riemen einsetzen?«, fragte Hlif.

Farald schüttelte den Kopf. »Die Leute an den Riemen würden schwitzen und schon bald vor Durst vergehen!«

»Vielleicht treffen wir dadurch aber auf Land«, erwiderte Hlif.

»Wenn es so wäre, würden wir Vögel sehen!« Farald blickte sich besorgt um und entdeckte in der Richtung, in der sie fuhren, ein kleines Wölkchen am Himmel.

»Wenn wir in Regen kämen, könnte es uns retten. Bemannt die Riemen! Wir wagen es doch!«

Andreas gab die Anweisung an Thorolf und dieser an Bjalfi weiter. Kurz darauf strebten alle vier Schiffe vom steten Ruderschlag getrieben auf die Wolke zu. Einen halben Tag lang sah es so aus, als könnten sie das Regengebiet erreichen, doch dann löste sich die Wolke auf, und die Sonne schien aus einem strahlend hellblauen Himmel auf sie herab.

»Musste das sein?«, stöhnte Farald, als er den Befehl gab, die Riemen einzuholen.

Während das letzte Wasser verteilt wurde, überlegte er verzweifelt, wie weit Island oder die Färöerjar entfernt sein konnten. Doch ohne den geringsten Anhaltspunkt war es unmöglich, es auch nur zu schätzen.

Die Nacht brachte zunächst einen sternenklaren Himmel und einen fast vollen Mond. Es war ideal, um die Schiffe zusammenhalten zu können, doch niemand hatte Freude daran. Als sich alle bis auf den Rudergänger und die Wache am Bug schlafen legten, taten sie es mit einem Gefühl der Verzweiflung.

Mitten in der Nacht wurde Andreas durch ein heftiges Rütteln an der Schulter geweckt. Es war weitaus dunkler als vorhin, und er spürte, dass es ihm nass über das Gesicht lief.

»Gott, unser Herr, hat uns nicht verlassen!«, rief ihm Farald zu. »Es regnet! Fangt das Wasser mit Decken auf und füllt es in die unverletzten Tierbälge. Mit etwas Glück reicht es, bis wir Land sehen!«

Selten war Andreas schneller auf den Beinen gewesen. Sigrid und Hlif halfen ihm, ein Stück Segeltuch aufzuspannen, und brachten Becher, Töpfe und andere Gefäße herbei, um das aus dem Segeltuch fließende Wasser zu bergen.

Auf den anderen Schiffen waren auch alle fleißig am Werk. Nasse Decken wurden ausgewrungen, Helme als Auffanggefäße benutzt und jeder Tropfen, der irgendwie zu gewinnen war, in die Ledersäcke gefüllt.

Als der Morgen anbrach, hörte der Regen schlagartig auf. Farald wischte sich über das nasse Gesicht und wandte sich Sigrid zu.

»Wie viel Wasser haben wir gewonnen?«

»Es sollte mehrere Tage reichen«, antwortete sie. »Wenn wir bis dorthin auf Land treffen, ist es gut …« Sie sprach den Rest des Satzes nicht aus, doch Farald begriff auch so, was sie meinte.

»Dann wollen wir hoffen, dass wir auf Land treffen«, sagte er und versuchte anhand der Stelle, an der die Sonne über dem Meer aufstieg, ihren Kurs zu bestimmen.

7.

Einige Tage lang blieb die See ruhig. Dann jedoch betrachtete Farald besorgt die Wolkenformationen, die sich südlich von ihnen auftürmten.

»Das sieht nach einem heftigen Sturm aus«, sagte er zu Andreas. »Selbst wenn alle Schiffe ihn überstehen werden, besteht die Gefahr, dass wir getrennt werden.«

»Was können wir tun?«

»Beten! Aber fangt rasch damit an, damit Gott es auch hört, bevor das Heulen des Sturms euch übertönt«, antwortete Farald und deutete auf das Segel, das vom stärker aufkommenden Wind gebläht wurde.

»Wir werden es reffen müssen, sonst zerreißt es«, prophezeite er düster. Fast im gleichen Augenblick gellte ein heller Ruf über das Schiff.

»Land voraus!«

Farald eilte zum Mast, kletterte trotz des heftigen Windes hoch und starrte nach vorne. »Tatsächlich Land! Möge Gott uns beistehen, dass wir eine geschützte Bucht erreichen, bevor der Sturm über uns hereinbricht. Gebt es an die anderen Schiffe weiter. Sie sollen ihr Segel so lange am Mast lassen, wie es nur irgend geht. Bei Gott, wird das ein Wettrennen!«

»Was ist mit den Riemen? Können sie uns helfen?«, fragte Andreas.

»Nicht bei dieser Geschwindigkeit! Wenn wir jedoch eine Bucht finden und hineinfahren müssen, werden wir sie brauchen. Bemannt die Ruderbänke, aber legt die Riemen noch nicht aus.«

Faralds Befehl wurde umgehend befolgt. Die ersten Böen stürzten sich auf die Schiffe und drohten die Segel zu zerfetzen. Farald starrte nach vorne und sah das Land immer näher kommen. Irgendwie kam es ihm bekannt vor. Dennoch dauerte es eine Weile, bis er begriff, warum.

»Wir müssen in diese Bucht hinein! Sie bildet einen ausgezeichneten Hafen«, rief er mit so besorgter Miene, dass Andreas ihn erstaunt ansah.

»Gibt es dort eine Gefahr?«

»Nicht für unsere Schiffe und die Menschen, die mit uns sind! An dieser Bucht liegt jedoch Raudur Jorgrimsons Hof, und der hat geschworen, mich an die Fische zu verfüttern, wenn er meiner habhaft wird.«

Farald zwang sich ein Grinsen auf und änderte den Kurs des Drakkar so, dass sie auf die Einfahrt der Bucht zuliefen. Ein Blick nach hinten zeigte ihm, dass ihm die anderen Schiffe folgten, auch wenn Bjalfi und Djuri bereits ein ganzes Stück zurückgeblieben waren.

Kurz vor der Bucht packte der Sturm das Schiff mit voller Wucht und warf es beinahe gegen eine Klippe. Eines der Haltetaue des Segels riss, und das Segel flatterte wild im Wind. Zwei Männer versuchten, es zu bergen, wurden aber von der peitschenden Leinwand ins Schiff geworfen.

Farald grinste erneut schief. »Die haben Glück gehabt! Sie hätten auch über Bord gehen können.«

Dann jedoch erforderte die Einfahrt in die Bucht all sein Können. Er stemmte sich gegen die Ruderpinne, spürte, wie diese gegen ihn drückte, und rief Andreas zu Hilfe. »Komm her! Alleine schaffe ich es nicht!«

Zu zweit bezwangen sie das störrische Steuer und brachten das Schiff heil in die Bucht. Zwar blies auch hier der Wind stark, doch die Wucht der Wellen war gebrochen, und es gelang endlich, das Segel einzuholen. Den Rest bewältigten die Ruderer mit ihren Riemen. Der Steg kam auf sie zu, und Neugierige eilten herbei. Seile wurden ihnen zugeworfen, und so konnten sie anlegen.

Ein Blick nach hinten zeigte Andreas, dass Thorolfs Schiff mit Ailmar und Ingridur an Bord es ebenfalls geschafft hatte, während Bjalfi abgetrieben worden war und seine Ruderer alles geben mussten, um die Einfahrt in die Bucht doch noch zu erreichen. Djuri überholte das andere Schiff und legte als Nächster an.

»Strengt euch an! Ihr schafft es!«, brüllte Farald durch den Sturm zu Bjalfi hinüber.

Eine Böe traf dessen Schiff und drückte es so stark zur Seite, dass es Wasser aufnahm. Mit verzweifelten Ruderschlägen erreichten Bjalfis Ruderer die Einfahrt zur Bucht und landeten kurz darauf ebenfalls an.

Helfende Hände streckten sich allen entgegen. Raudur Jorgrimson, ein wuchtiger Hüne, packte selbst mit an, um alle Schiffe sicher an Land zu vertäuen, und teilte die völlig erschöpften Menschen unter seinen Gefolgsleuten auf, damit diese sich ihrer annahmen. Danach kam er auf Farald zu und schüttelte den Kopf.

»Wenn ihr alles seid, was von Eyvinds großer Flotte übrig ist, war es ein Zeichen der Klugheit von mir, zu Hause zu bleiben. Aber kommt jetzt! Und mit dir, Farald, habe ich noch ein Wörtchen zu reden!«

Farald atmete tief durch und haderte mit dem Schicksal, das ihn ausgerechnet in Raudurs Bucht geführt hatte. Die, in deren Nähe Ulfgeirrs Hof lag, wäre ihm weitaus lieber gewesen.

Zusammen mit Sigrid, Ingridur, seinem Bruder Thorolf, den beiden Sachsen, Djuri Ulfgeirrson und Bjalfi folgte er Raudur in dessen Langhaus. Ingridur wurde mit verwunderten Blicken bedacht. Da sie jedoch die gewohnte Tracht trug und den auf Island gebräuchlichen Dialekt mit grönländischem Zungenschlag sprach, richteten Raudurs Leute ihre Aufmerksamkeit wieder auf Farald.

Mägde reichten den Gästen jenen echten Met, den diese so viele Monate lang hatten entbehren müssen. Farald überlegte, ob er sich so betrinken sollte, bis er am Boden lag. Da drehte Raudur sich zu ihm um und versetzte ihm ohne Vorwarnung einen Faustschlag.

Farald stürzte zu Boden und blieb benommen liegen. Sein Bruder wollte auf Raudur losgehen, sah sich dann aber dessen drei Söhnen gegenüber, die ebenso groß waren wie ihr Vater, wenn auch nicht ganz so wuchtig. Bevor es jedoch zu Handgreiflichkeiten kommen konnte, streckte ihm Raudur den Arm entgegen.

»Halte dich hier heraus, Thorolf Agnarson. Diese Sache geht

nur deinen Bruder und mich etwas an.« Er wandte sich an seinen Jüngsten.

»Hole deine Schwester und den Kleinen herein!«

Der Bursche verschwand. Einige Augenblicke später trat eine junge Frau in die Halle, in den Armen ein Kind etwa in Hildes Alter. Sie war eine Handspanne kleiner als Sigrid, recht hübsch mit einem weich gezeichneten Gesicht und langen blonden Haaren. Ihre Augen blickten ängstlich, und sie sah aus, als wäre sie an jedem anderen Ort der Welt lieber als hier.

Raudur betrachtete sie kurz und wandte sich dann Farald zu. »Farald Agnarson, du hast meiner Tochter gegen meinen Willen Mutterfreuden verschafft. Jetzt hast du die Wahl: Entweder heiratest du Gunnlaug, oder du fütterst die Fische – und zwar mit dir selbst!«

»Ich würde die Fische vorziehen!«, rief sein ältester Sohn, den es noch immer wurmte, dass Farald ihm und seinen Brüdern im letzten Frühsommer entkommen war.

Farald musterte die junge Frau und erinnerte sich an die angenehmen Stunden mit ihr. Gunnlaug war noch Jungfrau gewesen, und es hatte ihn Mühe gekostet, sie zu verführen. Das letzte Jahr war für sie gewiss nicht leicht gewesen, dachte er. Einer Magd sah man ein lediges Kind nach, aber bei der Tochter eines Mannes wie Raudur war dies eine Schande, die der Junge wegen des Beinamens Gunnlaugsson sein ganzes Leben hätte tragen müssen.

»Wie heißt er?«, fragte er Gunnlaug.

»Jorgrim, nach seinem Großvater«, antwortete sie leise.

»Ein schöner Name!«, antwortete Farald und streckte die Arme nach dem Kind aus. Zögernd reichte Gunnlaug es ihm.

Farald hob den Jungen hoch, sodass alle ihn sehen konnten. »Ich grüße dich, Jorgrim Faraldson!«

»Eine weise Entscheidung!«, lobte Raudur. »Aber damit allein ist es nicht getan. Du wirst hier auf Island bleiben und ein Bauer werden und nicht mehr für irgendwelche Kriegsherren auf sinnlose Fahrten gehen. Hast du Geld?«

»Wir haben Eyvinds Kriegskasse mit, wollen sie aber unter uns aufteilen. Da wird für mich nicht viel bleiben. Dabei habe ich gut zwanzig Männer sowie etliche Frauen und Witwen zu versorgen.«

»Die Männer sollen erst einmal als Knechte arbeiten, und für die anderen finden wir etwas«, antwortete Raudur und befahl, neuen Met zu bringen.

Bei der Erwähnung des Geldes war Ailmar zusammengezuckt. Bei der Vorbereitung zur Flucht hatte er nicht mehr an sein Gold gedacht. Jetzt schmerzte ihn der Verlust doppelt, denn Andreas und er würden trotz der paar Silbermünzen, auf die sie ein Anrecht hatten, als Bettler in die Heimat zurückkehren.

Ingridur las in seinem Gesicht wie in einem Buch und lächelte. Doch noch schien es ihr zu früh, von dem Gold zu sprechen, das gut verborgen auf dem Schiff lag.

8.

Der Sturm hielt die Menschen in den Häusern, und so blieb Zeit für Erzählungen. Raudur lauschte dem Bericht von Eyvinds Reise und schüttelte ein ums andere Mal den Kopf.

»Wie ich schon vorhin sagte, war es klug von mir, mich nicht an dieser Fahrt zu beteiligen. Ich will nichts gegen Eyvind sagen, doch diese Sache hat er völlig verkehrt angefangen. Doch vergessen wir dieses Land und die Skrälinger. Ich habe eine Nachricht für dich, Sigrid Ulfarsdottir. Das Thing hat heuer über deine Erbschaft entschieden und dir die Hälfte des Besitzes zugesprochen. Du kannst dich daher, wenn du willst, auf Island ansiedeln.«

Sigrid wechselte einen kurzen Blick mit Andreas und schüttelte den Kopf. »Nein! Ich will nach Norwegen zu meinem Vater zurückkehren.«

»Zu deinem Vater? Du weißt es also noch nicht?«, fragte Raudur erstaunt.

»Was?«

»Dein Vater ist im letzten Jahr wenige Tage nach Eyvinds Überfall tot im Fjord angetrieben worden. Alle dachten, Eyvind hätte ihn umgebracht.«

Sigrid saß wie erstarrt da und spürte, wie ihr Herz hart und schmerzhaft pochte. »Vater ist tot?«

»Eyvind hatte ihn damals auf einer Schäre am Fjordeingang ausgesetzt. Anscheinend war die Flut doch höher als erwartet«, erklärte Bjalfi ihrem staunenden Gastgeber.

Nun kamen Sigrid die Tränen. Andreas legte tröstend die Arme um sie.

»Ich nahm an, Eyvind hätte Jarl Ulfar getötet und ihr wüsstet es«, sagte Raudur und zog eine bedauernde Miene. »Das ist nämlich noch nicht alles. Die Berater der jungen Könige haben Arnfinn Geirrekson zum neuen Jarl ernannt. Ich kenne ihn und würde dir nicht raten, selbst zu ihm zu fahren, um dein Erbe einzufordern. Er ist Witwer, und ich traue ihm zu, dich zu einer Heirat mit ihm zu zwingen, um die Hand auf den gesamten Besitz deines Vaters legen zu können.«

»Vielleicht sollte ich fahren«, bot Farald an und erntete dafür einen zornigen Blick seines Schwiegervaters. »Oder Thorolf!«, fuhr er daher fort.

»Ich bin dazu bereit«, erklärte sein Bruder.

War Thorolf zu Beginn der Reise noch ein unbeschwerter Jüngling gewesen, so hatten die Monate in jenem fernen Land ihn reifen lassen.

»Es wird wohl das Beste sein«, erklärte Sigrid mühsam beherrscht.

»Thorolf soll dich, Andreas und die anderen, die mit euch fahren wollen, zu einem Freund nach Bergen bringen …«

»Björgvin!«, korrigierte ihn Raudur dröhnend, doch Farald ließ sich nicht aus der Ruhe bringen.

»Dieser Freund wird euch Gastfreundschaft erweisen, bis Thorolf von Jarl Arnfinn zurückkehrt.«

Sigrid nickte und sah Andreas an. »Da ich das Anrecht auf mein Vatererbe habe, würde ich den Besitz, den ich hier auf Island geerbt habe, gerne denen überlassen, die auf der Insel bleiben. Das heißt, wenn du nichts dagegen hast!«

»Warum sollte ich dagegen sein?«, antwortete Andreas. »Es wäre schlecht an denen gehandelt, die unser Schicksal geteilt haben.«

»Das ist eine edle Tat!«, rief Raudur und überschlug im Kopf, wie viel davon er für Farald herausschlagen konnte. Dieser würde jedenfalls kein armer Mann sein und ihm als Schwiegersohn zur Ehre gereichen. Dazu hatte Farald einen guten Ruf als Seefahrer und Krieger und konnte bei Zwistigkeiten den Ausschlag für einige Männer geben, sich nicht mit ihm anzulegen.

»Was wollt ihr tun?«, fragte Andreas jetzt Thorolf und Bjalfi.

»Uns jedenfalls nicht den jetzigen Königen als Gefolgsleute andienen. Da wir mit dem Rebellen Eyvind gezogen sind, würde man uns misstrauen«, erwiderte Thorolf.

Bjalfi nickte. »Wir haben uns überlegt, uns in Halogaland anzusiedeln. Herjolf will mit uns kommen. Auf einer Nordfahrt hat er dort einige unbewohnte Inseln entdeckt. Das Meer soll fischreich sein und das Land fruchtbar genug, um dort Kühe und Schafe halten zu können. Vor allem aber – und das ist das Beste! – soll es dort keine kriegerischen Bewohner geben!« Er lachte und ließ sich frischen Met einschenken.

»Ich wünsche euch Glück!«, sagte Andreas bedauernd.

Auch wenn Ailmar und er als Gefangene mit in das fremde Land verschleppt worden waren, hatte er Thorolf, dessen Bruder, Herjolf und Bjalfi schätzen gelernt.

»Wie es aussieht, hat der Sturm nachgelassen. Wir sollten zu Bett gehen und morgen weiterreden«, erklärte Raudur und wies auf seine Tochter und Farald. »Ihr beide bekommt eine eigene Kammer.«

Gunnlaug wurde rot und senkte den Kopf, während Ingridur die Hand hob.

»Ailmar und ich hätten auch gerne eine eigene Kammer, und Sigrid würde sich gewiss freuen, wenn sie ihre Trauer um den Vater nur mit Andreas teilen müsste.«

»Es wäre mir lieb«, sagte Sigrid, der sehr viel auf der Zunge lag, was sie nur mit ihrem Geliebten teilen wollte.

»Dann sei es so! Zum Glück habe ich im Frühjahr ein paar Stuben anbauen lassen.« Raudur lachte und trank sein Horn leer. »Ich wünsche euch eine gute Nacht! Gunnlaug soll euch die Kammern zeigen. Schon bald wird sie auf ihrem eigenen Hof das Sagen haben und soll sich daran gewöhnen.«

»Kommt mit mir!«, forderte seine Tochter die beiden Paare auf und stieß einen leisen Ruf aus, als Farald ihr an den Hintern fasste.

»Damit solltest du warten, bis ihr allein seid«, rief ihm Raudur nach und lachte schallend. Immerhin war auch er einmal jung gewesen.

Die Kammern waren klein und boten nicht viel mehr Platz als für eine mit Birkenreisig und Heu gefüllte Matratze. Gunnlaug wünschte den beiden anderen Paaren eine gute Nacht und zog sich dann mit Farald zusammen in ihre Kammer zurück. Sie dachte an jene glückseligen Stunden im Heu, die ihr später den Zorn des Vaters und ihrer Brüder eingebracht hatten, fühlte aber gleichzeitig eine gewisse Unsicherheit, ob sie für Farald immer noch begehrenswert war.

Dieser wartete ab, bis sie ihr Kind in die Wiege gelegt hatte, und zog sie an sich. »Ich habe mich nach dir gesehnt«, sagte er und knabberte sanft an ihrem Ohr. Gunnlaug atmete schärfer und suchte dann seinen Mund mit dem ihren. Sie küssten sich, während seine Hände über ihren Rücken glitten und in ihr ein Gefühl erweckten, das weitaus stärker war als bei ihrem ersten Mal.

Schließlich griff er ihr unters Kleid. Gunnlaug atmete scharf ein, als seine Hand ihre Oberschenkel berührte und noch höher glitt.

»Komm!«, forderte er sie auf. »Ich musste so lange darben und freue mich darauf, dir beweisen zu können, dass ich der richtige Mann für dich bin.«

Dagegen hatte Gunnlaug nichts einzuwenden, und während sie wenig später nackt unter ihm lag, dachte sie daran, dass das Schicksal es schlussendlich doch gut mit ihr gemeint hatte.

9.

Während Farald und Gunnlaug bereits das Wiedersehen auf ihre Weise feierten, saß Ailmar auf der Matratze, die er mit Ingridur teilte, und starrte missmutig vor sich hin.

»Was trübt deine Laune?«, fragte Ingridur mit einem schelmischen Lächeln.

Ailmar winkte mit einer ärgerlichen Handbewegung ab. »Ich dachte an das Gold, das wir in Eyvinds Siedlung zurückgelassen haben. Es hätte uns einiges erleichtert. Aber was soll's! Gott gibt und Gott nimmt. Wenigstens sind wir am Leben, und wenn ich ein paar Silberstücke als Anteil bekomme, wird mir schon einfallen, was wir damit unternehmen können.«

»Bist du dir so sicher, dass wir das Gold nicht bei uns haben?«

Ailmar starrte Ingridur fassungslos an. »Sag bloß, du hast es auf das Schiff gebracht!«

»Allerdings! Aber du musst mir eines schwören: Sprich mit keinem der Nordmänner darüber, denn die Aussicht auf Gold könnte sie verlocken, Eyvinds Spuren zu folgen. Dabei könnten sie statt auf Kürbiskopfs Leute auf mein eigenes Volk treffen und es in ihrer Gier vernichten.«

Tatsächlich hatte Ailmar einen Moment überlegt, das Gold außer mit Andreas auch mit Farald, Thorolf und Bjalfi zu teilen. Nun verwarf er den Gedanken. Die Gefahr war wirklich zu groß, dass die Nachricht von dem Goldfund Männer dazu bewegen konnte, erneut jene fernen Länder aufzusuchen. Da Eyvinds Schicksal bekannt war, würden sie mit einem Heer kommen und die Skrälinger versklaven.

»Ich schwöre es«, versprach er und tröstete sich damit, dass Sigrids isländisches Erbe unter den Freunden aufgeteilt werden sollte.

Mit einem Kopfschütteln zog er die junge Skrälingerin an sich und küsste sie. »Du bist etwas ganz Besonderes!«, flüsterte er ihr ins Ohr und spürte, wie ihr fester, warmer Körper sich gegen ihn lehnte. Sein Atem streifte ihre Wange, und Ingridur spürte, wie ihr Leib Wünsche anmeldete, die ihr bisher fremd gewesen waren.

Beinahe, seit er sie kannte, hatte Ailmar sich danach gesehnt, sie ganz für sich zu haben. Seine Hand wanderte ihren Rücken hinab zu ihrem Gesäß. Es war hübsch gerundet und fest. Kühner geworden, umfasste er ihren Po mit beiden Händen und knetete ihn sanft.

»Was machst du mit mir?«, keuchte Ingridur, als es bis zu ihrem Unterleib ausstrahlte und sie ein seltsames Ziehen darin empfand.

»Du sagtest, du willst die Decke mit mir teilen, aber wir sind bislang nicht dazu gekommen.«

Ailmars Stimme klang heiser, und er hätte sie am liebsten sofort auf den Rücken gelegt. Mühsam erinnerte er sich daran, dass Alvidr genau das mit ihr hatte tun wollen, und beherrschte sich. Stattdessen ließ er die Hände über ihren Busen wandern und schob eine davon durch ihren Halsausschnitt, bis er eine der Brüste zu fassen bekam. Ihre Brustwarzen waren klein, wurden aber unter seiner Berührung hart.

»Willst du dich ausziehen?«, fragte er, da er nicht einfach nur ihren Rock hochschlagen wollte.

Ingridur nickte und schlüpfte rasch aus ihren Kleidern.

»Du bist wunderschön!«, flüsterte Ailmar und zupfte an ihrer schütteren Schambehaarung.

»Aua!«, tadelte sie ihn, ließ aber zu, dass er sie an dieser Stelle sanft streichelte.

Wenig später hatte auch er sich seiner Kleidung entledigt und bat sie, sich hinzulegen. Als er in sie eindrang, spannte es und tat einen Augenblick lang weh. Dann aber schwemmten die Gefühle, die in ihr aufkamen, alles andere hinweg, und sie biss die Zähne zusammen, um nicht vor Lust zu schreien.

Als sie später nebeneinanderlagen und die gegenseitige Nähe genossen, lächelte Ingridur ihn glücklich an. »Du bist ein großer Krieger mit einem starken Speer und weißt ihn vorzüglich zu verwenden.«

»Das will ich doch hoffen«, antwortete Ailmar grinsend und

dachte für einen Augenblick an Andreas und Sigrid, denen die Kammer neben der ihren angewiesen worden war. Auch wenn er Sigrid für sich den Turm nannte, so wünschte er den beiden das gleiche Glück, das er mit Ingridur gefunden hatte.

Im Augenblick sah es jedoch nicht danach aus. Wut, Trauer und Bitterkeit durchtobten Sigrids Gedanken, und sie weinte vor Schmerz und Hass. Andreas lag neben ihr und wusste nicht, wie er ihr helfen sollte.

»Das mit deinem Vater tut mir so leid«, sagte er leise.

»Es ist entsetzlich! Ich begann bereits, mich schlecht zu fühlen, weil ich Eyvind nicht die Ehefrau sein konnte, die er sich wünschte. Auch schämte ich mich, weil ich, wenn er mir beiwohnte, mir immer vorgestellt habe, in deinen Armen zu liegen. Ich war schon so weit, mir die Schuld zu geben, weil sein Vorhaben misslungen ist und so viele sterben mussten. Nun zu erfahren, dass mein Vater durch ihn den Tod gefunden hat, trifft mich mitten ins Herz. Ich wünschte, ich hätte ihm meinen Hass und meine Verachtung ins Gesicht schleudern können. Stattdessen habe ich ihm auch noch eine Tochter geboren«, brach es voller Zorn aus Sigrid heraus.

»Du darfst Hilde nicht die Schuld an dem geben, was ihr Vater dir angetan hat«, flehte Andreas sie an.

Sigrids Miene wurde weich, als sie an ihre Tochter dachte. Auch meldete sich das Kind, das seit vielen Stunden auf die Milch der Mutter hatte verzichten müssen. Bevor es richtig zu schreien begann, entblößte Sigrid ihre Brust und stillte Hilde.

Andreas sah ihr zu und spürte, wie ihn die Leidenschaft erfasste. Dabei war es ein äußerst schlechter Zeitpunkt, denn Sigrid schien ihm viel zu zornig, um Freude an einer körperlichen Vereinigung finden zu können. Mit einem tiefen Seufzer beschloss er, sich zu beherrschen, bis sie dazu bereit war, sich ihm hinzugeben.

Da Klein Hilde hungrig war, saugte sie lange an den Brüsten der Mutter. Sigrid sah auf ihr glückseliges Kind und spürte, wie ihr Zorn und ihr Hass langsam schwanden. Wie oft hatte sie sich, wenn sie Eyvind zu Diensten hatte sein müssen, gefragt, wie es sein würde, wenn Andreas nicht nur in ihren Gedanken, sondern wirklich mit ihr verkehren würde. Nun wünschte sie sich, es würde endlich dazu kommen.

Als Hilde satt war, schlief sie sofort ein. Sigrid überprüfte die Windel und stellte fest, dass Hlif diese erst gewechselt haben musste. Mit einem sanften Lächeln legte sie die Kleine in den Korb, den man ihr als Wiege in die Kammer gestellt hatte, und wandte sich Andreas zu.

»Nimm mich in die Arme, damit ich begreife, dass alles, was uns bedrückt hat, vorüber ist«, bat sie.

Dies tat Andreas gerne. Wie oft hatte er sich gewünscht, sie so halten zu dürfen, und Eyvind glühend beneidet. Der Mann war nun tot, und er konnte hoffen, dass seine Träume in Erfüllung gingen. Die Leidenschaft packte ihn, und er presste Sigrid fester an sich. Sie war fast so groß wie er, schön wie eine Göttin und doch die Verkörperung alles Weiblichen.

Sein Atem ging schneller, und als Sigrid ihre Hüfte gegen ihn presste, spürte sie, wie ein gewisser Körperteil von ihm immer fester wurde. Lächelnd befreite sie sich aus seinen Armen und zog ihr Kleid und ihr Hemd aus.

»Es ist so weit«, sagte sie. »Ich will endlich den Mann in mir spüren, den ich liebe, und nicht den, der mich dazu gezwungen hat.«

»Du willst … du bist bereit für mich?«, flüsterte Andreas und riss sich Hemd und Hosen vom Leib.

Als er nackt vor ihr stand, stellte Sigrid fest, dass er Eyvind in nichts nachstand, und legte sich hin. Sie war zu erhitzt, um noch lange kosen zu können, sondern spreizte die Beine und zog ihn auf sich. Für Andreas gab es nun kein Besinnen mehr. Er drang in sie ein und spürte die feuchte Wärme ihres Leibes. Es war schöner, als er es sich jemals vorgestellt hatte. Auch Sigrid genoss seine langsamen, aber steten Bewegungen und freute sich, weil seine zärtliche Art, sie zu lieben, sich wohltuend von der rauen Weise unterschied, mit der Eyvind sie genommen hatte. Zwar hatte sie auch dabei eine gewisse Befriedigung verspürt, doch jetzt wurde es so stark, dass sie glaubte, es nicht mehr aushalten zu können.

»Du bist ein Mann, wie Eyvind es niemals war«, flüsterte sie, als Andreas wenig später erschöpft auf ihr niedersank.

»Und du eine Frau, wie es keine Zweite geben kann«, antwortete Andreas noch immer keuchend und küsste sie.

10.

Raudur ließ sich von Sigrid vor Zeugen ihren Anspruch auf das in Island zu erwartende Erbe übertragen und bezahlte ihr dafür eine gewisse Zahl an Silberstücken. Das, was über diese Summe hinausging, sollte er an die aus Vinland geflohenen Siedler verteilen, die sich auf Island niederlassen wollten.

Thorolfs Schiff war nach kleinen Reparaturen zwei Tage später aufbruchsbereit, und so schieden sie nach einem wehmütigen Abschied von ihren Freunden. Es flossen etliche Tränen, denn alle spürten, dass es ein Abschied für immer sein würde.

Als das Schiff zur Bucht hinausgerudert wurde und das Segel auf dem offenen Meer den Wind einfing, stand Sigrid am Bug und sah nicht mehr zurück. Außer Thorolf und der Gruppe, die diesen zu den nördlichen Inseln begleiten wollte, waren nur noch Andreas, die kleine Hilde, Ingridur, Ailmar, ihre drei Mägde und zwei Knechte bei ihr. Hlif, Olaug und Sibba, die vom Hof ihres Vaters stammten, würden sie in ihre neue Heimat begleiten, wo auch immer diese sein mochte. Zunächst wollten sie Andreas' Vater aufsuchen und dann entscheiden, was weiter geschehen sollte.

Da die Färinger alle in dem fernen Land umgekommen waren, landeten sie nicht auf den Färöerjar, sondern benützten die Inseln nur als Landmarke, um den Kurs nach Bergen zu bestimmen. Die See blieb ruhig, und der Wind blies in die passende Richtung, sodass sie wenige Tage später die felsige Küste von Norwegen vor sich sahen.

Thorolf hatte das Schiff so geschickt gesteuert, dass sie fast genau auf den Bergenfjord trafen und dort einlaufen konnten. Nun kamen wieder die Riemen zu ihrem Recht, und so strebte das Schiff mit stetem Ruderschlag der Handelsstadt zu. Bergen lag am Ende des Fjords an einer geschützten Stelle und bestand aus vielen hölzernen Häusern, von denen allerdings nur wenige jene Dächer aus Grassoden aufwiesen, wie sie weiter im Norden, auf den Färöerjar, auf Island und auf Grönland üblich waren. Der Hafen war groß, und es lagen viele Schiffe an den Stegen vertäut. Sie stammten nicht nur aus Norwegen oder von den Inseln, sondern es waren auch einige aus Dänemark und Friesland darunter.

»Ich glaube, wir kommen von hier aus nach Hause«, sagte Andreas nach einem raschen Blick in die Runde.

»Ist das dort drüben nicht der Schiffer, mit dem wir damals von Ribe nach Norwegen gefahren sind?« Ailmar deutete auf einen Mann, der eben einen anderen beschimpfte. »Du verdammter Tölpel, wenn das Zeug ins Wasser gefallen wäre, hätte ich dir die Haut abgezogen und sie zum Ausbessern des Segels verwendet!«

Der Gescholtene hob brummend den Sack auf, der ihm zu Boden gefallen war, und ging weiter.

Dafür trat Andreas auf den Schiffer zu. »Bist du nicht Gygir, der Handelsschiffer?«

»Der bin ich in eigener Person«, antwortete Gygir und musterte Andreas kurz. »Wenn du nicht der sächsische Edeling bist, den ich im letzten Frühling zu Jarl Ulfars Hof gefahren habe, soll mich die Haut jucken. Hat dir aber nicht viel gebracht, habe ich gehört. Ulfar ist überfallen und getötet worden, und dich hat man nirgends mehr gesehen.«

Andreas nickte. »Aber jetzt sind wir wieder hier! Wohin fährst du jetzt?«

»Zurück nach Ribe! Wird aber noch ein paar Tage dauern. Erst muss ich meine Ladung verkaufen und dann zusehen, dass ich neue erhalte.«

»Ich weiß nicht, wie lange wir hier noch aufgehalten werden. Doch wenn wir früh genug fertig werden, würdest du uns dann mitnehmen?«, fragte Andreas.

Gygir nickte eifrig. »Das kann ich wohl. Würde auch einen Tag auf euch warten oder zwei!«

Passagiere brachten Geld und konnten auf Säcken und Kisten schlafen. Da sie sich selbst versorgen mussten, kosteten sie ihn nicht einmal das Viertelstück einer Münze.

»Es steht leider nicht in unserer Macht, zu bestimmen, wann wir aufbrechen können«, erklärte Andreas.

Er hoffte, dass Thorolf die Verhandlungen mit Jarl Arnfinn rasch abschließen würde, sodass sie Gygirs Angebot annehmen konnten. Thorolf wollte im Anschluss nach Norden zu den Inseln, um sich dort mit Bjalfi zusammen anzusiedeln. Eine Fahrt nach Ribe würde ihn wertvolle Zeit kosten, denn ebenso wie in Eyvindsland mussten auch auf den Inseln vor der Küste von Halogaland Häuser erbaut und Vorräte für den Winter gesammelt werden.

Thorolf hatte Andreas' Unterhaltung mit Gygir schweigend verfolgt und führte die Gruppe nun zu Faralds Freund. Dieser musterte Andreas und Sigrid neugierig, kniff bei Ingridurs Anblick kurz die Lider zusammen, nickte dann aber. »Ihr könnt bei mir bleiben. Ich besitze dort vorne eine Hütte, die ich erst in einigen Wochen wieder brauche, wenn die Pelze aus dem Norden und die Stockfische gebracht werden. Essen kochen müsst ihr aber hier, denn dort darf kein Feuer entzündet werden.«

»Das tun wir. Zudem sind die Tage lang genug, sodass wir kein Licht brauchen«, meinte Ailmar fröhlich und kniff Ingridur leicht in den Po.

Thorolf lachte. »Dann ist ja alles gut! Ich werde morgen aufbrechen, um Jarl Arnfinn aufzusuchen. Wenn nichts dazwischenkommt, bin ich in anderthalb Wochen wieder zurück. So lange wird Gygir wohl noch bleiben.« Er hoffte, dass dies der Fall war, denn er hatte einige Bauern und Knechte bei sich, die auf den Inseln besser aufgehoben waren als auf einer Fahrt in den Süden.

Die nächsten Tage bestanden für Sigrid und ihre Begleiter aus Warten. Zwar verließen sie immer wieder einmal das Haus, das ihrem Gastgeber als Speicher für seine Waren diente, und sahen sich in Bergen um. Andreas und Ailmar genossen es, sich in eine Schenke zu setzen und einen Krug Bier oder Met zu trinken. Es gab sogar Wein aus den Landen am Rhein, und der war nicht einmal teuer. Sigrid trank gelegentlich einen Becher davon, während Ingridur weder Wein noch Bier mochte und höchstens einmal an Ailmars Becher nippte, wenn dieser Met bestellt hatte.

Um den beiden Paaren ein wenig Abgeschiedenheit zu gönnen, hatten Hlif und Olaug zwei Teile des Hauses mit Decken abgetrennt, die sie an gespannten Schnüren befestigten. Dort standen auch die Kisten, die sie aus Island mitgebracht hatten. In Ailmars befand sich das Gold, das er auf Ingridurs Bitten hin bisher verborgen hatte. Als sie nun allein waren, forderte Ingridur Andreas auf, sie und Ailmar in ihren abgetrennten Teil zu begleiten, und öffnete den Kasten.

»Ich will dir etwas zeigen«, sagte sie. »Bislang wagte ich es nicht, da keiner der Nordmänner es wissen sollte. Sie würden sonst mit Schiffen über das Meer nach Vinland fahren und dort danach suchen. Doch so, wie Eyvind und dessen Krieger gehaust haben, will ich keinen von ihnen in der Nähe meines Volkes sehen.«

»Das ist ein löblicher Vorsatz! Ich würde nicht anders handeln«, antwortete Andreas und fragte sich, welches Geheimnis Ingridur ihm offenbaren wollte.

Auf das aber, was er sah, als Ailmar einen der vier Lederbeutel öffnete, war er nicht vorbereitet.

»Aber das ist ja Gold!«, rief er, während das Blut hart in seinen Adern pochte und er am liebsten mit beiden Händen hineingegriffen hätte, um das edle Metall zwischen den Fingern zu spüren.

»Ich hätte es beinahe in Eyvindsland zurückgelassen, doch Ingridur brachte es an Bord des Schiffs, mit dem wir geflohen sind«, gab Ailmar zu. »Als ich es sammelte, dachte ich mir, es würde uns beiden helfen, in der Heimat etwas mehr zu werden als nachgeborene Söhne, die sehen müssen, wo sie bleiben.«

»Du willst das Gold mit mir teilen?« Andreas konnte es nicht glauben, umarmte dann aber seinen Freund.

»Das will ich!«, antwortete Ailmar lächelnd. »Ohne dich wäre ich nicht nach Norwegen gekommen, nicht von Eyvind gefangen genommen und in die Fremde verschleppt worden – und ich hätte das Gold nicht gefunden!«

»Du bist verrückt!«, stieß Andreas aus und blickte noch einmal auf das Gold.

Die Gier, es anzufassen, war verschwunden. Stattdessen sah er in Gedanken eine Burg vor sich, nicht aus Holz, sondern aus Stein erbaut, sowie mehrere Dörfer mit fleißigen Bauern, die ihm untertan waren. Mit diesem Gold, sagte er sich, konnte er Sigrid das Heim schaffen, das sie verdiente.

»Ich danke dir, Ailmar!«, sagte er leise. »Ich werde auch nicht vergessen, dass ich ohne dich diese Fahrt nicht überlebt hätte. Ohne deinen Rat und deine Hilfe hätte Eyvind mich irgendwann über Bord werfen und elend ertrinken lassen.«

»Reden wir nicht mehr von ihm. Er hat das Ende gefunden, das er verdiente!« Ailmar schüttelte sich kurz und zurrte die Beutel wieder zu. »Wir werden einen Teil des Goldes in Ribe oder Hammaburg in klingende Münze umtauschen und den Rest behalten. Von ein paar Goldnüssen will ich ein Schmuckstück für Ingridur anfertigen lassen. Ohne sie hätte ich das Gold nicht gefunden und es dann auch noch zurückgelassen.«

»Du wirst erlauben müssen, dass das Gold für dieses Schmuckstück von meinem Anteil genommen wird«, erklärte Andreas ernst. Er grinste wie ein fröhlicher Junge. »Wer hätte gedacht, dass wir, als man uns auf Eyvinds Schiff geschleppt hat, auf dieser Fahrt unser Glück finden würden!«

»Wir zwei gewiss nicht«, antwortete Ailmar und lachte. Andreas fiel darin ein und sah kurz darauf, wie Sigrid den Vorhang beiseitezog und verwundert hereinschaute.

»Was findet ihr beide denn so lustig?«

Andreas wischte sich die Lachtränen aus den Augen und sah sie lächelnd an. »Das, mein Schatz, wirst du erfahren, sobald wir in meiner Heimat sind!«

»Ihr habt wohl beide zu tief ins Methorn geschaut«, sagte Sigrid kopfschüttelnd und ließ sie allein.

11.

Thorolf kehrte früher zurück, als sie es erwartet hatten, und wirkte dabei wieder wie der fröhliche, unbeschwerte Bursche, als den Andreas und Ailmar ihn kennengelernt hatten.

»Ich glaube, Sigrid kann mit mir zufrieden sein. Jarl Arnfinn wollte zunächst nichts davon hören, ihr ihren Besitz und ihr Vatererbe zurückzugeben, sondern schlug vor, sie solle ihn heiraten. Als ich ihm jedoch sagte, sie sei bereits mit einem sächsischen Grafen verheiratet, gab er schließlich nach. Ich habe daher eine stattliche Summe Silbers als Entschädigung für Jarl Ulfars Besitz sowie Sigrids Schmuck, ihre Kleider, die Waffen ihres Vaters, dessen Geldtruhe und etliche andere wertvolle Sachen bei mir. Du wirst daher wohlhabend in Andreas' Heimat eintreffen.«

»Ich danke dir, Thorolf«, antwortete Sigrid und sah zu, wie einige Männer mehrere Kisten und Ballen in die Hütte trugen. Thorolf hatte nicht zu viel versprochen. Es war fast alles da, worauf sie Anspruch hatte erheben können. Der Rest war von zu geringem Wert, um deswegen mit dem neuen Jarl zu streiten.

»Ich glaube, Thorolf hat einen guten Botenlohn verdient«, warf Andreas ein und freute sich, als Sigrid dazu nickte.

»Allerdings!«, sagte sie. »Auch er soll nicht als Bettler zu den Inseln fahren. Ein Viertel des Silbers, das du mitgebracht hast, ist dein!«

Thorolf konnte es kaum glauben. »Du bist sehr großzügig, Sigrid Ulfarsdottir! Mit dieser Gabe kann ich auf den Inseln ein großer Mann werden, wahrscheinlich sogar ein größerer als mein Bruder auf Island.«

»Das sei dir vergönnt.«

Sigrid hatte Thorolf immer ein wenig mehr gemocht als Farald und umarmte ihn nun dankbar. Gleichzeitig dachte sie daran, dass sie Norwegen in wenigen Tagen verlassen und damit ihre Heimat zum zweiten Mal verlieren würde. Tränen traten ihr in die Augen. Da sah sie Ingridur und erinnerte sich daran, dass deren Heimat in noch weiterer Ferne lag als die ihre, und schloss sie in die Arme.

»Auch wenn wir beide in der Fremde leben werden, so werden wir uns als treue Freundinnen in unser Schicksal fügen.«

»Meine Heimat ist dort, wo ich die Decke mit dem Mann teile, den ich liebe«, antwortete Ingridur lächelnd.

Als Sigrid dies hörte, schwand die Traurigkeit in ihrem Herzen ein wenig. »So soll es sein!«

Thorolf berichtete nun von seinem Aufenthalt auf Arnfinns Hof. Plötzlich hob Andreas den Kopf.

»Was ist eigentlich mit den Männern, die Ailmar und mich damals zu Ulfars Hof begleitet haben? Hast du sie gesehen und ihnen gesagt, dass ich zurück bin?«

»Das habe ich«, antwortete Thorolf. »Zwei von ihnen haben die Gegend verlassen, und keiner weiß, wohin sie gegangen sind. Der Rest steht in Arnfinn Jarls Diensten. Die Kerle meinten, sie blieben lieber dessen Knechte, als sich noch einmal dir anzuschließen.«

»Dann sollen sie es bleiben lassen!« Andreas zuckte mit den Achseln, während Thorolf durch ein offenes Fenster nach draußen blickte. »Wenn es euch genehm ist, werde ich morgen und übermorgen die Sachen kaufen, die wir auf den Inseln benötigen, und am dritten Tag aufbrechen.«

»Tu das! Wir werden morgen Gygir aufsuchen und ihm sagen, dass wir zur Heimfahrt bereit sind«, erklärte Andreas und dachte, dass mit Thorolf der letzte Gefährte ihrer großen und gefährlichen Reise von ihnen scheiden würde. Danach würde von all dem, was sie gesehen und erlebt hatten, nur noch die Erinnerung bleiben.

Zwölfter Teil

Die Rückkehr

1.

Sie hatten Ribe erreicht. Seit sie vor fast anderthalb Jahren von hier aufgebrochen waren, hatte Andreas oft daran gezweifelt, diese Stadt wiederzusehen. Er starrte auf die Reihen der kleinen Hütten, die oft nur aus einem Gestell mit darüber gespannter Leinwand bestanden, und auf den mächtigen Wall, den die dänischen Könige hatten errichten lassen, um die Stadt zu schützen. Er schlug das Kreuz, um Gott für die glückliche Rückkehr zu danken.

Neben ihm schnaubte Ailmar leise. »Dort ist der Hufschmied, der auch mit Pferden handelt. Der hat uns doch damals so schamlos übers Ohr gehauen.«

»Da hatte ich ja keine Zeit zum Handeln. Heute habe ich sie und werde daher Pferde bei ihm kaufen. Auch benötigen wir einen Wagen für Sigrids Mitgift«, erklärte Andreas und ging auf den Mann zu. Dieser musterte ihn fragend.

»Wir brauchen mehrere Reitpferde, sowie zwei zum Ziehen und einen Wagen«, sprach Andreas ihn an.

»Ich habe herrliche Tiere für euch …«

»Elende Zossen!«, unterbrach Ailmar, der sich an seinen geliebten Braunen erinnerte, den er ihm damals hatte überlassen müssen.

»Einen Wagen kann ich euch auch besorgen«, fuhr der Pferdehändler fort, ohne auf die Bemerkung einzugehen.

»Gib dir Mühe, damit wir zufrieden sind!«, sagte Ailmar streng.

»Die Herrschaften werden zufrieden sein«, versprach der Händler und versuchte sich verzweifelt zu erinnern, woher er die beiden kannte. Deren nordische Tracht führte ihn auf eine falsche Spur, zudem waren die Käufer in Begleitung von Frauen. Die Norwegerin war größer als viele Männer, die er kannte, und verfügte über den strengen Blick einer hochgeborenen Dame, die man besser nicht betrügen sollte. Noch mehr wunderte er sich über Ingridur, die mit dem langen, rabenschwarzen Haar, ihrem rundlichen Gesicht mit den dunklen Augen und dem leichten Bronzeton ihrer Haut in dieser Umgebung auffallen musste.

»Die junge Dame ist wohl eine Sarazenin?«, fragte er.

»So etwas Ähnliches«, antwortete Ailmar, der wenig Lust hatte, die Herkunft seiner Ehefrau zu erklären. »Und jetzt zeige uns deine Gäule, sonst müssen wir zusehen, ob wir nicht woanders bessere bekommen!«

Das Geschäft wollte der Mann sich nicht entgehen lassen und führte sie daher zu dem Pferch, in dem sich etliche gute und weniger gute Pferde befanden. Ailmar fand rasch einen Braunen, der ihm gefiel, während Andreas schwankte. Es gab einen weiteren vielversprechenden Braunen, doch er entschied sich schließlich aus alter Anhänglichkeit für einen Rappen. Sigrid wollte ebenfalls reiten und wählte eine Schimmelstute, während Ingridur heftig den Kopf schüttelte.

»Auf eine solche Bestie steige ich nicht!« Zwar hatte sie auf Grönland bereits ein Pferd gesehen, doch das hatte zu der auf Island beheimateten Rasse gehört und war um einiges kleiner gewesen als diese in ihren Augen riesigen Tiere.

»Du kannst nicht wie eine Magd auf dem Karren sitzen«, erwiderte Ailmar.

Da zupfte ihn der Pferdehändler am Ärmel. »Wenn der Herr erlaubt: Ich besitze einen Doppelsattel, bei dem der Reiter wie gewohnt vorne sitzt, während die Dame hinter ihm Platz nehmen kann.«

»So müsste es gehen, denke ich. Oder traust du dich nicht, mit mir zusammen zu reiten?«

Ingridur hätte zwar liebend gerne Nein gesagt, doch damit hätte sie ihrem Ehemann zu verstehen gegeben, dass sie ihm nicht zutraute, sie zu beschützen, und ihn damit gekränkt.

Der Pferdehändler holte den Sattel. Dessen vorderer Teil war normal geformt, aber dahinter war ein Damensattel befestigt, der aus einem festen Polster und einem Trittbrett für die Füße bestand. Ingridurs Ansicht nach war es ein sehr zweifelhaftes Gebilde, und es dauerte einige Zeit, bis Ailmar sie dazu überreden konnte, es wenigstens zu versuchen. Er selbst schwang sich in den Sattel, streckte dann den linken Arm aus, um Ingridur hochzuhelfen, und erklärte ihr, wie sie sich mit den Füßen aufs Brett stemmen und sich mit der rechten Hand an ihm festhalten sollte. Sie durchlebte tausend Ängste, als sich das Pferd in Bewegung setzte.

»Du machst das sehr gut!«, lobte Sigrid sie. »Mit ein wenig Übung werdet ihr sogar traben können.«

»Du kannst dich zudem mit der linken Hand an meinem Sattel festhalten«, riet Ailmar und griff mit einer Hand nach hinten, um sie zu streicheln. »Ich werde nichts tun, was dir schaden könnte«, versprach er.

»Ich weiß!«, antwortete Ingridur, und zum ersten Mal, seit sie auf dem Pferd saß, trat der Anflug eines Lächelns auf ihr Gesicht.

Nach einem kurzen Proberitt kehrten die beiden zum Pferch zurück. Andreas hob Ingridur aus dem Sattel und stellte sie auf die Erde.

»Siehst du, es war doch gar nicht so schlimm.«

Am liebsten hätte Ingridur gesagt, dass sie lieber zu Fuß gehen als reiten würde, wollte aber Ailmar nicht enttäuschen und nickte daher.

Er stieg ab und drehte sich zu Andreas um. »Mit Sigrids Knechten sind wir vier Männer. Das ist mir zu wenig. Wir sollten uns noch ein paar Waffenknechte mieten, falls Strauchdiebe auf die Idee kommen sollten, sich mit uns anzulegen.«

»Hier findet ihr auf jeden Fall Bewaffnete, die froh sind, einen Herrn zu finden«, meldete sich der Pferdehändler eilfertig und winkte einen Mann heran, der Andreas bereits seit geraumer Zeit interessiert musterte.

»Wäre das nichts für dich und deine Männer, Ditto?«, fragte er.

Als Andreas den Namen hörte, drehte er sich verblüfft um. Es war tatsächlich der Vertraute seines Bruders, der ihn bei seinem Abschied aus der Heimat so höhnisch behandelt hatte. So frech wie damals wirkte Ditto nicht mehr, sondern eher bedrückt. Er trat nur zögernd näher und neigte den Kopf.

»Ihr werdet mich und meine Freunde wohl nicht in Eure Dienste nehmen wollen, Herr Andreas«, sagte er mit bitterer Stimme.

»Warum sollte er!« Ailmar hatte Dittos Spott nicht vergessen und wollte noch etwas sagen, doch da hob Andreas die Hand.

»Wir sollten ihn anhören. Was machst du hier, Ditto? Ich glaubte, du ständest in den Diensten meines Bruders.«

Ditto stieß ein verächtliches Schnauben aus. »Herr Kord hat mich und meine Freunde entlassen, nachdem er sich dem Grafen von Schauenburg unterworfen hat. Er war zu feige, seinen Besitz gegen ihn zu verteidigen. Euer Vater machte ihm deswegen Vorhaltungen – und ich auch! Dafür hat er mich aus seiner Burg gewiesen. Er besitzt sie allerdings nicht mehr, denn Graf Adolf hat sie ihm abgenommen und einen seiner eigenen Männer dort als Herrn eingesetzt. Eurem Bruder ist nur die Burg geblieben, die Herrn Ailmars Vater Aldebrand einst für Euren Vater verwaltet hat.«

»Was ist mit unseren Vätern?«, fragte Andreas angespannt.

»Und mit meinen Brüdern?«, setzte Ailmar hinzu.

»Herr Hardo haust noch in Kords Burg. Euer Vater«, Ditto wandte sich Ailmar zu, »ist mit Euren Brüdern fortgezogen. Wohin, weiß ich nicht. Vielleicht weiß Herr Hardo es.«

Das waren Nachrichten, wie Andreas sie nicht erwartet hätte. Sein Bruder hatte sich immer sehr kriegerisch gegeben und so getan, als wolle er Fürst Bogumils Wagrierstamm seiner Herrschaft unterwerfen. Dieser hatte, wie Ditto weiter berichtete, sich ebenfalls dem Schauenburger Grafen unterworfen.

»Ein Verwandter von Graf Adolf hat Fürst Bogumils Tochter geheiratet und herrscht dort im Namen des Schauenburgers«, setzte Ditto hinzu und sah Andreas nun doch etwas hoffnungsvoller an. »Meine Freunde und ich würden gerne in Eure Dienste treten, Herr. Wir leben davon, dass wir Warentransporte von hier ins Binnenland und zurück begleiten, und müssen oft genug wie Knechte mit anpacken.«

Andreas musterte ihn nachdenklich und nickte schließlich. »Ich will es mit euch versuchen. Wie viele seid ihr noch?«

»Außer mir noch vier, Herr. Die meisten Krieger Eures Bruders sind in die Dienste des Schauenburgers getreten. Wir wollten das nicht.«

»Dann schwört mir Treue!« Andreas bedeutete Ailmar, der sichtlich Einwände hatte, still zu sein, und sah zu, wie Ditto vor ihm in die Knie sank.

»Ich schwöre Euch treue Gefolgschaft, Herr Andreas, und werde mit meinem Leben für Euch einstehen. Denselben Eid werden auch meine Freunde leisten!«

»Dann ist es gut!« Auch wenn Andreas sich in der Vergangenheit über Ditto geärgert hatte, kannte er diesen als guten Kämpfer und war zufrieden, ihn für sich gewonnen zu haben.

2.

Dittos Männern war anzusehen, dass sie schon bessere Tage erlebt hatten, denn ihre Kleidung war abgetragen und oftmals geflickt. Helme, Rüstungen und Waffen wiesen jedoch keinen Rostfleck auf, und ihre Pferde waren zwar nicht die besten, wirkten aber gut genährt und kräftig.

Sogar Ailmar war nach einer eingehenden Musterung mit ihnen zufrieden gewesen. Er ritt mit Andreas und Sigrid an der Spitze des kleinen Zuges, während Ingridur sich hinter ihm mit jedem Schritt des Pferdes sicherer fühlte. Ihnen folgte der Wagen mit Sigrids Besitz, auf dem sich auch die mit Kleidung gefüllte Truhe befand, in der das Gold versteckt war. Einer der beiden Knechte, die Andreas in Ribe angeworben hatte, führte die Zügel, der andere saß neben ihm, während die drei Mägde sich einen Platz auf einer der Truhen und einem Ballen hatten suchen müssen. Hlif hielt die kleine Hilde im Arm, und Ditto bildete mit seinen vier Kameraden den Schluss.

Da der Wagen sie aufhielt, kamen sie nur langsam voran und brauchten für den Weg nach Venneby um einiges länger als damals von dort nach Ribe. Da die Burg nun dem Schauenburger Grafen gehörte, ritt Andreas daran vorbei. Von einer leichten Erhebung aus sah er, dass dort ein neuer Turm aus gebrannten Ziegeln errichtet wurde. Sein Bruder hatte dies lange gefordert, doch nun gehörte die Burg ihm nicht mehr.

Zu seiner Verwunderung spürte Andreas keinen Verlust, denn Venneby war nie sein Heim gewesen. Die meiste Zeit seines Lebens hatte er bei Ailmars Vater Aldebrand verbracht und im Grunde seines Herzens immer gewusst, dass er sein Glück in der Fremde würde suchen müssen.

»Was willst du jetzt tun?«, fragte ihn Ailmar. »Mit unserem Gold könnten wir ein Heer aufstellen und dem Schauenburger Grafen die Fehde antragen.«

Andreas schüttelte den Kopf. »Ich trage für meinen Bruder nicht die Kämpfe aus, für die er selbst zu feige ist. Wenn wir siegen, würde er das meiste für sich fordern, und dazu bin ich nicht bereit.«

»Ich, ehrlich gesagt, auch nicht«, antwortete Ailmar. »Wir waren uns unterwegs einig, dass wir unsere Dienste einem Herzog oder gar dem König anbieten. Dort können wir hohe Herren werden, ohne uns über Kord ärgern zu müssen.«

Wie meistens, wenn sie miteinander redeten, sprachen sie ihren heimatlichen Dialekt. Obwohl dieser Anklänge an das Dänische und damit auch an das Norwegische zeigte, tat Sigrid sich damit schwerer als Ingridur, die schon einmal eine neue Sprache hatte lernen müssen und Ailmars Dialekt so bald wie möglich beherrschen wollte.

»Was ist mit deinem Bruder?«, fragte Sigrid, die nur Bruchteile verstanden hatte. Andreas erklärte es ihr in der Sprache des Nordens. Nach einer Weile schüttelte sie den Kopf.

»Du hast keinen Grund, für deinen Bruder zu streiten oder ihm auch nur den geringsten Anteil an dem zu geben, was du erworben hast. Er hat sein Schicksal selbst gewählt.«

»Ganz so hart will ich nicht sein, um meines Vaters willen. Allerdings sollte sich Kords Haltung mir gegenüber gebessert haben.«

»Ich werde dich an diese Worte erinnern, wenn du zu gutherzig sein solltest«, warf Ailmar mit einem Grinsen ein, das mehr einem Zähnefletschen glich.

Kord hatte nicht nur seinem Bruder Steine in den Weg gelegt und ihn bei ihrem Vater schlechtgemacht, sondern auch seinen eigenen Vater, einen treuen Gefolgsmann Ritter Hardos, wie einen Knecht behandelt.

»Du bist zu nachtragend, Ailmar«, sagte Andreas mit einem leichten Tadel.

»Besser das als zu gutmütig!«, antwortete dieser ungerührt.

Wenig später lag Aldebrands Burg vor ihnen. Schon bald war zu erkennen, dass sie sich in einem weitaus schlechteren Zustand befand als früher.

»Diese verrotteten Palisadenpfosten hätten längst ersetzt werden müssen! Und seht euch den Torflügel da an! Der hängt doch schief!«, rief Ailmar verärgert aus.

Andreas konnte dies nur bestätigen und wunderte sich sehr. Früher war Aldebrand nicht so nachlässig gewesen. Wenig später erklang der Ruf des Turmwärters.

»Wer seid ihr und was wollt ihr hier?«

Andreas blickte zum Turm hoch und erkannte auf der Plattform einen der alten Knechte seines Vaters. »Erkennst du mich nicht mehr, Thidrek?«, fragte er lachend.

Der Knecht riss die Augen auf und starrte ihn an. »Herr Andreas! Aber … da wird Euer Herr Vater sich freuen!«

So rasch er konnte, drehte er sich um und rief in die Burg hinein, dass das Tor geöffnet werden sollte.

Kaum war dies geschehen, ritt Andreas hinein. Innen sah die Burg kaum besser aus als von außen. Dreck lag herum, beim Stall fehlten einige Pfosten, und direkt davor dampfte ein Misthaufen.

Kopfschüttelnd stieg Andreas ab und reichte die Zügel einem Pferdeknecht. Anschließend half er zuerst Sigrid aus dem Sattel und hob dann Ingridur vom Pferd. Als auch Ailmar auf festem Boden stand, wurde die Tür des Hauptgebäudes geöffnet, und Kord trat heraus. Dessen Gesicht verzerrte sich abwehrend, als er seinen Bruder erkannte.

»Wenn du zurückgekommen bist, um vom Vater etwas zu erbetteln, so kannst du gleich wieder reiten. Es gibt hier nichts, was du erhalten könntest!«

»Freundlich wie eh und je!«, spottete Ailmar, während Andreas jeden Gedanken aufgab, sich für seinen Bruder einzusetzen oder ihn an dem Goldschatz zu beteiligen, den er mit sich führte.

»Ich bin gekommen, um Vater zu besuchen. Lange bleibe ich nicht.«

»Das wird auch gut sein!« Kord äugte misstrauisch zu Ditto und dessen Männern hin. Immerhin hatte er sie auf üble Weise aus der Burg getrieben und fürchtete nun, sie könnten seinen Bruder zur Rache aufgestachelt haben. Zwar besaß er noch ein Dutzend Waffenknechte, doch schien es ihm zweifelhaft, ob diese sich gegen Andreas und dessen Schar durchsetzen konnten.

»Wo ist Vater?« Andreas' Frage klang wie ein Peitschenhieb.

Kord wies mit der Hand auf das Hauptgebäude. »Er hockt in der Halle und jammert seiner entschwundenen Größe nach. Doch was hätte ich tun sollen, nachdem Graf Adolf eine überwältigende Heeresmacht gesammelt hatte, um gegen uns vorzugehen? Ich war froh, wenigstens diese Burg retten zu können.«

»Weißt du, wohin mein Vater und meine Brüder gereist sind?«, fragte nun Ailmar.

»Die sind bereits im letzten Herbst fortgegangen. Wohin, weiß ich nicht.« Kord klang unfreundlich, doch Ailmar spürte, dass er die Wahrheit sprach.

»Vielleicht weiß dein Vater es«, sagte er zu Andreas und folgte diesem in das Gebäude.

Sigrid und Ingridur folgten ihnen unter Kords verwunderten Blicken und begleitet von dem Getuschel der Burgbesatzung. Von ihrer Kleidung her hätten sie Schwestern sein können, doch die eine war groß, blond und mit einer Haut so hell wie frisch gemolkene Milch. Die andere wirkte neben ihr wie ein Kind und hatte Haare, die im Sonnenlicht beinahe blau schimmerten, und eine leicht getönte Haut. Am liebsten hätte Kord Ditto gefragt, wie sein Bruder zu diesen beiden Frauen gekommen war, wagte es aber angesichts der abweisenden Miene seines einstigen Gefolgsmanns nicht.

3.

Ritter Hardo hatte den Reisezug bemerkt, doch niemand hatte ihm gesagt, wer da gekommen war. Gespannt saß er auf seinem Stuhl in der Ecke und starrte auf den Eingang der Halle. Als er Andreas eintreten sah, traute er seinen Augen kaum.

»Mein Sohn, du?«, rief er, wollte aufstehen, sank aber gleich wieder zurück.

»Vater!« Andreas eilte zu ihm hin und ergriff seine Hand.

Zwar hatte Hardo ihn wegen Kords Intrigen nicht gut behandelt, aber diese Erinnerung schob er beim Anblick des von Alter und Kummer gebeugten Vaters beiseite. Er half dem alten Mann aufzustehen und umarmte ihn.

»Andreas, du bist es wirklich!« Hardo strich über das Gesicht seines Sohnes und schämte sich der Tränen nicht, die ihm über die Wangen liefen. Nach einer Weile wischte er sich die Augen mit dem Ärmel trocken und richtete den Blick auf Andreas' Begleitung.

»Das muss Jarl Ulfars Tochter sein! Wie geht es meinem alten Freund? Schmeckt ihm der Met immer noch?«

Sigrid senkte den Kopf. »Mein Vater starb bei dem Überfall unseres Feindes.«

»Das betrübt mich!« Hardo musterte die hochgewachsene Norwegerin und fand, dass diese mindestens ebenso groß sein musste wie er selbst.

»Sigrid ist erst jetzt mein Weib geworden. Ihr erster Ehemann, Jarl Eyvind, starb im Frühjahr im Kampf.« Es schien Andreas das Beste, die Sache so zu erklären, als von Überfällen, Entführungen und fremden Gestaden zu reden.

»Das hier ist Hilde Eyvindsdottir! Sie ist mir so lieb wie ein eigenes Kind«, setzte er hinzu, als Hlif mit der Kleinen hereinkam.

Hardos Blick wurde weich, als er das Mädchen ansah. »Sie ist wunderschön, und sie wird gewiss bald mit einem Geschwisterchen spielen!«

»Das hoffen Sigrid und ich von Herzen«, antwortete Andreas lächelnd und wies auf Ailmar. »Ihn kennst du ja auch!«

»Der Lümmel Ailmar, der nicht zulassen wollte, dass ich dich schlechter behandle als Kord. Weiß Gott, ich wollte, ich hätte damals auf ihn gehört.« Hardo umarmte kurz Sigrid und danach Ailmar. Bei Ingridur stutzte er.

»Wer ist das?«

»Ailmars Weib! Kränke sie nicht, weil sie anders aussieht als die Frauen, die du kennst. Sie hat ein großes Herz, und wir alle haben ihr sehr viel zu verdanken.«

»Also, ich finde sie hübsch!« Hardo kniff Ingridur leicht in die Wange, bevor er auch sie umarmte.

»Jetzt seid ihr wieder hier!«, sagte er zugleich froh und traurig. »Zu meinem Bedauern kann ich euch überhaupt nichts geben, denn ich bin arm wie eine Kirchenmaus. Alles, was ich je besessen habe, hat Kord, dieser Narr, entweder Graf Adolf von Schauenburg überlassen oder an sich gerissen. Mir gehört nicht einmal mehr der Stuhl, auf dem ich sitze.«

Empört ballte Andreas die Rechte zur Faust, sagte sich aber, dass er trotz allen Zornes die Hand nicht gegen den eigenen Bruder erheben durfte.

»Wo ist mein Vater?«, mischte sich Ailmar ein.

»Aldebrand und deine Brüder wurden von Kord vertrieben, weil er niemanden hier haben wollte, der ihm auf die Finger schaut. Seht euch die Burg an! Sie ist in nur einem Jahr so herabgekommen. Unter deinem Vater hätte es das nicht gegeben. Aber Kord ist nur mit dem Maul gut. Wenn es darauf ankommt, kneift er!« Hardo seufzte bedrückt, bevor er weitersprach. »Fürst Bogumil hat ihn angefleht, ein Bündnis mit ihm einzugehen und sich gemeinsam gegen den Schauenburger zu stellen. Zunächst ging Kord darauf ein, doch nach Graf Adolfs raschem Sieg gegen Heinrich von Badewide fehlte es ihm an Mumm, zu seinem Wort zu stehen. Er ließ es zu, dass Bogumils Stamm unterworfen wurde, und diente sich dem Schauenburger als Lehnsmann an. Der aber wusste um seinen Verrat an Bogumil und zwang Kord, ihm meine Burg zu übergeben und sich mit dieser hier zu begnügen.«

»Aber was ist mit meinem Vater?«, fragte Ailmar drängend, da ihm der alte Mann zu ausschweifend wurde.

»Aldebrand tadelte Kord wegen seines Versagens und wurde von diesem dafür wüst beleidigt und aus der Burg gewiesen. Daher entschloss Aldebrand sich, mit deinen Brüdern in die östlichen Marken des Reiches zu ziehen und sich dort anzusiedeln. Die dortigen Herren rufen Siedler aus dem Reich ins Land, die dort zu guten Bedingungen Dörfer und Städte errichten können. Dein Vater wird dort bald mehr sein, als ich je war.«

Hardo schwieg erneut und rief nach Met. Eine alte Dienerin schlurfte herein und brachte ihm einen kleinen Becher.

»Mehr darf ich Euch nicht geben, sagt Herr Kord. Er geht sonst zu schnell aus.«

»Er will alles nur für sich! Mir gönnt er gar nichts mehr«, brüllte Hardo, beruhigte sich dann aber wieder und nahm einen Schluck. Danach setzte er seinen Bericht fort. »Ich habe Kord angefleht, ebenfalls in den Osten zu ziehen und sich eine Herrschaft einzurichten. Sie wäre gewiss größer geworden als das, was uns noch verblieben ist. Doch selbst dafür fehlt ihm der Mut. Aber du wirst es tun, mein Sohn! Die Stämme dort sind zum größten Teil unterworfen, und es gibt genug freies Land, das vom König und von den Markgrafen großzügig verteilt wird. Besser wäre es zwar, richtige Siedler anzuwerben und mit ihnen eine Stadt zu gründen, aber das kostet Geld. Du wirst dich vorerst mit weniger zufriedengeben müssen. Ist jedoch erst einmal der Grundstein gelegt, kann es bald mehr werden.«

Hardo redete voller Begeisterung, während sich Andreas die Haare sträubten. Er dachte an das, was in Eyvindsland geschehen war, und schüttelte den Kopf.

»Warum soll ich im fremden, feindlichen Land siedeln, wenn ich genauso gut Gefolgsmann eines Herzogs oder Grafen werden und hoffen kann, in ihren Diensten aufzusteigen und zu Land und Burgen zu kommen?«

Sein Vater sah ihn ebenso erstaunt wie enttäuscht an. »Ich hatte gehofft, du wärst anders als Kord. Aber wie es aussieht, fehlt es auch dir an Mut, etwas Neues zu wagen.«

Es lag Andreas auf der Zunge, ihm zu erklären, dass er an einer Besiedlungsaktion beteiligt gewesen war, die blutig geendet hatte, und dies nicht noch einmal erleben wollte. Da zupfte Sigrid ihn am Ärmel.

»Was sagt dein Vater? Ich habe zu wenig verstanden.«

»Er schlägt vor, dass wir in den östlichen Marken des Reiches unter fremden Stämmen ansiedeln sollen. Doch angesichts dessen, was wir jenseits des Meeres erlebt haben, will ich das nicht!«

Ailmar sprang ihm bei. »Ich habe auch wenig Lust dazu.«

Sigrid hob die Hand. »Seid nicht zu rasch mit euren Entschlüssen bei der Hand. Wir sollten alles genau bedenken. Also sagt mir, wie Andreas' Vater dieses Unternehmen beginnen will.«

»Was sagt dein Weib?«, fragte Hardo mürrisch, da er die nordische Sprache, in der sie sich unterhielten, zwar in seiner Jugend gelernt, längst aber vergessen hatte.

»Sigrid will wissen, wie diese Besiedlung im Osten vor sich gehen soll«, erklärte ihm Andreas.

»Das sagte ich doch! Der Kaiser und die Markgrafen verleihen Land und Rechte. Je mehr Siedler man mitbringt, umso mehr erhält man.«

Andreas übersetzte es für Sigrid und sah sich deren Fragen ausgesetzt. Da er sie selbst nicht beantworten konnte, musste er seinen Vater bitten, dies zu tun. Hardo war froh, in seiner Schwiegertochter eine mögliche Verbündete zu finden, und gab sich nun alle Mühe, ihre Neugier zu stillen.

4.

Sigrid verstand Andreas' Widerstreben, noch einmal an einer Besiedlung teilzunehmen, nachdem die eine so schrecklich gescheitert war. Doch sie sagte sich, dass man seinen Gefühlen niemals den Vorrang vor dem Verstand geben durfte. Sie bat Andreas daher, sie zusammen mit Ailmar und Ingridur auf einen Spaziergang in die Umgebung der Burg zu begleiten.

Kaum lag diese hinter ihnen, fasste sie nach Andreas' Hand. »Ich weiß, du denkst an Eyvind und an das Ende, das er und so viele andere gefunden haben. Dabei vergisst du die vielen Fehler, die bei diesem Vorhaben begangen wurden. Eyvind ging nach Vinland, um die dortigen Völker zu unterwerfen, dein Vater aber will in ein Land ziehen, dessen Bewohner bereits von Markgrafen aus deinem Volk beherrscht werden. Auch sollst du sie nicht vertreiben oder ihnen etwas wegnehmen, sondern jetzt noch brachliegendes Land zur Blüte bringen.«

»Mir gefällt es trotzdem nicht«, sagte Andreas, während Ailmar bereits zweifelnd den Kopf wiegte.

»Hat nicht dein Vater hier im Land der Wagrier seine Burgen errichtet, um dieses Land für den Dänenkönig zu sichern?«, fragte er nach einer Weile.

»Jetzt beherrscht der Schauenburger es«, antwortete Andreas knapp.

»Aber er beherrscht es! Wir würden jenes Land im Auftrag des Kaisers oder eines Markgrafen besiedeln. Wie Sigrid sagte, nehmen wir den Einheimischen nichts weg. Sie wären auch nicht unsere Untertanen, sondern die unseres Oberherrn. Es ist dessen Pflicht, sie ruhig zu halten.«

»Du bist der richtige Mann dafür«, drängte jetzt Sigrid.

»Der Meinung bin ich auch!«, stimmte ihr Ailmar zu. »Denke an die vielen guten Ratschläge, die du Eyvind gegeben hast und die er verworfen hat.«

Sigrid fasste Andreas an den Schultern und küsste ihn. »Wärst du an Eyvinds Stelle gewesen, wärst du heute der König von Vinland«, sagte sie lächelnd.

»Je länger ich darüber nachdenke, umso mehr gefällt mir der Vorschlag deines Vaters«, erklärte Ailmar mit ungewöhnlich ernster Miene. »Am Hofe eines Herzogs oder des Königs würden wir doch nur als Abenteurer gelten und wegen unseres Goldes Misstrauen erregen. Vielleicht würde man es uns sogar wegnehmen. Als Lokatoren hingegen könnten wir nach Köln oder Nürnberg, in die wichtigsten Städte des Reiches reisen und dort Siedler anwerben. Mit unserem Gold werden es nicht nur eine Burg und ein paar Dörfer sein, sondern eine richtige Stadt mit Mauern und Toren.«

Ailmar klang so überzeugend, dass Andreas von dieser Begeisterung angesteckt wurde. »Wenn, dann sind es zwei Städte und ein paar Dörfer dazu«, antwortete er und lachte. »Bei Gott, jetzt habt ihr mich weich geknetet! Dabei hatte ich vom Siedeln die Nase voll. Aber wenn es sein muss, bin ich dazu bereit.«

Sigrid belohnte ihn mit einem weiteren Kuss, während Ailmar Ingridur an sich zog und sie ebenfalls küsste.

»Es wird uns gelingen!«, sagte er, als sie wieder zur Burg zurückkehrten. Es klang wie ein Schwur.

Sie hatten kaum das Tor durchschritten, da kam Kord auf sie zu.

»Hat euch der Alte gedrängt, nach Osten zu ziehen?«, fragte er angespannt.

Andreas begriff, dass sein Bruder ihn schnell loswerden wollte, und nickte. »Er hat es uns vorgeschlagen, und wir werden es tun.«

»Dann könnt ihr den Alten gleich mitnehmen! Hier stört er nur.«

Andreas sah ihn an und schüttelte den Kopf. »Was bist du nur für ein Sohn, Bruder? Doch keine Sorge! Dein Erbe bleibt dir. Ich werde mir etwas Eigenes schaffen! Und was unseren Vater betrifft, so soll er in unserer neuen Heimat noch etliche glückliche Jahre verleben.«

Mit diesen Worten ließ er Kord stehen und ging zu seinem Vater, um ihm mitzuteilen, dass Ailmar und er als Lokatoren in die östlichen Marken des Reiches ziehen und sich dort ansiedeln würden.

Ausklang

Ailmar nippte am Wein und schnalzte genießerisch mit der Zunge. »Der ist wirklich gut!«

»Besser als der, den wir im letzten Jahr gekauft haben?«, fragte Andreas lächelnd.

»Das will ich meinen!« Ailmar trank noch einen Schluck und musterte seinen Freund.

Noch immer war Andreas ein stattlicher Mann, der die meisten Männer in dieser Gegend überragte. Sein Haar war noch dicht, aber die grauen Strähnen hatten mit den Jahren zugenommen, während Ailmar am Hinterkopf eine kahle Stelle aufwies, die er unter einer Kappe verbarg. Nicht verbergen konnte er die Wölbung seines Bauches, die ihn ein wenig kurzatmig machte. Doch das Leben war schön, dachte er, als er vom Söller über das Land blickte.

Mehr als zwei Jahrzehnte war es her, seit sie sich hier angesiedelt hatten, und es war nicht immer eitel Sonnenschein gewesen. Andreas und er hatten sich jedoch gegen alle Widrigkeiten durchgesetzt und diese Gegend zur Blüte gebracht. Ihre Frauen hatten ihnen dabei nach Kräften geholfen. Sein Blick traf Ingridur. Auch sie war ein wenig füllig geworden, ihr Gesicht war jedoch noch glatt, und ihr schwarzes Haar wies keine einzige helle Strähne auf. Er liebte sie wie am ersten Tag, so wie Andreas Sigrid liebte.

Diese war ebenfalls ein wenig in die Breite gegangen, doch wegen ihrer hohen Figur sah man es ihr kaum an. Das Blond ihres Haares begann langsam auszubleichen, und erste Falten zeigten sich in ihrem Gesicht, doch noch immer war sie eine schöne, stattliche Frau.

»Wir haben es gut getroffen, meinst du nicht, Andreas?«, fragte er seinen Freund.

»Ja, das haben wir. Wir haben gute Kinder, unter denen keines wie Kord ist und den Geschwistern etwas missgönnt, und sind in Ehren alt geworden.«

»Da du gerade von Kord sprichst. Hast du wieder einmal etwas von ihm gehört?«, fragte Ailmar neugierig.

»Er ist immer noch ein nachrangiger Gefolgsmann der Grafen von Schauenburg-Holstein und unvermählt geblieben, weil die Väter der Erbinnen, nach denen er Ausschau hielt, sich stets für einen anderen Eidam entschieden haben. Jetzt hofft er, dass Graf Adolf seinem mit einer Magd gezeugten Bastard das Lehen überträgt. Da haben dein Vater und deine Brüder klüger gehandelt und sich im Wendland angesiedelt. Wie mein Vater einst prophezeite, besitzt jeder von ihnen mehr als mein Vater in seiner besten Zeit.«

Andreas senkte den Kopf, da sein wie auch Ailmars Vater mittlerweile vor ihren himmlischen Richter getreten waren.

»Meine Brüder lassen mir immer wieder Nachricht zukommen«, erklärte Ailmar zufrieden. »Sie haben es gut getroffen.«

»Aber nicht so gut wie wir«, wandte Sigrid lächelnd ein.

Andreas nickte. »Das stimmt! Doch manchmal denke ich auch an Eyvindsland und frage mich, was aus unseren alten Freunden geworden ist.«

»Es gibt Dinge, die wir erst im Jenseits erfahren werden«, antwortete Ailmar. »Wenigstens kam vor etlichen Jahren von Thorolf die Nachricht, dass der neue norwegische König seinen Rat schätzt und ihm einige Inseln zu Lehen gegeben hat. Von Herjolf, Bjalfi und Farald haben wir seit jener Zeit nichts mehr gehört.«

»Das tut mir leid«, bekannte Andreas, der nun, da sein Ältester ihm viele Pflichten abnahm, Zeit hatte, sich der alten Zeiten zu erinnern.

»Mir tut auch etwas leid«, meinte Ailmar augenzwinkernd. »Nämlich, dass wir damals nicht einige der großen Hühner mitgenommen haben, die es jenseits des Meeres gab. Wir hätten wenigstens ein paar Eier einpacken und hier von Hühnern oder Gänsen ausbrüten lassen sollen. Mein Gott, haben die gut geschmeckt!«

»Redet Ailmar nur noch von gutem Essen und gutem Wein?«, fragte Sigrid Ingridur mit einem Hauch von Spott.

Ingridur schüttelte lächelnd den Kopf. »Nicht nur! Er spricht auch über andere Dinge. Doch heute, da wir zusammen sind, steigt die Erinnerung an das auf, was einst geschehen ist.«

»Nicht alles davon war angenehm«, gab Andreas zu, »doch die Zeit mildert vieles. Dafür gibt es nun auch viel Schönes zu bedenken. Hildes Sohn wird im nächsten Monat drei Jahre alt, und ich muss mir ein passendes Geschenk überlegen. Gisela wird bald ihr erstes Kind gebären, und Lothar, mein Jüngster, will ein Patenkind von Kaiser Friedrich freien.«

»Du und Sigrid habt wirklich Glück mit euren Kindern«, warf Ailmar ein.

»Du und Ingridur, ihr habt auch keinen Grund zum Klagen. Euer Adalbert wird bald zum zweiten Mal Vater. Waldemar ist trotz seiner Jugend bereits zum Prior seines Klosters aufgestiegen, und was Agnes betrifft, so wird sie dem Anschein nach nicht mehr lange unvermählt bleiben!«

Andreas blickte lächelnd in den Garten hinab, in dem Ingridurs und Ailmars Tochter gerade Fangen mit seinem ältesten Sohn spielte. Hardo lachte fröhlich, und auch das Mädchen sah nicht so aus, als ließe es sich ungern von ihm anfassen. Eben war es wieder so weit, und Agnes gab Hardo als Lohn für seinen Sieg einen Kuss.

»So wie Hardo und Agnes Sommerblume sich verhalten, werden sie bald die Decke miteinander teilen«, prophezeite Ingridur lächelnd.

»Dann sollten wir die beiden so schnell wie möglich verheiraten, damit Sitte und Ehrbarkeit gewahrt bleiben«, sagte Andreas mit Nachdruck.

»Ich habe nichts dagegen«, stimmte ihm Ailmar zu und reichte ihm die Hand. Nachdenklich schüttelte er den Kopf.

»Wer hätte damals, als wir Venneby verlassen haben, um nach Norwegen zu reisen, gedacht, dass wir einmal hier sitzen und über die Heirat unserer Kinder sprechen würden?«

»Oder es sich in dem Land jenseits des Meeres vorstellen können, welches wir als Eyvinds Sklaven erreicht hatten?« Andreas schüttelte sich bei dem Gedanken und legte den Arm um Sigrid.

»Die einen blieben dort und gingen für die Welt verloren, doch wir kehrten zurück.«

»Darauf sollten wir trinken«, antwortete Ailmar und schenkte allen eigenhändig ein.

ENDE

Historischer Überblick

Vom achten bis ins elfte Jahrhundert hinein erreichten die Seefahrer des Nordens immer neue Küsten. Sie besiedelten nicht nur die Inseln vor Schottland und Teile Irlands, sondern auch die Färöer-Inseln und Island. Der aus Island verbannte Eirikur Thorvaldsson siedelte sich schließlich im Südwesten Grönlands an, das zu jener Zeit noch die Möglichkeit für Viehzucht bot. Eirikurs Sohn Leifur folgte den Berichten Bjarni Herjulfsons, der weiter im Süden Land gesehen hatte, und kam zumindest bis Neufundland. Archäologischen Funden zufolge haben die Nordmänner auch das nordamerikanische Festland erreicht. Es gab mehrfach Versuche, dort eine Siedlung zu errichten, doch diese scheiterten an der geringen Zahl der Grönländer, die dies versuchten. Die Siedlungen mussten daher bald wieder aufgegeben werden. Trotzdem kam es mehrere Jahrhunderte lang zum Kontakt zwischen den Siedlern auf Grönland und den Inuit und Indianern auf den Inseln und in Labrador. So holten die Grönländer Holz von dort und verkauften es teilweise nach Island weiter.

Das Scheitern der Siedlungsversuche ist vor allem darauf zurückzuführen, dass sich in Nordeuropa feste Strukturen bildeten. Aus den vielen Kleinkönigreichen entwickelten sich mit Dänemark, Schweden und Norwegen allmählich drei Reiche, die miteinander um Macht und Einfluss rangen. Die Herrschenden taten alles, um die Bevölkerung im Land zu halten, damit sie über genügend Steuerzahler und Kämpfer für ihre Heere verfügten. Dadurch ging die Zeit der Wikinger mit ihren großen Seefahrten zu Ende. Der Auswandererstrom auf die Färöer, nach Island und Grönland verebbte und damit auch die Möglichkeit, sich in Vinland, wie jene sagenhafte Küste genannt wurde, anzusiedeln.

Schon seit Langem beschäftigen sich Historiker und Archäologen mit der Frage, wie weit die Nordleute wirklich gekommen sind. Die Annahme, dass die vor etlichen Jahrzehnten ausgegrabene Siedlung bei L'Anse aux Meadows im Norden Neufundlands der weiteste Punkt und damit das eigentliche Vinland gewesen wäre, ist seit neuen Funden in Südneufundland widerlegt. Auch beschäftigt man sich wieder mit älteren Funden in Maine und angrenzenden Gebieten, die man bislang als gefälscht angesehen hatte.

Eine umfassende Genuntersuchung der Isländer brachte das Ergebnis, dass der überwiegende Teil der männlichen Siedler aus Norwegen, aber siebzig Prozent der Frauen aus Irland stammten. Außerdem, und das war für viele überraschend, wurde auch eine Abstammung von amerikanischen Ureinwohnern nachgewiesen. Auch wenn die Kontakte über Grönland verliefen, so waren sie vorhanden.

Wir trugen uns schon lange mit dem Gedanken an einen Roman, in dem eine Siedlergruppe aus Norwegen »Vinland« erreichen und eine Siedlung gründen würde. Als wir im Jahr 2013 das isländische Nationalmuseum in Reykjavik besuchten und die Exponate betrachteten, war für uns der Punkt erreicht, an dem wir nicht mehr zurückkonnten. Der Roman wollte unbedingt geschrieben werden.

Wir machten uns daran, eine Zeit herauszusuchen, in der eine solche Aktion möglich gewesen wäre, ebenso eine überzeugende Motivation, weshalb Norweger diese Besiedlung wagen wollten, und vor allem, weshalb sie scheitern musste. Die Zeit fanden wir in den norwegischen Thronfolgekämpfen um die Mitte des zwölften Jahrhunderts, und als Siedler wählten wir die Verlierer in einem der vielen Aufstände jener Zeit. Für das Scheitern war es wichtig, sich in beide Gruppen, sprich die norwegischen Siedler und die einheimischen Stämme, hineinzudenken. Wir glauben, dass uns dies ganz gut gelungen ist.

Ein paar erläuternde Worte

Den Tod des Sachem Krähenflügel nach dem Genuss von Kuhmilch haben wir historischen Vorbildern nachempfunden. Im

Gegensatz zu den meisten Europäern weisen die alten Völker in Amerika eine starke Laktose-Intoleranz auf, die bei Genuss von Milch und Milchprodukten schwere Erkrankungen oder gar den Tod nach sich ziehen kann.

Ein besonderer Fall sind die Namen der Nordmänner. Auf Island sind und auf Grönland waren die alten, noch aus der Wikingerzeit stammenden Formen gebräuchlich. So nennen die Isländer Erik den Roten, den ersten Ansiedler auf Grönland, immer noch Eirikur und dessen Sohn Leif Leifur Eirikson. Daher sprechen die Isländer und Grönländer im Roman Eyvind als Eyvindur an und Sigrid als Sigridur. Bei Ingridur haben wir den Namen beibehalten, den sie auf Grönland erhalten hat.

Die Bezeichnungen der Vatersnamen sind ebenfalls kompliziert. So ist Bjarni, der Sohn Helgis, Bjarni Helgason. Eyvind, der Sohn Erlings, ist Eyvind Erlingarson und Andreas, der Sohn Hardos des Sachsen, wird von den Norwegern Andreas Harduson genannt.

Iny und Elmar Lorentz

Glossar

Orte und Landschaften

Askold – Stadt in Südnorwegen
Austuroya – Hauptinsel der Färöer
Björgvin – Bergen
Färöerjar – Färöer-Inseln
Halogaland – Nordnorwegen
Hjaltland – Shetlandinseln
Hordaland – norwegische Landschaft
Kirkebou – damalige Hauptstadt der Färöer-Inseln
Kirkjuvagr – Kirkwall auf Mainland (Orkneyinseln)
Meginlant – Mainland (Orkneyinseln)
Miklagard – Konstantinopel
Nidaros – alter Name von Trondheim
Orkneyjar – Orkneyinseln
Ribe – älteste Stadt Dänemarks
Rogaland – norwegische Landschaft
Vinland – Gebiet an der Atlantikküste Nordamerikas
Walhall – die Halle in Asgard, in der Gott Odin die in der Schlacht gefallenen Krieger um sich versammelt

Begriffe

Althing – gesetzgebende Versammlung Islands
Asathor – nordischer Gott
Asen – Göttergeschlecht in der nordischen Mythologie
Eidam – Schwiegersohn
Fenni – Samen
Freya – nordische Göttin
Frigg – nordische Göttin
Gesetzessprecher – oberster Gode und Richter in Island
Gode – Oberhaupt einer einzelnen isländischen Landschaft
Hel – nordische Totengöttin
Idun – nordische Göttin

Jarl – hoher norwegischer Anführer
Knorr – skandinavisches Frachtschiff
Lokator – Ritter, der im Auftrag seines Herrn Land verteilt
Loki – nordischer Gott
Motte – schlichte Burg aus Holz mit Palisadenwall
Odin – oberster nordischer Gott
Sachem – Stammesoberhaupt
Skalden – Sänger und Dichter
Skrälinger – herabwürdigende Bezeichnung für die Ureinwohner Amerikas
Steven – nach oben gezogene Verlängerung des Schiffsrumpfs vorne und hinten
Thing – Versammlung bei den Germanen, auf der die Rechtsangelegenheiten verhandelt werden
Wagrier – Slawenstamm in Holstein
Wergeld – Sühnegeld für einen Totschlag
Wogenross – Schiff

Personen

Norwegen

Alvidr – Krieger Eyvinds
Arnfinn Geirrekson – Nachfolger Ulfar Gunnarsons als Jarl
Asmod Sweinson – Unteranführer Eyvinds
Bjalfi – Krieger Eyvinds
Bram Halfdanarson – Eyvinds Vetter und Stellvertreter
Bridget – irische Sklavin
Brodir – Gefolgsmann Brams
Egil – Bauer Eyvinds
Einar – Eyvinds Steuermann
Eyvind Erlingarson – Jarl von Jervik
Farald Agnarson – Eyvinds Vetter, Thorolfs Bruder
Gloedir – Krieger Eyvinds
Hekja – Sklavin und Kräuterfrau
Herjolf Ketilson – Krieger Eyvinds

Hilde – Sigrids Tochter
Hlif – Magd Sigrids
Hrodar – Krieger Eyvinds
Ketil – Krieger Eyvinds
Olaf – Krieger Eyvinds
Olaug – Magd Sigrids
Ole – Bauer Eyvinds
Ragnar – Unteranführer Eyvinds
Sibba – Magd Sigrids
Sigrid Ulfarsdottir – Jarl Ulfars Tochter
Snerri – Gefolgsmann Brams
Thorolf Agnarson – Eyvinds Vetter, Faralds Bruder
Tryggvi Thorgilson – Sigrids Verlobter aus Morske
Ulfar Gunnarson – Sigrids Vater

Island

Bjarni Helgason – junger Isländer
Djuri Ulfgeirrson – Ulfgeirr Grydirsons Sohn
Gunnlaug Raudurardottir – Raudur Jorgrimsons Tochter
Gygir Thialfason – Handelsschiffer
Raudur Jorgrimson – Großbauer auf Island
Ulfgeirr Grydirson – Bauer auf Island

Orkney, Färöer, Grönland

Aldis – Kuh
Bolverk Ornolfson – Färinger
Eskill – von den Orkneyjar, Kolbjorns Vetter
Gamli Eirikson – Grönländer
Jora – Gamlis Ehefrau
Kolbjorn Spakason – Landbesitzer auf den Orkneyjar
Skeggi – Bolverks Gefolgsmann

Skrälinger

Akazienblüte
Bärenhaut
Ingridur Schneehäsin

Krähenflügel
Kürbiskopf
Lieblicher Duft
Marderklaue
Mondträgerin
Seefalke

Sachsen

Ailmar – Aldebrands Sohn
Aldebrand – Ritter Hardos Gefolgsmann
Andreas – Ritter Hardos jüngerer Sohn
Bogumil – Wagrierfürst
Ditto – Vertrauter Kords
Hardo – Herr auf Venneby
Kord – Ritter Hardos ältester Sohn
Thidrek – Ritter Hardos Knecht

Historische Personen

Finnur Hallson (um 1159) – Gesetzessprecher auf Island
Magnús Einarsson (* 1098, +1148) – Bischof von Skalholt auf Island
Heinrich von Badewide (* ?, +1164) – Graf von Wagrien
Adolf II. von Schauenburg (* 1128, +1164) – Graf von Holstein
Étienne de Blois (* ?, +1154) – Stephan von Blois
Maude von England (* 1102, +1167) – Kaiserinwitwe Mathilde
Inge (Korgrygg) (* 1135, +1161) – König von Norwegen